小说月报

FICTION MONTHLY

2021年精品集

《小说月报》编辑部 /编

天津出版传媒集团
百花文艺出版社

图书在版编目(CIP)数据

小说月报2021年精品集 /《小说月报》编辑部编
. -- 天津 : 百花文艺出版社, 2022.1(2023.1重印)
ISBN 978-7-5306-8227-2

Ⅰ. ①小… Ⅱ. ①小… Ⅲ. ①中篇小说-小说集-中国-当代②短篇小说-小说集-中国-当代 Ⅳ. ①I247.7

中国版本图书馆CIP数据核字(2021)第262221号

小说月报2021年精品集
XIAOSHUO YUEBAO 2021 NIAN JINGPINJI
《小说月报》编辑部编

出 版 人: 薛印胜
选题策划: 汪惠仁
编辑统筹: 徐福伟　　**责任编辑:** 齐红霞　孔吕磊
装帧设计: 郭亚红　　**特约编辑:** 王亚爽
出版发行: 百花文艺出版社
地址: 天津市和平区西康路35号　　**邮编:** 300051
电话传真: +86-22-23332651(发行部)
+86-22-23332656(总编室)
+86-22-23332478(邮购部)
网址: http://www.baihuawenyi.com
印刷: 天津新华印务有限公司
开本: 787毫米×1092毫米　1/16
字数: 580千字
印张: 32
版次: 2022年1月第1版
印次: 2023年1月第4次印刷
定价: 68.00元

如有印装质量问题,请与天津新华印务有限公司联系调换
地址:天津东丽开发区五经路23号
电话:(022)58160306　邮编:300300

目 录

【短篇小说】

【中篇小说】

信 使

◎ 铁凝

四月的这个下午，空气清透，雾霾不再。街边的樱花、榆叶梅忽然就盛开了，白丁香、紫丁香也在这里或那里喷放着苦而甜的团团香气。陆婧坐在车里，车窗关着，也能感受到樱花的烟云带给她的眩晕，丁香的苦甜有点呛人。她落下车窗，像有意咂摸这春天的“呛”，享用这扑面而至的“呛”带来的鲜亮欢喜。

在一个嘈杂的路口，车遇红灯。陆婧偏头看着窗外，目光落在临街一间门脸不大的体育用品商店。一辆人力三轮车停在门前，两个年轻人正从车上卸货。一个腿有残疾的女人从店里出来，身体歪向一边。她跛着脚走到三轮车前，弯腰从地上拎起两摞半人高的捆绑在一起的鞋盒，板鞋？跑鞋？当她抬起头无意间扫一眼路口停滞的车队时，陆婧的眼光刚好对上了她的扫视。这是一位已不年轻的妇女，一头染成灰咖色的整齐的直短发，颧骨的颜色偏酡红。同样已不年轻的陆婧早就是戴花镜读报的视力，可瞬间还是认出了这张脸：李花开！

李花开是陆婧三十多年未见的故人，虽然这故人如今拖了一条残腿，但陆婧还是很肯定，她就是李花开。拎着鞋盒的李花开没有认出坐在车里的陆婧，她扫视的是车的洪流，临街店铺的门前，哪天没有车流呢？很快，她两手各拎着一摞鞋盒，斜着身子进店去了。

绿灯亮了，车子倏地驶过路口，陆婧甚至没有看清那间商店的名字。她不打算叫车停下，开车的是她丈夫。副驾驶座上的女儿正掏出气垫粉饼补妆。陆婧盯着女儿的后脖颈，女儿的丸子头使后脖颈落下一些散发，故意落下的吧，看似不经意的慵懒和风情。她们母女并不交流这方面的内容，但在这个下午，陆婧从女儿的后脑勺上明确地看见了三十多年前的自己：克制地追逐时尚，貌似叛逆，有点虚荣。三十多年前，陆婧和李花开同在一座城市，一座名叫虽城的北方城市。

那还是一个人人需要单位的时代，没有单位的人总显得可疑。幸运的是她们都有稳定的单位，陆婧在一个地方戏研究所当编辑，李花开在市属的印刷厂做文秘。一个时代有一个时代的词汇，二十世纪八十年代，陆婧和李花开是大学同学，是朋友。套用时下的说法，她们是“闺密”。这“密”后来又通俗成了腻乎乎的“蜜”。当年的她们漠视一些老词，不像今天，人们把老词翻腾出来再做揉捏变作另一种时尚。传统意义上的闺中密友大多连带着两家通好，陆婧和李花开的两家长辈却互不相识。

从西客站回家时，陆婧在副驾驶就座，女儿已下车乘高铁去外地出差。陆婧的方向感很差，这时却发现车子是循着原路返回，再遇那个路口，她那混乱的方向感突然明晰起来，她觑着眼朝马路对面一溜儿商铺望去，看见了那个小店：“时代体育”。

她认出这是东单，同仁医院附近。医院附近的车多人乱又给她的方向辨别带来了困难。她是急切地想要记住“时代体育”的准确位置吗，还是对跛脚的李花开怀有好奇？想不到三十多年后李花开也来了北京，她丈夫，那个叫起子的也来了吧。陆婧心里加重着“也”字的分量，好像北京是她的地盘，李花开的现身让她有种不适感——曾经的闺密往往最方便成为仇敌。什么时候她的脚跛了？敢情她也受过伤啊。“也”，她心里玩味着这个字，刚刚迎接着她的这个美得眩晕的春天，那呛人的丁香、樱花们不也慷慨迎接着从“时代体育”里走出来的李花开吗？

一

那是她们共同的激情时代。先是李花开突然告诉陆婧她要结婚了，对方是虽城的远房表哥。李花开说，表哥在街道办的一个镜框社画出口彩蛋。陆婧嗤之以鼻地抢白道，那也叫单位呀。李花开说就算不是单位吧，可他有房，私房，独院。硬道理在这儿呢，陆婧想。

李花开是当年系里的美人，有男生为她那长而柔韧的脖颈献过诗。她的脖子洁净、细润如骨瓷，女孩子拥有这般脖颈，会显得傲然，且十分方便左顾右盼。可她并不自知自己有条好脖子，不会搔首，亦不懂弄姿，还常常爱犯轴脾气。轴，在北方语系里通常形容性格而非品德，和一根筋、死心眼相近。李花开穿家做布鞋，常年背一只紫红两色方格交织的土布书包，好比特意拿自己乡村出身的背景示众。她家在离虽城百里外的山区，穷。大二时，一次李花开的下铺丢了几张饭票，认定偷窃者是上铺的李花开。李花开激愤地绝食两天以示清白。第三天,同宿舍的陆婧强行背着李花开到校医务室去输生理盐水、葡萄糖。过了一个星期,下铺的饭票找到了,在她送回家去洗的一包脏衣服里。和李花开不同,陆婧家就在虽城,工作之后仍然和父母同住。李花开住印刷厂的集体宿舍,周末经常被陆婧拉着去家里吃饭。陆婧记得母亲第一次见到李花开时还感叹了一句:真是高山出俊鸟呢。

冬日的一个周末,陆婧随李花开去了她将要嫁进去的私房、独院。推开吱嘎作响的单扇榆木院门,眼前的院子只是一条狭窄的夹道。夹道一侧仅两间西屋,另一侧是院墙,院墙即是前院人家的后山墙。若从西屋推门出来,仿佛走几步就能撞墙。虽不能比喻成开门见山,却可以说是出门见墙。西屋窗下整齐地码着蜂窝煤,挨着蜂窝煤的,是被旧提花线毯盖着的同样码放整齐的大白菜和鸡腿葱,叫人嗅出过日子的烟火气。当年的陆婧们不屑于这类烟火气,眼前的蜂窝煤、大白菜只让她相信,李花开真的要结婚了。李花开说这是表哥的爷爷留下的一点房产,爷爷从前是个经营南方竹货的小业主。想必,经过了一些事情,这院子是被挤占去了大部的剩余吧,陆婧思忖。

那天陆婧见到了李花开的表哥,一个微胖的长发青年,李花开叫他起子。起子热情地和陆婧握手,三人进屋后他还伸手从李花开肩上择下一根头发,或者不是头发,是线头,或者什么都没有,他只是愿意让人看见他在她肩上择。这个表示关切或男女关系不一般的动作让陆婧觉得多余,但那感觉仅仅一闪,因为房间正中一只铸铁蜂窝煤炉子引起陆婧格外的好奇。那本是一只普通的青黑色铸铁炉,圆柱形炉身、正方形炉盘。在暖气并不普及的时代,北方城市大多人家都有这类炉子,取暖、做饭、烧水,间或也充当烤盘:烤馒头、烤窝头、烤包子、烤枣。起子家这只炉子之所以引人注目,是因为它那锃光瓦亮的炉盘,陆婧还没见过谁家的铁炉子能有这样一尘不染,这样光明可鉴,这样泛着蓝幽幽光泽的镜子般的炉盘。他们围炉而坐,受着这炉子的吸引,又好像这神气活现的炉子才是这家的主人,乃至屋内所有家具的主人。炉子上坐着一把熟铝壶,壶中水已烧开,壶盖噗噗响着,壶嘴冒出缕缕水蒸气。起子拎起壶去给客人沏茉莉花茶,他把热茶端给两位女客,顺手抄起铁炉钩,从炉前铁畚箕里钩起同样锃光瓦亮的炉盖,半遮半掩盖住炉口,复又将水壶错开炉口坐上炉子。这样水能保温,炉口减弱的火力也不至于把壶烧干。陆婧喝着热茶,问起这炉盘如何能这般明亮。起子说用猪皮擦的。他母亲在世的时候每天必擦几遍,即使在肉类凭票供应的年代,也总能想法子省出指头长的一块猪皮供炉盘去“吃”。擦了二十几年,生是把一块粗糙的铁炉盘擦成了镜面。母亲去世后,他接过这活儿,有空就擦,才保持了这炉盘的成色。

陆婧喝着热茶,想着一个大小伙子除了画彩蛋,就是手持一块猪皮在炉盘上擦呀擦的，她好像还闻见了猪皮蹭上热炉盘那嗞嗞的响声和轻微的油烟，不臭，也不香。看看李花开，李花开显然对猪皮擦炉盘不感兴趣。煤是金贵的，她家烧柴火灶，上大学之前她就没见过铁炉子，也很少见过真的煤。结婚以后起子会让她擦炉盘吗？她可不情愿。这需要耐心，更多的是一种情趣。就陆婧对李花开的了解，她不具备这方面的情趣。出了那院子，李花开只问了一句：你说值吗？陆婧没有回答，眼前只闪过一个模模糊糊的影子，李花开对她讲过的一个中学同学名叫锁成的，和她同村，后来她考上大学了，他没考上。

几天后，一个坏消息震惊了她们：当年那个下铺的母亲，因为厂里分房不公平，吞了过量的安眠药。李花开说，房比命大吗？陆婧说，房是命的一部分吧。李花开又问：你说值吗？她没有听见应答。很快，她嫁给了表哥。很快，陆婧也恋爱了。

二

陆婧的恋爱像是一场无药可救的疟疾。民间对疟疾的归纳有间日疟、三日疟等等，意指隔日发作一次或三日发作一次，高热、高寒乃至抽搐。陆婧的爱之疟疾却持续了近两年。对方名叫肖恩，是她父亲的同学，且有家室。陆婧刚读初中时，肖恩随着他的单位——北京一个大部的文工团来到虽城做集体改造锻炼，他们被安置在当地驻军大院，过着半军事化、半农场农工的生活。军队有自己的农场，平时不准离院，每周休息半天。肖恩在这座举目无亲的城市联系到了他的大学同学，陆婧的父亲。当革命和运动使熟人、朋友都断了消息的时刻，陆家为肖恩在虽城的出现尤为高兴。那段时间，陆婧的家是肖恩吃饭解馋、放松身心之地。每周的半天休息，他差不多都是在陆家度过。那时陆婧叫肖恩叔叔，逢肖恩感冒生病，或者为部队演出突击排练不能前来时，陆婧会自告奋勇地骑上自行车，为肖叔叔送去母亲烹制的鸡汤、榨菜炒肉丝。满满一罐榨菜肉丝够肖恩吃一个星期，也要用掉陆家半个月的肉票。那个推着自行车站在部队大院门口、冒着寒风等待他出来的陆婧，那个围着大红围巾、戴着厚厚的棉巴掌手套、晶莹的鼻头被冻得通红的孩子，给肖恩留下了美且干净的印象。他送给陆婧一双淡绿色斜纹卡其布芭蕾鞋，足尖嵌有软木的真正的芭蕾舞鞋，正热衷于校文艺宣传队各种活动的陆婧连续一个星期每晚睡觉都把这双鞋供在枕边。后来陆婧并没有在舞蹈方面有所长进，以她当时的年龄，腿已经太硬，开胯也不再容易。当年那些小女孩对文艺的热爱，充其量相当于今天的时尚女生对奢侈品的追逐。

十年之后，肖恩已是北京那个大部文工团的业务团长，陆婧的父亲也做了虽城文教局局长。肖恩的文工团有时来虽城演出,他带着演出赠票和茅台,到陆家和老同学畅饮。肖团长和陆局长一改从前的落魄,精神、气色俱佳,就像换了个人。陆婧从旁看着想着,人没换啊,换的是人间。

换了人间。肖恩再见十年后的陆婧,他惊喜地打量着她,喃喃自语着小姑娘已经出落得、出落得……他始终没有完成那后半句话:她出落得怎样?但半句话对陆婧足矣,她尤其喜欢"出落"这个词,一个带有弹性的神奇蜕变的好词。陆婧突然不叫肖恩叔叔了,她叫他肖老师。每逢文工团来虽城演出,陆婧便也忙了起来。她为同学、朋友、同事、近邻向肖恩讨要招待票,她替当地媒体联系采访肖恩以及团里的男女演员,她不是名人,但她已是个认识名人的名人,她为此得意、满足,她和肖恩的关系也就落入了那个时代可能的套路。肖恩开始邀请她去北京看戏看电影——一些尚未公开、只供圈内人优先欣赏的外国电影,陆婧自己也频频寻找去北京的理由。一个地方戏研究所原本没有更多出差北京的机会,多数时间她利用周末自费前往。那些日子她轮流住遍了亲戚家:姑姑、叔叔、舅舅、姨妈。她庆幸他们的家都在北京,就像从前她的父母一样。在北京疯跑的时光里,她作为一个曾经的北京孩子,常常生出些情不自禁的得意和略带焦灼的期盼。

秘密恋爱固然秘密,却仿佛必得选出一个可靠的人分享才更够秘密。几个月之后,陆婧把李花开约到一家卤煮火烧小馆。她脸色潮红、嘴唇颤抖,十指交叠着扭绞着,忽又神经质地把双手搓来搓去。她的讲述琐碎累赘而又宏大激昂,她顾自笑着,眼里有泪光,她已经为自己这高级的恋爱所倾倒,她的闺密李花开也必将为她这不凡的倾诉所倾倒。

李花开的嘴里却只是偶尔迸出一句"我娘!"逢关键时刻,李花开的山村口头语还是会冒出来,比如"我娘"!听着生硬,但干脆、有劲儿。这是一个本身不含褒贬的感叹词,但在此刻,李花开喊出它来表达的是决不同意。两人争吵起来,昏天黑地。陆婧急赤白脸,碗中的卤煮火烧一口没动。李花开连吃带喝,一海碗卤煮火烧下肚,也没能堵住她那张压着嗓音、连呼反对的嘴。直到碗空了,她才发现了陆婧的一脸憔悴,她闭嘴了。或许恋爱中的憔悴才能唤起人的怜悯,而绝对平等的友谊也并不存在,似乎总有一方在紧要关头非服从另一方不可,比如让卤煮火烧和争吵弄得满头是汗的李花开。陆婧判断李花开有缓和的迹象,再添些央告加耍赖的言辞,李花开到底让了步。她答应保密,还答应了陆婧的提议:肖恩写给陆婧的信从此寄往李家。在一场无法光明正大的恋爱里,情书寄往当事人的单位是危险的,李花开的家,那私房、独院在陆婧看来最是安全。

北京寄往虽城的平信隔天可到,陆婧一个星期至少两次去李花开家取信。那个当初在她看来有点陈旧、俗气的小院,如今在她生命中已变得如此紧要,如此友善而温暖。她多是在晚上下班后赶往李家，弓着身子把自行车骑得飞快。不能用奔向或跑向来形容她的姿态，那是扑向，扑向一团情话或者简直就是一场约会。她进了门，敷衍地和李花开或者李花开的丈夫——那位叫起子的寒暄几句，接过李花开递上的有点压手的厚厚的信封，便逃也似的夺门而去。她不急着回家，此刻家也危险。她急不可待地找一根电线杆把自行车和自己都靠上去，就着昏暗的路灯开始捧读肖恩写给她的大段的文字。她的心大声跳着、酥着、醉着。在夏日，那些粗糙的松木电线杆上爆裂的木刺有时会扎进她的衬衫。当她回家之后脱下衬衫小心择着上面的细刺时，她会偷着笑。她被扎疼过吗？这样的时刻，疼也是幸福。

有时李花开在厂里加班回家晚，陆婧奔到李家推门进屋后，永远在家的起子会代替李花开把信送至陆婧手中。他并不留她坐一会儿，像通常主人对客人那样。他知道她不需要，就像陆婧也明白起子已经知道了她的恋爱，他和这幢私房、独院共同知道了她这场恋爱，再坐下假装等李花开回家反倒虚伪了。第一次从起子手里接过肖恩的来信，她只是稍显尴尬，也仅是稍显，对肖恩来信的渴望压倒了一切，一切都不在话下。

三

又是冬天了，起子画了一会儿彩蛋，外贸公司的订单，复活节前要发货的。画彩蛋是个手艺活儿，类似简单的重复性劳动，起子得心应手，或者说熟能生巧。初中没毕业他就跟着邻居家的一位师傅学画彩蛋，多少年画下来，有时他也感到腻烦，看着纸箱中被瓦楞纸板隔开的那一排排花里胡哨的蛋们，常常觉得自己就是个卖鸡蛋的。李花开没有嫌弃他这份活计，他不用出去上班正好在家做饭。可那个陆婧从一开始就对他怀有轻蔑。那轻蔑是暗含的不易觉察的，起子还是莫名地感受到那轻蔑的蛛丝马迹。他是个小心而敏感的人，又是一个随着惯性生活的人，每当自卑心翻腾上来，他便会拿他的私房、独院将其打压下去。是啊，在计划经济时代，福利分房时代，有人会为分不到住房吞一把安眠药的时代，他起子能够坐拥一个院子一套私房，你们还要怎么样。“你们”是指他的对立面，有时指李花开和陆婧吧，多数时间是泛指。这时他的情绪又昂扬起来，他尤其喜欢“坐拥”这个词，这是个主动、气派、敞亮的词，他不仅坐拥房子院子，还坐拥单纯貌美之妻子。生活对他不薄。

想想这些，起子放下手中的彩蛋，揉揉眼——画彩蛋费眼。他花三分钟做了一套自编的用力眨眼的眼保健操，接着他要犒劳一下自己。他把粘着颜料的手仔细洗干净，行至那炉盘锃亮的著名炉子跟前，拎起那把铝壶，壶中水开着，顶得壶盖噗噗响着。他沏上一杯茉莉花茶，搬把椅子坐在炉前，喝两口热茶，放下茶杯，起身把房门锁好，然后才从他的彩蛋工作案的小抽屉里拿出一封信，邮递员刚刚送到的北京来信。他举着信复又坐回炉前，将信封一端凑着炉盘上铝壶壶嘴里冒出的徐徐水蒸气来来回回扫那么几次，信封一端便软塌下来。他就势拿根牙签轻轻挑开信封封口一角，封口轻易就打开了，如同吃酥皮点心时用手揭去那层层酥皮，绵软、无声、可心。起子从大张着嘴的信封里抽出不薄的情书，从容不迫地欣赏起来。一些段落仍然让他耳热心跳，但情绪已不像初读第一封信时那般亢奋了。他始终腻歪的是肖恩在信中把陆婧称作“我的小软木塞”。他常常半是艳羡、半是鄙夷地把过目后的信推送进信封，再小心翼翼地用胶水封好，以手掌外侧轻按均匀，宛若终于为肖团长放行的秘密检察官。

第一次把北京来信送到陆婧手上，他就已经生出一种身在暗处的优越感。这时期的陆婧，却仿佛处于下风头了。陆婧不时会给他们夫妻带些礼物，给李花开买过马海毛的毛衣，还送过起子一件当年正时髦的沙色皮夹克。这本是朋友间的心照不宣，却渐渐让起子愈加不满足了。优越感是什么呢？那就像是人生的一种主动，起子就在一次次优先阅读那些北京情书的亢奋中获得了既朦胧又主动的渴盼：难道他当真要画一辈子彩蛋吗？

这天上午，陆婧在办公室接到起子的电话，只电报式的两个字：有信。这是个善解人意的电话，起子的积极热情使她连矜持一下的表演也用不着了，她决不打算等到晚上下班后再去取信，甚至中饭也不吃，骑车直奔那“有信”之地。

他和她对坐在炉前，炉膛里淡橘色的火光恰到好处地映着两人的脸。她本不想坐下，打算拿了信就走的，但起子邀请她坐下。她发现他手里没有信。他当然看出了她的疑惑，随即从裤兜里抽出一个他们都已熟悉的信封：红蓝两色斜线圈边的航空信封。在这儿呢。他说。他微微前倾着身子从炉口上方把信封递向对面的陆婧，在陆婧看来这很危险，好像那信是要蹚过炉火才能抵达它的目的地，又好像起子原是要把那信封丢进炉中的。陆婧伸出双手在炉口上方托住那信封，手背让炉火炙烤得一阵干疼。当她终于将那沉甸甸的信封“引渡”到自己胸前，仍然双手托着它，就像托着一个刚从火海里得救的人。接着，她觉得这姿势有点失态，便把信封平放在腿上，这又仿佛肖恩正把嘴吻在她腿上，说着绵绵絮语。她的腿一阵阵酥麻，腿暗示了她拿起信封，掖进棉大衣口袋。这时起子说出了他的想法。

陆局长肯定能办到，群众艺术馆啊，艺术学院啊，画院啊，都行。他说。

你和李花开商量过吗？她问。

这不重要，我的事还是我直接说更好。他说。

可人的调动需要多种条件，特别是艺术类的单位，不是普通人就能去的啊。她像是在提醒他。

但我觉得我不是普通人。他坦然地看着她,也像是对她的提醒。

她听出了话中的厉害,也领会到这位起子的“不普通”。想到李花开随厂领导去南方几家印刷厂参观学习,两个星期才能回来,起子是特意选了这个时间的空当来和她谈如此要事吧?

她从炉边站起来,眼睛并不看他,只答应回家试着跟陆局长去说。

陆婧选了一个晚饭时间对陆局长提及起子的事儿，晚饭时间家里的气氛是轻松的。陆局长却立刻拒绝了女儿的请求,“异想天开,异想天开!”他手很重地把筷子拍在饭桌上,一迭声地重复着这四个字,不知是讥讽起子,还是斥责女儿,也许二者皆有。基于对父亲的了解,她知道结果会是这样的,曾经闪过的一点侥幸之念确凿地破灭了。

这天,她又在办公室接到了起子的电话,还是两个字:有信。

四

她和他对坐在炉边,这次他没有空着手,给她开门便及时送上捏在手中的信封,仿佛以此迎接她将带给他的好消息。她迅速把信揣进大衣兜里,就像生怕这信会遭遇不测。

开口是艰难的,但她必须开口。她向起子道了声对不起,说再等等看还有没有其他办法。这明显的官腔让起子十分不悦,他举了某某熟人因为有关系而进入了似乎不可能的单位。

她打断他说,在我们家真的不行。

他直视着她,放慢语速说,要是不行也得行呢?

她这才有点警惕地向后捎着身子问道,你这是什么意思?

他说,我不是在央求你,是在要求你。

她觉出了他的无礼和过分，但大衣口袋里那沉甸甸的信封可是经由他的手抵达她手中的,她努力使自己克制并且客气。她站起来说,等李花开回来咱们再一起商量也许更合适。

起子也站起来,果决地告诉陆婧不用商量,他就是要去陆局长所管辖的那些单位。

陆婧到底没能把持住自己,她扫了一眼对面的起子,第一次发现他那一头打绺儿的“艺术范儿”长发滋着过多的油脂,好像每每以猪皮擦完炉盘都会捎带着再往头上蹭去。她恼火起来,边向门口走边提高嗓音说,你有什么权力命令我啊,你以为你是谁!

在她背后传来起子的声音:我知道我是谁,更知道你是谁! 你不就是肖大团长的小软木塞吗?

她那刚伸向门把手的手缩了回来,后脑勺仿佛遭遇了棒击,似有一个黄豆大的小气球在颅内的某个位置炸了,一个瞬间,嗡的一声,她脑海里一片白色。她还是顶着一颗白色的头颅转过了身,并努力站稳自己,身体却已有点瑟缩,像曾经有过的梦境:她裸体站在街上,到处找不到要穿的衣服,而街上面目不清的人们正肆无忌惮地看着她,比如此刻的起子。

起子就像听见了她那无声的感受,加码似的继续抖搂:是啊,不怕你笑话,我全看过,七十七封信,包括现在你大衣兜里这封。

她一边下意识地将手伸进大衣口袋,死命握住那信封,好比攥住了肖恩的手,一边咕哝着你怎么能、你怎么能……

我怎么不能? 起子复又在炉边坐下:凭什么你们里里外外、明的暗的都是体面,又体面又浪漫,我就非得窝在这儿画一辈子彩蛋不可呢? 我,我们全家还得替你收着、守着这些个不体面的信。说到不体面,我的要求不过是要通过这些不体面的信得到一份体面的工作,为了我们全家、我们未来的孩子,这有什么过分吗?

她不动地方地站着,拼力捕捉着他话里的信息,她想到了李花开,不敢去想这是他们夫妻的合谋,可难道他们不是夫妻吗? 还有孩子,李花开是不是怀孕了? 陆婧的恋爱袭来之后,目中已无他人,所有的时间更不情愿分配给他人,识趣的李花开也久已不主动和她联系了。她不甘心着还是喃喃着说:“李花开知道你……”

他不等她说完,截住她的话说,知道怎样? 不知道又怎样? 用不着假装清高,也别想对我使用什么不好听的词儿。我就这么一件事,陆局长动动小手指头的事儿,有什么办不了的呀。

清高,陆婧想到了父亲。本来她有些抱怨父亲那决不通融的清高的,但在这时,她忽然感叹世间毕竟还存在着这么点清高。为了这点清高,她决不打算接受这蛮横且阴暗的命令。她不接受,还得显出不示弱,她一字一顿地对炉边的男人说,还——就——是——办——不——了!

起子站起来,遭受了冤屈似的,走到摞在地上的彩蛋箱子跟前,从最下面的箱子里拽出一只白得刺眼的纸袋,举起来冲陆婧晃着,叹了口气说,都在这儿呢,六十七封。我用微距拍好,借朋友暗房冲印出来的,后来的十封没来得及冲洗,不过已经足够了。说着从中抽出一张印满小字的黑白放大照片,送至陆婧眼前。

陆婧只瞄一眼便认出了肖恩的笔迹。起子这层层递进的胁迫宣告着陆婧的节节败退，她平生第一次感受到巨大的惊恐和侮辱。她的小腹突然开始酸胀下坠，伴随着酸胀下坠的是两条腿的绵软。于是她知道，腿软并不是从腿开始的，是小腹里酸胀下坠的物质游移到耻骨再无情地沉降至大腿、小腿、脚底、脚趾，迅速侵蚀着那里所有的骨骼、韧带、肌肉、血液……接着无腿感袭来，她的小腹好像直接落在了地面，人也顿时矮了下去。她拼命用意念寻觅着腿脚，顽强地动了动灯芯绒棉鞋里仿佛已经虚无的脚趾，脚趾总算有了些微的痉挛。那么，她是有腿的，她还在站着。她迈前几步，本能地伸手要夺下那刺眼的白纸袋把它投进炉火。起子将纸袋背到身后说，胶卷还在我这儿，烧有什么用呢？如果陆局长帮了我，我肯定当着你的面连胶卷一股脑儿烧了它。不然，你能猜到后面会发生什么。

她腿软着，绝望地站在他面前，望着这个在炉子边上踱着小步的男人，就像望见了一个非人类的物种。比如鳄鱼，不！鳄鱼甚至也要好于眼前这个物种。她把涌到嘴边的所有形容词都压了回去，她的绝望使所有的词语都已失效，这绝望却也迫使她从溃败的谷底捞起了她久已失散的自尊。她被亮在眼前的撒手锏打蒙的同时，仿佛也被打醒了。当她确信自己的两条腿能够带她边出这间屋子时，她把大衣扣子一个一个扣好，接着，她以自己也未曾料到的动作，突然奔向那炉子，拎起坐在炉盘上那把沉甸甸的铝壶，高高提起，壶嘴向下，向着那炉火正旺的炉膛猛地浇灌起来。霎时间水火交战的炉膛发出刺刺嘎嘎的怪响，一股股灰白色气体伴着浓烈呛人的臭屁味冲上屋顶，弥漫着房间，也吞噬了炉边的男人。烟雾中她把空壶"哐当"丢在地上，拼力拉开屋门，又狠劲把门摔上，就像将一切的担惊受怕，一切的提心吊胆，一切的错愕、愤怒乃至一切的恶心，全都摔在了身后。她听见门玻璃碎了，那起子没有追上来。

她想找个没人的地方大哭一场，但急切地要给李花开打电话声讨的愿望压制了她的大哭。她没能和李花开通话，她的青春年代，和远在南方几个省出差的人长途电话联系尚不那么便捷。她又跑到邮电局给肖恩打电话，在排队等待接线员叫号的时候，她在长途电话间的门玻璃上看见了自己的脸。一夜时间她的脸怎么会变成这样？腮帮子嘬着，太阳穴瘪着，鼻翅儿潸着，耳朵片儿干着……这是刘宝瑞先生一段相声里的句子，形容的是一个受不孝儿子虐待、饭都不给吃饱的老太太的凄惨面相。她不是那位倒霉的老太太，以她的年龄，也还不具备自嘲的能力，她的脸让她突然想到相声里那老太太的脸，只激起了她更加强烈的愤懑，更加确切的无助。她和肖恩通了电话，她语无伦次地讲了这边的事儿，对方始终沉默着。

第二天，陆婧单位的领导收到了起子制作的黑白照片，本市的平信当日可到。陆局长也收到了。两天后肖恩团长的上级领导也收到了。

李花开出差回来,陆婧立刻把电话打到了印刷厂,那是一个悲愤加绝交的电话,一个鄙视得不容分说的电话,一个曾经的"闺密"必须洗耳恭听的电话。陆婧那一波又一波语言的风暴如耳光噼啪,痛打在电话那头的李花开脸上。陆婧只听见李花开一迭声叫着"我娘！我娘啊！"又听见她"呕呕"了两声,像在呕吐。陆婧摔了电话。

肖团长受到了处分。

陆婧受到了处分,被陆局长轰出家门。

五

四月的又一个下午,太阳很好,雾霾不在。陆婧打车来到"时代体育"。朋友送了她两张老时光博物馆的门票,她看看地址,发现就在东单,离那间"时代体育"小店不远。这正好是个自然的理由:可以先到"时代体育"看看,再去博物馆参观,这样,走进商店便显得更像顺路。

"时代体育"有年轻的顾客出入,咄咄逼人的青春扑面而来。陆婧掺在其中,自觉有点碍眼。她在跑鞋柜台驻步,但她从不跑步;她在泳具柜台驻步,她也不打算游泳。她在等一个合适的时机,和坐在收银台的李花开打一声招呼。其实她一进门就看见了这位故人,三十多年未见的故人,即便是仇敌,难道不也能生出几分亲切吗？就算谈不上亲切,她至少怀有那么点不愿承认的屈尊的好奇。

时间是毒药,也是偏方。她记起哪个作家的句子。

店堂里人少的时候,她来到收银台前,将胳膊肘架上齐胸高的台面,明确地招呼了一声:"嗨,李花开。"

李花开抬起头,她认出了陆婧,随着一声"我娘！"陆婧看见了她脸上的惊奇和真切的欣喜。

…………

她们对坐在一间粥铺喝粥。李花开说她常到这儿来,离店面近。陆婧要了蔬菜鱼片粥,李花开要了皮蛋瘦肉粥,又点了拍黄瓜和两个芝麻烧饼。

这几十年我常常想着要是看见你,第一句话到底怎么讲,千头万绪的。李花开说。

是我摔了电话。陆婧说。

我放下电话就去单位找你,哪儿都找不到你。后来,单位说你报了一个什么进修班,去北京了,和谁都不联系。过了几个月,又听说你出国了。

是出国了,陪读。算是闪婚吧。年前刚退休,业务荒疏大半,职称副高。女儿自立，丈夫厚道。陆婧以短信似的句子讲述了自己的三十多年。

你呢？

离了。李花开端起粥碗又放下，这粥碗挺大，小西瓜似的。陆婧恍惚又坐在了当年那个卤煮小馆。

就为我？陆婧心有不安地问。

我最怕的就是你这么想。不是为你，是非离不可。李花开的讲述也很简明。开始他不离，让她替肚子里的孩子想想。她上了房，站在房顶逼他同意，不然她就跳下去。他跪在院子里求她，不松口，不信她会真的跳。刹那间她前迈两步，眼一闭就跳了下去。

陆婧的心像遭到突然坠落的重物的击打，一阵沉闷的钝痛。她下意识地望着李花开的脖子，岁月给这优美的脖子增添了几纹皱褶，但依旧柔韧、光润，且不松垮。从房上跳下万一戳中了脖子……她不敢想了，后脖颈被冷汗浸湿着。她不愿用自惭形秽来形容此刻的自己，只朝桌子对面伸出手，却不好意思去握李花开的手。三十多年的隔绝，让人无法产生轻易的肢体接触，即便是曾经的"闺密"。她收回了手，机械地问着：后来呢？

后来就离了。李花开淡淡一笑，告诉陆婧，她原是要把孩子"跳掉"的，这孩子却结实。她残了一条腿，回老家生下儿子，在县中学当了老师直到退休。儿子从小就善跑，初中选进省体工队，再后来又进国家队，亚运会拿过名次。就好像，她拿自己的残腿，换来了儿子日后超速的奔跑。

你这是，轴得不要命啊。陆婧用了一个"轴"字，觉得不恰切，又找不出更合适的词。

李花开把身子靠上椅背说，谁愿意不要命呢，可当时我已经站在房上了。我站在房上往下看，索性想着跳下去无非就是两条路，要么死得更快，要么活得更好。

陆婧竭力眨着眼往回憋着泪说，你是活得更好的。

李花开说，那也先得敢往下跳哇，况且，还得有信使给鼓着劲儿。

"信使"两个字是陆婧的忌讳，那是旧年的伤口，尽管那伤口已经疲惫得睁不开眼，可她们的会面又无论如何绕不过这两个字。李花开说，其实你也是我的信使。我第一次把信送到你手上的时候，你就已经是了。到最后，没有那些事儿，没有你摔电话，我也下不了决心去奔真心想要的日子。记得我跟你提过我那个中学同学吧？

陆婧猜到了什么。但他的名字她早已记不得了。

他在老家当导游，我们那儿穷，山水可好看。从前北京人不知道，玩到十渡就不往里走了，其实越往深里走越奇崛，大峡谷、风动石、空中草原。后来他自己弄了旅行社,和县旅游局一块儿开发。我回老家后,他一直照顾我,生孩子都是他守在身边。这么多年,我们过得挺好。李花开猛地扬了扬下巴,郑重地介绍说:他叫锁成,姓赵。

这间店呢,“时代体育”。

是儿子的。儿子退役后盘下这个小店,有时间我就过来帮他照应几天。往后他该忙了,区体校聘他当教练,准备国庆游行呢,其中一个方阵有他们参与。

她们共同意识到,这是二〇一九年的春天了。陆婧仿佛又闻到了白丁香、紫丁香那一团团苦而甜的香气。

两人出了粥铺,天已经黑透,李花开要回“时代体育”,和陆婧在此道别。陆婧望着眼前车的河流、人的河流,意犹未尽地说,那年我一气之下逃到北京,才知道偌大个北京不会安慰你的委屈。

可偌大个北京能够包容你的委屈。李花开接上陆婧的话。晚风吹拂着她略微倾斜的身体,吹拂着她的短发,那样子实在很飒。

几天后陆婧去了老时光博物馆。她从家里走路去的,有点远,大约十公里。她换了运动鞋,打开手机的导航,调至“步行”模式,方向感再差也不会迷路。她很久没有这样专注地、长时间地在北京街上走路了,她要用尚是健康的腿脚而不是车轮,把北京仔细走一走。她走得挺好,近三个小时,顺利到达目的地。那是一间展览旧器物的民间博物馆。在众多旧物件里,她意外地发现了那只曾经那么神气活现的炉子。如今它的炉盘已不再锃光瓦亮,炉膛里却闪着橘色的火光。她走近前,把脸探向炉口,发现炉膛里填充着仿不规则煤块的 LED 盐灯。LED 是冷光源,炉子并不发热,只让参观者感受着一种亦真亦幻的安全的温度。

【作者简介】铁凝,女,1957年生于北京,作家。现为中国文联主席、中国作协主席。主要著作有长篇小说《玫瑰门》《大浴女》《笨花》等4部,中短篇小说《哦,香雪》《永远有多远》等100余部,以及散文、随笔等共400余万字。作品曾多次获“鲁迅文学奖”等国家级文学奖,另有小说、散文获中国各大文学期刊奖30余项。其编剧的电影《哦,香雪》获第41届柏林国际电影节大奖。部分作品已译成英、俄、德、法、日、韩、西班牙、丹麦、挪威、越南、土耳其、泰等多国文字。2015年5月,被授予法国文学艺术骑士勋章。2018年,获波兰雅尼茨基文学奖。

寻常百姓

◎ 蒋子龙

老马

老马，大名马步良，年已七十有五。身体羸弱，心脏不好，肠胃不好，睡眠不好，血压还有点高……总之浑身是病。幸好有个好老伴照顾，活得倒也滋润。这天老伴突然觉得喘不上气来，还咳了一摊血，送到医院一查，竟是肺癌晚期。

从老伴住院的那一刻起，他就抓着老伴的手不放，嘴里说个不停："都怪我，都是为了照顾我把你累成这样的，我总以为你比我年轻两岁，身体也比我好，闹了半天你是强撑着！你可不能出事，花多少钱咱都治，咱有积蓄，闺女也有钱，他们都是孝顺孩子。没有你我可没法活，闺女忙，谁管我？咱俩不是早就说好了吗，我先走，你送我……"老伴的病情越来越重，不是一天比一天重，而是一刻比一刻重，老马神情凄惶，双眼迷离，不再出声，跟谁也不再说话，谁问什么也不搭腔，只是默默地抓着老伴的手，一刻也不松开。直到晚上被逼着回家睡一觉，至于睡着睡不着，那就另说了。

他走后，老伴强打精神嘱咐女儿，我不放心你爸，平时家里的药都是我管着，放药的抽屉里有个安眠药的小瓶，里面大概还有二十多粒，白天趁你爸在医院的时候你回家一趟，把安眠药片倒出来，数数多少片，再换上谷维素片。

送走老伴从火葬场回到家，女儿跟他说，以后就不要开伙了，跟我们一块儿吃，哪天累了不想动，我就做好饭菜送过来，好在只隔着一个门。老马哪有胃口，几天来都没有好好吃东西，仍然一点不饿，晚上只喝了多半碗面汤，就回到自己的家。家还是原来的那个家，却一下子变得特别空旷而陌生，实际上这也不是他的家了，小时候老娘在哪儿，哪儿就是家，老了有老伴就有家，老伴一走，家充其量就是个安身的窝。老马在火葬场没有掉泪，此时却悲从中来，躲进卫生间，关好门窗，打开水龙头，擗踊拊心放声痛哭。

直到哭够了，洗了个澡，出来换上自己最喜欢的干净衣服，坐在椅子上，对着老伴的遗像开始说话。老梁啊，算啦，还是像刚搞对象的时候叫你惠洁吧。世人都认为长寿好，可对老两口子来说，谁先走谁有福，长寿的那个反而受罪。老话说"过一不过三"，一对老夫妻先走了一个，剩下的那一个大多活不过一年，即使活过了一年也逃不过三年，我病病恹恹的，就不想再多受那一年的罪了！六号楼的老杨，比我大两岁，自年初老伴死后就不出门，谁劝也不行，理由很奇怪，怕丢人现眼，没脸见人，总觉得心里冤屈得慌，还老哭……谁都不理解，说他脑子出了毛病，我现在倒觉得有点理解他的感受。四号楼的大老王，跟我是一个单位的，每天早晨买一大堆菜、肉，有时还有水产，下午估计儿媳妇们快下班了，就出去溜了。两个儿媳妇特别团结，下班后都到老公公这儿来，两个人合计着把饭菜做好，两家人吃完，再各自带着明天中午吃的，当然也给老头剩一点。等儿孙们都走了，老王才回家，说回家早了看见儿媳妇们连吃再带，怕人家不好意思。他每个月把自己那点退休费花得精光还不够，老伴活着时攒了一点钱，等把那点存款花完，还不知该怎么办。说起来还是咱的闺女好，他们两口子工作都不错，收入也不少，外孙子已经上了大学，咱们算是没有牵挂了，只有我是她的累赘。人想人是天下最苦的事了，特别是想死人。这些天我翻过来调过去，前思后想，决定跟着你一块儿走，比赖赖巴巴活着强。你等我一会儿，我马上就来。

他从抽屉里找出那小半瓶安眠药，从柜子里拿出整瓶的直沽高粱，他打听过了，就着水服死不了人，反而又吐又难受白折腾一通，用白酒送服安眠药则必死无疑，舒舒服服就睡过去了。他去卫生间，把体内的脏东西打扫干净，再穿上几乎没怎么穿过的那身西装，将安眠药全倒进嘴里，扬脖咕咚咕咚喝了几大口白酒，险些没被呛着。随后慢慢仰面躺好，欢欣鼓舞地等着去见老伴了，给她个惊喜。

在去见老伴的路上并不舒服，肚子不好受，脑袋又疼又涨，有一段时间感到身体似乎是飞了起来，显然是要进天堂了……四外一片亮堂，想必天堂已到，他猛地睁开眼，没有万丈祥云，没有五彩霞光，跟人间差不多，心里还有点失望。女儿开门进来，一手端着豆浆、一手拿着烧饼、油条……他大叫一声，你怎么来了，你娘呢？眼睛瞪得老大，中邪一般。

女儿放下早点，顺手把酒瓶子放进柜子里。昨天晚上自己一个人又喝酒了？怎么穿着衣服就睡了？以后馋酒在吃饭的时候喝，不能一个人喝闷酒。她又拿起安眠药瓶晃了晃，说道，安眠药没了，以后睡前我给您拿过来，一次只能吃一片，不能多吃……这时老马清醒过来，自己没有死，只是睡了一大觉，到天堂边上转了一圈又回来了。他把女儿赶走，起来看了看安眠药的瓶子，又到放药的抽屉里翻了半天，没错，就是这一瓶，他数过一共二十七片，足以置人于死地，为什么对他无效？

他突然放声大笑，虽然笑得很瘆人，好在屋里也没有别人。笑过之后高声对自己说，我想死你不让我死，看来我的命很硬，不该死，不能死。那我还就不死了，活个样给你看。他洗漱完竟然把女儿买的早点都吃光了，将那身西装重新放回衣柜，换上平常的行头，开始琢磨今后怎么个活法。人最难相处的就是跟自己，如果关起门天天跟自己相处，不出两个月，不死也疯，要不就痴呆了。一定得出去，老伴走了没人相处，就想办法找点事干，跟事、跟物相处，尽量减少一个人傻待着的时间。能找到什么事干呢？当下没有补差的地方，哪里都不要老头了……在马路边上跟一帮老头儿下棋打牌？他不喜欢。到公园唱戏，他不会，也拉不下那个脸，自小唱歌就不好……憋了半天也想不出好主意，不管那么多，先出去溜达溜达再说，实在不行我就一天天地在外边转悠，转悠不动了回来就睡。

他还没有走出小区，不一会儿工夫就看到每个楼栋前的垃圾箱被两三个人翻腾，好像还都有所收获，不觉心里一动，买了两瓶矿泉水，送给一个捡垃圾的人，并跟他走了大半天，中午还请他吃了半斤包子，傍晚跟他去了最近的废品收购站，算是把捡破烂的全部程序学会了。

第二天穿上一身旧衣服，背上一个大袋子，开始捡破烂了。中午背回一大兜子，一堆堆分类放好，吃过午饭，躺了一会儿才又出去，傍晚早早收工，送到废品收购站卖了二十元，十分高兴。回家洗了澡，到女儿家吃晚饭。晚上琢磨好明天的路线，一觉睡到天亮。第二天卖了四十元，第三天五十元……他渐渐摸出了一点门道，路线选好，时间赶巧，每天收获个几十元是正常的。

更重要的是他原以为自己是病秧子，成天不是这儿疼就是那儿疼，通身上下没有好受的地方，现在才明白，是老伴对自己太好，什么事都不用操心，油瓶子倒了也不用他扶，反倒把他惯坏了。如今上午捡两三个小时，中午在家睡一觉，下午捡两三个小时，反而吃得饱，睡得着，身上也有劲儿了。看来所谓命硬，首先得心比命硬。

第四天，正在家里将废品分好类，打包送往废品收购站，女儿特意提前下班将他堵在屋里，跟他大闹，别说您有退休费，就是没有我也养得起你，我妈刚死你就去捡破烂，邻居们都知道了，这不是寒碜人吗？你不嫌丢脸，我还嫌丢脸哪！

老马突然上来脾气，屁话！我捡破烂丢得着你的脸吗？你嫌弃就别认我这个爹，我也不用你管，从今天起我不会再到你那儿去吃饭了，我自己能照顾自己。

女儿气得哭着走了，却还是舍不得丢下这个“破烂爹”不管，每天晚上仍然热汤热饭的给送过来。老马自由了，脸也拉下来了，大大方方地开始了“破烂生涯”。每天轻轻松松进账二三十元，赶上运气好五六十元，甚至过百元，自然而然也结识了一些同道中人，特别是老年妇女，有家有口的，穿得干干净净捎带着也捡点破烂，现代社会浪费太大了，年轻人什么都扔，弯弯腰就是钱，不捡白不捡。其中一个沈老太，快七十岁了，是破烂行中的老手，教给老马很多捡破烂的经验。

过去她家里穷，自小捡煤渣，中年下岗后就开始捡破烂，丈夫跑运输赚外快，开夜车缺觉，出车祸死了。她一个人靠捡破烂供儿子念完大学。儿子现在是个小老板，给她在一个比幸福里高档的新小区买了一套一百多平方米的大房子，任她折腾。她和老马很谈得来，还专门到老马的家里指导他怎样进行破烂分类容易装车，这在邻居间引起轰动。

老马捡破烂，还捡了个老伴。

熊冠三

熊冠三，面黑体壮，眼光中正，性烈，至孝。每天必为母亲准备好早饭，才去上班。当过化学兵，中国第一颗原子弹爆炸时，他在现场。转业后任机械局保卫处副处长，后下派到出名的烂摊子——没人愿意去的红星机修厂任厂长兼书记。上任第二天，有警察到厂，要拿走一个职工的档案，送往大西北劳动改造。他为警察斟了一杯水，让其在办公室等候，自己来到人事科，了解事情原委。

犯事的人叫二膘子，真名刘传标，厂里的一个小流氓，除去惹祸干什么都不行。前几年进过公安局，出来后老实了两年，好不容易找了个对象，为讨好丈母娘给其修理厨房的下水道，昨天晚上来厂里偷管子被巡逻的民兵当场抓住，算他倒霉赶上了，往大西北一送这辈子就算交代了，媳妇也白娶了。

熊冠三回到办公室对警察说，事情有出入，我跟你去一趟当面再问他一次，如果还要往大西北送，我派人把他的档案给你送去。他跟着警察来到派出所，警察到里边把二膘子带出来，熊冠三跟他一对眼神，抡起胳膊就是一个大嘴巴子。这一巴掌扇的，二膘子在地上转了一圈儿扑通就跪下了，鲜血从嘴角流出来。熊冠三指着他骂道，我在局里干保卫还不懂这个，他们打你你就承认？咱不说好折钱吗，下个月从你工资里扣。窝囊废！

熊冠三越骂越气又想抡胳膊，二膘子直冲着他作揖说，厂长你不知道啊……你得救我啊！厂长！

熊冠三回身看看警察，你都听明白了，这个人我得领走。警察点点头，人家厂长来领人，焉能不放。回厂后熊冠三让一无所长的二膘子去动力科烧锅炉。

熊冠三为了尽快熟悉机修厂的情况，上午听各科室的汇报，下午到各车间里转，有不明白的就问，碰上对眼的就聊一会儿，在铆焊车间看到一个挺着大肚子的女工在满车间搬边料，边料都是带刺的铁块，轻者几斤，重的十几公斤，还要不停地弯腰，这不是胡闹嘛！他喊住了那个女工问，怀孕几个月了？

八个月了。

八个月了还干这个？女工眼圈红了，却不敢多说。

你叫什么名字？

刘兰芬。

熊冠三把车间主任找来，主任说是劳资科科长王贵有定的，她不知怎么得罪了他，就是故意整她。

她是你车间的工人，为什么任凭王贵有整？

工种分配是劳资科的权力，车间无权更改。

屁话，你是不是跟王贵有一伙的？

车间主任为自己百般辩解，熊冠三直盯着主任的眼睛，不让他躲闪也不相信他的话。熊冠三问：你车间里就没有轻松点的活儿？

她原是焊工，有些活儿可以坐着干。

那就马上让她回去干本行。

第二天一上班，熊冠三来到劳资科听汇报。王贵有通身上下清爽整洁，白面，微胖，眼光犀利，充满自信，他的汇报简短，有条理，却都是应付外行的漂亮话，劳资科的真正业务谈得很少。干企业隔行不隔理，在局里这几年也没少往企业里跑，自然听得出王贵有在糊弄他，甚至还猜得出王贵有的心思，他这个厂长能当多长时间恐怕也得取决于王贵有。

等王贵有汇报完，冷了一会儿场，熊冠三才开口：工人们说，红星机修厂干不好是因为有两大能人，你王贵有就是一霸。就这一句开场白，整个劳资科的人都傻眼了，王贵有的脸也立刻变色了，熊冠三看着他不紧不慢继续往下说，铆焊车间女焊工刘兰芬，挺着怀孕八个月的大肚子，天天在车间里搬边料，就因为你怀疑她跟你的对头生产科科长好。孕妇犯了罪都暂时不收监，有什么刑罚都等到生完孩子再说，你这一手关乎着两条人命，这是迫害妇女，违反国家劳动法，就凭这一条我就可以把你送进去，至少流放大西北，你信不信？

王贵有登时就尿了，整个人都塌架了，往常的冷傲变成一脸卑微。厂长，我不是有意的，没想到事情这么严重……

熊冠三眼带凶威，眉横杀气，摆手不让他说下去，散会后你把工作跟副科长交代一下，放你半天假，明天一上班到这儿报到，找副科长给你分配个工种，下去当工人，工人当好了再说。他转头看着副科长说，你暂时代理劳资科科长，警告你一句话，别当人贩子。红星厂是国家的，别拿着国家给的权力当大爷，这个厂没有谁都行，包括我熊冠三。谁不想干现在就举手，明天下车间，如果再让我听到工人骂你们劳资科是人贩子，就不会像今天这么客气，我是干保卫出身，咱们就公事公办！

熊冠三除了工厂的两霸，到年底竟破天荒地完成了局里下达的生产任务。在各车间报上的“先进生产者”名单里，他看见了“二膘子”刘传标的名字，一问动力科，这小子还真被他那重重的一巴掌打过来了，干活拼命，有一天晚上来煤进不了厂，他本来是下中班，却光着膀子干了一夜，用小车把煤一车车地运进了锅炉房。

俗语云：“宁得罪君子，不得罪小人。”王贵有就是小人，每隔一段时间，他就用两张复写纸垫着写一封告状信，一式三份，署名“红星机修厂广大群众”或“部分群众”，花上三八两角四分钱，分别寄给市里、局里。告状信的内容也经常更新……说得有鼻子有眼，上边一次次地下来调查。熊冠三的为人处事就像他当兵时的背包一样，四角四方，八面见线，调查不出什么问题，但癞蛤蟆趴在脚面上——不咬人恶心人。上面也老批评熊冠三，你说你没有问题，为什么有人老是告你？也就仗着红星机修厂被他管得不错，没有调他，也没有提拔他。

熊冠三后半生在轮椅上度过。令他欣慰的是，每年春节，刘传标都带着老婆孩子去他家里拜年。

狓子客

在人类弱的时候，特别是在科技不发达时期，灵异之事就多。

何谓狓子？比成年的狼狗小，比狐狸大，站起来像个五六岁的孩子。有时戴草帽，穿着人的衣服，会人语，站在路中间，拦住过路人发问，你看我像人吗？

如果行人害怕或紧张，想应付过去快点赶路，便顺嘴说，像！像！它随即就成精了。

你看，它已经修炼到这个地步，仍然想当人。就如同已经修炼五千年的峨眉山蛇精白素贞，还是愿意嫁个凡人，生儿育女。倘是过路人胆壮，随口骂道，像个屁！滚蛋！若手里拿着家伙顺手给它一下子，它就立刻逃掉，再去修炼。

宽河拐肘的地方穷，胳膊窝的地方富，那个地方俗称“蛤蟆窝”。狓子想成精既然离不开人类的承认，它当然也要找富裕、人多的地方。蛤蟆窝的老实农民韩五林，秋忙的时候割完高粱穗就回家了，不想晚上下雨，怕高粱穗被雨水泡了生芽，赶紧跑回地里，将高粱穗往地边上看粮食的窝棚里搬。一进窝棚，看到床上站着个半人半鬼的小孩子，吓得他大叫一声扭头就往家跑，第二天就死了。

这还了得，既然发现了狓子，就得请狓子客来除妖，天下最厉害的狓子客是陕西人。村里派人到陕西请来了一位狓子客，貌甚诡异，面色晦暗带阴气，但眼有精光。说话像鸟叫，没人听得懂，他的年轻助手一字一顿地告诉宽河边上的人，我师傅怀疑这只狓子，就是春天被他的钩链子枪钩掉大脚趾的那一只，猜到它可能会顺着黄河跑下来。

狓子客问明韩五林的新坟在什么地方，不让村人跟着，他们师徒二人远远地埋伏在新坟两侧。狓子吓死了人，会连续好多天到坟头上来哭，赎罪，不然会大大增加它修行的难度，甚至永远都成不了精。只要看到它，悄悄跟踪找到它的窝，就不会再让它跑掉了。

连黑带白蹲了三天，终于找到了狓子的窝，在村子另一侧老柳家的坟地里。看着狓子进窝后，狓子客的徒弟立刻回村叫人来帮忙，把坟地周围一共四个洞口严严实实地堵死三个，只留下一个。狓子客戴上皮面具、皮套袖、皮手套，右手握住钩链子枪，村民点着柴火，他的助手用自带的鼓风机往洞里吹烟。

过了半个多小时，狓子客似乎听到了什么动静，钩链子枪嗖地捅进洞内，一声怪叫，链子枪钩住狓子的上膛，从洞里拽出来直接装进帆布袋子。

狓子客师徒立即上路回陕西，不收韩五林家属和蛤蟆窝村的一分钱，有这一只狓子就足够了。其皮毛雪白，极其珍贵，肉质细嫩，有奇香。

说了归齐，还是人最厉害。

名医

贝万山曾是省重点高中的尖子生，现在称“学霸”。但在升到高三没几天，患了骨髓炎，进进出出拜遍了省城的大小医院，求遍了亲戚朋友推荐的各种医生，还到北京治了大半年，都没有效果。最后侧腰烂得看见了肋条。

在死神的追赶下，万般无奈只有靠自己试试了，他开始拼命读医书，古今中外从医学经典到民间偏方，从大学教材到医学刊物……有点心得就在自己身上实验。几年后竟真把自己的病治好了，并发明了“复方黄柏液”，专治各种骨肉伤痛、发炎。

他的奇迹被同病相怜的病友和左邻右舍、亲戚朋友中嘴快的人传扬开来，一传十、十传百……来找他看病的人很多，骨髓炎自不必说，能确保治愈，医治其他骨科类的病痛，也有相当大的把握。

由于他不是医生，没有行医执照，只能以亲戚朋友的身份悄悄医治。奇怪的是，此时的贝万山，以自己患病时的绝望推及他人，萌发了强烈的行医欲望，自己搭钱买药、制药，也要给别人治病。省城一个区的卫生院，相中他能吸引众多病人，给医院增加收益，把他请去，替他办好了医师资格证书，专为他开了个骨科诊室。

很快，贝万山连同那家卫生院声名大振。比如，大医院都是在有空调的无菌室做手术，伤口还时常感染。他所在的卫生院条件差，夏天做手术开着窗，还有苍蝇乱飞，却从来没有感染的……

人一有了传奇般的口碑，就会越传越神。

也是合该他出名，领导下乡不知被什么毒虫咬了，先是红肿，然后溃烂，且奇痒难挨，而奇痒往往比疼痛更难忍受。住在全省最大的人民医院，却怎么也治不好。有人推荐让贝万山看看，医院总是推三阻四，就是不想让一个江湖郎中来砸了自己的牌子。最后还是领导自己当着院长的面下令，让贝万山来会诊。贝万山带来一小瓶药水，涂了几次就好了。书记大悦，众人大惊，这真是神仙一把抓，不服不行。

这样的神医怎么能被埋没在一个小卫生院里，省卫生局下令，把他调到人民医院当了骨科主任。没承想他这个主任一干就快二十年了，上不去，下不来，让贝万山受了“洋罪”。

上不去是因为没有学历，他手下的普通医生都是正宗学医的硕士、博士；下不来是因为他看病有一套，病人多，能给医院带来效益，而且他这个主任是上面“钦定”的，谁敢把他拿下？

“洋罪”受得时间一长，整个人都变了，除去面对病人时还有点自尊自信，其他科里的事情能躲就躲，能拖就拖，躲不过拖不了，就睁一眼闭一眼能凑合过去就行。

他越是怕事，科里的闲事就越多。有个年轻医生，还是医学院硕士毕业，天一热就不穿衣服，光溜溜外面只穿一件白大褂。科里的医生护士都知道，有些住院的病人也知道，谁一见他先往他的下身看，他却满不在乎，依旧我行我素，旁若无人。

他这个科室主任当然也知道，每天一打照面也习惯性地先看那个医生的下身，几次想管都忍住了。他心里很清楚，科里的年轻医生除去把他当成靠“独门绝技”赚钱的机器，没有谁真正看得起他，有两个医术好一点的医生，暗地里还恨他挡了他们的道。

有一天那个不穿裤子的医生要当他的助手同上一台手术，他终于没有压住自己火气，呵斥道，上手术台不穿裤子，成何体统！这是大学里教的吗？他呵斥完医生，吩咐护士到手术室拿了条裤子，让那个年轻医生穿上。

等他火气消了又后悔自己多管闲事，晚上回到家跟老伴念叨这件事儿，老伴也埋怨他，并劝他想办法提前退休，然后到小医院顶半天门诊，或者到大药铺坐堂，又省心，挣得还多。他长叹一声，我何尝没有这样想过，总得要有个理由才行，须先辞掉科室主任这个累赘的职务，可我几次给院领导打报告人家都不批，如之奈何？上边顾虑的是，怕我一退会带走一部分病人……

第二天上班，在楼道就迎面碰上那个不穿裤子的医生，贝万山主动笑着打招呼，还破例向对方敬上一支烟，这分明是为昨天的事情向人家表示歉意。那个家伙下身依然没有穿裤子，满不在乎地吸着他送的烟转头走了，根本不拿他当回事，甚至还有点向他示威的意思。

他心中恼恨，不是恨对方，而是恨自己这么大年纪了，还这么下贱，受这般羞辱！他拐弯进了卫生间，看看里边没有人，便抡开手臂狠劲抽自己嘴巴……刚抽了两下，只觉头昏脑涨，眼前一黑便人事不知了。

再醒过来时，知道自己躺在医院的急救室里。旁边的脑系科医生告诉他，刚才急性脑梗，由于抢救及时，想来不会留下后遗症……

他闭上眼睛，转转眼球，动动眉毛，轻轻动动脚趾、手指，心里松了一口气，这下可以提前退休了。

道爷

燕山山脉深处，有座狮子峰，山势险绝。

山上古木参天，飞瀑流泉。半山腰负阴向阳处，有两间石屋，屋前开出一片荒地，种着树苗、菜蔬和庄稼。石屋里住着一位独身老人，形貌劲健，看上去身上没有肉，却并不让人觉得他瘦，好似在骨头里长肉，气和神爽。

据传他原是铁刹山道士，云游至此，见山脉气韵奇佳，想在狮子峰顶建道观。后因战事不断，继而中华人民共和国成立，道观没有建成，他成了狮子峰上唯一的山民。随着年岁增大，须发皓然，附近百姓都称呼他“道爷”。

狮子峰下散布着大小不等的村落，村民有困难可以到山上任意摘取他的蔬菜、粮食，但有一条，不许糟蹋。曾有一骑马游山的人，因山陡骑不了马，下山时一手牵着马，一手用鞭子狠抽道爷的树苗。此时倏然乌云密布，沉雷滚滚，雨落风拽云刮地从山上压下来，随即一声巨响，一个火球扑向挥鞭人，一个炸雷，人变成一截烧焦的木炭。而近在咫尺的那匹马，毫发无损。

山下有个良王庄，庄上有个大户，弟兄六个，和和气气，日子兴旺，自从老六娶了媳妇,这个家就不断出事,伤人、打官司……掌家的老大还得了一种被农村人叫作"撞克"的怪病,一犯病如中魔一样,四五个大小伙子摁不住,六七尺高墙头一蹿而过。在省里的精神病院住了很长时间,电疗、捆绑……各种手段都用上了,人被折腾得不成人样了,病却没治好。万般无奈下上山求道爷,道爷一进他家的院子就停住脚步说:"不用看病人了,我知道是怎么回事了,你们这院子里原来有棵一二百年的大槐树,怎么没啦?"

全家人一惊,道爷从未来过他们家,怎知道原来有大槐树?代替大哥管家的老二说:"六弟结婚时砍了做了家具。"

道爷吩咐:"赶快到山上我的苗圃里,挖一棵最大的槐树苗,栽到原处。"

"若栽不活怎么办?"

"放心吧,你就是插根槐树枝子也能活。"道爷说完转身回山了。

死马当活马医,槐树苗栽下去,果然长得很好,随着槐树越长越高,老大的病彻底好了。

邻村一户人家听到这个消息,赶紧也找到道爷,他们家有一年多吃不上熟食,蒸馒头、蒸窝头怎么也蒸不熟,只能天天吃半生不熟的东西。道爷去了一看,他的屋前有棵老榆树,一根枝干伸到房顶上,正在烟筒的上方,一做饭就被烟熏火燎。

道爷说:"你赶紧将烟筒口改道,别再熏这棵老榆树了。"

"为什么?我把那根树枝砍了不行吗?"

"绝对不可以砍树枝,砍了那你家的麻烦就不是蒸不熟馒头的事了。"

主家不服,他嫌改烟道费事,一定得问出个原因来。

道爷说:"你是一个生命,对吧?榆树也是一个生命,你得承认吧?榆树上面还住着一户灵物,本来与你们相安无事,甚至还能保佑你家平安兴旺,可你天天用烟熏它,它能让你过好日子吗?不信你问问过去的财主家,都有蛇,有的蛇很大,有时很多,财主从来不打蛇。"

那户杠头最终还是改了烟道,从此就吃上了熟馒头。

关于道爷的故事还有很多……道爷后来不知去向。有人说他是树精,老树都被砍了,他还怎么活下去?在狮子峰顶羽化成仙了。

铁笔神探

张道义,自小迷恋侦探小说,然后考上警校,并把父亲给起的张道一的名字改为张道义。毕业后如愿当上刑警,屡有上佳表现,当升到一个沿海地级城市刑警队队长的时候,破获了一桩国际贩毒案,立了大功。正是士气高昂、前途无量的时候，噩梦却随之降临……

外出办案归来，刚下飞机就被同一公安局经侦队的警察带走，查了个底掉，没查出问题，放出来恢复职务。没过多久，他在局里的大会议室正开着半截会，众目睽睽之下又被人带走，随后查了个人仰马翻，大半年后证明举报不实，又被放了出来。

回家没几天，还没有接到恢复正常工作的通知，赶上一个风雨交加的深夜，他家的玻璃骤然间全被石块砸碎，他护住老婆孩子，然后全家人一起遮盖家具，从屋里向外舀水……

就在那天夜里，他知道自己的警服穿到头了。他破案得罪的利益集团势力庞大，上边下边都有人，那时还没有开展全国性的“打老虎拍苍蝇”的运动，举报无须实名，上下一块儿折腾，他怎么顶得住？你说你没有问题，为什么老有人举报你？就像裤裆里抹黄油，是屎不是屎说不清楚。而不相干的人，一般都会相信老被人举报的人八成是有问题的。

第二天他向局里交了辞职报告，然后给房子重新装上玻璃，打扫干净，换到一栋高楼的十八层。再有臂力的流氓，也不可能把石块、砖头准确无误地抛到五十多米高的楼上。将家人安顿好以后，他就去了五台山。做完法事他在庙里闲逛，走到一个养龟池边，看到里面各种各样、大大小小的龟们，或悠闲缓慢地爬动，或缩颈闭目一动不动，对身边层层叠叠、光华闪闪的香客抛下的金钱视而不见，不为所动。张道义忽然觉得自己的心里静了下来，感到一种舒服，似乎得到某种启示……他从来不知道自己竟然喜欢龟！

回家后立刻到花鸟虫鱼市场，买了几只漂亮的大小不等的金钱龟，将十八楼的阳台改造成龟池，有水有草有石，还有供龟晒太阳睡懒觉的沙地。得空时在龟池旁边一坐，他看龟，龟看他，心静身净。喧嚣世界，能静即福。

为了医治多年当警察养成的心高气傲的毛病，他特意找了一份在一家公司看大门的工作，培养微笑的习惯，每天都需将身姿放到最低。因工作清闲无压力，开始利用一切闲暇时间阅读中外文学作品，每天保持八万至十万字的阅读量。

读了一年多别人的小说，觉得不过瘾，开始自己写，将满脑子的故事和在现实中无法实现的愿望，还有明知是谁在害自己却说不出来更无法反抗的憋屈，都通过小说表达出来。十多年的时间写了九部长篇小说，直写得视网膜脱落，索性辞掉了工作。

养好眼睛以后继续没黑没白地写，出版第十二部长篇小说后，获得了一个全国性的“燧石文学奖”，并被选为市作家协会主席。有人向他道贺，说他因祸得福。他养的满池金钱龟也值了大钱，社会上流传金钱龟治癌，一斤重的五万元，一斤半重的七八万元，二斤以上的十几万元、几十万元……

他只是苦笑，至今他心里真正想干的工作还是当警察，而不是当作家。他养的龟是神物，帮他调气、养气，给多少钱也不卖。而写作是为了撒气，当不了真警察，就在纸上当个神探。

他自觉，正是因为养龟和写作，受那么大委屈才没有得癌症。

【作者简介】蒋子龙，男，1941年生于河北沧州。1962年开始发表作品，《乔厂长上任记》《赤橙黄绿青蓝紫》等多次获全国优秀短篇和中篇小说奖。著有长篇小说《蛇神》《子午流注》《人气》《空洞》《农民帝国》及中短篇小说集和散文集多部。2010年人民文学出版社出版14卷本《蒋子龙文集》。曾任天津作家协会主席、中国作协副主席。

喝汤的声音

◎ 迟子建

她跟我说的这个小镇在乌苏里江下游，叫万吉镇，所住人家多是打鱼的和养奶牛的。我说，只知道有个抓吉镇，万吉镇在哪儿？

“万吉镇当然在万吉镇，就像你的屁股一准儿在你胯骨下，不能跑到你脖子上一样。”揶揄我的是个四十岁上下的女人，自称乌苏里江摆渡人，她长脸，高颧骨，中分直发，穿一条绛紫色麻布长袍，戴一串木珠项链，脸很黑，一双狭长的眼睛深藏着磷火似的，幽光闪烁。

她什么时候进的江鲜小馆我不知道，因为我压根儿没听见脚步声，她就飘落在我对面的长凳上了。她仿佛和我是老相识，跟我眨眨眼，挑剔我不会点鱼，说这时令不该点马哈鱼，名气虽大，却不是新出水的，倒不如雅罗和船丁子新鲜好吃。她说话时喉咙像塞着团棉花，哑腔哑调的。

我是陪领导来饶河工作调研的，下午去过小南山遗址考古挖掘现场，三天的工作日程也就结束了。沿着微雨后湿滑的土路下山，我望见山下水墨画般的广阔湿地上，有两只白鹤翩翩起舞，大秀恩爱，这动人的情景令我想起麦小芽，她离开我十二年了。虽然四年前我再婚了，现任妻子贤德淑惠，待我不错，但在我成功或是悲哀时刻，特别想与人分享喜悦或倾诉苦闷时，心底呼唤的名字还是麦小芽。她是个历史学者，在一次田野调查中，遭遇特大山洪，被波涛卷走，此后我见着所有的江河，都委屈万分，觉得它们辜负了我的爱情。我太想在乌苏里江畔独享一个黄昏，喝上一顿酒，隔着遥远的时空，和麦小芽说说悄悄话了，所以下山后我跟领导谎称自己有个姑妈在饶河，多年不见，想去探望一下老人家，晚饭就不随团吃了。领导再有半个月就退休了，饶河之行是他任内最后的公差，一向傲慢和冷漠的他，骤然变得开明而亲民，他微笑着说你去吧，给你姑妈带好，晚上早点回来，明天咱们就回哈尔滨了！

从小南山下来，我像出笼的鸟脱离团队，奔向乌苏里江畔，择了片柔软的沙滩坐下，迫不及待地摘下口罩，让江风亲抚我的脸，望着这条波光粼粼的向北流去的江，边晒太阳边抽烟。

初秋的阳光像一束束丰收的麦穗，有股说不出的芬芳，让人有收割的欲望。我给麦小芽点了一支烟，放在鹅卵石上，淡蓝的烟雾云一样铺展开来，仿佛她真的吸了。麦小芽嗜烟如命，我们在一起最惬意的时光，是晚饭后对坐着，沏一壶热腾腾的茶，吞云吐雾地神聊。人们都说吸烟伤肺，但麦小芽说肺经由烟熏，这块鲜肉就变成了腊肉，腊肉比鲜肉耐储，所以她认定吸烟能铸就铁肺，百毒不侵。我们偶尔吵架了，道歉的方式，就是给对方点上一支烟，悄悄说声："咱熏腊肉吧。"这比献上玫瑰和热吻管用，矛盾随之烟消云散了。

天色由明媚变得暗淡，我默默和麦小芽"熏腊肉"至黄昏，留下两堆烟蒂，一堆是我的，一堆是她的。我取一根麦小芽的烟蒂，多想发现她湿漉漉的唾液啊，可是没有，烟蒂焦干，像一堆冰冷的子弹壳，仿佛告诉我它们来自死神的世界。我把两堆烟蒂合在一起，没舍得扔进垃圾桶，而是揣进裤兜，去江畔寻吃鱼的地方。

那条街上装饰华丽的江鲜大酒楼有好几家，而我惯于钻的是小馆子。除却价格便宜，经验告诉我，小馆子不宰客，食材好，灶火旺，掌勺的师傅个个身怀绝技，能做出令人惊艳的菜肴。而且小馆子客人常来常往，热络，活泛，可以不拘小节地高声谈笑、纵酒、吸烟，甚至放屁。还有一点，这样的馆子一般望得见后厨，你相中哪棵葱哪头蒜为你的菜打江山，可指点它们上阵，店主一定会遂你心愿。

从食街主干路岔过去，有一条绿意葱茏的玉簪似的斜街，我选的这家圆木打造的小馆，就像一颗琥珀，缀在斜街尽头。受新冠肺炎疫情影响，食街客人不多，店铺多半冷清，但我进去时，他家却很热闹。有两个男人喝得半醉，正在划拳斗嘴，一个咕哝："俩好呀——你丫的。"另一个叫嚣："五魁首呀——你大爷的！"小馆摆的桌子有圆有方，但供客人坐的都是长凳。随客人入店的口罩，像误入笼中的一群鸟儿，有的病恹恹地瘫在桌角，有的软塌塌地挂在客人的一只耳朵上。更多的人把口罩当袖标，戴在胳膊肘上，所以他们举杯时，五颜六色的口罩有点鸟儿挣脱樊笼的意味，向上冲去。我择了西北角的一个空位坐下，点了软煎马哈鱼、黑斑狗鱼炖茄子和椒盐江虾，还有一斤烧酒。其实我知道这时节的马哈鱼来自冷冻箱，不在盛时，但因这是麦小芽爱吃的，所以首要点的是它。

店主是个年纪轻轻的断腿男人，面貌俊朗，穿白色 T 恤，他摇着轮椅，自如地穿行于餐桌过道，端酒续茶。我进门时，他摇着轮椅从北侧飞快迎到门口，招呼道："兄弟您请——"然后奔向收银台，那里摆着一紫一白两个玻璃酒罐，紫的是山葡萄酒，白的是土豆烧酒，店主说这是他们自酿的。他说所有的来客进门都可免费喝一盅，男的通常喝土豆烧酒，女的喝山葡萄酒。我说我两个人，所以两种都喝。店主打开白色酒罐的龙头，先接了一盅土豆烧酒给我，看着我喝下，然后又接了一盅紫色的山葡萄酒，摆在收银台上，说等我约的人到了，就端给她喝。我说她已跟我一起进来了，拈起那盅酒，一饮而尽。店主狐疑地看着我，半晌没说出话来。

我坐下后才明白，这青灰的水泥地面，矮矮的收银台和看得见灶房的落地窗，是为了店主的轮椅而特别设计的。

店主见我点了三道菜，提醒我说他家的菜码大，一个人吃的话，一道黑斑狗鱼炖茄子就能把人撑得半死，可以减一个菜，如今挣钱不易，省点是点。我谢过他的好意，说是喝了两盅酒，菜也自然是两个人吃，请他上两套餐具。店主大约领会我的用意了，他不再犹豫，对着灶房的师傅发出号令："同罗走菜喽！"

一开始我以为掌勺的师傅叫"同罗"，低头一看餐桌上立着个扇形桌牌，上面是黑地金字的"同罗"，才知这是桌名。再看临近的几张桌，是"鳌花"、"哲罗"和"柳根子"，便恍然明白这家店的桌牌，是以"三花五罗十八子"中的鱼类品种来命名的。

我把另套碗筷杯盏摆在对面，先给麦小芽倒了一盅酒，然后给自己的也满上，和她碰了一盅，之后又自己连干两盅。菜陆续上来了，天也黑了，客人渐多，店主的轮椅忽而在东，忽而向西，忙得不亦乐乎。我不顾左右，倾情给麦小芽夹菜，跟她说话。我说饶河小南山出土的玉器，距今约九千年，精美极了。玉就是玉啊，可以碎，但不会化为尘土。可是你呢，怎么就化成了烟啊。

我就是说完这句话，穿绛紫色麻布长袍的女人飘然而至的。她一来，我和麦小芽的对话就中断了。

这个女人气质不凡，酒量不凡，拈起酒盅，自斟自饮，连干三盅，面不改色。我一看先前叫的烧酒快见底了，嚷着添酒。店主先是劝阻我，说兄弟咱喝得差不多就行了，酒大伤身啊。我说我花钱喝酒，图的是痛快，你不想让我高兴吗？再说你没见多了位客人吗，让对面女人觉得我请不起酒，岂不是没面子？店主连声苦笑，隔了一会儿，递上一壶酒，拍了拍我的背，叮嘱道："悠着点啊。"

女人喝了酒后神情愉悦，说要卖个故事给我。我说，怎知我需要故事？她诡秘一笑说，她一进来，就看出我是个缺故事的家伙了。我问，一个故事多少钱？她说好的故事是无价之宝，千金难买；烂故事是垃圾，臭不可闻。如果我能听完她讲的故事，说明它有价值。她要求不高，抵得上这桌酒菜就行。我说，你意思自己不是白吃我的？她有点恼怒，教训我永远不要当着女人的面说她白吃。

她开始讲故事，说故事的主人公叫孟平贵，不过乌苏里江一带的人都习惯叫他的小名“哈喇泊”，这是他祖母起的。

哈喇泊出生在万吉镇，这地方依山傍水，风景优美，对岸是苏联的一个小镇。哈喇泊的祖父是善于骑射的蒙古族人，祖母是以渔猎见长的赫哲族人，所以哈喇泊的父亲，是蒙古族和赫哲族的后人。

哈喇泊身高体阔，膀大腰圆，气壮如牛，圆脸上生着浅浅的络腮胡，蒜头鼻子，敦厚的嘴唇，漆黑的一字眉下是一双和善而明亮的眼睛。他外形不乏男子气概，可身上有一点缺彩，就是牙齿。怎么说呢，不仅是他，哈喇泊的血亲，他的祖母和父亲，没一个牙齿好的，都是满嘴的残垣断壁。

我说：“可能万吉镇的水有问题吧，比如含氟少，牙齿就容易变成核桃酥。”

女人撇了一下嘴，吃了一块黑斑狗鱼，又饮了一盅酒，说：“哈喇泊的牙齿要是跟水有关的话，我这故事还能卖得出去吗？”她警告我少插言，讲故事最怕打岔了。

女人说哈喇泊的牙齿随他父亲，而他父亲的牙齿又随他祖母。

哈喇泊的祖上是大黑河屯人，也就是海兰泡。过去那里叫孟家屯，是当时黑龙江将军管辖区域，可叹它如今不是咱们的地界了。哈喇泊的祖父是个蒙古商人，做皮毛生意的，总来大黑河屯交易，认识了哈喇泊的祖母，一个朴实能干的赫哲族女人，她做的鱼皮衣，在大黑河屯很出名。说是穿着她的鱼皮衣下江捕鱼，防风防雨不说，鱼儿还爱入网上钩，所以哈喇泊的祖母吸引了不少男人的目光。

哈喇泊的祖父祖母成亲于一八九七年冬天，转年他们有了一个女儿。他们在大黑河屯经营两家货栈，日子过得红红火火。一九〇〇年初春，哈喇泊的祖母又怀孕了，这时哈喇泊的祖父要开一家火磨铺加工小麦，正忙着购进机器，装点铺面，所以提早就给未出生的孩子起好了名字“火磨”。然而到了七月，沙俄借口义和团运动在东北蔓延，危及边境，逮捕了许多世居于此的华人。在太阳最灿烂的时日，火磨铺开张仅一周，喜气未散，大黑河屯华人的房子和店铺，突遭俄兵洗劫。无论妇孺，都被驱赶到黑龙江边。

人们被刀斧威逼出来的一瞬，忙着不同的活儿，所以临时带走的东西千奇百怪，有拿着烟袋锅的、擀面杖的、笤帚的、筷子的、茶碗的、针线的、算盘的、酒壶的、肥皂的、铲子的、梭子的、书籍的、纸币的、马鞭的、梓子的，可见当时他们正抽着烟、擀着面、扫着地、吃着饭、喝着茶、缝着衣、算着账、饮着酒、洗着衣、炒着菜、补着网、读着书、点着钱、赶着马、烧着柴。最滑稽的是，有人当时正蹲茅坑，慌张中握着揩腚的草纸，一脸没排泄痛快的苦楚。而有的人正擦拭油灯，想着明晃晃的太阳下出了这等事，此去黑暗，大白天的举着油灯上路。

被驱赶到江边的华人，没有不回头的，他们遥望自家房屋还在不在，离散的亲人在哪儿，心爱的马和狗又在何方。而先前还一片祥和的大黑河屯，浓烟滚滚，火光冲天。俄兵用武器将人们往江里赶，那些不会水的只要反抗，刀斧便会袭来。人群中血肉飞溅，哭声震天，倒下的人越来越多，沙滩的鹅卵石被鲜血染红了，像一只只愤怒的眼。

哈喇泊的祖父抱着两岁的女儿，她手里攥着一颗糖球，惊恐让她手心发热和出汗，糖渐渐化了，她的手代替她的嘴，吃了最后的糖。祖母则拿着一把碎布条，她正打袼褙，预备给腹中的孩子做鞋子。一个俄兵用长刀挟持哈喇泊的祖父，喝令他滚回江对岸去。可这个能纵马驰骋的蒙古汉子不会游泳，粗通俄语的他跟俄兵说他怕水，怀抱的孩子更怕水，还有他的女人怀着孩子，他愿意把新开的火磨铺送给俄兵，他收购来的小麦都是最好的，能磨出上好的面，无论养家还是给军队补充给养都没得说。岂不知他的火磨铺正在燃烧，雇来的看管铺子的两个伙计已死在俄兵的斧头下了。哈喇泊的祖母多年以后回忆起那个令她肝肠寸断的日子，依然会紧咬牙齿，虽说其后她嘴里只剩两颗糟烂的后槽牙了。

没等哈喇泊的祖父说完乞求的话，一个骑兵挥舞一柄长刀，削枝丫似的，先把他怀中的女孩拦腰斩落，接着朝向哈喇泊的祖父。哈喇泊的祖父见女儿死在刀下，咆哮着反扑。他熟悉马的特性，飞身绊马，将骑兵摔落，夺刀砍向他。俄兵躲闪着，他没击中他脖颈，只废掉他一只胳膊。哈喇泊祖父的第二刀还没出手，被一个手持莫辛步枪的俄兵，迎面射杀。哈喇泊的祖母说，大黑河屯的华人都叫这种枪“水连珠”，因为枪声清脆得像山泉流过。哈喇泊的祖父被水连珠击中的一瞬，高呼：“快游过哈拉穆河——”这是他无力保护身后心爱的女人，对她发出的最后呼唤。

哈拉穆河，是哈喇泊祖父对这条江的称呼，他知道他的女人是可以搏击激流的鱼，因为赫哲族人无论男女，没有不会水的。

哈喇泊的祖母带着四个月的身孕，纵身跳入黑龙江，奋力游向对岸。江水失却了往日的安详，在江流中沉浮的是尸首和奄奄一息的人，江面漂浮着鞋子、袜子、帽子、衣裳、腰带、围巾、烟袋、算盘、木棍、草纸、包袱皮等等。尸首随着波涛一起一伏的样子，好像人们还活着。

要说这条在大黑河屯的江与对岸的距离，不过千米，可黑龙江即便在盛夏，江水也冰冷刺骨，加之水流湍急，每年总有人丧命于此。哈喇泊的祖母游到江中心时，体力不支，找不到漂浮的倒木作为支撑歇息，恰好一具浮尸漂过身边，是个光着膀子面朝下的壮年男尸，哈喇泊的祖母一把抱住他的腰，叫着已死在岸边的自己男人的名字，大口大口喘息着，待体力恢复一些，她松开那冰冷的男人，说大哥你好走吧，继续朝对岸游去。

一连三天，被赶到江岸的人，数千人毙命，幸存者极少。一条没有船停泊的江，对于要渡河的人来说，无疑是流动的地狱。但哈喇泊的祖母是幸运者，她不仅活下来了，还保住了腹中胎儿，上岸漂泊了几个月后，在万吉镇落脚，年底生下哈喇泊的父亲，也就是火磨。

女人讲到此，探询地看了看我，仿佛在问我，这故事听得下去吗？我哪敢再插言，只是奉上一盅酒。她接过酒，洒在地上，我想她在祭奠故事中的罹难者吧。

女人微微咳嗽一声，接着讲故事。

哈喇泊的祖母上岸后，发现自己的牙齿多半化为乌有，好像那些牙齿是隐藏的烟花，瞬间燃爆了，还留在牙床上的，也都是风中败柳，摇摇欲坠。有人说她是因仇恨咬碎了牙，也有人说她当时游不动了，不咬碎牙齿，逼出身上最后的力气，早就喂江鱼了。

火磨五六岁时，就听母亲讲父亲的故事，说到他被水连珠击中的时候，火磨会把牙齿咬得“嘎吱嘎吱”响。他出生后本来有一口漂亮的白牙的，到换牙时，多半的牙被他嚼碎了。而新长出的牙齿，在他重温父亲故事的成长历程中，也多半粉身碎骨，所以他二十多岁时，已是远近闻名的没牙的男人。

因为牙齿不好，哈喇泊家族，不吃硬的东西。他们不喜单纯的米粥，嫌没滋味，更爱汤羹，所以但凡米类和谷物入锅，都是和鸡鸭鱼肉一同熬制。刺少的狗鱼，是灶上的主角。费牙齿的牛肉鹅肉，都得剔骨，取其软嫩的部位食用，所以在万吉镇，狗们嘴馋了，爱去哈喇泊家门前游荡，那是它们美食的道场，往往会捡到连着筋肉的骨头。

哈喇泊一家喝汤也就出了名。在万吉镇，晚炊时分，你若走进他家院子，没风的日子也像有风，自屋里传出呼呼呼的声音，偶尔汤匙触碰瓷碗，这风声中就多了几声清脆的哨音了。

受母亲所述故事的影响，火磨年轻时就惧怕成家。父亲和未见面的姐姐死于惨案，让他觉得世事难料，男人有时是保护不了妻儿的。他也因此变得孤僻，独来独往，与万吉镇的人格格不入，没一个姑娘看上他。

火磨四十岁时，额头的皱纹和鬓角的白发过早出现了，哈喇泊的祖母终于坐不住了，遍寻乌苏里江流域的媒人，给火磨说亲。她跟媒人介绍儿子时，总是一句话：“俺儿除了牙，哪儿哪儿都好！”年纪轻轻就没了牙，媒人总要多问一句为啥，哈喇泊的祖母便讲他们家族的故事，听得媒人唏嘘，赞叹火磨是条汉子，信誓旦旦地表示要为他寻得佳偶。

火磨四十二岁时，终于娶了媳妇。这人比火磨小八岁，是个哑巴。而最终为他选定这门亲的，是火磨的母亲。媒人介绍了三个愿意嫁给火磨的人：一个是比他小五岁的寡妇，带着个六岁的儿子；一个是比火磨大三岁的悍妇；还有一个，就是模样周正的哑巴。火磨的母亲当然不想儿子一成家就给人当爹，所以虽然那个寡妇善良能干，她第一个勾掉的就是她。第二个虽是黄花闺女，可她因为家底殷实，好逸恶劳，脾气暴躁，打遍邻里，不是善茬，哈喇泊的祖母可不想让儿子抱着一个火药桶过日子，所以自然不在考虑之列。而火磨话本就不多，若跟哑巴在一起，除了能保持他沉默寡言的天性，还能让家有持久的安宁。更重要的是，哑巴一口坏牙，能适应他们家喝汤的生活习惯。

火磨娶了哑巴后，最初一年不和媳妇睡一铺炕。哑巴自是无法说，就是能说，也说不出口呀。哈喇泊的祖母察觉后问儿子，你这是嫌弃哑巴？火磨忧心忡忡地说，要是一起睡了，有个一儿半女，遇到大黑河屯那样的大难，护卫不了他们咋办？哈喇泊的祖母气得心口疼，说那样的日子不会再有了！她说你不和人家睡，就别让她过门，这不是让人守活寡吗！火磨认真考虑了三天，最后答应和哑巴一起睡。东北光复的第二年，哑巴生下哈喇泊。而哈喇泊的祖母最担心的，是未来的孙儿会遗传儿媳的病，也成哑巴。所以儿媳有孕后，她跑遍了附近的寺庙，为她祈福。哈喇泊一降生，听到他那仿佛能穿透云层的哭声，作为祖母的她喜极而泣，因为哑巴的哭通常是呜咽的，几乎听不到。孙儿大名的命名权她给予了儿子，火磨给他取名孟平贵，小名"哈喇泊"则是她给起的，这是蒙古语"海兰泡"的叫法，以纪念她在大黑河屯的青春岁月和死去的男人和女儿。哈喇泊顶着这个名字，注定要重复听祖辈和父辈给他讲那个故事，所以祖母谢世时，已是壮小伙的哈喇泊，一口牙齿多半为那故事殉葬，在不断地咬牙切齿声中，化为齑粉。

哈喇泊家族一口坏牙，仅凭喝汤，祖母和父亲，竟都活过八十岁。哈喇泊不像父亲，听了这故事后惧怕有后人，恰恰相反，他觉得儿女多了，万一遭遇不测，总有人会绝处逢生，留下火种，所以他喜欢往女人堆里钻，用不着媒婆，老早就给自己觅得佳人，二十三岁就结婚了，喜得他那哑巴母亲，天天张着嘴乐，表达她那无以言说的喜悦。那姑娘是万吉镇的下乡知青，名字叫张雪，哈尔滨人，在小学教书，模样一般，但她身上的"一黑一白"格外抢眼，黑的是垂在脑后的乌油油的大辫子，白的是满口雪亮的牙。哈喇泊笑起来时，嘴里黑洞洞的，像是魔窟，所以她与他成亲时，她提出的唯一条件是他笑时得抿着嘴。

哈喇泊小学文化，因为万吉镇没有中学，继续读书要去外地，而他不能离开家人，尤其是母亲。火磨得子后，觉得有了哈喇泊这个果实，足以对母亲交代了，再不和哑巴睡一铺炕。万吉镇有个老光棍，觉得有机可乘。哈喇泊的母亲去挑水，他抢她的扁担；她去铲地，他夺她的锄头。万吉镇的人见着火磨，会和他开玩笑：“你们家要来长工了！”火磨不以为意。但十一二岁的哈喇泊深以为耻，他举着镰刀捍卫父亲的权利和母亲的尊严，威胁光棍汉若再敢碰她母亲手里的工具，就割掉他裆里的玩意儿！光棍汉说工具又没长肉，咋就不能碰？哈喇泊说他母亲手里的扁担和锄头，都是父亲打制的，随他父亲姓孟，除了亲人谁都不能碰。光棍汉嘴上说，我还怕你们这些没牙的？但他再跟踪哑巴时，总要瞄着哈喇泊是否在左右。

哈喇泊小学毕业后跟父亲打过鱼，养过蜂，采过药，成人后因为属于少数民族后裔，政府给他安排了工作，在万吉镇小学当工人，每月有工资拿，成为同龄人羡慕的对象。他就两样活儿：烧水和敲钟。不过这两样活儿，他开始时很不习惯。他的工作间在水房一角，小屋总是水雾弥漫，令他昏昏欲睡。所以到了上下课的点，他往往因为瞌睡，而错过了敲钟。该下课了，他不打钟，而未到上课时间，他也许因为去厕所解手，顺路就把上课钟敲了，所以师生们对他都不满意，老师不愿多讲课，学生自然也不乐意被侵占休息时间。哈喇泊听到议论后恍然大悟：原来没人恋着讲台和课桌啊！他开始有意识地提前敲下课钟。而又把上课钟延后个两三分钟。师生们果然说他好话了，见了他都说孟师傅好，但他们说完后赶紧溜掉，生怕哈喇泊笑。一个没牙的人乐起来，就像张开了血盆大口，实在可怕。

哈喇泊是供销社的常客。那时祖母已过世，他买香烟和水果罐头孝敬父母，还给学生买糖，招呼他们听他讲家族故事。除此之外，每到乌苏里江通航时节，航标船停靠在万吉镇时，哈喇泊总要省下钱来，给航标工买好吃的。自家不舍得吃的猪肉罐头、刚打上的鱼，他都送过去。他对在国境线上作业的航标工有种崇拜心理，认为他们比自己敲钟伟大。所以他成了乌苏里江万吉镇段义务的航标维护工。有农人放羊图方便，把羊拴在岸标的标杆上，他巡查到了，会解开绳索，把羊牵回主人家，说这拴的是羊，你要是拴牛马这种大牲口，它们蛮力十足，万一把岸标扯断，那昭示咱领土的标记就没了，可了不得啊！有时不是人为因素损及岸标，比如麻雀在上面坐窝了，他就嘟囔着岸标又不是树，没一片叶子能给你们遮风挡雨，在这坐窝不是傻吗？哈喇泊给鸟挪窝。而每年开江之后，冰排流空，航标船的人开始设置浮标、安装标灯时，他的星期天就和航标工一起度过了，帮他们打个下手。航标船的人都很喜欢哈喇泊。他们犒劳哈喇泊的方式是煮一锅浓汤，与他一起热火朝天地喝顿汤，再听他讲一遍那个令人切齿的故事，虽说他们听过很多遍了。

哈喇泊结婚后，不再像从前见着可爱的姑娘爱上前搭讪，他怕媳妇张雪吃醋。他们在同一个单位工作，哈喇泊的工资她习惯一并领了，由她支配。开始时哈喇泊不以为意，但后来因他每次买东西朝她要钱费劲，再到发工资的日子，他就早早去财务室候着。他和张雪常因钱拌嘴，她说拿钱给公婆买东西天经地义，可给航标船的人买吃的，纯属傻瓜，那些人都有工资，在野外作业又有补助，哪用得着你贴补？还有张雪不满意哈喇泊在水房给学生讲故事。他买了糖果藏起来，谁听他讲故事，他就发一颗糖。而那故事讲了千百遍，谁都知道，小孩子想糖吃时就去骗他，说想听故事了，他不厌其烦地讲，学生们虚张声势地做出痛恨的表情，骂惨案制造者，比赛着磨牙。而谁的牙咬得狠，哈喇泊就多给谁一颗糖。因为这，他有时也会误了敲钟，校方警告过他不止一次。

我打了个哈欠，讲故事的女人立刻警觉起来说，你嫌这故事长了？我赶紧解释说我犯烟瘾了。她倒了一盅酒干掉，夹了两只江虾塞进嘴里，说那你赶紧熏个腊肉嘛！我刚想问她怎知我和麦小芽的吸烟“密语”，她接着讲故事了。

我点燃一支烟，烟雾给摆渡人的脸蒙上了一层面纱，我看不清她的脸，但她的声音依然清晰入耳。

哈喇泊和张雪在一起过了八九年吧，始终没有孩子，这急坏了哈喇泊，他想要一堆孩子的梦想正在一天天破灭。据说张雪每次月经来潮，哈喇泊都很难过，嘟囔他的种子打了水漂，把酒当汤连喝三碗，大醉一场。不过他并不泄气，再到张雪的排卵期，他依然热情洋溢地播撒种子，渴望它们萌芽。万吉镇有女人偷听到哈喇泊跟张雪说，你不能生，俺找一个女的偷着生了，咱当亲生的养活咋样？张雪说那她就吊死在学校的钟旁，他就敲着她的尸首过下半生吧，吓得哈喇泊再也不敢提养私生子的事情。

后来张雪在知青返城的浪潮中回哈尔滨了，哈喇泊自知他们是两个世界的人了，主动提出离婚。张雪觉得自己没给哈喇泊留下一儿半女，对不起他，愿意离婚，说是离开她后，哈喇泊可找个能生养的女人，不然老了进棺材，坟前都没个烧纸钱的后人。

他们告别的故事在万吉镇广为流传。那是晚秋时令，几场霜后，田野一派荒芜。张雪那天先是起早给两个女人上坟，一个是哈喇泊的祖母，一个是刚去世的婆婆。她并不喜欢哈喇泊的祖母，觉得她的故事害了哈喇泊。但她喜欢不能开口说话的婆婆，张雪未能生养，婆婆直到生命最后一刻，一直用温柔的眼神待她。张雪采了一枝傲霜的野菊献给婆婆时，一只苏雀飞过坟头，留下喳喳的叫声，仿佛婆婆开口说话了。上完坟回到镇子，张雪又去看公公，把自己做的一薄一厚两条棉裤带给他。火磨独居，垂垂老矣，每天除了喝汤就是晒太阳。他还爱讲那个大家耳熟能详的故事，但人们都听絮烦了，他没处讲了，就嘟嘟囔囔地说给自己听。儿子离婚了，他倒高兴，说是哈喇泊遭遇不测时，牺牲自己就是了，没有牵绊。所以在婆婆的葬礼上，公公没有悲伤，好像老婆死在他前面，对他是解脱。火磨唯一惆怅的是,媳妇死了,儿媳走了,以后谁给他做棉裤呢。但他想这岁数了,也穿不了几条新棉裤了。张雪看完公公回到家,用精心备好的猪骨、牛尾、鸡胸和白鱼,花了七八个小时,为哈喇泊煲了一锅浓汤,然后穿上大红缎子袄,好好打扮了一番。据说她和哈喇泊喝了三斤烧酒,月亮升起后,他们手拉着手,醉醺醺地去学校操场散步。张雪摇晃着走到铁铸的钟旁,说月亮要是能当钟锤就好了,到点了让它来打钟,哈喇泊能省力气不说,还不会误点。哈喇泊听后感动得蹲在地上呜呜哭了,说是舍不得她了。张雪见哈喇泊如此难过,觉得自己不牺牲点什么,就辜负了哈喇泊的真情。她把嘴张大,用牙齿撞钟,生生折损了两颗大门牙、上颚一颗尖牙及下颚两颗切牙,有的牙还没完全脱离牙床,死守根据地,她生拉硬拽地让它们"出列",弄得下巴鲜血淋淋。她把这五颗连着肉的牙齿放在哈喇泊掌心时,哈喇泊叫道:"还是给我留下了骨肉哇——"哭得地动山摇的,惊醒了不少住在学校旁边的人。

女人说,一个有情有义的男人得着这样的纪念物,能忘了他的女人吗?张雪回哈尔滨一年后,嫁了个死了老婆的啤酒厂工人,两年后生下一个男孩。万吉镇的人知晓后,爱拿哈喇泊开玩笑,说同样一片地,咋人家的种子就能发芽呢?哈喇泊说可能施的肥不一样吧,大家就笑。为了证明自己也有实力吧,哈喇泊很快娶了个比自己大五岁的离异者,她育有一子,判给前夫了。哈喇泊心想这是个下过蛋的鸡,挪个窝再给自己下一个也可以,所以对她满怀信心。而这个女子也巴望着再生一个,因为前夫不许她看望儿子。但三四年过去,她的肚子不见隆起,反而瘪了下去,她吃不下饭,睡不好觉,脸色灰黄,瘦成一把骨头,去城里医院一检查,子宫癌已到晚期。第二个老婆死后,父亲火磨也死了,哈喇泊心灰意冷了好几年,才娶第三个老婆。她比哈喇泊小一旬,是媒婆介绍过来的外乡人,模样不错,就是患有癔症,一发作起来人事不知,有时哈喇泊正准备去打钟,会被匆匆赶来的人给喊走,说你老婆发癔症了,倒在大道上抽搐呢,还不去看看!他就撇下钟锤,一路快跑过去。这女人是个黄花闺女,跟他过了四年,也没怀孕,哈喇泊对她便有火气,时常找碴骂她。这女人不发病时温顺安静,持家能力也强,哈喇泊骂她,她虽不高兴,却也能忍,但哈喇泊有一天对她动了手,她终于提出不过了。说挨骂倒也罢了,挨打的日子却是一天都不能过!哈喇泊不想离,她就用纸盒做了块牌子,写上"哈喇泊打我",坐在学校钟架下展示,引来师生围观。哈喇泊不敢来打钟了,只得同意离婚。最打击哈喇泊的是,这女人离婚一年后嫁给邻村一个养奶牛的,又过一年生下一个胖小子,癔症也不怎么发作了。哈喇泊痛苦极了,觉得老天待自己太残忍。男人们见了他又开起了玩笑,说,咋两块地离了你都有收成,你要想有后传承你的故事,是不是得看看你的哑巴种子了?哈喇泊嘴硬地说,子弹还有卡壳的呢,谁的种子还没几颗瘪的呢，赶上我运气差嘛！每说至此，他的眼眶都会浮上泪水，男人们赶紧鼓励他，说多冲锋，你的种子就会结果的！哈喇泊从此后不大与万吉镇的人来往了，寒暑假他不必打钟时，便买上好吃的，要么在乌苏里江畔和航标船的人待在一起，要么上山慰问边防部队。他与守卫国境线的人待在一起喝汤时，总要用筷子先挑起点蔬菜，一块胡萝卜、一条土豆，或是一片白菜叶子、一根豆角，立在汤碗中央，当作浮标，定定地看上半晌，仿佛那泛着油光的汤，是滔滔的黑龙江水，然后夹起蔬菜浮标吃掉，闷着头喝汤。

哈喇泊对自己的身体失去信心，不敢再婚了，他在私生活上变得放纵起来，进城找女人胡来。有一年扫黄打非，他被公安局的人逮个正着。消息传到万吉镇，校长气得肝疼，说他对不起祖宗，不配做男人。说归说，校长同情他，还是带着钱进城，交了罚款把他领回来。据说他每次去嫖，都喝得醉醺醺的，说不管谁怀了他的种，都会把她当王母娘娘供着。但暗地干这种营生的人，谁又愿意给个落魄者怀孕呢。

女人讲到此，朝我勾了下手指，噘了一下嘴，做出吸烟的姿势，说她也想"熏个腊肉"，我赶紧递上一支烟，然后再给自己点上一支，接着听她讲故事。

哈喇泊的命运真是曲折，他最为消沉的那年，得知张雪的儿子在上学路上出了车祸，双腿截肢，张雪的丈夫觉得是妻子造成了儿子的残疾，因为那天本该是她去接孩子的，她拉肚子耽搁了，所以夫妻俩总为此吵架，他打张雪成了家常便饭。知情人对哈喇泊说，张雪的牙几乎被那男人打没了，跟他一样满嘴空洞。哈喇泊听了既愤怒又心疼，说，我的女人咋能容人这么揍？张雪当年撞钟留给他的连着肉的牙齿，一直被他视为珍宝，他绝不允许别人这么欺负她。哈喇泊在那年寒假，专程去哈尔滨教训那男人。他趁着酒劲儿，在那男人上夜班的路上堵他，把他揍倒在工厂浴池门前的雪堆上。哈喇泊不知这男人有严重的心脏病，这一揍竟让他当场气绝身亡。哈喇泊为此坐了牢，丢了公职。

哈喇泊出狱后回到万吉镇，形容枯槁，耳聋眼花，老得不成样子。他卖掉父亲的房子，修缮他和张雪住过的已半塌的房子，以打鱼为生。他再也不去航标船和驻边部队了，也不义务巡查岸标了。只要喝多了酒，他就去学校操场游荡。学校早已用电铃，不需打钟人了，钟架也拆除了。水房还在，只是也改用电烧水了。他看着孩子们陌生的脸庞，很想给他们讲讲祖辈的故事，可他们听说他弄死过人，见了他都逃。他就讲给牲畜听。狗若没骨头吊着，也就听个开头，便颠儿颠儿跑掉；猪本来贪吃贪睡，它们支棱着耳朵听几句，算是给了他面子，"哼哼"两声，就呼呼大睡了；最钟情听故事的是奶牛，哈喇泊把它们当兄弟，边讲边抚摸它们黑白花的肚子，奶牛舒服得很，所以一听到底。不过养奶牛的人家跟哈喇泊抗议，说听了他讲的故事，奶牛都不爱产奶了，让他离远点。

哈喇泊受不了孤单吧，从此后总去外边吃饭。万吉镇就那么几家小馆子，他都吃遍了。他依然喝汤，所以各家小馆子总备着一两样汤，让他踏进门槛就能喝上。他们可怜他，不想收他钱，但哈喇泊说一个大男人咋能白吃，人们也就象征性收点，哈喇泊也没觉得那是便宜他了，他对物价的认知还停留在入狱前的水平，直到他外出卖鱼，看到价格飙升的商品，才知开小馆的人多么善良，他再去时，一定多付钱，才肯喝汤。

也许人老了的缘故，他喝汤的声音不比年轻时了，没那么响亮，时常夹杂着喘息。虽然不追航标船了，但他依然会在喝汤时，用筷子夹起一种蔬菜，立在汤碗中央，当作浮标，茫然望着，直到手上的筷子哆嗦起来。

有一年冬捕时节，哈喇泊认识了乌霞。她是个热情能干的俄罗斯妇女，在黑河和一个中国人合伙经营一家俄罗斯商品店和一家俄式餐厅。乌霞比哈喇泊小九岁，是个离婚的，有一儿一女，儿子在布拉戈维申斯克市当工程师，已成家立业，女儿在圣彼得堡读大学。乌霞每月总要通关回到布拉戈维申斯克市上货，看望亲人。哈喇泊每到黑河，总要去她店里喝汤，苏伯汤、鲜肉咸鱼杂拌汤、面条菌汤，都是他喜欢的。乌霞知道哈喇泊的遭遇后，说捕鱼是个力气活儿，还得凭运气，他这岁数了，不能再受风吹雪打了，不如在他们餐厅打工更有保障，每月有固定收入，还管吃管住。哈喇泊说他可以来她餐厅喝汤，但绝不会给一个俄罗斯人打工。祖辈在大黑河屯的遭遇，依然是他心中的痛！乌霞几次张罗带哈喇泊去布拉戈维申斯克市游览，如今过境游的手续极为简便，但哈喇泊说除非祖父当年的铺子还在，他才会去。乌霞觉得哈喇泊固执古怪，但他的执拗和专情又打动她。所以哈喇泊一两个月不来，她还惦记着，驾着半截子车去万吉镇看他。乌霞的到来日是万吉镇的节日。因为她除了给哈喇泊带来吃的，还带来一些俄罗斯商品，就地售卖。她开玩笑说不能白跑，得把汽油钱赚回来。男人们喜欢的伏特加和刮胡刀，女人们喜欢的围巾和小镜子，孩子们喜欢的奶酪、饼干和巧克力，很快就卖光了。她会说汉语，但不流利，万吉镇人与她讨价还价时，她嘴跟不上，就用计算器代她说话。当数字不再变换，买卖双方都满意时，她会亲一下计算器。

乌霞看望哈喇泊，总要在万吉镇的客店住一夜。人们和她熟了以后逗她，为啥不去哈喇泊家里住？乌霞总是说，等他把牙镶了再说。人们把话传给哈喇泊，说看来乌霞对他有意。哈喇泊沉着脸说她想得美，要是她住进来，爷爷奶奶和父亲的魂儿，还不得半夜回来，合力把我的锅砸了，让我连汤都喝不上！

万吉镇的人私下议论，除了家族往事像根刺，一直扎在哈喇泊心头，使他不愿和一个俄罗斯女人亲近，还有就是跟过他的女人都怀不上孩子，让他有了心理阴影，所以他拒绝一切女人了。

哈喇泊晚年喝汤，从万吉镇开始，一直喝到黑河、同江、抚远、孙吴和饶河。他打鱼打到哪儿，就喝汤喝到哪里，他的故事也就流传到哪里。只要你到了黑龙江流域沿岸的地方，走进馆子，听到呼噜呼噜的喝汤声，说明你可能遇见哈喇泊了。听说他近两年迷上了饶河，张雪在哈喇泊出狱的那年因病去世后，她那出了车祸的残疾儿子，看上了饶河的风景，来这儿开了家江鲜小馆。哈喇泊怀念张雪吧，常来饶河打鱼，把鱼低价卖给这家小馆，在此喝汤。

对面的女人把故事讲到这儿，恰好摇着轮椅的店主，端着一壶酒，风一样经过，我说，难道他就是张雪的儿子？女人不语，只问我，这故事值这顿饭钱吗？

我连连说太值了太值了，追问哈喇泊在哪儿。

女人说，这不突发了疫情嘛，别说是饶河，春节后乌苏里江沿岸所有的餐馆，都关门了，哈喇泊没有喝汤的地方了，听说他出狱后也不大会做汤了，饿得不轻。有人说他又去看守边境线了，他不是奔航标船去的，他帮政府义务监督，怕携带了病毒的人，非法越境过来。当然也有人说他那是遥望乌霞呢。乌霞因疫情滞留在布拉戈维申斯克市，他们好久不见了。

我嘀咕道："餐馆那会儿都关了，哈喇泊喝不上汤，可别饿死呀。"然后哇哇哭起来。

女人就在哭声中无声无息地消失了。

我醒来时已是凌晨四点，同寝的人在我的床头柜留下张便条，说他们去乌苏里江看日出，早饭时见。我觉得头昏脑涨，不记得昨晚在江鲜小馆喝到几点，又是怎么回来的。洗漱完毕，喝了杯热茶，我精神不少，五点多来到乌苏里江畔。

太阳升得高了，江面荡漾着笑容似的波光。健身的、垂钓的、洗衣的占据了江边。我和一个骑着摩托车来刷牙的汉子攀谈起来，问他为啥来这儿洗漱，他说能对着乌苏里江的旭日刷牙，多有朝气啊，所以只要是好时节，他从不错过这种享受。我们正聊在兴头上，单位的领导和同客房的同事过来了。他们老远就喊我的名字，说你昨晚醉成那样，还能爬起来，真是不容易啊。待他们走到近前，领导先和我握了下手，说虽然他要退休了，不该管太多的事情了，但还是得批评我，昨晚怎么能一个人去小馆子喝得人事不省？万一喝出事咋办？他说你不是去看姑妈吗，不能因为馋酒喝了就撒谎啊。我赶紧道歉，谎称没和姑妈预先打招呼，去她家扑个空，肚子又饿，所以一个人去吃江鲜了，没想到那家小馆子土烧的酒劲儿大，差点把我喝到另一世了，实在罪过。

领导笑了，说你犯了错儿，态度倒不错，以后注意就是了。领导继续向前散步，同客房的同事停下脚步，对我说昨晚接到江鲜小馆打来的电话时，他吓坏了，是他赶去把我背回来的。他说你一个人咋能喝两斤酒，不要命啊。我不好意思说是和一个女人一起喝的，只问他小馆的人怎么找到的他。同事说店主从我身上摸出手机，又找出酒店房卡，想着万一电话拨到亲属的号码上，让家人跟着着急不好，就按照房卡信息，拨到酒店房间，看看有没有同住的人，赶巧那时他刚洗完澡，接着了电话。他跟我道歉，说本来想悄悄把我弄回来的，可他怕带我回酒店时被领导撞着，再说他隐瞒，所以只好先报告了。

我说没关系的，换作我也会报告。

同事拍了一下我的肩膀说，你咋哭成那样呢？我背你回来时你还呜呜哇哇的，弄得我肩膀头都是眼泪和鼻涕，半夜还得洗衬衫！

我说有泪的男人都有情啊。

同事说情多了也伤身啊。

我拍了拍他肩膀，笑着告别他，说早餐想独自在外边吃，然后去了昨晚去过的江鲜小馆。

还不到早餐高峰，但这家馆子已开始营业了，有两个客人在吃香喷喷的鱼丸面，一个嚷着来点醋，一个叫着上点辣椒油。店主答应着，一边给他们递调料，一边跟我打招呼，说昨晚回去那么晚，起得够早啊。

显然他记得我这个醉鬼，我走到老位置坐下，点了一碗鱼杂面。

店主先送来一杯柠檬蜂蜜水，说是醒酒，然后问我还在饶河住几天，我说吃过早饭就回哈尔滨了。

我问店主，昨晚跟我一起喝酒的女人，是这里的常客吗？她说自己在乌苏里江摆渡，很会讲故事，要不是因为听她的故事，我也许喝不了那么多。

店主说，你昨晚就一个人喝呀，不过你在桌对面摆了筷子和酒盅，一个人哇哇说话，你这是纪念谁吧？最后客人都走了，你醉得说胡话，说乌苏里江往北流，那是为了看北斗星，有北斗星的地方就有英雄的魂灵啊，最后你哭起来，我才翻了你的兜，找出酒店房卡，按照房号，试着打了电话，还好你有一同住的人。

我觉得头皮发麻，我说那个穿绛紫色麻布长袍的女人，我看得真亮儿呀。

店主善意地笑笑，说那就当她来过吧，谁的一生没有几场梦魇呢。

店主说完，又问："你裤兜咋揣了那么多烟蒂？我翻房卡时翻到它们，想帮你扔了，又一想你可能留着做纪念的，就没动。"

我把手伸向裤兜，也不知是我手心出汗，还是宿在江边，烟蒂夜里受潮了，那堆烟蒂竟湿漉漉的，好像被人吻过。

我问店主："你母亲叫张雪是吧？"

他吃惊地睁大眼睛说："你咋知道？"

我用他的话回答他："谁的一生没有几场梦魇呢。"

店主说就你这神算，后街有个彩票厅，赶紧去买一注吧，一准儿能中大奖！

鱼杂面上来了，可我胃口皆无。我把筷子插进碗里，当桨划来划去。店里客人渐渐多了，灶房也喧闹起来。就在那碗面已凉、我准备埋单离开的一瞬，忽听背后传来一阵喝汤的声音。

这声音初始像穿越幽谷的强风，带着股气吞山河的力量，跟着又像乌苏里江的水流，慢了半拍，变得深沉而有节奏；忽然这像风又像流水的喝汤声，又起了变奏，一阵剧烈的喘息声闯入，就像呜咽。而喘息声过后，是急板似的更加迅猛的喝汤声，仿佛谁要把大千世界都收入腹中。

我不敢回头，怕在白天看见黑夜，只是咬紧牙齿，用筷子挑起汤面漂浮的一棵碧绿的香菜，立在汤碗中央，它像一块闪光的浮标，更像一棵长青的生命之树。

【作者简介】迟子建，女，1964年元宵节出生于漠河。1984年毕业于大兴安岭师范学校。1987年入北京师范大学与鲁迅文学院联办研究生班学习，1990年毕业后到黑龙江省作家协会工作至今。1983年开始写作，已发表以小说为主的文学作品六百余万字，出版八十余部单行本。主要作品有长篇小说《伪满洲国》《越过云层的晴朗》《额尔古纳河右岸》《白雪乌鸦》《群山之巅》，小说集《北极村童话》《白雪的墓园》《向着白夜旅行》《逝川》《清水洗尘》《雾月牛栏》《踏着月光的行板》《世界上所有的夜晚》，散文随笔集《伤怀之美》《我的世界下雪了》等。作品有英、法、日、意、韩、荷兰文等海外译本。曾获第一、二、四届鲁迅文学奖，《小说月报》第七、十、十一、十二、十三、十四、十五、十六、十七届百花奖，第七届茅盾文学奖等奖项。现为黑龙江省作家协会主席，中国作家协会全国委员会委员。

荷花姜

◎ 潘向黎

每一次看见那个女人，丁吾雍心里就有一个声音响起：应该去报案。

开餐厅这么多年，丁吾雍记住了一些客人，他们的脸、他们的衣着、他们的点菜偏好、他们对钱的敏感度（不是经济能力，因为人是一种有趣的动物，支付能力是一回事，对钱的敏感度是另一回事），还有他们的姓，甚至有的是连名字都知道了（通过订座位、刷卡签字、在席间与别人通话的自报家门等等）。但是丁吾雍不会一直记得他们，一般只要他们超过两年不出现，这些本来清晰如结晶体的印象就会在时间的水流里渐渐消融，那些晶体不是被水流冲走，而只是在水的浸泡中渐渐地钝了棱角、小了体积、模糊了边界，然后坍塌，直到消失在水中。你知道它们仍然在水里，但是水中已经看不到那些清晰的存在了，当然它们不至于消失得干干净净，假如那些客人在两年的边缘出现了，丁吾雍还是会觉得脸熟，他会笑着打招呼：好久不见。然后用那种久别重逢的笑容给对方照出一条路，让对方顺利地坐下来。然后慢慢回忆曾经了解的这人的喜好，以及对钱的敏感度。如果超过两年，这项功课就得重新进行。

但是有一个人，丁吾雍确定不会忘记。

人对某些人的记忆，是另一种质地，表面看上去也是晶体，但硬度很大，水不可能溶解它的，相反，不论过多少年，它都可以拿来划玻璃。哪怕被记忆的那一方已经从你的眼前甚至这个世界上消失很多年。

当这个女人第二次出现，丁吾雍就确定这是他的记忆中不可溶的那一类晶体。

第一次出现，她穿了一件沙滩色的麂皮猎装、牛仔裤、一双长到膝部的长筒靴，头发是盘起来的，但有一些细碎的鬈发，像小浪花一样到处飞溅。丁吾雍看了一眼她的脸，第一个反应是：哇。第二个反应是：想起了很久以前在一本书里读到的两句——“身量苗条，体格风骚”，那本书叫什么，想不起来了。后来多看了几眼之后，丁吾雍判断：她应该三十岁出头了。丁吾雍知道，五官是爹妈给的，满脸的胶原质是年轻的附赠品，而这份苗条、这份动力十足的力量感和流畅的韵律感，却一定是多年运动和自律才能拥有的。

根据多年阅人无数的经验，这样的女人身边的男人，要么像鲜花下的泥土无法入画入眼，要么只能当陪衬的绿叶若有若无。但这女子不但自己亮眼，连和她一起来的男人也旗鼓相当。这男人浑身上下从里到外一身的黑灰色，全部是那种吸收光线的上佳质地，又无一不是半新不旧，中等身材，相貌端正而不出奇，记得在哪里读过：这样的男人适合当间谍，因为不容易引人注目，也不容易被记住。但是见了他两三次之后，丁吾雍就知道自己错了，这个男人绝对不适合当间谍——他寻常的身高和相貌是个看似平凡的灯笼，灯笼的光一旦亮起来，就看不见灯笼只看见光了。这个男人举手投足就是有一股子味道，和一般人不一样，一定要说出来有什么不一样，只能说：好像他每次出现，身后都跟着一队随从。好像他往哪里一站，追光就自动跟到哪里，他一抬眼，就有一个麦克风自动从空中挂下来，停在他面前恰好的位置。

他很少说话，好像真的有一个麦克风正对着他，而他要说的话偏偏是惊天的大秘密一样的。他几乎不说话，至少丁吾雍在很长一段时间里没有听到他说完整的一句话，只听到他说：“谢谢。”这是用毛巾托递热毛巾给他。还有，他有时候对身边的女子说：“好。”这是女子拿着菜单在问他要不要点一个金枪鱼Toro（鱼腩），还是甜虾刺身。他也有主动开口的时候，比如说：“走吧。”那是他们就着一大瓶的“菊正宗”或者“大吟酿”吃完一整套的“旬之味”会席套菜加散点的煮物和渍物，又喝了两杯热茶之后。每次说出这两个字，女子的行动也很迅速，他们在两分钟之内一定会离开。那个男人总是在喝茶的中间已经把账付了，他还是不说话，只用手里的钱包和眼神示意，然后用现金把账付了。

一个很特别的男人。一身黑灰色，寡言，用现金。

女子则正好相反，她整个人像一挂瀑布。不但引人注意而且始终是热闹的，她说个不停，而且表情多，时而眉飞色舞，时而大笑，时而噘嘴，时而手托着下巴翻一个白眼，时而笑着笑着突然把脸埋在自己的臂弯里——她把双臂放在吧台上。也不知道是笑得累了，需要调整气息，还是笑着笑着变成了别的表情，又不想让别人看见。

令丁吾雍有些奇怪的是，他们经常坐吧台。只看一眼，丁吾雍就知道他们不是夫妻，也不是工作关系，更不是一般朋友。丁吾雍觉得他们会需要包间，这里有的是清雅安静的包间，那些包间每一间都有自己的名字：驿、涧、梅、雪、竹、兰、松、风、月……都适合一些希望清静的客人，也适合那些不愿意示人的对话和氛围。但是这两个人似乎不需要，他们大多数情况都只坐吧台。大概是那个女子喜欢高高在上的吧台？或者那个男子出于某个理由宁愿选择众目睽睽的吧台？一身黑灰的、用现金的、寡言的人，应该拒绝吧台的，为什么偏偏坐吧台呢？丁吾雍猜不出来，也就放过了。

日常里，许多事情都是这样的，再奇怪再想不通，发生的次数多了也就成了惯例成了自然，也就习惯了。许多百思不得其解的结局，并不是最终“得其解”，而是大家慢慢习以为常、不再求解。

丁吾雍这个老板，不是那种只投资、不掌握核心技术的老板，他自己就是主厨之一，而且是餐厅的招牌。当初日本留学后回到上海，许多人都用带回来的钱买了房子然后进一家日企，而他，不喜欢朝九晚五的刻板，似乎对在人堆里谋生有一种天然的畏惧，于是选择了自己开餐厅。他知道，这样一选择，就再也不能回到正常上班族的轨道了，所以他必须掌握核心技术，才能不因为主厨的变动而使自己陷入困境。后面的事情也没什么可说，一个天赋高的人一旦投入，事情早晚总是会顺利的。唯一的痛苦，就是丁吾雍被捆在了店里，除了一年一次的春节休息七天，丁吾雍几乎一周六天都在店里，而且只要有客人，他的位置就是在吧台内的操作区，站着。休息的那一天，他睡觉、看书，有时候去钓鱼。作为一个四十多岁的男人，丁吾雍似乎没有任何中年危机。但他心里清楚，之所以没有中年危机，是因为他自从大学毕业就不再年轻，提前进入了中年，他觉得自己二十年前就是中年了。

和他相比，余清是个正常的女人。余清经常抱怨，说他回家太晚，害得她早睡不成，影响皮肤。余清不是丁太太，两个人在一起没什么不好的，但好像没想起来结婚，或者说缺乏动力去做这件事，当然也没有人用传宗接代生孩子之类的来烦他们，就这样，两个人同居十年了，关系稳定。

丁吾雍经常在吧台内的操作区，因为这一对男女总是坐在吧台一角，所以只要他抬头，不用刻意把脸转过去，用余光就可以知道他们的动静。相距不过六七米，他们说话的声音如果稍大，丁吾雍也能听个大概。这样的客人，丁吾雍希望他们能一直来，于是他采取了最稳妥的做法：保持距离。他们和其他客人不同，太不同了。丁吾雍不但不和他们攀谈，也暗示穿着和服的女侍者不要和他们攀谈，除了上菜和送饮料，不用给他们倒酒，尽量减少打扰他们的可能。丁吾雍自己，连目光都很少打扰他们，除了他们进来时例行的“欢迎光临”，丁吾雍甚至连每次对坐吧台的客人递上的微笑都减到半明半灭。丁吾雍想让他们觉得：自己在忙着呢，根本没太在意他们的出现，当然也不会记住他们，更不可能期待他们的到来。既然他们选择了离他很近的吧台，应该是一种对丁吾雍的信任，那么丁吾雍必须让这种信任的幼苗扎根、长大、枝繁叶茂。就要让自己隐入背景之中，虽然就是站在他们斜对面的一个大活人，但他要尽可能让自己就像店里的一架屏风（那架黑色底子上画着硕大宽纹黑脉绡蝶的漆艺屏风）、一盏灯笼（那盏白色的和纸上面飘着枫叶的灯笼）、一瓶花（那瓶吧台上每周更换的大型插花，经常是蝴蝶兰、菖蒲、绣球、洋水仙、六出花、锦带花），总之是一个自然、安静、绝不可能泄露任何秘密、令人毫不设防的存在。

他做到了。他们越来越无视他的存在，那个女子，丁吾雍始终不知道她的名字，连姓也不知道，但是丁吾雍知道她最喜欢的一道菜：荷花姜，于是丁吾雍在心里暗暗叫她“荷花姜”。

如果在网上查“荷花姜”，可以看到——

即阳藿，又叫茗荷。英文：myoga，日语：ミョウガ。

姜科姜属多年生草本植物。喜温，遇霜茎叶凋萎，耐阴湿，有较强的抗病虫性。食用部分为花蕾，味芳香微甘，可凉拌或炒食，也可酱藏、盐渍，富含蛋白质、脂肪、纤维及多种维生素等。有很多别名，俗称芽何，又称蘘荷、野姜、蘘草、嘉草（《周礼》）、猼月（《史记》）、蒚葙（《说文》）、芋渠（《后汉书》）、复菹（《别录》）、阳藿（《广西志》）、阳荷（《黔志》）、山姜、观音花（《浙江中药资源名录》）、野老姜、土里开花、野生姜、野姜、莲花姜。在日本又称茗荷，应为阳荷的变音。

有特殊的香气，素有“亚洲人参”之美誉，是东南亚各国家、地区居民喜食的菜肴。一般七月中旬至九月中旬收获。在中国的江淮地区多有种植，常与毛豆或咸菜同炒，味香，当地人称为蛇禾或舌禾，又因为此地方言繁杂，又有一种叫法即阳荷。在中国分布于安徽省、陕西省、江苏省、江西省、福建省、湖北省、湖南省、海南省、广东省、广西壮族自治区、四川省、贵州省、云南省。

据《本草纲目》记载，阳藿不仅可作为蔬菜食用，还有活血调经、镇咳祛痰、消肿解毒、消积健胃等功效。

但是作为日式料理店老板的丁吾雍，当初之所以毫不犹豫地在菜单上加了这道菜，是因为他知道茗荷在日本是受重视的。在日本，高知县、群马县、秋田县、宫城县都有栽培。还有一个传说：释家的弟子因吃了美味的茗荷料理，饱食之后居然忘了应该做的事而睡着了。茗荷的花蕾和花茎具有特殊香气、色彩、辣味，是季节感明显的香菜君王，在小菜、汤、酢渍、油炸、酱菜等日本料理中到处可见。

也许是日本人一向重视粗纤维菜品的习惯吧，就像他们一向爱吃牛蒡一样。但是丁吾雍猜测也因为荷花姜的美。荷花姜的轮廓很像毛笔笔毫的部分，写大字的，蘸满了墨，又像迷你的竹笋，有交错覆盖的硬壳；可是顶端的颜色是花一般鲜艳的，中间大部分是嫣红或者玫瑰红，只有根部和顶端泛出一点淡黄色，有时是雪白。丁吾雍觉得荷花姜作为食物，太好看了，简直性感。

另外，这是在中国，而且是中国也出产的食材，还是叫它“荷花姜”好听，也好记。所以在菜谱上，丁吾雍日文写的是“茗荷(ミョウガ)”，中文写的就是“荷花姜”。

丁吾雍在“煮物”和“天妇罗”里都用了荷花姜，第一次看到的人，往往会说“哇，真好看”，然后小心翼翼或者兴致勃勃地放到嘴里。接下来的情况就很难预料了，有人是新奇地辨析一会儿，然后说：“这个很特别，嗯，一种特别的香。”有的人则是一下子吐出来：“呸，这个什么味道啊？好奇怪！”荷花姜就是这个样子，模样娇艳，味道奇特霸道，不是人人都能接受的。

为了不让荷花姜受委屈，后来遇到有客人点，丁吾雍总是先问一句：“您吃过荷花姜吗？”如果对方说没有吃过，丁吾雍会说一句：“味道有点特别，不是人人都喜欢，您确定要试一试吗？”

但是那个女子，第一次吃了荷花姜——那是丁吾雍和笋、土豆、鲕鱼鳃、猪肉片一起炖出来的荷花姜，马上大声说：“老板，这个真好吃！从来没吃过！这么好吃！”

丁吾雍说：“你喜欢就好。”

那个女子问：“这个叫什么？”

丁吾雍说：“荷花姜。”

女子把筷子上的荷花姜转动着看，一边说：“这么好看，到底是花还是菜？”

丁吾雍说：“这个，不好说，是花，也是菜。”他把手里的金枪鱼中段切好了，加上一句，“明明是花，人把它当菜吃，它就是菜；明明是菜，你把它当花看，它就是花。”

一身黑灰色的男人深深地看了丁吾雍一眼。丁吾雍有点后悔自己话太多了。

那一眼，让丁吾雍想起了一句话“他的俊目一贯含有清莹的倦意”，木心这样说罗马的培德路尼阿斯。丁吾雍喜欢过木心，《哥伦比亚的倒影》《即兴判断》都读得很熟。

那个女子，丁吾雍后来在心里叫她“荷花姜”，不是因为她爱吃荷花姜，是因为她与荷花姜颇有几分神似：俏丽，鲜艳夺目，但不是“甜”那一路的，更不柔弱，相反从外表到质感到气味都是洗练明媚和动荡妖娆的奇异统一，具有一种容易引起争议的、特殊的刺激感。

但是这两个人罕见地般配。男子出色，女子也出色，而且男子像一个黑色的瓷碟子，托着荷花姜的尖、俏、艳，格外显出她的醒目，而荷花姜也反衬出他的不动声色和深不可测。

突然有一天，那个一身黑灰的男人不见了，荷花姜一个人来。

她一个人坐着，脸上的表情让丁吾雍知道今天那个男人不会出现。但是她的胃口还可以，和那个男人在的时候差不多，只是酒喝得多。她自己一个人喝，点的是烧酒。过去丁吾雍给她推荐过出羽樱和白波，她喝了几种之后选定了另一种——黑雾岛。每次都喝个半瓶左右，剩下的就存在这里，本来应该问她姓什么，但是丁吾雍当着她的面，写上了“姜”，他说：“荷花姜的姜。”女人深深地看了丁吾雍一眼，眼光里似乎有遇上知己的感觉，又似乎第一次有了怨恨和委屈——在这里出没这么久了，连自己的姓名都不能公开。

每次吃完她都是自己走的。丁吾雍心想：以前他们两个都喝酒的时候，都是那个男人的司机开车吗，还是找人代驾？现在她一个人来，是另外有人接，还是干脆打车回家呢？

丁吾雍的好奇心仅止于此。因为这个城市里，盛产的就是男女间的各种相遇和离散，何况是这种女人遇到这种男人。女人越出色越不容易甘心，男人越出色越多顾忌，花落水流，无可奈何，那是一定的。但是，他们都是这个城市里的人，他们不会有太出格的举动，短则两个月，长则半年，个别死心眼的，也许一年？感情创伤是有期徒刑，刑期都不长，刑期一满，也就都过去了。释放了自己，新一季衣裳一着，换个发型，阳光下面，又是光鲜的、体面的、没有过去的城市栋梁了。

丁吾雍料错了。有一天，这女人出现，穿了一身黑色的吊带连衣裙，脸上没有化妆，素颜本来很好看，却偏偏突兀地涂了烈焰般的口红，让丁吾雍非常不习惯。当然，心情不好的女人，这个程度的反常才是正常。

她不坐平时的吧台角落，而是坐到吧台的中间，喝着喝着，对丁吾雍说：“我请你喝一杯。”

丁吾雍不废话，递过去一个杯子，她给他倒上，丁吾雍喝了一口，似乎出于礼貌地说：“吃得还可口吧？”

她抱歉地笑了一下：“一直忘了说，你的手艺真好。”

丁吾雍说：“谢谢。”

她看了看他，突然说：“你也话少。”

丁吾雍微笑，等着她往下说。

没想到她不说，而是反过来提问：“你怎么不问，他到哪儿去了？”

丁吾雍又喝了一口，他不知道该说什么，因为不知道对方是否愿意说，还有，酒醒之后会不会后悔。如果后悔，她就不会再来了，那样的话，这里就会失去一个喜欢荷花姜、长得也像荷花姜的客人。如果那样，他宁可她什么都不要说。况且,丁吾雍真的不算一个好奇的人,因为他相信太阳底下,真的没有新鲜事。

但是这一刻,这女人眼神里有某种东西,让丁吾雍突然觉得,自己可能太自信了。他的预感马上被证实了,她身子探过来,凑近了丁吾雍,用一种介于耳语和正常对话之间的音量说:“你不问,是因为你猜到了,对吗?”

丁吾雍只能含糊地点点头。

她说:“对,他不会再来了。”

她眼里碎玻璃一样凌乱而锋利的光芒,让丁吾雍确认:自己过于自信了,这件事,超出了他的想象。

她说:“对,他死了。”

说出这句话,荷花姜似乎用尽了力气,颓然坐回了吧椅,在这个半失控的过程中,她很哀伤很诚恳地说:“他死了。是我把他杀了。”

丁吾雍觉得整口烧酒突然卡在了喉咙里,而且像火一样烧了起来。这样的话,他本来以为只会在电影里听到,绝对不会和自己的生活、自己的店有任何关系。想当初,看见荷花姜和一身黑灰的男人走进来的时候,他马上判断出了他们的关系,同时他也马上决定要长期欢迎他们,反正挣谁的钱不是钱呢?这种关系,在钱上总会格外大方的。加上客人养眼,不是福利吗?当然丁吾雍知道,短则一年,长则三年,他们一定会分开的,就像知道店里插花的蝴蝶兰可以开一个月、六出花一星期一样。但是丁吾雍没想到,有时候,还没到花谢的时候,半空中一个雷劈下来,连花带瓶震倒了,碎的碎,流的流。

丁吾雍觉得自己应该去报警,但是又没有把握自己一定会那么做。他不喜欢这种纠结,他只能希望那个女子不要再来了。那样,丁吾雍就不用纠结了。

可是荷花姜还是继续来,和原来的间隔差不多,就是一星期来一次,她还是坐吧台一角,总是继续喝她的黑雾岛,喝不完的存着,没有了就再来一瓶,菜交给丁吾雍安排。丁吾雍依然会按照她的喜好和时令,给她安排妥帖的三四个菜。她来者不拒,看着手机,一会儿看一下,一会儿写几句话,写的时候很专心,好像不是来吃饭喝酒的,而是来写那些话的,写完了就把手机往旁边一丢,然后继续不紧不慢地吃喝着,有时候往门口看一眼,继续吃喝。吃喝完了,就自己走了,有一次走到门口,还会回头看一眼,好像奇怪身后的人怎么不跟上去似的。

身后哪里会有人?早就没有了。那一瞬间,丁吾雍感到在她的身后,是一大片空虚,空虚得连整个店和店里所有的人都不存在了。

那之后,她没有再和丁吾雍聊什么,似乎根本不记得曾经说过什么。丁吾雍怀疑她是酒醒之后忘记醉时一切的那种人。要不然她怎么敢继续出现在这里,还这么若无其事?难道在等丁吾雍下决心报案,好把她抓起来吗?丁吾雍又希望,那是她的醉后胡说,那个男人还活得好好的,这个女人只是这么说说出口恶气罢了。

可是,那个男人呢?丁吾雍也越来越不相信他还活得好好的了。

黄梅天了,有一天,荷花姜刚开始吃,雨下得大起来,下得都不像黄梅天通常的那种慢脚雨,下成了瓢泼,下成了满城风雨、一世飘摇、充满末日感的那种阵仗。丁吾雍知道,这种天气特别容易喝醉,可能是湿度太大了,不利于酒气蒸发。果然,荷花姜喝着喝着,满脸红晕,一只手支着半边脸,眼神迷离。

丁吾雍破例说一句:“差不多了,别再喝了。这个天气,你怎么回去?”

“我怎么回去?我回不去了。哪里都不是家,哪里都没有人等我回去,我怎么回去?我回哪里去啊?”她大哭起来。

酒气蒸腾,水汽弥漫,整个店里充满了一个女人的哭声,那种哭声很可怕,虽然很响,但又很压抑,既像一个旧时代的乡下女人苦候多年却听到丈夫死讯,又像一个五六岁的孩子被困在下水道里挣扎不出来,用最后一点能量来拼命完成的号啕。

丁吾雍心里一凉:那个男人,恐怕真的是死了。要报警吗?

晚上回到家,看见余清在灯下插花,洗过的头发还半湿地披在肩上,他心里一动,上去对她说:“简单一点结个婚,怎么样?”

见余清一脸不解,丁吾雍说:“好像觉得还是结婚比较好,你说呢?”

余清说:“你想和我结婚?”

丁吾雍说:“是啊。”

“让我想想。”余清说。

丁吾雍说:“你还要考虑啊。”

“有人求婚,然后自己考虑,这是待遇,总要享受一下吧。”余清说完,笑了起来。丁吾雍也笑了。

看见她的笑容,丁吾雍有一种说不出的感觉,好像是如释重负,好像是通过了一场原本担心通不过的考试,发现自己高估了考试的难度。多大的事?不就是结个婚吗?要弄得那么吓人,哪至于的。

第二天,荷花姜又出现了。才下午五点,店里还在准备。

她说:“老板,今天不吃饭,我是来还你钱的。”

昨天晚上,她确实喝醉了,上了洗手间吐过之后,丁吾雍替她用打车软件叫了车,用店里的大伞送她上了车,谁都没顾上结账的事。

“下次来的时候顺便结就可以了,你还特地来。”丁吾雍说的是真心话。有的人，一看就知道是一辈子都不会赖账的。荷花姜，就是这种人。其实那个一身黑灰、眼睛里有清莹倦意的男人，也是这种人，只是不知道为什么欠了这个女子的。

荷花姜的脸看上去已经没有什么异样，要存了心仔细搜索，才能看出眼皮略略有点肿，脸色不如平时好，除此之外，依然是一个引人注目、打扮入时、举止得体、行动流畅的摩登女郎。上海的黄金乃至钻石地段有许多高级商务楼，而这些现代女郎的气场让人坚信她们有能力敲开其中的任何一扇门，在正南朝向、一尘不染，光线、温度和设备都无可挑剔的房间拥有一个任她们自如挥洒的位置。

她们的妆容含蓄，皮肤白皙、五官精致、轮廓秀美、神情矜持而举止干练，在她们脸上，你看不到黑眼圈、细皱纹和斑斑点点，那些都在十分服帖的粉底霜下面；你更看不到哭泣、动怒、灰心、丧魂落魄的痕迹，那些都在她们心里，就像藏进了深海之中。女人心，海底针？说这话的人还是小看了女人。女人心，就是海本身。

“我要到外地去一段时间，接下来要几个月不来了，所以今天来一趟。”

丁吾雍马上想：太好了！他从此不用见到这个女人了。如果她是真的出差，离开一段时间，可能会因为换了环境而想开，总之应该不会再来这个伤心地了。如果她是逃走，那也帮了丁吾雍的一个忙，那样，她就和丁吾雍一点关系都没有了，丁吾雍也不需要再纠结了。

她真的消失了。半年过去了。

偶尔，看到钵里的荷花姜，丁吾雍会微微有点出神，这么好看，怎么可能杀人？可是，锋芒毕露，又好像有点杀气。这样的女人，会是什么命运呢？空闲的时候，丁吾雍有时会望着那两个位置。曾经坐在那里的那两个人，他们都在哪里呢？甚至，那个男人，还在这个世界上吗？从今以后，不可能再看到那样悦目的一对，出现在自己的店里了。不知道为什么，丁吾雍真心觉得遗憾。

到了年底，生意忙了起来，丁吾雍渐渐不再想起那两个人。

一天，七点的时候，正在忙碌的丁吾雍，看见当班领座的小茉莉带进来两个人。一个中年女人，风韵犹存，一身讲究得稍微有点过分的打扮，脸色倨傲中有几分阴郁。走近几步，她身后的人露了出来，竟然是那个男人，那个一身黑灰。

丁吾雍大吃一惊，以至于习惯性的“欢迎光临”都中途变了调门，小茉莉不无疑惑地看了他一眼。

这个男人没有死？他还好好的，那么就是他不要荷花姜了。荷花姜说的是气话。不要荷花姜，居然还带着自己的老婆到这里来？丁吾雍觉得自己错看了这个男人，谁知道是这样的人，完全不在道。上海滩的餐厅酒家天上繁星似的，这个人带不同的女人，偏偏来同一家，胆子倒也不小。他就不怕这么多双眼睛吗？

小茉莉直接把他们带进了包间，丁吾雍心里冷笑一声。等到小茉莉过来，丁吾雍问：那两个人谁说要进包间的？小茉莉说，他们预订的。有个男人打电话来，不知道是不是这个男的本人，说要一个小包间。

这就奇怪了。和情人倒光明磊落坐在外面，带老婆反而一定要躲进包间，什么年头？什么人？

丁吾雍亲自上菜。那两个人在交谈，但是不起劲，零零碎碎听到什么"学校""租房子""美金""同学"。丁吾雍实在猜不透这两个人在谈什么，而且感觉他们的关系，坐下来细看，也不那么像夫妻了，倒有几分像讨债的和欠钱的。

等到要上雪花和牛涮涮锅的时候，丁吾雍在大托盘里放上了一个青海波纹小碟子，里面是三枚盐渍荷花姜。盐渍过的荷花姜，娇艳的颜色暗淡了许多，但是转成了一种憔悴的风情，充满了欲言又止的过去。上桌的时候，男人看了一眼，说："我们点这个了吗？"丁吾雍说："这是送的。"一身黑灰的男人看了一眼荷花姜，然后看了丁吾雍一眼，丁吾雍接住了他的眼神，两个男人似乎完成了一次无声的对话。

丁吾雍还没出包间，就听见男人毫不避忌地说："钱我带来了。"他把一个厚实的信封交给女人，信封口是开着的，看颜色就知道是美元。又是现金，只用现金。这是个固执的人。

出了包间，丁吾雍转身拉上拉门的一瞬间，听见女人平淡地说："明年一年的够了。"

什么够了？这个女人一年的开销吗？如果他们是夫妻，怎么会这样一年一次给钱？如果不是，又为什么要给钱呢？丁吾雍觉得自己脑子不够用了。

过了几壶酒的工夫，拉门开了，那个女人出来了，走了。谁都不知道她那个华丽的漆皮包里比来的时候多了什么。丁吾雍这时候明白他们为什么要进包间了。但是这一点点合理，像太少的水，不能熄灭他的好奇之火，反而让火更加熊熊燃烧起来了。

那个男人并没有跟出来，而是又叫了一瓶烧酒，开始自斟自饮。

一个小时以后，丁吾雍进去添茶。他心里好奇，但丁吾雍是个在上海滩做了十几年生意的人，这种人，无论心里想什么，做出来，总归是合理的——至少有一个合理的解释。这时候进去，是餐馆的常规动作，就是以添茶的名义，看看客人是否要添主食、要咖啡，或者是否要埋单。如果遇上客人酒足饭饱还想独自坐一会儿，就会添上热茶，然后不动声色地出去，让客人自己安静地剔牙、打饱嗝、发呆或者独自疗伤。平时这件事是服务员做的，今天既然是丁吾雍自己负责这个包间，那么，他可以让服务员来接手，也可以自己去。

此刻，丁吾雍拉开了门，进去添茶。

茶水注入茶杯中，细细的清香腾起。一身黑灰的男人说："谢谢。今天你亲自照应。"

丁吾雍说："不客气。"他注意到男人有了酒意，脸红了，精神看上去和过去不同，没有那股有棱有角的气势了，但萎靡里透出轻松，显得真实。就说："今天吃得还可以吗？"

这个"还"用得妙。既表示委婉和分寸，也可以是"依旧""如常"的意思，加上"今天"这个提示，那就是在问：过去喜欢的口味，隔了一段时间，你觉得怎么样？重点是：有过去。

"很好。你这里的菜一直地道的。"

丁吾雍听见他用"一直"，居然是对过去的一切认账的口气，就说："说起来，您有一阵没来了。"这话是试探，但也可进可退。

男人叹了一口气。丁吾雍不敢相信自己的耳朵，看向他，听见他说："她，后来来过吗？"

这话包含的意思太多了，简直把丁吾雍当成哥们儿了。看来他今天是喝多了。丁吾雍一时不知道怎么回答好了，就点了点头。

男人又叹了一口气。"恨死我了，一个个，都恨死我。"男人用双手用力揉搓自己的脸，好像一个寒冷的清早，清洁工在马路上扫着落叶一样，既孤单又萧瑟。

一阵不可理喻的同情攫住了丁吾雍，丁吾雍马上提醒自己，正是这个男人，让那个女孩子那么伤心的，而且还毫不介意地和一个身份不明的女人又到这里来。

"你太太也很漂亮。"丁吾雍说，这话不知道怎么就突然蹦了出来。说了之后，发现这句故作莽撞的试探妙不可言。

男人抬头看了丁吾雍一眼，有点惊讶，有点迷茫，然后露出了一点笑容。"太太？哦，前妻。刚才那个，是前妻。"

丁吾雍不轻易放下戒备："您后来又结婚了？"

"没有啊。活剥一层皮才离了婚，我怎么会再结？就二十年前结了一次婚，生了一个女儿，烦到现在都烦不清楚，前妻的保险啊、房子啊、女儿的留学啊……我有几条命，再去结婚，再去生小孩？"

丁吾雍吃了一惊，暗暗有些羞愧，同时有更多的如释重负。他不说话，因为不知道说什么好。

“唉？”男人突然语气一挑，“怎么，难道你以为我有家庭，每趟和我一起来的是……情人？”

丁吾雍的脸有点火辣辣的。

男人笑了起来：“那是我的女朋友。我们都是单身，光明正大来往的。只不过我不想结婚，她想。”

丁吾雍说：“不结婚，就要结束？”

“给不了她想要的，就放人家走吧。”男人用手搓了搓脸。

丁吾雍说：“人家会觉得你是在寻借口。”

男人笑了起来。那笑容似乎在说：自然是这样。又似乎在说：随便吧。好像在说：我怕什么？又好像在说：哪有这么便宜？

丁吾雍端起茶壶转身的时候，男人突然说：“她后来一个人来喝酒的，对吗？”

丁吾雍叹了一口气，点点头。

男人说：“她……哭了吗？”

【作者简介】潘向黎，文学博士、作家，现居上海。出版有长篇小说《穿心莲》，小说集《白水青菜》《轻触微温》《我爱小丸子》《女上司》《中国好小说·潘向黎》等，散文集《茶可道》《看诗不分明》《梅边消息：潘向黎读古诗》《万念》《如一》等多部。曾获鲁迅文学奖、青年文学创作奖、庄重文文学奖等奖项。

小野先生

◎　金仁顺

小野先生是我的朋友莉央介绍来的。他是大学历史学教授，近年来，很多精力放在东北亚近当代史的研究上。他对中国并不陌生，汉语也讲得不错。他要来长春，莉央跟他提起了我，或许我可以抽出一天时间陪他四处转转。

我跟小野先生约好上午九点在酒店大堂见面。那家酒店有七八十年的历史，坐落在城市中心的林地中。树林的年头比酒店长得多，建酒店时，为了不破坏景观和尽可能多保留一部分树木，楼房建得不高，分成几栋散落在树林中。

我过去的时候，提前了半个小时，空气清新，我下车去庭院散步。太阳升起来没多久，树林间的空气仍然湿雾雾的，青草和树叶的清香把人浸润其间，鸟儿在枝头上欢闹，时不时地，几只喜鹊在我散步的石板路上起起落落，人走得很近了，它们才展翅飞走。一个男人也在散步，头发是鸽子灰的颜色，穿着同样颜色的棉麻衬衫，腰杆笔直，姿态克制而内敛，我们交错而过时，他停下来对我颔首致意。

"——小野先生？"我冒昧地问了一句。

他愣了愣，随即叫出了我的名字，当然，也是带着"？"的。

我说是的。

我们一起笑了。

我问他什么时候到的，这里的气温和酒店还习惯吗，吃过早餐没有。

他昨天夜里到的。长春的初夏，温度宜人，这个酒店他非常非常喜欢，从他的窗子里能看到湖水，还有这么大的院落、树林和鸟儿，真是惊喜；他已经吃过早饭了："酒店早餐很丰盛。"

他的汉语除了口音略显生硬，说得好极了。以他的语言能力，即使没有我这个业余向导,也能畅行无阻。

我问他想去哪里,可有计划。

他说没有,客随主便。

我跟小野先生说,每次外地有朋友来,最让我发愁的就是长春没什么可看的,不像黄河流域、长江流域,文明起源早,很多城市有几千年的政权更迭,宫廷官场战场诗坛各种抒写历史。人家清明上河、江山如画、诗情飞扬的时候,我们这里树林茂密、野草丰美,清朝时还是皇家狩猎之地,夏季碧波如海,冬季白雪皑皑,但朋友来的时候,你能带朋友看绿色或者白色吗?

“在我看来,”小野先生说,“长春是心灵幽深之地。”

他很认真,没有故弄玄虚,也没有客气。

那就走着瞧吧。

我们往停车场走时,我给小野先生介绍,他从房间看到的湖是南湖,最早是日本人打造“新京”时,利用伊通河的支流形成的人工湖,既是风景,也是城市的备用水源地。当年很多重要机构的选址都围绕着这个湖,比如说当年的满映、后来的长春电影制片厂;我们现在开车要去的新民大街,也通过一个纽扣似的街心公园,跟南湖缀在了一起。

新民大街是一百年前规划、建造的,二十世纪八十年对于建筑物来说,不年轻,但也远远说不上老。街道中心有两条车道那么宽的街心花园,绿荫如盖,芳草青青,桃花、李花、杏花刚谢,丁香花开得正当时,香气馥郁,远看像一条蓝紫色的河流。

伪满洲国的“国务院”和“八大部”——“司法部”“军事部”“交通部”等——都在这条路附近。这些楼房的外观还大致是当年的模样——虽然有几栋楼后来又加盖了两三层,但为了协调,加盖时考虑了原建筑的风格——土黄色基调、清水红砖,楼的转角弧度优美典雅,带着韵律,窗户原本是窄细的,其中有一半被现在的使用单位扩充加宽了;楼里面的举架很高,老旋转楼梯大部分保留着,但有些局部结构被现在的使用单位改建了。新民大街的“T”字形尽头的“-”,是当时预备盖的伪满皇宫。最早参与设计的还有梁思成。

小野先生知道他:“了不起的建筑家。”

伪满皇宫刚打完地基,伪满洲国就覆灭了。新楼盖起来以后给了地质学院,这个生不逢时的宫殿被称为地质宫。

梁思成和他的夫人林徽因还在吉林省设计了另外一些建筑,火车站之类的。在高铁时代,这些幸存的火车站风尘仆仆,小而倔强,有遗世独立的况味。

我们在伪满“司法部”的门前转了转,小野先生拍了很多照片。这栋楼是医科大学的基础部，跟另外两栋变成了医院的老楼相比，来来往往的人少，闹中有静。沿着楼房墙面，种着密密麻麻的丁香花，有一人多高，紫色白色开得烂漫无比。

我跟小野先生说，很多年前我有个好朋友是在这里读医科大学的，我读书的学院离这里不远，上大学时经常走路或者骑自行车过来玩儿。这栋楼的地下一层，全是供医学院学生解剖学习用的尸体，泡在福尔马林溶液里。夜里在这里散步的时候，难免会觉得整栋楼阴森恐怖。但我朋友就不在乎这个。不过她谈恋爱的时候，有一次约会时在丁香花下面被几个男人劫持，他们带了刀，让她和男朋友把钱掏出来，他们乖乖就范了。事后我们讨论过那种状况下应不应该反抗，还因此质疑过她男朋友的男子气概和血性、勇气之类的问题。他现在是外科医生，手术刀用得很熟练，但即便如此，再遇到当年的情况，他仍旧会一言不发地把钱给他们。

“勇气是很难定义的。”小野先生说。

他说他从小到大，在学校里面一直被人欺负。

“我不知道为什么他们总是会选中我。我照镜子研究过自己的脸，也在商场玻璃橱窗的反光中审视过自己的步态，我看不出我哪里不对劲儿。但显然那些人是能看出来的，他们总是能从人群中把我挑出来。开我的玩笑，骂我，打我，抢我的零用钱。”小野先生语气温和，说到最后笑了起来，“我的青春期过得非常悲惨。”

“您从来没反抗过？”

“没有。我总想着，忍一忍就过去了。语言上的侮辱，身体上的疼痛——”他说，“有一次我父亲悄悄跟在我后面——他早就发现我有些不对劲儿了，跟了我好几天也说不定——我被三个家伙拦住了，他们把我逼到墙角，骂我打我，让我把钱交出来。我父亲走过去，抓住最中间、个头儿也最高的那个家伙，薅着他的头发——”小野先生抬手薅着自己的头发，比画给我看，“就这样，把他掼到了墙上，他的鼻子差点被砸进他的脸里，鼻血流得衣服都被染红了。另外两个家伙吓呆了，我父亲给了其中一个人一个大耳光，把他扇得蹲在了地上，另外一个被踢在肚子上，在地上打了两个滚儿。”

“哇——”

“当时我也是这样的反应，哇，好厉害！父亲平时几乎一天说不上一句话。那天他修理完那几个小子，盯着我看，我很惭愧，觉得自己很丢脸，我后悔自己没跟那几个家伙决一死战，当时我在父亲眼里，是懦夫、蠢货、垃圾。我差不多能看到涌上他舌尖的话语：‘我没有你这样的儿子，滚蛋！’但他什么也没说，他拉了我一把，让我站稳了，冲我点一点头，说了句，‘去上学吧’，转身走了。晚上我放学回家，他也没提这件事。说来也怪，这次事情过后，再也没有人欺负我了。虽然我照镜子时，看到的还是原来的自己。”

我们从新民大街转到松苑宾馆。开车的话，是一个很大的弧形，如果直线走路，其实并不算远。这里有栋老楼是当年日本关东军司令的宅邸，一样是庭院阔朗，树木高大。楼是欧式建筑，有尖状塔楼、老虎窗和壁柱，外墙的棕褐色面砖和灰白色砂岩石形成了色彩上的对比，正门入口处修建了喷水池。

这栋宅邸建成以后，没有谁能住得长久。第一位是南次郎，然后是植田谦吉、梅津美治郎，山田乙三是最后一位入住的日本高官，他从这里被苏联红军押到了南湖的战俘营；他前脚被押走，苏联红军的司令官后脚就住了进来，但很快，苏联司令官也离开了，国民党的一个军长变成这里的临时主人。这栋楼的际遇，应了那句老话：铁打的营盘流水的兵。庭院中的景致倒是岁岁年年相似，流水落花，空自嗟呀。

老房子里面，通常藏着些老故事。这栋楼也不会例外。战争年代，生离死别都是常态，但官方资料上面鲜有记载。现在这里变成了酒店，人来人往，雨打风吹，又有多少人关心这里面曾经发生过什么。

酒店大堂有个用屏风隔开的茶吧，很清静，我们去喝了杯绿茶。新茶和热水是分别端上来的，我们自己把茶叶倒进杯里，然后看着杯底的小小碧螺慢慢舒展开来，变成鲜嫩的叶片，水变成了浅淡的绿色。

我对小野先生说：“去年我和莉央在这里喝的是红茶，那时候是秋天，院子里枫叶正红，是另外的景致和心情。”

当时莉央就住在这个酒店，我按约定的时间过来跟她见面。“你的心跳得很快，”我们坐下后，莉央看着我说，“你正在经历一些事情。”

我愣了愣，她说得对，前一天夜里我几乎没睡，心脏就抗议似的，时不时地闹闹脾气。莉央是怎么看出来的呢？心脏是由骨骼、肌肉、皮肤包裹着的，还有一个橱柜似的胸腔，而这些又都隐藏在衣服下面。我更相信她是感觉出了什么——

“我读出来的。”莉央镇定而又从容，直视着我。

“——怎么读出来的？”

莉央说她最近参加了一个小组，解释这个小组的性质、成分过于繁杂麻烦，就算她能讲清楚，我可能也很难理解，但简而言之，现在，莉央的大脑仿佛伸出了很多无形的触角，能捕捉到很多隐秘的信息。当然，只针对她关心的人。

我讲了我最近发生的事情，粗线条地阐述，不用莉央开解，已经豁然开朗：多么简单的事情，为什么之前却觉得身处重重迷雾？

莉央也讲了她发生的事情——要不然，她也不会想到去参加那个小组——她出轨了。那个男人比她大十几岁，善解人意，非常温柔。

“跟他在一起，我才知道什么是爱！”莉央的语气变成窗外的秋日暖阳，她的表情也被浇铸了阳光似的，有着黄金般的质感，“有那么半年的时间，每一天都很幸福。”

她跟她老公说了一切，然后从家里搬了出来。她现在没有办法专心写作，她要打两份零工赚钱付房租，养活自己。

“那他呢？”

“他离不了婚，即使离婚了，他也不会跟我结婚的。”

“这算什么啊？”我替她不值。他把她领到井底下，割断绳索就走了。当然，以“爱情”的名义。“你不恨他？”

“你怎么可能会恨一个教会你爱的人呢？”

“您和莉央，”我问小野先生，“是怎么认识的？”

“我们在同一所大学参加创意写作班。”

“您不是研究历史的教授吗？怎么会去教创意写作？”

“我不是去教课，是去上课，”小野先生解释，“我教历史课。历史是浩荡博大的，它们记载的是大事件和大人物，普通人在历史里面，像一粒灰尘，什么都不是，它们能起的作用可能是让历史学家们因为灰尘过敏而咳嗽几声。可有的时候，在某些光柱里面，这些灰尘是能够被看见的，它们微小、轻盈，在光影里面颤动、舞蹈。我想，或许学习好写作技巧，就相当于有了一束能让灰尘显形、跳舞的光吧。”

“您想当作家？”

“不敢当，想学习写作。”

“可是，”我想起另外的事情，“莉央是很成熟的作家，她好像不需要参加写作班。”

“她不是学员，她是授课教授的助教。而那个教授是我大学的同事。我们三个人经常在下课以后，去居酒屋喝一杯。”

“我和莉央是在中日韩三国的作家笔会上认识的。她看到作家简介上面写着我来自长春，就来找我。她的汉语把我吓着了，后来我才知道，她是在长春上完了初中才回的日本。”

“是的，”小野先生点着头，“我们聊过很多关于长春、关于战争的话题。”

“除了长春和战争，你们聊过别的吗？”我看着小野先生，非常非常想问他，“比如说爱情？婚姻？”

出门的时候，我把话题又转回建筑上来。现在的长春宾馆，其中有栋楼也是伪满时期的建筑，曾经是日本高官们欢聚的俱乐部。里面有个能容纳百人的小剧场，还有适合开派对的客厅，水晶吊灯、图案漂亮的地毯——对了，那栋楼的门楼很别致，很多摄影师都去拍过照片。有些年轻人拍婚纱照也会去那里。

长春宾馆对面原来是一个日本官员的私人宅邸，日式建筑，一条环形走廊把房间一间间连起来，走廊和所有的房间都铺着木条地板，上面刷着油漆。我曾经工作过的杂志社就在这套老房子里。后院有个天井，种着花花草草，下雨或者下雪时端杯热茶看着窗外，既文艺又治愈。那个地方适合棉布、丝竹音乐、老电影、忧伤，以及沉默。十几年前这套宅邸被拆掉了，取而代之的是巨大火柴盒似的高楼。那个宅邸被连根拔掉，再也不会生长故事和情绪了。

我们在伪满皇宫待了一下午。

这个地方我平均一年来一次。每次来，都发现它有变化。首先是越变越大——不知道它原本就很大，正在逐步复原呢，还是为了日益繁荣的旅游需求，变得越来越大——其次是越变越新，很多家具和用品都是新的，刻意做旧后摆在那里，结果就像涂了脂粉的脸，没有变好看，还失去了本色。

伪满皇宫是溥仪帝国梦的最后一程。真正操纵这个地方以及溥仪本人的，是当时的日本政府。无论是末代皇帝还是傀儡皇帝，都难脱悲伤和绝望。溥仪在长春住的房子和办公场所，房间狭小，空间逼仄，气息破落凋零，其中一个天井，一棵树生得很好，但风水师说了，这恰恰是个“困”字。溥仪幼年少年都是在紫禁城里度过的，纵使清末民不聊生，但他登上大位时，瘦死的骆驼比马大，气派还是有的。流落到长春这个伪满皇宫时，帝国于他，只剩下一个梦了。这是他的囚困地和伤心处：对外他是个摆设，是日本人的牵线木偶；对内，婉容不只跟他情感破裂，还有了私情和私生子；他唯一的情感慰藉谭玉玲，得了场感冒被日本军医借机害死，他连替她讨个公道的机会都没有。末世的皇帝都悲凉，故国不堪回首，愁情一江春水向东流。

旧楼、做旧的家具、蜡像人物，小野先生都看得很认真，但真正让他驻足的，是游客们最走马观花的展览厅。厅里挂满了很多当年的老照片，有原件复制品，也有放大件，黑白照片时间久了，变成了浅黄色，加上翻拍，人影有些恍惚。

每张照片他都认真地看过，尤其是有很多人的群照和合照。我在他身后跟着，发现最吸引他的是那些次要人物，他们站在照片的后面或者边缘，为了认清他们，小野先生戴上了眼镜，一会儿踮起脚尖一会儿弯下腰去，一会儿蹲一会儿站，有时候靠得太近，鼻尖都快要贴到照片上了。

“您在找什么人吗？”我问他。

“啊，”小野先生好像考试打小抄被人抓住那样，笑了，“我父亲年轻的时候，曾经在长春服役，下等军官，我在想有没有可能因为某种机缘，他被拍下来过。”

“哦。”

小野先生是天真，还是忘了时间距离？那么多年前，拍照是个大事儿。哪里像现在，人手一部手机，有的人还不止一部，随时随地拍，什么都拍。就算他父亲被拍下来过，他认不认得出也是个问题，人的面相在一生中变化是非常大的。

“我也知道，这想法很愚蠢。”

说是这么说，在下一张照片面前，小野先生又像翻出多年前毕业照那样，目光从一张张面孔上筛过。

“小野先生——我是说您父亲，当年是做什么的？”

“是高级将领的卫兵。”小野先生说。

怪不得他和莉央能成为好朋友，他们确实有很多很多话题可以聊。

日本投降的时候，有一些日侨因为种种原因没能回国。莉央的外祖母死在长春，母亲直到“文革”结束才回去，莉央一度被寄养在亲戚家里，二十世纪八十年代末被接回日本。莉央在长春时，有自己的中文名字，很多人都不知道她是日本人。第一个知道内情的男同学是她的初恋。

我们在展厅里花费的时间太多了，出来的时候已经到了闭馆的时间，也是下班的晚高峰时间。伪满皇宫周围，集中了几大批发市场。光是服装城就好几栋楼，此外还有餐具厨具店、日常用品店、生鲜食品店等等。行人、货物、私人汽车、公交，糅杂在一起，就像滞重、黏稠的胶带，把交通焊住了。

“我在照片墙那里耽误太多时间了，”小野先生跟我说，“太抱歉了。”

我和小野先生在车里聊起另外一位小野先生。

“他是哪年在长春的？除了长春，还去过哪里？”

“他一九四〇年入伍，一九四五年战败后回国。在长春的时候，他是士兵，在关东军司令部服役。”小野先生说，“那以后他去过哪里，我也不知道，他从来不说。”

“那您是怎么知道他曾经在长春的？”

“是他战友说的。”

小野先生高中时，父母离婚了。他妈妈跟别的男人好上了，留了封道歉信，离家出走。他问起妈妈去哪儿了，老小野先生把信给儿子看了一下。“这么多年忍受着我,”他说,“辛苦她了。”

当时还是高中生的小野先生不知道说什么才好。父亲是个无趣的人。母亲经常跟他抱怨,他自己也感同身受。在家里,父亲很少说话,也没什么笑容。唯一的爱好就是读书,似乎也没有什么目的,只是读而已。有心事的时候,他独自坐在客厅窗前,或者门外木廊台上,一坐就是几个小时。他从来没讲过笑话逗家人开心,也从来没对妻子有过甜言蜜语。他好像从来没注意到她是个端庄雅致的女人,性情温良,厨艺极佳,她出门买东西时,男人们的目光总是围着她转。

小野先生停顿了一下,难为情地笑了笑:“您是作家,说出来想必您也能理解。”

小野先生小学的时候就发现妈妈出轨。那是樱花季的一天,下着雨。他放学买文具时,换了一条路回家,在一个胡同口,看见妈妈跟男人在伞下拥抱。那个人好像在讲什么好玩儿的事情,他妈妈笑软了身子,倚在那个男人身上。他转身跑开了,怀疑妈妈也看见了他,他不知道怎么办才好,心乱得像那一地被雨打落的花瓣,在外面磨蹭了一个多小时才回家。

他妈妈正往饭桌上摆晚饭,笑着对他说:“你回来了?”

他父亲那天没回家吃晚饭,这让他松了口气。母亲像平时一样,边吃饭边讲鱼店老板的玩笑、菜店伙计的闲话、茶叶店老板夫人的新衣服。她是那么神态自若,小野先生想,她其实一直在外面谈恋爱吧。

“我能理解母亲,”小野先生说,“母亲像朵花,父亲像块冰。冰不能滋养花朵,泥土、水、阳光才可以。”

但他同样理解父亲。父亲固然没有优点,但也没有缺点。他是银行职员,工作兢兢业业,不争不抢,深得上司和同事们的喜欢。家里需要男人做的事情,他做得一丝不苟,邻居家的事情也都帮忙做。他不酗酒,不打骂妻子儿子,也几乎没发过脾气。妻子花钱他从不限制,也不过问。妻子离开时,从他那冷静理智的反应来看,他或许早就知道她出轨。跟这样的男人生活在一起,小野先生的母亲只怕是怀着一种“食之无味,弃之可惜”的心情吧。

老小野先生对儿子只有一个要求,好好读书,考上好的大学,能一直深造下去。小野先生年少时,以为这是父亲望子成龙的心情,后来发现并不是。他父亲并不在乎他是否出人头地,他只是希望儿子能通过知识变得强大。

少年时代,小野先生如果考试考得好,不只能得到零花钱,他父亲还会让他妈妈买牛肉和贵重的鱼回来吃。他妈妈离家出走以后, 他考出好成绩的时候,老小野先生会带他出去下馆子。

有一次他们去吃寿喜烧,遇到了老小野先生的战友。

他们坐下来，点好了餐，陆续上菜的时候，一个包着头巾的男人从厨房出来，拍了老小野先生一下。"我看着就像你！"寿喜烧店老板激动地说，"我想过也许哪一天你会走进我的店，原来就是今天啊！"

"我记得父亲当时的样子，"小野先生说，"他的脸瞬间白了，整个人就像被咒语定住了。那个人好像没注意到这个，在他身上又拍又打的，父亲慢慢缓过来，恢复正常。"

那个人跟老小野先生年纪差不多大，但性格截然不同，当年他们一起被征入伍，一起到了中国，战败后回了日本。他们拿到遣散费抚恤金，老小野先生利用当时对退伍军人的政策，去上了大学，读了个学位，毕业以后在银行当了职员；他的这位战友则开了寿喜烧店。

他们喝了一下午的酒，大部分时间，老小野先生只喝酒，不说话。即使他想说，只怕也插不上嘴。寿喜烧老板话又多又密，话语从他的嘴里倾倒似的奔涌而出。他们是在去中国的船上认识的，因为大风，他们在海上颠簸了一天一夜。他们的心情也像海浪，对异国他乡、对战场、对生离死别，思绪波涛翻涌。很多人吐了，哪怕什么都不吃，也吐个不停，满嘴苦涩。他们没想到，参军以后第一次对他们进行袭击的是海上的暴风雨。

在长春，他们俩在一个小分队，经常一起执勤。他们被长官骂过，被扇过耳光，也被踢过；他们一起去电影院看过电影，最喜欢的女演员都是山口淑子；他们一起去过妓院，为了掩饰心里的紧张，他们讲话很大声，说任何话之前先骂别人是蠢货、浑蛋。他们都没想到，苏联红军打过来的那天，从飞机上扔下来的第一颗炸弹正好落在那个妓院；他们还一起杀过人，三个中国人，死前的哀求声哭喊声现在还经常出现在梦里，那么多的血，像红油漆一样，弄脏了他们军靴的靴底……

那天他们喝了很多很多酒。开始的时候，寿喜烧店的老板娘把酒烫好后端上来给他们，顺便把他们喝空的酒壶拿走——她还应丈夫的要求，为小野先生多上了两盘牛肉——后来太晚了，她不再出来了。寿喜烧老板摇摇晃晃地抱来一坛清酒，打开后，把桌子上所有的空酒壶倒满。

老小野先生醉了三天，他在房间里沉睡，偶尔起来喝杯水。银行的电话打到家里来，老小野先生从来没有无故不去上班，他们不知道他发生了什么事情。小野先生替父亲道歉，说他感冒发高烧，头脑不清醒，没有及时请假。

老小野先生酒醒后，瘦了一圈儿，脸色灰败，仿佛大病初愈。

小野先生试图跟父亲聊聊，他对那天酒桌上所有的故事都很感兴趣。他试着提了几次话头儿，但他父亲就像没听见似的。他在垃圾桶里发现父亲扔掉了那天离开时寿喜烧老板塞进他衣服口袋里的名片。于是他明白,父亲再也不会去那家店了,偶然被推开的回忆之门,被父亲重新关闭了。

两年以后,他考上了大学。老小野先生以方便学习为理由,建议他在学校附近租房子住。假期的时候,他打工赚钱,跟朋友结伴旅行,回家也只是待上一两天就离开。他又去过那家寿喜烧店。老板娘没认出他来。他自我介绍了一下,提起那个喝了无数清酒的下午。

老板娘告诉他,三个月前,老板突发心梗过世了。前一天夜里他喝了很多酒——他天天喝,喝多也是经常的——早晨起床时,让妻子给他倒一杯水,她端着水杯走到他身边时,他抬起来的手臂突然垂落下去,眼神儿飘向她身后。"就好像我身后站着什么人,"她说,"把他的魂儿从身体里吸走了。"

小野先生大学毕业的时候,老小野先生去参加毕业典礼。典礼结束后他们一起去吃饭。小野先生对父亲提起他曾去过寿喜烧店,告诉他他的战友去世了。

"——死在自己的床上?"老小野先生问。

是的。

"死在洁白干净的床单上?"

小野先生不知道寿喜烧老板家的床单是什么样的。洁白还是蓝色,有条纹还是印花图案。

"他不配,"老小野先生说,"我们都不配!"

老小野先生二十年前过世。他给小野先生所在的办公室打电话,请他那天晚上务必回家。小野先生下课后回到家,发现父亲穿着和服,雕塑般的坐在窗前,他叫了一声,没有回应。走到跟前才发现不对劲儿。

老小野先生把家里的东西都处理掉了,日用品杂物衣服鞋一样没留,房子空空荡荡的,他的身边只留了一盆兰草,遗书夹在草叶之间。

"他抹掉了他所有的生活痕迹。"小野先生说。

随着小野先生的讲述,汽车像一粒胶囊,在城市的胃肠里时快时慢地移动。夕阳的光一度强得让我们放下遮阳板,眯起了眼睛,而当我们来到预订饭店的门口时,天空的蓝色变得幽远深沉,夜晚前的光线平易柔和。

晚餐我订在"长春 1939"。停好车,往里面走时,一个穿马褂的男服务员替我们撩开了门帘,朝里面扬声喊:"贵客到——"声音朝店堂里面一直飘摇过去。

餐馆的装修更像个博物馆或者杂物馆,走廊设计成了百年前的老胡同,包房弄成了民国时代各种店铺的门脸,米店、布店、药店、杂货店,应有尽有,除了招牌，墙面上还贴了些旧海报和老照片。胡同中间铺了条有轨电车道，车是小型的，最多能坐四个人，移动的速度比人步行还慢，一路咣当咣当响，眼下坐在上面的是两个七八岁的小朋友。

“餐馆为了强调特色，打怀旧牌，形式大于内容。”我对小野先生说，“有些虚假，但感受一下也无妨。”

“您太费心了，”小野先生冲我点头，打量着四周，感慨了一句，“时光走廊。”

往包房走时，他很认真地打量墙壁上面糊的老报纸和海报。

“很有意思。”他说。

“是什么契机，让您有了写作的念头？”吃饭的时候，我问小野先生，“如果我没猜错的话，您是想写写您父亲吧？”

“是的，”小野先生点点头，“当初考大学时我报了历史系，跟金融、国际贸易比起来，这是个冷门儿，很不受人欢迎的专业，可我觉得很有意思。回过头来想想，这其实是受了父亲和他那位战友的影响。寿喜烧店里那个下午的谈话就像一出戏剧，虽然我只看到几个碎片，却被深深吸引住了，我想知道更多的故事。”他顿了顿，又说：“如果我父亲是另外一种性情，比如说，像那位寿喜烧老板一样喜欢回忆，喜欢交流，喜欢讲述，那我还会不会去学历史，研究东北亚的前世今生？可能恰恰是因为我父亲什么都不想说，我对历史才那么感兴趣。”

为什么他保持沉默？为什么他撑了那么多年，八十岁的时候选择了自杀？那场在小野先生出生前就结束了的战争，从未在老小野先生的生命中结束，它微缩成了一个刺猬潜伏在老小野先生的体内，跟它战斗花费了老小野先生太多的精力，因此他无暇顾及妻子的出轨，对儿子的成长也关心有限。

年纪越大，对历史研究得越多，小野先生研究父亲的兴趣也越来越浓厚。最让他难以释怀的不是父亲的自杀，而是老小野先生对自己生活的清零。他是以什么样的心情，把一切杂事处理好，在空无一物的家中孤寂地死去？一想到这个，小野先生就内心酸楚，为了缓释这种痛苦，他想改变一些东西，或许他可以用文字和叙述把老小野先生清除掉的东西一点一滴地还原回来。

“我知道这样做会漏洞百出，”小野先生说，“即使如此，也总好过一片虚空。”

吃完饭我们离开餐馆时，走到门口处，小野先生停下了脚步，他回头打量着拥有有轨电车的这一条仿古街道。

“假如真的有时光走廊，”小野先生问我，“我在这条走廊里遇见父亲，您猜会发生什么？”

我想象了一下，“——他会装作不认识您。”

“没错！”他双手击掌。

我们一起笑，笑得很大声，笑得停不下来，到最后，小野先生的眼泪都笑出来了。

【作者简介】金仁顺，1970年生，现居长春。著有长篇小说《春香》，中短篇小说集《桃花》《松树镇》《僧舞》等，散文集《白如百合》《失意纪念馆》《时光的化骨绵掌》等，编剧电影《绿茶》《时尚先生》《基隆》，编剧舞台剧《他人》《良宵》《画皮》等。曾获全国少数民族文学创作骏马奖、《小说月报》百花奖、庄重文文学奖、作家出版集团奖、林斤澜短篇小说奖等奖项。部分作品被译为英语、韩语、阿拉伯语、日语、俄语、德语等多种语言。现为吉林省作家协会主席。

传 灯

◎ 斯继东

一

翁雁，来禀皆收悉。各人之钱亦照付，报未有遗失。家中诸人均平顺。惟生物高涨，维持绝拮据。予收入因高物价大受困难。二哥每月补贴四五十万元，终不够开支。绍地米价每石六十八万元，皂每半块一万五千元，菜一千八百元一斤，鸭子每个一千五百元，麻油每斤一万九千六百元。阿赖胃口已好，要抱不肯停坐，人极乖。汝一切要谨慎。父字。十月卅日。

博物馆的展都去看了吧？有留心到那封手札吗？就是徐生翁写给儿子翁雁，抱怨绍地物价飞涨，什么米价每石六十八万元、皂每半块一万五千元那封。

札末有一句："阿赖胃口已好，要抱不肯停坐，人极乖。"

那个"阿赖"就是我。

翁雁是我爹爹。我的叔叔伯伯都叫我爹爹老四，其实严格说我爹爹行五。老四是从我娘娘那儿排的，如果从我爷爷那儿排的话我爹爹就得是老五。为什么？因为在我娘娘肩上，我爷爷还有一个大娘娘。大娘娘是在我爷爷三十岁那年病故的，据说是发痧不治——是啊，那年头好像什么病都能索人的命。老店王拢总七子三女，大娘娘留下一儿一女，另外六个儿子两个女儿是我娘娘生的。

我爷爷生于光绪元年，光绪元年就是一八七五年，鉴湖女侠秋瑾生于这一年，那个做过状元夫人的赛金花好像也生于这一年，如果我没记错的话——我早些年看过她的传记。但她们都比我爷爷小，我爷爷的生日是正月初一——比生日哪个大得过伊？老店王死于一九六四年，阳寿八十九岁——绍兴人说“九难过”嘛，那一年我十六岁。

对，我跟我爷爷一道生活了十六年，我是看着伊过背的。我爹爹那时在上海货物税局谋差，但家眷却一塌括子都留在老家。

爷爷晚年一直住在这里。对对，这地方就是老店王润格上署的“东郭孟家桥三十六号”。门牌号码调龙灯样地换，地方还是这地方。那时属城郊，极为偏僻。后来城市像摊大饼越摊越大，原先白墙黑瓦的平房大多被拆了，只保留下东边这么几间。西边本来有一爿旱竹园，还有个弄堂，现在都建了楼房。后司门的河倒还是那条河，埠头和踏道也还大体保留着原先的样貌。

因为地势低，加上毗邻竹园，书房时不时有老鼠出没，老店王就养了只大花猫。饭时，我时常看见伊从自己碗里小心翼翼拨出一些饭菜来饲猫。

这屋里已经没什么旧物了。噢对，这眠床是伊困过的。夏天青草蚊子多，床架上会搭个青纱帐。喏，那张照片也是旧物。那时候摄影已勿稀奇，但老店王好像不喜欢拍照，一辈子就留下了这一张半身照，现在各处在用的全都是这一张娘本翻印的。爷爷属猪，可整天虎着一张脸——照我们绍兴话讲，是很“威势”。他极少笑，我基本没见过伊笑，孙辈们聊起来似乎都想象勿出伊笑的样子。你们看看——是不是板着脸，好像谁都亏欠伊似的？

爷爷极少出门做嬉客。他总是把自己关在房间里，不是看书，就是写字。明明整日宅家，却从来不帮娘娘做家务，百事不管，眼底下扫帚倒了也勿晓得扶一扶。老店王还时常深更半夜勿困。据我娘娘讲，落雪天公早起，道地屋顶都积起尺把厚的雪，爷爷的房顶却总有一个勿积雪的“坑”——那底下是他放灯烛的地方。“灯油那么贵，老死尸就勿晓得日里写？”讲到这里，我娘娘总要骂上一句。

爷爷偶尔会从房间出来踱步，也不走远，就在家门口转转，立到河埠头呆望望，或者冷眼看我们在竹园里拔草、挖笋、玩游戏、嬉笑打闹。小猢狲哪怕闹得沸反盈天，他也从不出声帮腔。

二

行草书，六尺屏四十元，联十元；五尺屏三十二元，联八元；四尺屏二十四元，联六元；屏以四条计，三尺屏同四尺横，直，整幅，视屏减半，六尺以上暨长联，来句另议。纨折扇四元。右行数难限，大小随书，如界丝格作楷者另议，泥金笺另议。冷金笺、绢倍之。堂匾、斋匾另议。篆、古隶真倍之。金石刻辞卷册署另议。竹、木、葩、卉画视行草书倍之。润资先惠，劣纸不书,立促不应。丙寅春三月,寓浙江绍兴东郭孟家桥三十六号。

——李生翁书画润格

那个润格是我娘娘逼着我爷爷立的。

你们见过那润格吗?写得真是夹缠。行草书是一个价,篆隶真翻倍,画又是另一个价,尺幅三至六尺不等,形式屏联横直不同,匾笺扇面另议,金石刻辞卷册署又是各种另议,来句再是一个另议。

有必要定得这么啰里啰嗦吗?你看现时的书法家多干脆:六千一平尺。一万一平尺。哪来那么多废话?

我娘娘为什么要逼伊立润格?因为我爷爷他老人家脸皮薄,时常干些"赔肥赔眠床"的行事。明明非亲非故,一府两县,拐上三个弯,凭谁都能跟你拉扯上关系。斯文人碰上木脸皮,客气当福气。人家求字画,侬勿收铜钿,便等于倒贴纸墨——这不是"赔肥赔眠床"吗?可一家老小十几号,就等着他鬻书卖画济口度日呢,日长夕久,如何使得?我娘娘于是对爷爷出恶声了:"人家和尚讲随缘乐助,那是供的泥菩萨,侬也讲随缘乐助,侬把家里十几号活口都当泥塑木雕啊?"

我娘娘其实也是大户人家出身,祖上点过翰林,后来家道中落,加上父母走得早,勿得已续弦给穷书生,真是活唧唧神仙落了凡尘。

价格拟好了,爷爷提笔加一句——"润资先惠",娘娘点点头。

爷爷蘸墨再添一句——"劣纸不书,立促不应"。

娘娘摇摇头,叹了口气。

我娘娘叹什么气?"画蛇还要添足,那是读书人自己给自己留颜面。"我爹爹答我。

自此,老店王的书房里就多了这份用四号字印制的润格。

来了客人,我娘娘笑盈盈地进去敬茶。看见这一张热脸的同时,来客也便带眼瞧见了背后那一张冷面孔的润格。

三

戊寅小春月朔,贺公培心,暨松泉、秋农、生翁、雪侯、红茶、荔丞、鸿梁、沄簃、印西雅集春水闲鸥馆,内子雪清出肥鳌旧醅饷客,酒酣,处德以素笺索画兰蕙,宾主九人合作是帧,良可宝也,为之记。

——张天汉《九友图·跋》

关于戊寅年春头的这次雅集，来我这儿坐的人都会聊到。一般都称之为小云栖寺雅集，但其实张天汉的跋文中只有“雅集春水闲鸥馆”一句，并未提到小云栖寺。照此理解的话，春水闲鸥馆应该就在小云栖寺内。但另有书家却言之凿凿，春水闲鸥馆是张天汉的室号，当然在八字桥张家台门。

提起八字桥张家台门，绍兴人无人勿晓。绍兴是座水城，城内外河道星罗棋布，出门都须以船代步。一般人家出门就是普通的乌篷船，本地叫脚划船，讲究点的便是三明瓦的画舫。据我娘娘讲，当时整个绍兴城豪华画舫只有三艘——下大路许家、南街姚家和八字桥张家。其中名头最大的就是张天汉家的那艘烟波画舫。民国六年（一九一七年），孙中山来绍兴考察，说绍兴“三多”，什么石牌坊多、坟墓多、粪缸多，坐的就是烟波画舫。民国二十五年（一九三六年），浙江省主席黄绍竑受贺扬灵之邀来绍公祭大禹，坐的也是烟波画舫。一九三九年，周恩来战时视察绍兴顺带祭祖，坐的还是这艘烟波画舫。这画舫的名称也有来历。张天汉自称张岱后人，而据他考证，张志和又是张岱先人。先人的先人张志和自号“烟波钓徒”，于是后辈的后辈张天汉就借了名。

烟波画舫平时极少闲在八字桥下，因为三天两头张天汉就会邀书家画友荡舟于耶溪鉴水之间，喝酒赋诗，挥毫泼墨。据我爹爹讲，我娘娘找勿到老店王，便会骂：“乌大菱壳总是氽到一起，老死尸又去烟波画舫鬼混了。”

小云栖寺雅集其实也就是一次家常的小聚，但因为留下了一幅画，张天汉还仿效兰亭雅集题了个跋，日历被定了格，流水宴也便传了下来。

但是，雅集也好鬼混也好，说来说去好像跟小云栖寺没有半点关系啊。你们说，会勿会张天汉的春水闲鸥馆就设在烟波画舫里，而凑巧那一次画舫就泊在小云栖寺门口呢？

那幅《九友图》倒确实有点意思。惯常书画家合作都是各施其长，你画块石头，我添点花卉，他再题个款，相映成趣，所谓珠联璧合。《九友图》上却一式都是兰，而且是各画各兰，不顾不盼。我估计都是老酒喝得稀里糊涂了。不合常理的还有：参加聚会明明有十三人，除去“出肥螯旧醅饷客”的雪清和“以素笺索画”的处德是小辈外，尚有同好十一人，怎么就被署成了“九友”？《九友图》现藏于我爷爷的弟子沈先生处，他极少示人，我有幸见过，沈松泉和朱秋农只见其名，其余九人捉笔，因贺扬灵只写了叶，由印西和尚补花，共成兰蕙八株。坐中诸君皆为越中名流，但其中有一个叫沄篨的，名字陌生，我问了不少书画圈高人，居然都话勿出。

小云栖寺雅集的时间是一九三八年春。三年后，日寇侵入绍兴城，我爷爷和朋友们的好日子就此结束了。在是年的一次空袭中，烟波画舫被炸得八码粉碎。应该也是在同一年，我爷爷不明不白失了他的四子翁旦，连尸首也没下落。

贺扬灵撤离绍兴时是邀过我爷爷的，让他随同去西天目避祸。可一家老小十数口，是管自己跑，还是携家带口走啊？爷爷选择了留下——“不管谁当朝，平头百姓嘛总还是过自己的小日子”。但爷爷想错了。日本人占了城，自然需要找个有头有脸的本地乡绅出来维持秩序。稍有点脑子的人都晓得，这活儿接勿得。三十六计，走为上计。名单打头的王子余，早两天就躲到了张墅沈复生家，据说金汤侯在寿材里断吃断喝躺了三天，朱仲华也阴声勿响藏了起来。名单再排下来排到了商会会长冯虚舟。冯虚舟也想逃，脚划船出南渡桥时却被鬼子截住，于是就成了维持会会长，再后来又做了绍兴县伪县长。有市面灵的朋友还讲，特务班班长长岛最喜欢书画，这下真把爷爷吓着了。城里没法待，去哪儿呢？爷爷就想到了西郭门外的小云栖寺。住持印西也随贺扬灵去了西天目，看寺的小和尚倒是认得写寺匾的老先生。栖身之处有了，可是总不能十几口人天天随僧食粥吧？乱世惶惶，书画是换勿成盐米了。亏得小和尚机灵，不久就从寺庙老施主那里给接了裱褙锡纸、糊火柴盒的活计，于是老少上阵，每日借此换米，再自种些菜蔬挨日。慢慢地朋友们也知道了音信，王贶甫、金汤侯等殷实户时勿时会着人来求点字索张画，所谓的“求字索画”其实就是接济——命都勿保了，谁还有原先那份闲情逸致啊？

四

旧时屡过绍兴开元寺，激赏翁三字题榜，峻健开豁，想见早年功力。晚年短札随手写记，拙而不矫，望之类敦煌碎纸，难得。

——沙孟海

我幼小印象最深的事是陪爷爷去东街理发。爷爷平日勿出门，要出门的话便是去东街理发，定煞数每月一次。好像每次都是走着去的——自孟家桥朝西，过东昌坊口到大云桥，再沿大街笔直朝北，至东街口再右折。听我这么一说，即便你们外地客，也知道是绕了远路。去理发为什么要带上两个小猢狲？现在想想，应该是老店王借机给我们做趟嬉客吧。

那一日老店王的兴致总是很高，平时端着的威势好像也放下了。一路走走停停、游游荡荡，他会絮絮叨叨给我们讲这个城市的逸事野史，卧薪尝胆的越王勾践，“飞鸟尽，良弓藏”的范蠡文种，王羲之的题扇桥、躲婆弄，徐文长的“山阴勿管，会稽勿收”，姚长子化人坛灭倭，刘宗周水心庵绝食，张岱夜航船伸脚，还有“泥马渡康王”的故事，“王城寺里的和尚——去了大半”的典故。大多当时都似懂非懂，唯有徐文长的故事听着发靥，后来祖孙再出门一路就都是徐文长长、徐文长短了。在绍兴人嘴里，徐文长的故事是讲勿完的。他们其实更欢喜把徐文长称作徐老三，什么恶作剧——反正只要侬想得出，都可以挂靠到伊头上。

东街西首自大街到大坊口那一截，以前一直是绍兴城最闹热的地段。邮局、医院、真神教堂皆集中于此，其间店铺鳞次栉比，沿街是各式摊贩，我爷爷光顾的人民理发店就夹在中间。

爷爷理光头，推子推一推，剃刀再刮一刮，花不了多少工夫。但人民理发店生意好，常常得等，一等就是半日。

蹲在街沿，爷爷跟我说，一九四九年以前这里一直叫开元寺前。开元寺在哪儿？爷爷用手指指人民医院。开元寺一度曾是绍兴城香火最旺的寺庙，寺内塑有罗汉五百，一到正月初一，城里老老小小都会到开元寺来数罗汉。左脚先进左边数起，右脚迈进右首数起，按岁数数到的那个罗汉就代表了你的年运。爷爷又告诉我，开元寺的寺额就是他写的，三个“榜”字，字大盈丈。“盈丈”是多大，有白篮那么大吗？大得多。这就有点难以想象了。开元寺毁于抗战期间，爷爷比白篮还要大得多的匾额，我自然也就见勿着了。

老店王三十岁开始在本地有书名，之后给许多地方题过匾额，但留存下来的很少。香炉峰禹穴后壁尚有半卷心经，你们有兴趣可以去看看。据沈先生讲，当时是香炉峰了了和尚请我爷爷写大字心经，拟刻于禹穴后侧摩崖。刻至半途，我爷爷去观瞻，连连摇头，说是刻工失真，须翻倒重来。了了和尚却面有难色，大约是铜钿银子不济。很快抗战事起，此事便半途而废。石刻自“般若波罗蜜多”起，至“无挂碍无”止，存一百四十四字。我啊，我勿会写字，只会看看，我们子孙辈没有一个是吃书法米饭的。提到学书法，老店王总是反对，说写字太苦。七子三女中，最有天分的是翁旦，爷爷大概是想托以衣钵的，却偏偏走得最早。据说抗战胜利后，爷爷曾专门邀请文茂山房刻师王宝贤、王伯超等人前往禹庙，在《唐往生碑》上补镌“丁丑浴佛日生翁偕四子翁旦同观”字句，念念至此，可见其不舍。

相比爷爷的字，那时更吸引我的却是满街的行贩。内中有个卖甜酒酿的水泉矮子，最是勾魂。别看伊人矮，嗓门却高——“哎——水泉的甜酒酿来大哉——”癞子多花头，其兜揽顾客的方式也稀刁，甜酒酿装在两只特制的木桶里，水泉用白粉笔在木桶盖上写着几排字，谁要认得出就能白吃一碗甜酒酿。第一次我挤进去看西洋景，那时我已识得勿少字，但桶盖上的粉笔字看半天却一个也念勿出。边上的人东猜西揣，也都不对。老店王理完发出来，我弟弟搬救兵，拉了伊来认。爷爷从头至尾扫一遍，一声不响退出人堆。我和弟弟都非常失望，连小贩写的字都勿识得，你还威势什么啊？归到家后，老头子破例把我俩喊到了书房。“那些字我都识得，但我识得勿等于你们识得。你们来看——”在一本厚沓沓的书里，爷爷把桶盖上的字一个一个找了出来。“天下只有写勿出的字，无有认勿得的字——想吃免费的甜酒酿，那得靠自己本事。”爷爷拿在手里的那本厚沓沓的书，就是《康熙字典》。爷爷出身贫寒，其父亲早卒，只在十岁时上过勿到一年的私塾，此后就是靠这一本《康熙字典》识字断文起家，后来专攻书画，也全靠自己摸索钻研。

免费的甜酒酿我和弟弟一直没吃到，因为水泉矮子桶盖上的字总是在换，但我却因此识得了勿少的生僻字，还无师自通地学会了反切法。

五

> 李徐亦布衣，当代绍兴人，年六十余矣，非贵显，亦不往来贵显者之门，又远离沪上书家之互相标榜，其书名仅绍兴人知之，而绍兴人亦鲜有知书之精湛在沈康吴之上，而其博大雍容且在邓石如之上者。
>
> ——胡兰成

爷爷一辈子偏安一隅，足不出绍兴。唯一的例外可能就是四十六岁时的淳安之行。

关于这次远足，爷爷一直闭口不谈。其间发生了什么没人晓得。娘娘知道的也就是“族人相邀，回原籍看看”一句。爷爷的爷爷辈自淳安迁至绍兴檀渎村，所以淳安算是爷爷的原籍。归来之后，爷爷倒是写了几首诗，极见文采。我读过勿少遍，都能背了。你们且听听——“逆水行舟听楫师，朝朝那有顺风吹。溟朦细雨富春路，贪看桃花不厌迟。”——这首题为《富春江行》。“湿云初散雨犹蒙，隐隐轻雷隔断虹。舴艋不掀风浪静，夕阳如茜染江红。”——这首叫《江上晚霁》。“轻寒挹袖雨余风，独立湖堤夕照中。仿佛宋人团扇画，水天如醉柳花红。”——这一首名《夕照》。后来，他还为朋友章天觉的“翟琴峰山水画卷”题过诗——“野风发发水沄沄，江上人家冷夕曛。如此波光不荡桨，朝朝闲煞白鸥群。”那诗境应该也来自此前的淳安之行。勿是我自道好——你们能想象这些诗是一个只读过勿到一年私塾的人写出来的吗？出去走走多好，开开眼，发发兴。整天克蛇龟一样蛰在屋里干吗啊，真是懂勿着老头子。

大概是在六十五岁那年，爷爷忽然提出了改姓。此前爷爷一直姓李，他早年的落款是李徐，中年为李生翁，晚年伊决定“复姓为徐”。意思是伊本该姓徐。那他又是怎么从徐姓变成李姓的呢？一种说法是他出生后即寄养于别家，这户人家姓李；另一种说法是其父——也就是我的曾祖——幼小时曾寄养于外婆家，就随了外公的姓。孰真孰假反正现在已成了糊涂官司。

姓了大半辈子的姓要改，我娘娘第一个反对，半路杀出个徐生翁，谁认识啊，这不自断财路吗？直骂老头子是“发昏”。书友们也都劝阻，成名成家后改姓，总归是件犯忌的事。爷爷却一意孤行，说改便改。后来在给朋友的信中，爷爷写道“今已复姓为徐，留不久，死无憾矣”。在旁人看来说改便改的事，也许于爷爷却是深思熟虑的结果。而最早触发他动这个念头的，我猜应该就是二十年前的淳安之行——虽然我并勿知道淳安之行发生了什么。也许，还跟他的祖父辈有关。至于怎么个有关法我就不晓得了。我只知道，他的爷爷是檀渎村种田的赤脚农民，他的父亲后来进了城，在一家商店做文牍，但在爷爷十多岁时便故去了。

都说世事如棋。拿爷爷这一生讲，淳安之行好似一着闲棋，但是谁都想勿到却在许多年之后搭了大龙。

爷爷的“复姓为徐”倒是给后来的研究者提供了便利。大家很自然地以落款将其作品划成了早、中、晚三个阶段，你们都看到了——这次博物馆的展就是这样布的：李徐时代、李生翁时代、徐生翁时代。

六

红茶仁兄，数年不晤，辱书。得悉勅定多豫，深慰驰系。生翁百忧薰心，日为饥饿挣扎，精力益颓，惟书画差有进境耳。属作画册二叶，意颇自好，足下能许颉颃汉人否？函达赐复，不宣。弟徐生翁上复。六月廿四日。画册二附。

爷爷的书名被更多人晓得，应该是在二十世纪八十年代中后期，那时他已过背二十多年。当时社会上有一股书法热，大气候又提倡创新，于是一批隐而不显的书画界人士文物样被挖了出来。

爷爷作为“丑书”代表，由隐到显重出江湖，中间起关键作用的人是他的弟子沈先生。沈先生后来成了隶书大家，记者去采访，他总是讲：“你们别写我，写写我的老师徐生翁吧。”但是徐生翁是谁啊——记者都闻所未闻。七老八十的沈先生就自己捉了笔写，叙师生机缘情谊，论老师书风为人，写完再投稿给书法报刊。此外他还广罗材料，收集整理作品，撰写生翁年谱，自印生翁事略，各种场合不遗余力推介其师。

爷爷一辈子就收了这么一个弟子。以他当时在绍兴的名声，想拜入山门的人自然很多，但他都一一拒绝。据说这中间就有贺扬灵的夫人林太太，贺扬灵当时是绍兴的县长,两人又有私交,这面子换谁都不能不给,我爷爷也真是做得出,偏生就没松口。他后来谢绝贺的西天目之邀,很难说跟此事没有关系。收沈先生时,爷爷已届耄耋之年,首次授徒,一时传为佳话。按沈先生的说法:“我六岁即受先生嘉勉,时隔二十多年,才执弟子礼。”

爷爷为什么不收弟子呢?这个问题好像从来没人深究。书画圈历来是讲究师承的,所谓师出有门,否则就会被视为野路子。而我的爷爷似乎就是野路子,他一辈子都没拜过师。以我的理解,可能我爷爷骨子里是不相信书法可以教的。要说师,无碑无帖不是师,谁都可以学,万事万物皆为师,何用得上拜?至于学勿学得到,最后能修炼到哪个份上,那就要看各人的悟性和造化了。舍姆娘靠自健,别人是帮勿上多少忙的。

爷爷曾经在文章中写道:“我从小爱好书画,但家无藏弆,乏师友为之指导。今兹略有所获,多靠自己钻研得来。”

爷爷早年习颜。家里买勿起纸,便每日以废纸旧簿本临习。沈先生的年谱中说,爷爷“曾用端正的颜字为家中新置板桌书写年月及名号”,那张四仙桌我确实是看到过的。据说我曾祖当时极为开心,期望儿子长大后写字能像翁同龢一样有名。翁同龢是谁啊,人家可是当朝宰相,皇帝的老师,我曾祖真是异想天开。

要说老师,罗振玉、王国维编的《流沙坠简》可能才是我爷爷这辈子最要紧的老师。这本被称作解读汉简开山之作的书,是我爷爷四十六岁生日时张天汉送他的。书中这些墨迹的敦煌汉简,真是让爷爷开了天眼。你们想啊,之前的汉代书法都是碑,写的人和看的人中间插了个来路勿明的刻工,现在碑刻变为墨迹,你居然可以跟千年前的汉代人面对面了,这种感觉得有多神奇啊?要我看,爷爷的书风真正脱胎换骨就是从接触《流沙坠简》开始的,他后期的书法写得东倒西歪,外行人都看勿懂,被戏称为“孩儿体”。那种生拙、古朴和天真,当是胎息于敦煌汉简。那段时间他给好朋友沈红茶写信,说:“生翁百忧薰心,日为饥饿挣扎,精力益颓——”又说:“惟书画差有进境耳。属作画册二叶,意颇自好,足下能许颉颃汉人否?”想跟汉代的人掰掰手腕,论论短长,应该是他在朋友面前心境的自然流露吧?

说了不收徒子徒孙的,可执拗的爷爷怎么又会在暮年破戒呢?

沈先生立雪徐门的想法由来已久。但是想法归想法,沈先生一直不敢明言。说出口的话,就是泼出去的水。一旦我爷爷拒绝,活棋便生生下死了。后来代为出面的是王贶甫、朱仲华、陶冶公“三驾马车”。据沈先生自己的说法,这三位老前辈去之前也是瞒着他的,他们心里也没底,独怕碰壁。后来事情办成了,才兴冲冲跑到学校告知他。爷爷在圈子里是出了名的“硬头颈”“劝勿进”,这三位老先生到底讲了些什么话,让他突然转了念头?

说是师傅徒弟,沈先生的字倒是跟我爷爷的一点也勿像。这话沙孟海也讲过,他说:“上海有个王蘧常,写的字不像他老师沈寐叟。会稽沈定庵师从徐生翁,作品亦难见生翁的痕迹。”

七

> 我学书画,不欲专从碑帖古画中寻求资粮,笔法材料多数还是从各种事物中若木工之运斤,泥水工之垩壁,石工之锤石,或诗歌、音乐及自然间一切动静物中取得之。有人问我学何种碑帖图画,我无以举拟。其实我习涂抹数十年,皆自造意,未尝师过一人,宗过一家。我的书画以欲自造,故不做临摹功夫,有时也走入歧途,乃至自觉不知已费去多少年月,迄今尚未有艾。我的书画要避免取巧,要笔少而意足,又要出诸自然,所以有时作一帧画,写一幅字,要换上多少纸,若冶金之一铸而就者极罕。因此我的书画不能多作,人讥笨伯,我亦首肯。我学书画,始终在学造我的书画,能否达到:鹄的是一。
>
> ——徐生翁

沈先生曾经跟记者讲过一桩事情。抗战胜利第二年,他从湛江孑然一身逃难回到绍兴,特意带了两幅作品去看望我爷爷,这两幅作品是早年我爷爷送给他父亲华山先生的。颠沛流离中,凡百身外之物都散失,一家七口也独余其一人,这两幅字画能留下实在要算大头天话。展开来看,我爷爷却说勿好勿好——我给你换。沈先生内心万般不舍,于他,这两幅字画已不单是字画,而是劫后余生的一点念想。但作为小辈又勿好拂老人的意,最终自然只能放落字画,怏怏而归。等到下次再去,我爷爷果真给了他两幅新作:一张画的梅,另一张写的是陶渊明那首“种豆南山下”。

那收回的旧的两幅呢?烧了。

烧了?烧了。

祖父大半辈子累于家室,我后来读到他寄至上海的信,仿佛秦桧召岳飞的十二道金牌,每一封都在催逼:三哥吉期临近聘礼待办,弟妹学费要缴,小妹牙痛得看,七弟学校要做大衣要买英文书,各式人情世故皆大于债,而物价总在涨,已接力的二哥六弟预支了薪水,却总还是不够开销。

到得晚年,子女都有了出路,自己被省文史馆聘为馆员,每月可领津贴六十元,节头年尾统战部还会送上几元慰问金。总算再也勿用为生计忧心了,爷爷却像是魔怔了。

按我娘娘的说法，老东西是前世作孽，越老越“变死”。借口耳聋，闭门杜客，连家人也不理不睬。年岁大了耳聋最正常，我娘娘却说老死尸是装的。想耳根清净时，铜锣震天也听勿到，要紧关头——侬讲伊一句闲话试试——耳朵煞骨洞亮。整日关在房间里，说是写字，却“写了撕，撕了写”，仿佛跟纸墨结上了仇。我娘娘次日一早进去，总是满地狼藉。老东西最是见勿得自己的字画，遇上了挖骨脑髓都想要归来，要归来干吗，毁尸灭迹——不是撕毁就是烧掉。那些年家里人时常能看见他蹲在堂前一只破搪瓷脸盆面前烧，乌面灶司的，没人劝得进。

老店王怎么入的魔？要我看，应该就是从“复姓为徐”起头的。以前与朋友品书论画，老店王总是讲“出处”、究“来历”。舌头没骨头，涂抹数十年，忽然话锋一转，说是“熟易生难，巧易拙难”，要“自造”，要“笔笔脱尽碑帖”。爷爷给朋友写信：“吾姓固是徐，岂可久假？”又说：“吾书吾自乐耳，讵必人知？”现在回过头再看，这两句话其实是一句话。

剔骨还父、割肉归母——晚年的爷爷总让我想到《封神榜》里那个六亲勿认的混世哪吒。

那段时间，为防老东西闷出毛病，我娘娘时不时会差他出门去办些有要无紧的事体。爷爷出去了，总是整半日勿见归来。娘娘必得再差我或弟弟出去找寻。两蛮汉在当街角力，爷爷围观得津津有味。脚划船从桥洞下过去，爷爷看得痴痴呆呆。府山上两棵半枯的古柏，泥水工用泥夹垩一堵墙，也能让他停驻半天。至于娘娘差他办的事，自然还得我或弟弟再行代劳。

祖父晚年闭门造车，凡俗不识，却也有零星知音。上海的邓散木慕名来绍兴拜访，祖父示以书画，邓散木看得莫名其妙，隔日拿给他的老师萧蜕庵看，萧蜕庵却拍案叫绝，认为是天人运化之笔。黄宾虹看了祖父书画后，评价说：“以书法入画，其晚年所作画，萧疏淡远，虽寥寥几笔，而气韵生动，乃八大山人、徐青藤、倪迂一派风格，为我所拜倒。”其后又专门委托张慕槎上门，转达荐贤出山的意愿，祖父婉谢，答说：“我老啰，活不了几年了。”那一年祖父八十岁。

到得一九六三年冬天，在为越王台新立的木刻勾践像题写“卧薪尝胆”后，祖父患上了重感冒，此后慢性肾病、痔疮等旧症并发，病势日重。挨到次年一月初，祖父去世。临终前，环顾满堂孝子孝孙，老店王嘴里喃喃，似有交代。我爹爹把耳朵贴到伊嘴边，祖父再喃喃一句，最后那口气塌了下去。

爷爷一死，就有人来将他的书房贴了封条。等出殡之后，又有一帮人上门来搬他的书画、书籍，足足装了有三大箱。箱子出门时，有人还问了句：“要不要开个收据？”家里不知是谁回答：“不用不用。”过了些时日，我放学回家，看到家里人在堂前用一些小本子发煤炉。我上前一看，这不是爷爷的小本子吗？我知道爷爷平时读书，都会将喜欢的诗句、对联摘抄下来，用的就是这种他自己装订的黄色小本。看看煤饼炉边还有很高一沓，我就顺手抓了四本。沙孟海说我爷爷“晚年短札随手写记，拙而不矫，望之类敦煌碎纸，难得”，指的应该就是这种本子。

许多年后，我爹爹大限将至，病榻前忽然跟我提起一桩旧事。“你知道你爷爷临终时讲了什么吗？”我自然勿晓得。父亲告诉我说，祖父弥留之际，最后喃喃的那句话是：“呆子孙，呆子孙。”

【作者简介】斯继东，1973年生，浙江绍兴人。小说散见于《收获》《人民文学》《十月》等刊物。曾获林斤澜短篇小说奖、十月文学奖、华语青年作家奖、浙江优秀文学作品奖等奖项。现为绍兴市作协主席。

事逢二月二十八日

◎　朱辉

一

时值正午，阳光灿烂，有风。东边房间的门开了，又重重地关上，一串清脆的足音，由近而远，款款而去。谛听中，足音的节奏变了，她是在下楼梯，细巧的高跟鞋踩出舒缓的顿挫，听不见了。李恒全走近窗户，轻轻地把窗户推开，看见那女人窈窕着身子，沿着楼前的小路渐渐远去了。

二月份，即使是正午，风也还凛冽，像挟了针。他关上窗，躺到了床上。她这是去上班，每天都是这个时间离开，后半夜才回来。他的眼前，晃动着她的影子。她是做什么的，他并不明确，但他住到这里已个把月，了解她的生活规律。她过年后就回来了，只拖着个小拖箱，他知道是老住客。他起身，拉开了自己的门，门外立即飘来了一丝香气。四顾张望，楼道顶头的窗户明晃晃的，破了玻璃的地方露着蓝天；地上亮得像是蒙尘的镜子。没有人。一只老鼠窜到走道中间，停住了，歪歪头，嗖地没影了。

这楼里只有香气是新鲜的，其余一切都破败陈旧。这是一栋老楼，所有的房间都朝南，门前是一条走廊，连接着盘旋的楼梯。走道的水泥地不知被多少人蹭了多少年，粗糙坑洼，只靠墙的地方还留有原来的地漆。墙大致还是白的，以白为主，墙皮脱落处是灰黑的，还遍布着很多奇形怪状的痕迹，鞋印当然一眼就能看出，可位置高得很奇怪；还有很多圆斑，顶上都有，李恒全上学时间不长，刚来时想了半天也没明白这是什么印子，直到他发现一个瘪气的篮球。它落在墙内的一个玻璃柜里。玻璃破了个洞，但还能看出“消防”两个字。

他喜欢眼前的香味。他似乎能看见香味，与阳光混合了，金粉一样弥漫在空中。他深吸一口气,反身进房,从墙角的柜子底部拿出几样东西,拢在袖子里。

自己的门虚掩着,并不关上,他习惯性地给自己留好后路。女人的房间在他东边,隔一间空房。他步态正常地走过去,贴近门。他看准了门锁,直起身子,双手配合着动作。没有声音,走道里没有声音,只有他的手能感觉到声音。吧嗒一颤,门开了。

他侧耳听一下,猫着腰走了进去。他当然要轻手轻脚,却突然想起了什么,笑一下,坦然直起了身子。眼前的格局与他的那一间类似,一张床,一个立柜,一张桌子,但女人把桌子变成了梳妆台,一面镜子倚墙立着,前面随手摆着不少化妆品。大楼外风声呼啸,他看见这里的窗户下面,有一片水渍,跟他那里一样有点漏水,还有点漏风。

这是女人的住处,是她的房间。香味幽幽,奇怪的是,这源头的香味并没有走廊里浓。他这是第二次进来。他立即注意到,这里有了一些变化,窗户和门之间拉着一根绳子,上次绳子上挂满了衣服,这次是空的。他拿眼一扫,看见那些衣服都已收在床上,还没有叠。衣服散乱着,红的、白的、淡黄的,还有一些难以形容的颜色,如半床的乱花。一只丝袜黑蛇般蜷曲着,另一只从衣服底下露着头。他忍不住要把它们拽出来,手伸出去,又缩了回来。

他使劲地吸着房间的味道。上个月十五号,他呼吸到了久违的自由空气,在这里,他再一次嗅到了美好的人间气息。他的心脏狂跳,脸色绯红。如果可以,他真想把这些衣服叠好。曾经,他无数次钻到别人家里,带走一些东西,他不把别人家搞乱,只是为了不让别人发现,或者说晚一点发现。现在不同了,他可不想再回到那个肃杀的号子里。他绝不会再带走别人家一件东西。他一进门就看见了床头的钱包,小巧可爱,镶着玻璃钻,鼓鼓囊囊的,他习惯性地拉开,里面有不少钱,立即又拉上了,摆回原处。钱包就在枕头边,枕头上垫着花枕巾,中间有脑袋留下的印痕。他终于没忍住,脑袋对着枕上的凹痕,躺了下来。

很香。他的手不听话,摸向那堆衣服。他闭着眼,手划拉过去。丝绸的滑爽,针织的粗粝。他的脸更红了,热烘烘的,像被人抽过。他腾地起身,走向了那张桌子。

瓶子、管子、小镊子,李恒全不太懂这些。女人好复杂。他能认出的只有口红,有好几管。忽然想起了什么似的,他右手伸进了自己的衣兜。就在这时,大风又加了一把劲儿,尖厉的呼啸中,走廊里传来砰的一声。他被枪打中了似的一颤。他飞步跑出去,呆住了:他的门,被风吸上了。推不开了。

他一时有点发蒙。怎么办?当然,他立即就想起了自己的专长,这对他来说不是问题。曾经那么多的门,只要他看中了,差不多都不是问题。工具是现成的，就在裤兜里。现在的问题是，他还从来没有面对过这种情况，就是说，他要用技术打开自己的门。他晃晃脑袋，摆脱了暂时的恍惚。手伸进裤兜时，他触到了一个东西，他一愣，快步跑回了她的房间，走到"梳妆台"那里，把兜里的东西摆了上去。那是一管口红。每次见到她，她的嘴唇都油光锃亮，红里发黑，他觉得这不够好看，老气。应该红一点，但不要黑。

他知道他还会再进来。这个地方让他留恋。他有点舍不得走，把桌上的几管口红都旋开了，一个个在自己的左手背上画一下，一排颜色。他认出了她最常用的那个，毫无疑问，自己带来的口红最好看。他恨不得当面告诉她。

当然不能。他那么多次看见她，从来不敢开口。也曾点头打过招呼，还冲她笑笑，可是她戴着墨镜，面无表情，没搭理过他。他眼前总是浮现着她的墨镜，发黑的口红和她婀娜的身姿，这些是对她的概括，通通被她的气味笼罩。

他仔细地关上她的门，回去，轻易地把自己的锁打开了。这栋楼所有的锁都差不多，A 级锁，最容易打开的那种。他只需要不到十秒。上个月的那一天，在等待高大的铁门打开的那一刹那，他狠狠地在心里说：李恒全，你绝不再干了！永远不要再进来！他确实做到了。在进入她的房间前，他犹豫，挣扎，但制备一套工具对他来说太简单了，稀里糊涂地就弄齐了。事实是，他确实没有拿她的钱，还用口红对她提了一个隐秘的建议。他管住了自己的手，准确地说，他只是管住了自己手的某一类动作，却没有全管住。不偷窃，却送礼，想到这个，李恒全咧嘴笑了起来。

以他的技术，这城市一半以上的锁，他可以视若无物。一切房子，无论它们多么规整呆板，或是曲折复杂，在他眼里，都只看见锁：无数的锁，一行行，一列列，凌空悬置。他那时的目标，就是要挑出最容易开、最值得开的那一把。现在这栋楼，地处城郊，周边拥挤简陋，住着各式各样的人。租金很低，都是些身份不明的男人女人，跟他也差不多。他能看出身份的，就是几个大学生，还有几个人大概干着他熟悉的营生。他不说破，也不搭理。既然已经洗手，那就不再沾惹。

二

李恒全出门时太阳已经偏西。他把那套家什摆到柜子底，上了街，匆匆而行。他其实没有目的地，没有家等着他回去，也没有锁等待他搞开。他从前上街，搜索，踩点，都是碰碰运气。现在他还是碰运气，不同的是，他希望的运气是一份工作。

工作不好找。除了开锁以及相关活动，他别无专长。他身子骨本来就不算强，精瘦，在号子里待了两年，早晨六点半吹哨起床，七点出工，晚上五点半收工，八点半锁门收封，十点睡觉。作息规律，三餐有时，倒长胖了些，不过干重活还是不行，吃不消。出来后，除了过年那几天猫在屋里，他一直留意着工作，但高不成低不就，左不行右也不成，他心里揣着朦胧的希望，在街上瞎逛，至少，自己觉得是在努力，突然，他眼前一亮，心里说：怎么这么笨呢，这不现成的吗？

一个小摊子，架子上挂着无数钥匙，一个招牌："专业开锁"。不少街上都有这样的摊子，开锁的业务也肯定不少，因为并不是所有人都身怀绝技。那个专业开锁的汉子三十岁刚过就谢了顶，这会儿正在给人配钥匙。他把待配的钥匙和一个钥匙坯分别夹在台钳的两端，手一摁电门，两把钥匙同步动作，火花四溅，转眼间，钥匙就配好了。他迎着阳光瞄瞄，拿锉刀修修，说：好了。来配钥匙的是个少妇，她说：你要保用呀，不行还来找你。她掏出十块钱，接过钥匙走了。

他忍不住多看了那少妇一眼，又看看自己手背上的几道口红印子。这女的显然没有东边房间的那个女的好看，不过她的口红倒不黑。片刻就挣十块，不慢，而且可以光明正大地挂牌子。这老兄配钥匙要用电动工具，谈不上技术含量，不知他开锁是个什么架势。他的头顶在夕阳下亮晃晃的。李恒全脸上不禁漾出笑来。配钥匙的老兄问：你什么事？

他一怔。他刚才想的是：是不是每配一把钥匙，这人就会掉一根头发呢？现在他立即换了请教的笑，说：我没事。我看看的。你手艺不错啊。

那人嗯了一声，看着他。

是这样的，我看你这营生不错，也想摆个摊子。来学习学习。

配钥匙的说：摆呗。就摆我边上，这儿还有个空。

他连忙摆手说：不不，不在这儿。你放心，不抢生意的。我懂规矩。

你懂规矩？配钥匙的手一指钥匙架上的招牌：这你就不懂了吧？配钥匙开锁是特种行业，要到公安局挂号的——"的"字拖得老长，有一种注册登记的自豪。果然那招牌上有一行小字"开锁登记第××号"。配钥匙的补一句：我们开锁，都是公安派下的任务，接私活是犯法的。

李恒全被噎得说不出话。他拿起一把钥匙，朝眼前一举，看看，扔下；又捏起一把钥匙坯，拿起锉刀直接开锉。他闭着眼，头扭向一边，盲锉。那配钥匙的眼看着他把钥匙往台子上一扔，走了。两把钥匙并起来，分毫不差。配钥匙的目瞪口呆。

事实上，李恒全可没敢显摆。这是他的想象，解气。他笑笑，摆摆手就走了。就他这个身份，才出来，又去公安局挂号？他有这个技术，可这技术有案底。他信得过自己，但别人信得过他吗？他早已决意不再碰这块记忆，但他有艺在身，管得住手，这回却没管住腿，讨了个没趣。惯性太大了。

也不全是惯性。如果刚才来配钥匙的不是个女人，他可能就不会停在摊子前。他又抬手看了看手背上的口红印。印子基本已经看不见了，但东边房间那个黑口红的女人，仍在他脑海中晃动。

他初中时的那个女同学，声音细细的，身条儿也细长，但胸前已有了起伏。她头发有点发黄，自来卷，这一点与那个黑口红黄头发的女人有一点相似。他早已离开了她的生活，他当然知道这两个女人没有一点关系，但他很想有机会跟她搭话。但要说什么，他不知道。她很有规律，下午出去，半夜回来，不知道她在外的这大半天，具体做什么。可这是不能问的，你问了，人家要是反问：你做什么的？他一个才放出来的人，只能扯谎。这天半夜，她回来了，脚步声有点杂乱。他人在床上躺着，耳朵却在走道里。有轻轻的说话声，两个人，另一个也是女的。他松了一口气。两个女人在房间里弄出不少动静，间或还咯咯地笑。第二天一早，东边的门里有响动。他飞快地打开门，走了出去。

黑口红的女人在关门，边上站着一个胖胖的女子。他大方地说：你好。黑口红的女人扭头朝他看看，墨镜晃闪一下。胖女子向他咧嘴笑笑。他立即看见，她的嘴唇红艳艳的，显然，他摆在梳妆台上的口红被用了。却用在了一个外人的嘴上。他顿时瞪大眼睛呆在那里。转眼间她们已经走了。

他有点难过。她发现多了一管口红，就没有起疑心吗？可以想见，那胖女子一定狠狠地用过口红，像啃火腿肠那样；可以肯定，他的口红这会儿已经被胖女人摆在包里了。

李恒全忍不住想到她的房间去。他想验证一下，他摆的那管口红，还在不在。但他犹豫了，柜子底的家什已经拿在手上，不超过十秒他就可以进去。他想了一会儿，把家什又丢了回去。

兔子不吃窝边草，这句话，上点段位的人都知道；瓦罐不离井上破，常在河边走哪能不湿鞋，这里面更有切身的教训。站在她门前的那一会儿，恍惚中他面前的门，就是号子的门。这两个相伴出门的女人，说不定什么时候就会突然回来。

他确信自己那天没有进去。但他万万没想到，女人失窃了。门被撬了，乍一看完好无损，但他眼一扫就知道是怎么开的。那是中午，女人出门前才发现少了东西。她把楼下的门卫喊来，自己站在一边抽泣。她说，钱丢了，首饰也没了。她倒老实，自己说首饰不值钱，但是钱有三千多块哩。

门卫能干啥，他连看门的责任都忘得精光。他指着完好的门锁说：你看，哪儿有人进来过？也就你自己说。女人哭出了声，她实在是太委屈了。她争辩着取下了自己的墨镜，这是第一次不戴墨镜，她泪眼婆娑，并没有朝他这里看一眼。

那门卫挺胸凸肚，穿着制服，胸前还有“特勤”两个字。他很精明，完好的门是他推卸责任的有力帮手。女人一迭声地强调她真的丢了东西。门卫打开手电筒，东照照，西扫扫，最后又把光圈对准了门锁。大白天的，这手电筒无疑只是个道具。李恒全看不下去，突然说：这门确实被开过。他声音很大，爆破音似的，自己都吓了一跳。门卫皱眉看着他，说：你怎么知道？你有什么证据？李恒全还是没管住自己的嘴：不撬锁就不能开了？门卫往前走几步，盯着他说：哟嗬，和平进入，你懂得还挺多啊，我看你是个行家！他目光如炬。李恒全慌了，他结结巴巴地说：你盯着我干啥？我看人家一定是真的丢了东西。

有人帮腔，女人马上说：你们不管，我就报警。门卫说：你以为警察吃饱了撑的要消食？你说丢了钱都要上门？你报呗。他一脸的满不在乎。李恒全顿时紧张起来，他比门卫更不愿意警察过来。他走到门边上，装模作样地打量一番，对女人说：门还真是好好的。是不是你记错了，还是摆在别的什么地方了？

女人真是个没主见的。李恒全的话立即起了作用，她嘟嘟哝哝地在自己房间里翻找起来。门卫对李恒全很满意，点点头就挺着肚子走了。

李恒全心里不好受。说什么都显得心虚。悄悄走了。他那身形步态，像猫一样无声，像老鼠一样警觉，与他当年做事得手后撤离十分相似。

三

这楼里有很多老鼠，他厌恶老鼠。曾经，他也是一只老鼠，老鼠当然一眼就能认出同类。那门卫下楼后，三个年轻人从那头的房间出来了，他们脚步轻松，有个还吹了一声口哨。李恒全狠狠瞪了那边一眼，不等对面的眼光射过来，就转身进了自己房间。这几个小子的身份，他有九成把握，女人失窃八成与他们有关。如果他们对她劫财劫色，哪怕他们拿着刀，他都不会装尿。但他们只是偷窃。一只老鼠指认另几只老鼠，其结果可能是一起被拍死。此后三天，他强忍住，没有再进女人的房间。女人的那个胖女伴没有再来过，她依旧独来独往。他突然想，说不定是那胖女人顺手牵羊呢？她可能也想到了这个，或许，她们已经吵翻了。这么一想，他没有挺身而出指认偷窃者的内疚感倒减轻了。

那几天风雨交加。走道被鞋子们带来了水，亮汪汪的。女人的行踪略有些不规律，有两天一大早就出门了；回来得也晚，有一天她居然第二天早晨才回来。这是不对的，女人这样不好。没有人管她，李恒全没资格管。他在走道上遇到女人，女人香味依旧，但混合了酒气。依然戴着墨镜，他看不见她的眼睛，但她朝他点了点头。这算是打招呼了。李恒全有点激动。无数的话往外涌，但被他用嘴唇封住了。

他听见过她说话，有点口音，但肯定不是老乡。他不由又想起了初中时的女同学。他们那里结婚是要彩礼的，初中时他就盘点过，他家出不起。他看手上的钱潮涨潮落时多时少，他却明白自己已经失去了娶她的资格。东边房间的女人身材妖娆，个子也高些，他无端觉得她们有一种相似。也许，只是她们的下巴都有点尖。颇俏。

还有一个好。不论她是做什么的，却从来没有带男人来过。这真的好，不容易。她的房间是进过男人的，但她不知道。

风雨如晦，阴沉湿冷。风被大楼的尖角撕得直呻吟，像报复似的，把雨水朝窗户里灌。雨一下，李恒全的窗户就开始渗水。雨稍一歇，他去街上买来了老粉和刮刀，调了胶，把窗户堵上了。他很细心，因为不是熟手又加了耐心，一寸一寸补好，刮平。

剩下的泥子暂时没有扔掉，摆在墙角。他的眼前浮现出她的房间，那个窗户比他这边漏得还要厉害。他在床上躺了一会儿，侧耳听听，轻轻打开了自己的门。

他再一次进入了她的房间。

这是第三次，他记得很清楚。一进去就觉得暖和，暖和得不正常。他看见她的床前摆着一台取暖器，居然还是开着的！他吓了一跳，仿佛是自己大意忘关了。他跑过去把取暖器关掉，摸摸床上的被褥，热，有点烫手。这东西也许一直没事，但说不定什么时候就会出事，出大事。他惊魂甫定，一时间竟忘了他为什么来。四处看看，窗户那里果然漏水，但情况倒比预料的要好一点。他愿意给她补墙，但不能当面跟她提。她如果反问：你怎么知道我这里漏水的？他跳进黄河也洗不清了。

房间里有点乱，比以前乱。香气和酒气带着热量弥漫着，简直把能见度都降低了。晦暗中，闻到的是她的鼻息。他想到了那管口红，但此刻已经没了兴趣。窗户漏下来的水汪在地上，像是小孩儿调皮撒的一泡尿。床上很凌乱，好女人不该这样的，但乱糟糟的被子和衣物，更家常了。他立即面红耳热，站在床前，身体直挺挺地倒了下去。这简直有点调皮，是她的床令他迷醉。他深深地呼吸，紧紧抱着她的被子，很暖和，超过了她的体温。枕头边有一只胸罩，他拿起来亲亲，抚摸着。

一时间他有些恍惚。心狂跳，手开始动作。半晌，他轻轻哼了一声，紧绷的身体断弦般松了下来。他腾地起身，看着自己手上的胸罩，心跳难抑。

他闯祸了。他无数次进过别人的家，但像今天这样，还是第一次。这个房间注定要发生他的很多第一次。送口红也算是一次，后面说不定还会有。刚刚，躺在她床上，还没看到她胸罩的时候，他还想着或许有一天，他可以鼓起勇气说要帮她补窗户;如果她推辞,话又不太狠,他就以玩笑的口吻请她索性住到自己不漏水的那间去。现在,他觉得自己很脏。

这胸罩怎么办?正想着,一串巨大的声音鞭炮般炸响。是他身上的手机。他吓坏了。这是一个疏忽,正因为他现在的目的与从前截然不同,他才疏忽了这个细节。以前他的手机绝对是静音的。他像是被打了一梭子,身体洞穿。他飞快地蹿了出去。

他疾如闪电。在铃声的短暂间隙中,他已跑进了自己的房门。电话是老西打来的,他刚要接,又把手机扔下,他想起,女人的门还没有关!

手机还在响,催命似的。他的床上,那只胸罩被他带过来了,他飞快地塞在被子底下。他拿起床上的手机接通,立即又扔在床上。他接通只是为了让它不再响铃。他出门探头看看,跑过去,把她的门关上了。他拿起手机嗯嗯地应着,手随着心脏颤动。老西是当年的大哥,是他把李恒全带入了行。他那时只会翻人家门前的地垫,翻到钥匙就试着开,是老西教给他全套手艺。他感谢过老西,也恨过,现在不想再搭理。反正,他出来后从不主动联系。神通广大的老西在他一出来就找到了他,给他钱,老西说:这是你应得的,你没有乱咬。但李恒全只肯要一半,似乎全拿了,就意味着要全盘接受老西的安排。他说:我想找个工作,正式的,你能帮就帮。老西来过几次电话,前几次都是劝他跟着干,这次不同了,真的有个工作。老西说:保安,你干不干?

李恒全愣了一下。他有点心不在焉。老西在那边嘻嘻怪笑起来,嘎嘎嘎,像个鹅。他这一笑,李恒全脑子清楚了。他说:不干。老西不笑了,说:可别说我没帮过你,是你自己不干的。

不干。

语气很坚决,理由并不明确。他眼前浮现出楼下的胖门卫,他不就是个保安吗? 虽穿着件"特勤"制服,但他欺负女人。这还不是关键,厉害的保安也有的,他当年被弄进去,就是栽在一个瘦保安手里。不堪回首。他不想被往事纠缠。他是觉得,一个曾经的老鼠,现在要披挂上阵做猫,这特别怪异。他几乎一眼就能看出谁是老鼠,万一遇到以前的同行,那说不定就要惹麻烦。

四

他真的管住了自己的手,没有再开她的门;但他的腿也真的不太听话,老是要自动往女人的房间那边走几步。他很想给女人的房间放一点钱,可惜没有这个实力,反而带来了人家的一个胸罩。他不承认这是偷,可这不是偷又是什么? 太恶心了! 他鄙视自己。他把手狠狠地抽了两下,发誓绝不再到她房间去——除非,除非他有机会把她的胸罩送回去。

至少应该提醒她取暖器要及时关掉,但怎么提醒,却是个难题。显而易见,她的生活不如以往那么规律了。这才是傍晚,通常这时间她是不会回来的。自从她的房间失窃后,他只要在自己房间,就会留意着她那边的动静。这有点像个守门人了,很可笑,他宁愿自己是个等待妻子下班回家的男人。这其实更可笑。她由远而近,足音清脆。她开门,进去;门关上,再出来时,已是第二天早晨。

他们在楼梯上相遇了。他买早饭回来上楼, 先听见了她节奏明朗的脚步声,一抬头,眼帘中是两条穿着黑丝袜的小腿。他在转弯处站住了。她戴着墨镜,似乎正在看他,其实不是,她视线向下,是盯着脚下湿漉漉的楼梯。他说:你好。

这是不得不说话的局面了,但她没开口,只点点头。她依然戴着墨镜,如果不是他曾看见她摘下墨镜抹眼泪,他一定认为她眼有疾病,或者是个吊疤眼。楼梯间的玻璃破了,寒风呜呜钻进来,他身上紧了一下。她衣服单薄,但是好看,他的目光不禁落在她胸部,胸罩,他眼睛立即像被溅进了火星子,躲闪开去。他的脸发热,突然说:你,你还没吃早饭吧? 给你。她愣住了。看不出她墨镜里是什么意思,但她肯定错愕。他的话却顺溜了,说:我吃不下,正好,见面分一半。说着把手里的塑料袋一扯,又扯出一个袋子;鸡蛋正好是两个,煎饼隔着袋子对半一撕,早饭一分为二。他的动作麻利,也很巴结。她不得不接住了,笑笑说谢谢。她动了一下脚步,问:你上次说我的门,不撬锁也能进去,是真的吗?

他吓了一跳,脸煞白:我说过吗? 哦,想起来了。我相信你是真的丢了东西,故意帮你说话。我瞎扯的。

她嗯了一声,迟疑地说:我真的丢了东西。肯定是被人偷了。连衣服都偷。

他的脸像被抽了一下,火辣辣的。这时,倒是墨镜帮了他的忙,她看不见他异常的脸色。他急中生智说:偷衣服,那肯定是女人,女人偷了自己穿。

她不见得没听说过有男人专偷女人内衣,但不愿多说。她鼻子哼了一下:恶心!

李恒全连连点头。女人说:我最恨小偷了! 我以前逛街,手机就被偷了。

他立即说:我也丢过手机。谁都丢过。这是小事,倒是你一个人,水啊,电啊,要注意。她哧一声笑道:你倒大方,小事,好在有你这个大男人做我邻居,我还胆大些,不过我还是要早点搬走。她笑笑,笑意漾出了墨镜的范围,扬了扬手里的早饭,继续下楼了。

高跟鞋敲击着楼梯,一下一下,声声清晰。他呆在那里,半晌才想起上楼。他脚步沉重,她丰腴的胸已然离去,但那个胸罩还在他房间里。这东西肯定很贵,她并不富裕。他仔细把胸罩洗干净了,阴天里,胸罩又厚,他过会儿就摸摸,一直都不干。她的生活目前有点捉摸不定，他能确认她在不在房间里，但她会不会突然回来，那可就说不定了。

他原谅自己了。他当面提到了水、电，不知她有没有领会；总不能每天等她出了门，立即进她房间检查取暖器。她那么讨厌小偷，他李恒全现在也讨厌自己，但他无法忘记她说这话时的表情和语气。很久以后，他才偶然听说，她的丈夫因为盗窃，那时间正在服刑。也许，他们还在号子里见过哩。

李恒全出来一个多月了。二月很冷，也很短，转眼就临近月底。出来的时候，他计划尽快找到工作，二月份一定要解决。他完全没有意识到，二月比别的月份要短——实在不行，就学着当个泥瓦匠吧，这活儿技术含量很低。

到目前为止，他是个不着实的人，飘着。且不谈他的过去，就现在，他的工作没着落，老婆只知道一定是个女的；就连身份也可疑，至少，他确实又去拿过别人的东西。这么一想，他心里很憋屈。细雨绵绵，时断时续，据说春雨贵如油，有利于庄稼生长，可他再找不到工作，庄稼丰收了他也没吃的。他打了几个招工电话，都是生产线的，有一个“零基础”，下午可以去试试；之后又到街上乱逛，餐馆也是个去向，不能掌勺，洗碗端盘子也行，只可惜所有的餐馆都还没有开门，他连点个盖浇饭的地方都没有。他目前只吃得起盖浇饭，幸亏天气总是在往暖里走，他忍一忍，可以不必再添置冬衣。

总算还有一家开门的水饺店。他要了一碗吃完，把汤也喝了。这里离住处很近。路很窄，倒是四通八达，怎么走都走得通，到处都是卖各式小商品的摊子。一辆小轿车使劲地按着喇叭，催促一辆卖棉拖鞋的三轮车让路。他伸手帮了一把劲儿，把三轮车推上了路牙边。路牙边蹲着几个男人，面前摆了几个三夹板牌子，上面写着：泥瓦工，专业堵漏，水电工。几个男人蓬头垢面的，一见他停下来，马上站了起来。他本来还想打听打听行情的，他们一站，他连忙摆摆手，继续往前了。不知道这几个男人，他们的老婆是做啥工作的。毫无缘由地，他突然想起了他的女邻居。

也就在这时，远处似乎乱了。有人在喊叫。他一下子没听懂，但他的眼睛立即就明白了：南边一箭之遥的方位，腾起了烟雾。

他跑到街的另一边，仰头望去。阴雨天气，烟被压着，低低地和水汽混合了，宽大的楼面中间像被谁泼了黑墨水，慢慢地洇散。大概是四楼，正是他住的那一层！他的鼻子飘进了刺鼻的焦煳味。

着火啦！好多人喊了起来。他怔一下，拔腿跑了过去。很多人都往那边跑，他不是第一个跑起来的，但绝对是跑得最快的。地面湿滑，无数人呼啦啦跟在他身后。乱了，街上全乱了套，有个女的摔倒了，手里买的菜落了一地。她大呼小叫地保护她的菜，跑到路边捡滚得老远的西红柿，有个人一脚踩碎了一个，立即就起了纠纷。好些人不跑了,站住了围观。他们只是爱看个热闹,哪边的热闹都一样看。

五

大楼周边好多人,乌泱泱的,所有人都仰着头,指指点点。着火的确实是四楼,浓烟很黑,夹着火星子从一个窗户里往外蹿,噼里啪啦的。那是她的窗户!李恒全踩着湿滑的草地,绕到大楼南面。好几个人从大楼往外跑,男的女的,衣冠不整,十分狼狈。有人上去打探情况,他们都不答,只咳。可能已经烧了一阵子了,但没有人救火。他们都不是专业人员,这里也没有水。乱哄哄的。不知谁叫了一声:快报警啊!那胖门卫站在远处的草地上说:报啦!

李恒全跑到那门卫面前,大声问:她在不在里面?

胖门卫一愣,说:谁呀?

李恒全说:里面还有没有人?

那我可不知道。胖门卫嘟哝着,走到远处去了。一个小伙子裹着被子说:要不是被呛醒,我就完了。小伙子面熟,贼头贼脑的,咳嗽得像只生病的大白熊。你命大呀!他边上一个穿着红马甲的女清洁工说,说不定还有人!我第一个报的警,刚冒烟我就看到了,我好像听到有个女的在哪儿喊救命。她拿着扫把一指门卫:胖子!你应该一个门一个门地敲!

刹那间,李恒全脑子像是空了,又似乎塞得满满的。他拔脚窜出,朝大楼飞奔。

踏上楼梯他就摔了一跤,鞋底的烂泥太滑。好在楼梯上烟雾还轻,李恒全右手抓着栏杆,三步并两步,飞快地旋转上升。烟雾渐浓,李恒全气喘如牛,烟呛得他呼吸有点困难。他掀起衣服捂住嘴,拼命向前跑。虽然视线有点模糊,但他熟悉方位。一只老鼠撞到他脚上,他跑得更快。他扑过去,使劲敲打她的房门。咚咚咚!

没有反应。门缝里往外挤着烟。侧耳贴上去听听,脸上感到热,却没有声音。里面有人吗?他大喊,你在里面吗?

隐约听到轻微的火花爆裂声。门是铁的防盗门,他使劲踢。楼下隐约有人喊:你使点劲儿啊!李恒全脚疼,但门很坚固。暴力入室从来不是他的专长。他飞跑到自己的门前,打开。他的房里暂时还只有轻烟,他扑到柜子前,弯腰伸手,立即又起身。跑出房门时他趔趄了一下,差点摔倒。他手里攥着那套家什,再一次站在她门前。

他犹豫了。她在里面,还是不在?

南面传来了消防车的鸣笛声。楼下鼓噪起来。笛声由远而近，却在远处停住了。消防车使劲地鸣笛，车顶的喇叭也在喊话。道路太窄，肯定是车进不来了。

他摸出了家什。如果她在里面，他这是救命。他救的是她，也是他自己朦胧的希望。时间就是命。可她如果真在里面，却还有意识，他开门进去必将被她认出，那怎么办？不是小偷，怎么会开锁？以前的失窃，难道不是你?!

他略有些迟疑，还是举起了那根铁丝。这是第一步，烟雾遮眼，他一时瞄不准。

烟雾呛得他眼睛流泪，但身为一个老手，不该手抖成这样，是他的心里腾起了烟雾。铁丝只要伸进去，他几乎不再需要试探，马上就可以进钩子，然后，吧嗒，门就能开……可她如果被他救出来，即使她当时不知道具体情况，事后，她又怎能不知道救命的人是如何进去的？谁有义务帮他李恒全保密？

他的手还在动作，但脑子发昏，感觉完全不对。他似乎看见她头发焦黄、脸庞发黑地伸手向他道谢，但她眼睛里有鄙夷，嘴角在冷笑。他哆嗦了一下——可他必须救她！他定定神，加快了动作。

没想到他曾经的提醒还是起了作用：她的门今天反锁了。这显然增加了难度，但也不过再多花几分钟。手上原本运用如意的铁丝这时却像是细树枝，又钝又软，额上的汗水挂了下来。

楼下乱哄哄的，人声嘈杂。有个人突然冒了一嗓子：你个鸟人在听壁脚啊?! 一片哄笑。人声最擅长的是传递秘闻隐私，不知道他们是否也在为消防车进不来而着急。黑压压的人群一齐注视着这里，众目所聚——火可能还没全熄灭，所有人都将知道，那个救人的英雄原来擅长开锁。烟雾遮挡不了众目。

楼梯上响起了杂沓的脚步声，两个消防员冲了过来。你在干什么？高个子消防员厉声喝道：你怎么还在这里?!

李恒全立即把家什拢到袖子里，后撤一步。他还没想好说辞，那消防员大声道：你要钱不要命啦！快撤！

李恒全转身慢慢往外走。虽然来的只是消防员而不是警察，不管闲事，但他从前的经验还是近乎本能地阻止了他乱开口。他此刻只能默认这是他自己的门。很可能，她本来就不在里面。若真如此，一切就是最美好的。她安然无恙，他在事后或将有勇气告诉她，我曾为你担心，为你冒险冲上去……可是他转回身，对消防员说：这房间可能有人。我踹不开。

话音未落，她的房间里轰隆一声巨响，房间的门被水柱冲得直颤。水终于接过来了，房间里不断传来玻璃掉落的声音。李恒全指着门，正要再重复一句，走道里咣当一声，矮个子消防员已砸破了墙上的消防柜。他抄起手里的消防斧，对准门锁位置，狠狠砸了下去。一下，两下，三下五除二，高个子抬腿一脚，门开了。两个消防员冲了进去。楼下传来一片掌声。

他跟了过去。到处是飞舞的水，浓重的烟雾。还有酒气。还没等他看清，两个消防员已把人连被子从床上抱起，朝外冲去。李恒全躲闪不及，脚下一滑，一屁股坐在水里。手一撑，很疼。

她真的在里面！他的头像是挨了一记重击，嗡嗡的。他爬起来，跟在他们后面。经过楼梯的时候，他扬手把袖子里的家什扔掉了。她怎么样了？她会不会死？如果他一上来就把门打开，她一定不会死。他跟着她跑出大楼，湿漉漉地蹲在地上。

她被暂时平放在草地上。人群围拢过去；另有几个人靠过来，一迭声地打听情况。李恒全捂着头，什么也不说。上衣里的手机响了，一直响，不屈不挠。他掏出手机，这才发现手被划破了。伤口不大，他不理会。是老西的来电。李恒全在屏幕上点一下，拒绝了。屏幕上染上了血。他抬起衣袖擦擦，看见了屏幕上模糊的日期：二月二十八日。他觉得这日子好像与自己有关，却又有点犯晕。远处传来了救护车的声音。担架下来了。他挤过去。救护人员把她往上抬，连着被子一起抬。他帮不上忙，只看见被子上有红色的血闪了一下。她的头发焦了，缩成破烂的黑布片；头侧着，微微晃动。她的眼睛似乎睁着，正朝向他。他心中一震——这是她唯一一次注视他，而没有戴墨镜。

手机又响。救护车鸣着笛开动了。李恒全摸出手机，再一次看见了这个日期：二月二十八日。离他的生日还有一天。有泪珠滴落在屏幕上，洇着手指的血，他以为是雨滴。他生于二月二十九日，那是好几年才会出现一次的日子，一个四年出现一次珍稀的日子。今年，就没有那个日期。

【作者简介】朱辉，男，1963年生。著有长篇小说《我的表情》，小说集《视线有多长》等。曾获鲁迅文学奖、紫金山文学奖、《作家》金短篇奖、汪曾祺文学奖等奖项。现为江苏省作家协会专业作家。

缓 步

◎ 班宇

木木说，今天我在走廊里唱了首歌。我问，什么歌？木木闭上眼睛，没再说话，好像还轻轻吐了口气。在她面前，横着一块模糊的荧光屏，泛黯的塑料薄膜尚未揭去，上面鼓着不少气泡，像是里面那些企鹅、北极熊和独眼猫在水中各自的呼吸。没有声音。它们的嘴向前努着，短蹼状的前肢来回比画，不知到底在讲些什么，没过多久，便又坐着一艘墨绿色的灯笼鱼艇匆忙离去，像是要去办一件什么了不得的事情，只留下一长串气泡。大大小小的圆圈，与海水一起，从屏幕里奋力向外涌来。

很应景，木木正坐在一艘黄色的潜水艇里，毫无疑问，披头士专辑封面的造型，《黄色潜水艇》也是我最初会唱的几首英文歌之一，歌词简单，像童谣。很少有人知道，这首歌是保罗·麦卡特尼写的，鼓手林戈·斯塔尔演唱，跟列侬扯不上太大关系。我也是到了一定年龄才发现，他们乐队那些我喜欢的歌曲，基本上都不是列侬所作。但初听时不会想那么多，那阵子，我刚跟小林谈恋爱，她愿意听，我就循环播放，放着放着，她跟我说，以后要是结婚了，想把这张封面画在卧室的墙上，这样一来，每天就像睡在潜水艇里。我觉得有点俗。夜深人静，还要乘船去寻找神秘之海，十分颠簸，心力交瘁。我既没赞成，也不反对。当然，这个愿望最后也没能实现，装修把我们搞得心力交瘁，到了后期，基本是任人摆布，工程队的监理说什么样的吊顶好看、什么牌子的涂料合适，我们就起立鼓掌，完全服从。刚住进去时，家具很少，连窗帘都没有，室内空荡，说话都有回音，像在山洞里。夜间躺在床上，映着外面的光线，小林安慰自己说，还是白墙好，像一张画布，怎么想象都行，潜水艇里也应该有一面白墙。

理发器电机振动的声音时大时小，好像在闹情绪，李可皱着眉，向后使劲甩了几下，这下可好，完全没了动静，她反复推动几次开关，跟我说，哥，没电了，得充一会儿。我说，不急。她抱怨道，不扛用呢，下午刚充的。又转过头去，跟木木说，你继续看动画片，等会儿小姑再给你剪，行不？木木睁开眼睛，跟她说，今天我在走廊里唱了首歌呢。

商场里禁烟，我跟李可不敢远走，躲进休息间里偷着抽。休息间也是仓库，被杂物灌满，相当凌乱，地面上还有一摊没来得及收拾的碎发。我将一块巨大的红色凸形积木拖至门口，斜坐在上面，把烟点着，扭过身体盯紧外面的木木，她打了个哈欠，流出一小颗泪珠，似乎想去揉一揉眼睛，又伸不出手来，围布太长，只鼓出来两个拳头，上下蹿动，找不到出口，她看着乐，我也跟着乐。李可骑在一匹积木斑马身上，两腿蜷着，身体前后晃荡，问我说，哥，乐啥呢？我抖了抖烟灰，说，没事。李可说，哥，你的腰怎么样了？我说，不太好。李可说，医院怎么说的？我说，三四，四五，骶骨，三节突出，要么忍着，要么手术，别的都白扯。李可说，尽量别做吧，听见"手术"俩字儿都害怕，现在什么症状啊？我说，走路或者站着时间一长，腰疼腿麻，必须得休息一会儿，间歇性跛行，有意思不，三十来岁，武功全废。李可说，那不至于，我有个朋友，家里祖传治疗腰脱，他爸是足球队的队医，我带你过去。我说，足球队都解散了，还啥队医，以后再说。李可说，小林最近怎么样啊？我说，我上哪知道去，应该挺好的。李可说，心真狠啊她。我说，不说这些，赶紧剪，然后我得带她回家做手工，后天万圣节，幼儿园有活动，一天天的，变着法折腾。

晚上八点半，理发结束，李可垂着手臂，与木木同时扭过身子，一齐望向我，眼神期盼，像在征求意见。一颗蘑菇头，也像锅盖，倒扣在脑袋顶上，跃跃欲试地准备接收一些地表之外的信号。不错，这也是披头士的同款。两人的脸上都是头发楂儿，眼眶盈着一圈泪水。太困了，我也不由自主地打了个哈欠，然后竖起大拇指，跟木木说，完美。木木说，南瓜。我说，什么？木木说，崔老师告诉我，明天我要演一个南瓜。我说，南瓜很可爱啊。木木说，不可爱。我说，那你想演什么？木木说，不可爱。我说，好的，不可爱。木木说，我什么都不想演。

李可送我们到电梯口，转身回到店里，把自己塞进转椅，盯着动画片愣神儿，跟个没家的小孩儿似的。理发店开了半年多，生意一般，会员卡没办出去几张，前几天又跟我借了一万五千块，没说做什么，我也不问。知道得越少越省心。我妈一直不同意李可做买卖，不让我拿钱，我都是偷着给。为此，小林当初还很不高兴，每次吵架都提，没完没了。不过现在无所谓了，家里只有我和木木。我们住在自己的小房子里。像歌里唱的，我们的生活如此美满，我们有着自己想要的一切，蓝色的天空，绿色的海洋，还有那艘黄色的潜水艇。听着浪漫，像一个童话。实际情况则难以描述，不过我正在一点点恢复秩序，让一切看起来尽量如常。在这一点上，木木比我做得更好些。

房子是十年前的回迁楼，现在已是弃管小区，大门四敞，任意进出。一二层是门市，开了两间小超市、一家面馆、一个按摩院，棋牌室倒是有四五家，彻夜不休，这会儿基本上是满员状态，正在酣战。有人站在玻璃窗外围观。我们绕到楼后，走上台阶，经过一条隧道似的缓步台，约有百米，平坦而狭长，我跟木木打过几次赌，比谁先跑到单元门口：总是她赢。后来我发现她对此并无兴趣，对胜负也没感觉，只是为了陪我而已，我也就没什么心情。缓步台的左侧如悬崖，下面是无声的幽暗，另一侧是住户们的北窗，拉着厚厚的帘布，或用无数的废纸箱堆积遮挡。我时常幻想，里面住着一只等待解救的松鼠，而那些箱子是它的武器，举过头顶便能进攻，也可以作为防御，躲在里面过冬。我把这个想法跟木木讲过。木木说，不对，有一次见到了那个人，踩在箱子上，穿着厚厚的爪子拖鞋，是个女的，不过长得确实挺像松鼠，也许是花栗鼠吧，我感觉。她说，但是，我也想要一双那样的拖鞋。

太平洋上有一座不知名的岛屿，又长又窄，植物稀少，没有居民。这里不是任何一片陆地的支脉，而是直接从海底升起来的，像大海的一截脊骨。它的北面是温水，南面是冷水，走不多久，就能体会到两个不同的季节，一边是不歇的骤雨，一边是充沛的日光。山岩排成纵列，陡峭而锋利。一九三二年，一艘澳大利亚的科考船发现了这座小岛，刚一登陆，便被眼前的景象震慑，到处都是船只的残骸，龙骨折成数截，柚木甲板被侵蚀风化，偶见细小的白骨，被风一吹，如在抽搐。总而言之，误入了一座孤零零的墓场。更恐怖的是，这座岛屿自己还会说话，船员在岸边能听见有声音从内部传出来，一阵急促而空洞的声响，之后是另一阵，音阶无法分辨，但又极富韵律。有几个水手认为，这座岛是宇宙的窃听器，能听到天体之间的对话。这并不是一个好兆头，类似的说法总会在他们之间流传。夜晚安宁，待到次日，这种声响演变成为巨大的噪音，铺天盖地，他们被迫醒了过来，放眼一看，舱外是数万只企鹅，密密麻麻，形成一道黑白相间的旷野，朝着海岸线不断涌来，将他们的船只团团围住，来回掀动。没人知道它们竟是这样危险，并且如此有力。企鹅面色阴沉，振着前肢，伸着脖子，长喙一开一合，喉咙里发出叹气似的哀叫，要将不速之客驱逐出境。有位科学家准备仔细观察记录，刚一下船，便被叼住裤脚，几只企鹅甚至跳到了半空，好像会飞一样，不断啄咬他的衣衫，直至撕烂。科学家大喊大叫，带着满身的伤口，狼狈地逃了回去。

听到这里，木木笑出声来，问我，他是怎么逃的？我龇起牙，一边扬着脑袋，一边夸张地挥动胳膊，高抬双腿，向前奔跑几步，然后蹲在地上，捂紧心脏，张大了嘴使劲呼吸。木木也学着我的样子，仿佛身后有企鹅追赶，小声尖叫着，来到我的身边。风将一部分变黄的树叶吹落在地，如遗失的海星。我拾起一片，抬头递给木木。她举着叶梗，挡住自己的脸，说了几句听不懂的怪话，便又扑在我的身上，大口地喘着气。我回望，数盏吸顶灯的倒影映在窗里，悬于上方，模糊的反光积聚着，照出大面积的灰白色的雾，在夜晚里蔓延。空气很差。秋天总是这样，好在就要结束了，然后是冬天，木木出生的季节，像世纪一样漫长，无尽无休，骤然消逝。小林离开之后，我才意识到，原来我有了一个女儿，每一个时刻里，她都在为我反复出生。

睡觉之前，木木跟我妈通了个视频电话。我妈问她，你想奶奶不？木木说，我想爷爷。我妈赶紧喊我爸过来，说，气人不，她说想你呢。等我爸走到摄像头跟前，她又说，我想看一看奶奶。折腾了几回，她开始用手背揉着脸，我挂掉视频电话，热了牛奶，又带她去洗漱。收拾卫生间时，木木自己悄悄坐上便盆，半天没有动静，等我晾好衣物，她低声跟我说，爸爸，我尿不出来。我说，不要紧，我们去睡觉。木木说，我怕又要尿床。我说，没关系的，放松心情，尿了再洗，不怕。木木摇了摇头，看看我，又点了一下头。

我把她抱到小床上，装进睡袋，她试着跳了几下，噔，噔，噔，还给自己配了音，神态兴奋，看起来也像一只小企鹅。每天晚上我都会这么想，却没对她说起过。穿上睡袋模仿企鹅是小林与她之间的睡前仪式。小林无论学什么都惟妙惟肖，还对我们进行过严格培训，比如，如何扮演一只企鹅：两只手放在腰部，掌心向下，指尖朝前平伸，左右手交替下降，身体随之左右摇摆。按此做法，一扭一晃，没个不像。事实上，小林的肢体语言极为丰富，不仅能模仿动物，还会表达情绪。她以前教过我，如果要表示愤怒，就将五指在胸前撮拢，瞬间向上抬动，同时伸开手掌，在心脏里放了一团烟花；如果你爱上了一个人，那就伸出一只手，用另一只手轻轻摩挲这只手的拇指指背。我照她说的做，动作不难，节奏不好把握，小林说我看着像一只正在数钱的狗熊。她的头发遮住半张脸，笑得很开心。很少有人知道，小林的一只耳朵听不到声音，先天性小耳畸形，自学过很长一段时间的手语。

木木说，爸爸。我说，闭眼睛，睡觉。木木说，我有点睡不着。我假装打了几声呼噜。木木说，爸爸，爸爸。我说，嗯？她说，大喊大叫的一天。我说，什么？她顿了一下，说，你看过没，那本书。我说，没。她说，我好像看过。我说，家里有吗？她说，我记得有。我说，明天我找找，咱俩看一遍。她说，爸爸，明天，明天我不想迟到。我说，你现在睡觉，我们就不会迟到。她安静下来，但没睡着，在床上蹬了半天，才老实了。呼气声柔和而均匀，像钟表一样，将余下的时间一一剥落。我暗暗祈祷，希望她今晚不要尿床，之前洗过的床褥还没晒干。再去买一件的话，怕是也来不及。

我问过李可，如果你是小林的话，要怎么办，会做出跟她相同的选择吗？当然，我很清楚，这种事情因人而异，不可能存在统一的标准答案，他人的结论只能作为一种参照，甚至起不到任何安慰效果。问题过于复杂，没人真正清楚你生活里的全部变量。选项却总是那么几种，每一个都简单得近乎残忍，不可理喻。中间的推导过程却是极为艰难的。如果要用手语表示，也许是以食指抵住太阳穴，来回钻动几下。

李可想了半天，不难看出来，她很想站在我的立场说话，最终不过是叹了口气，跟我说道，哥，你别问我了，我真不知道。我说，行。李可说，这事儿，有时候想想，觉得自己也有责任，我对嫂子的态度，实在谈不上多好。我说，但也没那么差，过得去，你别多想。李可说，咱家这些人你还不了解？都向着你，无论你说了啥、做了啥，都站在你这边儿，到了今天这地步，我也犯糊涂，不知道是不是害你。我说，这跟你们谁都没关系的。

我有一万种解释，来印证我和小林的行为均无原则性的问题。比方说：既然我们公认的生活是那么正确并且一贯正确，那么，不甘心自己被此俘虏之人，只好通过伪装与冒犯来展示自己的存在。再比方说：这并不是我们个人情爱之事，无所谓奉献与亏欠、忠贞与背弃，而是生命本身存有的无可弥合的裂隙，凡途经此者，必然陷落于更大的痛苦、神秘与真实。但这些说法都没什么用。尤其在我跟木木单独面对生活的时候，一切仿佛进入一个科学的、可被计量的体系之中：早上六点五十分起床，七点半出门；周一、周三上英语课，下午四点半带着水壶和饼干去接她，再送到培训学校；周二、周五上跆拳道课和表演课，下午五点半放学；周六上午学半天的舞蹈，前一天晚上，要根据上次的视频将那些动作复习一遍。黄色潜水艇永远消失在深海。客厅里萦绕的，只有《小铃铛》和《蚂蚁掉进河里边》。“有只小蚂蚁呀，掉进河里边。它在哭，它在喊，谁也听不见。波里滚呀，浪里翻，眼看把命丧呀。嗨呀，嗨呀，多么渴望登上岸。”

木木睡得很熟，喉咙里不时发出呼噜的声音，鼻腔也有点堵，我担心是不是今天洗澡时着了凉，毕竟还没到供暖的日子，她又很讨厌浴霸，觉得太过刺眼，不够友好。真没办法。我贴在她的床头上，仔细听了一会儿，直至声音逐渐平稳，然后打开笔记本开始干活儿。一帧一帧地过，相当无奈，很多想法不写清楚，底下的工作人员就会把视频剪得一塌糊涂，毫无逻辑可言。我以前在台里干新闻，根据百姓提供的线索，每天到处跑一跑，也不觉得辛苦，还比较适应；年初时，家里有些变动，我就申请调去节目组，结果可好，时间虽相对可控，操的心却多出几倍，天天就是改，上面也没有具体建议，反正就是不断调整，材料就那么多，东删西减，到后来自己都麻木了，看好几遍也不知道到底想表达啥。很长时间以来，台里的效益一直不行，工资方面就更别提，已经压了半年多，人家也不说不给，你管他要，答复就俩字儿：缓发。能挺住就挺着，挺不住就自谋出路。好像从小林走后，我就没往家里拿过什么钱。

有时候我想，小林辞职也有这方面的原因，不单是因为我。她在电视台上了九年的班，连个编制都没混上，确实没多大意思。小林是二〇一〇年入的职，我比她早一年多，刚开始根本没注意过她，当时我在跟电台那边的一个主持人谈朋友，关系也不稳定，今天好明天分，打得不可开交，不打就更过不下去。那阵子我自己租房子住，隔三岔五，总有别的女孩儿过来，主持人刚发现时，完全不能接受，我一顿挽留，办法用尽，后来又有过几次，她发现了也不提，装没看见，态度冷漠。我妈比较喜欢她，毕竟嘴上能说，也很会来事儿。我妈有个关系不错的同学在台里当领导，那时还没退，费了挺大劲儿，好说歹说，给她弄了个台聘，然后我俩就彻底分手了。实话说，我一点儿都不怪她，主要是闹腾几个来回，也没什么热情了，办完这个编制，反而轻松一些，算有个交代。但那时的情绪确实比较差，全台都知道我俩的事情，她倒不太在意，工作照常，谈笑风生，我就不太行，不敢往大道儿上走，觉得特有压力，天天低着个脑袋抄近路，谁也不瞅，戴着耳机，放的都是死亡金属，在草坪上踩出一条荒芜的小径。不是怕谁笑话，也不是因为岁数不小了，连对象都处不明白，而是觉得年龄也不算大，精神却消耗殆尽，一切像是走到了尽头。

在此之后，有几天晚上，我在楼上加班，才开始留意到小林。每天晚上六点半左右，我在二楼的吸烟室里抽烟，看着其他部门的同事下班往外走，三五成群，有说有笑，小林每次都是自己一个人，背着双肩包，底下挂着一只戴墨镜的熊猫，摇来晃去，不断敲着她的屁股，像一条骄傲的小尾巴。她从不走大路，总是沿着我踩出来的那条小道儿，一步一步往前走，且很细心，谨慎躲避两侧的草丛，有时候还要跳一下，如遇礁石。从上面看去，很像是缓慢经过一片凶险的暗绿色深海。我觉得这人很无聊，侵占我的成果不说，内心戏还不少，下个班而已，当自己在打冒险岛。我观察了她四五回，有点改观，正好我有个新节目，需要跟她对接筹备事宜，就有了一些联络。只要我看到她下班，踏上那条小路，就拨一下她的电话，响一声就挂掉，然后发条信息，说点有的没的。这时，她往往会举着手机停在草坪中央，噼里啪啦地打字，措辞精确，颇有礼节。她回复过后，没等走几步，我迅速再发一条，她停下来，又开始打字，那条小路她经常要走上半个小时。我总是很恍惚，觉得自己正在控制一个游戏角色，个子小小的，脑袋瓜儿上飘着一顶白帽，胃口很好，爱吃草莓和香蕉，走路带风，前面是火焰、滚石、下沉的云彩与横着走路的饿鬼，我按一次键，她就可以顺利逃开一回，双臂摆动，继续前进，去解救被封印的恋人，而我却总想让她慢一点通关。

杰克拍着肚皮，打了个饱嗝，说道，今年的收成真不赖，我又可以快活地过冬啦。魔鬼说，好心人，你种了些什么？杰克说，土豆、白菜、西红柿。魔鬼说，能不能分我一些？我三天没吃过饭了，饿得走不动路。杰克说，那当然，当然啦。魔鬼说，我会保佑你的，亲爱的朋友。杰克说，但是，既然我们是朋友，能不能也帮我一个忙？魔鬼说，阁下，您说说看。杰克说，夏天时，我的皮球不小心卡在树杈上了，一直取不下来，而我又不会爬树。魔鬼说，乐意效劳。两人蹦跳着兜了一圈，来到一棵大树旁边，杰克指向上方，魔鬼望过去，大树忽然伸出双手，将魔鬼死死抱住。魔鬼来回扭动身体。

大树说，哈哈。杰克说，哈哈，中计了吧。魔鬼说，这是怎么一回事？杰克说，别以为我不知道你是谁。大树说，哈哈。魔鬼说，求求你，放开我吧，有什么条件，我都答应你。杰克说，我要吃不完的土豆、蛋糕，还有美味的烤肉，我要永远都过这样的好日子。魔鬼垂头丧气，点头允诺。大树说，哈哈。然后松开了手臂。魔鬼叉着腰，跺脚说道，杰克，咱们走着瞧。

大树仰面躺着，一动不动，如被伐倒。魔鬼立在后面，面目庄严，吸了两下鼻子。杰克蹲在地上，双手捂脸，眼睛在指缝间来回乱转。两个女巫走了过来，齐声问道，你怎么了？杰克抬起头，说道，为什么一直是夜晚，我什么都看不见？其中一个女巫伸出手指，对着空气画了个圈，二人若有所思。一个女巫说道，可怜的杰克。另一个说道，他真可怜。第一个说，原来这一切都是魔鬼的过错。第二个说，他真可恶。第一个说，我们来救救他吧。于是两个女巫原地转了一圈，挥了挥魔法棒，指向左右两侧。一段急促的音乐响了起来，几秒钟后，舞台后面冒出来两只胖墩墩的南瓜，爹起胳膊，横挪着步伐，来到中央。南瓜的扮相古怪，肚子上套了个橘色的救生圈，脑门儿还贴了几颗星星，闪闪发亮。女巫说，杰克，这是我们为你召唤的南瓜灯，请你把它带在身边。南瓜们主动移向杰克，将他搀扶起来，三人围着女巫们转了一圈。杰克行了个礼说，谢谢，我又能看见啦，世界真美好，感谢你们。两个女巫手拉着手，跳着舞离去。倒在地上的大树忽然叫了一声，哈哈。然后滚了一圈。全剧终。

木木出了一脑袋汗，我用手帕蘸了些温水，一点一点给她卸妆。木木问我，你看见我了吗？我说，看见了啊。木木说，我都化妆了，你怎么还能认得出来？我说，脱了马甲我照样认识你，今天表现不错，特别可爱。木木说，但是我什么也不想演。

出门之后，她看见了我妈，挣开我的手，直接奔了过去，贴在身上不放，非要抱着。我妈的腰也不好，就让我爸扛着她回家，走两步跑两步，一路乐得不行。我和我妈跟在后面。我妈说，今天吃饺子。我说，行，都爱吃。我妈说，没用。我说，什么？我妈说，学这些玩意儿，白花钱，我感觉没用。我说，现在都学，不能落后。我妈说，以后在社会上谁能当个南瓜啊？像你似的。我说，你也不懂，别管这些了。我妈说，小林咋没来？我说，没告诉她。我妈说，最近没联系？我说，很少。我妈说，可真够一说，这妈当的。我没说话。我妈又叹了口气，说，你这爸当的啊。

吃完饭后，外面下起雨来。木木开始流鼻涕，脸颊泛红，有点发蔫。我妈说，今天别折腾了，在这里住，我给她洗个热水澡，晚上跟我睡，得注意观察，这季节可别感冒了，不容易好。我躺在沙发上玩手机，我爸在看电视，里面放的是陈佩斯的小品。我想起许多年前，春节联欢晚会过后，总会放一部他演的电影，有时是《父子老爷车》，有时是《二子开店》，都很滑稽，每次我都下定熬夜的决心，却总是看个开头就睡着了，直到现在也没看全过。我们家已经很久没聚在一起过年了。前年是我妈生病，在医院里抢救，忙得人仰马翻，白天黑夜连轴儿转。去年是李可，被传销的骗到广东，好不容易逃出来，也没买上机票，大年三十，打电话就是个哭。今年轮到我跟小林，在家里待到正月初五，哪儿也没去，谁也没见，相互一句话也不说，只是盯着那面白色的墙壁。

木木身上裹着浴巾，脑袋上包着一条粉色的枕巾，被我妈从卫生间里拖出来，两只脚还没完全干，在地板上踩出一溜儿水印。孩子长得就是快，不知不觉地，几个月前，一条浴巾也还勉强够长，现在就完全不行了。外面的雨声很大，伴随着隐隐的雷鸣，木木跑来我这边，撅着屁股，上半身趴在沙发上，很急促地喘着气，也不讲话，我伸过手背，摸了摸她的额头，又摸一下自己的，好像我的更烫。这时，手机振了一下，小林发来消息，问我：今天演节目了？我回道，是。小林说，录下来了吗？我说，没来得及。小林说，我跟她视频一下？我说，在我妈家。她就不再回复了。没记错的话，本月之内，这是她第二次跟我联系，上一次是提醒我拍生日照需要提前预约，以及记得去补一针流感疫苗。还有三个小时，这个月就要过去了。

我本来以为，向木木解释小林的离开是一件很困难的事情，确实不知怎么说为好。李可说，你可以跟她讲，爸爸妈妈虽然不住在一起了，但对你的爱是永远都不会变的。我心里说，你真是没有孩子，这种话讲不出口的。一个问题接下来就是许多个问题。为什么不在一起了,为什么别人的爸爸妈妈还在一起,为什么离开的人是妈妈,为什么对我的爱就永远不会变,你们之间的爱不是变了吗?自己答不上来,就别指望能说服得了任何人。小林刚走时,木木住在我妈家里,天天闹,使劲喊,嗓子都破了,哭得筋疲力尽才能睡着,到了后半夜,经常忽然自己在床上站起来,闭着眼睛说,妈妈呢,我要去找妈妈。我妈也心疼,一边哭,一边抱着她来回走圈,念经似的说着话,唱遍所有能想起来的歌谣,连灯也不敢开。到后来,我妈的身体实在吃不消了,住了次院,我就接回到自己这边。也是奇怪,木木跟我在一起,从没主动问过小林的事情,好像我们之间达成了某种默契。有时我觉得,我跟木木更像是一对恋人,对彼此的前任避而不谈,即便她的存在无法抹去,像是一座岛屿,从大海里升起来,横亘在我们中间,始终无法融化与跨越。

关灯许久,木木也不睡,一直在说话,笑个不停,随后又下了床,跟奶奶说,我去看一眼爸爸,跑来我的房间。她在地上晃了一圈,发现我还没睡,便爬到床上来,躺在我的身边。我妈跟了过来,对木木说,快回屋,几点了都。木木说,但是我还是想跟爸爸一起睡。我跟我妈说,跟我吧,习惯了,让她在这儿睡,我看着她,没问题的。

窗外的雨声渐弱,风却刮起来了,凉飕飕的,从窗户缝儿里往屋里钻,发出一阵阵虚弱的颤声。我给木木又加了层毯子,她蹬掉,我再盖上,她又给踹开了。就是这样,几乎在所有事情上,我都犟不过她,不知道脾气随谁。木木说,爸爸,给我讲个故事。我说,没有故事,睡觉。她说,我睡不着。我想了一下,问她说,你想演女巫,是吗?她说,我不想演女巫。我又问她,那你害怕魔鬼吗?她说,不害怕。我说,其实我觉得,今天的那棵大树更像是魔鬼啊。木木说,不是。我说,为什么?她说,不像魔鬼,不是。我问,为什么呢?她说,大树是辰辰啊。

有一天下班时,刚好看见小林走去那条小路,我跟在身后,走到中间,喊了她一声,她左看看,右看看,又在原地转了一圈,终于发现了我。后来我才知道,单耳听不见的人,很难辨别声音的来源方向,所以在某些时刻,小林的动作显得有些迟缓。她的右耳健全,我们走在路上,她就总贴着我的左边,看起来像在保护我。无数车辆从她身边飞驰而去。我比较不适,总想把她拉过来。听我讲话时,她习惯性地将头侧过来,仿佛集中了全部的精神,极为虔诚,这样一来,我反而不知怎么说为好。

项目的进展并不顺畅,筹备尚未结束,就被上面喊停,我的心情却比从前好了一些。那段时间,我跟小林相处得比较愉快,她很聪明,经常是我的话只讲一半,她就完全明白了,但会坚持着听完,确认全部细节,再去执行。到了后来,我对她的信任度逐日增加，无论遇到什么事情，都想听听她的看法。她很有耐心，一点一点为我拆解，却极少谈论自己，每次问起来时，她也只是摆摆手，对我说，实在是没什么可说的，人生履历就是这么简单——离家上学，顺利毕业，在台里实习，签合同转正，上班下班，被拖欠工资。我问她，有什么爱好。她说，也没什么，都不怎么逛街，只喜欢在家里听听歌。

我们就在她租的房子里面听歌。我带去了无数张唱片，各种风格都有，一听就是一个晚上，我喝着啤酒，她偶尔处理一些工作，或者准备公务员考试，反正总有些事情要做。她不爱听金属和朋克，觉得吵闹，喜欢古典，但听不太懂，版本复杂，没心思钻研，最喜欢的还是二十世纪六七十年代的那些民谣，鲍勃·迪伦或者琼·贝兹的歌。小林问过我，如何看待他们二者之间的关系。我说，贝兹当时的名气更大一些，热衷社会运动，投身其中，迪伦很害羞的，对这些也不太感兴趣，在自传里写过，第一次看贝兹演出，目光便久久不能移开，觉得她荣耀又圣洁，如花环一般，几乎无所不能，嗓音美妙无比，像是在为上帝献唱，能驱逐世上全部的厄运。小林又问，那你怎么看待我们之间呢？我说，我以前总在楼上抽烟，看着你自己走上那条小路，总会想起一位美国作家的诗句，他说，一片树林里分出两条路，而我选择人迹罕至的一条，从此决定了我一生的道路。小林说，你喝多了？我说，绝对没有。小林撇了撇嘴，没再讲话。我说，那你怎么看呢？小林想了想，说道，答案在风中飘，我的朋友，答案在风中飘。

木木捏了一下我的手，我以为在逗我，便回捏过去，她又用力拽紧了手指，我才反应过来，她是想让我注意到走在前面的那个人，穿着一件棕色的羽绒服，长及脚踝，在这个季节里，稍显夸张，半长的头发披在颈后，踩着一双高跟鞋，踩在地面，发出嗒嗒嗒的响声，仿佛抬不起腿来，随时都会晕倒。我想了一下，说，松鼠？她先说，是。又说，不是，是花栗鼠。我问，有啥区别？她说，更小一点，但头很大，还演过动画片。我说，那你要不要过去打个招呼啊？她说，啊，我可不要。

木木对于命名特别严谨，我在手机里收藏了一篇很长的文章，是《小马宝莉》的角色介绍，数目近百，她总会要求翻看讲解，一遍又一遍，从不厌烦。我时常读得眼花缭乱，木木却几乎都能叫上名字来，也熟悉每一匹小马的秉性，甚至对会不会飞、在哪一集出场等细节都了若指掌。最开始她喜欢的是云宝，性格外向，热爱冒险，绝招儿是彩虹音爆。最近比较倾心于月亮公主，有点孤独，略带神秘，被放逐到月亮上一千年，曾对此很不满，企图让世界陷入永久的黑暗，后被感化，经常去解救那些噩梦里的小马。

我们走到单元门口时，长得像花栗鼠的那个女人还没进去，她的双手插在挎包里，像是在找些什么。我和木木停止对话，一起望向她，总觉得她要跟我们说点什么，她看着我们，眼睛瞪得很大，睫毛一闪一闪。我有点不好意思，微笑着对她点点头。她没回应我，而是蹲了下来，将衣服前襟拢在膝盖上，说道，木木？木木往我身后躲了躲。我很好奇，转头问木木，你认识这位阿姨吗？跟她问个好啊。木木摇了摇头。她继续问，记得我吗，我是辰辰妈妈，我们见过的呀。我说，辰辰？大树辰辰？她说，什么？我说，啊，木木有个同学，前几天演了一棵树，也叫辰辰。她勉强笑了一下，说道，应该不是。我说，不好意思，那是我弄错了。她说，木木，你还记得辰辰吗？辰辰很喜欢你呀，总提到你。木木继续往后面躲，背对过去。我问她，你记得吗？她也不说话。我解释道，她就这样，比较内向，遇见生人很害羞，话也少，有空带孩子来家里玩儿，真巧啊，住在一个楼里。她偏过头去，扮了个鬼脸，想逗一下，可木木压根不看她，一个劲儿地拉着我的衣角。她站起身来，朝着我点了点头，说道，好，好。

我们上楼之后，木木好像有点不高兴，脸也不洗，动画片也不看，拎着一只绒毛蜗牛在客厅里走来走去。我说，你今天的表现可不太好，见人也不打招呼，有点没礼貌。木木不吭声，只是看着我。我又说，不过我也不打算勉强你，这没什么的，对吧，不是跟谁都需要讲话，我能理解你。我企图讨好她一下，可她还是不理我。

木木睡得很快，我也很困，但还得两个小时后才能休息。快洗模式半个小时，混合模式一个小时，婴儿服模式则是先加热到一定的温度，洗干甩净，再进行消毒，共计两小时，这是洗衣机的标准法则，不可侵犯。我在一本书里读到过，洗衣机的语法粗暴至极，无视差异性，所有的衣服在此都是平等的，没有尊卑贵贱之分，一旦被抛入其中，便被迅速地搅拌在一起，不可豁免地混作一团，其符号价值被无情吞噬。在滚筒里，没有幸存者可言。我打开阳台上的窗户，点了根烟，向外望去，觉得世界无非也是一个滚筒，重力作用，正向与反向的轮转，粗糙而强悍的旋律，不断在内部之间摔跌捶打，无可逃脱，也意味着无人生还。我将纱窗拉开，想将烟头灭在窗台外面，忽然发现有人还在单元门口，双手扒着缓步台的栏杆，探着脑袋，也刚抽完烟，与我的步调一致，正在碾着烟头，好像我们同时位于滚筒的某个位置。接下来，也许将一起接受上升或者下降。

我披了件衣服，轻带上门，又摸了摸钥匙，往楼下走，她见到我时，并不惊奇，笑着点点头，问我，木木睡着了？我说，是。她说，她好乖的。我说，今天玩累了。她说，小孩子嘛，还是比较好哄。我说，辰辰也是吧。她没讲话。我又说，不回家吗，晚上凉了，钥匙没带？她说，没，想待会儿，还有烟吗？我帮她点了一根，给自己也点上。她说，你不会扎辫子吧？我说，什么？她说，所以木木总梳着个锅盖头。我笑着说，是这道理，学也不会，没这项技能。她朝着黑夜里吐了口烟，停下几秒，继续说道，你的故事都好听啊。我说，故事？她说，我就住这一层嘛，总能听到你给女儿讲故事，扭来扭去散步的小蛇、小裁缝智斗巨人、岛屿上的科学家和企鹅、点头或者摇头的锡兵，只是个片段，没头没尾，你们边走边讲，等到了门口这边，我就什么都听不见了。我说，惭愧，乱编的，打扰到你了。她说，刚才我知道你们走在后面，想着在这里等一等，兴许能听到个结局，但是也没听到。我说，不值一提。她说，没，我很喜欢，每天晚上，我都把窗户拉开一道缝儿，搬把椅子，守在阳台上等着，我就躲在箱子后面，有时等了很久，很担心是不是错过了，或者木木发生什么事情，但如果能听到，就很开心，睡得也好一些，我知道她叫木木，很早就知道，但她不认识我，不要怪她。

我说，她认识你，但不认识辰辰，我们睡前聊了一会儿，她知道你一直在听我们讲话，我一点儿感觉都没有，有些话她故意要说给你听的，不管你信不信，反正就是这样。她说，木木最聪明了，你今天讲故事了吗？我一句都没听见。我说，没有，她给我讲了一个关于魔鬼的故事，很可怜的魔鬼，所有人都想尽办法要对付他，可他根本不知道自己犯了什么错，只是不停地被耍弄，不停地许诺，不停地满足他人的愿望，被钉在树上，被困在鼻烟壶里，被放逐到很远的地方，你知道，人们总是那么贪婪，魔鬼却那么软弱，无论躲在何处，最终都会被揭开真面目，无可逃脱，真是没办法啊，明明是人们先找到的他，非要来交易灵魂的，也许他唯一的错误就是扮演了一个魔鬼。她说，唯一的错误。我说，对，这也是木木说的。她说，我明天要搬走了，收拾了好几个月，终于把东西都装进箱子里，真沉啊，推都推不动。我说，祝你顺利，希望以后还有故事听，肯定比我讲得好。

我回到楼上时，洗衣机已经停止运转，我拉开舱门，将衣服一件一件抻开、铺平，晾在阳台上，窗户没关，夜风温柔，缓缓吹进来，像在为我披上一件薄薄的衣裳。木木睡得不太老实，嘟着嘴，皱紧眉头，一条小腿搭在床沿上，几乎要挣脱出来，从后面看去，睡袋像是一件很威风的斗篷，我想，她是正准备去解救那些困在噩梦中的小马。手机上有两个未接来电，都是小林打的，时间太晚，我犹豫着是否要拨过去时，收到了一条她发的消息：不用回，没什么要紧的，刚才只是想确认一件事情，现在我知道了。我的另一只耳朵也听不见了。我好像再也想不起来木木的声音了。

春天的末尾，我跟我妈带着木木去了一趟海边。原本这里是一片野海，在我很小的时候，也来过一次，但没什么印象了，只记得沙滩上铺着一张张巨大的渔网，踩在上面，仿佛随时会被捕获，被高高吊起来，放在集市上售卖。如今此处被开发成一个新的小镇，充斥着现代气息，生活便利，建筑设施一应俱全，甚至还有美术馆、剧院和礼堂，无论走在哪里，都能听见一阵轻快的音乐，沁人心脾。木木很喜欢这里，她很忙，每天上午要去海边捡贝壳，中午回来休息，下午去农场里看小花，或者在草坪上打滚，玩到筋疲力尽。我妈说，她自己很久没看过海了，上次来这里时，正怀着李可，行动不便，我也不太听话，我爸更是指望不上，成天跟她对着干，她每天都很累，没有盼头，万念俱灰，夜里偷偷哭上一会儿，也不敢出声，怕吵到我们，当时觉得快要活不下去了，可一晃就是这么多年，也都过来了。

我知道她是在劝我。我假装听不出来，每天尽量鼓足气势，拧紧发条，像一匹童话里的飞马，带着木木上天入地，奔跑不息，我想，只要她开心，我就快乐，只要她愿意，做什么我都值得。我像一株寄生的植物，无法自给养分，只是日夜低语，将命运与她紧紧相依。我再也不需要成为什么，没有愿望，也不想去拥有自我，一点儿也不想，人一旦有了这种意识，就很可怕，像岛屿上丛生的密林，沙沙生长，不止不歇，直至遮蔽全部的光芒与道路，长久困在噩梦之中。我不要这些。

旅程结束的前一夜，木木睡着之后，我自己一个人来到海边，走了很久，没有月光，星星也被隐去，只是一片深色的绿。我脱掉鞋子，踩着沙砾，一步一步迈入大海，温暖轻柔的水没过我的脚踝，我站立于此，舒了口气，抖抖肩膀，伸出两条胳膊，想要画出一道从未有过的手势，却始终不得要领。波涛涌来，身后寂静，世界如在一侧呼喊。那是一首鸥鸟、海水、岛屿与天空的奏鸣曲，为我竖起一道光亮的墙，时远时近，无法逾越。赤色的暗云落在海面上，发出火焰熄灭的微弱声响，它一刻不停地沉入水底，给予短暂如幻的照亮。接着是引擎声与浪声，贮存许久的音阶，相互抵抗，向前或者退后，保护着的同时也在毁灭。最后是清澈的鸣叫声，如垂冰一般锋利，来自鸥鸟、松鼠或者小马，上古的山林，幽暗的房间，万无一失的梦境。而那些被忘却的声音不在其中，遥不可及，我无从追寻。它曾栖于我的体内，如同昔日的私语，曾在此处，如今径自飞行，去往我需要行进的方向，接续不断，消失于耳畔。总要逝去，也必将逝去，尽管此时，它正如凌晨里悄然而至的白色帆船，掠过云雾，行于水上，将无声的黑暗遗落在后面。

【作者简介】班宇，男，小说作品见于《收获》《当代》《十月》《上海文学》《作家》《山花》《小说界》等刊。小说《逍遥游》入选“2018收获文学排行榜”，并居短篇小说类榜首。

2050年杀人事件

◎ 郝景芳

一

“天黑请闭眼。”

“现在杀手睁眼,杀手杀人,杀手闭眼。”

“现在警察睁眼,警察请睁眼……警察指认,警察闭眼。”

“现在天亮了,请睁眼。”

“小雅,你死了。请问你有什么遗言?”

“小雅,你死了。请你留遗言。”

“小雅? 小雅!”

“小雅! 你怎么了小雅?”

“啊……快来人啊! 小雅嘴边流血了! 快来救命啊!”

小雅死了。没有留遗言。

二

“请问,案情发生的时候,有人出去过,或者有人进来过吗?”

“没有。”

“也就是说,这是一个密闭的房间,其中只有你们七个人?”

“是的。”

“从大家一起闭眼,到一起睁眼,总共有多久?”

“说不好……也就一两分钟吧。这次会比平时时间更久一点,因为好像杀手并没能对杀死谁达成一致，有那么一会儿工夫的协商，但不会特别久。感觉……也就一分多钟吧。”

“谁是刚才的法官？法官一直是睁着眼的吧？法官看到事件发生的过程了吗？”

“我没有，我一直在认真主持。小雅始终闭着眼趴在桌上。既不是杀手，也不是警察。我没看到有什么异常。直到……直到……”最后说话的法官，是小雅的老公林之仁。他说着眼睛就红了，眼看着就要情绪失控，旁边人连忙打断他。

警长黄璨皱了皱眉，又一一扫视屋里的人。小雅的老公林之仁，她的闺密盼盼和其老公金帅，小雅的弟弟胡小致和弟妹卢颖，最后是茶馆老板汪子华。三对夫妻和茶馆老板，这个关系说简单也简单，说复杂也复杂。这种全是亲朋好友的杀局，往往里面互相都有恩怨，也都有杀人动机，分辨起来最是不易。

“我只有一个问题了，”黄璨说，“小雅出过轨吗？”

“你！”林之仁站起来，沉声说，“你这说的是什么话？”

“别急，别急，”黄璨示意他坐下，“只是例行公事，例行公事。”

他说着，眼睛扫过座上所有人。

三

“法医的结果出来了吗？”黄璨在隔壁小房间问自己的助理。

“出来了，”助理迟疑了片刻，然后说，“是中毒。普通的氰化物，但是浓度很高。从一根小针流入。针是从小雅肩头的肩颈按摩仪探出来的，伴随着肩颈按摩仪的刺激性按摩，受害人可能没有特别觉察出是针刺，也有可能是毒物中伴随了少量麻药，让受害人麻痹。大概二至三分钟，受害人就毙命了。”

“按摩仪？”黄璨皱了皱眉头，“按摩仪怎么会下毒？按摩仪是谁的？”

“是茶馆老板的。这个茶馆里专门有一间疗养房间，里面有各种各样的疗养仪器，”助理给黄璨调出他的初步调研结果，“我问了一下，这几对夫妻是茶馆老板的老朋友了，经常来，也时不时会用疗养室。都知道受害人喜欢用这个按摩仪，每次来都会戴一会儿，玩游戏也会戴。”

“那你问没问，有谁最近把按摩仪拿走？”

“问了”，助理迟疑了一下，“老板说，只有小雅和盼盼借走过，分别借了一礼拜。”

“小雅？所以，如果按摩仪被动过手脚，最有可能的就是林之仁和盼盼两口子？”

“是的。但小雅和老公跟弟弟、弟媳住一起，一套二层公寓，上下楼，”助理拿出他查到的照片,“理论上讲,她弟弟和弟媳的嫌疑也一样大。”

“明白了,”黄璨弹了弹手上的烟灰,站起身来,“你查一下小雅和她弟弟的经济关系,有没有经济纠纷,再查查她和老公之间,有没有感情破裂的迹象。”

“收到。那这几个嫌疑人,是让他们回家,还是继续留在这里? 现在已经……”助理看了看手机,“凌晨一点三十六分了,他们都闹着要回家。”

“让他们回家吧,你顺便跟踪一下。”

四

黄璨抽着烟,在空旷无人的凌晨街道上兜风。

整个案子,总有什么不对劲的地方,像一阵驱之不散的雾霾,在他心里盘旋。说不上是什么地方。其实,不是人物关系或者寻找作案动机的困难。像这样的密室杀人案,嫌疑人又都是受害人身边的至亲至爱,以他的经验,只要耐心点,套套话,总能在周围人的言辞中,找到蛛丝马迹,分析出可能的杀人动机。这对于他来讲不是难事。

不对劲的地方,在于作案的形式。为什么要在杀人游戏里呢? 为什么要用明显的密室? 为什么要在茶馆? 为什么要用按摩仪? 所有这些形式,都太奇怪了。

黄璨反复在心里寻找那个让他隐隐不安的点,始终不得要领。他把车子又开快了几迈,让夜风吹动自己焦躁灼热的脸庞。

忽然,他想到了那个点。那个从一开始就困扰他而他却一直没看清楚的点。

按摩仪,是什么时候射出毒针的?

他掉转车头,立刻向茶馆开去。他必须要在现场被破坏之前,再去仔细查找细节。他知道一定有什么是他刚才没有看到的。

五

“老板! 老板? ”黄璨下了车,三步并作两步就往院子里闯。

茶馆里还亮着灯。显然他们离去的这一会儿工夫,还不足以让老板收拾完店铺打烊。

好一会儿,老板才从里屋走出来,探了探头,看见是黄璨,才打开院门让他进来。

“探长,您怎么又回来了? ”

“汪……汪老板是吧？”黄璨说，“不好意思，我再打扰一下，有两个小问题还是得问问您。我能进来吗？”

汪老板将黄璨引进一个小茶室——不是晚上发生命案的那间，而是另一间小小的、二人茶室。“您喝什么？”汪老板开始用开水烫茶宠，“普洱？我这边有人新带来的不错岩茶。黄探长尝尝。”

“都行，随便，”黄璨并不太在意茶，挥了挥手，“深夜打扰，不好意思了。我回来是想问，今天晚上小雅使用的按摩仪，平时是如何启动的？”

“如何启动？”汪老板似乎对这个问题感到诧异，“那还能如何启动？打开开关呗。按摩仪右侧有一个小小的白色圆疙瘩，长按三秒就启动了。”

“还有别的启动方法吗？例如……刷脸或者远程打开？”

“可以刷脸，”汪老板点点头，“只不过目前只能刷我的脸。”

“只能刷你的脸？”黄璨警觉地眯起眼睛，打量着汪老板，细察他有没有什么不对劲的地方。但他转念一想，如果汪老板有嫌疑，这么直白地告诉他一条最重要的线索，又是图什么呢？难道真的是一个心思不周详的愣头青，一不小心漏出来？这不可能。从作案手段看，显然是心思缜密的蓄谋已久者，不会是这么容易就向对手兜底的大漏勺。于是他换了一个问题问：“今天晚上小雅是从什么时候开始戴上按摩仪的？”

汪老板想了想说：“她一来就戴上了，应该戴了得有一个多小时。她很享受这个过程。”

戴了一个多小时……黄璨暗自琢磨，那就不是仪器本身的开关触发了毒针，而是另有触发开关。会是什么呢？又有谁不惜代价布置出这么复杂的作案现场？

“汪老板，”黄璨问，“听说茶馆里有一间专门的疗养室，我能去看看吗？”

“当然可以。您想按摩一会儿再走也没问题。”汪老板提到生意，就不困了，很来劲。

“不不，那倒不用了。我就简单看看。”

疗养室在走廊最里面，也是整座茶室最大的一间。一进屋，就有一种幽蓝大海的氛围，整个房间四壁是黑夜夜空的氛围，两面墙有大海的图像，另外两面墙是低矮丛林和帐篷的画面，地面上是沙滩投影，给人一种置身海滩上、万籁俱寂中只与海浪相伴的感受。

“哦，不好意思，我们这里随机出现助眠程序。如果妨碍您，我可以关掉。”汪老板说着就要去触动墙上的开关按钮。

“不用，不用，我感受一下。”黄璨说。

他静静听着。夜空氛围中，只有海浪的声音。似乎远处传来海风夹杂的植物叶子的香气。涛声澎湃,低沉而有节律地一下一下打在人心上。他站在门口,神经似乎也受到感召,眼皮慢慢向下坠,也似乎想要倒下睡了。

黄璨摆了摆头,用大拇指按了一下太阳穴。这时候不能睡,问完几个问题再回家去睡。他对自己说。“这里是用声音和气味助眠的吗? ”他问。

“是的,不过最主要的还是脑波共振。”汪老板说。

“脑波共振?”

“是的,”汪老板开了灯,“我以前是大学里研究脑电波的,和小雅、金帅原来是同事。后来我觉得自己没那么大的学术热情,也没那么有才华,估计做不到什么教授。就出来开了这个茶室,兼做一点脑电波治疗的小生意。比上不足比下有余,自己过个小日子是够了。”

“您和小雅、金帅是前同事? 他俩关系怎么样? ”

“什么怎么样? ”汪老板似乎意识到黄璨话里有话,“关系挺好的,至少在工作里没什么。小雅还把自己闺密介绍给金帅当老婆,能不好吗? 他们两对平时经常一起玩儿。”

“哦……这样啊,”黄璨仔细品了品汪老板话里的话,但没有深挖,还是回到脑电波主题,“您能不能给我说说,脑电波怎么做治疗? 治疗什么? ”

“脑电波啊,治疗的可广泛了。”汪老板带黄璨向前走,黄璨这才看到,墙边摆着好几种不同的仪器,有让人躺下休息、带扫描仪器的长椅,有头盔,有完全锁入其中的蛋形机器,还有一些奇奇怪怪的小物件,类似于小雅死前佩戴的肩颈按摩仪。汪老板边走边指示讲解:“这里的所有仪器, 基本原理都有类似之处,就是借助脑机接口,用电脑生成的电磁波信号,干扰一个人的脑电波信号,让自身的脑电波平稳规律起来,这样一个人的身心感受也能平稳规律起来,就能睡得好,情绪也能更好,有点类似于仪器的调制解调器。”

“脑机接口? 那不是得开颅植入芯片吗? ”

汪老板笑了:“黄探长说的是二十年前的技术了。现代技术早就实现无线干预了。用低频先实现共振调制,再用较高频率实现干预就可以了。最新技术的脑波接收和干预,早就能超越颅骨且保持精度了。”

“哦……技术这么发达了啊,”黄璨笑笑,“汪老板别见怪,我是一介武夫,对技术发展还没那么熟。那你能现在给我做个干预试试吗? 我体验一下。”

“怎么? 黄探长也有失眠或者神经衰弱的毛病吗? 不过,现在还不行,”汪老板笑着摇摇头,“这些疗愈,都需要脑电波适配。我们所有治疗都是长期疗程,先需要花上五小时左右进行脑电波扫描和学习,最终让 AI 完全识别出一个人的特征脑电波,才能匹配治愈疗程。”

“哦,那小雅是经过扫描适配的吗? ”

“那当然，疗愈患者都经过扫描适配。实际上，这几个好朋友都来我这边扫描过，也都用不同仪器做过疗愈。这也是他们愿意来玩的原因。玩累了就可以疗愈休息一下。黄探长要是需要，明天白天来吧，我先给你做一次全脑扫描。”

“那我能看看他们几个人的扫描数据吗？”

汪老板迟疑了一下，但似乎不像是因为恐惧和遮掩而下意识做出的迟疑，而只是对客户的习惯性谨慎。黄璨仔细观察了一下，凭他的直觉，不觉得汪老板是罪犯或者同谋犯。“您明天肯定能把搜查令补上吧？您知道，作为治疗机构，是不能泄露客户隐私的。”汪老板为难地说。

“没问题，你放心。”黄璨拍拍他的肩膀。

事实上，黄璨完全看不懂那些脑电波数据。汪老板依次调出林之仁、盼盼、金帅、胡小致和卢颖的数据，但每个人的数据都是密密麻麻的锯齿状脑电波扫描信号，乍看起来没有区别。尽管脑电波数据上有很多标记，指示出每个人的特征波形和特征信号反应，但还是太复杂了。黄璨看了几分钟就迷失在波形的数据密林中。他示意汪老板可以退出了。

“小雅的肩颈按摩仪也是脑电波仪器吗？”

汪老板点点头：“嗯，是比较弱的。刺激脊髓中枢系统和大脑里的下中枢系统。实际上，人的很多神经问题发生在脑干和小脑区域，还有一些边缘系统——俗称的爬行动物脑。这个按摩仪主要疗愈这部分。”

黄璨的神经狠狠动了一下，动得太厉害，血管突突跳动，撞得他太阳穴生疼。他揉了揉额角，知道自己现在距离真相已经不远了。只是似乎还是在真相外缘绕圈子，不得要领。

看来我也需要好好睡一觉了。他想。

六

“我现在已经知道杀人原理了。”

第二天下午，黄璨把前一天晚上的几位嫌疑人都召集到一起，在小雅家里，宣布他有了重大发现。他一边说，一边观察每个人的反应。几个当事人都还是像前一天晚上一样，冷静有余，情绪不足，他决定先从这一点入手。

“不过，在我宣布杀人原理之前，我想先问几个我感兴趣的问题，听听你们的说法，”他的眼睛依次扫过每个人的脸，“你们看起来都很平静啊。按理说，你们生活中非常亲密的人死去了，又是死于非命，你们难道不应该非常悲痛，或者恐惧吗？为什么这么平静？”

“你觉得，一个人悲痛应该做什么？”盼盼插嘴道，“一直哭还是一直撒泼？大家都不小了，成年人的悲痛难道不应该写在心里吗？”

“哦，是吗？”黄璨盯着她，“你的悲痛写在心里了吗？”

盼盼也不回避，也不怕他，冷笑了一声道：“要不然你到我心里看看？”

“我当然到不了你心里，”黄璨微笑一下，“想逃出你心里的人倒是有。”

盼盼脸有点变了颜色：“你这是什么意思？”

“没什么意思。我只是说，比起你的心里，金先生似乎更愿意去另一个人心里。”

“喂！”金帅腾地站起来，“你身为一个警探，整天胡言乱语，有失体统吧？”

“是吗？”黄璨笑笑，“是谁有失体统？你要不要我把去年你和小雅在云南曲靖出差调研的视频调出来给大家看看呀？你们以为在各自手机上删除就可以了吗？你们没听过一句话吗？大数据过境，寸草不生。说的就是在大数据时代，没有隐私。”

“你！”金帅听了，脸上青一团紫一团的怒气，如气旋流转。他握着拳头站着，但又不敢太过鲁莽，大抵他无论如何还是不希望视频曝光吧。

“金帅你……”盼盼使劲咬了咬嘴唇，才没让后面的话脱口而出，“你不是说……”

“你别听他的。”金帅低声说，但显然也没什么底气。

“林先生，”黄璨又转向小雅的老公林之仁，“您真是好儒雅、好风度、好气量！您的妻子昨晚去世，显然是被人杀害。今天您又听我当面戳穿了您妻子和这位金帅先生的风流韵事，您竟然没有愤怒崩溃，反而心态平静、颇有涵养。您是不是都知道这一切？无论是出轨，还是杀局，都在您的掌控之中？”

林之仁没有动，但是皱着眉，说：“昨晚你已经够荒唐了。今天我看你除了会恐吓，也不会什么了。你最好早点说出一些靠谱的结论，否则我们分分钟可以解聘你。”

“雇用我的是警局，不是你们，你们没法解聘我，”黄璨也不生气，“你一早就详细了解过茶馆汪老板的疗愈技术。我仔细问过汪老板，你不仅了解过他的仪器的工作原理，还实实在在拆解分析过他使用的算法。你在自己的机器上做模拟，有不明白的问题还去跟汪老板请教。我就问你，你老婆跟汪老板做的是同样领域的事儿，你为什么不请教你老婆，还要专门去找汪老板？”

“汪老板做的是应用，小雅做的是理论，这能一样吗？我对应用的疗愈仪器感兴趣，想要打听了解一下，看看能不能在这个市场上做点生意，难道不可以吗？”

“可以，可以”，黄璨说，“当然可以。你花了几个月的时间，详细弄明白这里面的原理，又在家里做了模拟，却一个字都不跟小雅说，是不是想要用这些技术杀掉她？”

“荒唐！你说什么呢？”

“我说的是一种可能性，”黄璨悠悠地说着，“你知道昨晚我发现了什么吗？”他拿起面前的按摩仪，故意慢悠悠地展示了一下，“我发现……哇，这个按摩仪是个高科技产品哦，它能通过电脑上的脑机接口程序进行操控，小致，你懂脑机接口的控制原理吗？”

胡小致显然没料到会突然问到自己，愣了一下，有点慌，但没说话。

黄璨也不等他，就自顾自地说下去：“我也是昨天才学到的原理，今天就来现学现卖，如果有说得不对的地方，还请专家金帅给我补充一下……脑机接口程序呢，能读取一个人的脑电波，经过调制之后，可以让一个仪器识别一个人的脑电波特征，这种情况下，这个人可以通过思想，给一台仪器下达指令。这种指令倒不一定是‘杀人’这么直白，只要是一个暗号，经过了设定，就能触发指令。比如说，如果现在我的脑电波连接到电脑上，再连一辆小车，我设定一个暗号，当我一想到‘香蕉’就让小车右转，那我就可以一直想‘香蕉’，小车就会持续右转。你们明白这件事的巧妙之处了吗？”

黄璨一边说，一边观察几个人的反应。弟弟小致和弟媳卢颖看上去傻乎乎的，似乎始终不懂黄璨的意思，但也不排除两个人都是装傻的高手。小雅老公林之仁此时也紧蹙了眉头，远不像最初那样冷漠。金帅和妻子盼盼的神情则最好品，金帅是脑机接口专家，听着黄璨的讲述，显然是有很多疑惑，妻子盼盼却完全没有注意听，一直对金帅怒目而视。

“最后，重点来了，”黄璨说，“据法医考证，小雅的死亡是因为这个按摩仪在她肩颈位置射出一根小针，里面有氰化物毒素。所以，昨晚有人通过脑机接口技术，想到了口令，触发了按摩仪的杀人行动。你们听懂了吗？那么，是你们谁干的？”

“你怎么知道是我们？”金帅皱眉道，“如果是脑机接口控制，那么哪怕不在房间里也可以控制杀人，不是吗？”

“是，没错，科学家很严谨，”黄璨点点头，“但是你忽略了，只有有机会拿到并改造这个按摩仪的人，才能对按摩仪做改造，并且匹配脑电波进行控制。在过去三个月里，只有小雅和盼盼曾经把这个按摩仪带回家使用。所以，只有你们几个人有机会接近。”

这时，小致突然站起来，指着林之仁说：“我知道，就是他害死姐姐的。他早就想离婚，另外娶自己的姘头，但又觊觎姐姐的钱。”

“你说什么呢?!”林之仁腾一下火了，“你造谣污蔑，我可以告你。你以为我不知道，你们那个有钱的太奶奶过世了，留给小雅一笔钱，没有给你，你想杀人。”

“哈，你也知道这笔钱？”小致也不示弱，“那怎么不说你把我姐姐杀了想独吞这笔钱呢？”

“不用说了，”黄璨打断他们，“你们每个人，都有动机。小雅和金帅去年的恋情，让金帅有灭口动机，盼盼和林之仁有复仇动机。小致和卢颖有争夺财产的动机。我现在不想深入去分辨这些，我只想当场用这台按摩仪测试一下：谁是这个凶器的驱动者。”

黄璨拿出一枚头箍，上面有多枚微型金属探测片，伸手递出去：“用这个头箍，现场就能测出谁的脑电波和这个按摩仪是匹配的。汪老板店里的每个房间都可以对房间用户的脑电波进行自动探测，但我们今天这个地方没有，所以得用一个小小的设备。你们谁先来？”

没有人说话。

“怎么？心虚吗？”黄璨冷笑道。

“我先来，”金帅接过头箍，戴在额头上，“现在要干什么？”

“没什么特别的，”黄璨说，“你现在告诉我一个昨晚在茶室里谈过的话题。”

金帅想了一会儿，想起当晚聊到的吃枣话题和假期逛街话题。

按摩仪没有反应。

黄璨心里稍微有一点犹疑。如果匹配了，会有反应吗？他也不太确定。但汪老板说会，他说一台仪器需要学习才能匹配到一个人的脑电波，因此再次探测到连接过的信号时，会自动连接匹配，类似于蓝牙。不需要限制思考的内容，只要脑电波被识别，就像指纹一样即刻匹配。所以，他确信今天下午能在这五个人里找到凶手。他之所以让他们回忆前一晚，是期待如果够幸运，他可以从他们回想的事情里，无意中触碰到那个关键的“信号”。

是狐狸总会露出尾巴。

金帅戴了好一会儿，也聊了昨晚的不少事情，但按摩仪没有反应。

下一个轮到盼盼，戴上头箍，回忆了昨晚的晚饭和茶，按摩仪也没有反应。

下一个是胡小致，说起他姐姐的肩颈毛病，按摩仪没有反应。

下一个是卢颖，回忆了昨晚几盘杀人游戏过程，按摩仪没有反应。

下一个是林之仁，回忆了汪老板昨天给他们展示的新睡眠仪，按摩仪还是没有反应。

黄璨仔细检查了头箍和按摩仪的开关，发现电源显示灯都是亮的。

但所有人试了两轮，没有反应。“现在，你还要做什么？”林之仁冷冷地问他。

黄璨心里沉了沉，脸上挂上一抹尴尬的阴影。“告辞。”他站起身说。

七

小雅的葬礼上，所有人都来了。

葬礼简单而肃静，没有什么铺张的仪式，也没有太悲哀的表达。黄璨仍然有一点奇怪，这个家庭成员和朋友都似乎有一点淡淡的疏远感。即便是小雅的父母，也只是默默流泪，没有哭天抢地的悲哀。小雅的父母见到黄璨，只说“麻烦黄探长了，还请务必找到真凶”，而没有他预期中的愤怒和责怪。

这到底是怎样的一家人？小雅又是什么样的人？

但黄璨没有时间多想了。葬礼很快走完了流程，众人要散去了。他跟上林之仁，一直跟到墓园外，跟了很远，到没有人的地方，示意林之仁停下。林之仁也不意外，从墓园出来就允许他一直跟着，想必也猜到黄璨有话说，或许知道了黄璨要说什么。

“你这个老狐狸。”黄璨说。

“黄探长，此话怎讲？”林之仁还是不紧不慢。

“你摆了我一道，我这次算是认栽了，”黄璨恶狠狠地说，“我今天早上才想明白症结在哪里。”

“黄探长有线索了？”

“按摩仪是由脑电波信号发出杀人指令，但是你们几个嫌疑人的脑电波都不匹配。那就只剩唯一一种可能性，”黄璨故意顿了几秒，“按摩仪匹配的是，小雅的脑电波。是她自己想到某个信号词，就触发了按摩仪，射出毒针。”

林之仁瞳孔略微放大，意味深长地挑了挑眉毛：“怎么？黄探长是说，小雅是自杀？”

“当然不是，”黄璨说，“是你把按摩仪按照她的脑波进行了匹配学习，具体是怎么做的，我也不是特别清楚，很有可能是某次在汪老板的疗养室里，以疗养为名义进行了匹配，或者是小雅把按摩仪拿回家之后，你说服她进行了脑电波匹配。然后，你让她多次想到某个关键词，使得她想到这个关键词的特征波形被 AI 学习，你再改造按摩仪，把这个特征波形作为发射毒针的信号。整体做下来天衣无缝。当小雅死去，她的脑电波也无法再用来检测，做到彻底死无对证。”

“你的想象力太丰富了，不去写剧本太可惜了，”林之仁说，“我怎么可能控制小雅想什么，她如果不想关键词，不是一切泡汤了吗？谁会用这么蠢的法子！”

“所以，你才总是张罗‘杀人游戏’啊！”黄璨步步紧逼，让林之仁向后退了一步，“汪老板说，今年你突然开始喜欢玩‘杀人游戏’，已经在他那边张罗了好几次。每一次小雅都顺便做按摩、泡茶、薰香和冥想。你知道她一定会伴随杀人游戏做按摩。而至于关键词，太好猜了。我猜是‘我是警察’，小雅当天晚上抽到警察牌的第一次，就是杀人信号发出的时刻。幸运的是当时你是法官，在你叫她的时候，她没有睁眼，而你没有说破。但即便你不是法官也无妨，从抓牌到警察指认，中间至少二至三分钟，已经足够让药生效了。只有你能把这一切做得如此天衣无缝。”

林之仁轻蔑地哼了一声：“信口开河。你有证据吗？”

“我没有，”黄璨黯然了一秒，“死无对证，你确实很厉害。这次我认栽了……不过，我好奇的是，为什么？小雅到底做了什么，让你对她如此恨之入骨，不惜想出这么处心积虑的法子。究竟是为什么？还是你只是变态地享受这个过程？你真是太恶毒了。”

林之仁的脸色开始变化，但他在尽力控制，“谁是变态？谁恶毒？谁让你跟那个贱女人说一样的话！”

“她也这么说过你？她为什么这么说？”

林之仁答非所问：“你说我恶毒，那她的虚伪你看见了吗？这个女人就是有那种本事，把她身边所有人得罪光。总是牵着别人的鼻子走，当别人认清楚她的真面目，她又学会了装可怜，最后把所有人算计进去，为她自己服务。这个家伙，把金帅两口子刺激得不轻，还把我当成傻子耍。你没看见她身边的人谁都不伤心吗？哼，可能都在庆幸死得好！”

黄璨轻声说：“所以，你只觉得自己是替天行道了？”

“是她自己作死，她该死，我只是帮她一把。”

“OK。我懂了。”

黄璨说罢，向后撤了三步，然后一边向林之仁挥手，一边取下领口的扣子。按了一下，扣子里播放出刚才他和林之仁的对话。林之仁急了，想上前夺。但黄璨已经离他好几步远，又比他更灵活矫健，迅速跑远了，找到自己的摩托车，绝尘而去。他已经拿到了录音文件，等回到警局就可以出逮捕令了。“谢谢你给我上的高科技课程。我学到很多！”黄璨最后在风里喊道，“但有时候最有用的还是最原始的东西。”

【作者简介】郝景芳，女，1984年生，天津人。2006年毕业于清华大学物理系，2013年获得清华大学经济管理学院数量经济学博士学位。著有长篇小说《流浪玛厄斯》《回到卡戎》《生于一九八四》，小说集《星旅人》《去远方》《孤独深处》《人之彼岸》及文化散文集《时光里的欧洲》等。2016年以《北京折叠》获第七十四届雨果奖最佳中短篇小说奖。2017年获第十七届百花文学奖开放叙事奖。现居北京。

破碎的祖父

◎ 智啊威

一

在你恓惶的一生中，那个未被粮食填饱过的胃怎么也不会想到，有一天你竟会死在自家的粮仓中。新打下的麦子散着甜香，那气味混合着你身上常年不散的尿臊和汗臭，给你的死盖上了一条体面的毯子。

多年来，你睡在这间偏房里，无数个失眠的夜，你睁着混浊的眼在黑暗中，反复核算着自己的死，究竟能换来孩子们的几滴泪。在那仅有的几滴中，有几颗是为了敷衍乡邻？有几颗真真切切属于你？算着算着，一股凉风便从你脚底翻涌了上来，吹刮着身体里那些摇摇欲坠的零件。

二

一九八九年，你的小儿子去了山西，整天和煤在一起，他的世界终年黑乎乎的，日子何时是个头？他不去想。他的脑袋被未来的老婆填满了，虽然他未来的老婆，指不定还在谁家当闺女。无论在谁家当闺女，终究要成为他的老婆，从此烧火做饭生孩子，这一点他非常笃信。因此，每当身体疲乏时，想到这儿，眼前那一块块煤，就顷刻间幻化成了一个个女人的脸。他才挣下一个女人的脸，而乳房、腰身和屁股，还遥遥无期呢，于是他紧握手中的铁锨，加快了装煤的速度。

三

你老婆死在一九七三年秋天的尾巴上,那时你的小儿子还没满月。清晨起来,你见她上身穿一件灰色大褂,扣子解开三颗,两个乳房干瘪,一个乳头被你的小儿子含在嘴里吮吸。“咋又流了?”生完孩子,你老婆像被打通了血口子,血时常从双腿间流出来。你的手碰到她的腿,像摸到了冰,你的表情被从指尖上传来的寒意瞬间给冻住了。

你的巴掌顺势扇在你小儿子的肩上,“龟孙!把你娘吃死了还不罢休?!”

你小儿子的嘴离开他娘的乳头后哇哇大哭。

你在小儿子的哭声中跪下来,瞥见老婆微微张开的嘴里塞着观音土,你知道她饿了,你也饿了,身上没有力气,跪在地上,像一棵秋风中的芦苇。

四

十年后,你的大儿子抱着两个洋瓷碗和一口铁锅,领着他老婆,在一个傍晚,从村东搬到了村西,钻进那两间土坯房另立门户,和你断绝了来往。

从此,你和你的小儿子住在一起。

小儿子早早辍学,十六岁时趴在镇上初中女厕所的墙上偷窥,被逮到后吃了一顿打,学校领导找到家里,小儿子又挨了你几脚。

三爷说:“孩子熟了,该讨个老婆了。”

你转过脸瞪着你的小儿子说:“学学你哥, 去山西煤矿上, 挖一个老婆回来!不能啥事都指望老子!”你的嘴巴张得很大,仿佛要一口吃掉小儿子的头。

他吸了吸鼻子,用手背抹掉眼角的泪珠,背着一个化肥袋子,连夜去了山西。

临走时,村子里没有一丝风,傍晚的太阳挂在西边的屋顶上,像一颗行将溶解的药丸。

五

小儿子走时,在泪水里发着狠,同时,仿佛把那三亩薄田砸在了你身上,一时间你趔趄着后退几步,又迅速稳住脚,笑容在你核桃似的脸上荡漾开来。

“钱别指望我寄,三亩地你自己伺候去,娶老婆的事,指望你还不如指望一条狗!”你的小儿子把这话“哐当”一声撂在堂屋的地上,震得屋顶上的碎土唰唰地往下掉。你脸上的笑还未完全绽开,就僵住了。

六

你坐在一九八九年黄昏的门槛上,从嘴里喷出的烟雾缭绕着脑袋。小儿子离开的背影像一块冰,囤在你的胸口子上不融化。两个孩子,终究还是成了“叛徒”,你咂巴咂巴嘴,站起身的同时,顺手抄起竖在墙角的农具,向着黄昏的田野走去。

麦子泛黄,在霞光中像块巨大的黄金。你站在田垄上扛着锄头,打量着田地,竟没有一棵草需要锄——你的小儿子在农活上从不马虎,三亩地被他伺候得舒舒服服。

遥想过去,小儿子偷懒耍滑,你总不急不躁地说:“不好好伺候庄稼,拿什么给你娶媳妇?!”这话很管用,一说到娶媳妇,小儿子瞬间来了精神,收起玩心,一头扎进了那三亩闷热难耐的庄稼地。

想来惭愧啊,你心里无比清亮,即便地高产,交了公粮,除去吃喝,还能拿什么给孩子娶媳妇?

七

一九九一年的新麦还没有成熟,一股浓烈的血腥味突然灌满了你的鼻孔。你睁开眼,看到屋子里站着一个女人,下身赤裸着,上身穿一件灰色大褂,扣子解开三颗,两个乳房垂挂在肚子上,像两个空瘪的布袋子;血顺着她的大腿往下淌,脚底下殷红一片。她看到你后,往后捋一捋头发,喊了声:“他爹,我饿!”

你慌忙从床上下来,一脸惊愕地望着她问:“你咋回来了?”

“我饿!”

“早知道今天,就不让你生了!生第一个是叛徒,生第二个搭了你一条命结果还是叛徒!”

说着,你从厨房给她拿了一个白面馍,“晚上刚蒸的,还热乎着呢,快吃吧。”她狼吞虎咽吃完一个馍后舔着手指头,你又去拿了一个。两个白面馍下肚后,你问她:“还饿不?”她摇了摇头。你微微一笑拉起她的手,向院子里的压井旁走去。你让她坐在那个她生前洗衣服用的大盆里,而你自己则蹲下来,一点点洗她腿上的血。你皲裂的手,沾了水,颤抖着在她腿上游。

一滴泪砸在你的头上,你仰起脸。

“你对我没这么好过。”她说。

“为了续俺老智家的香火，搭上了你一条命。”

“可惜……生了俩叛徒……”

“不怪你，都是命。”

洗着洗着，院子里那只公鸡突然叫了起来，紧跟着一道黄光从东边的院墙后跳上来，那束光愈加强烈，你不得不闭了眼去，在闭眼的一瞬，只感到手心一滑，老婆子的腿像一条泥鳅逃出了你的手。

你的手突然空了，像你的心突然空了，日头骑在树梢上，院子里金灿灿的、空荡荡的……

八

一整天你心神不宁，走着路会突然停下脚，陷入沉思。“老婆子三天两头回来一次，这不是一个好兆头……”你喟叹一声，摇着头，又继续迈开了腿。

新麦已熟，四野金黄，你顺着田垄，走在绵延的黄金的爆炸中，在一座坟前停下来，蹲下去点燃冥纸，在腾起的纸灰中，你看到她去世时微启的嘴，像一方等待你走进的墓穴。

“该理理发了。”你拍掉身上的纸灰，握紧铁锨，铲去坟头草的动作缓慢、娴熟，神态专注而又认真。

“收完麦，我来陪你。”你铲完最后一棵草后直起腰，望着土坟呆愣了片刻。坟包饱满、高耸，像她刚嫁来时的乳房。但你清楚，随着风雨日月侵袭，会一点点塌陷、干瘪，以不可控制的速度。想到这儿，你的脸上蒙上了一层厚厚的灰。

你深吸一口气，转过身，朝家的方向走去。越近村，新麦的气味越淡，而当你走进屋子，一股浓烈的血腥味扑鼻而来，你皱着眉，颓然地坐在床边上，墨水般失控的夜色迅速涂抹着你的眼……

九

你在堂屋的地上画了个圆圈，直径一米七，不多不少。在圆圈里洒些水，土地洇湿后，你举起铁锨，朝地上铲去，土地吃下铁锨的三分之一；你拔出铁锨，大地的血肉从铁锨上往下掉。

深一米五，你嫌不足，顶着汗珠子继续往下挖。入夜，你老婆站在上面，探出半个身子，问你这是干啥。

“该收麦了，挖个麦穴子囤新粮。”你挖着，你老婆子用个竹篮帮你往院子里运土，三个夜晚的工夫，一个新的所谓的麦穴子完工了。你顺着木梯子，一天下去个八九趟，站在麦穴子里，背着手反复观摩。

一天晚上，你拉着你的老婆，在麦穴子潮湿的底部躺了下来。

“啥感觉？”

“像二十年前嫁给你那晚，躺在你家用茅草铺的床上，没那软。”

“还有啥感觉？”

“像生完小娃那年我在坐月子里饿死后，你用桐树板给我钉了一个小棺材，把我埋进东地的坟院里，没有那暖。”

“还有啥感觉？”

“像你也死了，我俩躺在地底下说话，说不完的话……”

这时，一滴泪从她眼角滚了出来，你慌忙用手去接，那滴泪滴落在你手上，热辣辣的，几秒后就从你的指缝间消失了。

十

一九九一年六月十三号，鸟鸣在树枝上弹跳着，小羊庄升腾的烟雾像一块橡皮，擦着村中的事物和人影。狗慌乱的叫声，从你家院子里飞出来。那叫声从早晨开始，中午还不停歇，三爷觉得蹊跷，拍门喊了几声无人应，而大门又分明从里面反锁着。他找来梯子，喊三奶扶着，自个儿爬上去跳到院中。他嘴里喊着二哥，走进屋子，床空空的，一低头，瞥见脚下麦穴子里，你躺在里面，几只苍蝇围着你嗡嗡叫。

你的尸体僵硬，像你活着时的臭脾气。

最终，你被几个壮汉七手八脚地从麦穴子里抬上来，那几只绿头苍蝇围着你唱着一首令人厌烦的歌。

面对你的死，三爷颇有微词。

“死就死呗，还糟蹋了一麦穴子粮食！”

你那张能言善辩的嘴，这一次没再张开，面对三爷的抱怨，你显得出奇平静。

十一

一九九一年六月十二号深夜，你倚靠在麦穴子上，尿从裤裆里流出，先湿了裤子，又湿了麦粒。“我造了孽啊！”你感叹一声，继而闭上眼，任尿像失控的溪水从裤裆里流出。

“我造了孽啊！”你抓起被尿打湿的新麦，内心泛起一阵酸楚，然后迅速把麦子塞进嘴里，又疯了般去抓。你的嘴被撑大几倍后含泪咀嚼了起来，你嚼啊嚼啊！咔嚓咔嚓！嚼啊嚼啊！咔嚓咔嚓！麦粒从你嘴里掉出，又被你不断塞进去……

“我造了孽啊！”这近乎咆哮般的自责声，从屋子里射出，在院子里盘旋三两圈摔落在地，像一摊稀泥，连一声狗叫都不曾唤起。

十二

日子不多了，你感到日子不多了。

于是，你在一天清晨找来三爷，让他帮着，把新麦倒进了麦穴子。

过去富人家，有人死的时候，都会陪葬一些金银珠宝，那些东西你没有，也不稀罕。“不当吃不当喝，陪葬那玩意儿干啥用？”相比而言，你的陪葬品倒显得实用而又朴素。

十三

早些年打仗，家穷吃不上饭，后来自家分到了土地，打下的粮食又不舍得多吃。你总说：“吃恁饱干啥？人活着不能钻进去屁股不顾头，往后的日子还长着哩。”

“现在，我咋就成了一个钻进去屁股不顾头的货色了呢？我咋就成了一个我以往瞧不上的人了呢？都一把糟骨头了，死就死呗，干吗还拉着大半穴子新麦给自己陪葬呢？自己这一身尿臊味的尸体往上一躺，这粮食谁还敢吃？可我这一辈子还不是被饿怕了吗？几十年里，我当爹又当娘，把你们两个抚养成人，临死了，不就拉了半穴子粮食陪葬吗？这点小小的要求不过分吧?!我到那边和你娘加起来就是两张嘴，我不带点粮食过去行吗？至于你们咋骂，乡邻们咋说，都随便吧！老子眼睛一闭，啥难听的话都听不到啦！”

十四

此刻，你的胃被粮食塞满了，你的嘴被粮食塞满了，甚至连耳朵鼻孔都被粮食塞满了；你的双腿陷在粮食里，上身倚在穴壁上，颤巍巍地捧起麦子，一点点地埋着自己的脚、自己的腿和自己的腰……

十五

窗外雷声滚滚，雨像瓢泼一样，屋后树林里，杨树叶子哗哗响，枝干在风中相互击打。偶尔，闪电把夜晚浓稠的墨汁震开的瞬间，能看到院子里透明的雨线及杨树湿漉漉的皮。

“我给自己挖了个坑，我用粮食埋了自己，临死了，老天爷看我可怜，派龙王爷来给我吹了一场响器，值了！”

你闭上眼，听到雨水在耳朵里汇集，形成河流，你感到自己的身体被河水托举着开始上升，麦粒从你嘴里掉出来，像鱼从烂网中逃出去。

十六

你的大儿子看到你死在麦穴子里的那一刻，一张脸瞬间阴沉了下来。

你的儿媳妇在心里骂道：“老家伙你毒啊，活的时候没挣下什么，死的时候连一粒麦子都不肯留！”

他们一肚子的怨气在发酵，因此葬礼上也没给你请响器班，你的死显得冷冷清清，但你也不在乎了，当想到昨天晚上，老天爷已经派龙王爷在小羊庄给你热热闹闹地吹了一场时。

十七

你的小儿子终究还是没回来，当你去世的消息通过电话线传到他耳朵里时，那边沉默了一会儿，继而带着哭腔吼道：

“谁死了？”

“你爹。”

“我哪有爹，我是从石头缝里蹦出来的我哪有爹！”

对于小儿子的回答，你早有预料，但当这句话从他嘴里说出来时，你还是感到胸口上像被谁突然扎进了一根针。

你捂着胸口蹲在地上，看到堂屋里几个人正围着你的遗体给你穿寿衣，院子里的人进进出出，操办着你的后事。

一群麻雀在雨后的杨树上叽叽喳喳。

十八

雨淅淅沥沥地下着，小羊庄的街道黏糊糊的，送葬者歪歪扭扭地走。

你躺在棺材里，被杂沓的雨声包裹着，向东地坟院里移动。你的大儿子没有哭，儿媳妇也没有哭。只有抬棺者的号子在雨中嘹亮："送一程，又一程，阳间大路向前行，金童玉女来引路，保佑善人往西行。"

你鼻子一酸，哭出了声……

十九

一九九一年，一个人在用痛哭声给自己送葬，而平原上的雨在为他的死敲锣打鼓……

【作者简介】智啊威，1991年出生于河南周口。有小说刊发于《天涯》《山花》《作品》《青年作家》《广州文艺》等刊物。出版有短篇小说集《解放动物园》。现居开封。

我们的娜塔莎

◎ 蒋韵

一　城市童话

安同志带着他的妻子娜塔莎来到这座北方城市落户的时候，是一九五八年。那一年，杜若刚满四岁，是幼儿园小班的学童。杜若的生活照说和他们没有丝毫的瓜葛。

杜若家住城南，安同志和娜塔莎家，确切住在哪里，地址不详。

安同志叫什么，他们都不知道。这个他们，指的是长大后的杜若和她的伙伴们，是这座城市里所有那些不安于小城生活的时尚青年。那时，人们认为这样的青年是思想意识不健康。

安同志叫什么，一点不重要，重要的是他很勇敢和浪漫，在莫斯科或者列宁格勒学习的时候，爱上了一个叫娜塔莎的苏联姑娘。这样的恋爱或者婚姻，在当时，据说有很多，但往往都在中国男生回国时宣告分手。安同志却没有松开他的手，他紧紧地拉着他的娜塔莎，坐了九天九夜的火车，穿过苏联广袤的土地、无边的白桦林，穿过秋色迷人的西伯利亚，把这个穿布拉吉、吃面包黄油酸黄瓜的姑娘，还有他们四岁的儿子和两岁的女儿，带回到了我们的土地上，带回到了大陆深处这座吃五谷杂粮的北方城市。

透过车窗，安同志指着蓝天之下两座并立高耸的古塔，说道：“亲爱的，我们到家了。”

那是这城市的标志，双塔。它们一千多岁了。安同志搂住了娜塔莎的肩膀，说：“你听到它说什么了吗？它说，好小子，你真有本事啊，带回一个这么美丽的好媳妇。”

这像是一个童话的结尾，“从此他们过上了幸福的生活”。而真实的生活才刚刚开始。

接下来，是一九六〇年，共和国历史上的饥馑之年来到了。

再接下来，就是安同志的祖国和娜塔莎的祖国交恶。

那时，这座城市刚刚“复课闹革命”不久，那些自一九六六年之后，在“江湖上”浪荡了三年的小学毕业生，一拥而入，走进了这座城市各个中学的大门。教育革命了，也不需要考试，也不看成绩，只看你家庭住址，就近入学。杜若非常幸运，她的家，和这座城市曾经最好的中学，华北地区重点学校，仅隔一条马路。一抬头，就能看到那学校晚自习时璀璨的灯光。母亲常对杜若说：“杜若，你将来一定要考到那里去啊，那是你的学校。”杜若说：“那杜仲呢？怎么就是我的学校，不是杜仲的？”母亲不说话了。

杜若家姐弟三人，她最大，老二是弟弟杜仲，最小的是妹妹叫杜茯苓。姐弟三人的名字，都是中草药。

三个孩子中，最聪明的是杜若。母亲一直这样认为。

这下，聪明的杜若和不够聪明的杜仲，不费吹灰之力，都进了这所全省最好的中学。但母亲却高兴不起来。这个世道，不是读书的世道了，再好的学校又能怎样？果然，开学没有多久，杜若就被选进了学校的宣传队，跳舞唱歌去了。接下来，竟是全体停课，备战备荒，挖防空洞，防止“苏修”的进犯。

整座城市，进入战时状态，各家各户，每一扇玻璃上都用裁开的纸条贴了“米”字，怕的是“苏修”的飞机轰炸。甚至做好了战争疏散的准备。一旦局势吃紧，有很多人将会离开城市，疏散、撤离到安全的后方去。

报纸、广播，都是战争的论调。

全市举行了战备会演，杜若的学校排演了一个类似活报剧又类似音乐剧的节目，里面有歌有舞，有说有唱，有解放军，有老渔民，有女民兵，有反坦克火箭弹也有“三八大盖”和红缨枪，总之慷慨激昂、起伏跌宕，以破竹之势，一路披荆斩棘，杀进决赛圈直至获奖。另一边，挖战备防空洞的也不示弱，往昔的操场，如今沟壑纵横，像战壕像掩体。土方工程比预期提前完成，全校同学又马不停蹄地去砖窑拉砖，去河边拉沙，烧石灰，不到半年，防空洞大功告成。别说，还真是漂亮。红砖碹顶，处处有巧思，俨然是个地下王国。有许多人来参观，这项工程也同样获得了表彰。

不过，也付出了代价。那是在挖土方时，曾出过一次事故。有一天，一个男同学不知怎么失足掉进了三米多深的壕沟底，受了重伤。有人说是他和人打架，推推搡搡，没站稳栽进去的。有人说他是遭人暗算，趁他不备把他一把推下去的。奇怪的是现场居然没人看见发生了什么,人人似乎都有不在场证明,没人说得清楚真相。出事后,女同学们都为他难过,担心他是否会落下残疾。男生们则说,这就叫报应,为什么掉下去的偏偏是这个中苏混血儿?谁让他们来侵略我们的?

这摔伤的同学,叫安向东。从前,他不叫这个名字,他叫安德烈,是个中苏混血儿,高大、英俊、迷人。

摔伤后的安德烈再也没来过学校,他退学了。谁也不知道他去了哪里,只听说他的腿落下了残疾。一个美男子,有了残缺。那时学校采用军事化的管理,班级用军事术语"连、排"来命名。杜若和他不同排,不同连,没有过任何的交集。只有一次,某个黄昏,放学后,杜若有事耽搁了,出来时,昏暗的走廊上静悄悄,一个人迎面走来,杜若不禁停下了脚步,她以为自己产生了幻觉:这是什么?是从希腊神话中跑出来的男神吗?她错愕地闪过这念头。好美啊。她觉得呼吸不畅。第一次,她被美伤害。原来,"美"和帝国主义一样是霸道、不讲理、有侵略性的。

后来她知道了,这个美男子,叫安向东。

安向东或者安德烈出事后,杜若难过了许久。为一个陌生人难过,杜若自己也觉得匪夷所思。她不能想象看见一个瘸了腿的安向东从走廊里迎面走来,她觉得那是冒犯。对什么冒犯,对谁冒犯,她说不上来。多年之后,杜若似乎想明白了,那是对造物、对生命最神秘秩序的冒犯吧?一件如此完美的杰作毁了。

这个安向东或者安德烈,是不是安同志和娜塔莎的儿子?应该是吧?这城市,莫非还有隐藏的娜塔莎或者玛莎、柳芭不成?不过杜若也不能确定。谁又能确定呢?安同志和娜塔莎一直像传说一样活在这座城市,杜若从不知道有谁真正认识他们。反正杜若身边没有这样的人。杜若的父母身边也没有一个这样的人。

姜友好是北京人,在山西这个内陆省份当兵。复员后被分到了省人民医院,做了一名眼科护士。

姜友好是个喧哗的漂亮女人。她走到哪里,哪里就不会有安静。她来到这座内陆城市没有几年,就有两个男生为了争夺她打架斗殴进了局子,还有一个自杀未遂。还没等那个切腕的人养好伤口,姜友好女士就又有了新的恋情。周而复始。后来,她毫无征兆地,突然就结了婚。用今天的话说,她是闪婚。她丈夫是现役军人,在海军服役。姜友好回北京探亲时,偶遇了也是回京探亲的年轻的海军军官,看到他的第一眼,姜友好就叹气了,在心里对自己说:"友好啊,你玩够了,疯够了,可以歇歇了。"

他们的新婚之家,就安在姜友好工作的城市。她供职的医院在集体宿舍的筒子楼里分给了她一间屋子,有十六七平方米,向阳,通风,四壁洁白。从前,姜友好的好客是出名的,朋友、朋友的朋友、朋友的朋友的朋友,最终都成了姜友好的座上客。有很多四处招摇说是她朋友的人,其实,她连对方的名字都记不得。婚后,她一反常态,安静了下来。从前,她那么喜欢热闹,其实,是心里空虚孤单。现在,有了海军军官,她觉得自己有力量可以对付这个沉闷的城市和生活了。

她开始认识一些新的人,新的朋友。和从前的那些朋友渐渐断了联系。杜若就是这时候认识了她。杜若从铁路建设兵团回来,被分配到了一家集体所有制的小工厂上班,工作时被飞迸的铁屑伤了眼睛。她中学的同学带她去了省立医院的眼科,说:"我认识那里的一名护士,她能想办法给你多开几天假。"杜若就这样认识了姜友好。

杜若的同学叫夏莲。夏莲是列车员,跑北京。她常常会替姜友好从北京带东西回来。友好的家人把东西送到月台上,他们像地下工作者一样三下五除二完成交接。那些东西,几乎都是吃的,糕点、花生米、腊肉、炼好的猪板油、芝麻酱,有时干脆就是一大块冷冻的五花肉,或者一袋大米。这座城市,物资奇缺,所以,像夏莲这样跑北京、郑州、上海的列车员,真是抢手啊。他们源源不断往自己的城市输送着紧俏的物资。

所以,姜友好怎么能驳夏莲的面子呢? 她很痛快地帮了她们的忙。

真正让杜若和友好熟识起来,是因为后来的一件事。

有一天,杜若很冒失地跑去医院找友好。那是一大早,医院还没上班,她挂了号,等在眼科门诊楼前。一看见姜友好,她就迎了上去。

"你好,你不记得我了吧? "她说,"我是夏莲的朋友。"

"我记得,"姜友好说,"有事吗? "

杜若脸红了:"真不好意思,能帮我开个病假条吗? "她说,"单位在搞会战,赶活,一律不准请事假,我是真没办法了。夏莲跑车,不在,我只好厚着脸皮来找你,能帮忙吗? 我急需要两天的时间。"

"什么事? "

"一个朋友借给我一本书,只给我两天时间,那书是大部头,太厚了,我要是白天上班,晚上看,就是一分钟不睡觉也看不完,"杜若回答,"可是我太想看那本书了,想了很久,好不容易才借到手——"

"我知道了,"姜友好打断了她,"没问题,我可以帮你忙。"

杜若没想到,她答应得如此爽快。假条到手,她骑着自行车飞奔而去,都不记得自己是否说了谢谢,可她心里真是感谢啊。她听夏莲说过,这个姜友好,有个不一般的出身，父亲是京城的高官，二十世纪二十年代的老布尔什维克。如今虽然“靠边站”，但《红楼梦》讲话，瘦死的骆驼比马大。原以为她会很傲娇，没想到，竟如此的不搭架子。

到下个星期天，杜若在家掌厨，顺便做了一些蛋饺。她把蛋饺装到饭盒里，去找夏莲，说：“这个，你送给姜友好吧。你不是说她这个人就好吃吗？我家没什么稀罕东西，这蛋饺的肉馅里，我掺了点莲菜，味道还细致。”对自己的厨艺，杜若还是自信的。

又一个休息日，夏莲来找杜若，说：“姜友好请咱们去她家吃饭。”杜若还没回答，夏莲又说，“不过她请你来掌勺。”

这下，杜若自然没法推辞。

姜友好的家，明亮、清爽。白色亚麻补花床单，花朵也是白色的，同款的桌布、窗帘，遮盖住了公家分配的千人一面的家具。一色白亚麻中间，只有一只花瓶是猩红如血的。那是一只水晶花瓶，后来杜若知道，那花瓶是她父亲早年从捷克带回来的。

“我从来没有见过这么素净的婚房。”杜若深觉意外地这么说，心里其实还补了一句，“雪洞一般”。

“我也从来没有见过，因为一本书跑来找我开假条的。”姜友好这样回答。

杜若愣了一愣，脸红了。

“哎，是什么书？”姜友好笑着问，“那天没顾上问你是什么书你就跑了，弄得我心里直痒痒，痒到现在。我就想知道，到底是什么书值得你费那么大劲？”

杜若也笑了：“《罪与罚》。”她回答。

“哦——”姜友好长长地哦了一声。

她听说过这本书，也知道作者，但这个人写的书她一本也没看过。从前，她的那些朋友，也几乎没有一个人看过这个人的书。他们顶多看《娜娜》、看《俊友》、看《小酒家》，或者看《德伯家的苔丝》，但这个人的书，他们没碰。她也没碰。

“你有点特别，”她说，“喜欢看布道的书。”

“你是不是觉得，我特别乏味？”杜若笑着问。

“不啊，”姜友好笑了，“我觉得你这人特有趣，为了看一本布道的书而撒谎，你不觉得有罪呀？还有，你身上有两点正是我最喜欢的。”

“哪两点？”杜若好奇地问。

“一是爱脸红；二是会做菜。”姜友好回答，“真是完美的朋友。”

她们都笑了。杜若想，这个人，也有趣。

夏莲说：“杜若，今天给友好露一手，她这里有好东西，你猜我昨天给她捎回来什么？一块牛肉！”

那一天，杜若用这块珍贵的牛肉，做了好几道菜：一道酱牛肉、一道咖喱土豆牛肉、一道是经典的红烧牛肉。还炝炒了一道醋熘白菜，做了一个冬瓜火腿汤，焖了一小锅米饭。杜若对姜友好说：“酱牛肉我们不动了，留着，你自己吃方便。卤汤你明天可以用来下面条。”

姜友好笑着说：“不，汤我要留着，好好保存，留一百年，就是百年老汤。”

杜若笑了，知道姜友好这么说，是委婉地赞美她的厨艺。

那天，她们喝了酒，酒是竹叶青，本地的名酒。杜若把酒倒在了一只小瓷壶中，将小壶坐在了一只钢精盆里，里面蓄了热水，权当温酒器。杜若说：“天冷，酒要温了喝才好。”

姜友好说：“杜若，你好精致。”

杜若说：“这不是我说的，是薛宝钗说的。”

姜友好回答：“所以呀，你是活在书里。我们，是活在这个浊世上。”

杜若认真地望着姜友好，说：“正因为是浊世，才想逃进书里啊。”

窗外，下雪了。是这个冬天的第一场雪。三个人，围坐在一张折叠桌旁，喝着温过的竹叶青。外面的世界，渐渐白了，屋顶、马路、树，都被雪遮盖、包裹。听不到雪落下的声音，可杜若知道，雪落在大地上是有声的。她有时会在落雪的夜晚一个人站在雪地中央，静静地，听雪落下的声音。时间久了，那细微的、细碎的沙沙声会渐渐变得扎耳朵。这种时候，杜若会觉得世界在她心里醒了。

姜友好说：“下雪真好，真适合这样吃吃喝喝啊。”

夏莲说：“冬瓜汤要不要再热热？”

姜友好说：“杜若，你的厨艺是跟谁学的？真厉害！你会做西餐不会？你知道红菜汤怎么做吗？”

杜若摇摇头，说：“不知道。红菜汤我只听说过，在小说里看见过，可我不会做，”她笑了，“我没吃过西餐。”

姜友好说：“真的？我有个朋友，做西餐很拿手，你没听说过她吗？她叫娜塔莎，是个苏联人。”

杜若一下子瞪大了眼睛：“娜塔莎？当然听说过，”她回答，“这座城市，谁没听说过娜塔莎？可我一直不确定，娜塔莎是个真实的人还是个传说。”

“怎么会不是真实的人？”这下轮到姜友好吃惊了，“她已经在这座城市生活了十多年了呀！”

“你认识她？她是你的朋友？”

“对呀。”

原来真有娜塔莎这样一个人啊。杜若终于遇到了一个认识她，还是她朋友的人。她忽然觉得一阵心跳：

“那，安向东是娜塔莎的儿子吗？你认识安向东不认识？”她问。

“你是说安德烈吧？”姜友好沉默一下，回答，“当然认识了，你认识安德烈？”

“我认识安向东，他是我同学，”杜若说，“我们初中时一个学校，算不上认识。”是的，算不上认识。没有说过一句话，可是，这么多年过去了，提起这个人，还是脸热心跳。

姜友好望着杜若，望了一会儿，说：“你又脸红了。”

杜若说：“不是，是你家暖气太热了。”

姜友好笑了：“好吧好吧，就算是我家暖气的问题。”这个过来人，什么没见过？她忽然问：“哎，你既然都认识安德烈，怎么会不相信有娜塔莎这样一个人？没有娜塔莎，哪来的安德烈或者安向东？”

杜若不知道该怎么回答。娜塔莎也好，安德烈也好，对于杜若来说，他们遥若星辰。杜若在这个世界，而他们在星空，都不是她生活里的人。

“你听说过安德烈的事吗？后来？”姜友好关切地问。

她摇摇头。

“安德烈失踪了。”姜友好轻轻说。

“失踪？”杜若完全没听明白她在说什么，“谁失踪了？”

“安德烈呀！”姜友好回答，“安德烈失踪好几年了。”

失踪？这听来简直就像是……小说。杜若愣愣地望着姜友好，姜友好说道：

“是真的。安德烈残疾了，这你知道吧？他瘸了一条腿，这件事对他的打击特大，他是个特别自恋的人，我们有朋友说他就像希腊神话里面的那个水仙花少年……”

纳喀索斯，也叫塞纳西斯。杜若知道这故事。这个美少年纳喀索斯有一天在水中看见了自己的影子，可他不知道那是他自己，他太爱那个水中的少年了，终于有一天，他纵身投入水中向那个自己的影子求爱，溺水而亡，死后，化身为水仙花。

那天，杜若听姜友好讲了另一个水仙花少年的故事。

二　安德烈或者安向东

姜友好是先认识安德烈，后来才认识娜塔莎的。安德烈比姜友好小许多岁，认识他是在北京一个朋友的家里。那时她还在部队，回京探亲，去这朋友家玩，一进门就撞上了安德烈。她倒吸一口凉气，惊住了，想，这是哪里？不是北京吗？怎么会跑出这么一个古怪的“小妖”？

可是，真好看啊。

那时安德烈也就十三四岁，个子已经很高了。从外形上看，他几乎就是母亲的翻版，唯一不同的，是他头发和眼睛的颜色。母亲的金发碧眼，在他这里，变成了某种奇妙的棕色，说不出的一种灵动和神秘。朋友介绍说：“这是我表弟安德烈。”

姜友好失声叫起来：“你怎么配有这样的表弟？”

“嗨嗨怎么说话呢？”朋友说。

这朋友五大三粗，外号“李逵”。

安德烈应该是从小就习惯了这样的眼光，他知道在别人眼里自己是个异类。他平静地望着姜友好，说道：“我叫安向东。我是××人。”他说的是那个北方省城。

“巧了，我就在那儿当兵，”姜友好说，“你家住哪儿？”

安德烈说了。

“不过，姐姐，我说了你也不能到我家去，你是军人，你不能去我们家。”

姜友好说：“现在不能去，复员转业就可以了呀。”她望着那个美少年笑了，“安德烈，就冲着你，我也得复员。”

安德烈有点慌了：“你是在开玩笑吧？”

姜友好哈哈大笑：“我当然是在开玩笑。”

可是她真的复员了，还没有服役期满。当然不是因为安德烈。是她实在不适合军人的生活，她天性太自由放浪。起初，当兵是父亲的意愿，而复员，则是她自己的主张。父亲没有拗过她，暗地里还是帮了忙，尽管他还未“解放”，但总还是有人脉。结果，姜友好虽然没能回到北京，但毕竟被分配到了那座城市最好的医院里。很快地，在这座城市，她就拥有了自己的生活圈子，有了一群朋友。

是她把安德烈拉进了这个圈子。

当然，这城市不算大，这圈子里原本也有认识安德烈的人。就像滚雪球一样，你认识我，我认识他，渐渐地，大家就滚成了一团。

安德烈家里没有电话，她写信约他见面，他来了，看见穿便服的她，安德烈说：“姐姐你真的复员了？”

姜友好回答：“当然是真的，”她指指身后医院的大门，“要不你进去问问？”安德烈笑了。这是他们认识后，她第一次看见这个美少年的笑容。她觉得像是突然被阳光晃了眼睛。

“喂，你猜我下一步计划干什么？”她笑着问他。

"干什么？"

"等你长大，嫁给你，"她说，"让你娶我。"

她以为安德烈会大惊失色，会惊慌不已。可是没有。安德烈听了，认真地看着她，摇摇头："不行，姐姐，"他说，"我不会娶你的，你千万不要等我。"

姜友好哈哈大笑，推了他一把："逗你玩呢！"不过她马上感到了好奇，问："哎你为什么不娶我呀？我不算漂亮吗？拒绝我的人，你可是第一个呀！你是不是觉得自己特好看啊？"

安德烈笑了："我是好看啊。很多人想当我的女朋友。可我已经有女朋友了。"

"你才多大就有女朋友了？"姜友好板起了脸，"不能这么早谈恋爱知不知道？"

"你这么说话像我妈妈。"安德烈说。

姜友好笑了："你女朋友是谁啊？说给我听听。"

"不告诉你，"安德烈说，"但我可以告诉你的是，不管将来我女朋友是谁，我都不会娶。我不结婚。"

这下轮到姜友好吃惊了："为什么呀，安德烈？"

"我不说，"安德烈回答，"不想说。"过了一会儿他强调，"叫我安向东，这是我的名字。"

这美少年，他不快乐。姜友好想。她其实有点懂得他不快乐的原因。那就让他快乐起来吧。

当天她就带他去了一个聚会，是一个住在省府大院的朋友家。那天的来人中还真有认识安德烈的，果然是个女孩儿。他们说起学校的事，挖防空洞什么的，那女孩儿的妹妹和安德烈在同一所学校。

"我妹说，你们班男生欺负你，是吗？"女孩儿忽然这么问。

"没有。"安德烈从容地否认。

这个朋友的父母都不在家，刚刚去了"中办学习班"，那学习班在外地。家里没有家长，完全由着他们这些孩子折腾。那天他们煮了一大锅西红柿挂面，开了几个午餐肉罐头，炒了一大盘醋熘土豆丝，戳了两瓶白酒在桌上。大家又吃又喝又吵又闹，但安德烈始终是安静的，滴酒不沾。有人硬把酒杯塞给他，姜友好拦住了，说：

"他还是学生，不能喝酒。"

"靠，咱哪个不是当学生的时候就喝酒了？姜友好你敢说你不是？"

姜友好回答得斩钉截铁："他不一样。"

"他是不一样，"那人嘻嘻笑着回答，"哪个苏联人不喝酒？"

姜友好顺手把自己杯中的酒泼到了对方脸上。

“姑奶奶说不能喝就不能喝。”

回家的路上，安德烈对姜友好说:“姐姐，其实你不替我拦着我也不会喝的,我答应过我妈妈,我妈说我外公就是一个酒精中毒的酒鬼,那是她的噩梦。我妈说她嫁给我爸和他跑这么远来到这里,很大的一个原因就是,中国男人不像苏联男人那样酗酒,尤其是那些在苏联的留学生培训生什么的,他们有纪律管着,更是模范。我爸就是没有纪律管着也不喝,他不爱酒。”他停顿了一下,“我也不爱,”又停一下,“我不能爱。”

“安德烈——”

“我是安向东,”他打断了她,“我叫安向东,姐姐。”

姜友好的心里,真的涌起了怜惜。城市的夜晚,黑暗而荒凉,他们同骑一辆自行车,他带着她。她默默地从后面搂住了他的腰,把脸贴在了他完美到无懈可击的脊背上。那一刻,她真觉得自己有了一个弟弟,这座非亲非故的城市给了她一个混血的、身份难堪的弟弟。她会保护他,她想。安德烈,不,安向东,我会保护你。

可是他出事了。掉进了防空洞里。是被人推下去的。股骨粉碎性骨折。伤愈后,瘸了。

瘸了一条腿的安德烈,变了一个人。

起初,出事时,学校把他送进了附近的一家医院,做了手术,打了钢钉。那医院从前骨科很强大,但恰逢其时,一切都不正规,手术不成功。情急之下,姜友好帮他转到了自己供职的医院,重新做了第二次手术。

这仍然不算是一次完美的手术。

姜友好天天去病房看他。就是这时候她认识了娜塔莎,也认识了安德烈的妹妹安霞。安霞比安德烈小两岁,和安德烈截然相反的是,猛一看,就是一个肤色白皙的中国女孩儿,五官轮廓完全是父亲的样子,认真看,才能看出她眼睛的颜色是深棕色的,那种接近黑色的棕,让人踏实和安心。

没有见过安同志。安同志在“学习班”,不能自由行动。

安德烈的腿打了石膏,高高吊着,固定在病床上。他沉默，一天也说不了几句话。来探望他的也都是女同学,姜友好想从她们中间找出那个“女朋友”,却一无所获:她看不出异常,他对她们一样的礼貌和漠然。没人的时候,姜友好忍不住八卦地问道:“哎,哪个是你女朋友? 告诉我呗。”

“姐姐你还真信啊? ”安德烈冷冷地回答。

那神情和语气,让姜友好感到怪异和陌生。

窗外，麻雀喳喳叫着。树叶开始飘落，天凉了。安德烈望着窗外的天空，忽然问道：

"姐姐，我会不会变成一个瘸子？"

姜友好回答说："想什么呢？你见过谁骨折了变瘸子的？现代医学治不了癌症还治不了骨折了？"

他嘴角轻蔑地翘翘。

"我有不好的预感，"过了一会儿他这么说，"要是我真瘸了，我宁愿死。"

姜友好一把捂住了他的嘴。

"安德烈你听好了，你要再敢说这些话，你要敢这么想，我——"她恶狠狠地瞪着他，"你信不信我现在就掐死你？"

他慢慢移开了她的手。

"听我讲个故事，"他说，"就是那年，去北京的时候，在一辆公共汽车上，我遇到一个女孩儿。那天车上人不多，我一上来，就看见了她，"他微微笑了，"没有人会看不见她，真美啊！我从来没见过这么美丽的姑娘，穿一件蓝印花布中式上衣，脑后梳一根独辫，神态就像仙女。以往，走到哪儿，我都是那个被注目的人，可是那天，她的一双黑眼睛就像巫术一样把一车人的魂儿都吸进去了。这是我第一次遇到了一个比我美丽的人，一个让我呼吸不畅的人……车到了一个站，停了。她站起来，朝车门走。一车的人这时都倒吸一口气。她摇摇摆摆走着，腿有严重的残疾，一看，就是小儿麻痹后遗症，瘸得非常厉害。她在一车人的注视下走完了那几步路，一切都毁灭了，真残忍哪，也真羞耻。我就站在车门那里，因为惊愕，我都忘了给她让路，我永远忘不了她对我说'请让让'时那种羞惭的神情……姐姐，你愿意让我变成那样？"他望着姜友好说。

姜友好拼命摇头："你怎么会那样？瞎说，你根本不会变成那样。"但姜友好知道自己是色厉内荏，因为，事情很可能"是那样"，他的状况，不乐观。可她仍然嘴硬："就算瘸了也不会那样——"

"那是什么样？"他笑了，"你告诉我。"

"你当然还是你——"

"安德烈吗？"他犀利地看着她，"你总是忘了我是安向东，我一直努力做一个安向东，可是我永远做不成。假如有一天我回到我母亲的故乡，在那里，恐怕也没有人把我当成一个纯正的安德烈。我只是个中苏混血儿，对吧？好在我这个中苏混血儿还算好看、漂亮，那是我仅有的一点东西，假如我连这个也没有了，那你让我靠什么活？"

姜友好眼睛渐渐湿了，她握住了安德烈的一只手，把它贴在自己脸上。"我不知道，安德烈，"她轻轻说，"我从来不追问，我不思考这些，为什么要思考？为什么不尊重生活的神秘感非要破解它？你破解得了吗？傻孩子，你学学我，活得就容易了。”

半年后，八个月后，一年后，最后一次复查结束了，所有人终于放弃了幻想，承认了那个不好的结局。

股骨干严重受伤缺损，加上手术的失败，安德烈的一条腿无可挽回地变短了。比起小儿麻痹后遗症那一类残疾，他瘸得不能算厉害，可是，他不是别人，他是水仙花少年。

他把自己关进房子里，不见人。

医院组织巡回医疗队，上山下乡。姜友好跟着医疗队去了南部的中条山。临行，她去了一趟他家。可是，他不见她。任凭她怎样敲他家的门，他也不开。只是说："你走吧，姐姐。"声音平静而冷漠。

他母亲娜塔莎追出来，说："友好，怎么办？他要毁了。"娜塔莎突然迸出了哭声，"他开始问我要酒喝了。"

她们站在拥挤狭窄的楼道里，对望着，没有谁来救她们。门里，是那个绝望和无辜的、正在放弃自己的孩子，她们束手无策。她们都没有办法还给那孩子完美，神没有应许她们。楼梯旁一小扇肮脏的玻璃窗外，是彩霞满天的黄昏，流金溢彩，美如梦境，一束光涌进来，网住了轻轻哭泣的娜塔莎。姜友好默默地上前，拥抱了一下她，转身离去，她不想让那个母亲看见自己眼里的泪水。

一年后，等到姜友好从南部乡下回城，再见到安德烈时，她几乎没有认出他来。那是朋友们为她接风的聚会，他来了。姜友好一抬眼，看到眼前站了个陌生人：又高，又臃肿，皮肤粗糙，眼睛混浊，满脸红肿着的粉刺，浓浓的、不洁的络腮胡须，满身的酒气。姜友好惊得半天合不上嘴，许久，她小心翼翼问：

"我该叫你什么？安德烈还是安向东？"

"随便，"他笑着回答，"哪有那么多事，爱叫啥叫啥。"

他用水杯喝酒，是那种玻璃水杯，满满一大杯白酒几口就光了，和人叫板时，咕嘟咕嘟一口闷，喝得凶猛而贪婪。他就这样无可救药地朝着那个酒鬼的宿命坠落。还没终席，人就像一摊烂泥一样瘫倒在了地上。姜友好想把他拽起来，朋友们就说：

"别管他了，每次都是这样，"他们若无其事地说，"开始大家还送他回家，时间长了，就烦了。哎，这次又是谁叫他来的？谁吃饱撑的把他叫来了？"大家你看我，我看你，都摇头。

没人叫他来，没人找麻烦。可是这不大的城市，他们这些人相聚的地方也就这几处，他总能寻着酒味儿而来，来了，就赶不走他。一个酒鬼的自尊心算什么呢？早就让人踩成一摊烂泥了。姜友好听他们你一言我一语描述，低头望着地上的那个人，慢慢问道：

“不管他，就是说，就让他这么躺着？”

“对，就躺着呗。”

“那你们走了呢？你们都走了，他还一个人躺在那儿？躺在这脏地上？”

“那倒不会，这几个地方的服务员都认识他，他们有办法吧？大不了把他抬到门外躺着，风吹着酒醒得快。”

姜友好不说话了。她沉默了一会儿，然后抬起胳膊指着大门，轻轻说道：“滚！”

他们没听清：“什么？”

“滚！”她大吼一声，“滚——”

“你疯了姜友好？”做东的主人，她父亲老部下的儿子，也喊起来，“为了这么一个中苏混血儿，你六亲不认了？”

她随手抄起一只饭碗，朝地上狠狠一摔，碗碴飞迸：“我以后要是再和你们这群王八蛋交往，我就和这碗一样不得好死！滚！”

“疯子！花痴！你也不看看，他还是以前那个小白脸吗？就这死狗眉竖，你也稀罕？”

“啪”一声，一只碗就飞到了他脸上，登时，那额头上就见红了。血顺着眉骨流下来，流到他眼睛里，虽说店堂里除了他们这桌没几个客人，却也引起一片尖叫、惊呼，乱成一团。姜友好跳到了凳子上，居高临下，指着他鼻子骂道：“×你妈满嘴喷粪！你瞎眼了敢欺负我弟弟！告诉你们，谁他妈以后敢欺负我弟，姑奶奶我活剥了他——”

那天的结局是，她的眼睛也变得一团乌青。父亲老部下的儿子一拳砸到了她的眼睛上。人们拉开了他。他也知道对一个女人动粗胜之不武。他们一群人围着那受伤的人走了，去医院包扎。她就坐在那一堆狼藉之中，等着安德烈醒来。

天黑了。就快打烊了。店堂里一片寂静。外面，偶尔有汽车驶过的寂寞的声音。这城市的夜晚，有种比自然更深邃的荒芜。

一个服务员壮着胆子走到了姜友好身边。

“同志，我们快下班了。”服务员说，“你试试能不能叫醒他？”

就在这时，一个人进来了。姜友好看见那人，“哎呀”一声，得救似的叫起来：“安霞！是你呀，你怎么来了？”

安霞说：“我来找我哥。”

“你怎么知道你哥在这儿？”

“我不知道，”安霞安静地回答，“我一家一家找。这个时间，他还不回来，我妈就让我们出来找他。他常去的那几家，我一家一家找，总能找到。”她望着睡在地板上的哥哥说：“找到了，就是这个样子……”

姜友好一阵鼻酸。

“嗨，你进来吧！”安霞冲着外面喊了一嗓子。一个大男孩儿应声而入，是个像运动员似的健壮的孩子。“这是我朋友。”安霞对姜友好说，“他会骑三轮车。”

那天，他们几个人合力把他抬到了三轮车上。安霞抱着她哥坐在车斗里，对姜友好说：“我们走了，谢谢你。”

一辆借来的、载货的三轮车，两个孩子，经常在这城市的夜晚，载着一个沉醉不醒的酒鬼，一个酒精中毒者，穿街过巷。男孩儿在前边骑，女孩儿则把那酒鬼抱在怀里坐在后边的车斗里。有月亮或者没有月亮，下雨或者天晴，情愿或者不情愿，没有选择。那是她哥哥。她不幸的亲人。她抱着他就像一个小母亲。

一周后，安德烈来了，来找姜友好。那天是星期天，姜友好在家，她开门看到门外站着的安德烈时，并没有吃惊。她默默地闪身让他进来，她知道他会来。

这天的安德烈，看上去，清爽了一些，至少，衣服是洁净的。他望着坐在对面的姜友好，说的第一句话是：“我七天没碰酒了。”

姜友好没说话。

“可我不知道我能坚持多久。”他说。

姜友好还是没说话，因为她也不知道。

“他们说，你为我打架了。”他看着姜友好那只瘀青还没退净的眼睛，说道，“抱歉——”

姜友好摇摇头：“安德烈，你该说抱歉的人，不是我，”她回答，“你最该说抱歉的，是安霞。”她这么说的时候，鼻子突然酸了。

“我知道。”安德烈闷闷地说，“每次去找我的，把我弄回去的，都是安霞。我爸不在，我妈不敢去找，她说，她一个苏联女人，满城跑，让别人看见，会给我添更多的麻烦。所以，也就只剩下我妹了……”

“安德烈，”姜友好说，“你不知道那有多让人难过……为了她，戒了吧。”

安德烈沉默不语。

隐隐地，听见了鸽哨的声音，细碎、悠扬。这城市最美的季节到了，秋天到了。天变高了，有了一种别的季节没有的空净澄明。姜友好起身，泡了两杯绿茶，端了来，说：

“喝茶吧，我们家乡的茶。”

他笑了笑，说：“不喝了，我就是来跟你道个歉，走了。”这一笑，隐约有了一点从前那个安德烈的影子，又补了一句：“不再打扰了。”

她没有挽留他，她真不知道该跟他说些什么，她仍然没有足够的准备来接受这样一个安德烈。他跛着腿，走到门前，那一跛一跛的姿态，让她心痛。他握住门把手，停了一停，回头说道：

“这些日子，我一直在想，不知道我妈妈的家乡是个什么样子，”他又一笑，说，“那茶的颜色真漂亮，再见——”

他走了。

姜友好后来想，那天，自始至终，他没有叫她姐姐。

那是姜友好最后一次见他。

“他是去跟你告别的。”杜若说。

“是，”姜友好回答，“可我当时没意识到。不久，他跟他妈妈说，想出去散散心，想去爬华山。他妈妈答应了，给了他钱。这一走，从此就没了音信。”

菜凉了，酒也凉了。少年的故事告一段落。杜若起身，热菜、温酒。她端着热好的冬瓜汤回到桌前坐下，姜友好举起了酒杯说：

“添酒回灯重开宴。”

杜若举起杯来，回了一句：“相逢何必曾相识？”

“杜若你这句不对，”夏莲也举起了杯子，“姜友好可不是‘天涯沦落人’啊。”

杜若笑笑，望着姜友好，说：“骨子里是。”

姜友好把杯中的酒一饮而尽，重新斟满了，郑重地举到了杜若脸前：“杜若，从今天起，不管你愿不愿意，我是交定你这个朋友了。”

杜若没有回答，只是把杯中的酒，一口饮干了。酒使她的眼睛里波光粼粼：“姜友好，我能像安德烈一样，叫你姐姐吗？”

“当然可以。”姜友好说。

“姐姐。”杜若叫了一声。突然热泪满盈。

许久，姜友好轻轻说：“杜若，你喜欢安德烈吧？”

雪还在下，纷纷扬扬，天渐渐黑了。她们没去开灯。窗外别人屋顶上厚厚的积雪，闪着微光。杜若望向了窗外，说：“冰天雪地，他会在哪儿？”

“不知道。”

“我喜欢安德烈，姐姐，”杜若说，“是那种遥远的喜欢。就像我喜欢星星，喜欢流云，喜欢江河，喜欢黄山的云雾和古希腊雕像，一句话，我喜欢美。我并不想拥有它们，只是远远地喜欢着，就很满足。但那是今天之前，今天之后，一切都不同了，从今往后，这世界上，多了一个让我牵挂和心疼的人，我心疼他，姐姐……”

姜友好懂。

她们就这样成了朋友。

几乎每个星期天，杜若都要来姜友好家，来了，就一起做好吃的。夏莲如果不跑车，也会过来凑热闹。姜友好家是杜若最好的舞台。夏莲从北京输送来的那些肉、蛋之类的食材，正好让杜若大显身手。面对着一桌佳肴，姜友好常常惊叹不已。

“杜若，你小小年纪，这厨艺是跟哪位大师学的？”

“赵佩兰大师，”杜若玩笑地回答，“在下的家母。”

“好羡慕啊！”姜友好说，“有个厨艺如此了得的妈妈，太幸福了。”

“是。”杜若说，“我妈热爱烹饪，而我爸又是个吃货，他的味蕾天生比别人丰富，他俩堪称珠联璧合。所以我妈就是炒一个白萝卜丝，也尽心尽意，比别人炒的好吃太多。就像现在，什么都缺，什么都没有，可我妈总会绞尽脑汁让每一顿饭都尽量可口，因为我爸的人生信条就是：吃饭无小事。”

“听你这么说，我都惭愧了，”姜友好说，“要不，也让我家人帮你家采买东西？让夏莲一块带回来？”

“那怎么可以？绝对不行！”杜若郑重地拒绝，“我爸的另一个信条就是：不给别人添麻烦。”

“那你就把我这里的东西带回去些，咱们分享。”

“更荒谬了。”杜若回答得斩钉截铁，“我爸还有个信条，就是：君子不吃嗟来之食。”

“你爸怎么有那么多信条？”姜友好笑了。

杜若也笑了。

“其实，我爸妈南方老家那边也有家人偶尔会接济我们，给我们寄些腊肉腊肠、霉干菜笋干之类的，而且我们南方人，每人还多供应几斤大米，比起这城市的许多人，已经好太多了。”杜若说，“我妈常说，好日子谁都会过，能把匮乏的、困难的日子过得有尊严又有滋味，才是了不起。”

“你家的人简直都是哲学家，”夏莲笑着说，“简直太恐怖了！”

“你妈这话，我听另一个人也说过类似的。”姜友好若有所思地说。

“谁？”

“娜塔莎。”姜友好回答。

哦，安德烈的母亲。杜若想。那个传说中的女人。

下一个星期天，在姜友好家里，意外的事情发生了。杜若进门来，看见一个丰硕的、有些臃肿、远远谈不上美丽的异国女人，正端着一只碗，在搅拌着什么。姜友好说：

“杜若，这是娜塔莎。”

走了这么远的路，从一九五八年，到现在，她们遇见了。

几年前，安同志去世了。死于脑溢血。那时他还在“学习班”，不能回家。据说他早晨就剧烈头疼，中午没吃饭，下午就昏迷了。夜里，传呼电话找她，是他们单位的人，通知她去××医院。她去了，看见他躺在急救室的床上，人已经不行了。

火化时，送行的除了殡仪馆的工作人员，只有娜塔莎和安霞。安同志的问题，还没有“定性”，为了避嫌，没人敢来吊唁。在火化炉前，娜塔莎最后亲吻了安同志，没有哭。

之前，她曾不止一次对安同志说：“你要答应我，不能走到我前边，你要走我前边，我会恨你。”

安同志回答说：“我答应你。”

她又说：“你还要答应我，将来，我死了，你要送我回去。”

安同志说：“我答应你。”

这样的一问一答，信誓旦旦。可实际上，他们都知道，那是多么的不靠谱和渺茫。他们躺在床上，他搂着她，心里一阵一阵苍凉。安同志知道，在遥远的她的故土，妻子也早已没有亲人了。她的父亲和哥哥，都死于卫国战争。母亲则在战后不久病逝。安同志认识她时，她就已经是一个孤儿，也因此，安同志当初才非常自信和意气风发地对她说：

“跟我回中国，我会给你一个最幸福的家。”

显然，他食言了。他没能使她感到“最幸福”。他也没能做到，走到她后面，送她魂归故里。

她把安同志的骨灰盒抱回家，安放在他们的卧室里。她说：“我知道你不舍得走，你在等安德烈回家。”夜深人静，有时，她会听到房间里传出轻轻的叹息声，她问道：“是你吗？”听不到回答，她就在黑暗中坐起来，一支接一支地吸烟。

她想念他们，安同志，还有，亲爱的，亲爱的安德烈。

安霞也去插队了。安霞插队的地方，不算太远，属于这城市的远郊区，家里，就只剩下了娜塔莎一个人。现在，她想念的人里，又多了一个。

几乎没什么人和她来往。她曾经在这座城市的图书馆上班，工作就是翻译一些外文资料，但多年前她就因为身体的原因办了“病退”，吃劳保。她得了肺结核。那时中苏交恶，她病退得也正是时候。多年来，她蜗居家中，做主妇，与从前的同事早已断了往来，邻居们也都是点头的交情，谁愿意和一个苏联女人扯上关系呢？曾经，有一个女教师，是中苏混血儿，她们有过几年的友谊，后来，一九六六年之后，这友谊就戛然而止了。

在这座城市，她举目无亲。

后来就认识了姜友好。

当然是因为安德烈。是她的安德烈，让她认识了这个热情、冲动、古道热肠的姑娘。她猜，那是上帝对她这个流落异乡的母亲的怜悯。

这城中，只有这一个人，敢来敲开她寂寞的房门，和她谈安德烈，听她讲安德烈的种种故事。起初，姜友好来时会问娜塔莎："有消息吗？"渐渐地，时间长了，就不再追问。不是不想，是不敢。她们彼此都顽强地、坚忍地相信着一件事，就是她们的安德烈，娜塔莎的儿子和姜友好的弟弟，一定还活在这个世界上。她们嘴里不说但其实心里都在猜测着一个最大的可能，那就是，他越过了国境线，回到了他母亲的故国。

这种猜测，让她们有一种罪恶的、隐秘的安心。

姜友好来，常常会带一些吃的，有时是一块牛肉，有时则是一盒咖啡。总之都是雪中送炭。娜塔莎会留她吃饭，给她做她喜欢的俄式菜肴，她也会把自己的事讲给娜塔莎听，她一次次热闹的恋情，那些呼啸的、死去活来的追求者，等等。终于，她安静了，安静地走心地爱上了一个人，把自己嫁出去了。

娜塔莎送了她一块琥珀吊坠和一条银链做结婚贺礼。那是她从故国带出来的不多的几件纪念物中的两样。她对姜友好说：

"友好，结婚后，你就别再来了。"

"为什么？"

"你丈夫是现役军人，为了他，你要避嫌。"娜塔莎郑重地回答。

姜友好愣住了，显然，她没想到这个。她认真思索了片刻，说：

"娜塔莎，你早入了中国籍，早就是中国人了。我为什么不能和一个中国人做朋友啊？"

可是，话虽如此，姜友好自己也知道，娜塔莎的话，是有道理的。她不是真的不懂轻重利害。婚后，她不再去看娜塔莎，不再和她有任何联系。可她心里却有着愧疚，觉得自己和所有人一样，抛弃了娜塔莎。

那是对安德烈的背叛。

她永远记着那个孤独迷惘的少年，站在阳光下，叫她姐姐。仅此一声呼唤，就是一世的亲人。她甚至猜想，那最后一次见面，他其实是隐晦地、曲折地，把娜塔莎托付给自己了。记得临出门，他说的最后一句话，是他的妈妈，以及妈妈的故乡……

她和她的海军军官郑渡江说起过娜塔莎，也说起过她的愧疚。郑渡江是某部的作训参谋，他安慰妻子说："友好，就先听娜塔莎的，等过两年我转业了，咱俩一块去看她。”

姜友好明白了。她不能给丈夫惹麻烦。

但是冥冥中一定有什么在帮忙，杜若来了。

婚后一年多来，姜友好第一次联系了娜塔莎，她给娜塔莎写了一封短信，信上说，一个朋友，特别想学做俄式菜肴，不知道娜塔莎能在这个星期天来家里教授一下吗？她在信的末尾写道：“娜塔莎，这个小朋友，你一定会喜欢，因为我喜欢她，哦，对了，她是安德烈的同学。”

她知道，有了最后这句似乎是轻描淡写的话，娜塔莎一定会来。

姜友好说：“杜若，这就是娜塔莎。娜塔莎，这是杜若。”

杜若一时手足无措。

星辰似的娜塔莎，月光似的娜塔莎，不应该是拥有这样一个肉身的人，一个气味浓烈的人，有着结实的下巴和硕大无朋的胸部，系着围裙，站在她面前，手里捧着一只碗。她觉得有一种压迫感，如山的肉身对她的压迫。她感到自己呼吸都变得急促起来。

“杜若，”只听姜友好叫她，“娜塔莎是来教你做西餐的。”

“哦——”杜若慌乱地回答，“谢谢您。”又补一句，“太谢谢您了——”

娜塔莎看看她，没有寒暄，说道：

“来，洗手，我先教你做蛋黄酱。”

原来她正在搅拌蛋黄酱。那是做土豆沙拉必备的酱料。将新鲜鸡蛋磕进碗里，只取蛋黄，加一点花生油进去，用筷子不停地朝着一个方向搅拌，等到蛋黄和油充分融合，再继续添加食用油，接着搅拌，再加油，再搅拌，如此循环往复，直到蛋黄变成如奶油般浓稠缠绵，蛋黄酱就算是大功告成了。做法简单，但要有耐心，也要有一些技巧。

杜若接过了娜塔莎递过来的瓷碗，渐渐地，她的心静了。一切有了真实感。与食材、炊具一起置身于厨房，在这日常的场景中，杜若如鱼得水。搅拌这点小技巧，她一点就通。但她觉得奇妙，蛋黄、油，如此简单，却能催生出另一种物质，犹如新生命。这让她心生喜悦。

“人真是聪明。”她忍不住这样说。

“这算什么？”姜友好笑道，“人都登上月球了，一个蛋黄酱还值得感叹？”

杜若回答：“那种聪明和我无关。太大了。我只能被小聪明、小收获感动。”她回头望着那个师傅说：“娜塔莎，谢谢你。”

她脱口叫出了她的名字，也没有再说那个敬语：您。她真心地喜欢这样有收获的一天。

娜塔莎说："今天教你土豆沙拉和红菜汤，你要是还想学别的，就到我那里去，我那里厨具齐全。"她望着她微微一笑，"当然，你要是不介意的话。"

杜若收敛了笑容。她想，这个苏联妇女，这个壮硕的母亲，这就是安德烈的妈妈啊。安德烈的妈妈在教她做菜，多么不可思议，简直有天方夜谭般的奇幻。她忽然觉得幸福来得太突然："介意？"她回答，"我当然介意，我很荣幸。"

姜友好笑了。她知道事情成了。

那天的土豆沙拉和红菜汤，是杜若的西餐启蒙。正确地说，是不算纯粹的俄式西餐。娜塔莎的红菜汤，早已因为照顾安同志的口味，被不知不觉改造过了。就像几十年后遍布世界各地的宫保鸡丁、咕咾肉一样，早已不是原本的滋味。可杜若不知道，就是知道了，又有什么关系？她仍然会认为，这是世界上最好吃的红菜汤。

娜塔莎那天并没有留下吃饭，她执意要走。她说："友好，饭我就不吃了，我家里还有事。"姜友好知道她家里没事，却也知道她是不想逗留太久，一是避嫌，二是逗留越久，越难以割舍。特别是几杯酒入肠，怕是会更加伤感。姜友好笑笑，说："行，你走吧娜塔莎，千里搭长棚，没有不散的宴席。"姜友好那天特地戴上了娜塔莎送她的琥珀项链，那是一块古老的波罗的海琥珀。娜塔莎伸手摸了摸那晶莹剔透的宝贝，说：

"它真适合你，亲爱的。"

姜友好一下把她抱住了，红了眼圈。姜友好紧紧搂着她，说："对不起，对不起，对不起娜塔莎——"

许久，娜塔莎说道："友好，你是我见过的最善良的人。你已经为我们做了太多太多，又不是生离死别，我们总还会见面的不是吗？"

姜友好松开了手，说："再见！"

娜塔莎努力地微笑，说："再见！"

那一刻，杜若有些明白了，她们其实是在"生离"。

还明白了一件事，姜友好，是把娜塔莎托付给自己了。

三　杜若与娜塔莎

杜若是普通人家的孩子。

杜家一家五口人，住在父亲单位的宿舍公房里，是两间青砖灰瓦的平房。生活谈不上富足，也绝不算清苦。父母的薪水不高、不丰裕，却也不很低，再加上母亲善于持家，所以，他们的日子，过得衣食无忧，在那个年代，几乎算得上是小康了。

杜若父亲供职的这家研究所，叫“中医研究所”。但杜若的父亲并不是中医，他毕业于南方的某个医学院，毕业却被分配到了这个严寒、干旱、物产不丰的北方城市。那时，这家研究所刚刚成立，设立了附属医院，是我国的新事物，提倡中西医结合，病理、化验、影像这些现代医学手段一样也不能缺，于是，杜若父亲就被分配到了这家新医院的放射科，做了影像学医生。

命运真是奇怪，杜医生不信中医，却将要在一家中医院里度过未来的岁月。他不吃中药，却几乎是在第一时间就喜欢上了晾晒在太阳下的那些草药的气味。他也很喜欢看人将草药在碾槽里碾碎的那种劳作，喜欢那些中草药的名字，淡竹叶、六月雪、茵陈、钩吻，念起来，意境悠远，像一个个曲牌、词牌，有诗意。总之，杜医生是有些文艺气质的，他以审美的态度看待这个他将要贡献一生的地方。

孩子们出生后，他给他们起的名，都是草药名：杜若、杜仲、茯苓。

杜若妈说：“怕人家不知道你在哪儿上班啊？你是有多喜欢这里？”

杜若母亲赵佩兰女士，是内科大夫，也是杜医生的同学。但赵大夫真正热爱的不是医生这个职业，她不热爱任何职业，她热爱家庭生活。她的理想，是做一个有知识的家庭主妇。

杜医生说：“你呀，当初该去读家政系。”

赵女士说：“那我还怎么嫁给你？”

杜医生说：“你本来就不该嫁给我，你应该嫁给一个大教授，住在清华园或者北大的什么园里，做太太。嫁给我，委屈你了。”

“下辈子吧，”赵女士宽宏大量地说，“这辈子就这么凑合吧。也就这么几十年，一眨眼就过完了。”

赵女士擅烹饪，厨艺一流。杜医生则天生味蕾丰富敏感，是美食家的坯子。两人也算高山流水的知音。赵女士是钟子期，杜医生则是俞伯牙，一个会做，一个会吃。而他们寄居的这座北方内陆城市，在许多时候，是贫瘠的，样样都缺，俗语说，巧妇难为无米之炊啊。可不是还有另一句话吗：沧海横流，方显英雄本色。说的就是赵女士了。

在艰难的日子里，赵女士绞尽脑汁，使他们家的餐桌，尽可能不显贫乏、粗陋。两毛钱的猪肉，也能变出花样，肥的切片，煸成金黄色，煸出油来，加酱油加糖，红烧小萝卜；瘦的切丝，炒蒜苗、炒青椒、炒芹菜或者炒榨菜，再烧一个冬瓜粉丝虾皮汤，或者西红柿土豆浓汤，这就是一顿有荤有素、有菜有汤、色香味俱全的正餐。每月供应的猪肉再少，也要将一部分肥膘炼一些猪油，存起来，没肉的时候，猪油就是救场的法宝：一碗素面，加小小一勺猪油进去，哦，天地变色，换了人间。

杜医生常常感慨:“一箪食一瓢饮,回也不改其乐。”

杜若就说:“备注,这一箪食一瓢饮,得是我妈加料的,否则,您也照样不堪其忧。”

杜医生就笑,说:“是我运气好啊。”他看着大女儿,说,“杜若,将来,谁娶到你,也是福分啊!我可不舍得让你像你妈一样,为一日三餐这样呕心沥血。你要跟那个浑小子说,你不会做饭。”

杜若夸张地叹口气,回答说:“爸,可我和我妈一样,就喜欢做饭啊。”

是,耳濡目染,杜若得到了母亲的家传,在这城中,有她这样厨艺的年轻人,怕是鲜见,而像她这样热爱烹饪的,就更是凤毛麟角了。

下一个星期日,杜若就去了娜塔莎家。

看上去,也是一栋普通的三层楼房,红砖到顶,陈旧的楼梯,一门两户。娜塔莎家在三层,从前,安同志还是这家设计院总工的时候,这一层中的两户被打通了,住了他们一家,十分宽敞。如今,打通的房间早已被封闭,另外一边,搬进了别人,割让出去了一半。可尽管如此,在这座城市,也算是优渥的居住环境了。

两间房屋,向阳,背阴的一面是厨房和卫生间以及一间没有窗户的小杂物间。那两间向阳的房间,一间大,一间略小。大的那间,用一排书柜隔断,一边做了客厅和餐厅,另一边则是娜塔莎的卧房。客厅里,有一个深枣红色丝绒双人沙发,有波斯铜盘做桌面的小茶几,有铺着亚麻台布的餐桌,有胡桃木雕花的玻璃餐具柜。柜子里,陈列着一些漂亮的瓷盘,而柜子上,则摆放着家人的照片。一眼,杜若就看到了安德烈。

那是一张单人照。背景是天空。天空下,站着一个忧郁的少年。他穿着最平常的白衬衫,风吹乱了他的头发,他微眯着眼睛,像是眺望。呼之欲出的美啊。杜若望着他,想,原来你是生活在这样的地方,可你,偏说自己是安向东。

心忽然就感到了一阵刺痛。

“你们是同学?”身边响起了娜塔莎的声音。

“是。”杜若点点头,“不一个班,他不认识我。”杜若微微一笑,“可我认识他。”

“他好认,”娜塔莎说,“特殊。”

“他美。”杜若说。

娜塔莎愣了一愣。有些惊讶她的直率,还有她的措辞。她不说好看,不说漂亮,她说美。

“是，”娜塔莎说，“我也曾经为这个骄傲。”她伸手抚摸一下照片上那张无懈可击的脸庞，“可是也太容易被摧毁。”

“不，那要看怎么说，至少我记住的，就是这样的安向东，照片上的安向东，”杜若回答，她还是不习惯叫他安德烈，“永远的大卫，永远的纳喀索斯，永远的……美少年，不会变。”

她在安慰一个母亲。娜塔莎知道。善良的姑娘，她想。在沙漠般广漠的敌意和冷酷之中，这一点善意，就是绿洲。阳光洒满房间，从厨房里飘出了一股浓郁的香气，娜塔莎说：“哦，面包烤好了，跟我去看看。”

那是杜若第一次看到一个面包的诞生。从烤箱里取出，皮色油亮焦黄，热气腾腾，芳香四溢。她惊喜地问道：“这就是俄式大列巴吗？”

“是。”娜塔莎回答，“本来想烤一个黑面包，怕你吃不惯。其实，配牛肉或者鱼，黑面包才更正宗。”

就这样开始了。杜若和娜塔莎之间的故事。厨房里的故事。那厨房很宽敞，远非杜若家的小厨房可比。有稀罕的电烤箱。灶台阔大，房间中央安放一张大方桌，既是操作台，也是主妇休憩喝茶的地方。墙角处，整齐地码放着一堆劈好的果木柴和蜂窝煤，这座城市，还没有煤气和天然气，家家户户烧煤做饭。墙壁上挂着几只黄铜的煎锅，擦得光亮如镜。那煎锅，真是古朴漂亮。

那天，娜塔莎教杜若做了炸猪排，以及酸黄瓜的腌制方法。她留杜若吃饭。她说，一个好大厨，要亲自检验自己的劳动成果呀。杜若也就没有客气。娜塔莎一边在餐桌前摆放刀叉餐具，一边说：“这餐桌，好久不用了，家里的男人们不在后，我和安霞，就不在这餐桌上吃饭了。”

她们俩，正式地，一个桌头，一个桌尾，对席而坐。镶金边的白瓷盘，沉甸甸的银餐具。菜式却是简单的酸黄瓜配小小一块炸猪排。盘子硕大，越发显得猪排瘦小伶仃。新烤的面包在筐子里，切了片，放在餐桌正中央。没有奶酪奶油，却配了一小碟中国的豆腐乳。鲜红的腐乳，白瓷碟，鲜明如画，却有一种挣扎在里面似的。

“安德烈的爸爸，喜欢吃腐乳。他喜欢用新烤的面包配腐乳吃。”娜塔莎这么说，“时间长了，我也喜欢上了。”

娜塔莎凝视着碟子又说：“安德烈也喜欢。”

原来是这样，杜若想。她伸手取来一块面包，无师自通，用手边的黄油刀切下一小块腐乳，涂抹在面包上，咬了一口，微酸的面包和咸香的腐乳，以及酥脆的面包皮，搭配起来，果然，是好吃的。杜若笑了，说：

“我中有你，你中有我，妙。就像——”她想想，“友好的名字。”

娜塔莎也笑了，说：“杜热（若），你真是个有趣的人。”她汉语很流利，不知为什么却总是发不好“若”这个音。“我天天吃，也想不出这样的形容。怪不得友好一定要让我们认识。其实原本我有顾虑，后来想，是友好的朋友，一定是和友好一样好的人，果然。”

“友好是女侠。”杜若认真地说，“江湖最后的侠客，我比不了。”

“快尝尝猪排，冷了，就不好吃了。”娜塔莎说。一边举起刀叉，向杜若示意，“来，看我怎么切。”

猪排裹了蛋液和面包糠，外焦里嫩，颜色金黄，咬下去，一声脆响之后，肉香四溢。只可惜，没有几口，盘子就光了。她们几乎同时从盘子上抬起头。

“太好吃了。”杜若说。

“太少了。”娜塔莎说。

都笑了。

“前些天，安霞回来一趟，给她买肉做了些吃的带走了，肉票就剩这些了。”娜塔莎抱歉地说，“好怀念能够大大方方慷慨宴客的时光……”

“娜塔莎，酒海肉山就不珍贵了，”杜若说，“这块炸猪排，我想我会记一辈子。”

“谢谢你，杜热(若)。”娜塔莎深深地看着她，“谢谢你这么说。”

那天，从娜塔莎家出来，杜若就去找夏莲了。

“夏莲，你北京那边，有关系吧？”她问。

“有啊，干什么？”

“能帮我买点牛肉、猪肉，或者排骨吗？”杜若说。

“这事啊，”夏莲回答，“你找姜友好不就行了？你让她家人帮你买，到时候和她的东西一块交接，多省事。”

“不，不找友好，”杜若说，“这事别告诉友好。你能找到别人吗？”

“行吧，”夏莲说，“可是，你干吗这么神秘？”

“可能的话，能买点黄油就更好了。”杜若避而不答。

“黄油？”夏莲更加的好奇，“你买黄油干什么？你发烧了？你怎么不买鱼子酱？”

“哦，你提醒我了。”杜若拍拍脑门，“要是有鱼子酱罐头，就买一盒。”

夏莲怀疑地打量着她，半晌说道：“不对，杜若，你坦白吧，到底怎么回事，你不说，休想让我为你服务。”

夏莲和杜若，住同一个院。她们从幼儿园起，就是同学。夏莲家和杜若家，一个住前排，一个住后排。夏莲的父亲，是药剂师，而她母亲，则在煎药房煎汤药。那些年，中学没复课时，夏莲常带杜若去煎药房那里玩，拣药渣里的莲子和大枣吃。

“我在学做西餐，我得自己备料。”杜若只好回答。

“天哪！和谁学？这你哪儿学得起？”夏莲叫起来，“哎我可告诉你杜若，到时候你可别让我垫钱，咱们亲姐妹明算账！”

杜若从口袋里掏出几张十元的钞票，往桌子上“啪”地一拍，说：“五十元，我预存你这儿，行了吧？”

夏莲惊得眼珠子都要掉出来了。杜若出徒不久，一级工，月薪三十元出头，这破釜沉舟的架势，是不活了吗？

“你疯了？”夏莲说，“还是失恋了？这是受了多大的刺激？”

杜若笑了，说：“你不想让我成一个西餐大厨啊？等我学好了，你上我家来，你想吃啥我给你做啥。”

“我对西餐没兴趣。”夏莲回答，“不过我对教你西餐的人有兴趣。”夏莲笑了，头一歪，“坦白吧，是谁啊？在哪儿上班？比你大几岁？让我见见他，我就帮你买。”她猜想，许是杜若交男朋友了。

杜若一推她：“想哪儿去了？”她说，“与风花雪月无关。一个女师傅，和我妈差不多大，行了吧？你要不想帮忙，直说！我去找别人。”

杜若的忙，夏莲不帮谁帮？于是，这一周，牛肉、排骨，下一周，猪肉、黄油，一样样地陆续地买到了。杜若自备食材上门，学做菜，自然是不想给娜塔莎增添负担。听姜友好说，多年来，娜塔莎一直领着劳保工资，每月只有四五十元，从前，有安同志，自然不是问题，如今，安同志走了，这钱养活她和安霞两人，生活远谈不上富足。杜若自备食材，娜塔莎因材施教，带牛肉来，就做罐焖牛肉、土豆烧牛肉和罗宋汤，罗宋汤也就是红菜汤；带猪肉来，就做炸猪排、肉饼、肉冻……

但是这让娜塔莎深深地不安。她知道这些东西来之不易。几周后，她对杜若说：“杜热（若），你要再带这些东西来，我就不让你进门了。”她说得斩钉截铁，杜若想了想，回答说：

“那我们定君子之约，我不带东西来，你也不能准备，我还不算笨，咱们纸上谈兵，你讲，我用笔记录下来，怎么样？”

娜塔莎笑了，说：“好，”然后她说了一句中国的成语，“君子一言，驷马难追。”

杜若准备了一个笔记本，红色的塑料皮，上面印着“备战备荒为人民”这样一行语录。里面洁白的扉页上，杜若郑重地写下了题目“娜塔莎菜谱”。写下这行字，杜若笑了，自己也觉得不是很合适。想再换个本，找出来，一看，封面上印的是：要斗私批修。更不合适了。想想，算了，就用“备战备荒”吧。

从此，娜塔莎口述，杜若记录。第一道菜式，就是土豆沙拉。杜若在后面做了这样的备注:“这是我认识娜塔莎的开始,她跟我说的第一句话是,来,我教你做蛋黄酱。在这之前,我以为,娜塔莎只是一个传说。蛋黄酱也就是美乃滋,不过我们的美乃滋是改良过的,因地制宜,用普通食油代替了橄榄油,里面,除了盐,不加任何香料。”

那些她们一起做过的菜,一样一样的,杜若都详细记下了。没做过的,娜塔莎想起什么,就随口讲出来。常常,这些菜肴,都伴随着一个故事。或者,是在讲述一件旧事时,忽然想起一个菜品。她和安同志第一次约会,安同志点了一个什么菜啦,她怀安德烈时,特别想吃的一种甜品啦,诸如此类。现在,她们彼此都没有了负担,杜若说来就来,说去就去,来了,娜塔莎不过是一杯热红茶或者一杯咖啡款待。咖啡是速溶的,固体的一块,包着纸,叫“咖啡糖”。偶尔,她会做一些叫作“欧拉季益”的俄式松饼来做茶食。自然,这欧拉季益的烘焙方法,也被杜若原原本本记录了下来。

“我吃过的最好吃的欧拉季益,是我妈妈做的。”一次娜塔莎这样说,“我妈妈年轻时非常美丽,安德烈长得就像我妈妈,她在一家餐厅做服务员,认识了我父亲。我父亲那时在大学里做助教,年轻、英俊、朝气蓬勃,他们是一见钟情,如烈火干柴,还没结婚就有了我哥。”娜塔莎笑笑说,一个老故事而已。无非是婚后并不幸福。先是父亲在“大清洗”中被小小地牵连,出了问题,被迫离开了莫斯科。几年后回来就变成了一个毫无廉耻的酒鬼。“就像后来的安德烈。”娜塔莎迟疑一下,这么说。

“我父亲几乎没有一天是清醒的,永远醉醺醺地回家,身上沾满呕吐的污渍,臭烘烘一头栽倒在地板上、沙发上、床上,有时彻夜不归,我妈妈就彻夜不眠……她心疼他。可我,我记不住我母亲嘴里那个英俊的、帅气的父亲,他离开莫斯科时,我才五岁,所以,我以这个酒鬼父亲为耻,我恨他,我甚至诅咒他死。果然,战争来了,他死了,德国飞机轰炸莫斯科,一颗炸弹落在了我们家住的那栋楼上,而在炸弹爆炸的瞬间,我父亲扑上来护住了我,把我压在了他的身子下面。他死了,我活着,他的血流了我一脸……上帝听到了我的诅咒。”娜塔莎无声地笑笑。

“后来,我妈妈告诉我,我父亲也最喜欢吃她做的欧拉季益,她说,你知道吗?你和你爸爸一样,你们都喜欢咸味的欧拉季益,特别是牛肝口味的。”娜塔莎说。

那天回到家里,杜若在这道菜谱的后面,记下了娜塔莎的这一番话。她很感慨地想,活到娜塔莎那么大,活到父母那么大,活到更老,这一日三餐中,该有多少的故事?

四　丽人行

那已经是春天了。这座城市的春天，总是来得很晚，又短。清明过后，谷雨过后，才姗姗到来。飘柳絮了，飘杨絮了，杨花落了一地，几乎一眨眼，就是夏天。这个季节，杜若喜欢在休息日骑自行车去城外挖野菜。河滩、野地、田地旁，绿意盎然，到处生长着新生的蒲公英、荠菜、苦苣、马齿苋等等。杜若最爱的当然是荠菜。她一早踏着露水出发，中午之前，就会有满满的收获。这样，晚餐的餐桌上，就有新鲜的荠菜饺子吃了。

她约娜塔莎去郊外挖荠菜。

她骑车去和娜塔莎会合，意外的是，竟看见了姜友好。姜友好推着一辆红色的坤车，“二六”的大链盒“凤凰”，和娜塔莎并排站在路边。

“友好，你怎么也来了？”杜若十分惊讶，“你怎么知道的？谁告诉你的？”

“我听夏莲说的。”友好笑笑，“她说你要和你的师傅去挖野菜，我忍不住跑来了。”

有一年没见了，友好看上去清减了许多。“你瘦了友好，”杜若望着她脱口说，“你没事吧？”

“我能有什么事？”姜友好豪迈地反问。

也是，姜友好能有什么事呢？杜若笑了，说：“太好了，三人行。”姜友好说：“丽人行。”

天气晴好，天空湛蓝。树叶是初生的新绿，鲜嫩得让人心软。她们三人骑行，姜友好的“红凤凰”十分招摇，比它更招摇的，是金发白肤的娜塔莎。三人三骑，被人看了一路。杜若多少有点不习惯，姜友好却全然不在意，大声笑道：“田汉先生塑造，三个摩登女性。说的就是我们呢！”那是被批判的毒草电影《丽人行》的题记。杜若心里咯噔一下，她觉得姜友好的举止有点夸张，这让她有些不安。好在城不大，朝西，过桥，再朝南，渐渐有了郊野的风景。她们来到一片野草滩，抬头就是烟蓝色的西山。支好自行车，杜若用手一指说：“这是我的宝地，这里的荠菜，又多又好。”

娜塔莎和姜友好，都不认识荠菜，杜若教她们辨识。果然，这里的荠菜一丛丛一片片，四处可见，鲜绿水灵，三个人分头寻找，没用太久，她们的大网兜就装满了。杜若说：“够了，足够我们吃饺子了。歇歇吧。”

她们席地而坐，手被野菜的汁液染绿了。各自都带了军用水壶，也不顾卫生，拧开就喝，仰着脖子，咕嘟咕嘟喝得十分欢畅。草滩上，有些不知名的小野花开了，这里一片，那里一片，静静地，开得又寂寞又热闹。阳光照在她们脸上、身上，天地静谧得如同没有人类。许久，姜友好说：

“真好。都不想回去了。”

“是啊。”娜塔莎说，“就像在梦里，不想醒来。”

“我爱田野。”杜若说，“来了，就不想走。”

“以前，安德烈还小的时候，夏天，我常常带他和安霞去采蘑菇。我知道一个地方，有松林，有榆树和槐树林，夏天，下过雨之后，树下到处都是新鲜的刚出生的松蘑、榆蘑。采回来，我给他们烧蘑菇汤，安德烈闻着蘑菇汤的香气，会说真幸福啊——”娜塔莎望着烟蓝色的西山，这么说。

“那是什么地方？”姜友好神往地问，“我们也去好不好？”

飞来一只喜鹊，倏地落在了草地上，歪着头，冲着她们，喳喳喳激愤地叫着，对峙着，杜若笑了，“鸟听到我们的话了，这里是它们的天地，你看，它不满意了。”她这么说，“走吧，我想让你们尝到最新鲜的荠菜。”

这城中的习惯，休息日吃两顿饭，那天的正餐，是荠菜猪肉馅饺子。杜若原本计划包纯素馅的，但是姜友好说：“荠菜猪肉才是在论的呀。”她执意骑车跑回家拎来一块猪肉，说是夏莲昨天才给她捎回来的，刚好派上用场。“有肉大家吃！”她说得兴高采烈。杜若想，友好这是怎么了？有点不太对劲，不避嫌了吗？想问她，又没问出口，是真心不舍得破坏这难得的欢乐。于是三个人，择菜、剁肉馅、和面、包饺子，干得热火朝天。拌饺子馅负责调味的，自然是杜若，剁肉馅时，她仔细地剔除了所有的筋络血管，剁好后，用生姜水打馅，使肉变得鲜嫩无腥。荠菜则切得细碎均匀。菜和肉的比例也恰到好处。调味料却极简单，除了肉馅需要少许酱油煨起，然后就是一点盐、一点白糖和一勺熟食油锁水，其余的，葱、香油、味精、五香粉之类一概不用。杜若说这样才不干扰和毁损荠菜的清鲜。

果真，太好吃了。

娜塔莎说：“杜热(若)，这是我这么多年吃的最好吃的饺子。”

姜友好说：“杜若，你真是个宝藏，认识你这么久了，居然还能给人带来惊喜。”

杜若笑而不答。

娜塔莎又说：“我要是早认识你就好了，安德烈的爸爸和安德烈都很喜欢吃饺子，可惜我的饺子总也做不好。”她盯着盘子里的饺子说，“现在我就是学会了，他们也吃不上了。”她笑笑，“我就不学了。”

“娜塔莎，不是还有安霞吗？”姜友好说。

“安霞不一样，安霞从不挑剔，我做的任何东西她都说好，真心赞美，我想，这大概是因为她刚懂事就遇到了‘三年困难时期’吧？她知足。”娜塔莎回答。她大概也觉得这回答有点言不由衷，“好吧，友好，别这样看我，我承认，上帝也知道，我爱安德烈可能更多一点……吃到他喜欢吃的东西，做他喜欢做的事情，我就有罪恶感：我的儿子不知道在哪里流浪、受难，我却在享受——”

“又来了娜塔莎，”姜友好打断了她，“你没有做错任何事，亲爱的，不对的是他。不过今天我不想说安德烈，就今天一次，原谅我……今天我只想说快乐的、高兴的事。你这里有酒吗？哦，抱歉我忘了，你家里怎么会有酒？这么美味的饺子，焉能无酒？此刻有杯竹叶青就好了。”

杜若起身，说：“我去买。”娜塔莎叫住了她，说：“我有威士忌，我去拿。”

杜若和娜塔莎对视一眼，愣住了。

片刻，娜塔莎捧着一个托盘过来了，上面有酒瓶和三个酒杯。酒瓶是打开的，里面的酒只有大半瓶。她一边倒酒一边说：

“安德烈的爸爸走后，我一个人太寂寞，偶尔会喝一杯。”她笑笑，“不过你们放心，我不是安德烈，不是我父亲，我还有安霞。来——”她举起了杯子，问，“为什么干杯？”

杜若说：“为春天，为田野，为慈悲的荠菜，为我们爱的人。”

姜友好说：“还有，为自由，为无牵无挂。”她嫣然一笑，“为——为我重新变成一个自由的单身女人——”

什么？娜塔莎和杜若以为自己听错了。

“我离婚了。”姜友好笑着说。

杜若惊住了。

“为什么？”娜塔莎心慌意乱地问，“是我的缘故？”

“怎么会因为你？”姜友好回答，“当然不是。是因为我父亲，我父亲的问题至今没有结论，而我丈夫他遇到一个千载难逢的好机会，出使国外，做武官。这机会不是什么时候都能遇到……”

年轻的海军军官十分为难，也不能怪父母逼他，在锦绣前程和扯后腿的倒霉女人面前，有几人不势利？何况这二老原本就不喜欢那个名声不好的儿媳妇，不满意这门婚事，他父亲说：“爱美人不爱江山，那得是皇帝，你哪有那个资格！”海军军官痛苦不堪。姜友好出手了，说：“不就离个婚吗？成全你！成全你们家！”于是找了人托关系，很快办了离婚手续。临别时，姜友好对他说：

“记住，不是你做了陈世美，是我先休了你的。你走你的阳关大道吧，我回江湖了。”

此刻，姜友好举着酒杯说：“我回江湖了，干！”

娜塔莎和杜若，谁都不举杯。

姜友好放下了酒杯：“怎么了？不欢迎我回来啊？”

许久，杜若说道：“姜友好，姐姐，你难过、伤心，就别撑着了，要朋友是做什么用的？”

姜友好哈哈笑了：“小杜若啊，你太清纯了，太幼稚太罗曼蒂克了，我早跟你说过，我是浊世里的人，遵从的是浊世里的规则，有什么可伤心的？”她举杯一饮而尽，“娜塔莎，姐姐，你来，你陪我喝一杯。”

娜塔莎举杯，一饮而尽，说：“友好，知道吗？我很想你，非常想。”

杜若眼圈红了，也举起来杯子：“你说的，田汉先生塑造，三个摩登女性，”她咕咚咽下一大口，呛得直咳嗽，“我们三人，丽人行，不分开。”

娜塔莎说：“二十年前，我还称得上是丽人，现在可不是了。现在是丽人的妈妈了！”

姜友好笑道：“谁说的？丽人永远都是丽人，外表不是了，骨子里也是。美人在骨不在皮。”

三个“丽人”都笑了。

姜友好说：“娜塔莎，你家里有照相机吧？来，我们拍张合影，留个纪念，题记就写：丽人行。”

果然有相机。“海鸥135”。果然就照了。咔嚓一响，留下了这个春天温情的瞬间。胶卷是相机里几年前没拍完的，也不知是否过期，也不知能否成像。她们不能确定。就像她们不能确定明天会发生什么一样。

那天，姜友好没有回家，几杯威士忌竟然使她醉倒了。她吐了酒，头晕，娜塔莎安顿她在安霞的床上躺下了，说：“你歇会儿，醒醒酒。”她顷刻就睡着了，睡得很沉。现在，她没有什么可顾忌的了，她不再需要为了她的爱人她的丈夫忍痛和朋友疏远绝交。活了这么多年，她只做过这么一件违心的事，上天就惩罚了她。

半夜里，她忽然醒了。一盏床头小灯昏黄地亮着，许久，她才想起自己是置身何处。她爬起来，开门，穿过走廊，来到了娜塔莎的房间。也有一盏灯微微地亮着，娜塔莎和衣睡着了。她走过去，站在了娜塔莎的床前。娜塔莎睁开了眼睛，说：“醒了你？”她没有回答，蹲下来，把脸埋进了娜塔莎的臂弯里：“怎么办啊娜塔莎，我舍不得他……”说完，她无声地哭了。

当晚，杜若回到家里，发现夏莲在等她。她母亲说：“你可回来了，夏莲等了你一晚上。”

她拉着夏莲进了里屋。

“你太不够意思了，”夏莲一进屋就喊，“说，你的师傅，是不是娜塔莎？”

“你知道了？”杜若说，“姜友好告诉你的是吧？”

“你还好意思问？”夏莲很委屈，“杜若啊杜若，你居然瞒着我，欺骗我，害我还以为你有了男朋友！天天让我为你们服务，却不让我知道真相，你是不信任我还是有了新朋友就不要我这老朋友了？”

“不是的夏莲，是友好托付我的事，她没让我和别人讲，所以我还没敢告诉你——”

“姜友好更不够意思，”夏莲不容杜若分说，打断了她，“她认识我在先，认识你在后，结果她倒把你当朋友把我当她的交通员了，天天给她传递这传递那，有了好事，一点也想不起我来！”

杜若笑了：“好事？夏莲，原来你觉得这是好事啊？友好可是因为顾忌她的丈夫——”杜若顿了一下，想，是前夫了，“因为那个现役军人海军军官，才不和娜塔莎来往了。你不怕别人说你和苏联人交往啊？”

“你怕不怕？”夏莲反问，“你不怕我怕什么？娜塔莎是克格勃吗？我一个列车员，你一个小集体工人，克格勃吃饱撑的找咱们啊？”

“不是啊，夏莲，”杜若说，“安德烈、安向东是克格勃吗？当然不是，可是你当初退学了，没看到那些人欺负他，孤立他，谁要是敢跟他来往，就骂他和‘苏修’穿一条裤子，最后，还把他推到了防空洞底……就拿昨天说吧，我们骑车去郊外，一路上，路人看我们的眼光，千奇百怪。你不在乎？”

“不在乎，”夏莲回答，“我只在乎，你们拿不拿我当朋友。”

杜若觉得心里一热。

“娜塔莎说，等夏天到了，她带我们去树林里采蘑菇，她知道有个地方下了雨，蘑菇很多。到时候，我们一起去，浩浩荡荡地。”她笑了，“然后，我来负责，给你们做鲜蘑饺子或者蘑菇汤。那味道一定美极了！”

但是她们没有等到这一天。

先是夏莲，忍不住在饭桌上说起了采蘑菇的事。她妈说：“蘑菇可不能瞎采，小心中毒。你问你爸是不是？”

她爸是药剂师。

夏药师说：“可不是，年年都有人死于蘑菇中毒。”

夏莲说：“没事，我们有专家，娜塔莎年年都去采。”

夏药师“嗯”了一声，竖起了耳朵。夏药师这人，历史上，有点小污点，本来就胆小怕事，如今，有了这污点的阴影，活得就更加谨小慎微，战战兢兢，“娜塔莎是谁？”他警惕地问道。

“就是我从前同学的妈妈，你们应该听说过吧？”夏莲回答，“那个中苏混血儿，安向东，娜塔莎就是他妈。”

夏药师差点被一口窝头噎住，“你，你怎么会和一个苏联女人搞到一起？你怎么会认识她？”他紧张得脸都绿了。

“紧张什么呀，”夏莲回答，“是杜若，杜若在和她学做西餐，她是杜若的师傅。”

“杜若！”夏药师愤怒了，“我早就跟你说过，别总和杜若混在一起，她思想意识不健康，太复杂，和你不是一路人，他们家和我们家也不是一路人，看看看看，出事了吧？”

“出什么事了？”夏莲反问，“能出什么事？”

“和苏联人都混到一起去了，和头号敌人混到一起了，你还要出什么事？”夏药师声音像蝉鸣一样变得尖厉。

“什么叫混到一起？我又不认识娜塔莎，我还没见过她呢！”

“谢天谢地！”夏药师双手合十拜了拜，说，“你喊什么，你怕人听不见啊？告诉你夏莲，马上和杜若断绝来往，你听见没有？马上和她断绝一切关系！她爱惹什么祸是她的事，千万不要让她再来招惹咱们家，听懂没有？咱们这个家，能平平安安到今天，知道有多不容易吗？你让一家人过两天安生日子行不行啊？啊？”

他眼里几乎迸出泪光，夏莲忽然觉得不忍心。她只好说道：“知道了，我不理杜若就是了……”这句话一出口，她心痛了。

可是夏药师还是不放心，思来想去，第二天傍晚，他去了杜家。两家大人，几乎从无往来，夏药师登门，这让杜医生和赵女士感到非同寻常。果然，是棘手的事。夏药师窃窃低语和杜医生交涉了十分钟后离开了杜家。出门，正好和下班回家的杜若打了个照面。杜若叫了一声“夏叔叔”，他没理，径直而去。

杜若感到奇怪。

杜医生说：“杜若，你惹事了。”

“怎么了？”

“你知道夏药师来干什么？他来给我下最后通牒来了。”杜医生回答，语气平静，“他说，以后，不许你和夏莲往来，他要夏莲和你划清界限，他们家和我们家也要划清界限，假如，你执意不听的话，他会采取革命行动。”

“采取什么行动？”杜若很好奇。

“他会去革委会揭发我，罪名是纵容你里通外国。还有，”杜医生顿了一下，“去公安局告发你。”

杜若倒吸一口冷气。

“他还算君子，明人不做暗事。”杜医生说。

“杜若，你在和一个苏联女人学做西餐？”杜若的母亲赵女士疑惑地问，“真的假的？夏药师胡说的吧？”

"真的。"杜若回答,"他没胡说。她是我同学的妈妈,就是那个——小时候就听说的娜塔莎。"

"你?"赵女士愣了一愣,"你可真胆大包天啊——"

"杜若,"杜医生说,"刚才,夏莲爸爸有一句话说得不错,他说,他们一家能平平安安过到今天,不容易,咱们家又何尝不是?"他叹口气,"杜若啊,别怪我们胆小怕事,未雨绸缪,就不要再去学做什么西餐了,这是多奢侈的事。"

父亲语气平静,但杜若还是听出了深深的悲凉。她心里一痛。

"也不要再去找夏莲了,"赵女士迟疑一下,歉疚地说,"就当你失忆了,不认识这个人了。我知道你们两个好,夏莲也是个好孩子……只是,她爸那个人,真要去告发你们,不是闹着玩的。"

这一晚,杜家的餐桌上,气氛沉闷压抑。杜仲去乡下插队了,不在家。四口人,围着一张折叠桌,沉默不语地吃着简单的晚餐。杜若低头扒拉着碗里的饭粒,食不下咽,一双筷子伸过来,一块腊肠落进了她的碗里,她一抬头,是父亲。

杜若心里翻江倒海。

第二天早晨,杜若推车走出小区大门,就看见夏莲站在路边,她知道夏莲在等她,但她没有理睬,刚要蹬车,夏莲过来挡住了她的去路。

"杜若。"夏莲喊。

杜若说:"夏莲,你别来找我了,你再来,你爸就会去告发我里通外国了。"

"对不起,杜若,"夏莲咬了下嘴唇,"我爸太过分了——"

"不,我不怨夏叔叔,"杜若平静地回答,"他是为了保护他的家人,我父亲也一样。他也不让我和娜塔莎来往了。"

"都怨我。"夏莲说。

"我想了一夜,"杜若说,"我们没有权利任性,没有资格任性,没有权利让我们的亲人,为我们担惊受怕,受我们牵累……夏莲,"她冲朋友笑笑,"就此别过,从今往后,我就不认识你了!"

说完,她蹬车而去。

夏莲望着她的背影,看她沐浴在新鲜的朝阳里,渐行渐远。她们差不多从有记忆起就相识,做了这么多年的朋友,如今,将成为路人。夏莲哭了。她在心里喊,亲爱的,亲爱的,亲爱的,再见了。

杜若心里,也在告别。

和还没来得及抄录的菜谱,和那些菜式后面的故事,和互为知音的那种默契与欢喜,和期待的采蘑菇、野游,和一诺千金的承诺……一一告别。

仅仅是一点小风浪,她就现了原形。杜若含着眼泪微笑。现在,她是自己曾经鄙夷的那些人中的一个了。

再见了，她在心里说，那个昙花一现的美好的杜若。

再见了，美好的“丽人行”……

最后一次，夏莲去给姜友好送北京邮包。夏莲说：“姜友好，以后，我不能再来了。不能再给你带东西了。”

“怎么了？”姜友好奇怪地问，“不跑北京了？”

“杜若也不能来了。”夏莲说。

姜友好愣了一下，问道：“出什么事了？”

“能不问吗友好？”夏莲悲伤地笑笑，说，“友好，也许，我们本来就不该认识。抱歉。”

沉默许久，姜友好笑笑，说：“懂了。”

杜若也做了一件必须做的事情。她跑了许多家文具店，终于买来一本她还满意的笔记本。牛皮纸质的封面，很干净，很空旷。内页没有格子，纯净而洁白，有一种深沉悲哀的寂静，如同被积雪覆盖的大地。杜若在这个本子上，工工整整地，重新抄录了一份她的“娜塔莎菜谱”，连同那些说明和备注。在最后一页上，她写了这样一些话：

亲爱的娜塔莎：

抱歉我食言了。我没有勇气看着你的眼睛，面对面与你道别，更没有勇气说出那个道别的理由。那让我羞耻。这本菜谱，我重新抄录、整理了一份，里面，记载着我们曾经拥有过的一段珍贵时光，点点滴滴，都是我的回忆，以及，你的……

原谅我不能像姜友好那样无畏和勇敢。我说过，她是一个仗剑独行的侠客，而我，只是万千庸众中怯懦、卑琐的一员。别了，娜塔莎！珍重！珍重！珍重！这样说的时候，我心里在落雪……

她最后一次，来到了那栋红楼里，站在了三层那扇门前。她把装着笔记本的一只网兜，挂在了门把手上。她依恋地摸摸门把手，站了一会儿。终于，敲敲门，然后，掉头噔噔噔跑下了楼梯。

几天后，杜若收到了一封本埠来信。寄信人是姜友好，里面有一张照片和一封短信，只有几句话：

本来不想给你了，可还是没忍住。就算是临别纪念吧。不知道具体发生了什么，但还是大致可以猜到。照片拍得不错，你想留着，还是怕受牵连烧了撕了毁了，一切由你。

没有署名。

是那张合影。三个人，坐在地毯上，漂亮的波斯地毯。姜友好搂着娜塔莎，娜塔莎则搂着杜若。三个人都在朝着镜头笑，可看得出来，只有杜若一人的笑，是春天般的微笑，少女的微笑，明朗、明净、毫无提防和心事，不知道生活的厉害。

照片上，印着白色的题记，真的写的是：丽人行。

杜若低头，亲了亲照片，亲了亲照片上的自己。多么明媚啊，她怜悯地想。哭了。

一年后，姜友好的父亲复出，姜友好也被调回了北京。

这座城中，娜塔莎再没有一个朋友了。安霞在乡下一直没能回来，娜塔莎也无可挽回地染上了酒瘾。有一天，醉酒后，诱发了急性胰腺炎，剧痛使她站不起来，她挣扎地爬着打开了房门，却昏倒在了家门口。邻居发现她的时候，人已经不行了。送到医院，没能抢救过来。

终年四十二岁。

她跟随安同志来到这城市时，是二十五岁。清新如一棵小白桦树，眼睛像天空般蔚蓝。

五　我们的娜塔莎

许多年后，这座城市里，有了一家俄罗斯餐厅，餐厅的名字有点拗口，叫作：我们的娜塔莎。

不少人提议，干脆就叫“娜塔莎”算了，简单、明了、上口。但是老板不同意。

老板说：“娜塔莎就是我们的。”

谁也不明白这话的意思。不明白就不明白吧。老板不解释。

菜肴是常见的俄罗斯菜式，没有花式噱头，但是品质无可比拟。鱼子酱和一些主要调味品都来自俄罗斯。主厨也是从俄罗斯聘请来的，但老板本人则兼副主厨。有几道菜，副主厨一定要亲自动手或者把关，一道是红菜汤，一道是咸味的欧拉季益，还有一道叫“丽人行”，这是所有菜品中的一个异类，不算传统也不算纯粹的俄式，发明者是老板本人。那是一道鲜菌菇汤，汤里煮有饺子。假如是春天，这饺子的馅料必定是荠菜主打。虽然，这道菜名不见经传，但是，味道极其鲜美，口感丰富，颇受顾客欢迎，几乎成为这家餐厅的代表作。

餐厅的装修,格调不俗,有俄罗斯乡村的风情。裸露的原木梁架,石墙,烧果木的大壁炉,铁艺的风灯。迎门的主墙壁上,挂着一幅大大的照片。是一幅老照片,做了特殊的处理,看上去,颇有古典油画的效果。那是一张合影,三个女人,坐在一块波斯地毯上,望着镜头微笑。其中一人,是个丰满的异国女人。只不过,照片上的这三人,毫无出处,但,它挂在那里,却非常醒目,有一种岁月的惊心动魄和隐约的神秘感。

老板在等待能认出这张照片的人。

等待一个跛腿的男人。一个曾经的美少年。

等待一个叫姜友好的女人。

从二十世纪九十年代开业,几十年过去了。餐馆从最初的火爆到后来的平淡甚至是萧条,老板依旧坚守着,她还在等。

杜若还在等。

或许,杜若并不等什么,并不等谁。她坚守着,只是让这座城市记住,曾经,有一个叫娜塔莎的女人,在这里活过,爱过,死过。

清新如白桦树的苏联姑娘。

【作者简介】蒋韵,女,河南开封人,1954年生于山西太原。1981年毕业于太原师范专科学校中文系。1979年开始发表作品,著有长篇小说《隐秘盛开》《栎树的囚徒》《红殇》《闪烁在你的枝头》《我的内陆》《人间——重述白蛇传》(与李锐合著),小说集《现场逃逸》《失传的游戏》,散文随笔集《春天看罗丹》《悠长的邂逅》等。中篇小说《心爱的树》获第四届鲁迅文学奖,长篇小说《隐秘盛开》获第四届赵树理文学奖。有作品被翻译成英、法等文字。中篇小说《英雄血》《朗霞的西街》获《小说月报》第十三、十六届百花奖。现为山西省作家协会副主席,中国作家协会会员。

妈妈不告诉我

◎ 肖克凡

一

我八岁那年，冬景天清早睁眼醒来发现我家里间屋睡着个人。我爸我妈不在家，里间屋那张双人床空着。这人铺着褥子盖着被子，蒙头遮脑睡在地板上。这令小毛孩子惊奇不已，“姥姥，这人谁呀？”我小声问外祖母。

她老人家不动声色地说：“你二姨啊！她半夜坐火车从滦城老家来的。”

我没见过二姨，于是越发好奇，问外祖母怎么二姨睡地板呢。“她嫌床垫太软，睡着腰疼！”外祖母好像没好气。

二姨终于睡醒了，身穿蓝地白花小夹袄，翻身爬起到了梳妆台前，抡起胳膊披上紫缎小棉袄，叉开五根手指梳理漆黑的短发。

这是我妈妈的梳妆台，平时很少看到妈妈梳妆。梳妆台成了我写作业的桌子。

“小黑眼儿！你睡的是猪圈还是狗窝？”外祖母扬起国字脸命令她女儿拾掇被褥。

二姨不慌不忙说：“您容我先把自己拾掇利索啦。”

我听到二姨乳名叫“小黑眼儿”。她三十多岁的年纪，一双大眼睛，睫毛又黑又长，眨动起来特别好看。我从梳妆台镜子里看到她的鸭蛋脸，怯怯地叫了声“二姨”。

她显然知道我是谁，笑着露出两颗小虎牙说：“二姨好看吧？我比你妈妈大四岁呢！”

我不知说什么好。她再次露出小虎牙说：“没良心！你出生时我还抱过你呢。”说着拧开雪花膏瓶盖，把镜子里的自己抹成大白脸。

我忍不住说：“我妈每次不搽这么多雪花膏。”

“你妈想不开！一瓶雪花膏想用一辈子。”她捋了捋粉嫩的鼻梁，还是不去收拾满地的被褥，好像要摆摊卖东西似的。

“你这好吃懒做的毛病啥时候能改呢？”外祖母撇了撇嘴，扭身去厨房操持早饭。二姨遭受批评并不恼羞，反而嘻嘻笑了。我看出她跟我妈妈性格不同，我妈妈常年笑容偏少就跟沙漠缺水似的，保持班主任表情。二姨好比纪律散漫的差生，而且不怕蹲班留级。

二姨扭脸冲着厨房大声说：“妈！我在家天天吃棒子面，你给我烙两张白面饼吧。”

大城市居民粮食定量供应，粗粮多，细粮少。我家白面由外祖母积攒起来，预备全家改善伙食包饺子。二姨来了非要吃白面饼不可，这对未来的饺子是个威胁。

二姨总算收拾被褥了，然后哼着“巧儿我自幼儿许配赵家”，一串小碎步跑进厨房。她不高不矮不胖不瘦的身材，就跟评戏里刘巧儿差不多。进了厨房她从饼铛里揪了块白面饼，飞快地塞进嘴里咀嚼起来。

外祖母登时急了：“这饼还没烙熟呢，小黑眼儿！”她老人家习惯叫二姨乳名，好像永远停留在过去的时光里。

“嘻嘻，这饼吃进肚里就熟了。”二姨摇头晃脑返回梳妆台前，欣赏着自己的容貌说，“咱家凑不齐人手，啥时候能开桌打牌呀？”

外祖母端来盛了两张热饼的小竹筐，凑到梳妆镜前压低嗓音说：“小黑眼儿你给我听着！政府提倡移风易俗，下派街道干部四处宣讲，在自家屋里打麻将也不允许！”

“咱们打素牌不赌钱，这不叫旧社会习气。”二姨通过镜子判断小竹筐位置，不扭头就伸手抓到热饼，不怕烫手撕开就吃。我没见过动作如此敏捷的人物，有点崇拜她了。

外祖母假装生气说：“你隔三岔五跑来，不交粮票不交钱，一进门张嘴就吃！一个大活人让我们供养你啊！”

二姨表情严肃起来：“一家人不说两家话，想当年我还供养咱们全家呢。”

“二姨，您说供养全家包括我妈妈吧？”我很好奇。

二姨突然意识到我的存在：“当然啦，你妈妈从滦城老家来到天津念书，就是我出的学费！那时候二姨可有钱呢。”

外祖母赶紧笑了：“我说小黑眼儿，你记得这么清楚去当账房先生吧。”

“我啥时候跟家里计较过？您又不是我后妈。”二姨眨动着又黑又长的眼睫毛，显得更好看了。

外祖母叹气说自己年轻时就守寡了，好不容易熬到今天。二姨抱怨说："我大姐出阁半年就病死了，您非逼着我做填房，田文佐从我姐夫变成我丈夫，也没过几年好日子。"

"你倒添了不少坏毛病，下饭馆泡戏园，抽烟喝酒打麻将，不知道柴米油盐贵……"外祖母感慨地说，"人生在世有享不着的福，没有受不了的罪，这是命啊。"

"我现今知道柴米油盐贵啦！可是瓶子里没油，罐子里没盐，院子里没柴火，瓮子里没米……"二姨竭力给自己辩理说，"就怪您让我给田文佐做填房，我要是嫁个庄稼汉，也不会后来成了寡妇。"

外祖母沉吟说："你毕竟过了几年好日子，田文佐还专门雇了丫头伺候你呢。"

"对，那丫头名叫小树叶儿！"二姨回忆往事说，"惠生小时候淘气，好几次尿湿小树叶儿的花布衣衫，人家丫头脾气特别好。"

"后来小树叶儿没了音信……"外祖母说。

"她模样俊脾气好，年纪轻轻让当官的娶去做小，给人家生儿养女，等大老婆死了就扶正呗。"

外祖母跟二姨的对话，我听不懂，却记住"出阁""填房""丫头"这样的词语，还有田文佐的名字。

外祖母说得没错，二姨住下来便成了吃咸不管酸的人物，还催促外祖母改善伙食。大城市居民凭票供应猪肉，家家不够吃。外祖母只好用小虾皮配韭菜做馅，给二姨包素馅饺子吃。二姨吃过晚饭跑去南市娱乐，不是到黄河戏院看评戏，就是去共和戏院听梆子。她不改老称呼把评戏叫"落子"，还抱怨听不到"梆黄两下锅"了。

外祖母告诉我，二姨的独生儿子名叫惠生，是个半大小子不算整劳力。庄户人家日子不好过，二姨来到天津就说大城市是天堂，我听了挺得意的，庆幸自己没有生在农村。

二姨该吃的吃了，该玩儿的玩儿了，毫不犹豫送给我两块水果糖。我说您不富裕就别给我花钱了。二姨夸奖我说："你这孩子是个冰糖嘴儿，从小说话讨人喜欢，我家惠生从来不会说软话，死随他爹的秉性。"

外祖母及时提醒二姨："你别忘了明天星期六。"

二姨撩了撩眉毛说："我买了火车票今儿晚上就走！您烙两张糖饼我给惠生带回去。"

外祖母可能认为糖饼有些单薄，特意用白面蒸了六个肉菜馅包子，热气腾腾用麻布包好说:“惠生从小没爹,你这当娘的又不懂得疼人,那孩子可怜呢。”

二姨没有吃晚饭,拎起小包袱走了。我送她到胡同口,她扭头叮嘱我:“千万别告诉你妈我来过,下次我还给你买水果糖吃。”

我说:“那两块水果糖塞您小包袱里了,带回去给惠生表哥吃吧。”二姨伸手捏了捏我鼻头说:“你是个好孩子!我回去告诉惠生。”

第二天清早,我背起书包走出小院,在胡同里遇到邻院的刘福禄,这单身汉是光辉电料行售货员,胳肢窝里总夹着书本,邻居们送他绰号“刘乙己”。他也不急不恼。

刘乙己伸手拍着我肩膀说:“你二姨挺标致的,要是穿上旗袍就跟电影里国民党官太太似的。”

“为吗要穿上旗袍呢?”我拨开刘乙己白净细腻的手,问他说的哪部电影。他一时想不起。我说学校包场看了《林海雪原》,那里只有女土匪没有国民党官太太。

刘乙己是个“书虫子”,没事就去天祥商场二楼淘旧书,格外关心从前的事情,好像对眼下不感兴趣。这个书虫子让我懂得:从前的事情就叫历史,眼前的事情叫现实。

星期六傍晚时分,我妈妈从南郊农场回家来了。她以前是中学教师,去年被下放农场劳动,只有星期天公休在家。就这样我有了“星期天妈妈”,不知什么原因,妈妈星期天在家我也觉得她在远处。记得刘乙己跟我说过,历史既是从前的事情也是近来的事情。我听了就有小孩儿迷路的感觉,心里有些害怕历史。

我爸是市政工程局技术员,清瘦面孔戴着宽框近视眼镜,恰恰遮挡浓密的“连心眉”。他经常外出勘查道路桥梁,我有“星期天妈妈”,还有“不定期爸爸”。总之不像一加一等于二那样有准头。

星期六傍晚,可巧爸爸也回家来了。吃过晚饭我悄悄溜进里间屋问道:“妈妈,我有好几个生词不明白,但不是学校课堂讲的……”

我妈妈整理衣柜寻找换季衣裳,没有回头轻声说:“课外知识,问你爸!”

我爸爸悠悠点燃手里的香烟:“课外知识?你问吧。”

其实我爸我妈都是少言寡语的人,没事儿不说话,有事儿说话也很简练,就跟去邮局打电报似的,能省字儿就省字儿,绝不多言。这样家里挺安静的,显得我成了话痨。

我小心问道:“什么叫填房?梆黄两下锅是什么意思?还有刘乙己说电影里国民党官太太……”

“这么说你二姨又来啦?”妈妈突然打断我的提问。

我意识到露了破绽，只得出卖外祖母："可是我姥姥不让我告诉您。"

"你怎么也没有告诉我？"妈妈目光转向爸爸，声调不高地问道。

爸爸语气温和地解释："领导派我去耳闸工地测绘，这几天没住家里。"

妈妈听了思索着，起身走到我面前："你大姨去世很早，你姥姥让你二姨嫁过去顶替你大姨的位置，这就叫填房。"

妈妈主动给我讲解生词，这令我惊讶，她好像重新成为中学班主任了。

爸爸受到妈妈感染，说话也多了："刘乙己看书很广很杂，说话喜欢打比方，可是未必准确。我们是社会主义新中国，哪里还有什么国民党官太太。"

"刘乙己喜欢钻故纸堆儿，积累陈旧知识，没有多少实际用处的。"妈妈眉头微皱，我听出这是提醒我呢。

我嗯嗯应声，心里对刘乙己萌生了更大兴趣，我想知道他为何喜欢钻研陈旧知识。

第二天走出小院，我又遇见刘乙己，他快速眨动小眼睛说："我去文庙书市淘到不少资料，非常珍贵！"说着从胳肢窝下抻出两册纸页泛黄的书籍，在我面前晃了晃。

"《滦城文史资料选编》……"我盯着糙纸封面念出书名。

他满脸得意："还有这本呢！《河北省工商史料汇编》。"

我不知道这两册书的价值，想起他说二姨很像电影里国民党官太太，再次追问他是哪部电影。

他将两册书重新夹在胳肢窝下，做出撤退的姿态说："我从前见过国民党官太太，当然那是万恶的旧社会。"

"你经历过万恶的旧社会？"我没头没脑问道，"那么你知道田文佐是谁吗？"

"你说田文佐……"他弓身低头打量着我，"我这册《滦城文史资料选编》里有这名字，中华人民共和国成立前滦城保安大队长。"

"什么保安大队长？"我不懂这个生词，抬头望着他苦瓜形的面孔。

刘乙己笑了："你对从前的事情感兴趣，将来上大学报考历史系吧，人活着研究历史很有意思呢。"

我望着他走远的背影，心里展开小学生的思考：人活着研究历史很有意思？这么说历史是死的，它供活人研究，还让活人觉得很有意思。

二

我十岁那年，城市粮食供应充裕起来，买猪肉不再凭票，敞开供应，只是有个别售货员不愿意卖肥肉给群众,偷偷开后门留给亲戚朋友。我则顺利升入小学三年级。

人们起早买豆腐也不收粮票了。妈妈仍然周末傍晚从南郊农场回家,表情越来越严肃。妈妈这样的漂亮女人表情严肃起来,往往让我想起电影里的女革命者,譬如林道静、吴琼花什么的。可惜妈妈在农场种田,并没有肩负革命重任。

我家居住的胡同里,贴满“全面开展社会主义教育运动!”大标语,红彤彤的,激动人心。祖国形势越来越好,刘乙己从店内售货员改为外勤业务员,不用整天戳在柜台里了。于是街道居委会指派他书写大标语,满手沾着人民的墨汁。

“柯延蓉好久没来了。”单身汉刘乙己仍旧关心我二姨,并且知道她名叫柯延蓉。

“你二姨家独生儿子叫柯惠生,”刘乙己好像无事不知无人不晓,“咱们中国人多随父姓,柯延蓉却让儿子随母姓,这就叫与众不同。”

“你怎么知道得这么清楚?我二姨又不是什么社会知名人士。”

刘乙己有些抒情地说:“那些著名人物好比座座高山,你只能仰起脑袋抻长脖子瞻仰他们。我喜欢低头寻找时光缝隙里的颗颗尘埃,这才有意思呢。”

“你说我二姨是颗尘埃?”我不高兴了。

刘乙己连连甩手表示:“你这孩子不懂赋比兴,看来小学生语文课有待加强。”

我跑回家去问外祖母。她老人家表情凝重说:“你二姨守寡无依无靠,她让儿子随她姓柯就不孤单了。”

“我还没见过惠生表哥呢,可是刘乙己反而对二姨家庭情况比较了解。”

“这女人要是长得好看,自然有男人惦记。”

我不解地问道:“我妈妈长得也好看啊。”

“你妈妈当然好看,随我呗。不过你妈妈有你爸爸呢,别的男人惦记也是白惦记。你二姨单身女人,兴许刘乙己起了念想。”外祖母这样下判断。

星期六傍晚,妈妈从南郊农场回来,一进家门脱掉沾满黄泥的黑胶雨鞋,快速扒下白色线袜,打着赤脚走到里屋去了。

我吃惊地望着外祖母。她老人家眉头微皱,示意我不要作声。妈妈平时很讲卫生,从农场回家首先洗手换鞋,然后走进卧室打开衣柜更换衣裳。今天竟然光脚踩踏地板,径直坐到里间屋的梳妆台前。

外祖母端了杯热水给妈妈送去。她老人家走出来轻声告诉我:“你妈妈忙着写信,兴许是有急事呢。”

我说有急事可以去邮局打电报。外祖母说我就会瞎出主意。这时小院里传来响动,外祖母认为送冬煤的来了,派我先迎出去。

天色渐暗,我家小院里摆满物件:盛着鲜货的蒲包、装着干货的筐篓、打了包的海货、串着腊肉的木杈、拴了綪子的板鸭、装满了松花蛋的纸箱,还有两只捆了翅膀的活鸡躺在地上盯着我……原本不宽敞的小院几乎没有落脚的地方,这是有人搬家的阵势。

"今天真是累死我啦!"二姨侧身用肩膀撞开小院门扇,气喘吁吁继续往里面搬东西,"好孩子!胡同里还有两盒洋点心你拎进来吧……"

我跑出小院嗅见西点的香味,还有两瓶红果罐头躺在地上。二姨动作敏捷反身回来说:"我在泰隆路雇了辆三轮,把吃的喝的装车拉回来,那车夫不帮我往院子里搬东西,卸车拿钱就走!这混账东西怎么不学雷锋呢?"

外祖母听见响动叉开两只小脚跑出来,惊得张嘴瞪眼说:"小黑眼儿你买这么多东西!这是自家印钞票啦?"

二姨满脸淌汗,嘻嘻笑着不说话。外祖母伸手把二姨拽近身边神色紧张地说:"你以为还在滦城显富摆阔呢?如今新社会你充什么大尾巴鹰!"

"您先别咋呼好不好?我昨天在家收拾老屋翻腾东西,没想到找出田文佐留下的一幅山水画,寻思能卖十块八块的,一大早赶头趟火车就过来了。"二姨猫腰拎起两只活鸡继续讲述,"我下火车走出天津东站,直奔文物公司旁边的艺林阁,您猜猜他们报价多少?"

外祖母不是见钱眼开的人,但还是贪心地猜道:"十块钱?"

"那胖经理说这是钱维城的山水卷,现金收购二百块钱。"二姨兴奋地扔掉两只活鸡说,"我坚持争到二百二,当场就把画儿给卖啦!"

外祖母受到感染,啪啪拍响大腿说:"一幅画能买二百二?我的苍天啊!"

这时候我听到妈妈的声音:"二姐,你快把东西收起来吧,这让邻居看见影响不好。"

我转身看见妈妈穿件大红运动衫,表情严肃跨出家门,手里握着黑色自来水笔。

不知什么原因,身穿大红运动衫的妈妈近在眼前,我却感觉声音从别处传来,仿佛她在远方。

二姨重新抓起那两只母鸡说:"嫚儿,你在农场劳动身体吃亏,我买议价母鸡吊汤给你补充营养!"

嫚儿?敢情这是妈妈乳名。外祖母叫二姨"小黑眼儿",二姨叫妈妈"嫚儿",她们习惯称呼乳名,好像乐于停留在当年的时光里,永远不想长大。

妈妈显然并不领情,转身进屋继续写信了。那可能是紧急信件吧。我看过小人书《鸡毛信》。

二姨依然兴致不减，高呼低叫指挥我把东西搬进楼梯间里，然后双手叉腰跟外祖母说："那些腊肉啊干虾啊板鸭啊炼乳罐头什么的，凡是放得住的您先存着，这些放不住的鲜货抓紧吃，可别把好东西放坏了！"

妈妈似乎忍无可忍了，手拿自来水笔来到楼道里说："二姐，你还没学会小声说话？"

二姨继续高声大嗓说："嫚儿，我今晚就给你吊好鸡汤，你喝不完灌到瓶子里带到农场去！"

我听到妈妈叹了口气。二姨哼哼着皮影腔调抬腿跑到后院宰鸡去了。外祖母打量着楼梯间里的东西，低声寻思着说："小黑眼儿买这么多吃的喝的要花五六十块钱吧。"

"我连雇车总共花了五十八块二！另有两箱玫瑰露酒明天雇车取回来。"二姨在后院尖声应答，随之响起母鸡被宰的叫声。

我想起那幅山水画的主人，问外祖母田文佐究竟是什么人。"他是你二姨父，中华人民共和国成立前就死啦。"外祖母说得很轻，我听得清清楚楚。

外祖母说罢伸手拧了拧我耳朵说："小子，以后不许再跟我问这儿问那儿！"

我暗暗得意起来，认为自己有了跟刘乙己谈论的资本。我二姨的丈夫田文佐中华人民共和国成立前就死了，他应当属于历史人物吧。

晚间爸爸从市政工程局下班回家，进门看见满桌美味佳肴：冠生园的童子鸡、稻香村的浇汁铁雀、冀州曹记酱驴肉、玉生香的油浸带鱼、四海居的素什锦……满脸惊诧表情。

二姨起身招呼道："我说铁廉妹夫！听说你跑工地很辛苦，今儿喝几盅直沽高粱吧，暖暖身子解解乏。"

爸爸摘下眼镜擦擦镜片说："这山珍海味的，我以为又在家里彩排话剧呢。"

爸爸说得没错。妈妈参加教育系统业余话剧团演出，以前总在家里彩排角色。自从被下放农场种田，再没有舞台演出机会了。

二姨热情催促我爸落座。妈妈换了件蓝色卫衣，没有大红运动衫那么耀眼了。她神色平静对爸爸说："铁廉，你还是先洗手换衣服吧。"

我看到爸爸笑了，这种笑容如果老师要求课堂写作文，我觉得应该写作苦笑。

爸爸洗手洗脸换了件衣裳，挨着妈妈坐下。一张圆桌我左边坐着外祖母，右边是二姨。她给外祖母酒杯里斟满直沽高粱酒说："您酒量大！记得我出阁喜宴您喝了半斤老白干儿。”

外祖母有些尴尬，伸出筷子给我夹了只浇汁铁雀。我知道铁雀是麻雀做的，属于四害之一，吃了没事儿。

二姨伸手给爸爸斟酒：“铁廉你不要放不开！”

爸爸抬头望着妈妈。妈妈重复二姨的话说：“是啊，铁廉你不要放不开。”

我趁机嚼掉浇汁铁雀，迅速夹了酱驴肉和童子鸡，当然是给自己吃了。想起《吃水不忘挖井人》的课文，我咀嚼着鸡肉说：“二姨，谢谢您买了这么多好吃的！”

妈妈向我投来目光：“别光顾自己吃，给你姥姥夹菜。”

二姨跟外祖母和爸爸碰了杯：“我没想到钱维城这么值钱，怪不得他姓钱呢。”

“二姐，你应该说没想到钱维城的画儿这么值钱。”爸爸一杯酒下肚，好像是放开了。

“我没啥才调，念了高小就在家里学绣花了。不像人家嫚儿念过大学有文化。”二姨兴高采烈说着，轮流给大伙夹菜。

我悄悄观察着，妈妈只吃了几块素什锦。她不是尼姑却不动荤，在农场劳动不应当饭量这样小。

我家晚饭从来没有如此丰富，大家吃起来便不好收场。外祖母喝得满脸透红，兴奋得开始说古：“我记得那年惠生过百岁儿，好家伙在滦城饭庄摆十几桌酒席，来了当地军政两界要员……”

二姨突然停住筷子，扭头望着外祖母。妈妈起身说：“你们慢慢吃吧，我还有要紧事情要做。”

“嫚儿，你不教书不用备课，哪儿还有要紧事情要做！”外祖母显然喝多了，召唤妈妈的乳名。

妈妈并不吭声，还是起身回了自己房间。我又吃了块童子鸡。二姨好像也喝多了，伸出筷子指着外祖母说：“其实惠生享了几年福，可惜三岁之后好日子就完啦！”

“那时候你整天打牌听戏下饭馆，多亏人家小树叶儿带着惠生，那真是个好丫头呢。”外祖母跟二姨碰了杯。我又听到小树叶儿这个名字，感觉挺生动的。

爸爸说了声“我去看看延瑛吧”，起身离开了饭桌。延瑛是妈妈的学名，她叫柯延瑛。

二姨咧了咧嘴，小声对我说：“你爸活像个小伙计，你妈就是他大掌柜的。”

我认为“小伙计”和“大掌柜”都是陈旧词语，我们语文课本里根本没有。

晚间爸爸去单位睡办公室了，妈妈和二姨睡里屋。妈妈睡床上，二姨坚持打地铺说床垫太软。外祖母酒劲未减说：“小黑眼儿！你结婚时睡过钢丝床啊，那是滦城商会会长送给你家老田的。”

二姨没有应答，迅速睡着了。我跟随外祖母睡在外间屋。她老人家关了灯，黑暗里我兴奋得睡不着。

半夜里我被说话声弄醒了。里屋妈妈跟二姨争论起来。

“你家惠生给我写信寄到南郊农场了，我总要给你儿子做出解释吧。”

“惠生给你写信问这儿问那儿，你别搭理他就是了，用不着这么认真对待。”

“二姐！你以为惠生不知道他自己姓田吗？”

外祖母爬出被窝儿凑到里屋门外说：“小黑眼儿、嫚儿，这么多年过去了，咱家这些事情就不要再提啦！”

我听见妈妈说话：“二姐，请你以后不要再到我家来了，好吗？”

“这是我娘家啊！我嫁出去的姑娘回娘家，这连党和政府都不反对吧！”二姨呜呜哭了起来。

外祖母连声叹气：“天啊，我这是造了什么孽呀！”

造孽。半夜里我牢牢记住这个词语，不知作文课会不会用得上。

三

我十二岁那年，妈妈参加春季农田水利基本建设，不慎跌进农场干渠里摔得两处骨折，被拖拉机送到医院右胫骨打石膏、左小臂打夹板，农场领导批准妈妈回家养伤。外祖母说伤筋动骨一百天，急不得。

我沏好橘子水送到床前，妈妈满怀遗憾地说：“我要是再得两枚劳动红星，就会被评为季度优良，可关键时刻骨折了。”

“您还是应该当老师，农场不缺您种田。”我忍不住说道。

妈妈注视着天花板说：“以前我想重返教学岗位，现在我愿意在农场劳动。”

外祖母轻轻走到床前说：“你就是天生争强好胜，心里委屈也不吭声。”

“您还不了解我性格啊，我就是不愿意吭声。”

外祖母心疼地说：“你就这样熬自己吧，没人念你好处。”

趁着外祖母去厨房煮汤，我问妈妈怎么爸爸不回家照顾你。妈妈身体被石膏模板和医用夹板固定着，反而显得目光明亮：“你爸爸跑施工现场呢，时间紧任务重没时间回家，我不能拖他后腿的。”

外祖母说过，我爸我妈离多聚少，夫妻感情冷淡疏远，这种苗头不好。我问怎样能让我爸我妈感情恢复，外祖母说："不容易，你妈性格执拗，你爸只能容让呗。"

我不愿爸妈情感破裂，情急之下想到刘乙己。这两年我向他学到不少课外知识，与他渐渐成了忘年交，私下叫他"师傅"，他也愿意收我做徒弟。

刘乙己家住"过街楼"，是间凌空横跨胡同两侧的房间。刘乙己独居此处号称固若金汤。我说陈长捷认为天津易守难攻固若金汤，半夜里解放军就打进来了。刘乙己听了夸奖我擅于积累近代历史知识，属于"小神童"类型。我当然高兴。

我沿着吱吱作响的楼梯，小心翼翼走进他家，进门叫了声"师傅好"。

他房间特别凌乱，一堆堆旧书好像废品收购站，等待装车转运造纸厂化作纸浆。其实这些书籍都是他的珍藏，日益充实着他的单身生活。

刘乙己比前两年胖些了，尖腮明显隆起，有了肉的厚度。他自称这是吸收古典书籍营养，既长骨头也添肉。我觉得还是跟国家敞开猪肉供应有关，毕竟能吃到肉馅饺子了。

师傅见徒弟来了，起身抬腿跨越两堆旧书，完全不顾裤脚掀起灰尘，说："特大号外！我半夜翻书意外发现刺杀吴禄贞的凶手是马蕙田！困扰多年的悬案终于有了结果。"

"吴禄贞要是不被刺杀，他肯定参加滦州兵变，那样袁世凯就难以独大了。"他仰天长叹连呼悲夫，好像那个吴禄贞是他祖父的同僚。

我不知吴禄贞是谁，却想起滦城那边有我二姨柯延蓉和她儿子柯惠生。

刘乙己小眼睛倏地放射光芒："我忘了告诉你，这些天我重新研究了《滦城文史资料选编》等几本书。"

我索性直接点破题目说："您热心搜集滦城史志资料，这是关注我二姨吧。"

他听罢放下手里书籍，表情委屈得活像大孩子："你以为我出自私心？我阅读史料是要拂去岁月积尘看清历史的真实脸庞，我阅读滦城史志资料自然会涉及柯延蓉和她的家庭了。"

"咱们历史资料记载大事件大人物，不会有寻常百姓的事迹吧？"我不相信滦城文史资料里有"柯延蓉"的名字。

刘乙己翻开蓝色封面的《滦城革命历史回忆录》，检索目录找到《我打响人生第一枪》这篇文章说："这篇文章的作者名叫王宝田，一九四六年他参加鳌山伏击战，首次上战场慌里慌张提前开枪，严重暴露了埋伏的火力。没想到歪打正着击中骑着高头大马的国民党保安大队长田文佐。那场战斗结束后召开总结大会,王宝田并未受到处分,将功抵过了。"

"原来田文佐是这样被打死的。"我急迫说道。

刘乙已摇摇头:"我也认为田文佐死于这场伏击战,但是又读到其他回忆录,看起来他又活了一年零五个月……"

我听到"又活了一年零五个月"便觉得我这位师傅比派出所警察查户籍还要精准,不由得相信他了。

"我听姥姥说过田文佐这名字,你说的这个保安大队长会不会是同名同姓的人?"我不愿意有个国民党反动派的二姨父,于是迫切问道。

"保安大队长田文佐右腿中枪,那肯定伤筋动骨了,所以后来成了瘸子。"刘乙已用唾沫蘸湿食指,快速翻书找到丰润县财政局侯子祥回忆录页面,临时改用普通话读道,"中华人民共和国成立后搜集革命斗争史料,根据目击者马三鼓回忆,农历八月有天半夜里他去地主家偷粮食,没料想半路乌云散去满地月光,不便做贼只得转身回村,偏偏碰到国民党宪兵半夜行刑,他吓得趴到草丛里不敢动弹,可巧看见那个男人拄着拐杖走向河堤,几个拿枪的宪兵押着他。随即乌云遮得没了月亮,便看不清这群人的去向。马三鼓说当时没听到犯人喊叫,也没有听见响枪。一九六九年开展清理阶级队伍运动,县公安局找到马三鼓询问详情,这次他不光承认去地主家偷粮食,还说那个拄着拐杖的男人就是滦城保安大队长。"

我不甘心,认为半夜被枪毙的是个同名同姓的田文佐,他跟我二姨的丈夫没有任何关系。

"后来推断不是被枪毙的。那时国民党宪兵队秘密行刑不开枪,田文佐是半夜被活埋的。"

活埋?我听罢迅速思考起来。那个田文佐骑着高头大马进山讨伐被八路军打成瘸子。国民党保安队跟国民党宪兵队是自家人,自家人不会活埋自家人吧?

这样想着我做出合理判断:"那个半夜被活埋的田文佐肯定不是我二姨的丈夫!"

"这事儿要去问你姥姥,她应该知道自家女婿的下落。"

我"嗯嗯"应答,顺手拿了本《坚守要塞》翻看着。他说:"这是中华人民共和国成立前的版本,你要借走看的话不要外传。

我说:"你是从旧社会过来的人,可是书籍里的知识没有新社会与旧社会的区别吧?比如匪兵杀害刘胡兰的凶器,旧社会叫铡刀,新社会还叫铡刀。"刘乙已听罢有些激动,称赞我具备思考能力,是个好苗子,将来报考大学很有前途。我说外祖母要我长大报考技校,当工人凭手艺吃饭最安全。

"你姥姥饱经风霜阅历丰富，她当然首先考虑安全。不过人生在世还是要多读书的。"

我把《坚守要塞》夹在腋下回到家里。外祖母盯着我说："你也在胳肢窝底下夹着书，这是跟刘乙己学的吧？"

我本想向刘乙己请教怎样防止家庭破裂的策略，可是光借本旧书就回来了，这叫人小忘性大。听到里屋传出急促喘息声，我拔腿跑到床前看到妈妈疼得脸色惨白。

这就是妈妈的坚忍性格，强忍骨折疼痛决不呻吟，反而问我手里拿着什么书。我说《坚守要塞》。她仿佛听到特殊词汇，咧嘴笑了笑。我破天荒看到妈妈的笑容，感到很奇特。

妈妈让我读书给她听，说随便翻到哪页都可以。我翻到第四十九页，第二自然段是女主人公内心独白，我轻声朗读了。

人们说女子弱不禁风。是的，我承认自己羸弱，既不能翻山也不能涉水，独自来到岸边等候渡船。艄公皮肤黢黑体格健硕，他默默撑篙渡河，默默送我登岸。就这样我从女儿成为妻子，之后从妻子成为母亲。我的孩子啊，你明天就要独闯世界了，你将负重行走遭受多次挫折，记住有两种东西不可丢弃：一是对自由河流的追求，它会带你通往广博的海洋；二是对正义要塞的坚守，它会让你抵御邪恶的泛滥。你还要懂得悲悯和奉献，不要害怕前边搭建祭台……

突然妈妈泪流满面，我停止朗读。妈妈闭目说道："应该还有几句话，你没有读完呢。"

我应声继续朗读："我的孩子，今生今世你这样做了，我就承认你是我的儿子，你也会承认我是你母亲。"

"《坚守要塞》真好啊……"妈妈睁眼望着我，泪珠停留在眼角。我觉得妈妈有些陌生，或者我本来就不熟悉妈妈。

我找来牛皮纸给这本《坚守要塞》包了书皮，因为它是能够让妈妈落泪的好书。

星期六傍晚，爸爸回家来了。他走进家门摘下眼镜，掏出手绢擦去镜片上的雾气。这让我看到他浓密的连心眉。外祖母说过男人里这种面相的不多。

爸爸走到里屋问候妈妈的伤情，从提包里取出补充钙质的药片，说每天两次，每次两片。看到爸爸关心妈妈，我放松了心情。外祖母高兴了，下厨做了肉丝打卤面，热水焯好黄豆芽做菜码儿。

热气腾腾的面条出锅，外祖母用大碗盛面，浇了卤子放了菜码儿，大声说“铁廉你先吃吧”。爸爸拿起筷子拌匀面条，端着大碗走到床前侧身坐下，准备给妈妈喂饭。

“还是我自己吃吧……”妈妈被石膏模板和医用夹板钳制着，每餐都是外祖母喂饭。这时外祖母快步上前说：“你单手端碗怎么拿筷子?还是让铁廉喂你吧!”

我看到爸爸脸色窘迫，有些不知所措的样子。我凑前说道：“妈妈，您就让爸爸喂饭吧。”

“那么你来喂我吧。”妈妈朝我说道。我惊讶地扭脸望着爸爸。

“好吧，那就让儿子喂饭吧，”爸爸把大碗递给我说，“你用筷子夹断面条，小心别烫着妈妈……”

爸爸起身走到外间屋吃饭，随即传来吃面的声音，听着挺响亮的。我抱住大碗用筷子夹断面条，一绺绺送到妈妈嘴里。妈妈慢慢咀嚼着突然问我：“你读小学五年级了吧？”

“是啊……”虽然妈妈近在眼前，但她的询问猛然让我感觉遥远，甚至想大声告诉妈妈我明年小学毕业了。

妈妈平静地说：“你要好好学习天天向上。”

“团结、紧张、严肃、活泼。”我说出八字校训。

吃过晚饭，爸爸吸烟时询问我学习情况。我说本周测验语文九十八分、数学九十九分。他听后鼓励我下次测验争取考双百。

外祖母给爸爸端来茶水，仿佛老年服务员。爸爸连忙起身表示谢意：“这阵子我驻场没回家，让您伺候延瑛辛苦了。”

“你工作繁忙不用分心，一家人不说两家话。”外祖母这样客气地说着，反倒像是两家人了。

天晚了，我和外祖母关灯睡下了。半夜时分我猛然惊醒，不敢回忆梦里情景，因为黑暗的梦境里有人被杀害了……

里屋没有熄灯，不时传出爸爸跟妈妈的谈话。我害怕梦境重现不敢入睡，悄悄爬起溜到里屋门外偷听。

爸爸语调低沉劝告妈妈：“我知道你跟惠生多次通信，好在还没有彻底捅破这层窗户纸，我希望你保持沉默，不要给他出具证明身世的材料……”

“可是惠生的亲爹是给国民党反动派杀害的，难道历史真相就这样被掩盖了？难道惠生永远被蒙在鼓里接受不公平的命运？难道我没有责任撩开尘封的历史……”

妈妈好像因疼痛说不下去了。我屏住呼吸继续偷听。

爸爸稍微提高声调：“如果这次你给惠生出具证明材料，等于白纸黑字暴露自己的历史污点！谁能够想到堂堂天津卫女大学生，曾经委身于国民党宪兵司令……”

“铁廉，既然这是历史污点，我索性写材料把它暴露出来，这样有什么不好吗？”妈妈语气平和仿佛面对无关紧要的事情。

爸爸有些生气了：“柯延瑛啊柯延瑛，你这样不光自毁名誉，让大家知道你这段不光彩的经历，还让大家知道我有个不纯洁的妻子！你让我今后怎么做人呢？”

我听到妈妈的声音：“看来你我对纯洁的理解全然不同，这真是没有办法的事情……”

黑暗里我被一只手揪住耳朵——外祖母将我牵回床边说：“小子！有些事情将来你会明白的……”

我抓住机会趁机问道：“姥姥！我二姨的丈夫田文佐是不是被国民党宪兵队给抓去活埋啦？”

我看不清黑暗里外祖母的面孔，清楚听到她老人家应声说：“当初都怪我是糊涂虫，急着救人净做傻事。”

天啊！刘乙己所说被国民党宪兵队活埋的田文佐正是我二姨父，也就是柯惠生的亲爹。

四

我十二岁那年初秋季节，妈妈身体基本复原，她又要去南郊农场参加劳动了。外祖母特意买了紫藤拐杖让她带上，说走路腿脚发软就拄着。妈妈仔细端详着紫藤拐杖的形状，然后缓缓摇头说：“唉！没想到我要拄它走路了。”

妈妈把紫藤拐杖留在家里，依靠自己的两条腿去了南郊农场。外祖母迅速把拐杖收进柜子里小声嘟哝说：“我怎么忘了呢？这东西勾人心思啊。”

妈妈还是星期六傍晚回家，生活貌似回到了原来的模样。

爸爸用自行车驮着行李，搬去单位住了。平时我跟外祖母共同生活，感觉挺孤单的。爸爸临走把办公室电话号码留给我，说有事可以联系。过了几天我上街找公用电话拨打这个号码，确实很快有人接听，告诉我铁廉同志被派驻工地了，若有事情可以代为转达。我慌忙挂断电话，交费四分钱。

天气转凉了。星期六我和外祖母吃过午饭，听到外面有人咚咚叩门。我停止洗碗跑去开门，这人跨步进家叫了声“姥姥”，大声说“我是惠生”。外祖母摘下老花镜望着自家外孙，抬手抹了把眼泪说：“我的惠生长成大小伙子啦！”

原来这就是二姨的儿子惠生。他其貌不扬却目光炯炯，给人很有力量的感觉。我主动说了句“欢迎惠生表哥”。他走过来笑着说:“怪不得我妈在家夸你是冰糖嘴儿,从小就懂礼貌。”

我被他夸得不好意思,便没话找话说:“我二姨好几年没来天津啦。”

不等惠生搭言,外祖母抢先跟他说:“你妈妈这大半辈子不容易,以后你可要好好孝敬她啊。”

惠生使劲点头表示听从。他蓝色棉衣胸前印着“滦煤”二字,我知道这是大企业工作服的标志,打心眼儿里羡慕说:“惠生表哥是工人阶级啦!”

惠生立即说:“是啊,幸亏老姨给我写了证明材料,组织派人查阅冀东根据地档案,找人证明我爹不但不是国民党反动派,还是被国民党反动派杀害的。所以民政局给我安排工作,分配到煤矿当了工人。”

“好啊,进煤矿当工人吃商品粮,你不用在农村挣工分啦!”外祖母高兴得跺脚搓手。

惠生打开人造革手提包,掏出几听铁皮罐头说:“我从心里感激老姨,要是她不给我写证明材料,我这辈子就是国民党保安大队长的儿子,哪里会有今天的好光景!”

惠生说着眼睛里闪出泪光:“我妈告诉我说,老姨写这份证明材料等于给自己抹了黑,还惹得老姨父不高兴,我是专门跑来给老姨磕头谢恩的!”

惠生如此激动,外祖母反倒满脸尴尬,一时说不出话来。我感到这件事情并不简单。外祖母听说惠生没吃午饭,颠儿颠儿跑进厨房弄吃的。我趁机跑到刘乙己家向师傅报告最新情况。

刘乙己合拢书本闭目倾听,不时微微点头。当我说到政府给惠生安排工作,他突然睁开眼睛。

“我对这桩事情有所判断:一是惠生亲爹田文佐不是国民党反动派,他的真实身份有待继续考证;二是你父亲反对你母亲给惠生出具证明材料,说明这件事情背景复杂……”他说罢起身背手踱步,很像电影里旧社会的老学究。

我忍不住问道:“三呢?”

“三嘛……这话说出来有些残忍,不知你能不能承受。”他停止踱步从抽屉里找出两块压缩饼干,塞进嘴里咀嚼着。

“你还没吃午饭啊?”我怕他噎着端起茶杯递给他。

他说这种压缩饼干是部队内部清仓处理的。我焦急等待他说出“三”,并不关心军用物资的保质期。

“你现在年龄太小了,还不能理解丈夫无法容忍妻子哪类事情。”

我承认自己年龄还小,对很多事情都不能理解。

“我们中国人有古老传统观念……”刘乙己显然难以表达,顺势转变话题说，“你母亲给惠生出具证明材料，这肯定使你父亲落到难堪被动的境地。”

我说我爸不愿回家，如果我爸跟我妈离婚我家就破裂了。

“你母亲不惜名誉受损也要给惠生身世做证，这就叫勇气担当！”刘乙己被我母亲感动，“我认为田文佐的真实身份迟早会被澄清的！我相信历史的自洁能力。”

我没想到他给田文佐如此的评价：“我二姨吃喝玩乐做了好几年国民党官太太，现今还有不少旧习气呢……”

“你说得没错！柯延蓉缺乏政治思想觉悟，当时只知道自己是国民党官太太，却不清楚丈夫究竟是什么人。”

“您说田文佐究竟是什么人？”我认为师傅思考能力很强，徒弟就要及时请教。

刘乙己有些得意地笑了：“读书破万卷，方知古圣贤。我刘福禄大胆判断，田文佐不是国民党反动派，他是共产党的人！否则政府能给惠生安排工作吗？这叫抚恤革命烈士遗孤。”

尽管我不懂“抚恤”的意思，还是欢喜起来。倘若惠生表哥变成革命烈士遗孤，那是多么光荣的事情。我兴奋地跟刘乙己挥了挥手，噔噔噔跑回家去。

我走进家门，外祖母轻声说惠生睡了。我听到里屋传出鼾声，这响动让人想起玩具小火车。外祖母情不自禁地说：“惠生连打呼噜都像田文佐！真是亲爹亲儿啊。”

我快速问道：“田文佐打呼噜您怎么知道？”

外祖母被我问得毫无思想准备，脱口说道：“那时你二姨被田文佐打呼噜吵得没办法，经常抱着被褥跑到我屋里来睡。不过人家田文佐不经常回家住，你二姨整宿打牌耍钱，有时三缺一还拉我凑数……”

外祖母胆敢讲出这种生活往事，可能跟惠生被定为革命烈士后代有关吧。于是我模仿刘乙己的语句问道：“姥姥，惠生他亲爹是共产党的人吧？”

“田文佐是半夜里从家里被带走的，那些国民党宪兵倒挺客气，有个大兵还拿了他的紫藤拐杖，让他拄着上了军车。”外祖母侧脸望着窗外回忆，“所以我觉得他没犯大事，兴许是得罪了同僚被小人陷害了。”

我趁机又问道：“事情后来怎么样呢？”

“我急着要把田文佐保出来。只要他当保安大队长，你二姨就有好日子过。逢年过节有人送礼，不论吃的喝的还是穿的戴的，小黑眼儿是有送就收来者不拒，从来不告诉丈夫谁给家里送了礼。不过她对小树叶儿挺好的，给那丫头做了好几件花布衣衫……”

我把话题拽回来问道：“姥姥，您不是急着要把田文佐保出来吗？”

外祖母充满遗憾说：“是啊！我跑去找宪兵司令高铁桥求情，谁知道那人是个笑面虎，我送钱也好送人也好，他光说关押几天就放人，没承想秘密把田文佐弄死了，后来连处决地点都找不到……”

外祖母似乎后悔多嘴，止住话语去厨房准备晚饭了。这时候里屋没了鼾声，我家顿时安静下来。

“我送钱也好送人也罢？”我思索外祖母这句话。当然送钱是金票银圆，那么送人呢？肯定不会糊个纸人儿送去。那时外祖母身边只有乳名叫“小黑眼儿”和“嫚儿”的两个女儿。一个小媳妇一个大姑娘，她老人家会送哪个呢？

“难道我爸跟我妈分居的原因就是当年……”我这样寻思着顿时紧张起来，不敢想象外祖母送女儿走进国民党宪兵司令家的情景。

惠生睡醒推门走出里屋，朝我无声地笑了。我想从他身上寻找田文佐的影子，就定住目光看着表哥。

他从衣兜里掏出白色手绢，手绢里面包裹着褐色小纸包，打开小纸包露出两块水果糖：“这是那年你让我妈捎给我的，我一直舍不得吃保存着呢……”

我瞪圆眼睛望着这两块被惠生表哥保存至今的水果糖，实在难以想象他在农村生活的窘迫。

惠生说：“现在形势好转家里生活大变样，我妈特别高兴，她说再来天津就自己花钱住旅馆去。”

我想起自从妈妈拒绝二姨再来我家，这两年她确实没有露面。“是啊，二姨卖了那幅山水画有了存款，她可以去北京玩儿嘛。”

惠生告诉我，那次二姨坐火车回家被小偷掏了包，一分钱没剩。“我妈性格稀里糊涂，家里有啥她不知道，家里没啥她也不知道。”

外祖母听到我跟表哥说话，就招呼我到厨房择菜。我跑进厨房看到没菜，只有她老人家板结的面孔。“你不要跟惠生谈论从前的事情，那时他两岁多啥都不知道。哪像你这个小神童，张嘴前五百年，闭嘴后五百年，没有你不知道的掌故！”

外祖母回避着从前的事情。这使我想起自己那句名言：从前的事情就叫历史。看来她老人家回避着历史。

惠生来到厨房说上街转转，外祖母紧急叮嘱道：“你带来罐头就是了，上街别再给你老姨买东西啦！”

我送表哥走出小院，告诉他南市怎么走，那是二姨最喜欢的地方。惠生摇头笑了：“我要去兆丰路参观，那里有中华人民共和国成立前中共地下党秘密联络点，听说不用花钱买门票……”

我说不知道去兆丰路怎么走。表哥说这种地方我应该知道的，就匆匆走了。

临近傍晚时分，妈妈从南郊农场回来，身体显得沉重。她性格刚强从不示弱，走进家门破天荒叹了气：“我这条腿阴天就不得劲儿，难怪您给我买了拐杖。”

“不听老人言，吃亏在眼前，”外祖母伸手接过女儿的帆布兜子说，“你伤筋动骨不该干重活儿，这是落下病根儿啦。你要还这样玩命表现，等身子骨老了就受罪吧！以后阴天腿疼就拄拐杖吧。”

“我在农场拄拐杖干活儿，人家领导能不批评我吗？您收好那根紫藤拐杖，等我老了拄着它走路。”

我听了这话有些难过，便岔开话题告诉妈妈惠生表哥来了。妈妈走进里屋换衣服说：“惠生离开农村当了工人，这孩子总算熬出头了。”

我听妈妈说话感觉她在从前的地方，这声音穿过高山越过大河，经过好久才传到今天。从前的地方就是历史的地方。我不敢把这种奇怪的感觉告诉妈妈。

外祖母好像心有灵犀：“王宝钏住寒窑十八年熬出头，今年惠生十八岁也熬出头了，总算有了正式身份。”

天黑时分，惠生上街回来了。妈妈从里屋迎出来满脸微笑。这是我首次看到母亲温暖的笑容，如果写作文可用“春光灿烂”形容。惠生叫了声“老姨”扑通跪下就磕头，碰得地板咚咚响。

妈妈被这突发动作吓住了，求救似的望着外祖母说：“新社会不兴下跪行礼，这可使不得啊。”

外祖母响声说：“嫚儿！你就让惠生磕头吧，这孩子是跟你谢恩呢。”

我上前拉住惠生表哥说：“你磕破脑门儿我有红药水……”

妈妈连忙扶起惠生。他放声大哭说：“老姨！您给我写了证明材料，不怕暴露自己那段事情，弄得老姨夫跟您离了婚，我这辈子对不起您啊！”

啊！我爸我妈离婚啦？我惊诧望着妈妈，转而望着外祖母。外祖母对惠生说：“你这是从哪儿听来的闲言碎语？别信那些嚼舌头根子的人！”

我也不愿相信父母离婚，急忙对表哥说：“我爸工作忙，不回家，他经常跑工地呢。”

惠生特别实诚，极力表明自己没说瞎话：“我去兆丰路可巧遇见老姨夫，他还嘱咐我珍惜工人身份，这是老姨牺牲个人名誉换来的……”

妈妈听了再次露出笑容说：“我有什么牺牲的，你这是沾了你爹的光。好啦，全家吃晚饭吧！”

外祖母拿出惠生带来的罐头说：“前年小黑眼儿买的玫瑰露酒我还存着呢！今天咱们喝酒庆贺惠生成了工人阶级！”

外祖母活跃了气氛，惠生抹干眼泪高兴起来，动手打开两盒午餐肉罐头，又打开茄汁鲮鱼和五香鸡胗。

“惠生这孩子真会买东西，这方面特像我二姐呢，”妈妈对外祖母说，“您年轻时酒量就大，今天高兴多喝几盅。”

外祖母猜不出女儿是悲是喜，表情疑惑问道：“嫚儿，今天高兴你也喝点酒吧？”

“我当然要喝的，这么多年过去了，我做了应该做的事情，您知道我特别高兴。”

外祖母连连点头说她知道。惠生及时给外祖母和妈妈斟满酒盅，双手抱拳行礼说：“今生今世我要像亲儿子那样孝敬老姨！”

妈妈表情严肃起来：“惠生不要这么隆重感恩，你这样反而给我造成心理负担。”

惠生连连眨动小眼睛，说了声“先干为敬”端起酒盅就干了。外祖母小声提示说：“你随你爹没酒量，这玫瑰露酒醉人呢！”

“人逢喜事须尽欢，今天让惠生敞开喝吧，”妈妈和声细语告诉惠生，“以后有事情写信不要邮到农场，你就寄到家里来吧。”

外祖母突然放声说：“吃菜吃菜！我还有瓶糖水橘子没打开呢。”

她老人家又在干扰别人说话。我爸我妈都离婚了，外祖母还要遮掩什么呢？可能还是从前那些事情。

这夜晚惠生喝醉了，果然像外祖母所说，惠生随他爹没有酒量。

我建议我去刘乙己家里借宿，让表哥睡家里。惠生听罢坚决反对，说他打呼噜搅得全家睡不好。外祖母几经犹豫同意让我送表哥去刘乙己家里借宿。

我没有想到惠生酒后跟刘乙己彻夜长谈，那段扑朔迷离的历史显露出几分底色。

五

我十七岁那年，天气转暖，有小道消息说应届初中毕业生去河北省农村插队落户，这路程比内蒙古近多了。我打电话向父亲报告。可巧他在办公室，听说了我的情况，父亲主动跟我约了地点和时间，说请我去宏叶食堂吃饭。

我已然长成小伙子了。母亲的情况也有变化。南郊农场取消公休日，开展备战备荒大会战，即便周末也不许回家，妈妈每天还要写思想汇报。我即将离开城市去农村广阔天地炼红心，心里有些想念母亲，张口找师傅借了飞鸽牌自行车，起早赶往南郊农场。

我内心敬重母亲。她给惠生表哥出具身世证明材料，自愿暴露在旧社会生活的经历，经过两年审查定为“隐瞒历史问题”，落户南郊农场成为在册职工，不会重返校园了。这几年她变得又黑又壮，还学会南郊靠海口音，几乎没了原来的模样。我想起初中政治课的马克思主义哲学原理，认为母亲完成“从量变到质变”的飞跃，她在本质上属于南郊农场了。

一路骑行三个钟头到了南郊农场，边界围墙就是铁丝网。我几经周折找到丙字小队的劳动现场，人们齐刷刷埋头收割，田野响彻镰刀割断高粱身躯的声响。我记得母亲工号四十九，便跨步钻进田垄，呼叫一遍“柯延瑛”呼叫一遍“四十九号”，就这样轮番喊叫着，好像我有两个母亲似的。

是啊，我会不会有两个母亲呢？一个长久驻留历史时光里，一个辛勤劳作现实生活中。不知何时能够结束这种分裂，让我拥有真正的母亲。

随着我的大声呼喊，有个被汗水浸透的身影应了声，缓缓冲我转过身来。我透过高粱枝叶看到那是妈妈。她头顶包裹着白毛巾，身穿蓝色长衣长裤，向我挥挥手里的镰刀。

“我昨夜梦见你了，今天你就跑来啦。”妈妈嗓音有些沙哑，摘下白毛巾擦汗，露出完整的面孔。我说：“您真的梦见我啦。”她拎着镰刀走到田地外边，让我坐下。

她从田埂旁边布袋里掏出两个玉米面窝头，递给我说吃吧。我给妈妈带来国光苹果和槽子糕，正好当作午饭。她说槽子糕不耐饥，干活儿没力气，坚持让我吃槽子糕，她吃窝头就苹果下饭，咕咚咕咚喝凉水。这男性化的咀嚼方式然而属于我母亲，她以前喜欢吃馒头蘸炼乳。

我告诉妈妈有消息说我要去河北省插队落户。这时她手里的苹果已经变成苹果核，她盯着苹果核说：“河北那边也种植多穗高粱，你要学会使用镰刀的。”

太阳当空照耀，我与母亲的谈话只有苹果和镰刀。当然苹果被她吃掉了，剩下镰刀成为重要内容。当然我不会吃掉镰刀的。母亲叮嘱我虚心接受贫下中农再教育。我表示努力学会使用镰刀收割庄稼，做合格的社会主义新农民。

母亲突然转变话题，侧脸望着田野说道：“刘福禄夸赞你是小神童，这几年你长成大神童了。”

我自幼很少受到母亲表扬，一时吃不准“大神童”评价的含义，于是向母亲介绍刘福禄的情况，说他外号“刘乙己”，单身生活，嗜书如命，邻居们不大待见他。

“刘福禄是个人才呢，”母亲被农场太阳晒得肤色黢黑，黑色表情越发严肃，“那时我读津沽大学，刘福禄低我两届，他喜欢研究历史，带头创办‘问津社’，写文章挖掘被历史湮灭的人物。”

刘乙己竟然是母亲的同校学弟？这令我感到意外，这些年来他从不提及大学经历，好像只读过幼儿园。

既然母亲提到刘乙己，我鼓起勇气说他对冀东人物史志也有研究，包括田文佐和高铁桥。

母亲伸手拖过几根高粱，挥起镰刀砍成几段，快速剥掉高粱秆的胞叶说："你假装这是绿皮甘蔗，嚼嚼也甜呢。"

不知母亲是何用意，我接过青色高粱秆就像吃甘蔗那样咀嚼起来，果然尝到清新的甜意，有着几丝甘蔗的韵味。

"当然高粱秆不是甘蔗，人们叫它甜棒。这称呼既象形也写意，可是农村小孩儿就认为它是甘蔗，有的小孩儿长大成人还是这样认为，你说怎么办呢？"

我觉得母亲变成高粱地里的哲学家，便努力回答她："但愿他们能够见到真正的甘蔗。"

我嚼光手里的几截甜棒，说我若是农村小孩儿也会相信这是甘蔗。母亲听了露出满意的表情："研究历史是门沉重的学问，你年纪轻轻担得起吗？"

"我现在年轻，终究会变老的。我变老了就担得起了。研究历史的人，可能越老越有力量吧。"我不知不觉喝光母亲瓶子里的水，感觉水里放了盐。

母亲整理着头发，然后戴上宽檐大草帽，要送我到农场大门。我推起自行车请母亲坐在后边，她说走路说话方便。

临近农场大门母亲说道："刘福禄没有看错人，你是个有思想的孩子。我当然看出你的心思，感觉妈妈的经历比较神秘，你就拜师刘福禄研究冀东宪兵司令和保安大队长，你认为这些都是难以启齿的事情，所以妈妈不告诉你。其实这些都是过去的事情了，当年女大学生现在农场劳动，我觉得这样就可以了……"

我只好安慰母亲说过去的事情就过去了。母亲略有伤感地说："过去的事情就是历史啊。我是历史事件的当事人，即便名誉受损也不会急于解释。"

我说历史会被时间检验的，然后跨上自行车跟母亲道别，她突然低声说道："我相信田文佐是个好人！就是不知高铁桥落得何等下场……"

当年跟高铁桥发生纠葛的女大学生就是眼前的母亲啊，我本能回避着说了声"妈妈再见"，猛地蹬起自行车跑开了。

一路心中没有风景，铆足力气蹬车。想起母亲我的心情越发沉重。历史就是过去发生的事情，说着好像轻盈的羽毛，当你背负自身履历行走时，便会气喘吁吁了。妈妈从中学教师变成农场女工，坐在田埂啃窝头就苹果下饭，大口喝着加盐的凉水，就是从过去走到今天的。

天黑透了走进家门,外祖母打量着我:“你这脸色就跟放了血似的,是先吃饭还是先睡觉啊?”

我说先把自行车给刘福禄叔叔送去。外祖母讽刺说:“你师傅出租自行车计时收费啊。”

“你妈妈没事吧?”外祖母追到院子里问道。我说我妈妈特别结实就跟铁人似的。她老人家略显放心说:“农场干活儿累身不累心,人活着就怕累心。你要是上山下乡也是累身不累心,只要吃饱饭睡好觉就成。”

我推着自行车停到刘乙己楼下, 又困又饿双腿发沉, 攀缘楼梯走进这间“过街楼”,迎面嗅到浓烈的香烟味道,显然他家有客人来访。推门进屋看到父亲在跟刘乙己谈话,两人中间堆着几摞旧书。房间里烟雾笼罩,好像来了神仙,显然他们交谈好久了。

在这里意外遇到父亲,我不知该说什么。他手里夹着香烟说:“前天跟你约好时间地点跟你吃顿饭,没想到提前巧遇了,就算在这儿见面了吧。”

我忍不住打起哈欠,点头应答表示同意父亲的说法。我的师傅没有脱离两人讨论问题的亢奋状态,凝神皱眉话语不断:“有些时候,请注意,我是说有些时候,一个人物细节就可能颠覆事件走向,甚至改写历史。譬如清末军机处章京连文冲伪造‘归政照会’,这是个历史细节吧?但是彻底激怒慈禧太后,当即下诏向十一国宣战,于是完全改变了中国历史的走向。”

刘乙己说着起身踱步,无奈房间堆满书籍地面狭窄,他要高抬腿慢伸脚寻找地面,这姿势宛若探测雷区。父亲趁机对我说:“你长大成人即将上山下乡,这些事情也不必对你隐瞒了。我觉得你母亲那段经历轮廓模糊,总想弄清事情的来龙去脉。”

我累得强打精神说:“您跟我妈妈离了婚,何必还要穷追猛打呢?”

父亲温和地笑了:“我觉得跟你母亲离婚过于武断, 后来经常思考这个问题。譬如她既然委身于冀东宪兵队司令高铁桥,怎么没能救出田文佐呢?这等于把自身清白搭进去,还染了洗不净的历史污点,结果姐夫还是被处决了……”

我觉得这话题不适合在父子间展开, 便起身告退说:“你们长辈继续讨论吧,我交还自行车就该回去了。”

“你可以留下旁听,这样会看到你母亲的真实面目。”

父亲挽留我旁听,我扭脸望着刘乙己,毕竟我是他的徒弟。然而他似乎忘记了我的存在,猛然停住雷区探测式踱步说:“那晚柯惠生酒后借宿我家,跟我讲述了那份证明材料的原文大意,应该具有研究价值的!”

“好几年过去了您还记得原文大意?”我全天骑行八小时浑身疲累,强打精神问道。

“你问得好！其实任何事情都是难以复述的，因为任何复述都会改变事情原貌。所以人们喜欢听广播电台的评书。”

父亲有些不耐烦了：“依照你的逻辑历史教科书就成了民间传说？咱们言归正传吧。”

“你后悔自己轻率离婚，这种心情我能够理解。不过破译历史真相还是要平心静气。我尝试复述原文大意，争取不大走样吧！”刘乙己说罢双目微闭，搜索自家记忆仓库。

我的师傅记忆力很强，可以背诵《中国近代史》中很多重要段落。可是困意袭来眼皮好像涂了胶水，我竭力睁大眼睛听着。

“临近学校放暑假，家里寄来快信说姐夫田文佐出事了。那时我姐过着国民党官太太的生活，在滦城提起柯延蓉可能没人知道，提起保安大队长太太颇有名气的。

“我走出滦城火车站，有个洋车夫认出我是保安大队长的小姨子，就说坐车不要钱。我不习惯这种民间称谓，文明用语我是田文佐的妻妹。家里来信说母亲找到算卦先生得到指点，此番若想保住女婿性命只有财色双奉，可是母亲带着金条陪同我姐找到宪兵司令求情，却被对方拒了。于是我决定直奔滦城宪兵司令官邸……”

我侧耳听着，感觉那篇证明材料的原文大意，被复述成为节奏缓慢的叙事散文，人物倒还鲜明。

刘乙己睁开眼睛望着我父亲：“我暂停这段复述好吗？我手里另有佐证提供给你们。”他动手从旧书堆里翻出《江西文史资料全编》之九说：“这是高铁桥的回忆录，他被定为乙级战犯收监关押，一九五七年写了这篇知法认罪的回忆文章……”

我猛然打个激灵，冲淡几分困乏。刘乙己淘到高铁桥的回忆文章，不啻从浩瀚无边的书海里采到小朵浪花。我师傅真是宇宙级书虫儿。他慢条斯理告诉父亲，这册《江西文史资料全编》之九是从废品收购站烂纸堆里搜救出来的。父亲听罢尴尬地笑了笑，伸手递去大前门香烟以示敬佩。刘乙己接过香烟回首往事说：“我读津沽大学三年级学会吸烟，没留神被学监给开除了。”

我想起母亲跟我说刘福禄低她两届，是学弟，却没说他被开除学籍的遭遇。看来这也是个履历复杂的人物。

刘乙己翻开泛黄的书页，轻声诵读高铁桥的回忆文章：“一连几天供电线路遭到共产党行动小组破坏，造成冀东部分地区停电，天黑，官邸点燃蜡烛照明。大约晚间八点钟有副官报告，田文佐的岳母陪同田妻柯氏闯进客厅，声泪俱下为自家夫婿求情，殊不知田文佐罪难赦免，即便柯氏献金献色亦无转机，执行死刑了。这是我犯下的滔天大罪……”

我的耳朵被拧疼了，睁眼看到外祖母矗立面前：“你不是来还自行车嘛！我以为你出家当了和尚。”

我猛然意识到自己困得睡着了，没有听到高铁桥回忆录的结局。这时父亲起身跟外祖母打招呼，表情局促。外祖母神色坦然说：“铁廉你没吃晚饭去家里吃吧，别看你跟延瑛离了婚，咱们不伤情分呢！”

父亲表情越发拘谨轻声谢绝。刘乙己好像突然失控了，表情执拗举起《江西文史资料全编》之九大声说：“您急于搭救田文佐，不光给高铁桥送了钱物，还送了人物嘛。”

刘乙己居然大胆追问外祖母那段隐私，我被他吓着了，起身想跑。没想到她老人家展露前所未见的泼劲儿，拍着胸脯大声说道：“没错！我既送了钱物也送了人物，可是人家不要啊！小黑眼儿只好跟我回家，我寻思高铁桥不愿要小媳妇，他是想要黄花大姑娘。”

听到外祖母这样说，我脑海嗡地炸开了。小黑眼儿已是少妇，那么家里只有嫚儿是黄花大姑娘，莫非为了解救田文佐，外祖母和二姨果真联合起来把我母亲送去高铁桥家……我难以相信这种骨肉亲情的残酷，起身跑回家去。

我冲进家门扑到床上，头昏脑涨，浑身酸痛，动弹不得。蒙眬间外祖母回家来了，伸手摸了摸我额头。我感受到她手掌上的老茧，迷迷糊糊睡了过去。

梦里我飞翔到滦城上空，看见有辆洋车驶到宪兵司令官邸大门前，乘客看样子是个女大学生，身穿阴丹士林蓝大褂，外面套着月白色上衣，全身装束朴素大方，她下车告诉洋车夫不超过半点钟就会出来。洋车夫点头表示等待。她便只身走进那座黑漆大门了。夜色里我低空盘旋着，看到洋车夫弯眉细眼紫记脸膛，接连不断地抽着烟卷……

半夜突然醒来，想起梦里并没看到女大学生走出那座黑漆大门，那辆洋车也不见了。我失望地哭起来。

之后想起苏联小说里那句话：“有时历史老人也会流淌新鲜的泪水。”

我不是历史老人，我的泪水来自我不曾经历的时光。

六

我十八岁那年，初夏时节突然传来本市工矿企业招工的消息，说将有大半应届初中毕业生留城，从而避免插队落户的命运。我迅速回家告诉外祖母，她老人家听了毫不兴奋，反而口气冰冷地说：“你妈妈身背历史污点，我估摸人家工矿企业不会选你的，还是趁早做好插队落户的准备吧。”

我认清自己的处境，当然不会抱怨自己的母亲，可是我想知道事情的原委。外祖母深谙世故看透我心思，故意提示我说：“你师傅刘乙己是刘伯温转世，有啥事你去问他吧。”

我诚恳地告诉她老人家，那天没有听完高铁桥回忆录，后来几次询问刘乙己，他都说那册江西文史资料被我爸借走了，好像故意不让我得知详细情况。

“你呀你呀！有事求我的时候，你就变成小孩子，没事了你就是大小伙子。你就这样跟我变来变去吧。”

外祖母说得真对。我想探清事情原委就像个小孩子，无形中促使大人放松戒备心理，不经意间就把实话说出来了。我承认自己有了心机，渐渐具备跟外祖母斗智斗勇的本领。于是，我当场使出“激将法”，向外祖母讲了我凌空飞翔的梦境，说紫记脸膛洋车夫等到天色大亮，也没见女大学生走出宪兵司令官邸。

外祖母抑制不住惊诧说：“小子！你真的做了这样的梦？不会是从破烂资料里看到的吧？”

我指着自己鼻尖做出保证，说梦里洋车夫称呼女大学生“柯小姐”，显得特别尊重。

外祖母抬头望窗外小院：“那时滦城真有个紫记脸膛的洋车夫，不过那种人抽不起烟卷的，拉洋车的都抽旱烟袋，他们穷啊。”说罢转回目光望着我又说：“所以说你那梦是假的！”

我说希望梦境是假的，那样妈妈就不会永久下放南郊农场劳动了。

“你长大成人懂得道理，当初我想尽办法搭救田文佐，就是想保住你二姨的富裕生活！她过好日子我也沾光啊。”外祖母表情严肃起来，“你整天跟刘乙己讨教，他嘴里说的全是旧书里看来的，我嘴里说的都是亲身经历的！”

我望着外祖母的国字脸说：“您说这次我不能留城，那就趁我还没上山下乡，多给我讲些您亲身经历的事情。”

她老人家拿过针线笸箩，双腿盘起端坐床头说：“我现在回想起那个宪兵司令，还是觉得他不像武将，眉清目秀面孔白净，说话文绉绉倒像个文化人，可是谁能想到这路人最难通融，远不如那些占山为王的土匪好办事……”

“这么说从前您见过土匪？”这是我学会的谈话引导法，对付外祖母应当管用。

外祖母难堪地笑了：“田文佐死后约莫半年光景，那天半夜里有人翻墙进院凑近窗户，说要约定时间接你二姨和惠生去北山根据地。我光听说过北山那边出土匪，就让你二姨拍窗户撵那人走。那人说了声‘你们保重’就翻墙走了。

紧接着听见外面街上响枪，还把惠生吓醒了。转天清早听说夜里宪兵巡逻打死个共产党交通员，我寻思就是半夜窗外边说话的那人……”

我听了心里难过，想象那个半夜冒险进城的共产党交通员，就这样牺牲了。外祖母也是满脸愧色说：“我哪儿懂得什么叫根据地！不过幸亏小黑眼儿没去北山，她浑身好吃懒做的毛病，哪过得了根据地的苦日子！”

我当然有不同看法：“二姨不去北山等于跟革命根据地断了联系，中华人民共和国成立后背着国民党官太太身份，还让惠生从小受到牵连。”

“现在惠生混好啦！你妈妈给他写了证明材料……”

外祖母话音落地，我家房门咚地被撞开了，一只白布大包袱首先进屋，随后是双手紧抱大包袱的人。这只大包袱进屋落地，随即露出二姨的形象。外祖母拍响大腿抱怨说：“小黑眼儿你闹鬼呀！”

二姨撩起大襟擦拭下巴颏儿上的汗水，笑嘻嘻环视着房间说：“我好几年没来，怎么家里没啥变化呢！”

好像二姨也没啥变化，还是吃咸不管酸的气派，照旧没心没肺的性格，依然心直口快的脾气。我不禁想起落户南郊农场的母亲，直接向二姨报告说：“这几年还是有变化的，我妈星期六不能回家来了。”

这则坏消息唤起二姨的轻声叹息，随即要求外祖母沏茶，并且要喝正兴德的香片。她不等热茶端来就打开话匣子，兴致格外高涨。

经过这几年熏陶，我养成倾听别人诉说的习惯，刘乙己说这叫收集现场资料。于是我蹲坐角落静心聆听。外祖母扭脸瞪了我一眼，好像审视跑来偷听的邻家孩子。这个瞬间表情令我吃惊。

二姨兴高采烈地说惠生当了林西煤矿井下安全员，工作认真负责，被评为年度先进生产者。他不再随母姓，改名“田惠生”，认祖归宗，恢复革命烈士的血脉的身份。

我听了不感到意外。田文佐终归被国民党宪兵杀害，他只是披着国民党保安大队长外衣而已，真实身份应该是共产党的人。否则不会惨遭国民党宪兵杀害。

“前几天几个大官模样的人来到我家，说是省里领导送来革命烈士证书，那场面吓得我慌了手脚。我嫁给田文佐那段光景就跟做梦似的，脑子里还是那个国民党保安大队长！没想到人死了给家属带来这么大荣誉……”

二姨说着喝口茶水，小声抱怨不是好香片，伸手剔出嘴里茶梗说：“你这个冰糖嘴儿快给我解开大包袱，这一路累死我啦！”

我猫腰解开大包袱，看到里面裹着床旧棉被。外祖母凑近打量片刻，突然双肩颤抖着说：“这是田文佐留下的吧？我认识这粗布被面！”

二姨并不悲伤，跨步上前抖开旧棉被露出那块红匾说:“这是领导亲自挂在我家门前的,我带来给你们开开眼！”

“这是功德牌啊！”外祖母双手捧起所谓功德牌,往怀里搂了搂,好像抱小孩儿似的。二姨拍手大笑说:“封建社会叫功德牌,社会主义叫光荣匾！”

这块光荣匾大红烤漆底色,自左向右镌刻“光荣烈属”四个楷体金字,一下映得我家红彤彤的。外祖母抻出袖口擦拭着光荣匾,转手递给我说:“你也沾沾福气！这功德牌荫及子孙呢。”

我接过约莫两尺长四寸宽的红匾,却想起远在农场收割高粱的母亲。人的命运真是大不相同。

二姨划亮火柴点燃香烟说:“我跟那几个领导说，当初看不出惠生他爹真实身份,他整天忙碌不回家！你们猜省里大领导怎么跟我说的？他说田文佐同志潜伏敌营多年,给华北根据地和延安输送重要情报,屡建奇功。坚持‘上不告父母,下不告妻小’保密原则,所以没把妻子发展为革命同志。”

喝了口茶吸了口烟,二姨得意地说:“我当场告诉那个大领导,要是田文佐把我发展成革命同志,我们两口子肯定同坑被国民党反动派活埋了,今天你们也见不到我啦。”

“小黑眼儿你就是不会说话！让人家省里领导下不来台。”外祖母随时指点着女儿。

二姨果然有所反省:“是啊,今后我要提高思想觉悟,改掉自己的坏毛病,咱起码对得起这块光荣匾吧。”

我想起刘乙己说过，研究历史得懂得现场收集资料，便打破心理障碍问道:“我姥姥既送钱物也送人物,怎么没能把二姨夫保释出来呢？”

“钱没收,人也没收！”二姨毫无戒心地说,“后来我寻思明白了,惠生他爹死了,我就是‘共匪’遗孀！高铁桥是忌讳寡妇晦气,干脆不沾身把我给退回来啦。”

我觉得二姨说话爽快,有些容易害羞的地方她也不害羞,显得特别可爱。

外祖母反而急了:“小黑眼儿你不要张口就说！咱们求见高铁桥的时候,兴许田文佐已经被活埋了,他当然不会收礼的。”

外祖母这些话令我产生怀疑,索性大胆问道:“姥姥！您不是把我妈妈送去了吗？”

“你放屁！嫚儿是我老闺女,我能舍得把她往火坑里推？你小子胡说八道,存心给我抹黑……”外祖母说着一屁股坐在地板上,咧嘴哭了起来,“你跟刘乙己学得蔫坏阴损,整天鼓捣黑材料,非说我把你妈妈送给高铁桥了！”

我从未见过外祖母如此撒泼,完全变成陌生人。我吓得起身想要溜走。

二姨哈哈大笑说:“你从小就是冰糖嘴儿,长大成人反倒不会说话啦！你看都快把老太太气疯啦。”

外祖母从地上爬起,继续朝我喊叫:“我没送你妈妈去高铁桥家！你让刘乙己给我拿出证据来……”

“这不关人家刘乙己的事啊。”我转身逃出家门,下意识跑向“过街楼”。

我抹着眼泪走进刘乙己家。他手持拖布擦拭地板,抬头见我满脸泪痕便安慰说:“你不要哭嘛,他们把书收走了,可是重要内容全部刻印我脑海里,以后查找资料我能够闭目盲读。”

我稳住心神环顾四周,看到曾经堆满旧书的房间空空如也,仿佛大海退潮沙滩裸露,显出那张破旧单人床和老式写字台,还有擦得干干净净的地板。猛然感觉房间很大,却没了丰厚的内涵。

刘乙己收起拖把点燃香烟说:“有人检举我收藏旧书钻研‘封资修’的东西。我倒是觉得他们说得没错,我收藏的三百八十七本旧书里,《宋稗类钞》和《清稗类钞》就属于‘封’,《西方哲学史》和《南北战争史话》就属于‘资’,《托洛茨基传记》和《苏联经济学史纲》就属于‘修’,‘封资修’三毒草全齐啦！所以我不抱怨人家清理指挥部的人,还帮着他们往楼下搬书呢。”

我意识到他收藏的滦城文史资料也被没收了,突然觉得母亲更加遥远,她的那段特殊经历越发成为难以考证的历史。

刘乙己神色从容地踱步。眼看房间空旷了,他有了踱步思考的场地,却没了给他添草加料的书籍。

他停住脚步迟疑片刻面有难色地说:“今天咱们讨论的话题,肯定关涉你家长辈的隐私,希望你有充分的思想准备。我们研究陈年旧事,必须努力超越私心杂念,才能坦然面对残酷的历史真相。”

我诚恳表态说:“我姥姥、我二姨、我母亲,她们娘儿仨经历的事情,肯定令我难以想象,但是我会理解她们的苦衷,那毕竟是万恶的旧社会。”

“但是你不要以为这是忆苦思甜呢,”他颇为感慨说道,“就你二姨柯延蓉本人而言,她嫁给田文佐过的是富裕生活,好吃好喝好光景,无忧无虑净享福。可惜后来丈夫死了,她过起缺衣少食的苦日子,一直到你母亲柯延瑛给她儿子惠生写了证明材料。尽管你母亲的证言属于孤证,政府结合其他当事人回忆录,也就采信了。”

“还是我母亲出具的证明材料起了至关重要的作用。”

刘乙己表示同意我的观点:“不过当年重要角色是你姥姥。她竭尽全力营救田文佐,先后两次往高铁桥官邸送人,还是没能保住柯家女婿的性命。”

我想象当年外祖母急于救人,带着年轻貌美的二姨前往宪兵司令家里求情,没料到高铁桥拒收,只好回家打起我母亲的主意。

“《江西文史资料全编》之九那册旧书被收走了,我大体能够记起高铁桥回忆录的结尾内容:子夜时分田文佐的岳母又跑到宪兵司令官邸,这次她带来个年轻姑娘,说死说活也要见到我……”

尽管早有思想准备,我仍然心跳加速,血液嘭嘭撞击脑海,引发阵阵耳鸣。天啊，让我怎么面对这段历史呢？我不能想象那年轻姑娘留宿高铁桥家的场景,毕竟后来她成为我的母亲。

我渐渐冷静下来:“可是我姥姥不承认她送我母亲去了高铁桥家，而且情绪特别激烈。”

“是啊,有的人不能面对过去的自己,这是研究民间历史常见的现象。比如我就不愿回忆津沽大学的往事……”刘乙己主动提到大学往事,我佯装不知他被开除的经历,内心颇为感慨。人啊人,十年河东十年河西。二姨柯延蓉曾是国民党官太太,现今家里悬挂光荣烈属红匾,儿子惠生是国家煤矿工人。反观我母亲柯延瑛呢？不由心情惆怅。

我仍不甘心地问道:“那次惠生酒后借宿您家，他还谈到我母亲哪些情况？”

“好像没谈到什么……”刘乙己连续眨动小眼睛说,“以后有机会你当面问问惠生好啦。”

“有的人不能面对过去的自己,难道也不能面对过去的别人吗？”我这个徒弟给师傅留下这句发问,说声再见就回家去了。

刘乙己好像有些内疚,他的话语啄着我背影说:“一旦历史泥沙沉淀下去,现实的湖泊就清澈了。”

七

我二十四岁那年,全国恢复高考。接近年底我收到录取通知书,不敢声张,悄悄收拾行李。春节过后告别插队落户小村庄,搭乘手扶式拖拉机到达县城,可巧遇到大队治保主任问我干啥去,我说去天津读大学。他使劲跺脚说你小子脱产了。我表示从体力劳动转为脑力劳动,这不算脱产。他说脑力劳动就是坐办公室里,喝茶水看报纸打电话说话呗。

我乘坐长途汽车到了天津,下车径直奔向津沽大学报到,成为正儿八经的大学生,以前这所大学里挤满工农兵学员。

当年外祖母预见准确,我没有被招工留城,插队落户去了。务农七年每逢返城探家,明显感觉外祖母冷淡了,好像我不再是她的外孙。亲情的疏远令我百思不得其解，内心苦闷无以排遣，就看了很多文科书籍，参加高考都用上了。

我报考津沽大学历史系，第一志愿就被录取了。我觉得这是天意与人心的结缘。首先是我考进母亲的母校就读，从教室到饭堂，从图书馆到学生宿舍，可以就近感受母亲的成长历程，真是难得的亲情体验。这些年总感觉跟母亲难以缩短心理距离，如今我成为母亲的校友，当然会被写进厚厚的历届同学录里，我和母亲只相隔十几页纸的距离。这是多好的事情啊。再者就是我选择刘乙己曾被开除的历史系读书，权当替他读完本科学业吧，倘若他有过读硕考博的志向，我也会努力完成这位学长的理想。

恢复高考扩大招生，造成学生宿舍床位紧张，学校号召家住本市的新生选择走读。外祖母反而要求我做“住校生”，明显不愿我住家里。得知我读历史专业她老人家越发紧张，好像我会成为严查历史的审判官。

外祖母好像故意要把自己孤立起来。这心结可能来自当年经历，她先后把两个女儿送到宪兵司令官邸，这实在是难以洗净的人生污渍，人到晚年形成自闭心理。

我给惠生表哥写信，向他报告我被大学录取的喜讯。当然我同时提了几个问题，希望他及时复信回答。

前几年惠生表哥支援三线建设被调到攀枝花煤矿工作。记得外祖母大发感慨地说，惠生他爹是地下工作，惠生下井挖煤也是地下工作，这真是亲生父子啊。后来惠生表哥被提拔为脱产干部不用下井，她老人家听了没做评论。

临近开学了，我没有报名“走读生”，因此受到班级辅导员批评，说全国人民努力建设“四化”，我却不愿为学校分忧。我有苦难言不便解释。既然尚未找到化解外祖母心结的良方，我只得住校避免她老人家精神紧张。

我没有等到惠生表哥复信，星期天清早乘坐郊线公交车去南郊农场看望母亲。全国形势越来越好，就连农场里也修了柏油路，有了改革开放的迹象。母亲参加劳动态度端正，政治学习表现突出，从丙字小队调到农具仓库做保管员，不再使用四十九工号。然而母亲明显老态，眼角爬满鱼尾纹，头戴无檐白布帽露出几绺花白头发，使我觉得这不是仓库是临时疗养院。看到母亲身体微微发福，这说明她营养不错，毕竟农场开始饲养荷斯坦奶牛，水塘里白鸭成群戏水。这些都是从前不可能出现的景象。

走进农具仓库，我叫了声“妈”，母亲表情淡然，并不问及我读大学的事情，只是问我渴不渴。我想起母亲曾经喝盐水吃窝头收割高粱，她应该拥有祥和安康的生活。

母亲收起农具账簿，主动跟我聊天说小学时我叫小神童，中学时我叫大神童，不知现在应该叫什么。我说现在叫大学生。

“真好啊，你也能读大学了，一定记住这是国家恩惠，”母亲似有几分感慨，“你那桩心事妈妈知道，可是母子之间不便谈论那种话题，你要是女儿就好说了。”

我表示理解妈妈的苦衷，告诉她我给惠生表哥写了信。她摇头说出事那年惠生才两岁多，如今澄清身世确认身份成了工人阶级，他对往事不会津津乐道了，毕竟他母亲去过宪兵司令家里，这不是值得反复讲述的故事。

我感到母亲心明如镜，一眼望穿世事。既然她从容面对往事，我便捷直问道：“您的意思是说已经没有值得告诉我的事情了？”

“不是妈妈不告诉你，这些年我写下些许文字，就算是对自己青春岁月的记载吧。有些文字将来我会给你看的。你研究历史能够理解我的情感吧？比如那时我固执地认为田文佐不会死的，可是他已经被活埋了……”

我脑海里倏地掀起小朵浪花，然而这种问题我怎能直接询问母亲呢？于是采取迂回战术说道：“二姨年轻貌美嫁给田文佐，他们夫妻间有爱情吗？”

“你还是那个大神童哟！”母亲露出罕见的笑容说，“你还不如直接问我有没有爱情。”

我的小伎俩被母亲识破，不禁红了脸。母亲不再继续这个爱情话题，起身带我去农场食堂吃午饭。一路遇到熟人，母亲便说：“这是我儿子，考上大学啦，还是津沽大学呢。”

我就像大熊猫似的被人们观赏着，临时成为农场珍稀动物。

走进食堂，母亲给我买了豆馅馒头，我吃得又甜又香。七年农村插队生活，我见到白面好像吸毒者见到白粉。

“好奇怪啊，你吃饭的样子怎么有些像他呢？”母亲凝神望着我。

我不假思索卖弄辞藻说：“世界上没有两片相同的树叶。”

母亲听了随即转身，匆匆赶去跟熟人搭话了。我怔了怔，继续咀嚼豆馅馒头，认为豆馅里糖精放多了。

母亲转回了。我受到豆馅馒头激励，继续卖弄辞藻说：“不过，世界上可能会有两片相似的树叶。”

母亲突然大声告诉我，因为豆馅也是粮食做的，所以每个豆馅馒头食堂收三两饭票。我以为母亲饭票短缺，吃了两个便收手了。然而我误解了母亲，她跑去主食窗口排队又买了四个豆馅馒头，让我带回去吃。

母亲送我和豆馅馒头来到农场大门前，叮嘱说天热豆馅容易变馊。我跨上那班郊线公交车，挥手跟她道别。我目光穿过颠簸的车窗看到母亲越变越小。

一路上脑海里全是豆馅馒头引发的思索。“因为豆馅也是粮食做的，所以每个豆馅馒头食堂收三两饭票……”母亲为什么特别关注这个话题，我百思不得其解。

天色已晚，我携带豆馅馒头直奔刘乙己家。走进胡同巧遇外祖母出门倒垃圾，她老人家吃惊地望着我："咦！你不是住校吗，怎么跑回家来啦？"

我解释说去刘福禄家借书。外祖母满脸狐疑问刘福禄是谁。看来邻居们习惯称呼外号，反而忘了人家本名。

我担心节外生枝，没告诉外祖母去农场看望母亲了。她老人家快速把垃圾倒进脏物箱，撇开小脚匆匆进院了。我找不到化解外祖母心结的良方，心里干着急。

我走进"过街楼"，看到屋里再度堆满书籍，好像新书多于旧书了。记得李白说过天生我材必有用，时隔千年在刘乙己身上应验了。祖国"四化"建设各行各业急需人才，光辉电料行职员被抽调到夜校补习班教课，主讲白寿彝的《中国通史》。那些祖国花朵准备高考冲刺，刘乙己自然成了园丁。

我执弟子礼进门躬身问候，看到师傅戴了圆圈老花镜，就是王国维相片里那种式样的。刘乙己主动说还没吃晚饭，我从背包里取出四个豆馅馒头。他满意地笑了。这几年人生境遇好转，他不时展现笑容，我替他感到高兴。

他很快吃掉两个豆馅馒头，第三个被我摁住了："我正要向您请教豆馅馒头的问题，您听过提问再吃好吗？"

他舔了舔嘴唇说"你问吧"。我便把母亲的异常表现讲出来，并问："您说这普通豆馅馒头怎么就成了我母亲的重要话题呢？"

刘乙己还是将第三个豆馅馒头攥在手里，好像这样便于思考，"当时你肯定跟母亲谈到了敏感话题，她只得以豆馅馒头回避，正可谓以此物遮蔽彼物也。"

我听了很受启发，却回忆不起当时跟母亲谈到什么，光记得她突然转身赶去跟熟人搭话了。

豆馅馒头徒弟吃一个，三个归到师傅胃里，这形成晚饭总体格局。刘乙己吃饱饭喝足茶，心旷神怡对我说："你二姨只念过高小，写信挺有条理的。"

"您跟我二姨有了通信联系？"我有些意外地问道，"您还在研究滦城地方史志？"

刘乙己"嗯"了声，给人此处删去八百字的感觉。他吸过香烟后伏案整理讲义，说明晚两节辅导课讲到唐了。

似乎大唐盛世鼓舞了我，登时觉得脑海闪光亮堂堂，南郊农场食堂场景清晰浮现眼前：母亲说我吃饭的样子有些像那个人，我说世界上没有两片相同的树叶，还说世界上可能会有两片相似的树叶……难道这就是母亲敏感的话题？我绞尽脑汁也想不明白。

我不再跟师傅交流，起身告辞。他依然伏案整理讲义说："一旦有了研究滦城文史人物的成果，我会及时通知你的。"

我骑车赶回学校，校园里灯火未熄，颇有生逢盛世的感觉。传达室告示牌上写有我名字，我跑进收发室取到信件，看信封是惠生表哥回信了。我溜进宿舍攀到上铺，打开手电筒阅读这封远方来信，颇有地下工作者的味道。

惠生表哥写信字体很大总共两页纸，说新近担任安全生产科副科长，忙于熟悉新岗位新环境，心情无比振奋。他让我转告外祖母和母亲，他在当地搞好了对象，是云南姑娘，双方决定国庆节结婚。

这封信里惠生表哥没有回答我的询问，只是抒发情怀写道："往事如烟，过去的事情就让它过去吧。我们青年人应当向前看，前进的道路是曲折的，我们的前途是光明的，让我们携手并肩投身祖国四个现代化建设，在本职工作岗位上做出应有的贡献。"

我此前去信询问的重要问题，惠生表哥并未回答。我熄灭手电筒瞪大眼睛望着宿舍天花板，想起母亲跟我说过，惠生澄清身世确认身份，不会津津乐道那些往事了。

我把惠生表哥的来信塞到枕头下，然后轻声轻语说："田文佐烈士请给我托梦吧，我想了解您是什么样的人，只要我知晓您是什么样的人，我就能够理解当年的母亲了……"

睡在我下铺的兄弟醒了问道："上铺你在说梦话吧？千万不要把革命烈士招来，我特别害怕魂灵。"

我诚恳地告诉下铺兄弟："历史系研究的人物早都成了魂灵，你害怕就转生物系吧，他们那里都是细胞。"

我听到下铺兄弟说："你报考历史系的目的，好像就是要把自家事情掏摸清楚，所以特别热爱学习。"

我突然觉得下铺兄弟说得有道理，我是有这种念头。

八

我二十五岁那年，在新学期被选为中国近代史课代表。我庆幸自己报考历史专业，随心所欲徜徉历史长河，既可投宿于前世纪的旅店，也可抵达百年前的现场；既可阅览伪托欺世的典籍，也可访问毁誉参半的名人……等于我变成提前千百年出生的通人，俨然拥有金刚不坏之身。

可爱的外祖母还是疑虑重重，几次问我学历史是不是想弄清从前的事情。我说大学毕业想当中学老师。

我偶尔回家吃顿饭，绝不向外祖母打听任何事情，包括胡同里何时铺了水泥路。我害怕她老人家再度失控，尖声高喊她没把嫚儿送到高铁桥家里去。

母亲处境出现好转，南郊农场允许周末回家了。她却不常回家，好像爱上农场了。母亲回家次数偏少，外祖母乘坐郊线公交车去农场看望女儿，还带着各种好吃的。母亲写信告诉我："你姥姥见面就喊我乳名嫚儿，好像要把我固定在小丫头时代，特别不愿让我长大似的。"

我读罢母亲来信自有心得，只是不便向母亲表达我的见解罢了："我姥姥不愿回想您女大学生的模样，您若永远是个小丫头，便没有她老人家后来那个行为了。"

尽管没有讲给母亲，我把这几句话写进自己日记里，然后走出宿舍去教室上晚自习。

半路遇到班级辅导员说收发室有我信件。我跑到收发室拿到父亲的来信。想起很久没跟父亲联系，有些内疚。

我凑到学校宣传栏灯光下，认真拜读父亲来信。他的字体温润秀美，令人舒心惬意。父亲喜欢写信。我觉得这是性格内向所致，他宁肯将语言落到纸上，也不愿动嘴来说。动嘴说话需要表情配合，可能父亲不便流露吧。

"你母亲隐瞒婚前经历遮蔽自身污点，这是情感欺骗行为，令我难以接受，只得选择离婚。如今已有两篇革命回忆录澄清那段历史，证明你姥姥没有把嫚儿送到宪兵司令家，如今历史真相大白，等于我错怪你母亲了。尽管离婚多年不相往来，我想当面向她道歉，不知你母亲能否给我这个机会，故而请你带个口信……"

天啊！我读到这里惊住了，完全不敢相信这是真的。已有两篇回忆录澄清那段历史？如此说来外祖母也是无辜之人？父亲来信字里行间仿佛掀起风暴，我蒙了。

坐在教学楼台阶前，我思索起来。父亲是工程技术人员，几乎无缘接触有关文史资料，他所说两篇回忆录来自哪里？采自民间或来自官方？是亲历者执笔还是口述者未经整理？我渐渐产生疑问：假如外祖母没有把嫚儿送给宪兵司令，我母亲的历史污点就不存在，她被下放农场劳动便是冤假错案。

我判断父亲所说两篇回忆录来自刘乙己书房，此公坚持寻访挖掘滦城地方文史资料，而且跟我二姨建立通信联系，似乎有了新成果。我厘清思路刻不容缓，跑回宿舍找室友借了自行车，仿佛跨上战马冲出学校大门，顶着满天繁星直奔刘宅去了。

进了胡同，我忍不住抻着脖子望着自家小院，窗户里没有泻出灯光。人老睡得早，外祖母安歇了。抬头看见"过街楼"灯火通明，就跟除夕守岁似的。如今没了查夜的清理人员，师傅有了夜生活。

刘乙己家里挤满学生，我止步门外听他讲解历史考试答题技巧，滔滔不绝。莫非这也属于教学研究成果？我耐心等待学生们散去，已然子夜时分。

“夜访民宅，无事不来。说吧，什么事？”他结束讲课满脸疲态，立即抽烟喝茶好比汽车加油。好似漫不经心听了我提出的问题，他打开书柜认真寻找起来。这排书柜是新近添置的，好像他新娶了太太。

他找出两册半新半旧的书籍：“你看滦城这地方，即便非常时期，滦城坚持编辑文史资料，当然只能以革命回忆录为主，兼有地方大事记。”

我急急问道：“这属于信史吗？非常时期编纂文史资料，难以避免倾向性的。”

“这肯定不是民间传闻。你看这篇《我的点滴回忆》，作者叫杨茂林，一九四七年为中共冀热边特委情报员，中华人民共和国成立后在省委统战部任职。”

我认真阅读杨茂林回忆录。这是作者口述，经人整理的。文通字顺表述严谨，令人产生信赖感。

“抗战胜利后，国共谈判破裂，内战打响。我的公开身份是河头镇聚贤饭庄跑堂伙计，河头镇距离滦城六十里，水旱码头特别热闹，便于秘密接头。我清楚记得他初次走进饭庄雅间，头戴礼帽身穿便装，稳稳落座让我沏茶，声调沉稳举止庄重，令人感到威严。他要我沏天津卫正兴德高级香片，我就知道这是递送情报的接头暗语。他若不提天津卫正兴德高级香片，那表示没有带来情报，专程来取上级指示的……

“这位同志爱吃聚贤饭庄的焦熘里脊和糟烩豆腐，这是大厨王胖子的拿手好菜。吃完饭他故意把香烟盒丢在脚下，我打扫雅间便收了香烟盒，那里面写有情报暗语，我连夜转交上线交通员……”

我中断这段阅读抬头请教：“难道这人就是田文佐？他不是被八路军打断大腿瘸了吗？”

“你阅读文史资料不可性急嘛，好饭不嫌晚。”刘乙己点燃香烟随手把空烟盒扔到地上，吓得我缩了缩脖子，以为他被革命烈士附体，跑来跟我秘密接头了。

杨茂林继续回忆道：“后来好久不见他再来聚贤饭庄，听滦城方面说有个保安大队长被八路军打断大腿，已经成了瘸子。之后上级通知我，以前那位同志负伤不便亲自递送情报，已经安排新人代替，增添新人就是增加风险，上级要求我绝对保障情报安全。

“毕竟是革命同志负了伤，我听说后有些难过，猜测他是否因为暴露身份，撤退途中跟敌人枪战负了伤？虽然跟这位同志只有几次短暂接触，他魁梧的身材、沉稳的表情、威严的举止，都给我留下深刻印象。他身处敌营环境凶险，赤胆忠心为党工作，给根据地传送多少重要情报啊。中华人民共和国成立后可能成了默默无闻的英雄，我很怀念他。

“上级通知我递送情报的新人是个年轻貌美的姑娘，可是从未见她来到聚贤饭庄跟我接头。大约半年后我奉调平北根据地，解放战争期间随大军南下了。”

读罢这篇回忆录我感受到，时隔多年，杨茂林的深厚情感没被时光冲淡，他对无名革命同志的怀念发自肺腑。

我受到革命前辈的感召，格外关切那位不曾露面的年轻姑娘：“她没来聚贤饭庄接头，不会出事了吧？”

“你阅读文史资料怎么无法克服焦躁心理呢？那位年轻貌美的姑娘在下篇回忆录里等着你呢，你喝口热茶再读吧，我这是天津卫正兴德的高级香片。”

天津卫正兴德的高级香片？听到刘乙己跟回忆录里人物品茗趣味如此相同，我想起那句“一饮一啄，莫非前因”的名言，难道是历史资料读得太多，刘乙己无形中成为前世人物的同好？如此看来历史就是大型古装剧，我们台下观众浸淫其间，不知不觉随了剧中人。

“你认定那位来到聚贤饭庄递送情报的男子就是田文佐？”我重复问道。

刘乙己并不回答，吸着香烟告诉我，下篇回忆录也是当事人口述，经人整理成文。当事人名叫赵路宽，中华人民共和国成立前从事党的秘密工作，中华人民共和国成立后病休居家，身体状况不详。

我立即认真拜读《怀念无名女英雄》这篇回忆录。

“……田文佐右腿中枪最终导致残疾，腿瘸脚跛不便亲自递送情报，他向上级首长发出‘给我买双鞋吧’的暗语，请求找人代替他将手里情报递送河头镇聚贤饭庄。其实根据地敌情科未雨绸缪，早已在他身边安排隐蔽人员，只是没有启动关系而已。这个隐蔽人员代号‘老太太’，是个年轻貌美的姑娘。”

我忽发奇想忍不住问道：“这位年轻貌美的姑娘不会是来自大城市的女大学生吧？”

“这位姑娘名字不叫柯延瑛，”刘乙己打破我的美好愿望说，“当年你母亲只是个进步青年，从未参加过革命活动。”

赵路宽在文章中回忆道：“也不知哪里出了纰漏，田文佐同志白天获取重要情报，半夜里突然被捕。上级首长紧急启动隐蔽人员‘老太太’，对她提出两点要求：一是摸清田文佐的被捕原因，如果属于保安大队内部矛盾导致同僚倾轧，我党可以托请社会贤达出面解救；二是倘若田文佐的真实身份暴露，那么解救难度极大，必须想方设法得到他被捕前获取的那份重要情报，安全稳妥传送至后方根据地……”

读到此处页码出现残缺，直接从二十一页蹦到二十六页，跨进别的文章。不等我抬头询问，刘乙己呵呵笑了。我已熟悉这种笑声，有时像天真的大孩子，有时像饱经沧桑的老者。

“你知道什么叫无巧不成书吗？这第二十六页的文章也是半截子，但是能够看出口述者是滦城洋车夫，他回忆当晚拉车送保安大队长的岳母和太太去宪兵司令家，天气、时间、道路、地点，经我考证基本属实……”

我猛然想起曾经梦见滦城的洋车夫，于是难以抑制惊奇心理问道：“那洋车夫是弯眉细眼紫记脸膛吧？他还会抽烟呢。”

刘乙己显然认为这问题不必回答，沿着自己思路继续说：“这篇回忆录印证了你外祖母首次求见高铁桥的史实，洋车夫拉着保安大队长的岳母和太太离开宪兵司令官邸回了家，这说明你姥姥送钱送人遭到拒绝。保安大队长太太当然是指柯延蓉。既然小媳妇对方不收，你外祖母就要改送大姑娘吧？”

我顿觉灾难降临：“那大姑娘不会是我……”实在难以说出“母亲”二字，我毕竟是她儿子。

“你放心勿念，这幕历史剧没有你母亲出演。不过你外祖母确实带着大姑娘去了宪兵司令家里，她是你二姨家的丫头小树叶儿。”

小树叶儿？这是个略显生疏的名字，我想起外祖母说过惠生小时候尿湿过这丫头的花布衣衫。

我没问清缘由便激动地拍手：“太好啦！这篇回忆录价值连城，它证明我母亲没有去过宪兵司令家，反而溅了满身历史污点！”

刘乙己异常冷静：“你外祖母送小树叶儿去高铁桥家，这究竟是你姥姥逼迫的，还是小树叶儿自愿的，我现在只能做出推断而已。”

“马上去问我姥姥就是了！”我依然处于亢奋状态。

刘乙己不乏嘲讽意味地笑了：“你以为她老人家就能说出小树叶儿的下落吗？”

我被他说得清醒了。是啊，小树叶儿去到高铁桥家里，之后她怎么样呢？

“我姑且做出这样的判断，田文佐身边代号‘老太太’的隐蔽人员，”刘乙己抬手拍响桌子说，“就是这个小树叶儿！”

我被他说得倍加振奋，语无伦次说道：“所以，所以，所以你推断是小树叶儿主动要求去宪兵司令家，并非出自我姥姥的逼迫？”

“你姥姥当然不是黄世仁他妈，”刘乙己揉揉眼睛说，“既然上级首长要求拿到田文佐被捕前获取的重要情报，那么小树叶儿只有投身高铁桥这条途径，才有可能谋得接触田文佐的机会。你想她是个黄花大姑娘，这就叫为革命上刀山下火海。”

我还是及时醒悟了，以历史系学生身份请教道：“杨茂林公开身份是聚贤饭庄跑堂伙计，但是他回忆录里没有指明那个递送情报的男子就是田文佐。另外赵路宽回忆录里所说的隐蔽人员‘老太太’，我们也无法证明她就是小树叶儿。既然人物没有得到确认，我们能够得出结论吗？”

刘乙己端起茶杯说：“你说得很对！人物难以确认，考证资料匮乏，而且当年安排田文佐单线联系的顶层首长，中华人民共和国成立后可能早逝了。既然独家线索中断，我只好展开‘主观感受式研究’，汉朝司马迁不是这样吗？《史记》里明显残留太史公的想象痕迹。如今寻找田文佐和小树叶儿这类人物的下落，我只能调动主观感受的力量，从而加快逻辑推理的进程，找到那扇窄门咣地推开它，让今日的阳光照射进去。”

我受到师傅的情绪感染，一时说不出话来。是啊，历史不是无情物，它要求我们以心灵触摸人物本相。

彻夜探讨，天色大亮，大太阳透过“过街楼”窗户洒进晨光，把徒弟和师傅映照得亮亮堂堂。一夜不曾合眼，我反而没了困意。刘乙己趁机告诫说：“小子！历史就是个连环套，你死啃书本拆解不开的。”

我起身告辞，推着自行车走出胡同上街排队，买了油条和烧饼快步走进家门，送上早点给外祖母。她老人家满脸狐疑望着我，好像遇到过路财神。我告诉她老人家，经过刘乙己研究有了初步成果：“我们模拟了历史现场，还原了事件真相，认为您没送我妈妈去宪兵司令家！”

“真的……”她老人家惊得瞪眼张嘴，亮出缺位的门牙说，“你们俩真把历史给研究成好事情啦？”

我说历史里不乏好人好事，必须下功夫寻找。外祖母情绪激昂起来：“是啊！我怎么能把亲闺女往火坑里推呢？何况她还念着大学呢！可是你妈妈偏偏承认去了高铁桥家，还给惠生写了证明材料，你说这不是让自己背黑锅吗？还把我给连累上啦，弄得我心里发毛……”

外祖母说话气喘吁吁，我便不敢提及小树叶儿的事情。尽管刘乙己推断小树叶儿就是田文佐身边的隐蔽人员，而且是她鼓动外祖母把自己送到宪兵司令家。我认为还是稳妥为好，不要轻易刺激她老人家。

外祖母顽强地咀嚼着烧饼油条，不禁回忆往事说：“田文佐这男人真不错，特意给你二姨雇了个丫头，小树叶儿干活勤快从不多嘴，田文佐出了事，这丫头人特别着急，总想去宪兵队送饭，担心田大队长在狱里受委屈。”

看来外祖母至今不知道这丫头的真实身份，于是刘乙己推断小树叶儿主动要求外祖母把她送到宪兵司令官邸，所以外祖母不会产生自责心理，甚至认为小树叶儿想攀高枝嫁豪门。果然她老人家手里举着烧饼说:“后来我还梦见过小树叶儿嫁了有钱有势的男人,这辈子过上好生活啦。”

我没有承接这个话题:“这烧饼油条您趁热吃吧,以后有好消息我会告诉您老人家的。”

“嗯,你念大学应该知道,历史里有坏人也有好人,好人总比坏人多呢。”外祖母诚恳地说。

九

我二十六岁那年读大三,属于适龄青年,跟中文系女生韦华谈起恋爱。她知道我父母离异,喜欢询问我家情况,说要写作就要保持好奇心,这样你的世界会比别人丰富。她喜欢读《简·爱》和《安娜·卡列尼娜》,还有《包法利夫人》。

我告诉韦华,我父亲曾经流露悔意,请我捎话向母亲致歉,可惜母亲没有回应,于是局面难以盘活。韦华听过非常焦急,仿佛是她父母离了婚,为我构思多种方法以求破局。我受到感动主动带她去见我师傅,一是让她接触民间历史学家,二是让她听到我母亲的故事。

刘乙己表现出罕见的热情。我家的故事纷繁复杂,涉及人物不少,事件脉络散乱,情节重叠悬疑……没想到被他说得清清楚楚,讲得明明白白。毕竟是高考辅导班老师,练就了超常的概括能力和逻辑本领。

我的女朋友则具备出众的理解能力,她听罢异常兴奋转而问我:“既然推断你母亲没有历史污点,应该让她振作精神,大步走进新生活!”

“我们研究历史格外谨慎,一个人物漏洞可能改变事件真相,所以不像你们学中文的,依靠虚构创造新世界。”

韦华心情急迫地问道:“刘乙己先生您能举例说明吗?比如什么漏洞改变了什么真相……”

我打断韦华说:“你要称呼刘福禄先生,不要叫刘乙己。”

“难怪我觉得跟鲁迅小说重名了……”韦华恍然大悟。

刘乙己并不介意,完全沉浸学术状态,说:“我给你举个现成例子吧。”说着目光转向我问道:“你姥姥没把她闺女嫚儿送给宪兵司令,可是嫚儿偏偏承认去了高铁桥家,中华人民共和国成立后还给惠生出具证明材料,以亲历者名义证明这是烈士之子,你说这逻辑能够成立吗?”

“不能够!这里头肯定有故事。”韦华大义凛然答道,俨然成为我的代言人。她不愧是思想解放时代的女大学生,性格耿直生猛。我想起自己的母亲,这位旧社会的女大学生蒙受冤屈饱经磨难,性格越发内向了。

刘乙己表情郑重说:“我们研究历史讲究实证。国民党宪兵队半夜活埋田文佐,当时河堤下边另有目击者,他是个半夜看青的农民名叫张仁国,中华人民共和国成立后参军立过三等功。他回忆跟田文佐同时被活埋的还有个姑娘,她身穿花布衣衫挺直身板走路,毫不怕死的样子。”

韦华瞪大眼睛望着我,明显吃惊不小。我当即请教师傅说:“如果这段口述实录属实,可以认为小树叶儿有了下落吧?”

“小树叶儿好像人间蒸发了,我们怎么向革命先烈交代呢?”韦华充满历史责任感,初步显现妇女能顶半边天的气概。

刘乙己目光瞬间放亮:“你为什么不报考历史系呢?”之后扭脸望着我,“韦华比你有潜质,她学中文太可惜了。”

韦华表态说:“历来文史不分家嘛。我会经常跟您探讨历史谜团的,比如赛金花跟瓦德西究竟什么关系。今后我想把历史迷雾里的人物写到小说里去。”

听到韦华要写小说,刘乙己失望了:“我就不留你们吃午饭了,出胡同右转有家南韩炸鸡店,味道很不错的。”

韦华指出现今不叫南韩叫韩国,全称大韩民国。

“你干吗非要学写小说呢?跟我研究历史多好啊。”刘乙己勉强笑了。

“您在书籍里研究历史,我在小说里构建历史,我跟您共同努力吧。”韦华说罢催促我起身告辞。

我和韦华遵旨走进刘乙己口中的炸鸡店。韦华吃了两口就嚷嚷味道平淡,说:“看来研究历史的人缺乏现实生活判断力,比如那些常年研究清宫御膳的学者,会不会天天吃方便面?”

我不宜臧否自己的启蒙师傅,只得表示刘乙己单身男子饭食单调,自然感觉炸鸡就是美食了。

韦华勉强吃掉半份炸鸡说:“既然认为小树叶儿是地下工作者,既然认为小树叶儿自愿去了宪兵司令家里,既然认为小树叶儿舍身也要完成上级交给的任务,你说她会是什么结局呢?”

我回答说:“要么她成功拿到田文佐的情报全身而退,要么她不慎暴露真实身份命丧敌手。”

“二者必居其一?”韦华显然想象着小树叶儿深入虎穴的场景,身临其境表情紧张。

我安慰女朋友说:“小树叶儿和她的舍生取义行为,出自刘乙己的‘主观感受式研究’和‘人生情理经验’推演,目前有谁能证明身穿花布衣衫从容就义的姑娘就是小树叶儿?目前又有谁能够证明那个跟身穿花布衣衫的姑娘同时被活埋的男子就是田文佐?”

“哦,研究历史只能存疑了,”韦华被我说服,主动把她的半份炸鸡让给我吃,“我还是钻研文学吧,写小说联想丰富构思精彩,你们研究历史好枯燥哟。”

看到女朋友铁心归属中文系,我食欲大增吃掉她赠予的半份炸鸡。她看着我的吃相说:“有些事情问你母亲就是了,你何必非要钻故纸堆呢?”

“妈妈不告诉我,”我有些感伤地重复说,“妈妈不告诉我。”

我的女朋友表示不解:“你妈妈不告诉你,这为什么?”

不等我回答韦华便发表主观见解:“可能母子间不便谈论内心隐私吧,你若是女儿那就不同了。”

我发现韦华喜欢自问自答,不但问得尖锐,而且答得精到。我交了这种性格的女朋友,今后将节省许多语言。

临近学校放寒假,我意外收到母亲来信。这只大号牛皮纸信封里,装有白色小信封和两页信笺。

这两页信笺是妈妈写给我的信,字体硕大接近二分硬币。莫非人老了字就大啦?我捧读南郊农场来信,还是感觉她在远处。

母亲写信格式规范。首先祝贺我有了女朋友,说读了韦华同学来信,觉得这姑娘坦诚直爽令人信赖,特别是钢笔字稳重端庄,看着让人放心。母亲做过中学教师相信字如其人。

“我前天给韦华同学回了信,向她表示感谢。我确实没想到有位姑娘横空出现,给了我回首往事的力量。你长大成人肯定懂得,一个母亲向自己儿子谈论少女时代的际遇,那是难以启齿的。我庆幸有了韦华同学,可以跟这位不曾谋面的姑娘敞开心扉,这仿佛对山外青山讲述,又好似向海里浪花诉说,甩掉多年形成的心理障碍……”

我又惊又喜。韦华竟然给我母亲写了信。我母亲竟然如此信任韦华,终于愿意讲出自己那段经历。

“我的故事讲给你的女朋友,就等于讲给你听了。对我来说这是自我解放,如同脱掉多年爬满虱子的小棉袄,干净清爽地晒太阳去了,感觉天气真好啊。”

母亲叮嘱白色信封等到农历八月初十打开,那天是田文佐的忌日。母亲要求我读罢祭文朝天焚烧,当作对亡灵的祭奠。

我小心翼翼收起白色信封,心情激动起来。我心里遥远地做她儿子,她内心缄默地做我母亲,只因那段深若鸿沟的往事。历史是集体的往事,个人却是历史的负重者。如今,我的母亲不再站在远处,我期待她轻快地朝我走来。

晚自习时间我约韦华,她小步跑来见面就说:“我没有跟你打招呼给你母亲写了信,你不会怪罪我吧?”

我说:“怎能怪罪你呢,应该感谢你让我母亲乐意讲出那段尘封往事,这样我就真正有了母亲。”

韦华带我走到学校围墙里老榆树前:“柯老师当年就是从这里出发的！她说那是暑假前夕……”

柯老师？终于有人又称呼母亲“柯老师”,而且她是我的女朋友,我忍不住哭了。

“一九四七年初夏,那个名叫柯延瑛的女大学生,来到学校大墙下这株被称为‘许愿树’的榆树下,踮起脚尖把红绸带系在枝头,默默许下心愿:只要能够营救姐夫,我不惜付出任何代价……就这样她离开学校赶回家乡。火车到达滦城天色已晚,她乘坐洋车去见冀东宪兵司令高铁桥将军。副官呈报有天津女大学生拜访,她走进那座黑漆大门。”

随着韦华轻声讲述,我仿佛跨进历史现场看到那位女大学生,她身穿阴丹士林蓝大褂,外面套件月色上衣,手提藤条旅行箱走进会客厅,姿态优雅地落座。这就是当年的柯延瑛啊。后来她成为我的母亲和人民教师,再后来她成为南郊农场丙字小队工号四十九的农工……

冀东宪兵司令高铁桥将军走进会客厅。他圆脸宽肩五短身材,通身浅灰色立领便服,疙瘩襻系得整整齐齐,脚穿黑布便鞋,乍看很像乡村教书先生。

并非教书先生的宪兵司令神情和蔼,语调轻松跟来访者交谈,还询问天津学生运动情况。女大学生有问则答,表示没有读过《方生与未死之间》这本小册子。

“我希望我姐夫能够平安,不论长官提出什么要求。”

高铁桥突然问道:“柯小姐,你认为共产党好不好啊？”

“共产党……”女大学生明显遇到难题,下意识摸了摸胸前佩戴的校徽,表情犹豫地答道,“不好。”

高铁桥笑了笑,略显得意地问道:“那么你说说共产党怎样不好呢？”

她显然不知道共产党怎样不好,于是满脸窘迫。

“您赏光访问寒舍,令慈大人不知晓吧？”

“我下了火车径直就来拜见您了,我的事情我能做主。”

“那么您还没用晚饭吧？我陪柯小姐边吃边谈。”高铁桥语调柔和。女大学生不便谢绝,跟随他走进官邸餐室。

晚饭两菜两汤,分餐制。她象征性地吃些米饭喝些羹汤,拿出丝帕擦手表示谢意。

“既然柯小姐无所畏惧,那么今晚留宿寒舍吧。”高铁桥说罢注视着来访者。女大学生异常镇定答道:“无论司令长官要求我做什么,我只希望我姐夫能够平安。”

“你很崇拜你姐夫吗？”高铁桥毫无表情问道。

她毫不犹豫点头应答。宪兵司令随即板起面孔：“你姐夫是共产党啊！”

“我只知道他是我姐夫。所以我希望您给他平安。”

高铁桥没有说话，挥手指派副官送女宾去后院房间安歇。

突然间，韦华中断讲述掩面哭泣，猛地将我拉回现实世界的老榆树下。

“柯老师真了不起！她愿意为自己钟爱的男人献身，这绝不是寻常女子能做到的，即便是当代女大学生……”韦华倚靠我怀里说，“我不敢想象自己能否做到！”

我受到强烈震动：“什么！我母亲信里承认她钟爱田文佐？”

“柯老师当然没有这样讲，可是我认为是这样的！毕竟我也是知识女性，请相信我的直觉，”我的女朋友激动不已说，“那是何等深厚的情感啊，驱使自己献身救人在所不惜。”

我抬头仰望夜色里的老榆树，它枝叶苍茫，沉默不语。

一个女大学生为营救自己的姐夫，毫不犹豫留宿宪兵司令家。我不知道韦华怎样继续讲述母亲的来信。

韦华擦干眼泪苦笑了：“这个故事绝对吊诡！女大学生彻夜未眠，做好牺牲贞操解救姐夫的心理准备。天色大亮仍然没有动静，她意识到对方没有接受这笔交易，自己的营救计划落空，伤心地哭起来。”

我不知事态如何进展，心情特别紧张。我的女朋友居然评点说：“我认为高铁桥是个值得深刻研究的人物，以往文学作品里还没有这种国民党将军形象！”

我有些失控说：“韦华！你能简明扼要讲述事情结局吗？”

“不能！”韦华露出未来作家的潜质说，“我们写作课老师有句名言——细节是雄辩的。假如我的讲述忽略人物细节，你怎能晓得什么叫天使什么叫魔鬼？”

我只得平心静气听韦华讲述：“大清早副官来到后院客房门外，轻声请柯小姐去用早饭。女大学生拭去泪水整理仪容，推门走出客房跟随副官来到官邸餐室。这顿西式早餐非常丰富，她只喝了杯咖啡，极力保持镇定。

“高铁桥谨慎地吃着煎蛋、烘肠和面包，不时用餐巾掩拭唇边，武将反而显出文人的教养。

“柯小姐你是张白纸啊，应该没有涉及校园政治活动。那位昨天夜里来的姑娘就不同啦，我把她交副官全程接待。那姑娘说自己是用人不识字，就想见见男主人，给他跪地磕头，感谢多年救济之恩。这样她就露了马脚，果然不出所料，她是张红纸啊，而且被共产党染得太红了，竟然敢来宪兵队接收田文佐掌握的情报,真是吃了豹子胆。这女共党敢于自投罗网,我只能成全她啦。

“女大学生听罢掏出手帕捂住嘴巴,忍不住失声痛哭。高铁桥起身围绕餐桌说,昨夜我问那姑娘共产党哪里不好,她说共产党杀地主、抢财产、分田地,搅得天下乱哄哄,分明把共产党说成混世魔王,这戏就演过头了。”

我听得哭了,韦华也哭了。她说柯老师写信时肯定落泪了,那信笺皱皱巴巴洇了字迹。

“小树叶儿毕竟年轻,临危受命求成心切,太可惜啦,”韦华极其感慨道,“那代热血青年老啦!我们这代大学生呢?”

十

我二十六岁那年,农历八月初十晚间骑车出了大学校园,独自来到水溪公园,坐到彩灯旁边石椅上,小心翼翼打开白色信封,阅读母亲写给田文佐的祭文。

这篇祭文不遵文体范式,开篇直接说话:“三十五年过去了,你在天堂,我在人间,相距遥远,你仍然活在我心里。那时候,我不懂政治,只觉得你是个好人,不忘叮嘱家里汇款供我读书,还跟我母亲说将来女子同样是社会力量,所以不可中途辍学。我不知道你是共产党,更不知道你已抱定必死信念。但是我知道国民党官僚奉行钱色交易,得知你身陷囹圄,我发誓以自身贞操营救你的生命。我哪里知道恶魔本性啊,假使我像小树叶儿那样献出生命,他们也不会放下屠刀。你就这样尸骨无存地消失了。我至今不知你被埋葬哪里,我猜想那是个青草茂盛的地方,一簇簇野花自由开放。

“时光流逝好快,快得令人健忘,快得埋没你的英名,如今有多少人记得你的名字?我想不会很多。我只能尽绵薄之力,为惠生出具申诉材料证明他的身世,他是被埋没的烈士的骨血,你可以不知晓,不可以怠慢。

“我知道你魂归天堂,也知道恶魔应该下地狱。今天适逢你的忌日,我让我的儿子焚烧这篇迟到的祭文,把我的炽热献给你。你能看到人间这簇跳动的火光吗?我是柯延瑛,我想念你。”

这篇祭文深深打动了我。三十五年时光,母亲深怀如此炽热的情感,从来不曾冷却。我蓦然想起前年在农场跟母亲说起“世界上没有两片相同的树叶”,她当时出现的反常情绪,如今也有解了。那个舍生忘死勇闯魔窟获取情报的姑娘小树叶儿,她的名字和形象同样常驻母亲心底,默默影响着母亲的日常生活。记得母亲把高粱秆剥成“甜棒”当作“甘蔗”给我吃,那也是颇含深意吧。

水溪公园不断变换颜色的彩灯把四周照耀得有些迷幻。我越发留恋这篇祭文舍不得焚烧，几经踌躇只得点燃火焰，起身抬头仰望夜空，确实有颗星星朝我眨眼。无论是出于钟爱或是暗恋，它都是母亲心仪的星座。

我骑车返回学校。韦华在学校大门前等我。灯光雕刻出她的剪影，不经意间成为人物艺术。她对我说这种事情就要独自完成，因此没去水溪公园打扰我。我的女朋友满怀感慨地说：“对一个人的怀念持续三十五年，这是多么坚忍的女人啊。”

“可是我母亲为此付出了多么沉重的代价。”

韦华表情郑重说：“你有这样的母亲，我更愿意做你的女朋友。”

“你不是要写作吗？我母亲应该是你笔下的人物吧？”

韦华表示为难：“人性实在太复杂，例如高铁桥的反常行为便令人费解。他指派贴身副官牵马坠镫送女大学生回家，出自什么动机，达到什么目的，我始终琢磨不透。文学作品塑造人物具有穿透力，我目前还没有觅得金刚钻。”

我说刘乙己的许多见解来自多年生活积累，我们应当向这位民间历史学者请教。

适逢国庆节假期，我买了墨菊牌香烟，韦华拎着国光苹果，前往“过街楼”看望“胡同里的学问家”。我叮嘱韦华不要错呼“刘乙己”，人家不是鲁迅小说人物的转世灵童。韦华说记住了。我俩走进胡同碰到外祖母走出小院，好像是出门晒太阳的。她老人家已然拄了拐杖，尽显老态。

“这紫藤拐杖当初给你妈妈买的，她伤筋动骨腿脚没劲儿，可她就是不拄，嫚儿的性格真犟啊……”外祖母抬眼看见韦华和苹果，表情随即显得夸张，“嗨！你俩来看我不要总是花钱买东西嘛！”

说着从韦华手里接过装满苹果的尼龙网兜：“我不用搀也不要扶，我是心疼买拐杖的钱才拄着它出来溜达的。”

韦华笑得捂住嘴：“您真是鲜明生动啊！连曹雪芹都没写到您这样的人物。”

“闺女！我要是被姓曹的写进大观园里，还能活到今天吃你的苹果？”外祖母左手把拐杖夹在腋下，右手提起苹果网兜，小步颠儿颠儿回家去了。

我还是不能告诉外祖母小树叶儿早已惨遭国民党宪兵杀害，太平盛世就让她老人家回家啃苹果吧。

我的女朋友还是笑得不停，说刘福禄同志的苹果被我姥姥劫持了。我安慰韦华说咱们还有墨菊牌香烟。

我没想到外祖母收下苹果走出院门，满脸神秘表情说：“你二姨阳历年结婚！她要嫁给什么民革副主委，那人还是省里文史馆员呢……”

韦华拉住我胳膊低声说：“你说过刘乙己惦记你二姨多年，他光研究历史不关注现实，现在去滦城求婚也晚啦。”

外祖母絮絮叨叨说：“这女人老了依旧漂亮，看来还能嫁得不错。那男的原先是国民党起义将领，这小黑眼儿又成国民党官太太啦？”

韦华笑着纠正说：“姥姥！人家现在是民主党派，跟台湾那边没有关系。”

“对，那拨老国民党搬到台湾去啦，”外祖母说出自己的见解，“小黑眼儿熬了这么多年，又过上好日子啦。”

不知出于什么心理，我还是有些为刘乙己感到失落，他多年研究柯延蓉家史，如今被人家掀开新篇章了。

刘乙己书房斋号“过街楼主”，依然保持单身汉生活习惯，这习惯就是家庭环境脏乱差。他接过我呈送的墨菊牌香烟，频频颔首表示欣慰，转脸对着韦华说：“你肯定有问题要我解答，弄明白了写进小说里是吧？”

我怕韦华说话有失分寸，抢先表示我和韦华前来看望师傅：“请放心，您不是她要观察的文学人物。”

“那么高铁桥肯定是！我检索黄埔军校第三分校学员名单，登记在册七千多人里没见他名字。”韦华毫不犹豫说出此行目的。

刘乙己打开墨菊牌香烟嗅了嗅，然后背手踱步等待韦华提问。我的女朋友从书包里取出笔记本，站起身来尊称刘福禄先生：“我今天专程向您请教，当年高铁桥出于何种心理那样款待柯延瑛？他想达到什么目的？”

此时显然不用我张嘴了，韦华的提问比较到位。

“好，很好，非常好，”刘乙己瞬间显现辅导班讲师状态，“你提了两个问题，一是何种心理，二是什么目的。那么请你简约讲述事情线索吧。”

“高铁桥行伍出身职业军人，外表温文尔雅。那天吃过早餐他命令马夫牵来他的白色军马，亲自扶女大学生跨坐马鞍，派遣贴身副官牵马坠镫，一路穿过滦城闹市区，沿途引发人们追随围观。滦城大东照相馆得知消息，当街架好照相机抢拍这组新闻镜头。那贴身副官就这样把女宾送到家，返程复命去了。”

刘乙己闭目静听，连连点头说：“你这段讲述很新鲜，这是当事人提供的吧？”

“我是独家，愿意分享给您，”韦华不等对方应答自行分析起来，“高铁桥是国民党官僚，田文佐是共产党地下工作者，这两人政治信仰不同，自然成为不共戴天的敌人。高铁桥目睹美丽端庄的女大学生匆匆赶来，宁愿牺牲贞操营救共产党地下工作者，这种行为已然超越政治属性，衬托出田文佐的人格魅力，这可能对高铁桥形成强大心理冲击。他贵为冀东宪兵司令，也是个男人啊！柯延瑛宁愿舍己救人，高铁桥内心做何感想呢？他认为已在军界实现自我价值，然而面对这场生死情感的较量，难道他不是最大的失败者吗？”

刘乙己抻长脖子凑近我说:“我想夸赞你女朋友历史领悟能力超强，你不会自卑吧? ”

我反而认为韦华的文学构思能力超强:“她不会把民间传说写进历史教科书的。”

韦华意犹未尽话语不止:“据说男人都希望自身价值得到女性世界认可。那么我揣测高铁桥从来不曾拥有爱情,他从来没在女性世界实现价值,尽管以儒将自况……”

“你的历史领悟能力很强,不过你的目光尚未穿透高铁桥的深层心理。他特意指派贴身副官牵马坠镫护送柯延瑛回家，难道这是知书达礼绅士风度吗? ”

我随即插言抢答:“这貌似温文尔雅的行为，可能是高铁桥的心理变态……”

韦华大声表示赞同:“就是高铁桥的心理变态行为,毁了你母亲的人生! ”

“孺子可教,后生可畏。你们基本具备独立思考能力,将来都是建设祖国文化事业的人才……”刘乙己狠狠吸了口香烟,瞬间情绪波动起来,“高铁桥派贴身副官牵马坠镫走过闹市区,这成了滦城最大新闻,一时间到处传说女大学生从天津跑来,夜宿宪兵司令家,主动献身做妾。很快形成社会舆论。社会舆论是把软刀子……”

刘乙己愤怒地喊叫起来:“这就是高铁桥的阴谋! 你不是要舍身营救你姐夫吗? 我用硬刀子杀了田文佐那个共产党,再用软刀子杀了你这个痴情女子。”

我听得浑身发冷:“这把软刀子杀人不见血吧? ”

“柯延瑛身为洁身自好的女大学生,如果真被他玷污了,那是被污辱与被损害的痛苦,如果没被他玷污却被公众舆论斥为委身于人追求富贵,这种蒙冤受屈百口莫辩的心理,甚至超过被污辱与被损害的痛苦。高铁桥的软刀子长久割噬着柯延瑛的生命时光。”

韦华惊恐地看着我:“这么多年过去了，你母亲被这把软刀子杀得沦落农场劳动改造,这真是无形的凶器。”

空气沉重,心情抑郁。刘乙己冷静下来转而安慰我说:“我从江西文史馆朋友那里得知,高铁桥晚年定居赣南,他患白血病去世,留有两万字遗书,人之将死,其言也善。我想他会证明你母亲的清白吧。”

性格外向的韦华依然沉浸在悲剧情节里，并不相信人间存在良心发现:“我会继续寻找小树叶儿的下落。”

我们跟刘乙己道别走出“过街楼”,韦华从书包里掏出牛皮纸大信封,闷头闷脑递给我说:“这是你母亲写给我的全部信件,我交给你看吧。”

我谢绝了韦华的好意。这些信件记载着母亲的心路历程，希望她好好保管这部女性精神账簿。

我和韦华走到街心公园，望着长街尽头缓缓沉落的夕阳。

“你母亲性格外柔内刚，心里极好强呢。她甘愿献出贞操营救田文佐，可惜没有成功，这是你母亲的终生遗憾吧？小树叶儿义无反顾牺牲自己，这是你母亲的终生记忆吧？只要想起那个身穿花布衣衫的姑娘，她心底会不会泛起自怨自艾的涟漪呢？如果你母亲心境果真如此，就等于她常年蔑视着自己。这种精神苦闷是常人难以想象的。反观你母亲被下放农场劳动改造的经历，这会不会属于自我放逐呢？”

我吃惊地望着韦华，仿佛不认识她了。她这番话语宛若电流击穿历史岩层，以文学独有的方式，直抵人物心灵深处。乍听起来亦真亦幻，却使我感觉无限逼近事物的本相。

刘乙己夸赞韦华机敏聪慧是有道理的。她在寻找文学的历史意义，同时寻找历史的文学意义。无论读中文系还是读历史系，对她来说已然不重要了。

夕阳彻底告别城市，天色渐渐昏暗。昏暗光线里我顿生疑窦：小树叶儿与田文佐同时惨遭杀害，皆为宁死不屈的革命英烈，可是母亲八月初十祭文里没有怀念小树叶儿的只言片语，这到底是什么原因呢？

韦华好像胸有成竹，讲述起来有些小兴奋：“每逢农历八月初十夜晚，你母亲便悄悄去往农场野外，把那几套彩纸剪制的花布衣衫点燃焚烧，轻轻呼唤心底那座汉白玉雕像的名字：‘小树叶儿你不要舍不得穿，我这边每年做几套衣裳给你送过去，你穿花布衣衫可好看呢，特别是穿那件蓝地红花斜开襟的小袄，好像仙女下凡人间了……’”

我意识到被韦华带进故事现场：“你这是真实的场景还是虚构的画面？”

我的女朋友信心满满问道：“有时候，真实与虚构殊途同归，这两者有多少区别呢？”

我说可能是这样吧。多年来妈妈不告诉我，如今韦华以文学名义将那段经历展现给我，让我看到母亲真实的内心世界：因为您生命里有过小树叶儿，所以无论今生今世把事情做得多好，您都不会对自己满意的，您永远是那个单纯的女大学生。

这就是母亲背负的光阴。怀念那些不曾被历史记载的人，已然成为母亲生活的头等大事。尽管妈妈不告诉我，我也努力长大了。尽管妈妈不告诉我，我也能理解她终生不泯的情愫。尽管妈妈不告诉我，我也将默默分享着她的苦与乐。

事情就是这样。该记住的我都记住了，而且牢记得就像金刚石那样结实。

妈妈不告诉我，我会告诉妈妈的。

【作者简介】肖克凡，作家，现居天津。著有长篇小说《鼠年》《生铁开花》《天津大码头》《旧租界》等八部，小说集《黑色部落》《赌者》《你为谁守身如玉》《爱情刀》等十六部，散文随笔集《我的少年王朝》《一个人的野史》等四部。曾获首届天津市青年作家创作奖。长篇小说《机器》获中宣部第十届“五个一工程”奖、首届中国出版政府奖，并入围第七届茅盾文学奖。长篇小说《生铁开花》获北京市文学艺术奖。为张艺谋电影《山楂树之恋》编剧。

味甘微苦

◎ 鲁敏

一

薄薄的渔网抛撒到半空，好似巨大的花瓣，张开，渐慢又渐快，悬浮，呈饱满的大圆，瞬时罩住水域。闪闪发亮的铅坠，咕噜噜潜入。略显混浊的微澜中，小鱼儿们吐出它们最终的几口泡泡。

多美啊。徐雷看了足有几百条这样的短视频，完全入了迷。尤其一个自称“小西湖”的，撒得特别圆满。徐雷第一次线下约人，就是跟着小西湖，兴冲冲地初试撒网，姿势便十分漂亮——只是把腰扭过了头，一下勾出原有的腰椎间盘突出症，其痛若穿，当即石化。送到医院，得动一个椎板切除手术。躺在病床上，成了死鱼。

金文拖着的脚步声老远就能听出。她烧了乌鱼汤过来，没用保温盒，已半凉，徐雷一边勉力喝了半碗，一边抬起眼皮留意金文。她还是满身的魂不守舍，替他摇床时忽高忽低，倒碗汤泼洒满地，去水房拿个拖把，回来竟然走错到隔壁病房。徐雷悄声长叹，她的心，真是在外头了。还以为这病房，多少会唤她想起些往昔。

十三年前，他们就是在病房认识的。一个大房间六床病友，他们离得不远，中间只隔一个胃切除的老头，镇日昏睡。徐雷和金文都是得了急性阑尾炎，同病，又同龄，自然就近了。病房本就没有男女，护士什么不看到，医生哪里不摸到，查房也不像现在讲究，还拉起帘子隔开，以前就是开放的，腰腿全露。金文初时还有羞意，到术后第二天，就跟徐雷互相掀开衣服，比较伤口形状与刀口软硬，聊医生刀法，追念阑尾的功能。徐雷突然说道：“我是第一次看到女孩子肚皮，没想到你的肚脐眼儿那样秀气，女孩儿都这样吗？”金文一下结巴了，答非所问，本想说她可没乱看他的肚脐眼儿，随即却脱口而出，说：“真没想到，男人到处都是毛啊，连肚皮下面也有。”此话一出，两人都愣住，又争抢着讲起别的。就此，更近了。包括一周后拆线，也是约了同去，彼此帮忙数针脚。到针脚长到皮肉里，模糊不清了，他们还在见面，并共同探索起身体上别的部位。直至结婚，直至生下小雷，直至像许多夫妇那样，没有了浓烈的感情，当然，他们还没有了阑尾。

也许她想见识一下有阑尾的男人？徐雷让自己这样想，尽量轻松。这世上，变心之事，最是司空见惯不是吗？就像撒网，一万遍地祷祝着，全心全意地抛下去，拉上来，十之五六都不如意。能想得通的。

“你下午，不用特地为我做汤，也不用过来了。我让隔壁床家属替我打个饭就行了。”他主动这样讲，重音放在了隔壁床，想再试探一下。

金文干的是机房值夜班的活儿，白天其实时间很空，但这半年多，她总没头没脑地往外面跑，一跑大半天。啥事呢？高中同学聚会、部门政治学习、帮助残疾人的义工活动、免费瑜伽课、郊区奥莱中心大抢购。徐雷随意验证过几次，都是明晃晃的说谎。真是叫人心灰，不能好好掩饰下吗？等到徐雷差不多适应、默认之后，金文就不再费心编什么理由了，随时一抬脚，就走了。

金文默然点头，并无愧色，从徐雷手里接过碗，就着他的碗筷，把余下的鱼汤倒出来，就着早上徐雷没吃完的馒头，木木地吃喝起来。不小心卡到一根刺，吐着舌头干咳了几声，说：“有点淡了，也忘了放姜。你不觉得腥吗？”

“还好，我吃着还好。”心里有点感念，她还愿意吃他的残菜剩羹哪，那，就还是亲的。

他们一起动阑尾手术的那天，姨娘巴巴地给他送来鸽子汤，说是大补，鸽子可贵哪，姨娘一边催他喝一边讲。这样的时候，徐雷难免还是会想，到底是过继的儿子，要是妈妈还活着，要是送鸽子汤来的是亲妈，怎么可能强调鸽子有多贵呢。举起勺子往嘴里送，觉得毫无滋味。那金文隔着一张床，倒眼巴巴地嘀咕起来，说长这么大还从没喝过鸽子汤呢。徐雷有点发窘，叫她拿碗来，金文大咧咧地，捂着小腹下床就过来了，说用他的勺子尝几口好了。徐雷犹豫着，只好替她托着碗。看她噘起两片俊俏的唇，粉红舌头伸出来一带，轻啜进去几口乳白。一时心烦意乱，浮念滚动，像被魇住了，想要凑上去与她同饮，更有种长久的渴望，渴望与她同锅同灶、同席同枕，成为亲亲热热的人。而后确乎成真，成真久矣，却是两样情形了。

“小雷在姨娘那边，都挺好。你放心。”金文洗好碗筷便有点坐卧不宁，嘴里没话找话，笼统地说起小雷，像说邻居的孩子。徐雷也是看金文恍惚，不放心，才请姨娘帮上两个月的忙。小雷，真能“挺好”吗？那小子整天想一出是一出。前不久，突然嫌弃起自己的名字，死活要改。其实当初徐雷是费了心思的，想了有半张纸的，都觉不够特别，上户口的时间又到了，烦恼与毛糙中，只得急就章了。徐雷给小雷讲道理。“许多大艺术家都是这样取的，你不是喜欢孙悟空吗，六小龄童，就是这样的。他爸爸叫六龄童，他哥哥叫小六龄童。”“可，你又不是六龄童，你啥也不是啊。”儿子尖锐地指出问题。徐雷一时失语，随即自豪地把这段对话挂在嘴上，转述给别人，也转述给金文。别看是小孩子家，反应多快。金文也笑了，安慰他：“一样啊，谁都‘啥也不是’。”可她脸上显出一种渺茫，那是她最常有的表情。

金文对小雷还是上心的，原先都是她接送上学，嘘寒问暖，买帽买裤。但这半年，儿女心上，她也一样的疏淡了。一出去就没了点，根本接不了小雷。早上，又困睡不醒，起来就急忙忙拖起小雷，跑到学校才发现，不是落了水壶，就是没戴红领巾或者没带手工作业。算了，还是通通由徐雷管吧。金文这样子，让徐雷觉得分外亏欠儿子。他自己打小由姨娘带大，有所短少，心里总念着，在小雷身上，三口之家，能尽可能地“完整”，不能因为金文这样，就一下破散了。

不过小雷很难缠，因改名不成，他翻了脸，莫名其妙地，只肯穿迷彩服，外套、衬衣、鞋袜、帽子，配齐了各种迷彩色。然后动不动就躲到路边，尝试用灌木丛掩护起自己，怎么喊都假装听不见。这让徐雷想到他自个儿这么大时，妈妈才走了一年，刚跟姨娘一起过活，他也是整天想着，要能把自己藏起来就好了，叫姨娘再找不到才好。这一想，便纵由着小雷，如此折腾月余方罢。可最近，又闹起新花样了——风筝。

完全像中了蛊，一放学就趴到网上，各处搜“风筝”二字，工艺说明、古鸢图集、日式绘本、童话传说、玩具摆件。每到周末，必纠缠着徐雷带他跑公园、跑郊区、跑大桥、跑山坡，一路跟着风筝高手跑。还想跟卖风筝的老头儿学手艺摆摊子。徐雷只得见招拆招，勉力地奔命作陪。

这还不算完，小雷提出，要去风筝博物馆看一看，不远，日本就有。当然，这被徐雷一口回绝。小家伙这才将就似的提出去潍坊，那里也有博物馆，还有风筝节呢。他把一本年历拍到徐雷面前，翻到下个月，上面早用红笔标出一串红圈圈。“也不用全程，去三两天，也可以。”他那口气，像是退让了好几大步。打那之后，上学放学路上，就天天儿地聒噪潍坊之行。徐雷面上未置可否，但一想到前因后果，就心疼——小雷什么时候开始瞎折腾的？就是打金文“外头有人了”那前后啊。小孩子才不傻，肯定的，知道妈妈心里没他，冷落他了。这样一想，心里是早就松口了，正准备着张罗起来时，他撒个网躺倒了。又不可能指望金文，她这心不在焉的，搞不好连大人带小孩儿，能一起搞丢了。

“没什么事，我就走啦。”捧着手机硬坐了五分钟，金文还是起身了。她穿了件样式陈旧的外套，蓝色发了灰，腰身难看地勒紧，可能是生小雷前买的。徐雷忍不住提醒道：“过年前我给你买的那两身，也算有牌子的，怎么不穿？越是贵的衣服，越要穿，这样才能拉低成本。”

金文扭回半边脸，眼角似有水亮一闪，说：“甭管了，我就想穿这件。”她那样子，似也在忍辱负重一般。这又何苦，她也不开心嘛。

想起差点看到的那个男人。对，他尾随过一次金文，也没有怎样谋划，金文实在粗枝大叶，戴着口罩和头盔，一身旧衣旧衫，好像这便是改头换面，不可能被认出似的。她赶时间，破电动车开到四十码，偶尔还闯红灯，抄近路逆行。徐雷远远跟着，不停地踩他摩托车的油门，替金文的安全担心的同时，心里愈加成了黑洞，黑洞里还有可恶的好奇。那家伙，除了阑尾，还有什么呢，能让金文这样地分秒必争？

金文最终进了一处老小区，铁丝网在空中缠扭，露天楼道斑驳发黑。她熟门熟路停好电动车，又歪着身子拎下充电电池。是靠路边的第二个单元，就在一楼，没有敲门，她一靠近，铁栅防盗门就自动开了。隔得远，暗乎乎中，能看到一个男人的侧影，身量不高，似也是久等的样子。伸出手来，拎过电池，把金文让进去。

他们那动作很简单，不像是有什么，反倒带些哀戚的家常之意。徐雷使劲扭过头，破烂的院子尽头，一株歪脖子老树，叶子都落光了。

二

老展每次都早早地在门后候着。一关门，就上下打量一通她。嗯，不仅外套是旧的，裤子、鞋、包，也是过时的难看的要坏的。挺好。老展点头表示满意，然后才张罗着给她的电池接上电源。

金文也瞄一眼老展，还是那猥琐矮小的模样，就算在家里，仍然半提着裤子，像刚从马桶上起来，或马上就要坐到马桶上去。

老展有尿频之症，尤其在吃饭前后，临要出门，上车前后，稍微一点时间上的压迫，或空间上的移动，他就会产生强烈的便意，马上就要去蹲马桶。据他说，是痔疮手术做坏了，反落下这毛病，但凡出门，一大半的时间都在找厕所。他第一次跟金文搭话，就是打听哪里有厕所。当时，他们正聚在那个据说是胡大住处之一的欧亚别墅区外头，看人多势众能不能“冲进去”。那是“胡大卷款失踪”讨债群的一次失败行动。第二次、第三次的搭话，依然是讨债苦主大集合，他一开口，也都是为了问厕所。

“你怎么回事，吃错东西了？闹肚子？”金文没好气地问。周围所有人都是情绪恶劣，大家交换被胡大骗掉的数目。三十万。六十万。八十三万。听到比自己多的，好像心里多少就好一些。金文问过别人，也反过来被问。她前后两次，投给胡大的，总共是十三万。怕讲出来叫人家糟心，便胡乱翻了三倍报出。

从厕所回来，老展仍是那种时刻提着裤子的模样。为表谢意，他对金文小声吭哧道："我刚才跟你讲四十万，其实不是，我二十万。本想着，投到胡大这里，起码能翻个小跟头的。你想，我快退休的人了，还能赚几个呢。你不理财、财不理你。"

金文一听到“你不理财、财不理你”胸口就直犯恶心。就这八个字，被胡大那几个助手，整天挂在嘴边。金文听啊听地，听顺了，便动了贪念，掉到这大坑里来了。“我十三万。”她恨声地说，也跟老展小声更正了自己的数目。

老展眼色一闪，意思是两人都要替对方保密，然后嘴里接着诉苦："其实我不方便出来的。"也不顾忌金文是女的，也不顾忌讨债队伍左右的吵闹，他指指自己下身，详详细细讲起他的屎频，以及诸多的痛苦与不便。“可群里一招呼，我还是来啊，多个人多份力嘛，能叫上面多重视一些。”

其实上面又能怎么重视呢。他们每回出来，都是按讨债群主的指令，到政府大门、到公安机关大楼、到金融监管局，类似这样的地方。也闹不成什么，好不容易聚拢齐了，分分钟就被劝退解散。最好的情况，是有次出来个处长级别的干部，拿着扩音筒跟他们说了几句。“胡大跟你们讲二十、三十的利，就信了？前面每个月给分红，你们不也美不滋滋地拿了。哪能净想好事儿呢。别说胡大这几千万了，外头卷了几个亿十几个亿的，照样跑路。真要是天灾，政府会替你们兜，可这是你们自己惹的人祸，得愿赌服输……”这话说的，他们也有些哑然了，尤其是群主，给戳得跑气了，再不肯出来牵头，不久还心灰意冷退了群。也有人四处串讲，说群主的那一百五十万，通过第三方说合，私下里给解决了。所以……

群里余者一片号啕，骂上面骂下面骂胡大的娘，也有互相劝慰的，用外头更苦的命来自解——“做生意还赔本呢，一赔能赔掉几套房子。想想地震台风洪水，但凡碰上一个试试？还有股市，一夜睡过来，几百万没了。就我楼上邻居，得个癌，治得倾家荡产啊。要是养个不成器的小孩儿，或赌或吸毒，那是多少的血汗钱、养老钱也架不住啊。没看新闻吗，好好走在路边上，还能被跳楼的给砸死呢”——人就是这样，人比人气死人，有时也能救活人。大家比赛似的，找来各种道听途说的坏消息，弄得外面全像悲惨世界一样，可这么一来，心里真就好一些了。“算了，咱们也不能算最惨的。”

金文实在不能够算了。十三万，确实不算顶多，还没老展多。可这是她的私房,绝对的私房。从能赚钱以来,那时还没谈恋爱呢,所有明面儿上的进出用度之外,但凡有些小零碎,蒙住别人也蒙住自己的眼睛,只管悄咪咪往一个账户里投。对这笔私房,她有一个小清单,并随着时日变迁,在不断涂涂改改的增删之中:全功能按摩椅;外教一对一学英语;鹅牌羽绒衣;歌诗达豪华邮轮;紧肤抗衰热玛吉;美国黄石公园;最贵的霜降牛肉;女表一只,牌子还没想好。无非吃喝玩乐用,挺自私的,全是给她自己一个人打算的。可这不就是私房钱嘛。

现在她知道了，这是报应。她发誓——只要能从胡大那边讨回十三万本金,就立即向徐雷坦白,并把脑子里那张狗屁清单撕个粉碎,然后把十三万都用在别人身上,家里、徐雷、小雷、姨娘,失学儿童、网上求助、赈灾。一分半厘也不会跟自己有关。不仅这十三万,这辈子、下辈子,再不做任何关于自己的大头梦了——咒越狠,找回的可能便能大些吧。

老展,看来也跟她一样难以释怀,发现整个讨债群再无动静之后,他约金文私下里见了一面,就在他家,方便跑厕所嘛。金文没多想,一听就来了。她太苦闷了,得有个人一起说说,起码在老展面前不用瞒不用装的。老展那矮矬样儿,也安全得很。

老展倒了一杯白水,开口便向金文分析"大部分人都是起码投了五十万以上的,像咱们两个,这十几二十万的,实在是小虾米。但小虾米也有小虾米的一丝优势和希望。你想,连群主的一百五十万都能解决,咱们两个加一块儿,三十三万,绝不算多。耐心地等一阵,等大家的潮水退了,咱们再悄悄地独自行动,不放弃,一直走到底,走——苦情戏。"

讲到这里,他提起裤子跑了一趟厕所,然后才搓搓手,郑重地打开一间紧闭的卧室门。那房朝南,窗户下坐着个人,背对着他们,阳光太强,金文一时都没看清。老展等她眯着的眼睛渐渐适应,才稍带点夸张地,像献宝,也像揭秘,把那人转过来。是辆轮椅,吱溜溜推近到金文跟前。

她叫双全,是老展女儿,生下来就是小脑脑瘫。她妈妈呢,早就跑南方去了。

金文忙站起身,脚步滞住,不敢近前。双全样子挺怪,手腕和手指都向内倒卷,脖子短且缩,头和嘴巴向左歪。最触目的还是胖,把这辆轮椅挤得满满登登。双全压着眉毛,却又往上翻抬眼睛,瞧了两眼金文,然后伸过来她那肥肥的内卷的右手,摸摸金文的衣襟,算是打了个招呼。继而又扭动脖子,嘴里含混滚了几个音节,冲老展把脸上的肉挤皱起,又松开。那算是笑吧,金文认为。

"不是哎,丫头,别替老爹操心了,"老展摇摇头,又冲金文解释,"家里从没外人过来,她挺喜欢你。我家双全其实啥都明白。可瞧她这儿,也二十八岁了呀,能有人要她吗?我既生了她,就得管她活着,管她到死。所以才把钱投到胡大那儿呀,想着,能多一点是一点。现在好了,全玩儿完。"他摸摸双全脑袋,不避不让地讲着，语调里听不出痛苦，反倒有几分兴奋似的。“多好的牌啊多好的牌。”他面露一丝微笑，把轮椅又吱溜溜转了回去，仍然让双全坐到窗户下的太阳地去，好像她是一株什么植物，就得晒着。

“多好的牌啊。”他关上门，更加大声地感叹，有点陶醉于自己的机智。

“双全会乐意的，这也算取之于她，用之于她。你想想，要把她推出去闹事，会多么引人注目啊，效果是要翻好几倍的。”老展给金文续白开水。可这么好的牌，他打不出手，不是有该死的尿频吗，还没出巷子呢，恐怕就先得跑回家两趟了。“所以，我请你过来——”老展随后详详细细提出了他要与金文合作的动议，强强联手，不，弱弱联手，由金文推着双全和轮椅出去跑，而且吧，金文是妇女，有优势，随便怎么撒泼，工作人员也不至于太动粗。

工作人员？金文当然已经猜到了。其实从双全的轮椅一转过来，她的心就被捏成了一团。老展太惨了，可比她惨一百倍。想想她那张浮华的小资产阶级清单，简直不要脸。换成谁，看到这样的双全，能不羞愧吗？要是能叫胡大看到、叫外面所有人都看到这样的双全就好了。老展真是宏图大略啊，舍不得孩子套不着狼。她心里又从疼痛转为喜悦，像一下子被拯救了，从快要触底的深渊里被往上提了起来。事情还不是完全地走向绝路。

“这是我们两个的秘密同盟，”老展脸上显出老男人的谋算模样，“这不刚转过年嘛，一年之计在于春，市里大活动可多呢，每有好事，必然都有市长、书记、区长、局长什么的出来，剪彩啊讲话啊握手啊采访啊，都是大场面，都会组织群众现场鼓掌什么的，不仅会有记者，现在还时兴搞直播。这些，我自会去打听，我在上头呢，有个老乡朋友。你呢，只要按我指定的时间，到我给你指定的地点，推着双全，去哭、去跪、去打滚、去喊冤、去求青天大老爷为民做主。我想上面肯定有他们的办法，最起码能给胡大或什么中间人捎到话儿。你想想，哪怕就给咱的三十三万打个九折八折呢，也值了。成败关键，就在于苦戏。你呢，要受点累，我家双全，是有点重的。”

金文使劲儿点头，把桌上的白开水一饮而尽，像喝了一杯烈酒，心里轰地烧起来。她往闭着的房门那边瞅了一眼，别说推个轮椅，别说双全胖，别说扑地哭闹，什么累活儿丑活儿，她都干，越是没皮没脸，越好。

今天在徐雷那儿耽搁了，来得迟，老展都没来得及给她倒白水。“两点半就得到，你们现在最好就出门，”径直地就去推双全出来，“是二把手副市长，姓杨。区里的书记，姓季。两个都胖胖的，都戴眼镜子。你注意听身边人的称呼。一定要带着姓，带着官职，大声叫唤出来。”老展一边相送，一边絮叨着进行老一套的战略性指导。

是啊，下午她确实也没办法替徐雷做饭送饭，得去城西的桃园市民广场。

那里原先有一截子最脏最臭的护城河，现在给整成了治污排污的民心工程，有音乐喷泉，有格桑花丛，有荷花池，有健步跑道，漂亮得不得了。今天搞正式的开放仪式，领导们要去“与民同乐”。徐雷在医院里流露出来的种种心思，她都看得清清楚楚。他越是这样，她越是无法忍受，越是急于出来“行动”。继续憋着气深潜吧，直等她要回十三万来，再从头交代，给他一份惊，也给他一份喜，那才是赎罪补过的时候。市里二把手市长、区里书记，够大的了，没准是特别好的一个机会，她热切地想着。

老展提着裤子送她们出门，突然想起什么，又回身取了一小包东西塞到金文包里，她用手一捏，明白了，双全来月事了。她量特别大，就算是成人尿裤，也撑不了两小时。今天这一仗不好打，双全每到这几天，脾气坏不说，还会加倍沉，要抬她上公交车，得求两个大男人帮忙的。可也有好处，真要被驱赶了，双全会冲他们吐唾沫，吐得又远又准，真是不容易近她的身。

三

帮着照管两三个月小雷，对姨娘来说，实在不算个事儿。徐雷过继来时，差不多就这么大。徐雷的生母，是姨娘的表妹，出车祸走的，表妹夫后来另娶。姨娘本也是老姑娘，这等于有了现成的儿子，又有了儿媳、孙子。挺好。

把小雷送上学校，姨娘照旧出她的门。看过这一周的天气，今儿最合适了。保温水壶、折叠小马扎、消毒纸巾、吃食干粮，把双肩包塞得满满，管够她大半天的。徐雷成家后，她等于又成了单门独户，最恨日长呆坐无事，总千方百计出门转悠，身上还有一股子风风火火的老姑娘劲儿。

去哪儿呢？不是瞎来，姨娘可都有分教，隔段时间来个主题。寺庙道观，爱国主义教育基地，文保遗址，博物馆，图书馆，市民绿地广场，名人故居或纪念馆，新开楼盘。不拘，以不花钱、有看头为主要原则。有了这些类型和范畴上的大致计划，跑起来就有趣多了。

比如寺庙道观，不走不知道，城里的且不论，光是五郊六县，跑一圈，就得费时大半年。小山包上，老街顶里头，桥头水边，老远打听过去，慢慢近到眼前，就看到个老庙或小观，不惊不乍地蹲着，里头供着尊土像，香火也还续着呢。她跑一家拜一下，心里勾掉一家。到晚上双腿酸胀，挨枕头便着，这一天便过去了，十分充实。

楼盘也跑的，且常跑常新，四面八方都在扩张嘛，过跨江大桥过江底隧道过绕城公路，姨娘喜欢这样不断加码，越甩越偏。有时她也发笑，她这巡游路线大概跟规划局局长或城建局局长什么的也差不多吧，只是没公务车，得靠公交地铁一路转换过去。因路途迢遥颇费周章，去了就特别认真。容积率，楼间距，样板房，二期三期规划，物业情况，周边菜场超市，学校配套。嘿，能瞧上大半天呢，有时还管盒饭。她心里也算小账，还有三年就满七十岁了，到时有敬老卡了，公交地铁全免费，也差不多等于坐公务车了。

最近这些时日，姨娘看的是墓园，听起来有点瘆人吧。其实无妨，平心静气想想，跟楼盘的道理是差不多的。

其实她从没想到要转这样的地方。只因年前有个老同事去世，原先都在同一个车间，感情深厚，于是四五个老姐妹约起，找个好天气，一起去墓上小祭。也不是太伤心，老了哪有不死的呢，因而她们有些像郊游。那墓园不大，但清爽紧凑，边角旮旯都利用起来做成墓地，见缝就插地栽着绿油油的小柏树，挺拔地在墓侧站岗守护。把姨娘，瞧得直咂嘴。她挺喜欢。

“喊，这算什么呀。别几个七嘴八舌聊起来。四车间的老段长，埋在西北郊那公墓，我去过，拾掇得更好。”另一位不同意：“要我说，最好的要数殡仪馆边上的西天寺，我替我家老头子，也是替我，就选在那儿。”听口气，她们都很熟悉，早有打算的。姨娘听着，有点着急和好胜起来，心里生出迫切的想法。怎么早没想到这个呢，大可以好好地转一转，关键还实用——她不也老大年纪了嘛，能指望谁呢？她这辈子的所有事情，都是亲力亲为的呀。跟老姐妹们打听了一圈，心中便排下了这个系列的计划。

墓园一般都在城郊外廓，且爱傍山而建，像今天去的这处，便在岱山脚下，跟她以前去过的一座老庙，是一个方向，转三趟公交，摇摇晃晃两个小时，也就到了。

确实比上次那家宽绰多了，有个大草坪，一圈子果树，有各种雕像，仙鹤、观音。还堆了个镂空假山，着实讲究。指示牌上扁扁地写着，仁字区、润字区、天字区。一一指示分明。姨娘避让开几支前来祭奠或下葬的小型队伍，选了人少的润字区，往深处走。

一路瞧着墓碑上的字文，名字其实很耐看，她会轻声念一下，像是打个招呼。还是三个字的多，大部分取得很端庄、上进。也有的名字，读起来拗口。同穴夫妇是最多的，她喜欢算他们的年纪，看彼此相差几岁。又比较各自走的时间，看留下来的那个，独自撑了多久。有的还贴着烤瓷的照片，丈夫是年轻时的戎装，妻子却是老来白头。也有跟自己差不多年纪的，倒死了，不免要替那人算算，是错过了多少年的人间。就这样一路走着瞧着，姨娘都出汗了，这墓地像梯田那样，越往里越是高出几分，一直高到绿树葱郁的岱山，岱山再往上，仰起脖子瞧，便是蓝蓝的高天。“好哇，上有照，后有靠。”姨娘半通不通地在心里念叨一句，满意极了。相比上周和上上周看的两处，她最喜欢这家。

时近晌午，正好饿了，她就在那蓝天之下，岱山近边，把随身带的面包给吃了。切片面包配涪陵榨菜，两只茶叶蛋，热烫的红茶水，都是原食滋味，姨娘吃得很舒服。一边吃，一边闲闲地想着小雷。

这小雷，吃喝上不挑，接送学校也简便，公交车直达。可就是没精神头儿，小脸闷得黑瘦。问他怎的，他闷声不讲。

前天夜里，听他在梦里呜咽，姨娘披衣服去瞧。见他书桌上摊着本年历，翻开的那一面上打着一行红圈圈，看看日子，倒是近了。姨娘大感好奇，主要也是不放心，想了想，轻轻摇动小雷，还在梦里抽咽的小雷都没等她多问，就开腔讲起风筝、风筝节、风筝博物馆，说了满心要去的潍坊，说了好不容易讲动爸爸答应请假……小雷撇开嘴大哭。

"何至于呢。你爸腰坏了，叫妈妈带着去呀。"姨娘觉得这根本不是个事儿。不提妈妈则已，一提，小雷哭得更凶了，绝顶伤心，像触动最大的一个烦恼机关。

"我去——不了——潍坊——看——风筝——"小雷抽抽噎噎，真要背过气去了，那种梦里的背气。姨娘轻轻拍肩膀，让他重新躺下，复又盖好被子。"小可怜儿的。这金文，也真是，那机房夜班，有当无的，叫人代个班嘛。"不过，她突然想起来，徐雷动手术那天，在医院看到金文，讲话前言不接后语，是不得劲儿，也难怪，谁能在医院笑哈哈的呢。除非像十来年前，他们两个割阑尾，那倒是眉来眼去的。姨娘有一搭没一搭地想。

一边抬头看看天，蓝得比刚才空了一些，这样的天上，要是飞几只风筝，肯定再好看不过。别说小孩子，就她这把年纪，也想看的。姨娘收拾背包，东西都吃光啦。双肩包上身，分外轻松。挺圆满，可以打道转回了，直接去学校等着小雷放学也行。

岱山到学校，绕点路，转三趟；不绕路呢，得转四趟，都可以。这么些年奔走下来，姨娘对公交线路最是熟稔，尽管这样，每到一个公交站点，等车的同时，总还要顺便校验一番，看有无线路或站点的变动。到第二个转站点时，哟，突然发现，301 路站牌上，新改了一个桃园广场站，白地上五个簇簇新的绿字。姨娘记得清楚，这一站原先是叫精工电子管厂。

"啊，是了，早就听新闻说过，那里在搞个大的市民广场。"但凡这样的去处，可正是姨娘的巡视范围啊，看到这新冒出来的桃园，很想即刻就去补上这一篇，眼下也正好顺路。"不不，少安毋躁，没必要这么急忙忙的。得专门去一趟，好好地待上大半天，正经坐在树荫下的长椅上，不急不忙地吃东西，看景儿。不就是要打发时间的嘛。"

301 路开到桃园广场时，公交车堵上了，姨娘也就伸长脖颈瞧了瞧。广场那边果然正热闹呢,乌泱乌泱的全是人,大气球、彩旗、横幅,黄黄绿绿的演出服,四处挤着过马路的人与车,真是堵得一团糟。幸好今天没有上赶着去。姨娘靠在座位上,挺闲适地隔窗看景。

忽见一团人球,从广场大红横幅下头,向十字路口这边滚动过来,像有一只屎壳郎在后面没头没脸推动着。公交车是密封空间,听不清外头声音,却也有种尘烟滚滚声浪喧嚣之感。只见那人球,一路滚,差不多都要滚到慢车道这边,两个戴白手套的交警扎进去,又见白手套伸出来四处挥挥,人团才慢慢稀了,小蚂蚁似的,各自往不同的方向爬散。

公交车上的人此刻都拥到朝向路口的这一侧窗户,看那显露出来的人团的核心。确实,有好看的。

一个被拉扯得歪扭的轮椅,陷坐着一个极胖的女人。看年纪倒是轻,歪头儿,手指蜷缩,头发披散,衣衫上全是灰,还有水渍。脏裤子被撕扯出个大口子,里头的白秋裤时隐时现。"呀,作孽。"姨娘一眼就看到,那秋裤的大腿处,细长的血印子正慢慢洇成大红花。歪头女人也不自知,正鼓着腮帮积攒口水,然后噘着嘴巴往四处吐。力气不够了,吐不到任何人,全落在她自己脚面上、轮椅上。看得大家都发笑起来,纷纷猜测,这女人多大了,是个瘫子还是个痴子还是装疯卖傻。总之注意力全在轮椅上。

有人在推那轮椅,因轮子歪了,推得很吃力,姨娘稍微搭看了一眼。立即认出来,又觉得认不出。是金文?

姨娘跟金文确实也不亲,尤其不欣赏徐雷跟她的姻缘背景,哪能在医院里头一见钟情呢?但那是拦不住的,也不好拦,到底不是亲儿子。金文嫁过来,也不是亲儿媳,更是客气避让。最主要的,是这金文,同样是一般人家出身,身上却有种莫名的矜骄气,好像她只是暂时将就着,过过凡人的生活,她实质上是不一样的。就那个意思吧。

可这会儿的金文,简直比轮椅上的歪头女人还不如。虽好手好脚,却更加上下邋遢、没法落眼。可能是跌在哪处水洼里了,衣角湿了一大块,没湿的地方,沾着各样的纸屑儿、树叶子、塑料彩条,还有痰与口水,灰堆里爬出来一般。更没法瞧的是她那泼皮死狗一样的疯癫,撅着屁股,难看地矮着身子,一手使劲推那歪歪的轮椅,另一只手巴掌腾出来,冲人群挥舞,不歇地龇牙咧嘴,冲人群喊个不停,叫喊什么呢?姨娘听不清,只见她歪开的领口里两根筋暴胀。

幸好听不清,也不忍听,姨娘实在看不懂这一出。金文怎么成这个样子了?想起跟小雷提到他妈妈时,梦里的孩子哭得那样的憋屈。啧,就说徐雷最近犯怪,还冷不丁跑出去看人撒什么网。原来家里有事儿。

屁股下一晃,301 车慢慢挪动起来,要向路口左拐了。姨娘最后看一眼金文，金文低下头，好像才注意到轮椅女人秋裤上的大红花，跺跺脚，一边艰难地改变轮椅方向，一边四处张望，看来是要找个地方收拾下。哼，这么大个十字路口，一走岔，能多出两里路。姨娘蹦起来，摇摇晃晃跑到前门司机那儿，说："师傅帮个忙。我内急。可别弄脏您车子。看我年纪份儿上，开个门儿，赶紧的。"

四

金文突然觉得手上一轻，姨娘的老脸现在边上，绷着脸，眼皮挂塌，牙缝里短促道："向左，过斑马线，上那小台阶，进到穆家巷，里头有个公厕。"

金文忽然感到浑身上下跟熟虾子似的，火烧火燎地红了，恨不能弯起来，藏头抱尾。头一次啊，被人瞅到，还是姨娘。这下可有好看的了。

姨娘仍旧不看她，说："那边有个穆状元故居。边上就是厕所，示范级的，装了小电视，有残疾人专用，还有母婴房和淋浴间。可好使了，全都免费。"

金文硬着头皮，张嘴介绍："嗯，这是双全，老展家女儿，身体不大方便。双全，这是我姨婆。"姨娘冲双全咧咧嘴，双全把嘟到嘴边的唾沫咽下了。脚下正好到台阶了，她们合力抬起轮椅。姨娘像十农活似的，六级台阶，她"吭唷"了六声号子。别说，有效果，连双全都跟着哼哼。她一上劲儿，秋裤上的红花更大了。

台阶后又是一截子石板巷，轮椅歪了不说，又有姨娘在侧叫她烧心，金文直走得满身大汗，抵达终点却是个大安慰。端的好一个厕所！四处锃光透亮，绿植错落有致，一排镀铬椅子虚席以待，并有隐隐熏香扑鼻，简直天上人间。整条巷子，连同边上的穆状元故居，都寂无人声。这么个绝顶气派的厕所，就是她们三个的天下了。

金文也顾不上双全了，先自钻到淋浴间去，哗啦啦收拾，这才看到自己身上头上的不堪，一阵子干呕，恨不得连嗓子眼儿也翻出来洗上一番。

然后搞双全。果然，纸尿裤在闹哄里给撕裂开，都成开裆裤了。金文气得抱怨："这老展，什么都挑最便宜的。"亏得有姨娘，两个人手脚并用好一阵折腾，才替双全把下半身给冲洗擦干替换上了，外裤的长裂口，姑且用双全的一根皮筋给扎拢。

"老展，谁啊？"姨娘这才慢悠悠地问。可能是金文多心，她觉得姨娘的口气是伺机而发的，也是瞧不下去了。

这才意识到，自己已好几次脱口提到老展。确实也是这样，每次一浸入讨债闹事的情境里，就觉得她跟老展、双全、轮椅，是完全一体化的，是整个儿的捆绑，那种彻底的交付，倒让她放松。反而是回到家里，在徐雷、小雷身边，三心二意的，人裂成几瓣，很不舒服。有可能……她真是把老展当自家人了。可，老展，他算谁啊。金文咳了一声。

双全身上清爽了，脸上几块肉凑紧，算是露出笑，又晃晃她的歪脑袋，意思是要搞头。也好，手上能有事最好。没带梳子，金文就用手指替双全慢慢地梳，尽量地顺拢。一边脑子里盘算着，一边跟姨娘交代。

对，就好好介绍下老展吧。金文十分详尽地铺陈开来。屎频、轮椅、老婆跑了、胡大、二十万、卷款、讨债群散了、四处扑找大人物。确实没一句谎话，只没提她那十三万。涉及自己的参与时，她含糊带过，像只是出于同情，一种见人有难的出手相救。

姨娘听得直咬腮帮子，嘴角纹加深了好几道。几次张嘴，又几次合上："哦，老展。那不容易。二十万血汗钱哪。"她小声重复着，看一眼双全，把眼睛挪开，往上看，似乎让自己用力跳过什么东西，并往更高的方向爬升，"你别看我这一辈子，从来没个男人……可我能懂，"姨娘居然脸红起来，带点热情，她轻轻地点头，飞快看一眼金文，"你帮帮他，也对。我不会小家子气的。"

金文愕然。姨娘显然误会了，可这误会似又不容去辩驳、推翻，那会是对老人家的理解力，乃至整个情感能力的某种否定。

她本来是想着，反正不是亲婆婆，平常走动也少，就拿老展这么抵挡一番，大概支吾过去，就得了。她不愿提她的十三万。那不只是秘密，还是自私与愚蠢，以及说不清的耻辱，能瞒下，还是瞒下吧。可现在路数不对了，姨娘怎会从她这支吾里想到私情呢，老展那都什么样儿呀，姨娘这还叫"懂"？还这样大义凛然地表示她没有替徐雷争面子。这太荒唐了，哪儿跟哪儿啊。瞥一眼姨娘脸上还未褪却的晕涩，她不得不祭出她的秘密了。姨娘越是自认为她"懂"，越是要给出足够的证据。

双全头发很厚，握在手上重重的，厕所门厅的玻璃擦得像没有一样，阳光透来，直接照在双全的头发上，多亮啊。金文梳拢起它们，又放下，磨蹭着，像一直退到墙角，这才清清嗓子，更为详尽地道出她这一半的原委。

"……你看，这么多年，攒下这十三万，没人知道，突然一天，这私房没了，也没人知道。现在姨娘你，全都知道了。"金文难堪地笑了笑，这就能解释啦，她为何要跟老展混一块儿了。想想也蛮久的了，金文对姨娘轮流竖起两三根指头。从胡大事发，前面连着两个多月的大群行动不算，光是跟老展的这个秘密联盟，也有三个多月了。垂死中扑棱，拖着死沉的双全，满大街的丢人现眼。她可实在，是有些疲沓了。

尤其今天。没想到桃园广场这样的大，前面的节目表演那样的长，也没想到，杨副市长还是区里头的季书记，根本就没坐到前排看节目，也没剪彩或讲话，说现在不搞形式主义了。等节目差不多快完，不知从哪里站出四五位蓝黑夹克，看上去也没什么大派头，就随便四处走走看看、笑笑说说，跟人亲切握手。金文蹲在双全边上，一直守在大红横幅附近盯着舞台方向，等她觉悟过来，被簇拥着的那几位已走到后面几排，一时凑不近前了。金文这个急啊，忙放开手段，扯起嗓门叫起冤来。既想说清事情首尾，又想着得言简意赅。她一边语不成句地舌头打架，一边慌急地低头端轮椅下台阶，就这霎时的工夫，再抬头，那一群蓝黑夹克早一阵风地全都不见了。

万事皆是迟了。领导走了，秘书们走了，摄像机也走了。金文这声嘶力竭的一番呼号，该听的没听到，反招来一大帮子闲客，正好演出结束，现在通通都掉转眼睛来看双全了。前面的凑近了问长短，后面的要往前面推。挤挤搡搡中，把金文都给绊倒下来。这一倒，众人哄叫，更往前挤了一浪，把她们两个活活地给挤逼到小花圃里去，两排新栽的、根还没扎牢的月季花丛哪里经得住，被侧翻的轮椅和双全的胖身子给碾倒一地。这还了得，刚开放第一天的市民绿地广场！有人叫来了管理人员，后者先是痛心地检点损失，说要罚款，看她们两个头发、面皮、衣衫上各种的勾勾戳戳，实在也是狼狈，挥挥手说："你们赶紧的，走吧！"

这回，算得上是一次特别的重创吗？也谈不上。一直都是屡战屡败吧。老远就被拦下，被保安拖走，被看热闹的人群围挡住，时间没掐准，地点搞岔了，领导有事没来——到最后，差不多都是这样收尾，被人们的好奇和怜悯捆绑住，驱动着，艰难地滚离现场。

金文一口气地讲，讲得太急了，还急里偷闲笑了好几次。她和双全一起跌跤，像大小两个肉球一样滚动。双全的独门武器：吐唾沫，害得看热闹的人想近也近不得。公家人凶狠地气喘吁吁赶来，一见她们两个，反而张口结舌、束手无策。不都挺可笑的吗？她自己可能都没有意识到，她的语速像泥石流一样，带着灾难的气势，而泥石流中的笑，可真有点硌耳朵。

姨娘一直闷头听着，脸上一会儿太阳一会儿阴天地变幻不定。能看出来，起码有三四成的，她并不太接受金文新讲的这一段儿，的确也是，她算是好不容易从情感上说服了自己，大义灭亲了，怎么又搞来了这么一大嘟噜子。

"可你，搞私房钱干吗呀？"姨娘最后这样问，语调痛心，更主要是迷惑。好像她能想得通私情，但想不通私房钱。

都已经讲到这一步了，金文觉得整个人都完全散架子了，再也收拾不起来了。她在心里冲自己嘲笑了一声，索性把她那自私的清单也给供出来了。在厕所里，对着老姨娘讲这些个东西，真有点别扭。这都是她最美好的寄托，并且好像只有保留在内心，才更有那种慎重的美好意味。这一讲出来，就等于是永久的道别吧……可姨娘真不省事啊，她特别认真地，如同参加什么推广咨询会，不时地打岔。

“这样贵的？鹅牌是个什么，就凭狼毛领子？非得穿它才能去南极？你一定要去南极吗？

“按摩椅我坐过的，健康讲座时，我们排队坐过。你这也是带红外降压的吗？更高级？那能到什么程度？哟，哟。说的我都想试试了。

“整容医院你也敢去的？还线雕，以为你是个石膏像吗？还热玛啥吉，能像个熨斗似的把皱纹给烫平吗？”

豪华邮轮。外教一对一。黄石公园。雪花牛肉。世界前十腕表。姨娘越听越来劲，像是突然被启蒙、被开化了似的，满脸的嗷嗷待哺，要知其然，还要知其所以然，知其所以不然，把个金文常常给问住，好在网络也方便，不行就现查呗，好家伙，越查越多，有的连她也不知道。

再说还有双全在边上呢。双全平常看电视多，啥都懂，歪脸儿上撑出最大的笑，粉红牙龈全都出来了，两只手东捏西摸，老想发表意见，但她注意地克制着，只在听到歌诗达邮轮时，没忍住，含着舌头，两手直抽，嘟嘟囔囔一串，迫切表达了她的意见。

姨娘听不懂，直着急。金文不得不岔开来，讲解下那部美国大片，解释了冰山，并转述双全的劝阻。她着急的是，金文又不是露丝，万一出事，哪里会有一个杰克来给她生命机会呢。这个险不能冒。姨娘听得身子直往后仰，赞赏地直冲双全点头。

等金文终于开始讲到她本人特别向往，因而都不需要在网上查询的黄石国家公园时，姨娘却又拉回去了，要重新讨论，发表异议。“泰坦什么号，那不是一百年前的老邮轮嘛，现在不可能出那种事了。”再说，她那被皱纹层层包裹的眼睛，像大屏幕上的老年露丝一样，闪烁着平静的深思熟虑。“要是我，能死在豪华邮轮，死在大西洋还是太平洋里，我觉得挺好。”总之，她用慎重的口气让金文重新考虑，清单上，还是保留邮轮吧。

金文苦笑着点头，接着讲回黄石公园的超级火山。姨娘又连声咂嘴：“活火山我知道啊，我去过地质博物馆。你，连活火山都要去看啊。”带着几分佩服，恍然大悟地直拍巴掌：“怪不得，就说你身上总是傲滋滋的，原来整天憋着这些个。有意思哪，你真有意思。”

姨娘的拍手有点突兀，在空荡的厕所前厅回荡，疲劳中一惊，金文突然有种午夜梦回之感。干吗呀，是在哪里？这个白发老太婆，轮椅上肥胖的歪头女人，她们是谁？在聊什么呢？她们脸上为什么带着那样兴奋的笑意？金文一边惊讶地瞪视，一边在心里用力地唤喊自己。得了，醒来吧。她的十三万，她的私房清单，通通不存在了。金文听到自己语速慢下来，耳边的笑声也压了下来，那些刚刚被热烈讨论的邮轮、黄石公园、霜降牛肉，重新又成为飘浮着的名词了。她的兴致与力气，也一并通通退潮了。她反正是完全地交代了，就看姨娘了。

姨娘在拍完巴掌之后，手里倒突然找到活儿了，正非常仔细地，替双全把粗呢外套上的碎树叶片和断头发，一点点摘掉，神情严峻而专注。摘完了还反复检查了一遍，然后才把抿着的嘴松开，吁一串气，开了口。

可她说的是什么呀，简直没头没脑，好像根本没有先前的这一大段，好像她刚打公交车下来，才碰到金文，她说："我主要，就是来给你指一下厕所的。这么大个十字路口，可不好找。不早了，我得接着坐301车，去接小雷。"

也是，外面的天色，不知啥时已暗了下来，巷口里开始有了回家的车声人声。金文嘴里发涩，浑身骨头酸痛，她听出姨娘的意思了，老人家在一番不知是怎么样的斗争之后，决定要替她保密了。

可这并不让她感到高兴，她在心里复盘姨娘今天的所有反应，感觉心里有了个疙瘩，也可能这疙瘩一直就有，可被姨娘这么一点出来，就涨大了，堵在心头，堵成个大石头了。她真是没办法领姨娘的情。姨娘这样，让她觉得自己不仅蠢，还有点脏，脏得像片大乌云，揣着即将裂开的暴风雨，而徐雷，毫无防备地被浇个透。

她跟老展，真没什么吗？

其实老展并不是每天都给她任务的，可没任务她也常去，准确地说，是天天去。是实在没法跟徐雷踏实待着，尤其徐雷那种忍让的、装糊涂的样子，还有他烧好饭菜，带着小雷愣是不动碗筷，等她回家才开饭的样子。看不了，还不如去老展那儿。

老展也就是一杯白水，有一搭没一搭地跟她叨咕。没什么话题，主要就谈钱上的事儿。当然了，钱，就能扯到所有的事儿。比方说，会扯到双全。这双全，打小到大，从瘦子到胖子，从女宝宝到大姑娘，父女俩，可真是闹出太多的尴尬与狼狈。老展呢，讲话有点啰唆，老爱打没用的手势，听起来很吃力。可他模仿起双全来，倒是有一套。冷不丁皱巴起脸，把手里毛巾往头上一搭，缩起脖子翻起手足，嘴里口舌打架唾沫涌出来。可实在太像了。三个人会没心没肺地笑上好一会儿。尤其双全，因为吸了太多空气，笑得都打起嗝来。

双全笑完了，就抬起眉毛下的眼睛来，极其期待地睃着金文。金文能谈啥呢，除了那倒霉的十三万，她跟老展可实在没啥共同语言。老展把毛巾从头上取下，给她续上白水，提示性地问："你，到底怎么攒的呀，不就是机房值班的嘛，能搞出十三万？"欲扬先抑的赞赏口气。

"所以才小零小碎的呀。"金文倒有点不好意思。讲实话，她没任何的本事，同时也不愿太明火执仗地吃苦力。所谓的零碎,其实也是她自己的一个算法。比如替同事代班。白天嘛,她并不喜欢在家里拉上窗帘死睡。那太浪费了。只要有同事一喊,她就跑去替人代个半天班。这钱,她是留下的。

再比如买东西的差价。这算她特有的巧劲儿,再怎么明码标价谢绝还价,她也能设法跟营业员谈出总店优惠、员工折扣或样品打折之类的好处。有次家里换热水器,是跟徐雷一块儿去买的,都已约好周末上门安装了,想想不服气,转天就去退了,换了家商场,同牌同款,她跟厂家驻店代表攀出一段老乡关系,生生抠下三百五十块钱。

有年夏天,工会组织到"农家乐"游玩,看到有家蓝莓农场急招采摘工,那挺好玩啊,田园色彩嘛。金文暗中记下号码,问明条件,次日就悄悄晃荡过去,防晒帽加墨镜口罩把脸遮得严严实实,十天不到,落下小小一笔外财,顺带还吃个肚儿圆。

有时也是为个赌气。要过年了,人人做头,店长总监亲自出来,烫个花定个型配个色,优惠价,只要你五百块钱。洗头小伙计在耳边说出花来,什么一年忙到头啦、对自己好一点啦。她冷着脸只管一抬手:"你们显示屏上滚着呢,洗剪吹,四十一位。"完了,她把那四百六十,也自欺欺人地给昧进她的小肥猪账户里头了。哼,什么叫对自己好啊,她打算集中起来,大大地好一番呢。

这些个,实在也是提不上筷子的,可双全特别爱听,因为她并没什么机会花钱,更没什么能力赚钱,随便听个什么,都是好玩得不得了。金文明白她的乐趣所在,就更加仔细地,把每笔钱的前因后果、细枝末节都给讲上一遍,直把双全给说得满意了,老展再推她回南屋窗户下晒太阳去。"十三万。不容易哪。"老展回来,把白水往她跟前推了推,一张老脸显得更黑了。金文喝一口白水,舌上似有滋味,觉得她刚才,又把那些钱重新赚了一遍。

有次聊得差不多了,她在老展家里四处瞧,想找出张双全妈妈的照片。老展一直跟着她,末了,冒出一句:"原来有的,她走了,就一张没留。"钱之外的闲话,也就谈过这一两句吧。反正她这里,可打死也不想说起徐雷或小雷,只要一出口,她的十三万就更加可耻了。

当然每一趟闹事完毕,她送双全回转来,也会在老展家逗留一阵子,一边把满身的脏污收拾好,一边跟老展倾诉她们的惨败,或是抱怨策略上的失误。这通常跟几个小时前的作战动员有所呼应,像是高开低走的后戏和收尾。相濡以沫的低沉情绪中,她会接收到老展简陋的慰问,还是一杯白水。他从来没拿出比白水更好点的招待。可这刚刚好。你想,她怎么还配喝别的呢,只有老展明白她的疾苦,以及处置这种疾苦的方式。

慢慢消化完当天的糟糕之后,老展又会以他那种自以为是的谋算,有鼻子有眼地讲起下一次的战斗计划。老展会做出点领头人的气派，一边一只手，搭在她和双全的肩上，替他们这个联盟打气："苦肉计嘛，持久战嘛，就得这样，得吃九十九个苦头，直吃到最后一回，才能苦尽甘来，得到一块小糖。"金文也会尽量振作地拉起双全那变形的肥肥手，满嘴附和："是啊是啊，就凭着我跟双全这样的辛苦，这样的没皮没脸，最终肯定能摇动到那不知在哪里享福的狗胡大，从他那干巴了的良心上掉下一点屑屑子来，三十三万最好，三十三万打九折，也行。"

其实这个时候，金文是最绝望的。她知道这一切都是白费，九十九场苦头一定会有，但最后那一块糖绝对没有。这样的绝望使她产生了某种敏感，一阵古怪的激情，感到肩膀上老展的手很重很热乎，她于是也更加用劲儿地攥紧双全的手，脑里闪过自甘堕落的画面，一头蠢猪抱着另一头蠢猪，它们在泥水里打滚，永远翻不了身。她甚至不合时宜地想到了她跟徐雷的最开始，不就因为两人都刚刚割掉了阑尾吗？她和老展被割掉的可远远不止那截子无用的小肉肠。人们哪，都会因为失去而共同沉陷吧。

双全在耳边哼哼，很不高兴姨娘的提前撤退，又叫她回家，离开这么漂亮的示范厕所，她更不乐意了。金文劝了好一通，慢慢推转轮椅又参观了一圈，脑子里也各个角落里搜罗检查——其他没了，她跟老展，也就这些，并没啥。可老展于她，确实又是个什么，算是个洞口吧，小小的，但能透气，或者，是另一只破罐子，烂兮兮的，一样的有疼有痛，反倒可以彻底交付。金文越是想，越是感到脑袋沉重起来，浑身酸痛之外，还加上了头疼，脚下走一步，太阳穴就疼得一跳。

赶紧地，把双全给送回去，今天绝不在老展那边逗留了。提了电池就回家，蒙上头，狠狠睡一觉。明天，等明天她能够再聚起力气了，再好好想这个问题。她甚至巴望着，也许一夜过去，姨娘改变主意了，一大早就跑去，通通告诉徐雷了。能那样最最好了。省得她想，也省得她讲了。

五

"小西湖"心重，其实徐雷跟他，也就线下见过那么一次，打过几次电话要来看，劝不住。今天一大早就在楼下等，直候着医生八点半查完房，迈着两只脚进来，局促地丢下两尾草鱼，还有一提袋小杂鱼，有的还在吧唧嘴儿呢，病房里立时一股子河腥气。未等徐雷表谢，"小西湖"影子一闪，已然走了。倒给徐雷弄得挺不过意，心想，光是视频点赞不够，等伤好了，再去跟他撒一回网才是。

只有喊姨娘拿回去烧了，正好给小雷补补脑。就不劳烦金文下厨了，她，从昨天那碗温暾的乌鱼汤，到现在，连信儿都没一个。真是堤崩水泄啊，收不回来了。徐雷躺着，盯着天花板上一盏日光灯、一盏紫外线消毒灯，浮想。想到当初结婚的细节，也想到将要离婚的细节，想到家具物用的处置，想到如何跟小雷解释——要给他的“完整”，还是不能够了。

姨娘没一会儿就到了，脸色红彤彤。“真巧，我正好出门早。来，趁热的！”她从保温桶里倒出滚烫的汤，又从怀里掏出手绢包，里头一层塑料袋，袋子里两只小烧卖，“喏，老陈包子铺的。”

热香气裹住眼鼻嘴，徐雷往隔了一张的病床看看，金文从前就是那个位置。那里是空的，腿骨折的男人昨天出院了。真是多少年没喝过姨娘的鸽子汤了，也很久没吃到老陈家的烧卖了，松子在牙齿里隐香，心里起了一阵软弱。他跟姨娘，情分上是亲的，但又不敢当真的去亲。那年他都十岁了，妈妈的音容笑貌，记得太清楚了。

姨娘替徐雷把细汗擦拭掉，重新把床放平。闲聊了几句腰部保养的偏方，接着很随意地说：“我呀，最近想出趟门要要，跟你借下小雷，算陪我。你给孩子请个假吧，周五一天就行，连上周末，要三天也够了……”

“啥？您这，打算去哪儿？”徐雷大为惊奇，心想，这话从何说起，怎么冷不丁地突然来了这一出？他身边的人这都怎么啦？

“不太远，就潍坊。小雷没身份证，恐怕要去你家拿个户口本。我先回家收拾你这堆鱼，然后去你家，再去火车站。这不节不年的，估计买票都不用排队。”姨娘一口气地讲，不容徐雷打断，像已考虑得极为周全。

明白了。徐雷心口大堵：“这哪儿成。您这都六十七岁了！死小子，还以为他放下这事了，怎么纠缠到您那里啊？”徐雷从枕上昂起头：“就算买票，网上就能买。哪里还要跑来跑去。”

“火车站离超市就两站路，顺便，我正巧要去那边买特价筒子骨的。行行，你别动，网上买就网上买，”姨娘摁住徐雷，“小雷他可没跟我闹半个字。这孩子，太招人疼了。不是为他，是为我自个儿，你想想，我出去玩过吗？”

徐雷心里明镜似的，一百个着急地要拦下姨娘：“所以说啊，您老人家从没出过远门，何况还带个孩子。您外头随便问问谁去，绝不能够的。”徐雷讲到这里，舌头却也打起趔趄。他好歹也算是过继儿子，怎么从来没想过要带姨娘出去转转呢？莫非姨娘所讲的也是心里话，她想出去见见世面？这想法一冒出来，觉得好受点了，也很惭愧，心想，等腰全好了，他要陪姨娘出去走走。

嘴里还是在劝阻：“退一万步讲，就算姨娘您，能跑到潍坊，可那边您完全不认识啊。风筝节，什么概念，全是人，本地人外地人外国人，多乱。旅馆肯定爆满，您连叫车软件都没吧，地图导航都没使过吧，哪能摸到风筝博物馆呢？您知道小雷多皮吗，他撒丫子跑起来，我都追不上的，一身迷彩钻到路边，找也找不见，唤也唤不出。”他有意说得语无伦次，病人式的拍床，手总能用上劲儿的。

姨娘不为所动，等他静下，才笑嘻嘻的，不掩得意：“那我，倒是问问你，就我们这城里头的，兵器博物馆、气味博物馆、直立猿人博物馆、中华指纹博物馆、失恋博物馆，知道在哪儿吗？去过吗？”

徐雷哼哼着，不明所以地摇头。

“我，都去过。就我一个人，不上网，也没叫车。怎么着，鼻子下面不就是路吗？区区风筝博物馆算什么。小小潍坊又算什么。别瞧不起老阿婆。”姨娘摆出老姑娘那种过时的飒爽。

徐雷仍在使劲摇头，幅度很小，因为一摇头就摇到了尾骨，疼。但尾骨还没心口疼。都是金文给弄的，她哪怕能有半片肚肠在家里、在小雷身上，怎至于要让老人家出门奔路。他开始打乱拳：“姨娘您不是胃不好嘛，还有眩晕症，万一在外头咋的，可是大麻烦。别理小雷，小孩就这样的。还吵过要改名字呢，闹一阵其实就好了。”

“谁还没个想头呢，别说小孩子了。就你，不也瞎折腾着，要去看人家撒网嘛。一样的。小雷给我看过潍坊的照片，满天的都是风筝，真是看一眼，就赚了。哪像你这撒网，看一眼，腰坏了。”姨娘顺带着嘲笑起他，气势完全占了上风。

徐雷被她说得惭愧，勉强分辩：“您是没看过，其实撒网有意思的，抱在怀里，相当于个大面团子，撒得好呢，摊成一个大饼；要技术不行呢，只能撒成包子、锅贴。”好一会儿，他回过神来，狐疑起来：“姨娘您跑那许多博物馆，干什么呢？”

姨娘咯咯大笑，显然乐于进一步的解答：“别说博物馆了。12 床睡着呢，咱别吵着人家，我就大概其跟你说说吧。”小声地、带点吹嘘地，姨娘把这些年来的几个巡游系列摆了一大通，讲到最后，还挤挤眼睛开个玩笑，“就这么说吧，你随便讲上面哪个地方，桃园广场、魏源故居、乾清观，你问我一个好了，那附近的公厕，我全都熟，都上过。”机灵地拉回主题，“我这啊，等于在家门口拉练，拉练成老手，再出市出省，就不在话下了。将来搞不好，我都能去日本、韩国呢，能去歌诗达邮轮，能去黄石公园呢。”她嘴里冒出些半洋不土的词来，讲得有点费劲，可也很带劲。她虚拟地拍一拍包，进一步地豪放补充：“左右不过十来万块钱的事儿嘛，哪天回家数数看，也不是拿不出。”

听听姨娘这牛，都吹到哪里去了，徐雷苦笑着，尽量刁难地又追究了几个问题，姨娘一一对答，显得成竹在胸。徐雷心里真有点妥协了，他也情愿姨娘这一趟能成行的。这次腰伤，自己吃苦倒在其次，真正的痛，在两桩事情：一是带小雷看风筝的事儿黄了，对不住孩子；二是金文这外心，连手术与病房也不能唤回了。他与她,彻底完了。

“那……您实在坚持的话,车票我来买。旅馆网上替你们订好。各项花销,也由我来出,出门不能省。支付软件您有吧?小雷倒也是会,我再教教他,那个方便。”徐雷嘴上铺排着,说服自己往好里想,不管怎么说,这算圆了小雷的梦,可等一等——他终于后知后觉地想到,姨娘这一出戏,是不是演得太过了?她怎么就没想到问问金文呢?照理说,他这里躺倒了,理当是金文带小雷出门啊。莫非连姨娘都知道金文变心了吗?就像常说的,所有人都看到绿帽子了,只有戴绿帽子的人最后才晓得。

这样一想,心肝肺脏里又加倍搅动起来。他巴望着姨娘早点走,把“小西湖”的鱼尽快拿走,那腥气实在逼人。他想专心让自己痛苦一会儿。看看,事情都到这么个人人尽知的地步了,金文还躲闪着。这算什么?她不也把自己给拖累坏了嘛,看她昨天那灰不溜丢的,早年的好样子全没了。有话直说,离就离,他不会死拽着不放的。

姨娘的大屁股纹丝不动,眼神尖尖的直盯着:“你哪里不对噻?养伤的人,心里可不能有事儿。不论有什么难处。”颇有意味地顿一顿:“跟姨娘说说,别拿我当外人。”

不说。就是亲娘他也说不出口。说了有用吗?这可不是跑一趟潍坊的事儿。“没,只是在想打鱼的事儿。可惜,我只撒了一手,都没能玩到收网。收网更好玩儿,就跟猜谜似的。那水面,像是死的,啥也看不出,偶尔咕噜冒个泡。‘小西湖’说过,这时就全靠手感了,轻轻地,但最好加速地收拢。水下的力道怪得很,好像有一群鱼在跟你拔河。有时紧,有时松,有时左,有时右,有时它们突然全都松手,网一下轻了,拉来看,缠了几把水草。空军,他们管这叫空军。”徐雷讲讲也有点失笑。他到现在还觉荒唐,他一直是优柔寡断的性子,怎么突然就抽风了,在“小西湖”的短视频下互动,立时三刻地就要跟着去耍。这人哪,要倒霉起来,真是奔着跑着,急先锋似的也要赶着去倒霉。

姨娘盯着他,脸上全是话,嘴角嚅动,像在寻找化解他的突破口,以及突破后的好词好句。真是叫人紧张的沉默。别说,求您老人家什么也别说。徐雷在心里一个劲儿地祷告。快点走吧,让我独个儿待着吧。

外头一阵拖着的脚步声近了,听出来是金文。徐雷先是吁一口气,随即胸口一阵灼热,恐惧地预感着,拖到这么迟才来,看来终于是想妥了?要来说出她的决定了?得赶紧地打发姨娘走,遂又抓紧补了一句:“您老人家就别操心了,权当我点儿背吧,啥都凑一块儿了。”

姨娘早已收起神情,面带春风地招呼金文:“来得早不如来得巧。记得你也喜欢喝鸽子汤的,正好还有小半锅。”说着,麻利地盛出一大碗,快步往茶水间打了一个来回，那里有微波炉。

金文脸色灰蒙蒙的，盯着姨娘好一会儿，好像才认出是她，徐雷看到她眼皮明显跳了一下，不大自在地招呼："这一大早上的，您就过来了？"她两手空空，啥也没带。连衣服都没换，还是破旧兮兮的苦刑犯样。

"是哎，我这不要出趟远门嘛，想请小雷陪我。来跟徐雷商量的，"姨娘不等金文发问，又啰唆了一遍她四处奔走的大能耐，"刚才，就一直讲的这些个。"姨娘摊着手，好像要向金文证明什么。

很怪，徐雷看到金文显出失落的样子，身体变得更加硬撅撅的。"风筝，去潍坊？"她看来是头一次听说，惊怔地用两只手推揉着腮帮子，推成一个接近于笑的表情，"那敢情好呀，一老一少，挺好。"脸上其实看不出多领情的样子，只是在推动牙齿和舌头寒暄。

看看，她对姨娘所说的，根本没往心里去。她甚至都没反应过来，不管小的，还是老的，应当是她带着出门才合适。徐雷忍不住了："不知能不能劳驾你，抽出一点空，去跟小雷班主任讲一下？最好当面请假，毕竟是出去玩儿。"

金文没听出徐雷讽刺的口气，犹豫一下，推卸："我也怕见老师的，还是你打电话吧，就说小雷生病好了，横竖老师都会不高兴。"

"呸呸，好好的说什么生病。有徐雷一个躺着还嫌不够啊。对，我突然想起来，放风筝还有个大好处，老话怎么说的，就是放晦气放倒霉嘛，去病去毒消灾。不光我跟小雷放，你们想，整个风筝节，小十天，所有人都在放呢，那得放掉多少的倒霉啊。看看，我这头一趟出门，可真是出着了，家里什么事情都会好的。"

徐雷这回是真的笑了："照这么说，那所有老百姓、所有的长官，直至联合国官员，就整天放风筝好了。"看一眼金文，她巴着的脸儿，也笑了一下，可身上仍然紧张得像块铁板。

姨娘还以为得了他们的赞赏，更加乐不滋滋地一拍手，说："我还没跟小雷讲呢。真是等不及要看他什么反应咧。那小臭东西，总不会嫌弃我这老骨头吧。"

远远听得微波炉"叮"了一声，姨娘跑去，卷起衣角端来，直送到金文嘴边，说："热乎的，赶紧吃喽。"热汽升腾，金文的脸，摇晃着让了一下，凑近。

姨娘重又稳稳地坐下，嘴里咂了一下，脸上使劲克制着，张张嘴，闭上，最终还是开口了："正好都在。讲个好玩的，你们不要怕，其实这阵子啊，我还逛了好几处的公墓呢，清清爽爽的，挺好。尤其那些枝叶繁茂的老夫妻，左下方的挤挤挨挨一长溜红色名字，都是儿媳子孙哪排着陪着的，大太阳照着，瞧着可真舒服，也难得有个别的，碑石上空落落就一个名字。我要看到这儿，才会猛然想起，哟嗬，跟我一样，光秃秃的独门独户嘛。"姨娘挤眉弄眼地笑起来，好像这是多滑稽的一个事情。

徐雷赶忙接话，姨娘很少谈及此事，嘴上也顾不得避讳了：“姨娘您不是有我们嘛。到您百年之后，我、金文、小雷，一样会排在碑上，太阳下陪着您老人家的。”心里却是一记闷痛，谁知道金文的名字那时还会不会跟他排在一起呢？

“倒也不是一定要这样。不过，能有你们这一家子三个陪我，当然是我的大福分，”姨娘显然很受用，看一眼正埋头于鸽子汤的金文，她把上身抬直，凑近二人，“我其实是想说，也怪，我怎么挺喜欢逛墓园呢，逛上一次，心里就会很好。嗯，也不能叫好，怎么说呢，就觉得活着吧，挺了不起的，挺不错的。除此以外，都不能叫个事情。你们两个，也想想呢，我说得对吧？能有什么过不去的呢，还有比生死更大的吗？”姨娘放慢语速，像在宣讲天下独一份儿的人生要义。

这无非就是，老年人的老话儿，根本抵挡不了心里正漫涌上来的伤感。徐雷还是点点头，说：“姨娘讲得对。没什么事算大事，没什么过不去的。”他有意重复着，倒是希望金文能听进去，别再闷葫芦摇了，说开来吧，放过她自己，也让他死心算了。他看一眼金文，汤已喝得差不多了，高举着汤碗挡在脸上。可她另一只搁在桌上的手，正紧紧捏成个拳头，好像憋不住了，马上就要挥起来，对着空气搏打一通。

姨娘这才抬起她的大屁股，收拾好保温壶之类，提起“小西湖”的两袋鱼，窸窸窣窣地往门外走了。

“我，要跟你讲个事儿。”金文的拳头依然捏着，都没等它松开，就急急忙忙小声开口了。

姨娘的声音忽又从门外传来，她招手唤出金文，十分要紧似的，撑开两只塑料袋，极为满意地与金文分享：“差点忘了给你看，瞧，腥得多新鲜哪！直冲鼻子的泥塘味。这个叫‘小西湖’的，也是个好孩子，我还差点怨怪他。”她生硬地拽着金文，直往走廊深处去，声音越来越远，徐雷听不大清了：“加个老太太，效果肯定更加好……不是吹，起码各处的厕所……那清单如果能……我倒也要入个伙呢……”

【作者简介】鲁敏，女，1998年开始小说写作。已出版《奔月》《六人晚餐》《梦境收割者》《虚构家族》《荷尔蒙夜谈》《墙上的父亲》《取景器》《惹尘埃》《伴宴》《纸醉》《时间望着我》等三十余部。曾获鲁迅文学奖、庄重文文学奖、冯牧文学奖、人民文学奖、十月文学奖、郁达夫文学奖、《小说月报》百花奖原创奖、2007年度青年作家奖，入选《人民文学》未来大家TOP20等。作品先后入选中国小说学会2005、2007、2008、2010、2012、2017、2019年度排行榜。有作品译为德、法、瑞典、日、俄、英、西班牙、意大利、阿拉伯、土耳其等文。现为江苏省作协副主席，居南京。

瓦猫

◎ 葛亮

大阔嘴，旗杆尾。
钟馗脸，棉花肠。
大肚能容乾坤会，
梁上驱邪吓退鬼。
——滇区童谣

Ⅰ

说起来，那次去云南，完全是为了卡瓦格博。

可是到了香格里拉时，我因为高反，引发了急性肠胃炎，已经不能动弹了。这对我的确是一次意外。因为仅在一个月前，我从利马直飞印加古城库斯科，一路辗转上了马丘比丘。在海拔三四千米的地方，身体并没有任何反应，甚至未服用类似红景天的高反药物。可这次云南的行程，尽管做了充分的准备，却事与愿违。

但我还是坚持随队上了德钦。到达驻地，我便开始发高烧。

大约折腾到了半夜，人才睡了过去。第二天醒来，已是接近中午的时候。照顾我的是当地的藏民德吉大婶。她会的普通话不多，表达却很恳切，因此足以交流。我喝了一碗她为我熬制的鸡汤，据说里面放了当地的藏药，对缓解高反有神效。这滚热的鸡汤喝下去，我立时感到好了很多。

有人敲门进来，是拉茸卓玛。她是我们队里的人类学家雷行教授的研究生，也是当地人。卓玛看见我，似乎很高兴，一边说，昨天看您脸色煞白的，吓死我了。今天就这样好了,是有卡瓦格博保佑呢。

然后她便热情地用藏话和德吉大婶交谈。我才知道，大婶是她的“阿尼拉”,也就是姑妈。

没待我问起。她便告诉我,同伴们都去了附近的白马雪山垭口。回程的观景台,据说是看卡瓦格博最好的地方。我在心里叹口气,觉得这一场病病得十分煞风景。

卓玛大概看出了我的失望,说,毛老师,我陪你到村里走走吧,远远地看雪山也很美。

卓玛没有说错。在这个村落的任何一个角度,都能看到卡瓦格博。

她站在一块高岩上,高兴地指给我说,我们的运气不错呢。是的,大约是季节将将好,并没有搅扰视线的云雾,“太子十三峰”看得十分清晰。峰峰蜿蜒相连,冰舌逶迤而下,主峰便是卡瓦格博。

我远远望去,不禁也屏住了呼吸。雪峰连接处,冰舌逶迤而下,是终年覆盖的积雪与冰川。这样盛大而纯粹的白,在近乎透明的蓝色的穹顶之下,有着不言而喻的神圣庄严。

我静静看了一会儿,说,这村叫“雾浓顶”,今天倒是给足了面子,一丝雾没有。卓玛便笑了,说,老师,您这是作家的说法。我们这“雾浓顶”,其实是藏语的音译。“雾”是菩萨的意思,“浓”是下去了,“顶”和“邸”一样是高地,合起来就是菩萨下去的地方。

我问,菩萨下去了哪里呢?

卓玛遥遥一指,说,村里老辈人说,那边有个水塘,现在已经干了。菩萨被一个女人惊动了,从那里下去,飞去峡谷对面的飞来寺了。

这村落里错落着民居,都分布在山坡上。卓玛说,整个雾浓顶,也不过二十多户人,从她记事时就是这样。

白色房屋掩映在层叠的青稞地里。冬天的田地,是土黄色的,远望广袤无边。大约因为刚收获过,近观不很丰茂。有些野雉在地里啄食,并不怕人,看到我们过来,也没有退避的意思,反而好奇地昂起头,看着我们。看够了,晶亮的眼睛一轮,又低下头,在地里刨生计去了。

在一处空旷的田野里,我看到了一尊精美的四面佛像,晾在天棚下面。说是精美,是因形容笔绘端穆。但身体还有镶卯拼合的痕迹,应该还未来得及塑上金身。我正看的时候,卓玛接到了电话,她说,老师,我姑爹请我们去他家里坐一坐呢。

我便随着她，走到一幢半坡上的房子前，门口蹲着一只黑狗懒懒地晒太阳。看到我们，立即站了起来，大声地吠叫。卓玛对它说了句什么。它便又顺从地趴了下去。我们就看见德吉大婶迎了出来，手里还端着一只竹匾，里面金灿灿的，是新收的玉米。

这房子如同村里多数的民居，白墙灰瓦，有个坡屋顶，大约用来晾晒，各色粮食在阳光底下纷呈，煞是好看。相对先前所见，干打垒的外墙算是朴素的，并无浓烈修饰，只开了几扇黄绿的藏式方窗。屋子边上就有白塔和焚松枝的香炉，院外整整齐齐码着木柴，是为过冬备的。

德吉大婶领我们走进门，是个过厅，穿过去豁然开朗，是挺宽敞的客厅。靠窗一长排藏式长椅和茶几。午后浅浅的阳光，恰照射进来，落在墙壁上。墙上挂着斑斓的壁毯，是藏传佛教的故事绣像。迎面则是木雕佛龛、壁柜。房间正中的炉里生着熊熊的火，坐在炉上的水壶正咕嘟咕嘟地冒着热气。一个面色黧红的老人，看着我们，高兴地道一声“扎西德勒”，便站起身来。我也双手合十予他还礼。

之后我便充分领略到了藏民的好客。这位朗嘎大叔，似乎将家里好吃的东西都拿了出来，甚至包括刚熏制好的藏香猪肉干。当然少不了的是酥油糌粑。卓玛大约看出我一瞬的犹豫，便和她姑爹说了句藏话。然后对我说，老师，您肠胃还没恢复，这个难消化。不用勉强。

朗嘎大叔哈哈大笑，道，你们城里人……

然后他也放下碗，脸上是一言难尽的宽容表情。为了不让他失望，我立时模仿他，将奶茶倒了小半碗，依次倒进了酥油、炒面、曲拉、糖，用手指拌匀，捏成了小团。味道竟是出乎意料的好，有一种馥郁的芳香与酸脆。又学他灌下了一杯青稞酒，热辣辣的。

朗嘎大叔格外喜悦，眯起眼睛，对我竖起大拇指。他的话也多起来，原来他竟能讲很不错的普通话。他说，我能来他很高兴，可以和他说说话。村里农闲，整个雾浓顶已经没什么人了，都去转山了。

我便问，您为什么没有去呢?

他眼里的光便有些黯淡，告诉我说，他的风湿病犯了，走路都很困难，最近越来越严重。他又叹一口气，说，一定是年轻时猎杀了太多的动物，这是卡瓦格博的报应。

看他低头不语的样子。卓玛便用藏语和他说了什么。大约是在劝说，他便渐渐神色缓和，又和我们谈笑风生。我们临走时，他拿出了弦子，引吭为我们唱了一首德钦本地的民歌。因卓玛的翻译，我依稀记得其中的一句歌词:“我是雪山上的雄狮，没有了洁白的雪山和冰川，雄狮怎能存活?”

大叔拄着拐把我们送出来。走出了好一段，我们回过头，看他还站在高坡上目送，卓玛叹息一声，说，其实姑爹这样的康巴汉子，不能去转山，是很折磨人的事情。

我想想说，老人年纪确实也大了，在外面万一有个闪失……还是在家里放心。

卓玛摇摇头道，我们对生老病死都看得很开。能在转山路上死，在卡瓦格博脚下死，是很幸福的。姑爹苦的是，身体上不了路。

我们在回程途中，看见一座小房子，孤零零地坐落在路边。与雾浓顶普遍两三层的屋宇相对，它显得尤为低矮。只开了两扇窗，也没有装饰。倒是屋后有一座很大的白塔，耸立着。比起房屋，白塔更为洁净，像是有人着意打理。上面飘着经幡，在太阳底下若隐若现地闪着晶莹的光。

而吸引我的，是这房子的坡顶上，有一尊雕塑。这是周边其他房子上所没有的。它黑乎乎的，像是某种图腾，在我有限的关于藏传神佛像的知识储备里，似乎了无印象。它更像是一只动物，确切地说，是一只老虎。它虽体量不大，但有双怒睛，突兀地张着大嘴，面目可称得上狰狞。

这时，一股山风吹过来，吹进了我的领口，让人一个激灵。我回过头，问卓玛这是什么。

但卓玛脸上有迷惑的神色，愣愣的。这时她回过神来，说，瓦猫。

瓦猫？是种……神兽？我问。

她说，是，但不是我们藏族的。这些年我跟着教授，在大理、玉溪、曲靖考察时都见过。在呈贡马金堡也有，叫"石猫猫"。但这一只，应该是昆明龙泉的形制。

我说，你不讲的话，我还以为是老虎。猫兼虎形。

她点点头，说虎也不错，"降吉虎"驱邪嘛。它是云南汉族、彝族和白族的镇宅兽，自然是模样恶一些。多半是在屋顶和门头瓦脊上。这大嘴是用来吃鬼的。大门对着人家屋角房脊，有邪灵到坊，"降吉虎"一张嘴吃掉了。要是向着田野，有游魂野鬼，也要安一只镇一镇。

我说，这样说来，还真是只霸道神兽。

她说，可是……终究不是我们藏族的东西，我不记得以前有。这房子，是村里五保户仁钦奶奶的。

可能是听到了我们的声音，门这时打开了，有人探出了头。是个很老的老太太，身着一件很厚的氆氇藏袍。她佝偻着身体，抬起头看着我们，说了句什么。我看到她一只眼睛里有白色的翳障，应该是看不太清楚。另一只眼睛，却有些警惕的鹰隼般的目光。卓玛走近了,和她亲切地交谈。她这才点点头,看着我,眼光柔和了,竟然绽开了笑容。黑黄的脸上,沟壑般纵横的皱纹也因此舒展开来。她掀起衣襟,擦一擦眼睛,似乎想要再仔细看看我。

卓玛走过去扶着她,对我说,我跟她介绍说,您是城里来的教授。奶奶可喜欢读书人呢。

她于是指着屋顶上的瓦猫,跟仁钦奶奶说了一会儿。

奶奶沉吟一下,点点头,对卓玛说了句什么。卓玛就笑着对我说,奶奶问,您是从哪里来的?

我想起此次云南之行的起点,不假思索答道,昆明。

这一回,奶奶好像忽然听懂了。她走近我,仰起脸,望着瓦猫的方向,开始用极快的语速说话。我自然是听不懂,看我茫然,她改成用手比画。因为她过于急切与激动,卓玛已经来不及翻译。奶奶一跺脚,直接捉住我的手,就将我往她屋子里拉。

我们走进去,屋子里的光线,十分昏暗。屋里漾着一股气味,是酥油混合着年迈老人特有的气息。墙上是一幅班禅的画像。佛像前摆着三个铜碗,里头盛放的是给佛的供奉。

奶奶跪坐在火炉后的壁柜前, 一只只打开来翻找, 同时嘴巴里嘟嘟囔囔的。良久,终于有了发现。她小心翼翼地将手伸进去,拿出了一样东西,是一个牛皮纸的信封。她站起身,将这只信封塞到我手里。

信封上印着“迪庆藏族自治州文化馆”的字样,一角已经磨损了。借着微弱的光,我看到上面用钢笔写着一个昆明的地址,字体很工整,但有洇湿的痕迹。没待我细看,她又开始很快地说话,间或我只能听见她在重复“昆明”二字,然后用热切的目光看着我。卓玛说,老师,奶奶拜托你把这个信封亲手交给地址上的人。

卓玛想想,跟奶奶说了几句话,想将信封从我手上接过来。

奶奶似乎生气了,使劲拨开了她的手,执意将那封信放在我手里,让我牢牢地攥住。我将手放在她的手背上说,奶奶,您放心。

她脸上便又绽开了笑容,如同初见我时。而后她好像想起了什么,打开炉子。我知道,这是要打酥油茶,要做糌粑招待我们。

我们离开的时候,仁钦奶奶手里执着一串佛珠,踉跄地跟了几步,嘴里依然喃喃念着什么。卓玛说,奶奶在给我们祈福呢。

我连忙对她双手合十。奶奶的面目忽然严肃了,指指我手中的信封。

待我们终于走远了,卓玛像有些抱歉似的说,其实我刚刚和奶奶讲,您是远道来的香港客人,可能没时间去帮她送信,不如把信交给我邮寄。可是她怎么都不听我的，老师，给您添麻烦了。

我说，没事。我返程还要在昆明待几天再回去。难得奶奶相信我这个陌生人，定不辱使命。

第二天，我们驱车去了明永村。招待我们的是雷行教授的一位旧识，村主任大丹巴。大丹巴头发花白，也是个老人，却是十分强干的样子。他穿着一件迷彩服，脚蹬解放鞋，他走起路来步下生风，说起话来掷地有声。看他挺直的身板儿，问起来果然有过参军的经历。

“明永”，在藏语里是“神山卡瓦格博护心镜”的意思，近年因为附近的冰川观光而名声大噪。这个五十多户居民的小村落，深居山坳。过去交通十分不便，游客从布村过澜沧江大桥后，得跟随马帮步行翻山才能到达，路途艰辛。当地的旅游业自然不成气候。后来因为德钦到明永的简易公路修通，游客蜂拥而至。村民靠为旅游者牵马和门票分成，赚了不少钱。

我们等村主任时，看见村口的白塔旁，一些村民三三两两或站或坐，男的在抽烟，女的手里没有闲着，在做些针织的活儿。他们眼睛不时望着大路，身后的几匹马，也懒懒地吃着草料。自从公路通了，每天都会有几批观光客。村民们便轮番牵马将他们送上冰川去。这时候，就看见一辆摩托疾驰而来，村民们一拥而上，七嘴八舌，牵马的牵马，鞴鞍的鞴鞍，更多的是召唤彼此。没过多久，就看一辆中巴车进入视线，停在了白塔边上。十多个游客陆续下了车。这边厢，村民们便迎上去。女人们和游客讨价还价，未几便谈好了。男人们便服待客人上马。整个过程如行云流水，看出来他们已经相当熟练。

大丹巴见有新客，便问我们要不要上冰川一游，他来安排。雷教授便说，今天时间紧，就不来凑你这个热闹了。还是跟你去家里，我做新纪录片，要补几个镜头。

我们走在路上，看到一个半大的小子跟在马后头，和身边的伙伴起了争执。伙伴嬉皮笑脸，他倒有些气急。听他们说话间，不断提到“甲炮”这个词。我便悄悄问大丹巴，“甲炮”是什么意思?

村主任哈哈一笑，说，怕是刚才分马的时候，觉得自己吃了亏。这个词啊，得分开念。“甲”在藏语里头，是指外乡人。这“炮”是胖的意思。

我抬起头来看，果然坐在马上的，是个体态丰满的先生。他自己左顾右盼，是怡然之态。身下的马，蹄子深深陷进泥里，大约有些吃力。

他们现在可精，就怕分到胖子。客一来，赶紧就要抢小孩儿和小个子女人。

这时候，摄影师打开机器拍马队。一只野虫飞舞着，落在镜头上。摄影师驱赶虫子，有些手忙脚乱，吸引了众人的目光。先前那个半大小子，干脆将头抻到了镜头前，脸上是好奇之色。

村主任便呵斥他，洛桑，人家在拍电视，捣乱想要挨揍！

他说的普通话，倒像是当着外人面训孩子的家长。这孩子便嬉笑地躲开了。

雷教授便说，这来看冰川的人，比我上次来，又多了好多。

大丹巴叹口气道，越来越难管。抢客不行，抽签也不行，都怕吃了亏。

卓玛道，这条路是当年跟“斯农”抢来的，也难怪他们。

村主任说，一九九八年通路，这一晃二十年过去了，家家做牵马生意。地不耕、羊不放。

雷教授说，做旅游还是有风险，望天打卦。我老家在粤北，也是自然村，跟风搞古镇游。一个“非典”、一个金融风暴，就伤筋动骨了。现在老老实实回去种地。

村主任连连点头，说，这我可说了不算。你回头见我家小子说说他，这一窝蜂都是他带起来的。现今村里，连好好的松茸都没人去采了。

沉默了一下，他又说，教授，我其实一直没想通。你说那场山难，是卡瓦格博降下的“扎吾”，却让明永出了名。十七条命没了，来的人却越来越多，这算是怎么一回事？

我们进村的路上，有一条贯穿全村的水沟。一路都是潺潺的流水。这水沟引来山泉的工程，是大丹巴很引以为豪的事儿，因是在他任期内完成的。他说以往的明永人喝水靠的是混浊的冰川融水，许多人得了大脖子病。

这沿水而建的明永当地的民居，的确比雾浓顶的村舍，又排场了许多，可以看出富裕的气象。有的除了保留了藏窗的样式，建筑风格已经极为现代。甚至一所楼房，除了传统的藏画，外墙上竟绘制了鳞次栉比的摩天大楼。

这楼房的对面，有一棵巨大的柿子树。上面还结着未及掉落的秋柿子。大约经历了风霜，这些柿子都并不很饱满了。我方注意到，树下靠坡一侧，有块巨大的山石，上头生了青苔，布满了经年的藤蔓。再仔细一看，原来上面镌着大隶字体的字——“勇士，在此长眠，2006 年 10 月”，底下以同样的格式刻着日文。

这是一座石碑。在这石碑的顶端，有一尊塑像。虽在藤蔓遮盖下，我还是看清楚了：一只动物，似猫非虎。是的，这是一只瓦猫。

我立即拿出手机，打开了图片簿。定睛望去，不禁深吸了一口气。

大丹巴见我呆呆望着，便说，这座碑，在最后一个日本队员的遗体找到时才立起来。

我回身看他，说，这只瓦猫，我见过。

我将手机给他看。是的。黑色，怒睛巨口，与在仁钦奶奶家屋顶上的，一模一样。

大丹巴撩开藤蔓，仔细地辨认。半晌，才喃喃道，我想起来了，他去过雾浓顶。对，他临出发去转山前，说过，要去那里找个人。

我问，他是谁？

村主任说，做这只瓦猫的人。仁钦奶奶和你说了什么没有？

我说，奶奶交给我一个信封，让我带到昆明，交给地址上的人。

大丹巴沉吟一下，慢慢说，那要保管好，亲自交给他啊。

II

三天后，我回到了昆明。本地的朋友晓桁，当晚请我在石屏会馆吃饭。对我说这是个有来历的地方，很适合请我。

我说，哈哈，不讲来历，能有个地方祭五脏庙，就心满意足。

其实我对这里连一知半解也谈不上。大约只知道门口题字是状元袁嘉谷的手笔，另外它也是个吃菌子的好去处。

会馆邻近翠湖路，结庐在人境，果然算是个闹市里的桃花源。觥筹之下，宾主尽欢。我忽然想起了，就把信封上的地址给他看。

晓桁看一眼说，龙泉镇？那地方可都快拆完了，哪里还找得到。这人怕是很难寻了。

我说，那我也得去看看。

他说，这一片都划到北市里去了。你看这地址，还写的官渡区，如今早归盘龙区管了。听说开发了几年，都没个动静。主要是业权复杂，有些名人故居什么的，都混在城中村里。一涉及文保，动辄得咎。

我说，这石屏会馆也是文保，不是处理得妥妥当当的？

他摇摇头，说，你啊，还是读书人的思维，哪儿那么容易。这样吧，明天我开车送你过去。咱们碰碰运气吧。

第二天下午，我们上了北京路。这条街道堂皇得很，是昆明的主干道。大约二十分钟，便到了龙泉镇。

但我看去，不见什么村镇的景状，只是一个热火朝天的工地。推土机、货车穿行其间，沙尘滚滚。

晓桁停了车，倒是熟门熟路，穿过了工地，一路向前走。我跟着他，渐渐豁然开朗。这满目喧嚣后头，竟然是个集市。在沙尘中，各类摊档井然有序地摆成了两列。晓桁转过头，对我说，没想到，拆成了一片，这“乡街子”竟然还摆着。

他见我茫然，笑道，说起来，我在这里算是个土著，小时候就跟我爷爷住在麦地村。每周三，龙头街上摆集市，叫“乡街子”。不过，几年前我爷爷去世，就很少来了。

这集市的热闹，大大超乎我的想象。它大约以手工制品为主：竹编筐箩、各色织物、整爿的水磨。看起来，满眼是附近的乡民，衣着都是浓彩重绿。一个穿着白族服装的大爷，大约在卖整捆的晒得明黄的烟叶。他半坐着，手里有一支长长的水烟筒，支在地上，是个怡然的姿势，发出咕嘟咕嘟的声响。见我驻足，他很殷勤地招呼我试一口。

他的背后，就是兴建中的司家营地铁站。打桩声不绝于耳，他像是听不见似的，仿佛将这声音完全屏蔽了。

我说，还真是不知有汉，无论魏晋。

晓桁远远地喊我，声音很兴奋。看他站在一个凉棚底下，三四把小桌板凳横七竖八地摆在凹凸不平的石子路上。极其浓郁的羊肉味传过来。原来是个羊肉米线档。我们坐下来，看大铁锅正冒着煞白的热气。老板给我们盛了两碗出来，晓桁用本地话和他说了句什么。老板掂起大勺，又往我碗里加了一大块羊肉。他对我说，快趁热吃，鲜掉眉毛。他自己埋下头，呼啦啦喝了一大口汤。我学他的样子，汤味还真是浓酽得很。晓桁说，这个羊肉摊，打他记事，一有集市就摆在这里，几十年过去，雷打不动。倒是稀豆粉油条、牛扒烀、油炸洋芋，如今都看不到了。我说，那这集市也老得很了？

那可不，打有昆明城，这集就有了，他说，老辈儿说昆明有龙盘，龙头就在这儿。明末建了驿道，就是这条龙头街。有这条街，就有了云南的马帮集散、歇脚。这镇子也就热闹起来。关键是，南来北往的消息，也从这儿走呢。

他叫我将那牛皮纸信封拿出来，拿去给老板看。老板看一看，说，司家营早就扒得底都不剩了。

那人还找得到吗？

老板说，要去瓦窑村碰碰运气，这姓荣的，多半是开窑的。如今镇上的龙窑，十有九废。年前迁走了一批，差点动上了刀子。说不好，真的说不好。

旁边的老者看一眼，道，荣瘫婆家，造瓦猫的？

镇上现今唯一一个做瓦猫的，就是他们家。听说他们家二小子，给人做白事。神龙见首不见尾，得去碰碰运气。

他又眨眨眼，说，要说难，可也不难，守着那几座“一颗印”。你敢过去动动土，他们可不就立时出来了。

走在路上，忽然下起了雨。我们紧走几步，躲到了一处屋檐下避雨。这好像是个寺庙，因为门口的白墙上，写着“南无阿弥陀佛”。门两侧各画了哼哈二将。只是其中一侧已经脱落了颜色，漫漶着曲折的污秽水迹，但我仍然可以辨认出那笔触的精致与细腻。门头立有一红匾，书“兴国禅林，康熙丙申仲春之吉”。

门是紧闭着的，看不到里面的状况。我才注意到建筑的外侧，不起眼的地方，镶嵌了石碑，上面刻着“昆明市级文物保护单位，兴国庵，中国营造学社旧址”。

与此同时，我发现了这幢建筑的孤立。因为雨越下越大，四周的工地已暂时停止了劳作。大颗的雨点击打在地上，竟然激起了一片烟尘。雨倾盆而下，将这些烟尘压制，洗刷。视野慢慢澄净了。没有建设中的喧嚣的干扰，原来我们已处在了一片空旷的中心。除了远处的摩天大楼造就的天际线和散落的零星的推土机，四周是没有遮碍的。我们置身的这座庵庙，像是这荒凉原野中的孤岛。

这场景未免有些魔幻。我的头脑中忽然一闪，想起了宫崎骏的经典之作《哈尔的移动城堡》。

当雨停了，我们踩着泥泞走出去。当我回身望去，不禁有些瞠目。我在这座古庙的墙头上，看到了一只动物，那是一只瓦猫。它虽不大，但在这败落坍圮的围墙上，雄赳赳地坐立着，在雨水的冲刷下黑得发亮。我赶忙拿出了手机，打开图片，确定这只瓦猫的模样，和我在德钦看到的一模一样。

我们辗转找到了龙泉街道办事处的负责人。这是个模样恭谨、戴着眼镜的姓马的中年人，脸色是肾亏的灰黄。他面前是一个巨大的玻璃水杯，里面泡着枸杞与胖大海。他瓮声瓮气地问我们找谁。晓桁大约报了某个领导的名号，他立刻变得十分热情。我们说明了来意，并将地址给他看。他确定半年前已经拆除。我问他是否认识地址上的人，他说，荣瑞红……这就难找了。这里几个村都姓荣。

我就将刚才拍的照片给他看，我说，我想找做这只瓦猫的人。

他看了立即说，嗨，猫婆家的哑巴仔。

见我茫然，他打开了水杯，咕嘟地喝了一大口。我看见他吞咽的动作，那口水顺着他喉结的起伏，顺利地流动下去。让我也感到如释重负。

他说，别看这个镇不大，却有十多处“文保”。多是西南联大时期的。

我问，西南联大？

他说，对，别的地方拆迁，最怕钉子户。这是最让我们头疼的。这里从二十世纪九十年代开始说搞开发，因为这些“文保”，拉锯了二十多年。去年总算出台了方案，整体搬迁。

我带你们去转转，就晓得怎么回事了。

我得承认，接下来的这个黄昏，完全颠覆了我对这个小镇的印象。

马主任带我们在泥泞中穿行，驾轻就熟。他时而回头让我们看路注意安全，时而碎声抱怨，他说着话，因为周遭暂时的安静，在这天地的空旷间，莫名有了回声。

准确地说，是在他的引领下，我们在这古镇的村落间穿行。尽管它们现今的面目，已是大同小异。不见荒烟蔓草，雨后空气中荡漾着浓郁的土腥味儿，击打着我们的鼻腔。在任何一个角度，都是无垠的黄色，将所有的旧掩盖在了下面，伸展向了远处雾霭中新的昆明城的轮廓。然而，如同此前所见的兴国庵，我们看到了一些矮小颓败的建筑，间或其间，像是一些岛屿。我需要纠正方才孤岛的说法，因为它们以奇异的方式，相互呼应，彼此连接、伸延，形成了一张出人意料的网络，有如瀚海中的群岛。

在某个不起眼的角落，镶嵌着式样雷同的蒙尘名牌。上面分别写着"中央研究院历史研究所旧址""北平研究院历史研究所遗址""中央地质调查所旧址""北大文科研究所和史语所旧址""冯友兰故居""陈寅恪故居"……

我们在一处土木结构的小院前站住，门牌是龙泉镇司家营61号。大约因为它难得的完整，我们驻足。马主任说，这是"清华文科研究所"。当年是闻一多租了下来。你看他的眼光多么好。"三间两耳倒八尺"，典型的"一颗印"房子。他自己住在南厢房，北厢住着朱自清和浦江清。

并不意外的，我又看到了檐头的瓦猫。是的，所有的，我们经过的这些老房子，都有一只瓦猫，或在墙头，或在檐角。太过颓败的，则在门口端正地立着。它们一式一样，面目狰狞，勇武，似小型的虎。而宽阔的眼皮，又有一丝惫懒，仿佛是小憩后的猛醒。

马主任说，猫婆家的瓦猫在那里，谁都不敢打这些房子的主意。也蹊跷得很，之前中标的地产公司，让人移走了这些瓦猫。经了一夜，第二天，新的就回到了原处。村里的龙窑，早就扒掉了。谁也不知道这瓦猫是在哪里烧的。说来也怪，那个公司的老总，当月就被"双规"了，女儿在国外读书，出了车祸。以后就没人敢再动。

我说，这个猫婆，住在哪里？

马主任摇摇头，她们家不属于回迁户，拆迁时，也没和政府谈过条件，就签了字。家里也就她和孙子两个，谁也不知道他们现在住在哪里。

我说，我听说，他孙子帮人做白事。

马主任仿佛想起了什么,说,对,对,这小子也挺邪的。嘴巴不会说话,倒哭得一口好丧。说起来,现在村里的老人十之八九说没就没了,也是人心不古,外头的年轻人,都不愿意回来。没个孝子贤孙摔盆打幡不像话,就让哑巴仔顶上,他那一哭起来,地动山摇的,让丧家有排场。

我说,见怪不怪。现今的白事,礼仪公司都包这项的。

马主任摇摇头说,他哭不收钱,只求人买他扎的纸人纸马。倒是也不贵。扎得好,到底瓦猫手艺的底子在那里,人是灵巧的。你这么说,我倒想起来,明天下午棕皮村的郭大爷设灵。你们二位,要不怕忌讳,兴许能在那儿碰上哑巴仔。

后来,我和晓桁交流过。我俩都觉得,荣之武的模样,和我们想象中的不太一样。

其实,对于去参加陌生人的丧礼,我心里有些障碍。但是晓桁告诉我,他们龙泉的人,丧事是当喜事来办的。尤其是对年纪大的人,丧事的排场与敞亮,是生者的面子。他向我描述两年前他祖父丧礼的场景,讲各种规矩与程序,脸上并没有哀戚之色,甚而有些眉飞色舞。听他说完,我渐渐明白,或许对于已经都市化的昆明人而言,乡下长辈的丧事,成了他们长期压抑的矜持之下释放情绪的出口。所以各家各户会赛着大鸣大放,形成了某种新时代的风气。

在这样的心理建设之下,我来到了郭大爷的丧礼现场,仍然有些触目惊心。实在说,这么个陌生的地方,并未让我们好找。因为刚到棕皮村村口,便传来响亮的《月亮之上》。这支"凤凰传奇"的名曲,再熟悉不过,毕竟是每个小区广场舞的神曲。我很快注意到,这音乐声之所以有铺天盖地、绕梁三日的幻象,是因为丧家从村口到每个路口都架设了扩音喇叭。这乐曲便类似于无所不在的引路人,实在也是很聪明的做法。因此,没费什么力气,我们就找到了丧礼的现场。

这应该是一个废弃的小学校的操场。两边的篮球架上挂着巨大的挽联。而灵棚也正是因地制宜,由一根钢索在篮球架之间牵引而搭建。

我们到的时候,正有几个身着民族服装的年轻汉子和女孩儿,和着这支流行曲的音乐在载歌载舞。晓桁说,大概是呼应了老爷子的原籍。

他们的舞姿并不算曼妙,但跳得十分投入。民族服装并没有约束他们,舞姿中有一种挥洒荷尔蒙的力量感,粗犷而磅礴。在挤挤挨挨的绚烂花圈的背景中,洋溢着怪异的欢腾的气氛。

我相信了晓桁的话,是我多虑了,的确体会不到任何的哀戚。两个同样穿得花枝招展的小孩儿,将一些用五色的毛线扎好的点心,分发到来者的手中。他们脸上的喜悦与祥和,也让我产生了婚礼花童的错觉。

这时候,音乐忽然换了,换成了《小苹果》。在缺乏思想准备的情况下,台上舞蹈的女孩儿，忽然齐刷刷地撕开了她们的民族服装，将头饰也豪迈地掷到地上。是的，我没有看错，她们摇身一变，成了一群比基尼女郎。尽管环肥燕瘦，但的确是穿着整齐的、荧光的比基尼。人群中爆发出欢呼声。她们在乐曲中抬腿、扭腰，向台下抛着香吻。

我感到了一阵晕眩。

待这一切都平静下来时，比基尼女郎从两侧分开，出现了一个一袭黑衣的男人。他是丧礼的司仪。他的出现，让我觉得仪式终于进入了正轨。他站定，很潇洒地扬了一下手。音乐便又响起来，是《二泉映月》。而他的脸色，便从泰然切换到了职业性的悲凉。他手中举着一张纸，口中抑扬顿挫，我相信是在念悼词，用一种我完全听不懂的方言。但是时而低回，时而澎湃，即使不知内容，因为节奏的恰到好处，也足以共情。我感叹这终于是个像样的丧礼。他又一抬手，有一种很钝利乡野的乐器的声音响起，那应该是本地吹鼓队的唢呐。唢呐声中，一些穿着重孝的人，簇拥着从人群中出来，然后一步一跪地爬向了灵堂。他们号哭着，女人们在哭声中发出了吟唱的歌诀一样的声调。站在最前面的，看身形是个壮实的男人，他忽然扑通一声跪下。

当他开口时，我心下一惊。那是一种难以名状的哭声，不像是人发出的，初听像是牛哞一样。浑厚，壮烈，中气十足。他哭得越来越响，像是在胸腔中的共鸣不断集聚、放大、交响。这声音渐渐盖过了所有的声响，吹鼓的乐声以及其他人的哭声，让这些声音都显得卑微与琐碎。虽然不着一词，这哭声中的悲意，却随着些微的递进式的节奏而益加浓重，如黄钟大吕，以一种肃穆而深沉的方式，将所有在场者裹挟。我不禁有些发呆，不知不觉间，情绪像迟缓地坠落进一个无底的黑洞。

摔盆的仪式结束后，这哭声才渐渐平息。我看到他回过头来。这是一张无表情的脸。但是净白、丰满、端穆，五官有一种奇特的雍容与出尘。这张气质古典的脸庞，让所有的喧嚣退后为背景。仿佛丧礼成了他一个人的戏台。

我看他慢慢地站起来，穿过了人群。他走到了刚才的司仪身旁，旁边的壮大男人将一个信封递到他手中，拍了拍他的肩膀，又让了一根烟给他。他推开了，没有说话，开始打起了手势。手势的匆促，让他的模样没有方才从容。他的表情渐渐显得有些执拗。男人，应该是丧礼的主家，摇一摇头，脸上是某种宽容的笑。他似乎有些着急，一转身挤出了人群。在不远的地方，停着一辆三轮车。他抱起了车上的东西，又重新挤进人群。那是一些纸人纸马。他抱着它们，艰难地挤过人群，走到了主家面前，以不容置辩的坚硬表情，将这些纸扎的丧仪物品在灵堂里认真地次第摆开，丝毫不理会旁边的人与声响。摆好了，他又回到了主家面前，深深鞠了一个躬，便又转身穿过了人群。

我远远望了一眼，跟上了他。我知道，他就是我要找的人。

在他要登上三轮车时，我拦住了他。

他脸上似乎并没有诧异，是个处变不惊的表情。他做了几个手势，我们表示不懂。

他从怀里掏出一个笔记本，拿出笔，在上面写了几个字。

“我收钱，是纸扎和元宝的。哭丧不收钱。”

字竟然是十分端丽工整的楷书。我明白了，他是将我们当作丧家的人了。我从包里，取出了那个信封，给他看。

他看了一眼，只一眼，神情忽然变了。他愣住，良久，开始急切地打手势，用质询的目光看着我。我看出其中的焦急与热切，但我不懂。他一把抢过我手上的信封，在信封上的名字上重重地点下去。然后拍一拍车座，又拉了一把，让我上去。

我们会意，坐上了三轮车。他立即使劲地一蹬，稳稳地车就走了。

我和晓桁，不禁有些面面相觑。看到前面蹬车的人，宽阔的肩膀，因为用力，透过衣服仍看见背上的肌肉在有规则地律动。我们都不再说话，仿佛对这个天生无言的人，说话是一种冒犯。尽管载着两个人，车却行进得很快。进入乡野的路上，并无任何的景致，似乎绿色都很少见。偶尔遇到坎坷不平，或者是昨夜积雨的水洼，他会慢下来。我们可以感觉到他的细心，便也抓住了三轮车的两边，克制着颠簸带来的不适。前面的人，在半途中脱下了夹克，我们看到里面的白衬衫，已经完全汗湿了。

这样也不知过了多久，路上已经不见人烟。三轮车终于在一处看上去像是仓库的地方停下来。

我注意到，四周并没有其他的建筑。除了近旁有一座寺庙，也是老旧的。但上面写着“弥陀寺”三个字。没待我看仔细，哑巴仔便对我们做了个“请”的姿势。

我们走进去。仓库的库房，大半都是空的。空气中飘荡着某种浓郁的铁锈的气味。我看见其中的一个大门打开着，黑黢黢，能看见的似乎是大型机床的轮廓。而库房外的墙上，有业已斑驳的标语的痕迹，能辨认出“要斗私批修”，后面是个红彤彤的惊叹号。

我们一直走到了库房的尽头，是一个低矮了许多的、像是靠墙僭建的房屋。上面是铁皮的屋顶。我注意到在这房屋门口的空地上晾晒着许多黑色的陶罐。

哑巴仔在门口，“啊吧啊吧”地叫了一声，这才推开了门。我们随他躬身进去。

屋子里的光线十分黯淡。唯一的窗户照射进一束光，可以看见光束中有灰尘在飞舞。哑巴仔伸手拉了一下近旁的灯绳。

屋子顿时被不强烈的灯光充满。我回了一下神，才看见面对着我们，端坐着一个人。

这是个十分老的妇人。她坐在轮椅上，膝盖上裹着很厚的毯子。说她老，是指她的样貌与姿态。那样深刻而纠结的皱纹，几乎令她的面目扭曲，整张脸像是植物失水的茎叶。她摆在膝盖上的手，也是干枯的。然而，她的神情柔和，面对我们，有一种和哑巴仔相似的处变不惊的仪态。她穿着一件陈旧但洁净的夹袄，已不丰盛的头发一丝不苟地梳成了发髻，紧紧地盘在脑后。

她的眼睛并不混浊，甚至很明亮。她看着我说，你好。

我顿时注意到，她说的是十分标准的普通话。

哑巴仔急切地对她打手势。她一边微笑地看着我们，一边简短地对哑巴仔做了一个手势。

哑巴仔立刻变得神情有些紧张。他看着我们，以抱歉的目光。他指指老人，又对我们指指外头，意思是让我们在外面稍等。我意会，赶紧出去了。

在外面，我又看见空地上的那些黑色的陶罐。不知是做什么用场，但觉得似曾相识，它们整齐地排列着，在夕阳最后的余晖里，反射着沉厚的微光，像是肃然而列的士兵。

这时，远方飞来一群不知名的鸟，在这库房的上空飞翔、盘旋，但迟迟都没有落下来。我抬头定定看着它们。

这时门响了，哑巴仔走了出来，脸上仍是抱歉的神色。他示意我进去。

这时，我看到老人坐在一个较矮的凳子上，那凳子显然是特制的。有一根布带将她的腰固定在了靠窗的一端。她的人，就恰恰被笼罩在了那更为微弱的一束光里。那光将她的侧影勾勒了出来，毛茸茸的一层，她的轮廓便因此而丰满了一些，不再是干枯的。我看见她的面前是一台转动的机器。因为我上过速成的陶艺班，知道那是拉坯机。随着轮盘的转动，她的手灵巧地摩挲与动作，手中的泥坯慢慢形成了一只罐子的形状。

我注意到，她的脚边，还有许多这样的罐子。有的和门外的一样大小，有的稍扁或圆一些。

我恍然，便试探地问，这些，是用来做瓦猫的吗？

她笑了，说，后生，好眼力。大的是身子，小的是头。连在一起，就有了一个形。

她擦擦手，又说，刚刚怠慢了客。人有三急，老了就不中用了。不小心就是一裤子，全指望我这个孙子给拾掇。

她说得很慢，是对我方才等待的致歉，但其间并无面对陌生人的尴尬和难堪，仿佛只是在描述某一桩日常的事情。她的手也并没有停下，一边说话一边将一小勺水加入了脚边的瓦盆。

我这才看到这个屋子里的陈设：除了沿墙摆了两张床、一张方桌、两把椅子和一个橱柜，便是窗台下的类似作坊的一角。屋子一侧放着一个水泥袋子，另一侧挤挤挨挨地堆着扎好的纸人纸马。

我说，老人家，我是从德钦来，有件东西，托我转交给荣瑞红。不知是不是您家的。

老人听到了这句话，手停住了。她抬起头来，看着我。

我从包里拿出那个信封。再次问道，荣瑞红，是您家里人吧？

她咳嗽一下，用干涩的声音说，是我。

我把信封放到了桌上，但又拿起来，交给身边的哑巴仔。哑巴仔走过去，弯下腰。老人将手使劲在围裙上擦了擦，才将信封接了过去。她慢慢地将信封一点点地撕开。伸手掏出的，是一本红色的笔记本。

这一刹那，我看到她的手在抖动。她打开了这个笔记本。本子里掉出了一沓照片，落在了地上。我弯下腰，帮她捡拾起来，放在她手里。我看到其中一张照片上，是一个青年和仁钦奶奶的合影。他的目光沉郁，手势却很活泼，对着镜头比出“V”字。他的身后，是那幢低矮的藏式民居，覆盖着厚厚的雪，背景是飘着经幡的白塔。屋顶上隐约可以看到一只瓦猫。即使室内光线昏暗，我仍然看到这青年的面目，与哑巴仔有着惊人的相似。

老人将眼睛凑得很近，一张张地看着这些照片，忽而愣住了，大放悲声。

待到平静下来，她把笔记本递到我手里，问我说，后生，你能给我读一读，这本子上写的字吗？

III

2004 年 4 月 1 日，星期四，晴

我最喜爱的颜色是白上加上一点白，
仿佛积雪的岩石上落着一只纯白的雄鹰。
我最喜爱的颜色是绿上加上一点绿，
仿佛野核桃树林里飞来一只翠绿的鹦鹉。
我最喜欢的颜色是红上加上一点红，

仿佛檀香木上歇落一只赤红的凤凰。

——德钦“弦子”[1]摘录

我到德钦的第三天，高原反应渐渐消退了。村主任大丹巴对我说，身体强壮的人，有时高反更严重；体弱的和女人，反而会应付自如。

大丹巴说要我住在村委会旁边，好照应。我说，我还是想住在小学校里，他就把一间仓库收拾了出来，给我住。这间小屋旁边，有一株梨花树。很大的树，我就想起黑龙潭的唐梅、松柏和明茶。一树的花，夜里下了一场雨，第二天早上起来，地上就是一片白。一辆拖拉机开过来，开过去，白上就是两列车轮的印子。

从我的窗子望出去，能看见明永冰川，有点发蓝。我知道冰川的事，我知道卡瓦格博的“扎吾”。

宁怀远从蒙自刚来到昆明时，在翠湖边上看到一株梨花。很大，风吹过来，就落了一地，好像雪一样。后来，他无数次对荣瑞红说起这株梨花树。荣瑞红说，我们龙泉镇，什么花都有，就是没有梨花。

后来，宁怀远在滇池边上，听一个拉胡琴的唱：“万紫千红花不谢，冬暖夏凉四时春。”他又想起这株梨花，想起满天飞的白，却怎么也记不起树的样子了。

荣瑞红倒记得清清楚楚。那年夏天，蓝花楹开得正盛。黄昏时候，村里头来了一个人，敲开他们家的门。荣瑞红应了门，见是个高个儿中年人，穿着青布衫子。蜡黄脸，满脸胡须。这人操官话，有两湖口音，口气温和，问荣瑞红家里头有没有要出租的屋子。荣瑞红就喊她爷爷。荣昌德老汉走出来，敲着烟袋锅，眯眼看来人胳膊底下夹着两本书，就问，先生，你是昆明城里来的教授吧？

那人点点头，说，小姓闻。荣老爹回，我们家的耳房刚租了出去。最近来我们镇上问的，都是昆明城里的教授和学生。日本人的飞机，把读书人都折腾坏了。全城都在跑警报。走，我陪你去问一问。

荣老爹带着这个先生，顺着金汁河畔的小路，挨家挨户一路问过来。天擦黑了，这先生在一户人家门口停下，抬头看看说，这房子好，“三间两耳倒八尺”。荣老爹说，可不，正正经经的“一颗印”。

敲开了门，一看，小院干净开阔，房子也通透。用的石材、木料都考究得很，楼板和隔墙板还未装棚，眼见是新起的房子。闻先生怕人家是不舍得，但还是

---

① 弦子是流行于康、藏地区的藏族歌乐，由于歌舞时在队前多由男子用牛角胡或二胡伴奏，故称弦子。

说了来意。屋主说，好。钱不打紧，您看着给。这屋子刚建好，您不嫌弃，下周就能住进来。

闻先生看他爽快，也很高兴。屋主说，不瞒您说，论起来，内人和袁嘉谷沾亲带故。我们云南，就出了这一个状元，可历来爱重读书人。都说昆明城里造了新大学，来了许多教授。北方要是不打仗，我们请也请不来你们。

荣瑞红才知道，这个闻先生，不是替自己找房子，是要替他们大学找个地方，盖个研究所。后来，她问宁怀远什么是研究所。宁怀远就说，是做学问的地方。教授做出学问来，他们跟着学。

要装修这个房子，镇上不缺人手。这些年，昆明城里闹得慌，人都不怕多走个十几里，往北郊来。有住下做长远打算的，也有那过一天算一天的。本来龙泉一带多的是马帮。滇越铁路一开通，又多了来往的工人。一时间，镇上起什么房子的都有，两层的木楼、土坯墙小院和因陋就简的毛坯房。可这闻先生，一个瓦匠窑工也不请。他和另一个姓朱的先生，撸起袖子，带着几个年轻人，自己干。

荣老汉就说，他们开不了伙。红妮，新烧的饵块，给他们送些去。

荣瑞红就拎着一只篮子、几只碗给他们送过去。闻先生客气，要给她钱。她躲过去。先在炭火上细细烤了，香味密密地溢出来。年轻人不客气，拿起来就吃，不用筷子不用碗。其中有一个，说，你会做米线吗？

荣瑞红就说，怎个不会？

他就说，那有文林街上做得好吃吗？

荣瑞红就说，城里的东西，减料偷工，好吃有限。

那青年也就看着她笑，笑得灿烂，明晃晃的。

当天晚上，她便做了米线和卷粉。第二天，用清汤煮了，从菜地摘了西红柿和白菜，搁上爨肉、葱和香菜，用鸡油封了汤头，送过去。几个年轻人正干得热火朝天，远远闻到香气，大约也是饿了。他们打开篮子，捧起碗就喝。打头的那个，烫得直吐舌头。

荣瑞红就笑，说，皮凉心滚，来了昆明这么久，都不知米线的吃法。

几碗米线下肚，荣瑞红问，比那文林街的怎么样？

昨日那青年便远远地喊，朱先生，我们以后再也不跟你去"味美轩"了。

说完了，对她眨眨眼，又笑了。露出了两排白牙齿，笑得明晃晃的。

待装修好了。闻先生请村里的木匠，刨了一块木板，刨得又平又光。他对青年说，怀远，去龙头村的弥陀寺，找冯先生，给咱研究所题个名。

半晌，青年回来了，说，冯先生不在，“史语所”的傅先生给题的。

闻先生便说，也好。他就拿一柄凿子，照着那题字，一点点地镌了上去。

黄昏的时候，“清华大学文科研究所”的牌子就挂起来了。

屋主来了，看了又看，说，这字可真好。可这屋上了椽子，要住人，其实还缺了一样。

闻先生说，愿闻其详。

屋主笑笑，这得麻烦您，找荣老爹问一问。

当天后晌，宁怀远第一次见到了瓦猫。

他看见荣家老爹，捧了一只黑黢黢的物件走过来。走近看，是个陶制的老虎。那老虎身量小，但样子极凶。凸眼暴睛，两爪间执一阴阳八卦，口大如斗，满嘴利牙，像要吞吐乾坤的样子。

荣老爹捧得稳稳的，神色也肃穆。宁怀远记起朱先生讲应劭的《风俗通义·祀典》，引《黄帝书》，里头有神荼郁垒执鬼以饲虎的一段，说虎能“执搏挫锐，噬食鬼魅”。他想，这大概是一只和房宅相关的神兽。

他便大声感叹说，好凶的镇宅虎啊。

旁边的荣瑞红手里拿着红绫子，本也是肃然的，听了怀远的话，倒扑哧一声笑出来，说，读书人的见识大。阿爷的瓦猫，变了老虎。

荣老爹回头瞋她一眼，说，死妮儿，不说话当你哑巴吗？

这时，在宅前的端公，即本地的巫人，穿玄色的长袍，头戴锦帽，手里执了木剑。他捉来一只毛色绚亮的雄鸡，口中念念。旁人听不懂，大约是消灾瑞吉的咒语。他随即出其不意，低头猛咬住公鸡的鸡冠。血便由肥厚的鸡冠流淌下来。端公唤来荣老爹，帮他把住挣扎的雄鸡，将鸡血一一滴在瓦猫的七窍——眼、鼻、口、耳等处，又在那大嘴里放入松子、瓜子、高粱、枣子、根子，所谓“五子”，同时烧祭黄纸，一边再念咒语，在院落乾、坎、震、坤、兑、离、巽、艮位一一泼洒符水。他划地为野，点地为星，便在脚下的星位，置了一只香炉。

这端公即刻手势利落，将鸡宰杀了，在院内的锅里烹煮。半个时辰取出，直立于钵中，这鸡头须仰视屋宇檐角。端公遂点香祭之良久。最后，他踏梯上到屋顶，恭恭敬敬地把瓦猫安在脊瓦上。

宁怀远看这端公，一场“开光”下来，大汗淋淋，像是脱了形。瓦猫坐在房上，凛凛地望着他们，竟让人有些敬畏。当地的人，经过都要驻足，合掌默立半晌，向主家道喜才离去了。他们言语间皆轻声细语，像是怕惊动了什么，看得宁怀远心里也穆然起来。屋主帮着他们一一安置好了，这才和闻先生告辞，说，先生，这屋子就交给您了。临走时，他又点上三炷香，插在香炉里，阖目拜了一拜，才道，这瓦猫既上了房，逢农历初一、十五，点香祭供，先生莫要忘了。

几个年轻人陆续将从清华辗转运来的书，都安置在了正房。因为没取道四川，直接从马道入滇，书籍竟没有什么损失。满满当当的十几架，看着也十分喜人。书架有的是从附近的人家征来的，有的是小学校的奉献。有木头也有洋铁制的，其间高低错落。荣瑞红没有走，帮几个年轻人擦洗摆放，不言不语地。旅途积在书上的尘土，这时终于飞扬起来，让人打起了喷嚏，跟得了传染病似的。大家都笑起来。打完了喷嚏，荣瑞红定定地看，嘴里喃喃地说，真像啊。

宁怀远就问她，像什么呢？

她就说，像你说的研究所。

宁怀远就问，你有见过研究所是什么样子？

荣瑞红说，我没见过，可满眼的书，就觉得这是研究所的样子。

闻先生带着太太孩子，就在这屋子的南厢房落脚。

当天晚上，闻太太将冯太太从弥陀寺请过来，说一起包饺子，庆乔迁之喜。见冯教授没有一起来，闻先生就问起所长怎么没来。冯太太就说，抱歉得很。他说近来镇上乔迁得太多，一个个贺不过来，自家人就不拘礼了。由他去吧。写他的《贞元六书》，饭也不吃。写到第四部了，说是停不下。我带了些麻花卷，刚炸出来的，你们趁热吃。

青年们都喜不自胜，说，冯师娘的炸麻花在镇上可有名呢。

冯太太摆摆手道，我是小打小闹，如今钟璞、钟越都长大了，靠他那点工资是不成了。我也是为了贴补家用，好在近旁的小学生喜欢，卖得不错。倒是梅校长家的咏华和潘、袁两家的三位太太制的“定胜糕”名头越来越大，现在都进了“冠生园”了。

闻一多在旁边叹口气道，也真是为难您。惭愧得很，如今持家，要靠你们这些教授太太十八般武艺，也真是巾帼不让须眉。

冯太太便说，我们既肯跟了你们来，这些都算不得苦。

闻太太便笑，对那几个青年道，你们都听好了。将来啊，娶妻当如任叔明。

宁怀远说，那可好，天天有油炸麻花吃。

大家便大笑。说话间，一锅饺子翻滚上来，熟了。闻太太盛上了一大碗，她看着热腾腾的水汽，袅袅升起，又在屋子里头弥散开来，也很感叹。她声音咽咽地说，东奔西走这些年，囫囵总算是有个家了。

冯太太说，大普吉还住着许多人呢，都说那附近不太平，闹狼。走回城里上课都胆战心惊的。闻先生先前也是在龙院村住着?

闻先生说,对,先住在惠我春家里。后来舍弟家驷来了,到大普吉,两家太挤,又搬去了陈家营。今年年初,听说华罗庚在昆华农校的房子被炸了。他腿脚不方便,孩子又小,日本人飞机来了,来不及跑。我就邀他们一家同住。

冯太太说,这我知道,华教授还作了首诗。在学生里头传开了。我只记得两句"挂布分屋共容膝""布东考古布西算"。

闻太太笑道,可不就是"挂布分屋"嘛?两大家子,十四口人,一间偏厢房,中间挂个布帘。到了半夜里,两个当家的,一个趴在黄木箱上考古,写《伏羲考》;另一边华先生骑着门槛,架张板凳当桌子,就着外头月光,算他的"堆叠素数论"。倒也各安其是。

冯太太说,唉,也真是不容易。好在是过来了。

闻太太将一簸包好的饺子又下到锅里,说,你那边住得可好?等我这忙完了也去看看。

冯太太说,我本来不信鬼神,可那山坡上孤零零一座庙,住着总是不踏实。我们住的北房是个仓库,东厢住一对德国犹太人,说是男的以前在德国外交部当官,被希特勒赶出来的。我们相处得不错,最近也搬走了。他们临走,把护院的狗送给我了。白天孩子上学,家里就我一个人。这个"玛丽"也算陪陪我。

闻太太说,你还是常来走动,跟我做伴,也多个照应。

冯太太叹口气道,不是我迷信。我倒听说,这村里的房子除了庙,都要请尊瓦猫,才算清静了。我刚一进门,看见你们房梁上坐了一尊,那叫个威风。

闻太太便将荣瑞红推到跟前。冯太太说,哟,这是哪一家的姑娘,这么俊俏,眼熟得很。

闻太太便笑说,我们家的瓦猫啊,就是从她爷爷那儿请来的。

荣瑞红也笑,说,这整村的瓦猫,都是我爷爷制的呢。

朱先生和几个研究生,就都住在另一厢房。里头有个广东人,便给这房取了个雅号,美其名曰"一支公"。这其实是揶揄的话,在粤语里是"光棍汉"的意思。几个单身小伙子,都不善打理自己。闻先生拖家带口的,太太再三头六臂,也终究照顾不周全。特别是伙食,以往在城里,下馆子打牙祭是常有的事。如今在镇上,大约就是赶那"子""午"日的乡街子,究竟非长久之计。

几个人合计,便用陈岱孙教授在北门街宿舍的"包饭"的规矩,找了个当地人,集了资叫他做饭。可这厨子以往是给滇越铁路的工人做大锅饭的,并谈不上什么手艺。每餐大约就是两样,炒萝卜和豆豉。他人又很刚愎,在烹饪方面,是不听这些读书人劝的。自己的口味重,无论荤素菜,都少不了要放茴香、花椒、辣椒，吃得小伙子们急火攻心。晚上睡觉辗转难眠，起来水喝个不停。

后来，他们就对宁怀远说，那个荣家的姑娘，菜做得好吃，不如请她来给我们做包饭。

闻先生听见就说，你们少撺掇怀远。人家姑娘家，来伺候你们一群单身汉，成何体统。实在不行，还是让你们师母辛苦些。

闻先生走了，恰巧荣瑞红上门，来给闻太太送滇绸的图样。宁怀远就当真跟她说了。荣瑞红摇摇头，说，一两顿饭可以。可我天天来做饭，谁帮爷爷做瓦猫？

小伙子们就起哄说，宁怀远啊，人家手艺都是传男不传女，荣老爹可缺个正经徒弟。

不知为何，荣瑞红脸红了一下，转身就走。宁怀远倒跟了出来，问她，荣老爹不肯收我吗？

荣瑞红轻声道，你一个读书人，哪里做得来这个。

她步子便快了些。宁怀远也不说话，紧跟着她。这时候是黄昏，太阳浅浅地照在石板路上，也不热了。金汁河的水，潺潺地流。走到了拱桥，他们看到桥底下，有几个妇人站在齐膝的河水里，一边洗衣服，一边说笑着。小孩子们在河里扑腾洗澡。宁怀远看见有一个女人撸起袖子，正举着棒槌，在岩石上使劲捶打着衣服。这正是闻太太。经过了这两年，她劳动的样子，已经很娴熟了。

宁怀远站定就喊，师娘！

闻太太听见，转过头，看他，一边用手背擦一把汗。刚要说什么，却看见他前面的荣瑞红，愣了一愣，即刻便笑了，对他扬扬手，叫他莫要停。

宁怀远抬眼一望，荣瑞红的步子却慢下来，目光投向了河对岸去。就见岸上有一对男女，肩挨肩走着，似乎在说着话。两人衣着都很齐整体面。在这村子里，像是一道风景。说实在的，经过这些年的纷乱，从蒙自到昆明这一路过来，联大上下，其实都有些入乡随俗。教授们多半穿着粗布大褂。有极不讲究的，像是化学系的先生曾昭抡，半趿着一双鞋，脚指头和后跟都露着，被学生们戏称作“空前绝后”。女眷们也如闻太太，大多是本地妇人净简朴素的打扮。

而这两个人，男的西装革履，戴眼镜，含着烟斗。他身旁的妇人，也像男人穿了衬衫和齐腰裤装，举止间，是极飒爽的样子。

宁怀远说，梁先生。

荣瑞红便跟他说，旁边的，是梁太太吗？

宁怀远想想说，对。林是她本姓，我们也尊她作林先生。城里联大的校舍，是他们俩合力设计的。

荣瑞红眼里有光，对宁怀远说，这样，女人嫁了人，还可以用自己的姓，真好。

宁怀远说，他们夫妇两个，都是很有本事的人。当年为校舍的事，梁先生差点和校长吵起来，设计了好几稿，从瓦顶到铁皮，最后变成了茅草顶。

荣瑞红喃喃说，是啊，茅草顶的屋子，怎么上瓦猫呢？

宁怀远说，我们T字班出来的，都知道这事。学校没有钱，也是太难为他们。

荣瑞红说，我常看见他们两个在镇上走，看村里的老房子。你们的教授，来得久了，就和我们无分别。他们两个，样子还是他们的。当初却落手落脚，在龙头村自己建起了一幢房子。建得像我们这里的房子，又像是洋人的房。有一次我遥遥地看，觉得那房子真好看，可是正对着大片的野地，缺个瓦猫吃邪啊。我就对爷爷说，我们送个瓦猫给那个眼镜先生吧。可爷爷说，我们的瓦猫不能送，只能人家来请，是规矩。

宁怀远说，我也听说了。那幢房子，用去了他们所有的积蓄，每一颗钉子都是省出来的。

看对岸那两个人渐渐走远了。宁怀远说，神仙眷侣。

荣瑞红就茫然，问他，什么神仙？我们村里哪有神仙？

怀远就笑说，怎么没有？最欠也有一对土地公和土地婆吧。

荣瑞红知道被打趣了，便不理睬他，倒已经走到了家门口。

荣瑞红便推了门进去，看见荣老爹正在当院儿。他弯着腰，在院子里摆着一排瓦罐，整整齐齐的。

抬头看见宁怀远，荣老爹便说，后生，不在你们那个什么所好好读书，到老爹这里寻热闹吗？

没等他答，荣瑞红朗朗接口道，阿爷，是有人听说你老了，寻思该收徒弟了！

IV

2005年6月2日，星期四，晴

不必刻意双手合十，
满山的香柏树已在礼拜，
不必刻意供奉清水，

遍地山泉已献上净水。

——德钦“弦子”摘录

昨天“六一”，送我的学生去县里参加歌咏比赛，居然得了个第一名。过些天他们就毕业了。我教的小学只能读到三年级，他们以后就要去隔壁村的学校读书了。

天忽然放晴了。回程的时候，在车上，就着落日，能清晰地看到卡瓦格博。孩子们都把脸贴到车窗上，放声唱我教给他们的歌，把《水手》唱了一遍又一遍。唱累了，他们就偎在一起睡着了。阳光忽明忽暗，照在他们身上，也照在司机有点疲惫的脸上。他叼着根烟，漫不经心地开车。车子在澜沧江山腰上盘旋，隔着玻璃，都能听到山风的声音。

一转眼，我在这所小学已经教了一年了。两个老师调走了，现在三年级我一个人教语文、数学和英语课。我带来的手风琴，也派上了用场。前几天，我写了一份申请，托校长递到县里去，希望他们拨些钱买两台电脑。最好能够顺利批下来吧。

荣老爹看着宁怀远，像望着件稀奇物。他索性在堂屋门槛上坐下来，将烟袋锅使劲在鞋底上磕一磕，然后重新装上烟草。点上，使劲抽了一口，咳嗽了两声，才开口道，你要跟我学做瓦猫？

宁怀远点点头，自然不好直接道出来意，便说，是啊，看了就是喜欢。

老爹便又问，是喜欢瓦猫，还是咱龙泉的瓦猫？

宁怀远一听，自然答得飞快，喜欢龙泉瓦猫。

老爹便笑，那我问你，咱龙泉的瓦猫，和旁的瓦猫，有什么不同？

宁怀远想想，便说，龙泉猫，威风了许多。

老爹站起身，将烟袋锅望腰间一插，背过手去，说，妮子，送客。

宁怀远这一听，心说不好，赶紧老老实实，将“包饭”的事情和盘托出，说“一支公”既借了瑞红的手艺，怕耽误了老爹制瓦猫。

老爹沉吟一下，说，后生，不是真有心学，什么也学不好。

宁怀远说，我有心学。技不压身，给老爹打打下手也好。

老爹冷冷地看他，说，下手？当年我给我爹打下手，错一步，柴火棍子就在我手上抽一下。晚上吃饭，筷子都握不住，你可受得了？

宁怀远一犹豫，轻轻点点头。旁边荣瑞红抢道，阿爷，你可是一下都没抽过我。抽个细皮嫩肉的书生，你下得去手？

这话戗得老爹一时没个言语，半晌狠狠道，死妮儿，不说话没人当你哑！

说完了，自己的口气倒也缓下来，说，这下手活儿，那我就考考你，答得上再说，不然请回。

宁怀远赶紧称是。老爹就指指院儿里头，问他，这罐子是用来做什么的？

宁怀远看那陶罐，看得出是刚做成的坯，因为在墙的影子里头，有些还未阴干，罐底便是一个湿印子。它们依着土墙摆成了两排，排得整整齐齐的。一排长高，像是大肚瓶子，一排像球似的浑圆。

宁怀远看了又看，说，这长的，是瓦猫的身子。圆的是脑袋。

老爹点头道，对。

然后说，你就给我做个瓦猫脑袋吧。

宁怀远就跟老爹进了作坊。作坊的陈设很简单，靠窗摆了一个青石轮盘。老爹便坐下来，将近旁的窑泥在一个木台上用拳头砸了几下，使劲地揉，再又摔打。那泥团在摔打间渐有了韧力。老爹看他一眼，说，加了黄沙的泥，上盘就出坯。

老爹便取了一支长木棍插进了石头轮盘上的坑眼，使劲摇动，石轮便转动起来，他将刚才揉好的泥团放在石轮上，自己扎了马步，抱住那泥团，在泥团上抠出一个窝来。他一手窝边，一手窝外，两手四指里外挤拉。在转动中，那团泥渐渐站立起来，生长出优美的弧度，有了罐子的雏形。老爹粗大的手，此时与窑泥浑然一体，泥坯仿佛在他的手心舞蹈，越来越圆润。这圆润中呈现出了一种光泽，在昏黄的光线里由呆钝变得灵动。

一切都太过迅速，宁怀远看得有些发呆。这时，石轮戛然而止。老爹从腰间抽出一根丝线，在泥坯底下一割，一个罐子便捧在了他手中。

他走到宁怀远跟前。宁怀远诚惶诚恐，伸出手，正要接住。老爹却故意手一抖，那罐子遽然落在地上，刹那，就是一摊泥。

宁怀远心中一疼。只觉得成了形的一团希望莫名便跌落在地似的，不由冲口而出，可惜了。

老爹冷冷一笑道，这就可惜了？那日头底下晒过了劲儿不可惜，出了窑烧裂了不可惜，上了房没搁稳摔成了八大瓣不可惜？你倒是可惜得过来。真可惜，就将地上的泥拾掇起来，给我重做一个。

宁怀远当真蹲下身子，将那团泥一点点捡起来，捡了满捧，放在木台上，再去捡。捡净了，他便学了老爹，把碎泥块团成了一团，使劲揉。

老爹坐下来，点起烟袋锅，看着他问，会？

宁怀远笑说，小时候家里蒸馒头，帮我妈揉过面。

可他越揉，那团泥倒好像扶不起的阿斗，松身打缕，不成个形。老爹冷眼看他，道，后生，我问你，这面揉过了，要成形靠什么？

宁怀远说，得醒面，靠酵母头。

老爹说，醒好了呢？

宁怀远说，得下锅蒸，靠蒸汽。

老爹说，你手里这团窑泥，是掺了酵母头，还是要下锅蒸？

宁怀远手停住了。

老爹抬起手，用烟袋杆在他屁股上就轻轻打了一记，日脓拔翘！给我使力气摔打啊，没力气怎么站起来。泥不摔不成器！

待他真是摔打成形了。学老爹转了石轮，将窑泥捧了上去，中间抠一个窝。眼见着泥在老爹手中轻轻松松地成了形，他倒也扎了马步，全神贯注地，可那团泥在他手里，却是东歪西倒，跟个醉汉似的。宁怀远越急越是不听使唤。他身量又高大，渐渐膝盖都打起了抖。一个不小心，那泥团便豁出了个口，一团泥竟飞了出去，恰落到他脸上。

他用手使劲在脸上一擦，却忘了手上也满是泥。这一上一下，狼狈劲头儿自然是别提了。宁怀远沮丧得很。

荣瑞红在旁边站了半天，大气不敢喘。看到这时，终于一横心，从襟子上掏出手帕，要递给宁怀远。

岂料老爹伸出烟袋锅子，在他俩中间一拦，说，死妮，我教训徒弟。你可别管闲事。

两个青年人一听，立马都杵着了。荣瑞红看着阿爷，眼里有光，张一张嘴，却无话。

老爹不正眼看她，对宁怀远说，手莫停！

他又望望外头的天色，对荣瑞红道，还愣愣着干什么。闻先生屋里整窝大肚蝈蝈等着喂。烧一锅饵块，昨天我钓了几条鲫壳，做个八面鱼，给几个后生打牙祭吧。

此后，每个黄昏，荣瑞红去为"一支公"的小伙子们做包饭。宁怀远则跟着荣老爹学做瓦猫。

除了这劳力的交换，老爹始终没有说过收他为徒的原因。

他不是个笨人，甚至可以说，相当聪慧。在半个月后，荣瑞红已见他可以手势娴熟地拉坯，再半个月，看他亲手做出了第一只瓦猫。看他为它粘上上下眼皮、泥球样的瞳仁；在瓦罐上挖出大口，安上四颗利齿；在脑袋顶上粘一个"王"字，便有了虎似的威猛；再在柚木的模具里印出一个"八卦"。而上釉、入窑则还是由老爹来做。

荣瑞红陪他，到金汁河下游的浅滩收塘泥和黄沙，又去河边青晏山山脚去挖陶土。这些都是做瓦猫的材料。野旷无人，他们一同体会着劳作的辛苦与快乐。开始是默默的，两个人都没有说话。金汁河上漾起的气息，是泥土的浅浅的腥味儿，混着水藻生长的味道，有些醉人。这时候，走来了一队马帮。人和马都要歇息。人引了马和骡子到河边喝水。骡子不及马听话，打了个响鼻，拧着脑袋不肯喝。荣瑞红便悠悠开了声，唱起了一支“赶马调”：

我头骡要配白马引中雪盖顶，
二骡要配花棚棚，
三骡要配喜鹊青，
四骡要配四脚花，
前所街把骡马配好掉，
又到马街配鞍架……

也是怪了。这骡子支起耳朵，像是在听她唱。听完了，它往前挪了几步，到了她近前，倒真的垂下头，咕咚咕咚地喝起水来。喝完了，又打了一个响鼻，仰起脑袋使劲一抖。那鬃上的水花，便飞溅出来，猝不及防，落到了荣瑞红的身上和脸上。荣瑞红一边畅快地骂着，一边笑着擦。宁怀远也不禁伸出手，为她擦那脸上的泥水。手指触在她脸颊上，一阵凉滑，酥酥地顺他指间爬过来。他忙抽开了手。荣瑞红愣了愣，低下头，从河上掬起一捧水，洗洗脸。

她脸颊上的红云，便退却了。

回来的时候，经过龙头街，看到花花绿绿，好一片热闹，他们才想起了这是午日，摆了乡街子。从这里沿着金汁河岸，从麦地村、司家营一直摆到了龙头村。这集市是镇上的节日，四面八方的人都赶了来。他们竟又看见了方才遇见的马帮，正靠着驿站补给。马锅头坐在木鞍上，伙计便卸货，大约是盐巴和碗糖。那大骡子吃着草，仿佛也认出了他们，长长地嘶鸣。

邱北的辣子、文山的三七、昭通的天麻、江津的米花糖、腾冲的饵丝、武定的壮鸡、宣威的火腿，似乎天下的好东西，都汇集在了这里。

两个人东张西望，荣瑞红便在一处卖烟草的档口停下来，细细挑拣，大约是为阿爷。她用彝语和那阿婆讨价还价。宁怀远便说，老爹的瓦猫要是在这里，定可以卖个好价钱。

荣瑞红听了，望一望他，脸色倒沉下来，说，宁怀远，你既做了阿爷的徒弟。还说这种话，瓦猫是能卖的吗？

宁怀远刚还兴冲冲地，这时却语塞，见荣瑞红确是认真了。她烟草也不称了，自己一个人直愣愣地往前走，不理人。宁怀远跟着她，这时市集上飘来了香味儿，原来是到了食档口。铜锅鱼、酱螺蛳、竹筒饭、羊汤锅，都是馥郁的味道，浓烈地勾引着人们的食欲；宁怀远这才觉得，腹中辘辘。荣瑞红只管在汤锅前坐下来，叫了一碗，看了看宁怀远，默默地又叫了一碗。一碗羊肉汤下肚，两个人的心情便好起来。荣瑞红问，羊汤好喝吗？宁怀远点点头。她又问，有我熬的好喝吗？宁怀远一愣，又使劲摇摇头。她便哈哈大笑起来。笑声引得周围的人都看她。

快走到麦地村时，他们看到一双背影。尽管是背影，他们还是认出来，是梁先生夫妇，身形都很挺拔。梁先生穿了宽大的衬衫。林先生这日倒穿了裙子，是当地落靛的扎染。她头上包了一块头巾，也是同样的扎染。荣瑞红见她在一个卖竹编的摊头上停下，弯下腰，和摊主交谈。谈好了，便浅浅地笑，脸上是明亮的表情。摊主为她挑了一只篮子，又抽出了一条竹篾，三两下便编好了一只蚱蜢，给她别在篮盖上。林先生便又笑，望望梁先生，笑得孩子一样。他们便挎上篮子走了，梁先生将那篮子从太太手中接过来。另一只手，执上了太太的手。

他们走了很远，荣瑞红还引着颈子看着，直到快看不见了。两个人往前走了几步。她回过身，望一眼宁怀远。宁怀远觉得她眼睛里头有小小的火苗，目光炽炽的。忽然间他的手，就被牵住了。

三天后，宁怀远又见到了梁先生。梁先生来找闻先生，求一枚图章。

关于闻先生挂牌治印，算是联大不得已的一桩美谈。大约要说到教授们的处境，彼时昆明通货膨胀得厉害，他们的工资，渐入不敷出，不免要各谋出路。最普遍的是去邻近云南大学、中法大学或昆明的中学兼课。像闻先生这样，在昆华中学兼课的报酬，每个月可得一石平价米外加二十块“半开”，按理还不错的。但家中人口众多，还要贴补“一支公”的研究生们，开支上远远不够，犹复不敷。到头来，他终于重拾铁笔，好在同事们帮衬，算是抬了轿子。“一支公”的老弟兄浦先生作了润例。包括两位校长在内的十二位教授，具名推荐。闻先生擅长钟鼎，在美国又读的美术，自然不同俗笔。人又很谦谨，用墨上石，皆自尽心。云南地区素行象牙章，质地坚硬。闻先生刻得食指磨损出血，仍一日未辍。

梁先生看到他手指间的厚厚老茧，也很感慨，便道，家骅兄，我听说你难，倒不知是这样难。前些天，盛传贵系刘姓教授为人写墓志铭，得资三十万，以为你们教文科的还稍好过些。

闻先生苦笑，这事不提也罢了。如今好过的，又有几个？当年梅校长让你用茅草顶盖校舍，独留了铁皮屋顶给教室，如今连铁皮都卖了去。人各有命，我除教书外，大约就是做个“手工业者”。

这时宁怀远进来，手里执着一枚信封，兴奋地说，老师，《国文月刊》回信来了，刘兆吉的那篇文章，要发表出来了。

他见有人在，再一看是梁先生。梁先生看看他，说，小兄弟，我们见过的。

宁怀远跟他问了好。他说，那天在金汁河畔，还有一个姑娘。内人说，你的样子，是中古人相，和姑娘的骨相一样好。

闻先生大笑道，还有这回事。怀远，说的莫不是瑞红姑娘?

又回过头说，是我们这里的大厨，做得一手好龙泉菜。

梁先生便道，有机会要领教下。我们到了云南就东奔西跑，其实没吃上几顿安生饭。复社时候，原先在循津街“止园”，倒是有家馆子不错的，和刘敦桢他们几个常去。后来去了山区，当地的乡民做的菌子，真是美味。那阵子也是居无定所，整天背着帐子，随身带着奎宁和指南针。回到昆明刚安顿下来，“史语所”就搬了，我们也就唯有跟着搬。前几天，“学社”的章子落在地上，碎碎平安。这不是求您来了吗?

闻先生道，这个好说。你后天来拿吧。

梁先生谢过说，有空也来我们那里坐坐。自从盖起了屋子，慧音说又有了北平的沙龙的样子。钱瑞升、李济、思永、老金我们几个常聚，也挺热闹的。

闻先生笑道，你们两个设计房子的，倒真是第一次给自己盖了一个。

梁先生说，可不是！样样要自己落手落脚，从木工到泥瓦匠，越到后来，钱越不够用。你想，我们刚来的时候，米才三四块一袋，如今都涨到一百块了。连根钉子的钱都要省，好歹费正清他们两口子，给我们寄了张支票来，可真救了急。唉，慧音到底累倒了，在山区落下的病根儿。她近来身体大不如前。

宁怀远蓦然想起了荣瑞红的话，便脱口道，梁先生，你要不要请一尊瓦猫回去?

梁家的瓦猫上房那天，是荣瑞红亲手给系上的红绫子。瓦底下除了放上了笔、墨、五子五宝，还有一本万年历，压六十甲子。

梁先生搀着妻子。林先生靠在他身上，身着家居衣服，披着披肩，笑盈盈的。虽笑得有些发虚，但人明亮。她抬起头，看那瓦猫，眼里头有光。

V

2005 年 12 月 3 日，星期六，晴

在中甸的草原上骏马成群，

一百匹马配一百个宝鞍，
一百匹马要离开，
马鞍不带走，留下做个礼物。
商人骑着骏马，
他不会住下，他要离开。
把最好的衣裳留下，给你做个纪念。

——德钦“弦子”摘录

今天认识了一个新朋友，山本长智。

云南德钦这边的藏民，管外族人叫“甲”。最早来这里的“甲”，是传教士，是个法国人。还有个探险家亨利王子，他从越南出发，从澜沧江进入怒江流域，再上溯到独龙江。我翻到一本《德钦县志》，从一八四八年至一九五一年，共有十六个洋人来德钦传教。其中有个穆神甫，溜筒江村的铁索桥是他设计的。他们还给当地人看病，藏民认为这是法术；还说他们会施邪恶的法术，让明永的冰川融化。我见到过一个英国的老传教士，八十多岁了，听力不好，但能说很好的普通话，好到像个中国老头儿拉家常。

我见过的“甲”，还有一个马来人，穿一双露脚跟的靴子，头发披散在肩上。见到他的时候，他说，今年转山，转了第三圈。他对我说，转山要转单数，双数不吉利。还有个美国摄影师贝贝坎，走南闯北实践他的拍摄项目——Repeated Photography。他找来德钦的老照片，在同一个地点重拍，我想要和他学一学。他和我同一个属相，他说，卡瓦格博也是这个属相。

山本和他们不同。他们来了，就走了。山本每年都会来。每年，他会带几个那年山难登山者的家属来朝拜雪山。大丹巴说，山本在德钦的时候，会住在他家里，跟他一起上山，搜寻遇难者的遗骸。

我今晚开始重看《消失的地平线》。大丹巴给我讲过二十世纪三十年代曾经有架飞机撞在了卡瓦格博的岩石上。村民们把飞机上的铁背回来，找村里的铁匠打了好多把刀。用到现在，人们都说铁真好。

荣瑞红这辈子第一次看电影，就是在昆明最大的南屏电影院。

那是部外国的电影。她看见银幕上出现几个洋人，其实心里有些慌。这几年，镇上有些洋人来了，手中都拿着相机，见人就拍照。她看见他们拿相机对着自己，也有些慌。

她心怦怦跳，想着将这慌张掩饰起来，故作镇定地挺直身子，坐好。但黑暗里头，有只手，握住了她的手。那是宁怀远的手，手心很软，暖乎乎的，让她心里安定了。

荣瑞红如今想来，电影的内容，其实不太记得。大约是个玩世不恭的美国男人重遇昔日情人的故事。外文她是不懂。银幕前“演讲人”的翻译，虽是入乡随俗，但又确实不着四六，令人摸不到头脑。

那时的昆明上映的外国片子，是没有中文字幕的，便出现了一种奇特的职业。从事这种职业的多半是本地人，粗通英文，坐在银幕前，给台下的观众现场翻译。在联大的师生没有来之前，他们在当地算是权威。因为没有人会质疑他们，他们便更为信马由缰地发挥。他们会根据只字片语去揣测，这样翻译出来，往往驴唇不对马嘴。

这天的演讲人是一个留着山羊胡的长衫老先生，带有很浓重的呈贡口音。他端着一杯茶，说几句话，便呷一口，全场都能听见茶水在他喉头的激荡。然后他咳嗽一声，继续往下说。他用很干涩的声音诠释剧情，将男女主人公的对话翻译得如同在“乡街子”讨价还价。

和台下的观众一样，荣瑞红也看得一头雾水。但是她有一种天赋，这种天赋或许来自少女的想象。她用想象完善了这部电影的剧情，也因此体会到了它的美好。她想，这个故事一定是关于爱情的。这个女人背叛了男人，在异乡重逢后，又得到了他的原谅与和解。这个男人虽然长了花花公子的模样，但实际上是个情种。这样看下去，她越发觉得电影好看。

剧情发展到，这个美国人，看着另一个男人走进了他的酒吧，明显表现出了敌意。老先生拖着长腔，用呈贡话为他配音：“拐求喽，你来做咋子？”

没待他为另一个男人回答，台下响起了声音：“我来培养一下正气。”

话是用很不标准的昆明话说出来，却引起了哄堂大笑。本地人都知道其中的促狭。因为正义路近金碧路西有一家店子，没店号，门口挂了块硕大的匾，上书“培养正气”。这店子呢，其实是以卖汽锅鸡闻名。老昆明人一说起“我要培养正气”，就知道是要吃汽锅鸡打牙祭了。

这一笑，却激怒了演讲人。他站起身来，叉了腰，叫将大灯打开，对台下道，哪个说的?!

台下的人噤了声，却还有窃窃的笑。这笑是荣瑞红的。她自己没想到，宁怀远还能整这一出来。她的手，还在他手里，此时出了薄薄的汗。宁怀远倒是正襟危坐，面目无辜，好像个没事人似的。

待灯重新灭了，宁怀远悄悄拽一下荣瑞红，引她出去。出来后，两个人都深深吸一口气，又呼出来。外头刚下过雨，涤清车水马龙的尘土，空气中便是好闻的清凛凛的味道。怀远说，我是真受不了这呈贡味儿的《北非谍影》了。

荣瑞红说，那我们去哪儿呢?

宁怀远嬉笑地,用半生不熟的昆明话说,要不,我们去培养一下正气?

荣瑞红朗声大笑,笑够了,倒正色道,我想去你们大学看看。

荣瑞红没有想到,宁怀远读过的大学,是这样的。

一色土坯房,上面盖着茅草顶,甚至还不及龙泉临时搭建的铁路工人宿舍体面。地是沙土的,因为下雨而泥泞。一个洋人吹着口哨,身后跟着穿着短衫短裤的男孩子们。他们奔跑着,都是雄赳赳的。她又看到了许多的青年人。男的穿着宽松的土衫子、有些肮脏的飞行夹克,在校园里走动。有一个先生模样的,竟套了本地赶马人的蓝毡"一口钟",因为他步态挺拔,便有一种侠客的感觉。

一些女学生结伴经过。她们穿着阴丹士林的旗袍,外面罩着红色或者深蓝色的线衣,手中则都携了书,脸上表情一律是明朗而怡然的。其中一个,和宁怀远打了招呼。她们便也望向了荣瑞红。不知为何,面对这些女学生,荣瑞红忽然感到有些羞惭,竟不敢回望。倒是宁怀远,一边大大方方地执起了她的手,一边问她们是上谁的课。她们说,上金先生的逻辑课去。

宁怀远便哈哈大笑,回头记得在路上捡几个金戒指。女学生们便都笑着走开了。

他们走到了凤翥街上,那里林立着茶馆。走进其中一个,人声嘈杂。原来是有人在唱围鼓,便退出来。走进另一个,也十分热闹,多了许多年轻人,都是大学生模样。这一家墙上贴了"莫论国事",老板袖着手,靠在柜台上打瞌睡。倒是有个白胖的女子,很殷勤地走过来,手里提个食篮子。一开口,竟是江南口音,口气倒与宁怀远熟稔。宁怀远便从她篮子里拿出一碟芙蓉糕、一碟萨其马和桃酥,然后说,老例儿。待她走了,宁怀远对荣瑞红说,老板娘是绍兴人,远嫁过来,这里的点心都是她自己制的,好吃得很。

等茶汤端过来的工夫,有人远远喊宁怀远的名字。待他回头,是几个小伙子,其中一个说,学长,来一局。

原来是在打桥牌。宁怀远看荣瑞红一眼,摆摆手。荣瑞红便说,你去吧。难得进城来玩一玩。他犹豫一下,便过去了。

老板娘过来,搁下茶,对荣瑞红说,这个后生好。

荣瑞红便笑问,怎么个好法?

老板娘便轻声说,以往他来,只管看书、跟人打牌。有姑娘进来眉毛都不动一下。他现在,眼里头只有你。

荣瑞红不语。老板娘又说,这些孩子,远远地过来,除了读书不知以后的着落怎样。听口音你是本地人,就多照应他一些。

荣瑞红愣了愣，说，往后的事，谁又知道呢。

老板娘叹口气，说，是啊，这一打起仗来，谁又知道呢。

这时候，外面有人进来，大声喊，拉警报了。茶馆里头的人，倒好像没听见似的，喝茶的喝茶，打牌的打牌。一个人挠挠脑袋，头也不抬地问，五华山挂了几个灯笼了？进来的人便说，一个。那人便肩膀一耸道，不着急。

过了一会儿，又有人进来，大声喊，拉警报了，拉警报了。

刚才那人又问，几个灯笼了？

回说，两个了。同时，荣瑞红听到了外面的警报汽笛声，一短一长，尖厉地啸响。茶馆里的人，才动起身，有的还将桌上的瓜子和点心，都有条不紊地包了起来，装到了身上，跟老板娘打了声招呼，气定神闲地出去了。荣瑞红感到一只手牵住了自己，快步往外走。

街上倒是人多了起来，宁怀远和荣端红两人便跟着人群。他们看到沿途的店铺，三三两两地关了门。也有不关的，老板坐在门口，抽旱烟，饶有兴味地看他们。这一路上有学生，有当地的老少，还有马帮。这里本就是他们的必经之路，联大西门往前走，有条古驿道，石子铺成的小路，通往乡野。尽管空袭频仍，锻炼了人们的心智，究竟还是慌乱的人多。马帮有他们自己的节奏，人不乱，马便不乱，任凭人流在身边穿梭、奔跑。马锅头唱起呈贡调子。有人一愣，刚驻足来听，继而便被人流裹挟着往前去了。

就这样跑了一会儿，人越来越多。惊起了近旁松林的一群休憩的飞鸟。它们使劲地往天空中飞去，继而盘旋，却不敢再落下来。有风簌簌地刮起来，空气中飘荡着清凛的松针的气息。然而周遭的人，热浪一样，将这气息霎时吞没了。

经过了一处荒冢，宁怀远拉着荣瑞红，和其他一些人都跑了过去。他跑得很快，在坟茔间穿梭，齐膝的野草与乱石都丝毫没有让他犹豫，像是驾轻就熟。他跑了许久，才停下来。在背阴的地方坐定，他的头竟就靠在了墓碑上。荣瑞红到底是有些忌讳，他便一把拉着她坐下，说，怕什么，以往跑警报，我都到这里来。这个坟头就是我的，叫宾至如归。

荣瑞红坐下来，觉得身下凉丝丝的。更多的凉意，顺着身体蔓延上来，让她倏然一个激灵。她看宁怀远，倒是坦然的样子，口中衔着一茎草梗，远远地望着山外的夕阳。夕阳沉降，在血红的落照里头，还可以看到拥簇的人群，像连串的黑点一样移动。

荣瑞红站起来。宁怀远说，别动。你不动，日本人的飞机，就不会炸这里。

荣瑞红说，我没跑过警报。但我们龙泉能听到昆明城里头的警报声。有一次赵太婆家的枝子，到城里头置办嫁妆。遇到警报，舍不得手里头买下的杭绸。

回去拿，跑慢了，就给炸死了。尸首发现时，还把自个儿的嫁妆抱得紧紧的。

宁怀远说，我们从蒙自跑到了昆明，也跑累了，跑疲了。我同学里头，有不跑的。别人跑，他们在开水房洗头，煮红豆汤。也都想得开，说要是真给炸死了，就干净地做个饱死鬼。其他人也不知道为什么要跑，只是跟着跑。教授也有不跑的。刚才遇到那些女生，说上金先生的逻辑课。那年昆师被炸，别人都跑了，金先生不跑。南北两座楼都给炸了，死了好多人。警报完了，他一个人愣愣地站在中间。后来就跟人一起跑，每次跑都带着自己的书稿，就像是闺女抱着嫁妆。有次跑到蛇山，警报过去，一阵风几十万字的书稿就全没了。对他来说，那还不如丢了命。

这时候，一只野兔贸然地闯入了他们的视线，晶亮的黑色眼睛，定定望着他们。它忽然竖起耳朵，站起来，是对峙的姿态。宁怀远倏地也站了起来，那野兔猛然地被吓着，仓皇地逃走了。宁怀远狠狠地说，我不明白，在咱们自己的地界上，为什么要跑？

荣瑞红说，你得好好活着，仗打完了，就回家去。你爹妈，都等着呢。

宁怀远苦笑一下，蹲下身，问荣瑞红，你说，我为什么每次跑警报，专拣了这座坟来躲？

荣瑞红望那坟茔，周边长满了萋萋的草，坟头上倒是干干净净的，好像被人打理过。她想，在这兵荒马乱的年月，倒是还有孝子。

她说，这坟排场。

宁怀远便执起了她的手，沿那墓碑上的一个字，一笔一画地写过去，问她，这是个什么字？

荣瑞红瞋他，你知道我不识字，来触我的霉头。

宁怀远说，你记住，这是个"宁"字，是我的姓。这上头写的是"先考　宁若成，先妣　宁胡氏"。这是夫妇两个，底下有生卒年。男的比我爹大一岁，女的比我娘小两岁，两人比我爹娘晚死了十几年。我第一次跑警报，跑到这个坟头。有个炸弹落下来，落在另一个坟头上，把我同学炸死了。我被这坟头挡着，一点事也没有。从此我就当这坟里头的，是我爹娘。每次跑，都憩在这里。每次来，就给他们清清草，掩掩土。

听到这里，荣瑞红直起身，一把将宁怀远的头揽入自己怀里。紧紧地，她只觉得心里疼得慌，疼得锥心。这男人毛丛丛的头发带来的温暖，让她好受一些了。

回到镇上，荣老爹等得望眼欲穿。

他闩上大门，将宁怀远关到外头。他叫荣瑞红跪在地上，拎起了烟袋锅却打不下去。他一转身，从地上拎起一只陶罐，摔在了地上。这陶罐因为只晾得半干，落在石板地上，声音并不脆响，反而是沉钝的，像是个生闷气的人。

荣瑞红见老爹气得呼哧呼哧的，便想站起来，给爷爷顺顺气。老爹只喝一声，跪着。

她便跪着。老爹说，你一个姑娘家，和一群小子整天混在一起。镇上的风言风语我不管，可是，飞机炸弹不长眼！连命也不想要了吗？

荣瑞红嘟囔说，姑娘怎么了？我在城里看见的女学生，都是姑娘，都跟后生们在一起。

老爹说，那都是在学堂里读书，学识了几个字给害的。你爹就是因为进昆明读了书，才认识了作孽的女人。

荣瑞红抬起头，目光灼灼的，说，爷爷，我就是我娘这样的女人，就喜欢和读书人在一起。

老爹说，一个外乡后生，你难不成要嫁了他，还是他能做上门女婿？长了翅膀的雀子，说飞就飞。

荣瑞红说，我凭什么不能嫁给他？

老爹也气，喝她道，你凭什么嫁？

荣瑞红一咬嘴唇道，就凭我和他一样，无爹无娘。

老爹被他说得一愣，焦黄的脸泛起了青，张开嘴却说不出话来。荣瑞红站起身，一声不吭地，自己走进了小作坊，关上门不出来了。

以往只有犯了大错，荣老爹才将瑞红关在作坊里。小时候，一关她，作坊里没有灯，乌漆麻黑。荣瑞红怕黑。怕了，就哭。哭上一阵，老爹心软，就放她出来。可她长大了，再关，坐在黑暗里头，拧着颈子不哭。老爹也倔，不放她出来。久了，彼此都觉得没意思。

老爹就问，妮儿，想不想出来？

她在里头答，不想，里头阴凉，舒舒服服，好着呢。

老爹想想，得有个台阶，就说，你也别闲着，在里头给我做六只瓦猫。就放你出来。

荣瑞红便答，六只太少了吧。我还想再待上一时半会儿呢。

老爹吹胡子道，美得你！你以为我让你做咱自家的瓦猫吗？除了龙泉的，各地统共给我做六只。有一分不像，不许出来。

荣瑞红在暗处扁扁嘴，不声不响，开始和陶泥。泥巴摔在木台上，摔得地动山摇。老爹听了，狠狠吸上一口旱烟，心满意足地走了。

说起来都是瓦猫，但云南之大，各族纷纭。这猫也是一猫一态。荣瑞红小时候，老爹便带她去周边看人家的瓦猫。要看的，自然是和自家不同的。荣老爹打四十岁起，便连续在五年一度的瓦猫赛上称霸，业界以“猫王”誉之。后来老了，他便有些隐退江湖的意思，但仍然带着荣瑞红看，看人家怎么做，有什么长进。这也是教她“知己知彼，百战不殆”的道理。

有一次，荣瑞红说，这只太丑，我不要学。

老爹说，你觉得丑，为什么别人要放在屋瓦上敬着？你眼里的丑，是人家的光鲜。说到底，是你眼界浅。

这时候，荣瑞红坐在黑暗里头，手在娴熟地动作。作坊里有蜡，她不点。一团泥，像是长在了手上。手指动作，跟着心走。心想到哪里，手就跟到哪里。她想，原来眼睛是多余的。眼睛有用处时，是因为心未到，手也未到。

待两个时辰过去，作坊里头没有一丝光线了，漾着泥土温暖后冷却的气味，砥实而清冽。她顺着这些做好的瓦猫的轮廓摸过去。圆润，部分有棱角，也有着陶土特有的细腻的颗粒。她一个一个摸过去，用手指辨识，在某个细节上停住了。老爹常说，做手艺人，便是一艺在手。手比眼准，用手触，便是看。任何一处不对，在手指间便会放大，你便知道不是拾遗补阙的事儿，是从根儿错了。

她便重新制了一只瓦猫。这才点上蜡，眼扫过去，舒了一口气。爷爷说得对。眼看见的，都是相，方才在自己手里，到最后合为一个。现在通亮的，却是百态。哪怕都是出自呈贡的，也因族而不同。彝族无釉猫，背部有龙刺，身为鳞纹，尾长盘向身前，耳朵高竖，眼睛大而外凸，是个机警的样子；汉族黑釉猫，身如筒，尾巴上翘卷曲，胸前有“八卦”，耳尖立，鼻成三角凸于面，胡须贴在左右脸颊，口大张，牙齿突出，仰天状；鹤庆白族猫，四肢粗壮有节，横站于脊瓦，尾巴直立上翘，嘴大如斗，上颚出奇大，下颚小，口内有四齿，舌头外伸，眼睛鼓暴，耳朵竖立，怒目而视，凶煞十足；文山壮族的上釉猫，身子似小陶罐，头呈倒三角，耳尖直立，眼睛大睁，瞳仁点黑釉，嘴高阔，上下牙齿四颗，脖子系有铜铃，前腿合并，后腿分开，倒算是一副乖巧模样，是最接近家猫的样子。

荣瑞红看着它们，稳稳地坐着，心想，说是万变不离其宗，但爷爷这么多年，带她云游，要看的，却是各种“变”。看多了，看久了，便越发守住了自家龙泉猫不变的根本。

这时候，外头响起了一阵咳嗽声。有人驻足在作坊的门口，在门上似乎敲了一下。荣瑞红站起来，也走到门口，可忽然心里发了堵，梗了梗脖子，不吭声，仍是一动不动地坐在了黑暗里头。

VI

2006 年 1 月 7 日，星期六，晴

我亲手栽下一株树苗，
等小树长大，我用它建桑耶寺。
没有吉祥的桑耶，
那么多树怎么聚在一起。
我亲手搜集各种石子，
我用它铺一块黄金地。
没有吉祥的桑耶，
那么多石头怎么聚在一起。

——德钦“弦子”摘录

今天去看望谢老师。

谢老师退休两年了。我去的时候，他在屋顶上堆柴火。他请我去他的书房。他桌上摆着一幅花鸟，还没干。墙上有四君子条屏。他说小时候，他阿爸给他买了册《宣和画谱》，他就临着画，所以墨竹他最拿手。后来做生意，教书，就搁下了。现在退休了，他没事就捡起来。他每天就画画，看书，干干农活儿。

谢老师是我们小学的老前辈，教了几十年书。他祖辈是巍山彝族。他爷爷辈去西藏跑虫草买卖。他阿爸在芒康认识的他阿妈，他阿妈是藏族。后来他们家就在德钦做起杂货生意。谢老师其实只读过完小，但他古文底子极好。我在我们小学看过一些汉文文件，用字很讲究，都是他写的。大丹巴说他是县里的秀才。我在他家里看到版本很老的《昭明文选》和《尺牍清裁》。他对我说，是他阿爸留下的。

我问他，那你怎么做起了老师来？他说后改国营，家里生意做不下去了。他先是参军，后来转业回来，县里的代表来让他当教师，帮着办小学。那时候啥也没有，就在明永的公房里上课，自己编教材，还得帮孩子们烧饭，工资一个月十八块。他因为写了封信，被打成了右派，快五十岁了才“摘帽”。

他说现在他们全家都在当教师，姑爷用的还是他当年写的教材。我给他看照片，问他，认不认识一个做瓦猫的人？他摇摇头说，你在哪里看到这只瓦猫，

德钦怎么会有瓦猫呢?

宁怀远在马头桥边,遇到了梁先生夫妇。

当时他正走得失魂落魄。暮色里头的金汁河,凛凛发光。河边飘起了水藻的腥气。他不禁站定了,呆呆地望。

这时听到有人唤他,小兄弟。

他回身,看是梁先生。

他勉强笑一下,梁先生将他介绍给了自己的妻子,说是闻先生的研究生。因他脸色是青白的,就问他可好。

他说,还好。下午从昆明城里回来。

梁先生说,听说午后城里又有了空袭,飞机从海防过来,轰隆隆的,我们这里都听得到。你安全回来了就好。同行的人都没事吧。

他冲口而出,我是和瑞红一同去的。

梁先生关切地问,荣姑娘也回来了?

他沉默了,半晌,跟着就将来龙去脉跟梁先生说了,说瑞红回去,老爹让她跪在地上,凶神恶煞的。大门一关,不让他进去。他在门口站了两个钟点,叫门又不开,不知道里头发生了什么。

林先生问,可是和爷爷送瓦猫给咱们的姑娘?

梁先生说,是啊。

林先生眨眨眼睛,说,那就好了。你放心回家去,明天黄昏,我保准你能见着她。

第二天后晌,老爹听到有人敲门。他仔细听,敲门声音斯斯文文,慢悠悠,可不似那小子的莽撞。

他开了门一看,原来是龙头村住着的先生。这梁先生是洋派的白面书生的样子,架着金丝眼镜。那天瓦猫上房,他一个人抱着,顺着梯子往上爬,倒比猴子还灵巧。老爹看他稳稳地将瓦猫放在了屋瓦上,一颗心落了地,想,都说人不可貌相,这先生看着文弱,其实是个练家子。

梁先生身旁的女先生,今天的精神似乎好了许多,笑吟吟地看他。他想,这女先生不是村里女人形貌,那天自己抽洋烟,也请她抽。她说她抽不惯。

他呆愣愣的。梁先生说,老爹,那天辛苦您过来送瓦猫。我们是来回礼的。

荣老爹才恍然,让开了身子,请他们进来坐。

三个人在院子里坐下来,梁先生手里举着一个纸包给他,说,老爹,知道您抽旱烟,我们前几天赶"乡街子",给您带了些来。

老爹接过来，也不客气，打开闻一闻，笑了说，青马坝的烤烟，正宗得很啊。

他脸色也就好了些。林先生望望院子里，整整齐齐地晾着两排瓦罐。她便说，老爹的陶烧得好。我常爱去瓦窑村，看那里的老师傅制陶。有个建水来的师傅，说是烧三百个陶罐，只裂过一个。

老爹磕下烟袋锅，清清喉咙，你说叶三器吗，外来的和尚好念经。我们龙泉的龙窑建得好，谁制的陶都烧不坏。

这话噎人，两下未免有些话不投机。梁先生与太太对望一眼，笑笑说，听说您最近收了个徒弟？

老爹脸上些微的笑容也收敛了，面色冷下去，将那包烟叶子往梁先生怀里一杵，说，是那小子让你们来的？

林先生见他摆出了要送客的架势，忙说，是我们自己要来，又要央您件事。我们呢，晚上家里来客人，要置些菜。可您知道，我这笨手脚，哪里应付得来。瑞红姑娘可是远近都知的好手艺，想请她来家里帮忙，不知合不合适？

老爹一梗脖子道，我训她的手艺，都用来做瓦猫了。她给我做那饭菜，也就毒不死个人，谈得上什么好！您二位请回吧。

这时候，作坊的门"呼啦"一声开了。荣瑞红从里头走出来，眼睛望都不望她爷爷一下。她掸掸身上的尘土，大声道，瓦猫我摆在窗台上了。林先生，我跟您去。

荣瑞红挎了一只篮子，沿着长堤，一直走到了棕皮营。堤上一路都是桉树。桉树的叶子散发着浓郁清澈的味道，与金汁河里水草的腥香混为一体，让人醒神。夕阳远远地下沉，一点一点地，是红透了的颜色。由远及近，余晖洒在河面上，也是金粼粼的。

邻近水塘，有一片修竹。梁家的房子，正在这修竹的掩映中。荣瑞红老远便看到屋上的瓦猫，这是她自家制的。此时它稳稳地坐着，目望着远方的田畴。这屋也是"一颗印"的样式，坐西朝东，清瓦白墙。下段用碎石土夯筑而成，上段用土坯砌筑。但与邻近乡间的其他屋宇还是不同的。它有两扇阔大的菱形花窗，从外头看，能瞧见里面的人影。从里头往外看，远山近景，便是如画了。

此时，林先生引了瑞红在屋内参观。只见她呆呆立在窗前，不动了。荣瑞红说，以前不觉得，透过这窗子看，原来我们龙泉竟是这样美的。林先生说，是啊，我和斯成两个，平日看书写字，都抢着要在这窗子底下。写累了，往外头眺一眺，整个人的心都亮敞了。

荣瑞红说，听宁怀远讲，这整间屋子，都是您和梁先生盖的。

林先生说，是啊，我们两个一起设计，落手落脚地盖。后来他带队去了四川看古建，就我一个人来。你看看，这个壁炉，可是西式的呢。用青砖砌好，我得意了许久。等你冬天再来了啊，我们就可以对着它烤火了。

荣瑞红望了望林先生，看她可亲地对自己笑，觉得她瘦弱的身体里有一种能量吸引了她，让她们之间又近了一些。

这时，一个小男孩儿欢笑地跑进来，身后还跟着个小姑娘。他们一进门就脱掉了鞋，撒丫子跑。小姑娘，看到瑞红，停住了脚，眼睛晶亮地看着她。林先生从门边拿过拖鞋，说，快穿上，地板凉脚心。

她又追上男孩子，给他擦鼻涕，笑着说，他们爸爸老在外头，我一个人真管不了。他们漫山遍野地跑，以后回了北平，想野也野不起来了。

瑞红听到“北平”，觉得是个很遥远而盛大的地方。她其实很想问一问，因为那里是宁怀远以往上学的地方。但终究没好意思问。这时，小姑娘很好奇地看着她手中的篮子，问，姐姐，这里头是什么？

小姑娘的声音脆亮的，很好听，和宁怀远一样。

瑞红说，是干巴菌。

小姑娘又问，干巴菌是什么呢？

瑞红说，是一种菌子，不好看，但是很好吃。生在松树底下，要清早去采，太阳出来就萎了，看不见了。

小姑娘问，有没有鸡好吃？

荣瑞红就笑着点点头。小姑娘兴奋地说，姐姐，那你下次去采菌子，要叫上我一起啊。

林先生便摸了摸她的头说，姐姐到咱们家做客，还要给你们烧菜吃。还不快谢谢姐姐。

小姑娘正正经经地给荣瑞红道了个万福。

林先生笑说，我这个丫头子，嘴巴可刁着呢。你手艺这么好，怕是往后都不愿意吃我做的菜了。

荣瑞红也笑。看这小姑娘，和林先生一样，生着圆润宽阔的额头和略尖的下巴，已初具了美人的样子。她和她的母亲一样，也有着明澈烂漫的眼神。在荣瑞红看来，母女二人的眼睛，仿如复刻一般。这无关年纪，似乎是自身在岁月中的定格。一刹那，她觉得自己生出了盼望，也想有一个女儿了。

原来，林先生在屋后垦了一畦菜园，种着时令的蔬菜。说是时令，昆明四季如春，果蔬本是可以长种的。园子虽不规则，但是因地制宜。什么都种了一些，豆类、青椒、韭菜。荣瑞红陪林先生割鸡毛菜，看她戴着围裙，撸起袖子，是利利落落的农妇形容。夕阳最后的光线，照在了搭架丝瓜的老藤上。丝瓜老了，干了，在微风里头微微摆动，渗着金灿灿的光色，竟有些丰收的景致。另一些，透过叶子照在了林先生的面上，是个毛茸茸的轮廓，有着优美的弧线。看得瑞红屏住了呼吸，她不禁再次地想，这个女人多么美啊。

她们便在厨房里头忙碌，一个择菜，一个洗菜，竟然配合得天衣无缝。林先生说，前些天，老金从城里带来一只宣威火腿，炒你的干巴菌正合适。我再去园里摘些青椒来。

荣瑞红掌勺，这干巴菌下了锅，混了火腿的咸香，满厨房竟然都是馥郁鲜美的味道。林先生不禁感慨说，用我们北平话讲，这东西生得寒碜，可真是菌不可貌相。荣瑞红说，入了口，才知道它的好。就像是人，哪有一眼就看出来的呢。

她便做了一个素菜。是昆明人极喜欢的，青蚕豆和蒜薹放在一处清炒，青翠欲滴，有个好名字，叫“青蛙抱玉柱”。园里的蚕豆很鲜嫩，连着豆皮炒，更为入味。林先生笑问，宁怀远喜欢吃什么菜？荣瑞红脸一红，想想说，他们“一支公”的几个后生，饭量大，最爱能下饭的。那我就再做个“黑三剁”吧。

这三剁呢，说的是剁肉末、剁辣椒和剁玫瑰大头菜。咸中带甜，开胃得很。

待她利索做好了这一道，林先生说，你先帮我把菜端进屋里去。

她一进屋，就看见了宁怀远。宁怀远站在窗边，也愣愣地看着她。梁先生便在旁说，傻小子，看着瑞红姑娘忙不过来，也不搭把手。

宁怀远赶紧过去，帮着荣瑞红端菜。两只手却碰上了，险些碰掉了盘子。荣瑞红连忙闪了一下，嗔他说，越帮越忙！

屋子里的人，便都笑起来。梁先生便给她一一介绍，看起来都是面貌很体面庄重的先生。一个是梁先生的弟弟；一个姓钱，是法学院的教授；姓李的，是考古学的教授。荣瑞红对这些“学”，自然似懂非懂。但又介绍一个，说是姓金，戴着一副眼镜，自报家门自己是教逻辑学的。荣瑞红便笑道，先生我知道你。

众人皆惊。梁先生便道，不得了啊老金，你的大名是传到龙泉来了。

荣瑞红便接口道，你就是那个金戒指教授。

大家会心，便哈哈大笑起来，屋子里顿然有了快活的空气。金先生便也明白了，和自己有关的掌故被怀远说给了这姑娘。金先生教的研究生中，出了一位别出心裁的有趣人物。联大常常要跑警报。这位仁兄便做了一番逻辑推理：“跑警报时，人们便会把最值钱的东西带在身边；而当时最方便携带又最值钱的要算金子了。那么，有人带金子，就会有人丢金子；有人丢金子，就会有人捡到金子；我是人，所以我可以捡到金子。”根据这个逻辑推理，每次跑警报结束后，这研究生便很留心地巡视人们走过的地方。结果，真的让他两次捡到了金戒指！他便将这收获归功于金先生的逻辑课。

金先生耸耸肩道，我自己倒是一次都没捡到过。可见这课是益人误己。

这时候林先生进来，说，我一时不在，你们倒是说的什么好笑话。梁先生扫一眼她手中的盘子，说，你们几个可有口福了。内人轻易不下厨，这是拿了看家本领出来。当年这道“豉油煮笋”，连我老丈人都赞不绝口。

林先生便道，我们可真是靠山吃山了。门口这大片竹林子，是既饱了眼福，又饱了口福。这炒鸡丁的菱角，是隔邻的大嫂采了送过来的，还带着水清气呢。一同还送了一条乌鱼，我们前些天吃了“东月楼”，正好学着做一做“锅贴乌鱼”。老金，你的火腿派上了大用场，正在平底铛温着。

李先生就说，我可是也有贡献的。这景谷酒，我跋山涉水从民乐镇带过来，也算是美酿配佳馔了。

梁先生便说，老李，你倒是好意思说！哪有送人的酒，自己先打开喝的。

李先生便投降道，是真的没忍住。没有功劳，也有苦劳吧！

大家哄堂大笑。林先生看着也笑，她对瑞红叹一口气，轻轻说，这真让我想起在北平的日子，大家聚在一起。现在能说话的人，都天各一方了。前段正清和慰梅写信来，我一时都不知怎样回。

这时的林先生，换下了家常的衣服，着一件丝绒的旗袍。在这里，本是有些隆重的。她坐在桌前，却将这屋中的气氛带出了几分先前未有的情致。

大家有些沉默。金先生说，今天高兴，说什么天各一方。我们几个在，都住在这龙头村，不就是天涯若比邻。

还有我们呢！外头响起洪亮的声音。众人循声望去，走进来一队青年，皆是英挺的模样。一色都穿着空军的军装，脸上明朗的笑容，将屋子顿然点亮了。走在前头的那个，手里举着一瓶香槟，遥遥地便对林先生展开了臂膀，喊了声“姐”，两人便紧紧拥抱在了一起。

荣瑞红看出，这个青年在一班孔武的同伴中，眉眼是清秀些的，与林先生有些相似。林先生回过头来，将他推到众人面前说，这是我小弟林恒。这些，都是我的弟弟。今天是个大日子，聚会的主题，是为他们的。他们从空军军官学校毕业了。

林先生此刻脸上的表情与平日的宁静不同，是有些激昂的。

这些青年面对着她，站定，立正。其中一个领头的大声说，敬礼！他们便齐刷刷地叩了军靴，端正地对林先生敬了一个标准的军礼，一边说，家长好！

这话在旁人听来，似乎是谐噱之语，但看他们各个面容肃穆，才知道是实情。原来，这些青年在昆明都没有亲属。梁先生夫妇，是他们的“名誉家长”，方才还在空军军官学校的毕业典礼上为他们致辞。

倒是林先生连连摆手道，吴耀庆，怎么到了家里还这么多规矩呢？

这领头的青年，这才让大家脱了军帽，在席间坐下来。坐下来了，他们身体仍是笔直的。倒是金先生举起了酒杯来，说，斯成，你倒说句话。对着这两排兵马俑，我可真是动不了筷子。

大家一阵哄笑，他们这才松弛下来，恢复了年轻人该有的样子。梁先生倒上一杯酒，说，我今天上午已经说过。明天，你们就要上战场了。这杯酒是我做家长的敬你们的，等你们凯旋。

钱先生便道，斯成，哪有上来就喝送行酒的，“风萧萧兮易水寒”吗？既然是庆贺毕业，应该喝香槟！

听到这里，这些士官生有了大男孩儿们的活泼，忙着开香槟，看瓶塞“噗”的一声射出去，都兴高采烈起来。

菜都上齐了，吃到一半，上来了一盘油淋鸡。鸡是林先生自家养的。今天早上现杀的，十斤的鸡公刚贴了一季的膘，正是好吃的时候。大块的生炸，高高堆了一盘，也是蔚为壮观。这群小伙子，可是放下了刚来时的矜持，你争我抢地蘸花椒盐来吃，顷刻盘子便见了底。林先生问他们好不好吃。有一个便叹道，比“映时春”的还好吃。这“映时春”，是武成路上的一家馆子，做油淋鸡是最出名的。

林先生说，今天你们有口福，我请来了咱龙泉的大厨来。她就也端了酒杯说，我们也该敬瑞红姑娘，为这一餐毕业饭，陪我忙活了一个后晌午。

荣瑞红不羞不臊，倒也爽利利地站起来，端起酒，一饮而尽。一个男孩儿见了，拍起巴掌，说，真是个女中豪杰。比我们翻译科那些扭扭捏捏的小姐们强多了。

林先生说，那大家说，我们瑞红手艺好不好？

众人道，好！

林先生又问，那人生得俏不俏？

有人又用云南话大声答，老是俏！

刚才那个男孩儿，带着几分醉态道，这就是人常说的“入得厅堂，下得厨房”。姑娘，等我把小日本的飞机都打走了，就回来找你！

林先生将一块卤牛舌放在他碗里说，樊长越，就你口甜舌滑。这块“撩青”当给你吃。我们瑞红名花有主，等不得你。

刚才还沉浸在这快活的空气中，荣瑞红此时心里忽然轻颤了一下。她不禁抬头，望一望宁怀远。林先生对着宁怀远说，怀远，我人给你带到了，你可是要争一口气。

刚才那个叫长越的男孩儿，颤悠悠地站起来，说，秀才，你遇到我们这些当兵的。是要比文，还是比武？

林若恒拉住同伴。他却一把挣脱开，说，我们这一去……你们，有几个还准备从天上回来的。怎么，还不许老子过过嘴瘾……

这戏言，忽然让在场的人都沉默了。每个人，似乎都静止在了方才刹那的言行中。这沉默，在每个人心里都似乎过于漫长。在沉顿了数秒后，他们都听到了一阵音乐声，是莫扎特的《小夜曲》。这声音开始仿佛是幽微的，似乎在微妙的节点上试探，渗入这沉默。它慢慢地，延展、宽阔、丰盈，渐渐将这房间填充起来。是那个叫吴耀庆的年轻军官，手中持一把小提琴，在靠近壁炉的角落里，旁若无人地演奏着。

众人无声地听，看这军装青年，侧着脸庞，沉浸在他自己的动作中。那臂膀屈伸的优雅，仿佛软化了军人坚硬的轮廓。而他身躯的剪影，被灯光投射在了壁炉上，也是高大而柔软的。

一曲奏罢，他轻轻躬身向他的听众行礼，仿佛在乐池中那样郑重。

众人鼓起掌来。荣瑞红说，真好听。

林先生说，我许久没听到耀庆奏这一首曲子了。这是我和这些弟弟们结缘的曲子，我从未和人说过这个故事。

林先生在椅子上慢慢地坐下来，说，日本人轰炸长沙的时候，我们乘汽车取道湘西，到昆明来。走到晃县，已经没有车了。我的身体不争气，又得了急性肺炎，发着高烧。这一个小县城，到处都是难民。我们抱着两个孩子，一路探问旅店，走街串巷，竟然连个床位都找不到。天下起雨，越来越大，我止不住地咳嗽。这时候，忽然听见，在雨声里头传来一阵小提琴的声音，正是这首《小夜曲》。在这边城，有这样的乐曲，我们心里都安静下来。斯成冒着雨，循着琴声找到了一所客栈，敲开了门。里面是一群穿着航校学员制服的年轻人。那个拉着小提琴的正是耀庆。他们赶紧将我们迎进来，给我们腾出了房间，又给我找来了医生。我们这才安顿下来。

所以往后，我听到这首曲子，就会想起那个雨夜。我和这群弟弟，是以琴声相认的。后来，我们来到了联大，他们也来了昆明，大约注定是要重聚。他们给孩子们做飞机模型，还带来子弹壳做的哨子。再后来，我将若恒也送进了航校。他们现在，都要飞走了。

荣瑞红看出她有些伤感，便逗她说，他们都是老鹰，老鹰就是要往高处飞的。不飞走，难道留着下蛋吗？

林先生听了，勉强地笑了笑，说，是啊。他们驾驶的是“老鹰式七五”。他们都是老鹰。

看着吴耀庆举着琴弓，遥遥地抬一抬手，乐曲便又响起了。在这低回婉转的乐声中，林先生站起来，吟诵道：

别说你寂寞；大树拱立，
草花烂漫，一个园子永远睡着；
没有脚步地走响。
你树梢盘着飞鸟，
每早云天，吻你额前，
每晚你留下对话，
正是西山最好的夕阳。

梁先生走到太太面前，将手背到了身后，屈下身，做了个邀舞的动作。林先生便将手放在他的手中，两个人便在乐曲中起舞。这舞的好看，是荣瑞红从未见过的。不同于云南的各种舞蹈，它既不慨然，也不激扬。而又说不出的曼妙，让两人浑然一体。林先生此时，大约将一个女人的美，体现到了极致。她却又觉出了乐曲的似曾相识。她回忆了许久，终于想起，这正是她和宁怀远在城里看的那出电影里的歌曲。她记得非常清楚，唯有那时，因为没有"演讲人"的打扰，她完整地听完了这支歌曲。

这对主人舞蹈着，渐渐走出了屋外，走进了更为广阔的园地里。乐曲便也追了他们出去。这时竟然有很好的月光，洒落在他们身上。他们的背影便扩大了，近处的竹林，在微风中簌簌作响。远处山峦幽深的轮廓，似乎也跟着音乐起伏。荣瑞红想，他们多么美啊。

这时，一只手牵上了她的手。是宁怀远，将她的另一只手放到自己的肩膀上，然后轻轻搂住了她的腰。她低声斥他，我不会跳，你让人看我洋相！

他轻轻说，跟着我。

她便跟着他，听着他轻声地在她耳边打着拍子。她渐渐地跟上了，她觉得自己也舞起来了。身体变得轻盈，像是被这夜里的风托举起来。她跟着音乐，而耳边的其他声音也因此而放大。金汁河潺潺的水声，草间的鸣虫，不知何处归家的牛低沉地哞叫。她将眼光收回，看着眼前的青年，此时也正专注地看着她，似乎有些忧心忡忡。她抬起头，猛然看见，屋瓦上还有一双眼睛。那是阿爷亲手制的瓦猫，在暗夜里，守护着这房子，也看着她。

他们将这些空军毕业生送走了。青年和梁先生夫妇，一一拥抱作别。除了那个叫樊长越的男孩儿，已经不省人事。李先生带来的长谷酒，后劲儿是很大的。众人目送他们，看他们远远地走上了乡间的小路，消失在了夜色里。但是忽然，从远方传来了响亮的歌声。开始是齐整的，但后来，有的小伙子唱得声嘶力竭，仿佛还带了哭音。但这声音仍然穿透了暗夜，也洞穿了荣瑞红的耳鼓，在她头脑里久久不去。

“得遂凌云愿，空际任回旋，报国怀壮志，正好乘风飞去，长空万里复我旧河山，努力，努力，莫偷闲苟安，民族兴亡责任待吾肩，须具有牺牲精神，凭展双翼，一冲天。”

林先生说，这是他们的校歌。

VII

2006年6月25日，星期六，雨

念青卡瓦格博多吉祥
神山扎那雀尼多吉祥
红坡护法神灵多吉祥
房顶五彩经幡多吉祥
灶神如意宝贝多吉祥
日松贡波三角多吉祥

——德钦“弦子”摘录

今天，他们告诉我，最后一具登山队员的遗体被发现了。

我赶到的时候，正看到大丹巴和山本长智从冰川上下来。他们手里还拿着塑料袋和钉锤。大丹巴在水渠边用水冲洗解放鞋上的泥。山本将铁钉的脚掌从高帮的登山鞋上取下来。

我问山本，确定身份了吗？他点点头。他说，遗体已经送去大理火化了，已经通知了家属。他从口袋里取出一张照片，上面是个戴着黑框眼镜的年轻人，对着镜头微笑着，笑容十分纯净。山本说，柳上健吾。最后一个失踪的日本队员找到了。他的任务也完成了，要回日本了。

从一九九一年的那场“扎吾”发生，七年后，遇难者遗体才陆续在明永冰川上被采草药的藏民发现。在当地人眼中，冰川是圣域。他们说，“扎吾”是因为登山的人触怒了山神带来了灾难。即使山难之后，还连年出现雪崩、塌方与洪水。登山者以忌讳的方式侵扰了雪山，但死亡消弭了对大山的余孽。卡瓦格博收留了他们的灵魂，将身体还给了他们的来处。

我问大丹巴，有没有其他发现？他摇摇头说，年轻人，这不是我们的发现，是卡瓦格博的饶恕和交还。

多年以后，荣瑞红收到了那张照片。她从未想过，这会是那个聚会最后的定格。照片是林先生的女儿寄来的。每个人都笑得如此灿然，带着一种坦白的明亮。除了林先生的两个孩子，宝宝和小弟，他们在大人们中间，似乎有些不知所措。孩子脸上的茫然与迟疑是面对镜头的，或许也是面对他们所难以预知的未来。

收到照片时，恰逢镇上的蓝花楹盛放，一如她遇到宁怀远的那个夏天。她想，很多事情，早一些或者迟一些。大概都会不一样的。

在那次聚会半年后，荣瑞红觉得，宁怀远忽然有些不一样了。

他似乎经历了一些成长。以荣瑞红的见识，不足以判断这成长的性质。但是，这是来自一个女人的直觉。

此时的清华文科研究所搬来司家营后，已取得了很大的建树。闻先生所带的研究生里，有季镇淮、施子愉、范宁、傅懋勉等人。而这群“一支公”里，大约最受其器重的，便是宁怀远。跟闻先生习学，需要一股子倔劲，每日孜孜同上古文献打交道，这宁怀远有。但宁怀远对荣瑞红说，仅仅这样还不够，还要有科学的精神。荣瑞红问他什么是科学精神。他便同她讲了“赛先生”、“人类学”与“理性”。荣瑞红就更加听不懂了。他便说，他很佩服闻先生，说闻先生写过一篇《伏羲考》，考证出龙是由蛇变来的。他滔滔不绝地说了很多。荣瑞红便有意扁扁嘴，说，这也需要考证吗？就好比我们的瓦猫，这样凶，一望即知是老虎变来的。宁怀远并不生气，只笑她妇人之见，说倒是给了他灵感，将来自己要写一篇民俗学的文章，研究研究瓦猫。他又说起闻先生的博学与宽容，说自己曾经想写一篇文章，想证明屈原在历史上不存在。这有点冒天下之大不韪，没有了屈原，《离骚》《九歌》便没有人写了。闻先生并不斥他，开出了一系列文献，说，你先读了这些，读完了再决定写不写。他读完了，汗颜自己的学问浅薄，也打消了那个念头。荣瑞红听了，恼他道，还亏有了闻先生，你若是敢写，别说我阿爷，连我都不让你进家里的门。

屈子在滇地的名望，并不输于三湘。荣瑞红说，若是没有了屈大夫，每年端午时候，那千百个投到河里的粽子，不是都白投了？你一篇文章，就毁了这么多人的念想，难道不是罪过吗？

宁怀远便望着她笑，眼神却是郑重的，不当她是无理取闹。而荣瑞红，镇日听他说着自己听不懂的话，内心里却是欢喜的。她觉得，他明知道她听不懂，还要说给她听，便是心意了。

然而，近来，宁怀远却不和她说这些了。他甚至不怎么到家里来。连荣老爹都忍不住，说，什么有心跟我学瓦猫，三天打鱼，两天晒网！

荣瑞红便跟他辩白，说，怀远要毕业了，要写论文。

荣老爹说，什么文，能厉害过我们袁状元的文吗？写出来，能有人给他颁个“大魁天下”的牌匾，挂在聚奎楼上？

荣瑞红心里头很不服气，觉得爷爷倚老卖老，拿前朝说事。刚想辩，又怕他说自己胳膊肘子往外拐，便哼一声道，厉不厉害，写出来才知道！

这一日，荣瑞红黄昏过去给“一支公”做饭，却听见了堂屋里头的争论。竟是闻先生和宁怀远。闻先生是位严师，口气一向刚硬。可宁怀远历来都是个面脾气，何曾说话这样火气大过。

她终于忐忑起来。旁边的一个研究生就说，我这个师兄，怕是疯了。瑞红姑娘，你可要好好劝劝他。

说起事情的原委，原来宁怀远将毕业。闻先生专程致信梅校长，在联大为他争取到了讲师的位置。信中写“宁君毕业成绩，为近年所仅见”，可谓是力荐了。但是聘书下来后，宁怀远自作主张，报考了昆明的“译员训练班”。

荣瑞红喃喃问，这训练班是做什么的？

那人便说，是为了飞虎队吧，也帮忙训练军队。训练班是国民政府军委会设的，在昆华农校，办了许多期了。不知师兄怎么忽然报了名。学完了，一批到前线，听说还有些发往印度去。

这时候，就见堂屋的门响了，宁怀远急急走了出来。走到了大门口，他嘴里狠狠地蹦出一句：“百无一用是书生。”

荣瑞红的心倏地一紧，然后一点点地凉了下去。她想，这么大的事情，宁怀远从来都没有和她说过一字半句。原来，他，就要离开龙泉了吗？

荣瑞红便追出去，将自己拦在宁怀远身前，定定看着他，也不说话。宁怀远也看着她，不说话。两个人就这样对望着，不知过了多久，宁怀远脸上因激动而泛起的红，这时一点点地消退下去。

他忽然执起了荣瑞红的手，拉着她，快步地往前走了几步。忽然间，他跑起来。他拉着她，跑得越来越快。他们沿着金汁河岸一路向前跑。渐渐地，荣瑞红看见，沿途的人和风景都模糊了。人们看着两个青年人在跑，前面是个着学生装的后生，后面竟是荣老爹家的孙女。有些小孩子，欢呼着，跟他们一起跑。终于跑不过他们，被远远地甩到后面了。他们就不知疲惫似的，越跑越快。荣瑞红听到耳边的风呼呼地响。高大的槐树，结着成串的槐花，那清澈的味道也在空气中飞快地流动，好像在跟随着他们一起奔跑。

他们的眼前，终于开阔了，看见了青晏山。金汁河也在这里宽阔了，有了浩浩汤汤的样子。他们还是跑，山起伏着，远远地被他们甩在了身后。水流淌着，高低、弯折、腾挪，不放过他们似的。此时正是雨水丰盛的时候，在下游形成了一个瀑布,瀑布跌落的尽处,便是一汪清潭。他们终于在潭边停了下来。气喘吁吁的,你看看我,我看看你,不禁大声地笑了起来。

他们在潭边的草地上躺了下来。两个人,面朝着天空。天上有游云,那样大而白,一层叠着一层。荣瑞红辨认着它们,那前后相接的,像是马帮的队伍。打头的是手持马鞭的马锅头;那点着脑袋的,举着烟杆的,像是麦地村专帮人说媒做营生的六婆;那在云里隐现的阳光,忽然变得浑圆,像是滚动的龙珠;端坐在云端的,有些凶的像老虎,将这龙珠衔在了嘴里。不是,哪里是什么老虎,这就是我家的瓦猫吧。

风吹过来,是青草味,是草被晾晒了一天冷却下来的清爽。身下的草地是毛茸茸的,隔着衣服密密地蹭着皮肤,有些舒适的痒。她深深地吸了一口气,然后将眼睛闭上了。这时候,她的唇忽然被捉住了。她在慌乱间睁开了眼睛,看见宁怀远也在看着她。他眼中,并没有焦灼和欲望,是牛一样温厚的目光。这让她安心了。她忽然捧起他的脸,也吻了回去。这男人的唇,很柔软,有一种令人心醉的暖意。她觉得她的身子,也软了,甚而骨骼也一点点地化了下去。在融化的边缘,她忽然打起精神,挣扎地问他,你,不会走吧?

宁怀远愣住了,有些紧促的呼吸,一点点匀稳了下来。他翻过身子,像方才一样,和她并排躺下来。他们仰面躺着,不再说话,看着天色一点点地黯淡下去。然后暮色浓重地将二人包裹进去了。

是这个秋天,林若恒的中正剑,被送回了梁家。

龙泉人,不喜热闹,各家各户都安静地过日子。对于白事,他们却看得很重。“号丧”是一种传统,是对逝者的敬。说是号,其实是唱,大声地唱,唱得一波三折。生人唱,唱给去的人,也唱给自己。唱去的人的一生,唱完了,便是断了阳世因缘。从此生者平静地过自己的日子。

还有的,就是要在去者的碑头,安一只小的瓦猫。保佑他阴宅德厚,不受魍魉牵绕。猫头要向着他生前所住的方向,在泉下庇荫在世亲人。

荣瑞红从未经过这样朴素的丧仪。

她看着屋瓦上的那只瓦猫,也望着她。大约经历雨水与风化,瓦猫颜色竟已有些苍青了。秋风吹拂过屋顶,将焦黄的叶子扫下来。这些枯叶又被风扬到了空中,飘几下,终于还是落在了地上。

一只白灯笼,吊在屋檐底下。那菱形的窗格上,缀着白色的流苏。她捧着瓦猫走进去,不见设灵。在壁炉的方向,有一丛菊花,是极淡的青绿色。两边挂着一副篆书挽联:“星沉瀚海,风逐青天雨落泪;月冷关山,露沾碧岭竹吟声。”

这联是金先生的手笔。宁怀远手中抱着一只相框，荣瑞红走过去，见是一幅炭笔的画像。画像上的人，正是那个仅谋一面的青年人。他有着和林先生一样宽阔的前额与一双秀气的眼睛。这些飞行员，首次上天前，已经拍好一张照片。大约是做好了准备。此时你便在这眼睛里，可以看到许多的东西，甚至还有一分不舍。

梁先生看了看，终于说，罢了，还是别挂了。我怕慧音受不了。

几个人，便都在堂屋里坐着。屋里极静，除了一只西洋座钟的声音。钟摆左右摆荡，大约到了正点，忽然“当”的一声响。在所有人的心头，猛然击打了一下。

金先生站起身说，还是叫她起来吧。

梁先生说，再让她睡一会儿。天蒙蒙亮的时候，才睡着。

这时，他们却都听见卧室的门开了。林先生站在门口。她的脸色虚白，眼睛有些浮肿。人们不知她是何时装扮停匀的，穿了黑丝绒的旗袍，头上梳了很紧的发髻，胸口别了一小朵白绒花。她将自己的身体挺得直一些，但大约撑持不住，手扶住了门框。荣瑞红连忙迎过去，想搀住她。她对荣瑞红说，不要紧。

她走向壁炉。那丛菊花遮盖下的，是一只黑檀木的盒子。她愣愣地看着，然后说，斯成，再打开给我看看吧。

梁先生犹豫了一下，说，慧音，你答应我的。送上路前，不再看了。

林先生不说话，只是径直伸出手，要将那盒子拿下来。

梁先生拦住她道，这又是何苦？

他却终于小心翼翼地将那盒子捧住，然后端在了桌子上，打开。

荣瑞红看见，盒子里摆着一摞信封，还有各式琳琅的物件。

林先生的手抚摸上去，在这些物件上流连，最后落在了一本英文的诗集上。她抬起头，望着众人，竟然牵动了嘴角，有一丝惨淡的笑意。她说，自打咱们离开北平，我时常说，人总是聚不齐。这不到一年，他们兄弟八个，倒是聚齐了。

她转过脸，看着荣瑞红，说，瑞红姑娘，这支钢笔，是樊长越的。就是说胜利了要回来找你的人，你还记得吗？他是第一个走的。飞机刚上了天，“轰”的一声，人就没了。这副羊皮手套，是路易南的，湖南人，那天可爱吃你做的“黑三剁”了。一个个地，都走了。走一个，就寄给我一回，我的心就死一回，没等活过来，下一封就又到了。这张威尔第的唱片，还是我送给耀庆的。他和阿恒搭着伴儿走的。一前一后。两架飞机坠到了一处，还分得清谁是谁呢。

阿恒，你有这群兄弟陪着，姐放心一些。你从小就怕孤单，怕黑，我们都说你像个小姑娘。我问你在天上怕不怕。你说不怕，你所有的胆量，都留给天上了。

林先生举起那把中正剑，忽然紧紧地贴在脸上，久久地。然后，她脸上的肌肉抽搐了一下。她将这柄剑，郑重地放回到盒子里，将盒子盖好。瑞红看到，她眼里头方才那一丝光，这时也一点点地熄灭了。

林先生说，不早了，我们走吧。

一行人，捧着这只黑檀木的盒子，走向青晏山脚下的墓地。弥陀寺的方丈，请来堪舆师父，在面阳背阴地寻了一处良穴。除了樊长越，青年们都没能找到完整的遗体，这便只是一个衣冠冢。方丈说，我龙泉，也算是有幸，青山埋忠骨。

岚气袭人，他们的步伐不禁也就快了一些。

荣瑞红远远地看见爷爷，原来在等他们。他捧着云石雕的一只瓦猫，看上去沉甸甸的。

安葬好后，他们仍在原地站着。荣老爹将瓦猫小心地镶嵌在墓碑上。碑上有四列方块字，是八个人的名字。瑞红认真地看，却无从辨认。她从未为自己不认识字而懊恼，此时却觉得心里无端地一阵空，空到竟至疼痛。她只认识自家的瓦猫，虽然小些，看上去却是一样的勇猛，会长久守着这些名字。

第二年的秋天，宁怀远报名参加了青年军。

这一年，日军在太平洋战争中已处于劣势。为支援被困在东南亚和滇缅边境的军队，日军急需打通从中国大陆到越南的交通线，因此在豫、湘、黔、桂发动迅猛进攻，从五月开始，洛阳、长沙、梧州、柳州、桂林相继沦陷。入冬，日军又攻陷贵州独山，直接威胁贵阳，重庆、昆明均感震动。同一时间，罗斯福对蒋介石保留自己实力的避战态度相当不满。为在中缅印战区夹击日军，罗斯福致电蒋介石，敦促他加强在缅甸萨尔温江的兵力和攻势，如若贻误战机，需蒋承担责任并将断绝对蒋的援助。在这双重压力下，国民党政府于一九四四年十月提出“一寸山河一寸金”的口号，发动了十万青年从军运动。

闻先生和钱先生在校内发表了动员演讲，有两百多名联大学生报名参军。

年底时学校举行欢送同乐会，联大剧团演出夏衍、于伶、宋之的三位合作的话剧《草木皆兵》。

荣瑞红跟宁怀远看完了话剧，对他说，闻先生告诉我了，你要走。你带我来看这出剧，是告诉我，我想拦，也是拦不住的。

宁怀远问，你不想让我走吗？

荣瑞红向前走了几步。她想，两个人，怎么就来到了翠湖岸边了呢？

那阔大的水面上，升起了一轮巨大的圆月，静得不像真的，倒像是方才舞台的布景。有些捕鱼的水鸟，翅膀在水面上掠过，激起了涟漪，一圈圈的。这静中的动，却又是真实的。

她想起了宁怀远的话，便问，你说翠湖边上有一棵老大的梨花树，是在哪里？

宁怀远说，等着我。等我回来了，我们一起去看。

VIII

2006 年 7 月 2 日，星期日，晴

我往高高的山上走，
遇见小小的菩提树，
树儿发出淡淡清香。

我点燃香火烧得旺，
大地才能风调雨顺。

——德钦“弦子”摘录

上午十点多钟，我到了九龙顶。在藏语里，九龙顶的意思是“有很多杨柳的地方”。可是，我并没有看到一棵树。这里位于澜沧江边的山崖，夹在卡瓦格博和四千多米的扎拉雀尼雪山之间。峰峦叠嶂，直插入江。这里是茶马古道上连接德钦和云南其他地方的通道，也是去卡瓦格博的朝圣者转经的必经之路。

到了朝阳桥，那里有个转山接待站。我放下东西，跟转经人去支信塘，在小庙里烧了香，点了酥油灯，取了进山钥匙。接待站的人说，这回来转山的，多半是本地的藏族人，还有四川甘孜来的。我看看他们带的东西，其实很少。主要是食物，酥油、糌粑、琵琶肉、青稞酒。有个芒康来的老人看我一眼，说，你的鞋子不行。我看他穿的是高帮的解放鞋。他说，现在是雨季，上山到处都是水坑。你的皮靴湿透了，重得走不动路，解放鞋走走就干了。他看看我的脚，从自己的背囊里头拿出了一双解放鞋叫我换上。我一穿，居然正好。我要给他钱，他摆摆手，好像生气的样子，很快地跑走了。我走了几步，脚下果然轻快了不少。

宁怀远再回到龙泉时，是大半年后了。

他是悄悄回来的，没有告诉荣瑞红。

这时候日本已经投降。联大的学生们大多回来了。他们所属的青年军二○七师炮一营就此解散。这个营隶属辎重兵第十四团。在印度东北部阿萨姆邦及缅甸密支那附近的兰迦基地,他学会了驾驶汽车。然后上史迪威公路执行运输任务,这也是他执行的唯一一次任务。

因为闻先生全家与朱先生已经搬回了城里，司家营的文科研究所忽然空下来了,只余下“一支公”几个还未毕业的兄弟。他们将宁怀远安置在了北厢房的阁楼上。那里很僻静,扰不到人,也没有人扰。

但一周之后,荣瑞红便知道了。她跑去北厢房,几个箭步便上了阁楼,使劲拍门,大叫,宁怀远,你给我出来。

厢房里没有动静,她又说,好好的,“一支公”谁会让我在“黑三剁”里多放辣子? 我知道你在里头,是人是鬼,你应一声。

里头还是没有回应。她却听到“吱呀”一声,像是床板的响声。

她便推开门进去了。

阁楼只有一扇很小的天窗,光线昏暗。大约因为刚才推门掀动了空气,那束光里边有许多尘土在飞舞。只片刻,这些尘便纷纷落在了地上,光束便又通透了。她的眼睛,已经适应了房间里的幽暗。穿过这光束,她看到床上坐着一个人。

她迟疑了一下,慢慢地走过去。这个人,留了一脸大胡子。但是她还是一眼就认出,是宁怀远。一刹那,这男人用胳膊肘挡住眼睛。

荣瑞红想,他是不想看到光,还是不想看到自己?

她走到床边,说,宁怀远,你看着我。

宁怀远没有动,但他的嘴角抽搐了一下。

荣瑞红忽然间捉住了他的胳膊,要拿下来。这男人将身体缩了缩,蜷在床头,同时更紧地护住了眼睛。

荣瑞红拖着他,将他往床下拖。她不知道哪里来的这把子力气,狼一样。她不管不顾,将这男人硬是拖下了床。宁怀远一个趔趄,高大的身形曲折地晃了一下,摔到了地上。他艰难地想要站起来,却徒劳。荣瑞红看到,他的右脚已变了形,翻转着,在地上轻微地抖动。宁怀远在挣扎中,胳膊落了下来。他用手撑着地,同时在右脚上使劲砸下去。

荣瑞红看见了他的脸。这时候,宁怀远恰好身处从天窗投射进的那束光之中。荣瑞红看见了他的脸。

她捧起了这张脸。

宁怀远下意识地又要挡住,被荣瑞红死死地压住了胳膊。

这张脸上，一只眼睛，在荣瑞红的目光里躲闪。另一只，只有一个黑洞。

这黑洞，已经干涸了。能看见一丝丑陋的黑红的肌肉缠绕着，从眼睛里贯穿下来，到鼻梁，便成了漫长的疤痕，蜿蜒着，如同一条在皮肤下爬动的蚯蚓。

渐渐地，宁怀远不再躲，他终于迎上了瑞红的目光。他轻轻说，一车人，就活了我一个。当时要是选了另一条路，就不会碰上那些地雷了。

荣瑞红看见这只眼睛里流出了一滴泪。也仅有一滴而已，沿着脸颊流淌下来，沿着粗糙的皮肉，却在另一处嘴角的疤痕处停住。

荣瑞红伸出手指，将这滴泪拭去了。她将男人的头，慢慢揽在自己怀里。她没有再说话，他也没有。这时候，他们头顶的那束光，因为夕阳的移转，也黯淡下去。黑暗浓厚了，将他们包裹了进去，藏得一星也看不见了。

荣瑞红，把宁怀远接到了家里来。

她在瓦猫作坊里，架了一张床，让他睡。

荣老爹终于气得说不出话。荣瑞红站在跨院里，和阿爷吵，吵得惊天动地。

他用烟袋锅子点着荣瑞红，说，一个没过门的黄花闺女，将个男人养在家里头。你让我老脸往哪里搁！

荣瑞红听到了外头有聚集的人声。她索性打开了门，走了出去。看到她出来，人们便退后了一些。她站定了，面对乌泱泱的人群，大声地说，我荣瑞红，要跟这男人结婚了。来看热闹的，都说句道喜的话吧！

又过了一年，宁怀远的腿能在村里走动了。

虽然还是一瘸一拐，但外翻的脚，硬是给瑞红矫正过来了。她学了洋大夫打石膏的法子，用陶土为宁怀远打了副固定用的护具，给他的脚固定在床上。隔半个月就换一副，开始时钻心地疼。宁怀远不喊不叫，荣瑞红便让他攥着自己的手。一个时辰下来，再看她的手，沿着虎口到手腕，都是青紫的。这样一副，又一副，慢慢地就把脚伤养好了。可是脚踝已经变了形。能下地走路了，就是身子有些拧。

老爹也去了，已有小半年。没病没痛，就是有一天，荣瑞红早上起来喊他不应。走进去，人已没气了。脸相很安详，寿终正寝。

算起来，老爹虚岁八十五，也是喜丧。村里老人摇头，这一家人，一年里头先办喜事，又办丧事。喜事办了个不伦不类，没按公序良俗，在村里头落了说法，丧事也就不好铺张。有人议论说，荣老爹规矩了一世，行善积德，就为个好名声。临到了，自己却没个风光的后事，也是各家人各家命啊。

到了宁怀远能跟上自己的步子，荣瑞红便硬将他推出门去。她带着他，见人就打招呼。宁怀远有些闪躲，打招呼的人便也很不自在。但是荣瑞红便还是要他出去，一句句地教他龙泉的地方话，要他自己开口唤人。

这样久了，他似乎已没有了名字。镇上的人，都叫他瑞红家的。他走到街上，后面有小孩子跟着，学他走路的样子，跟着他大声喊他“踬子”和“瞽子”。龙泉这个地方颇奇怪，民间的语言是极为古雅的，就连骂人也是如此，却不会减轻攻击的分量。“踬子”是笑他瘸腿，不良于行，这个字的狠恶之处是多半用来形容牲口。而“瞽子”，自然是说他瞎了一只眼。

自小到大，他未感受过这样的恶意，于是感到屈辱，不愿意再出去。但是荣瑞红倒不为意。她问，他们说错了吗？你自己说，你是不是又瞎又瘸？

宁怀远猛然被将了一军，有些吃惊地看着荣瑞红。荣瑞红将一块泥坯狠狠地掼在木台上，用胳膊肘擦一下额头的汗。她说，待他们说烦了，说腻了，说到舌上生茧了，自然就不说了。

不管这其中的是非臧否，老荣家的龙泉瓦猫依然是一块招牌。这是荣老爹留下来的好基业。镇上的人，渐渐知道了荣瑞红一个年轻女子可以独当一面。龙泉这地方的人，内里是厚道的。这体现在不计前事，看的是眼前的理儿。他们想，这一家做事虽不循例，但并未伤到谁。如今难了，是应该帮一帮的。

于是，跟老荣家订瓦猫的人又多起来。谁家开宅起基了，做白事了，甚而老人合葬迁坟了，便都找他们。渐渐地，生意甚至比先前老爹在世时还更好了些。

荣瑞红呢，就将这送瓦猫的活儿，都让宁怀远去干。宁怀远不想去，她就逼他去。镇上的人，开始时有说法。他们看他瘸着腿，端着瓦猫，颤巍巍地在路上走。身形从背后看，也是扭曲的，多半觉得有些凄凉。那瓦猫上的红绫子，有次缠住了他的腿。按规矩，送瓦猫的人，半路上是不能停的，更不能将瓦猫搁下。他整个人就更为狼狈，路过的人帮他，心里也说荣瑞红有些狠。这样的人，怎么能当个人用呢？更担心的，是他手脚不利索，将那瓦猫给摔了。这在当地是很不吉的。

但是过了段日子，他们发现宁怀远走得虽慢，步伐并未有懈怠与毛糙。甚至经过了一些时日，走得越来越稳了。他们就看出这人内里是很要好的，对他也就和善了起来。说到底，对有难的人，他们心里总是不忍的。人们便想，乱世里头，龙泉留下这么个外乡人，也是造化吧。

有不懂事的小孩子，仍然跟着宁怀远，耻笑辱骂他。倒是旁边的大人追过来，作势打孩子，给他赔礼。此时，宁怀远倒真的也不在意了，竟然回过头，冲孩子们做了个鬼脸。

斗转星移，谁说时间不是个好东西呢？宁怀远渐渐也明白了，日子是过给别人看的，最终还是过给自己。这样朴素的道理，荣瑞红早就看得比他明白。他再去送瓦猫，脊梁便挺得直直的。“自重者人恒重之。”读书读来的话，他也才算真正懂了。请瓦猫的主人家,对他客客气气的。他本来就是个有礼数的人,又有读书人的书卷气,是很让人生好感的。荣瑞红经了历练,风风火火,有了家庭主妇的样子。镇上的姑娘和小伙便叫宁怀远“姐夫”,是带着亲热的。荣瑞红却不满意,逢人便说,我们家怀远帮教授做事,是做过先生的。这时,联大北归,镇上的教授们已经次第离开了。但人们还都记得这份渊源,便将宁怀远的留下视为对这段回忆的纪念。因为宁怀远送瓦猫的形象已经深入人心,他们便开始叫他“猫先生”,小孩子们就叫他“猫叔”。虽然是戏谑之言,内里却是温暖的。

有天他回来,荣瑞红问他,今天是个什么日子?他仔细地想了又想,非年非节。他又看荣瑞红正色看他,心想:莫不是给谁家送瓦猫,一时疏忽忘了。他便有些忐忑。

荣瑞红说,傻佬,今天是你的生辰。你一个城里人,怎么忘了呢?

他心里一惊,自离开北京,他已经许久没过什么生日了。

荣瑞红变戏法似的,从手兜里掏出了一个荷包,放在他手里。

他便把包的东西拿出来,是一副墨镜,飞行员戴的那种,戴上后很精神。眼镜框是金丝边的,下缘的地方有些磨损了,其他都是完好的。

荣瑞红撩起衣襟,将这墨镜的镜片擦了擦,只轻描淡写地说,我和班姐妹去赶“乡街子”,看见货郎担上摆着。我说这个我要了,谁都别和我抢。

说罢,她便给宁怀远戴上,仔细地看了看。她满意地说,货郎说得对,戴上这个,比飞虎队还排场。

她便从桌上拿了镜子。宁怀远闪躲了一下,他许久没照镜子了。荣瑞红便使劲打他一下,喝道,你有点子出息!他终于才看镜子里的人。这墨镜遮住了他的眼睛,也盖住了鼻梁上的一点伤疤。那余下的大半张脸,在镜子里头算是完好的。

荣瑞红便一点点地,将亲手给他做的眼罩取下来。她在他耳边轻轻地说,我男人出去,要体体面面的。

听到这句话,宁怀远忽然哭了。他失声痛哭。自从出事以来,他其实从未这样哭过。甚至做手术,因为不能上麻醉,医生将弹片和那只破碎的眼球,从他的眼眶里取出来时,他都没有这样哭过。

此时,他哭了。他想,或许这女人的强大,让他猛然地软弱下来。他于是放任了自己,眼泪从他的一只眼睛里不断滚下来,像是一道汹涌的泉流。

这个冬天,荣瑞红生下了一个男婴。

她对宁怀远说,我和你商量,这个孩子,能用我们荣家的姓吗?

宁怀远说,我无父无母,随你。

荣瑞红说，你这么说，倒好像是我欺负了你。荣家的手艺，是要传下去的。那好了，第二个字用你的姓，总成了吧？

于是，这孩子叫荣宁生。宁怀远定的，因为是他们俩生的。如此起名字，一目了然，实在也没费什么力气。荣瑞红便扁扁嘴，我听村里私塾的先生说，起名字有说法。女《诗经》、男《楚辞》，文《论语》、武《周易》。你是学这个的，不能亏待咱们的孩子。

宁怀远说，我的名，是张九龄的诗里来的；字是《大学》里的。你看我的命好吗？要是一个名字就能定下了命，人活得还有什么奔头。宁生，我看，让他一辈子安安稳稳的，很好。

开春时候，镇上办了小学校，请老师。可临近开学，县上派下来的国文老师却因为家事忽然来不了。做校长的措手不及，发着愁，便在村里转悠。

他在一家人门口看到副春联。上书“大序归于六义，先师蔽以一言”。字是很秀拔的瘦金体。他想一想，便敲开了门。

荣瑞红正在制陶，在围裙上擦着双手的泥。打开门，见是个陌生人，便问他找谁。校长说，我找写这联的人。

荣瑞红道，联是我男人写的。人都说这不像个春联。

校长便笑笑说，我可以见一见他吗？

荣瑞红引他进来。校长便看一个男人从作坊里走出来，是当地人的打扮，身量倒是西南人少有的高，走路有些高低脚。但见他鼻梁上还戴着一副飞行员用的墨镜。整个人便无端有一种时髦的滑稽。

两人坐下来，寒暄了一下。校长便听出了他的北方口音，便问，小哥不是本地人啊？

宁怀远便摇摇头，未说话。

校长看见他嘴角上的疤痕，便不再追问，只和他聊起当地的风物，聊着聊着，便聊起那副春联。看他健谈起来，校长渐渐便又聊到有关《毛诗》里的一桩公案。

听了宁怀远的一番谈吐，校长点头称是，心里先有了数，竟至有些激动。他想，这个龙泉，还真是个藏龙卧虎的地方。

他便说想请他到小学校做国文老师。如果他愿意，明天就拟聘书。

宁怀远听了，愣了愣，继而苦笑道，您也看见了。我又瞎又瘸，怎么为人师表？

校长说，我请的是您的学问，不是样子。

宁怀远又说，我没有什么学问，都是些乡野小识。我就是个手艺人。

荣瑞红在旁急急说，就你那三脚猫的功夫，也配说自己是个手艺人！校长，我听懂了。你是要聘我男人去当先生。他以前做过先生，他是在联大读的书。

校长沉吟道，如今联大在筹备北归了，没有想着要回去吗？

几个人便都沉默了。两只春燕，剪着尾巴，在他们的头顶掠过，停在作坊的檐子下面，叽叽喳喳地，忙着筑巢。

这时候，荣瑞红开了腔。她的声音与平日不同，慢而有力，每个字出来，都像是落在地上的铜豌豆。她说，宁怀远，往日人叫你“猫先生”，是好心抬举你。你现在就给我去，做个实实在在的先生。

小学校开在龙头村的杨家祠堂。

杨氏一族，抗战初期整族迁移，不知去向。这祠堂却留下来了。虽不轩敞，却十分规整。外头绿荫环绕，花木扶疏，环境幽雅清静；堂前的庭院里栽着四棵桂花树，经年郁郁葱葱。

拱门上挂着的“克绳祖武”的匾额，大约是纪念杨家祖上攻克匪患的事迹。

供奉牌位的供桌是留下了，但供的不再是杨氏的列祖列宗，也没有了孔子像。墙上挂了孙文总理的大幅照片和他手书的“天下为公”的匾额。

几个年级各有自己的教室，还有一间备课室，在偏厢。宁怀远教这些小孩子国文，有他自己的办法。以往教中学时，并不觉得，这时他发觉了自己讲故事的才能。从《论语》到《春秋》再到《左传》，一个解释一个，他便当作人之常情来讲。其中的臧否，是人间的。他也给他们讲国外的故事，讲《块肉余生记》。他自然知道林琴南的翻译对原作做了许多的敷衍，但他就是喜欢，因为有中国人的烟火气。他讲《安徒生童话》，讲着讲着，觉得很不过瘾，就自己编了故事来讲，拿什么做主角呢？这些学生里，有许多其实都是旧相识：彼时他送瓦猫时，追着他后面嘲弄他的；后来叫他“猫先生”，如今真的就做了他们的先生。宁怀远就拿瓦猫来编故事，说它是上古时的神兽。当年共工大败于祝融，一头撞在了不周山上。山崩地裂，民不聊生。女娲炼五色石补天，剩下了一块没用。这顽石浴火，自己便修炼成了一只似虎非虎的大猫。白天它一动不动，驻扎在屋梁上守卫，晚上便四处云游，行侠仗义。宁怀远的故事，便是瓦猫在夜间侠隐的故事。孩子们很爱听，有的甚而晚上专门跑出来，去看看屋梁上的瓦猫，是不是真像“猫先生”说的那样，跑走不见了。后来就有学生学给了校长。校长便笑道，宁老师，你的瓦猫，倒和《红楼梦》里的通灵宝玉成了同胞。宁怀远说，等他们看懂了《红楼梦》，就不信我讲的故事了。

龙泉这个地方，敬重读书人，也崇敬学问，是素来的。办学便也自然得到当地望族的支持。说起来，因学而优则仕，民国时在当地仍有许多的榜样，如陆崇仁、桂子范、李卓然、李健之等。家族庞大的桂家，族中的桂子范，曾是云南省财政厅的股东，做过议员，做过富滇银行理事。石龙坝水电站开始发电时，是他最先让龙头街与昆明同步通电。陆家的陆崇仁，曾为云南省财政厅厅长，曾整顿税收、田赋，大力推行烟禁政策，创办多家银行。这几家的年幼子弟便尤为好学。以往他们家中的私学相授，和宁怀远所教的，有如琴瑟。孩子回家说了，大人们便都知道了这年轻先生的不凡。

到了年节时，这些人带了礼物，特地上门来拜访。荣瑞红不禁有些怵，想自己一个普通人家，何曾受到如此待见。那镇上的小公子们，一口一个师娘。她心里欢喜，竟然束手束脚，不知如何应对。倒看宁怀远，仍是落落大方的样子。

有一天，荣瑞红便悄悄到了小学校。她蹲在窗户外头，恰看见宁怀远带着学生们读书，是好听的国语腔，读什么，她听不懂。只觉得读得抑扬顿挫，好听得如音乐似的。她便闭上了眼睛，心里头如暖风拂过。她想，这先生，是我的男人啊。

他们自己的孩子宁生，风吹见长，渐渐可以在院内爬动。这孩子是个好动的脾气，看荣瑞红制陶，自己便也滋了泡尿，在屋檐底下和泥。瑞红便冲他屁股上就是一巴掌，说，学什么不好，学这粗笨活儿。往后一个榆木脑袋，怎么跟你爹读书？

宁怀远说，哟，你不怕家里的瓦猫后继无人了？

荣瑞红嘴硬道，这倒两不耽误。白天去学堂，晚上跟我学手艺。

月末时候，家里来了个客，是宁怀远的师弟。“一支公”解散后，他们便也很少来往了。师弟说，这回是昆华工校的聘期满了，他想要回北方去。联大三校在京津都已复学。恰好有人介绍了教育部的差事，便想试试看。

他自然是来道别的。但彼此好像有了默契，都不说以往学校的事，宁怀远也不想问起，但究竟忍不住。这师弟压低声音，说去年年底，学校里罢课的事，想必你也知道。十一个同学，就这么没了。出殡时候，是我们老师走在最前头。他写了篇文章，我照抄了一份，给你带来了。

远远地，荣瑞红牢牢地盯着他们。宁生在地上爬过来，然后将拳头往嘴巴里塞。荣瑞红一把打掉他的手，将孩子抱在自己怀里，说，哟，说早不早了，留下来一起吃饭吧。

师弟便站起身来，说，不吃了，还要回去收拾东西。师兄嫂子，我过些时日再来看你们。

宁怀远也站起身，追问一句，老师他可曾提起过我？

师弟笑笑，轻轻摇摇头。宁怀远将那信封在手中捏了捏，一阵怅然。

晚上，宁怀远展开信纸，看上面用工整的小楷誊着《一二·一运动始末记》，署的是闻先生的名字。宁怀远一字一字读下来，原本平静的心忽而悸动了。刚开始像是水中的微澜，渐渐地似乎在水底产生了暗涌，一点点地澎湃起来。没来由，他的额头上渗出了密密的汗。皮肤下的潮热，也顺着血管，四处伸张渗透，东奔西突。他觉得自己整个人仿佛被蒸腾起来了。

这一年的七月中，荣瑞红家里收到一封信。看笔画，她认得是宁怀远的名字。他们家，以往从未来过一封信，因为没有识字的人。她捧着这封信，有些不安，自己也不知是为什么。

后来，她每每回忆起那个瞬间，都在想，是不是应该将这封信烧掉？这是一个女人的本能。任何的不寻常，哪怕蛛丝马迹，对她寻常的生活，大概都会构成威胁。但是，她还是将这封信交到了宁怀远手中，然后用轻描淡写的口气说，快看看吧，不知哪个女学生写给你的。

宁怀远笑着拆开信。荣瑞红看见，笑容在自己男人脸上一点点地凝固。

信里寄来的，是一张报纸，上面是闻先生的凶讯。

事情发生在三天前，报纸到达龙泉经过一番辗转。报上写，闻先生主持《民主周刊》社的记者招待会，揭露一起暗杀事件的真相。散会后，他在返家途中突遭特务伏击，身中十余弹，不幸罹难。

报纸在宁怀远的手中抖动。荣瑞红看到他一只眼睛里的光像笼上了一层霾，完全地熄灭。而另一只眼睛，如同黑洞，深不见底。

宁怀远当天晚上将自己关在作坊里。荣瑞红几次起身，想去唤他回来睡觉。但她站在作坊门口，看见窗口渗出的一星烛光，终于没有推开门。

到了第二天清晨，她看到作坊里是空的，没有人。

她等了整个上午，没有人回来。她终于不想等了，她出了门，发疯一样地找。从司家营，找到了麦地村、棕皮营，又找到了瓦窑村。

第二天，她抱着孩子，去了宁怀远教书的小学校。她坐在门槛上，等到了晌午，校长领着她去找学生的家长。她走进那些高门大户，本是不卑不亢的样子，可听到旁人说起“猫先生”三个字，脚下一软，就跟人跪了下来。她说，求求你，帮我找找我男人。他又瞎又瘸一个人，啥也没带，能跑到多远去。

村里人燃了火把上山，又找了打捞队，沿着金汁河，一点点地，从上游一直找到下游。

她不信。她一个人，又一直走到了青晏山。孩子饿，她由他哭。她一直走到先前和宁怀远去过的瀑布。瀑布没有了，水枯了。一滴水也没有。她坐下来，和孩子一起哭。一边哭，一边叫宁怀远的名字，然后又“瞎子”“瘸子”叫了骂了一遍。天越来越暗，她索性喊起来。喊出来，才发现声音是干的。声音落在了远处，回音也是干的。

打这一年的深秋，昆明师范学院门口，总是坐着一个妇人。昆师是新起的，以往是联大的师范学院。

这妇人很年轻，怀中总是抱着个幼儿。她一坐便是一天。这年月，乱离人不及太平犬，这种情形并不鲜见。可这妇人，一身不见褴褛，脸上不见悲戚之色。相反，她的衣着十分齐整，即使坐着，身姿也挺拔。她有时面前摆了些应时的果蔬售卖，有时是一些针线织物。她似乎也并不当真做生意，只为了将自己和路旁的乞儿区分开来。身边的孩子饿了，她顺手就捞起一只水果，剖开来给他吃。久而久之，便成了学校门口的一道奇景。她一时眼神涣散，可只要有人经过，特别是男人，目光立刻变得灼灼的，直勾勾地盯着那人仔细打量，直到那人远去。便有人笑说，这是不是一个花痴？但她并没有什么逾矩的举动，便都随她去，见怪不怪了。

荣瑞红带着宁生，便就这样在昔日的西南联大门口，等了整个秋冬。待到开春的一天，她忽然站起身，拍拍裤子上的尘土。她走到了翠湖边上，沿着堤岸一路走过来，逢看见了大棵的树，便停一停，辨认那新绿的、鹅黄的叶子。她一边走，一边慢慢看，直到将这偌大的翠湖走了一个圈儿。

待走完了，她定一定神，对宁生说，儿，回家去。翠湖边上哪有什么梨花树，他不会回来了。

IX

2006年7月9日，星期日，雨

一棵美丽的菩提树，
那根子长得实在好。
树根随着石头伸展，
向坚硬的岩石延伸。
延伸到坚硬的岩石，
威武鹰儿在此相聚。

——德钦“弦子”摘录

今天下了很大的雨。往阿丙村的路上水流很大，到处都是乱石沟。听说下个月还要涨大水，路更难走，这么说，我还是幸运的。

高反感觉也好了不少，我从阿丙村往怒江去。阿丙村河两岸岩壁有很多石刻，多是菩萨、罗汉和护法神的造像，我停下来临了几张。晚上，我跟着几个藏族人扎营在温泉营地，当地的藏话叫“曲珠”。我学着他们，脱光了身子，泡到了温泉里头。身体暖乎乎的，再喝上一口青稞酒，实在太舒服了。抬头望望，身旁就是浩浩汤汤的怒江水。我洗完澡，在四周溜达，发现“曲珠”附近的石刻更多。有佛像和脚印、手印圣迹，也有六字真言经文。我在想，我为那些登山人塑的瓦猫，不知以后会不会被人看见。

在一处噶拔希石刻下面，有一个石洞，那几个藏族人都钻了进去。他们告诉我，这是转山路上必经的“中阴狭道”，能够顺利通过，死后可以进入天国。围绕卡瓦格博外转的过程，就如同到中阴世界走了一趟，每个朝圣者必经的象征性的死亡和再生。我也学他们从下层钻了进去，在狭小黑暗的洞穴里匍匐爬行，经过地狱，然后再屈起身体，从上层的天国里出来。有一个老僧人，一边剧烈地咳嗽，一边用石块在平台上搭起一个小房子，祈祷来生转世。昨天，我看到他为一个转山途中死去的老人在念《度亡经》。这一路上艰苦，很多人体力不支。但对藏族人来说，能死在朝圣路上，是最大的福。

荣宁生被人问起，你是个匠人，还是个读书人？他总是回答，我是个读书匠。

他是龙泉当地的文胆，但不考学，也不出仕，就是个悠然见南山的性子。

这样的人，在一镇八乡，其实不太多见。小伙子生得十分排场，高个儿，白皮肤，又不是本地人的形容。十几年过去，对荣家的变故，镇上的人其实有些不记得了。但荣宁生的成长，让大家渐渐又回忆起了“猫先生”。换言之，这孩子日益清晰的轮廓，像是宁怀远的复刻。或者说，将定格在人们记忆中那个残缺的宁怀远修复得完好如初。人们不禁感叹时间与遗传的力量。

但荣宁生本人，对于父亲自然了无印象，直到他在家里头一本书中，发现了西南联大的学生证。他翻开了，看到一张照片。上面是个和他长得几乎一样的人，但目光似乎比他怯些。他淡淡一笑，确信这就是被母亲诅咒为“死鬼”的父亲。他认真地看了看这张照片，觉得它并不比父亲的其他遗物更有吸引力。从幼时起，他的聪慧在龙泉远近皆知。在村里的资助下，他在父亲执教过的学校读完了小学。从此便不再升学，荣瑞红用鞋底追着他打，也没有打消他执意跟她学做瓦猫的念头。但这并不影响他在家中的自学。宁怀远留下的那些书籍，适时地派上了用场。他以强大的脑力吞吐着这些书，过目成诵。他和继续读中学的伙伴们玩的一个游戏，就是随意翻开《古文观止》的一页，从任何一个段落开始背诵。背完一页，便赢得一个馒头。错一个字，便输掉一个馒头。直到听者感到疲惫，打起了呵欠，他还在背，好像是没有倦意的机器，最终直至对方举手求饶。

当然这些书，在他长出唇髭的时候，就被母亲烧掉了。这时候兴起了叫作"破四旧"的风潮。他看到了村里的许多变故。似乎以往的一些体面，都在化日之下，被凌迟与拨弄。他们家里，和"四旧"相关的，便是父亲的遗物。母亲关起院门，将那些书一本本地摊开，然后引火。这些书都很好烧，因为从未受潮。从他小时开始，每到梅雨季节，只要出了太阳，母亲就将这些书一本本地摊在院子里晾晒。母亲并不识字，可是将这些书整理得妥妥当当的，次序丝毫不乱。其实，荣宁生并不怕这些书被烧掉，因为书上的每一个字，都如同烙印一般，印在了他的头脑中。火光里头，他看见母亲迅速地将腮边的一滴泪拭去了。在这个瞬间，他也迅速将那本书里的学生证藏进了自己的裤兜里。

后来上山下乡的年月，龙头街来了一批知青。这些外面来的年轻人，和镇上的同龄人，互相带来吸引。但知青们的自矜，让彼此的张望与打量划出楚河汉界，并未付诸行动。为了帮助他们接受"再教育"，龙泉公社便筹划了一场背《毛主席语录》的比赛。司家营大队找到的青年代表是荣宁生。公社主任问起这孩子的来历，说是贫农出身，但一听只是个小学毕业生，心里又不免犯嘀咕。大队书记便说，您老不是常说，英雄莫问出处。

荣瑞红倒是紧张了。先前村里学习《毛主席语录》，这孩子有些心不在焉，这时倒是要打起十二万分精神来。她便手里捧着"语录"，要宁生一字一句地背下来。宁生说，娘，我说记住了，就是记住了。荣瑞红便说，你这孩子，不知厉害啊。

到了比赛那天，知青们摩拳擦掌。派出一个精精神神的小伙子，一开口，是厚实的播音腔，比镇上大喇叭放出的还好听。宁生也背，气势不如他，慵慵的，但字字也都在点上。那青年开口道："独坐池塘如虎踞，绿荫树下养精神；春来我不先开口，哪个虫儿敢作声。"宁生便对："自信人生二百年，会当水击三千里。"青年道："世上无难事，只要肯登攀。"宁生对："无限风光在险峰。"青年道："管却自家身与心，胸中日月常新美。"宁生对："为有牺牲多壮志，敢教日月换新天。"青年道："不适应新的需要，写出新的著作，形成新的理论，也是不行的。"宁生对："新瓶新酒也好，旧瓶新酒也好，都应该短小精悍。"

知青昂扬道："世界是你们的，也是我们的，但是归根结底是你们的。你们青年人朝气蓬勃，正在兴旺时期，好像早晨八、九点钟的太阳。希望寄托在你们身上。”

宁生对:“少年学问寡成,壮岁事功难立。”

知青不禁有些着急,大声道:“革命第一,工作第一,他人第一。”

宁生搔搔头,说,毛主席教导我们:“吃饭第一。”

有人不禁“扑哧”一声笑了出来。这赛场上的气氛,便有些欠严肃。这时候一个女孩子站起来,说,看来背语录难分胜负。不如我们加赛,背“老三篇”。

她便开始背《愚公移山》,声音琅琅的,音乐似的。听得宁生不由得慌神,他愣一愣,才跟上去,背的也是《愚公移山》。开始各背各的,但后来,宁生竟然追上了她。这么长的文章,一个是标准的普通话,一个呢,是当地的龙泉口音。两个人的声音像是两脉泉水,汇聚一处,形成了和声,竟然是分外好听的。众人听得有些叹为观止。背完了这篇,又背《纪念白求恩》,似乎都忘记了比赛的初衷,像是对歌一样。

待最后一篇《为人民服务》背完了,女孩儿说,我们这叫不分伯仲。还是毛主席的教导,我们“友谊第一,比赛第二”。

荣宁生回了家里,头脑里头便一直回荡着这句话。荣瑞红说,孩子,你今天算是赢了,还是输了？宁生便脱口用普通话回她:“友谊第一,比赛第二。”荣瑞红张了张嘴巴,便笑了。

后来,荣宁生在路上又遇到了那姑娘。这时,他已经知道了她有个很洋气的名字,叫萧曼芝。她就问他,荣宁生,你会背的东西可多?

宁生说,不多。

曼芝就说,我听说,你会背全本的《古文观止》。

宁生说,嗯。

曼芝便笑说,什么时候,背给我听听。

宁生说,不好背,是“四旧”。

曼芝便轻声说,背给我一个人,你愿不愿意?

宁生低下了头,过了半晌轻声应,嗯。

宁生和曼芝坐在金汁河边。宁生望着潺潺的流水,口中诵着《归去来兮辞》。他念道:“归去来兮,田园将芜胡不归?既自以心为形役,奚惆怅而独悲?悟已往之不谏,知来者之可追。实迷途其未远,觉今是而昨非。”

曼芝忽而打断他,慢慢开口道:“觉今是而昨非”说的倒像是现在的我。

宁生便沉默了。

曼芝问,荣宁生,你说,我以后的生活会是怎样呢?

宁生想了想,便接口道:“木欣欣以向荣,泉涓涓而始流。”

曼芝笑了。这时候风吹过来，河对岸的杨树叶子簌簌地响，这女孩儿的头发也被吹起来了，散发着一种宁生从未闻到过的女性的气息。这和他母亲的气味是不同的。因为终日和陶土打交道，荣瑞红的身上，是一种淡淡的温暖丰熟的泥味。和村子里其他的女人们也都不同。萧曼芝，有着清冽的植物的气味，像是刚刚生长出的树叶，滋润了前夜的露水，在初生阳光下散发出的那种隐约的味道。

荣宁生不禁深深地吸了一口气。这时候，女孩儿将手指放在了膝盖上，那葱段一样细白修长的手指。她口中哼起了一支旋律，一边用指尖打着节拍。这旋律荣宁生从未听过，但听得出是跳跃欢快的，像是一匹小马驹，在草地上撒着欢。萧曼芝的唇舌仿佛是某种乐器，弹奏着这支乐曲。荣宁生看见女孩儿睫毛密而长，将闭着的眼睑盖住了。

待这旋律结束，她忽然睁开眼睛，看到身旁的青年人望着她。她并未躲闪，反而迎着荣宁生望回去，问他，好听吗？

荣宁生点点头。她说，这是首意大利人作的曲子。这支叫《春》，还有《夏》《秋》《冬》。以后你背《古文观止》给我听，我就都唱给你听。

他们再见面时，荣宁生将一只陶土制成的很小的动物送给萧曼芝。萧曼芝放在手心里，很惊喜。她问，你做的？

荣宁生点点头。她看这动物像是猫，可又有勇猛相貌，像一只小而逼真的虎。她问，这是什么？

荣宁生回答说，瓦猫。

荣宁生要娶一个知青的事情，在龙泉很快传开了。这孩子的执拗，唤醒了人们的记忆，这记忆的一部分，也包括荣瑞红自己的。她想，难不成真是血里带来的。这孩子不声不响，却像当年的她一样有主张。

这女孩儿的美，以及外乡人的身份，都让她觉得不踏实。她不再是当年的少女，她懂得一个道理，是人拗不过时势。

她找到了大队书记，寻求帮助。然而，此时的龙泉公社，恰在寻找一个知识青年扎根农村的典型。他说，宁生娘，萧曼芝是成都的资本家出身。她有心嫁给咱无产阶级的孩子，也是帮了她进行自我改造。毛主席教导我们“广阔天地，大有作为”。这不是喊喊口号，咱做父母的，可不能拖了孩子的后腿啊。

萧曼芝嫁到荣家这段日子，对于荣瑞红来说，是经得起咀嚼的。她甚至一度想,或许是自己过于狭隘,这其实是时日的补偿与成全。这孩子的温柔与贤淑,并不逊于当地的任何一个姑娘。尽管她举止中有一种很难脱去的令荣瑞红警醒的教养,是往昔生活的印痕。但她的眼睛里,总有安于命运的笑意,又让做婆婆的十分安心。

这个儿媳,除了有时作为扎根"典型"被公社安排去周边大队宣讲经验,大多时间都在家里,向她学习家务农活儿、针线女红,甚至在她手把手下学起做瓦猫的技艺,且很快就有模有样。荣瑞红看她砥砥实实将一块陶泥掷在木案上,不禁深深叹一口气。曼芝不解地看她,她便说,这一把好力气。可惜你曾爷爷去得早,要不看到这么个重孙媳妇儿,该有多欢喜啊。

过门的头一两年,曼芝接连生下了两个儿子。荣瑞红便更放心了。她想,老荣家是有祖宗佑着的,是时运回来了。

儿子和儿媳,都是安静的人。曼芝进了门来,宁生仿佛更安静了些。但他多了一种爱好,不知怎么,跟人学起了胡琴。可他拉出的调,外头的人都说没听过。荣瑞红便骄傲地说,你们懂什么。这都是我们家曼芝教的曲,都是外国人写的。

有人告到公社去,说,中国琴拉外国的曲子,到底算封建糟粕,还是资产阶级情调?

大队书记说,啥也不算,人曼芝是扎根典型,旁的人少给我放屁!可他有次也听见了,对荣瑞红说,你当娘的,也让宁生拉一拉《东方红》。

到两个小子满地跑的时候,村里的知青渐渐少了。听说是都想办法陆续回城了,有招工的,有病退的,还有独子回家照顾老人的。

荣瑞红心里又打起了鼓,她问大队书记,我们家曼芝,不会走吧?

大队书记叹口气,说,唉,这孩子,是真典型,实心眼儿。你不知道,前两年,公社下来的招工、工农兵学员的名额,都点了她的名。人家家里头落实政策了,千方百计要她回去。曼芝一拧脖子,说,我男人孩子在龙泉,我家就在这里,哪儿也不去。她还让我不要和你说,怕你心里不舒坦。

荣瑞红听了,眼泪"唰"地就流下来了。

大队书记就说,这些年,我可看过了多少世态炎凉。瑞红,你到底是个有福气的人。

又过了一年,有天晚上,荣瑞红看小两口儿都不说话。吃完了饭,她收拾了,刚刚走到厨房,就听到儿子的声音。虽然是闷着,话音里却轰隆作响。

她听到宁生说,你这算什么,是在可怜我们吗?

曼芝不说话,静静地将两个孩子安顿好了,上床去睡觉。

她这才说，我不考。都荒下来十年了，考就能考得中？

宁生冷笑说，萧曼芝，你总明白，什么叫身在曹营心在汉。

曼芝不说话，过了一会儿，她说，这算是刚熬出来了，老荣家的瓦猫，也不是“四旧”了。咱这作坊，再也不用偷偷摸摸的了。

堂屋里忽然没声了，荣瑞红觉得蹊跷，擦了擦手，还没走进门，就听到“咣”的一声，一只大陶坛子砸到了地上。宁生涨红了脸，眼里头的光恶狠狠的。

那是只酒坛子，屋里头立时便充盈了米酒的味道。荣瑞红想，这败家子犯的什么浑！可惜了，九月才酿的新酒，刚出的糟。

她忙俯下了身子，将那碎片捡起来，慌里慌张，一不留神，将虎口拉开了一道，鲜红的血立时流下来了。

萧曼芝参加了一九七七年的高考，考上了昆明师范学院中文系，是整届考生中的第一名。

宁生喃喃地说，怎么可能考不上呢？听我背了十年的《古文观止》。

她去上学。毕业分配回成都，宁生硬生生地把婚跟她离了。村里人都说，荣家人做事，又不循例了。见的都是知青这边寻死觅活地要离婚。他倒好，一个乡下小子，硬是把城里的小姐给休了。

荣宁生说，你给我走，净身儿走，过你的生活去。你把娃都给我留下，净身儿走。

萧曼芝走的那天夜里，荣宁生拉了一夜的胡琴。

这些外国曲子，给他拉得分外锐利激越。到了湍急处，像是给人扼住了喉咙。这在龙泉人大约是最后一次，以后便再也没有听到他拉琴的声音了。

半年后，有天回到家的只有老大，老二不见了。问起弟弟，老大只是哭。再问起两人干什么去了。老大说，出去找娘……弟弟走丢了。

宁生出去找，找着找着下起了雨，越下越大，雷电交加。天像漏了似的，先是雨，再是冰雹。

荣瑞红坐立难安。天麻麻亮，雨停了。宁生回到家，摇摇晃晃地，肩膀上驮着孩子。

一大一小都发着高烧，躺在床上昏迷。两天后，孩子先醒过来，看着奶奶，张张口，却说不出话。荣瑞红问他，是饿了吗？

孩子点点头。

当爹的到下半夜，才睁开了眼睛，也看着自己的娘，问，孩子呢？荣瑞红说，醒了,刚伺候吃了一大碗粥。谢天谢地,你们爷儿俩吓死我了。

宁生微微笑一笑,说,娘,我还困。

荣瑞红给他掖了掖被角,说,困了就睡,娘看着你。

宁生就睡过去。半夜里头,荣瑞红打着瞌睡,忽然听到他大喊一声"娘"。荣瑞红跑到床跟前,看着宁生脸红红的,使劲握住她的手,手心火炭似的。荣瑞红跟老大说,快,快去央隔壁冯爷爷请大夫。

宁生抬起眼皮,看着她,又阖上了。大夫还没有来。她觉得紧握住她的手,渐渐没有了力气。手心也不烫了,一点点地凉了下来。宁生忽然又睁开了眼睛,直直地盯着她。那双瞳仁,大得要将她吸进去似的。他嘴唇开阖了一下,有丝笑意。荣瑞红听见他说,娘,我走了。

荣瑞红心里头一沉,觉得宁生的手在自己手心捏了一下,倏然松开了。

X

2007年6月3日,星期日,晴

印度秀丽的高山上,
有棵没有斧痕的树,
不忍心砍它绕三圈,
舍不得回望它三次。

——德钦"弦子"摘录

今天,找到了第六只瓦猫,我不知道,会不会是最后一只。他们说,雾浓顶可以看到最美的卡瓦格博。可是这一天,忽然下雪了。夏天的雪,竟然也可以下得这么大,我只能影影绰绰看到山的轮廓。

昆明的雪,下得太少了。偶尔下起来,大概也是在过年前后。明年过年,应该在家里过了吧。上个月,在小学校里掐了一枝梨树的枝条,都发芽了。我得想想怎么带回去,种在院子里,这样在家里也能看到梨花了。

德钦的梨花,不知道在昆明,能不能开得好呢?

回家前,我再去外转一次卡瓦格博吧。

村里人都说,荣宁生留下的后,一个是读书人,一个是匠。

荣之文考上了云南大学的新闻系,毕业后留在了昆明城里工作。陪在荣瑞红身边的是弟弟荣之武。小武小时候淋雨发了高烧,烧退后,人就哑了,能听不能说。脑子不知是不是也烧得不灵光了，读书再读不进。但是他有两样好。家里不知怎么寻到了当年他爷爷宁怀远留下的一本字帖——《九成宫醴泉铭》。哥哥照着练，他也跟着练，竟然也练到有八分像。荣瑞红就看出这孩子底子里是很灵巧的。是灵巧，而非聪慧，灵在学什么便像什么。带他去赶乡街子，看着路边的货郎拿着竹篾编蝈蝈。他入神地看。回家的路上，他随手从河边抽了根蒲草，一边走，一边便将那蝈蝈给一式一样地编了出来。

可临到上学，荣瑞红打着骂着，他就是学不进。他十几岁上，荣瑞红便留他在家里，跟着她学做瓦猫。

荣之文的摄像镜头，对着司家营61号的老宅子，这宅子是正正经经的"一颗印"。从取景框里看见，那神兽端坐在屋瓦上，身上覆着青苔，颜色有些旧，鼓着眼珠，仍是气吞山河的模样。

最后的景是在自家取的。那天天气特别好，阳光筛过树影，星星点点地，落在了荣瑞红的身上。小武从背后扶住她，另一只手帮她转动石轮。她坐在凳子上，抱住一只泥团。转动中，那团泥渐渐生长出优美的弧度。她的手，与窑泥浑然一体。泥坯在她的手心，仿佛越来越圆润，圆润中现出了一种光泽，渐渐站立起来了。

后来，荣家收到了一封信，没落款。信里头没有字，却夹了几张照片。照片是黑白的，看不出是在哪里拍的。信封上印着"迪庆藏族自治州文化馆"。照片的背景，有的仿佛是当地藏族人的房子，有一些是远方的皑皑雪山，还有的是经幡飘动的白塔。但是，他们看得很清楚，这些背景的前方，都是一只神兽：是一只瓦猫，形容清晰，是他们老荣家的瓦猫。

信封在荣瑞红手里抖了抖，掉出了一样东西。她屏住了呼吸，是一枚破碎的墨镜镜片。这镜片的式样，是很久以前美军飞行员的机师镜，如今已经不多见了。荣瑞红颤抖着手，将那镜片覆在自己的眼睛上，朝窗外看去。太阳光就没有那么强烈了，世间万物都被笼罩上了一层昏黄。

我阖上了手上这本红皮的日记本。

猫婆看了我一眼，神色十分平静。她抬起头，目光落在了窗边的橱柜上。荣之武走过去，打开抽斗，拿出一只铁盒子。这是只月饼盒，上面画着神态喜庆的嫦娥，脚下是身形不成比例的玉兔。大概生了锈迹，哑巴仔打开得有些吃力。

终于打开，他从里面翻找，取出了一沓相片，递到我手里。又翻了一会儿，拿出了两本证件。翻开，其中一本已经泛黄，上面写着"国立西南联合大学入学证”，注册日期因有洇湿的痕迹，已经看不清了。证件左页下方贴着一个青年的照片，头发茂盛，净白脸，目光柔和而青涩。另一本是个记者证，这张上的照片也是一个年轻人，他的神情则要昂扬得多，但那眼睛的形状、宽阔的额角，与先前的青年都如出一辙。我抬起头，见哑巴仔将这两张证件放在了自己胸前，“啊吧啊吧”地对我比画着。

是的，他们的脸，五官、骨相、每一个动与静的细节，叠合在了一起。

我将笔记本里的照片，一张张地摊开在桌面上，和哑巴仔拿给我的照片比较。终于发现，它们有着一一对应的、相似的景物。尽管因为季节、房屋修葺、公路、植被与地形的变化，造成了周遭环境的更变，但是你仍然能够辨认出那是世转时移，经历了岁月的同一处地方。或许，是因为那复刻般的摄影角度，都有同一只瓦猫。

这瓦猫就如我在德钦与龙泉所看到的任何一只，有着阔嘴、尖利的牙齿、硕大的肚腹，以及勇猛如虎的神情。

尾声

回到香港后，我曾给拉茸卓玛打了一个电话，问起她仁钦奶奶的情况。她说，仁钦奶奶去转山了。她和村里的大多数人不同，每年村里梨花开放，她都会去外转卡瓦格博朝圣。

我问，那她什么时候回来呢？

卓玛想了想，回答说，转到她心中的圈数，她才会回来。那时梨花应该还开着吧。

【作者简介】葛亮，原籍南京，现居香港。著有小说《北鸢》《朱雀》《七声》《谜鸦》《浣熊》《戏年》，文化随笔《绘色》，学术论著《此心安处亦吾乡》等。部分作品被译为英、法、俄、日、韩等国文字。曾获首届香港书奖、香港艺术发展奖、台湾联合文学小说奖首奖、台湾梁实秋文学奖等奖项。长篇小说《朱雀》获选“亚洲周刊全球华文十大小说”。2016年以新作《北鸢》再获此荣誉。

刺客爱人

◎ 双雪涛

一

太阳出来了，李页还没有睡着。他倚在床上，十分惊诧。梦里的人他已多年未见，可她似乎比当年还要鲜活。他试着用自己的嘴轻轻说出这个名字：姜丹，姜……丹。他已经十几年没有说过这两个字，说起它们的时候就像口中进了一块不大不小的石头。姜丹是他的女朋友，前女友。他们谈了六年恋爱，分手，之后再没联系过，就像一场雨突然停了，太阳出来，很快地上也干爽了。当时李页爱上了别人，准确地说，是和别人上了床，那个女孩他见过两次，第三次就去开了房，他没有犹豫，做了几次爱从床上醒来之后，也没有后悔。他炽热地爱上了那个女人，她的吸引力对于他来说完全是动物性的，因为其彻底，所以也变成了某种精神性的东西。他们两个交往了大概一年的时间，那几乎是李页人生中最快乐的一年，既堕落，又充实，床上功夫突飞猛进，剔除了庸俗的事业心。一年后，女人开始和别人约会，他患上了严重的抑郁症，几乎死去，全仗了母亲的陪伴才活下来。

李页的母亲是个会计，退休之后还在帮别人代账。他生病之后，母亲就来了北京，睡在他出租屋的沙发上，晚上对他严防死守，白天还要做账。当时他已几乎失去人的基本情感，也丧失了很多记忆，但是奇怪的是，幼儿时的记忆时不时地浮现出来，那些最初的黏稠的记忆。他想起在他四岁的时候，腰部生了一个巨大的疖子，核桃那么大，枣那么红，母亲烧了一锅热水，把手巾丢进去，用筷子挑出来，稍微晾一晾就敷在他的疖子上。他疼得死去活来，母亲用手捶击他的脸，那凶猛的肉拳头，打得他几乎晕过去。突然一声巨响，他确信他听见了那个声音，就像西瓜，熟透的西瓜，谁的手指轻轻一点，西瓜就炸开了一道裂纹。他的疖子爆开了，脓血喷溅在白色的手巾上。他感觉到巨大的快感和透支的空虚，像是有人从他的身体里抽走了签子，他的其他部分于是散落在地。他睡去了，感觉自己还在流淌着，但是同时也睡着了。醒来时发现母亲睡在出租屋的沙发上，已经老了，身体散发着老人微弱的臭味，因为北京的酷暑而频繁翻着身子，这完全陌生的生活因为母亲的身体而与过去的一切产生了关联，就像新书里一片古老的叶子。我挺过来了，他对自己说。他发现自己在出汗，汗水顺着他的脚趾缝流到地板上。我活下来了，他的脑中泛起这个声音，没有过多的喜悦，他丢失了那个能够杀死他的东西，仿佛一个人爬过一座陡山，扔掉了最宝贵的行囊，面前还有漫长的道路等着他。他回到自己的房间，关上房门，继续睡。一周之后，母亲回了老家，他每年除夕都会回去一次。

母亲一直对他十分严厉。他在小学时便显露出绘画的天赋，初中时已在S市出名，许多学画的孩子家里都有他的照片，报纸上剪下的。可是他觉得自己生不如死，母亲折磨他，认为他的天赋继承自她而不是在工厂负责板报的父亲，因为她的算盘打得极好，手巧。她经常痛殴他，要他画得更好，狭小的家里堆满了他用废的画笔，墙角放着一根竹棍。后来他想通了，只有画出去，考到北京去，才可以逃脱这无止无休的少年时期。他做到了，然后失去了对绘画的所有兴趣。寂灭，他当时想到了这个词，与姜丹分手也是那个时期，过去的一切丧失了活力，想要继续生活下去，就要找到新的乐趣。他后来稍感宽慰，因为他与姜丹分手时，姜丹还是处女。他曾发动过几次猛攻，都没有得手，最激烈的一次是在他的家里，两人几乎厮打起来。姜丹狠狠地咬了他的肩膀，血马上流出来，滴到床单上。李页说，你疯了？姜丹喘着气说，我爸死了。李页说，什么意思？姜丹说，我爸死了。李页说，那不是几年前的事吗？和现在有什么关系？姜丹说，我也不知道，就是有关系，你娶我，然后保护我，我就给你。李页说，我年龄没到啊，把手拿开。姜丹说，我知道，那就等着，快把衣服穿上，你妈马上回来了。

现在他是一个平面摄影师，在圈子里享有不错的口碑，收入和名声都不错，他唯一的问题是过于严苛，有轻微的暴力倾向。曾经有一次，他把一台崭新的哈苏X1D照相机扔到了墙上，摔成了废铁。还有一次，他踢了一个模特的屁股。模特的屁股很小巧，他的大脚踢上去，模特马上扑倒，头磕在灯架子上流了血。那是一个相当有名气的女人，第二天就给他发了律师函，过了几天，又把律师函撤销了。

这天的上午十点，他应邀给一个新人女演员拍照。当他在调试机器时，女演员到了，被经纪人带过来跟他打招呼。在这之前他已经拿到了这个女孩的照片，对她的面部和形体做了一些研究，为她挑选了一种光，这种光打在她的脸颊上，会使她像一个女法老。他回过身，发现来的女孩是另一个，他吓了一跳，相机差点掉在地上。女孩长得很像姜丹，相似度大概有百分之七十，他的脑海里已经多年没有出现过姜丹这个人的样貌和名字，眼前这个人是一个再明显不过的提醒，只能又想起来。仔细看当然会发现诸多不同，因为姜丹是一个普通人，而女孩是一个依靠相貌谋生的演员，要比姜丹美得多。概括来说，姜丹长得更像男人，女孩长得更像女人，不是因为大的五官的差异，而是五官都有微小的差别，就像用两种铅笔画的素描。两人的主要相似之处是一种神情，具体内容是什么，很难描述。另一点差别，不能算差别，而是时间的客观性决定的，女孩像高中时的姜丹，姜丹现在应该已经三十六岁，跟他一样大。女孩三十岁，不算太年轻，但是看上去要比实际年龄小很多。女孩说，李老师好，今天换我了，原来那个女孩临时接了个广告。李页说，你好。女孩右边眉毛的上面起了一个疙瘩，一个红红的青春痘。她不好意思地用手摸着，说，我这两天没睡好，昨天又吃了火锅，昨天上午还没有的。李页说，没关系的，一会儿化妆师可以帮你盖一下。你不要挤它。女孩把手放下来说，我叫马久久，原名叫马晓童，公司让我改个名，说马晓童太像二十世纪九十年代的艺人。我说就叫马久久吧，九九归一，长长久久，还骑着马。昨天刚把这个名字定下来，就起了一个痘痘，你觉得这个名字怎么样？李页说，我觉得不错，就是有点像那个拉大提琴的。马久久说，什么拉大提琴的？李页说，有个拉大提琴的，很出名，叫马友友。马久久回头问经纪人，有这个人吗？经纪人说，有。马久久说，那你昨天怎么不跟我说？你是猪吗？经纪人说，昨天没想到，李老师一说我才想起来。马久久回过头对李页说，其实我原来也不叫马晓童，马晓童是我上表演夜校的时候改的，我身份证上的名字是马小千。我的身份证呢？给李老师看一下。李页说，不用看，我觉得这个名字不错。马久久说，不会让人想起来打牌作弊吗？李页说，不会。马久久说，那就改回去，叫马小千。李页说，我只是随口一说，你们还是要好好研究，改来改去会让观众疑惑。马小千说，不疑惑，我还没有观众，就叫马小千了，你好，我是马小千，请多关照。李页也伸出手说，你好，我是李页，今天要辛苦你。

这一天的拍照很顺利，李页没有发火，他拍得很高兴。摄影者和被拍者的关系有时候像舞伴，两个顶级的舞者也不一定能成为好的搭档，搞不好会因为都要显本领而把对方绊倒；过于默契也不好，会像老人之间的交谊舞，好像随时两人就要粘连。最好的关系是，既要有对抗、挑衅甚至抗拒，又要有心意相通的一刹那，前者再漫长、后者再短暂都没有关系，只要在前者不停做功的累积下，后者乍现，然后抓到，就算是一切没有白费。马小千很有性格，李页拍了一会儿就发现了，她默默无闻，但是相当自信，对自己的身体和脸形非常了解。最重要的一点是，她明白，拍照不是为了拍得美，而是把她内心里的某个部分形塑出来，这个部分不一定总是好的，但是她接受这一点。虽然她在拍照过程中很少说话，跟拍照之前的寒暄相比，工作的时候她非常沉默，但是李页知道她知道。

差不多傍晚五点，天光依然大亮，酷热还未散去，两个人的工作已经做完了。马小千卸了妆，走过来对李页说，你今天拍得挺好。李页说，是吗？马小千说，别装傻好吗？李页说，是，我也觉得今天拍得不错。马小千说，这是我第一次拍杂志，虽然不是封面，但是我很开心。多亏那个傻×接了广告，洗衣液的，谢谢洗衣液。李页说，我得走了，晚上我约了人吃饭，希望有机会再合作。马小千掏出手机说，交个朋友吧，你扫我，不一定哪天我就不当演员了，不过交个朋友吧，不是因为别的，你挺虚伪的，但是你长得像我表哥。李页吓了一跳，马小千接着说，我哥有智障，不是逗你，是真的。你俩长得挺像。说完她自己笑了一会儿，转身走了。即将走出摄影棚时，她回头大声说，我没有表哥，别做伪君子行吗？然后大步走了出去。

李页晚上确实有饭局，但是并不像他说的那么紧迫。他大概提前了一个小时来到饭店，自己一个人喝茶。下午的经历很有意思，一个有趣的拍摄对象，他静下心来回忆，这样的女孩并不是第一个，有些人就是用这种略微失礼的方式引起你的注意。你生了她的气，又因为她的年轻貌美原谅了她，因此你就记住了她，这是一个平淡工作里一个故事性的隆起。喝了几杯茶之后，李页心想，确实没有什么特别之处，几年前有个女孩，也是如此，两人还约会了几次，之后他感到无聊，就像是树叶覆盖在水面，很有美感，风一吹，树叶散开，水是臭的。这个马小千长得像他的前女友罢了，要说像也没那么像，说不出哪里像的一种像，也许是他们之间的默契引起了他的回忆，也许是一种非常主观的认知，一个人如果一直盯着瓷砖看，也能看出一个人形来，揉揉眼睛，人形就不见了。

过了一会儿，一起吃饭的人来了，这人叫宋百川，是一个无业的中年人，确切地说，是一个潦倒的中年人。他曾经是一个收藏家，据说还有不少工厂，后来因为酗酒，门牙脱落下来，厂子荒废了，被人侵占或者倒闭了。从某一天起他开始四处赠送自己的收藏，开始是送给身边的朋友，后来送给家里的保洁阿姨，阿姨辞职之后，他把一个明代的鼻烟壶送给了园区里的一个房产中介。李页之所以跟他成为朋友，是因为在李页刚从美院毕业的时候，宋百川买了他大学时期的一幅画，当时给了他不小的一笔钱，这笔钱使他在北京熬了下来，直到把画画放弃了。李页一直很感激他，他潦倒之后，李页隔三岔五就约他出来，陪他喝一点酒，两人话题不多，但是每次都到天亮。在他送东西那阵儿，他送过李页一个五代的佛头。宋百川很随意地告诉他，这佛头会变脸，别看现在是红的，像是喝多了，其实脸的颜色有好几层，随着时间褪变，里面的颜色就会露出来，没人知道到底有多少层油彩。这是意外收获，李页很喜欢这个佛头，他给它换了一个更好的木托，把它放在书房里，每天都能看见。他知道也许等他死了，红脸佛的脸可能还不会变色，或者宋百川根本就是胡扯，但是这并不重要，重要的是有这个可能。

宋百川总背着一把古剑，穿着布鞋，嘴唇向里凹陷。剑没有剑鞘，用一个木匣子装着，外面再套一个特制的皮袋，背在后背。这可能是他唯一没有送出去的藏品，无论什么时候见他，他都背在身上，吃饭时摘下来放在桌子上，困时还会枕着它睡觉。李页有几次提出看看，宋百川都拒绝了。这东西就像恋人的裸体一样，别人看不得，他说。但是他说这是战国豫让的剑，行刺未果，流落民间，后来属于他一个朋友，现在与他永不分离了。

宋百川迟到了五分钟，到了之后他把剑套放在桌子上，给自己点了杯威士忌。他看上去半个月没洗澡了，手和脸都是黑的，比之前更瘦。你的佛头怎么样了？他喝下一口酒问。李页说，还那样，没变化。宋百川说，不急。他的左手少了小拇指，第一次见他李页就注意到了，每当他喝到一定程度，就会用另一只手的大拇指磨蹭小拇指的断处，好像给台球杆上枪粉。宋百川兀自喝着，好久没有说话，李页自己喝着啤酒，马小千的脸偶尔在脑海里闪过。今天的宋百川虽然脸上还带着酗酒者的浮肿，看上去却格外的精神，双眼发亮。突然他说，我今天有事托你。李页说，你说。他用手指弹了一下剑匣说，这剑我准备送你。李页说，别开玩笑，加点冰块。宋百川说，我已把房子卖了，钱我送了人，这世上我什么也不剩了。李页说，只要你想，你很快就可以振作起来。宋百川说，这剑我背了十几年，后背起了膙子，我以为它会陪着我直到结束，我最近想了想，似乎不用非得如此。李页说，那你住哪儿？他说，不用担心，我还有个院子，我就是从那儿走出来的，现在准备回去，剑你愿意留着还是卖了都可以，全由你做主。我今天看你的脸，觉得你好像爱上了谁。李页说，没有。宋百川说，我记得当年你爱上了一个人，得了抑郁症，画画的手艺也丢了，今天如何？李页说，今天的事一句两句说不清楚。宋百川说，如果你去找人，把剑背着，会有好运气，我是个例外，不足为训。李页说，我确实不能要，太贵重了。你应该送到博物馆去。宋百川摆手说，这剑的真假没有找人鉴定过，如果你觉得压力大，就当它是假的好了。我一直觉得你是了解我的，别人都劝我戒酒，你陪我喝酒，也不打听我的事，多谢，我现在感觉很好，很好。说完宋百川站起来，李页还没反应过来，他已经头也不回地走出门去了。

晚上李页背着剑回到家，心想今天出了两件咄咄怪事。

当天晚上，李页就梦见了姜丹。姜丹还是高中时的模样，短发，平胸，来他家做客。李页的母亲很喜欢姜丹，觉得姜丹虽然有时候脾气有点直，但是本质极好，而且深深地爱着李页，对李页的一切都非常上心。两人亲热地说着话，母亲给姜丹切了一块西瓜，姜丹大口吃着，西瓜籽粘在了嘴唇上面还不自知，李页嘲笑了她一番。这非常接近真实的记忆，本来母亲是反对他高中谈恋爱的，但是见了姜丹之后改变了看法，这是极为罕见的情况，母亲一直是一个固执的人，难以说服，难以感动。她见了姜丹两次之后，就对姜丹产生了很深厚的感情，一种难以抑制的喜爱，似乎提前多年就进入了婆婆的状态，每到周末就催促李页请姜丹来家里吃饭。这让李页很不舒适，他还没想好，两个女人似乎已经想好了。第一幕的梦突然结束了，第二幕开场就是姜丹的一张脸，两滴清晰而干净的眼泪挂在她的脸上。这张脸占满了他所有的视域，没有对话，没有声音，但是姜丹的眼睛肯定是看着他的。他张嘴想为自己辩解，却发不出声音。他忽然意识到自己的手里拿着照相机，是另一个女人给的，他是一个穷小子，根本买不起相机。相机里存有成千上万个女孩的照片，他占有她们很久了。那个女人的名字就在嘴边，他怎么也想不起来。他举起相机给姜丹拍照，闪光灯一闪，姜丹的脸就不见了，他也醒了。他从床上坐起来，看了看自己的右手，没有相机，但是攥成了一个拳头。他心潮起伏，一动不动，生怕刚才眼前的一切消失。那么清晰，真是幸福，好像他们两个还在一起，只是闹了别扭，只要他收回他绝情的话语，姜丹就会回到他的身边，周末继续来他家吃饭。李页忽然憎恨起自己，他走了一大圈远路，得到的却不如原来的好，×你妈，李页，他缓缓摊开手掌，对自己说，×你妈，快四十岁了，你就是一条瞎了眼的公狗，现在你该怎么办呢？

第二天他没有外出，在家里的设备上处理前一天拍摄的照片。他没有睡好，情绪不佳，不过他总能在这样的状态里完成工作。不出所料，马小千的这一组照片非常好，即使化妆师不是十分认真，时间也稍显紧张，拿到的东西还是有很高的质量。几乎不用怎么修饰，马小千的特点就是不修饰，也许这是一种更高级的修饰，果真如此的话，她更加前途无量。自从放弃画画之后，他第一次有了又画了一幅好画的感觉，这种感觉既新鲜，又苦涩。中午的时候他跟杂志的编辑通了电话，认为马小千应该获得更多的版面，对方显然对此不屑一顾，又碍于李页的面子不好直接回绝，就把话题岔开去说别的事情，说她的老家最近李子丰收，要给李页寄一点。李页说，我不需要李子，我也不是要捧这个女孩，是好东西就应该放在好的位置，如果你们页码已经定死，就把她的位置往前挪挪。对方说，李老师，你说的道理我都懂，她遇见您是运气好，只要您想着她，她未来一定会有很多机会，但是我有话直说，我不喜欢这个人，我之前跟她打过交道，她是个破鞋，这点你不用怀疑我，也没什么大不了，我们主编睡过她，要不然她也不可能抢到这个机会。但是我觉得她是个品质败坏的破鞋，为了往上爬，她可以当狗，这不是什么比喻，是真实情况，一旦她得手，她就把别人当狗，我是女人，对女人看得更清楚。因为我们合作了好些年，是朋友，你这样的要求是第一次，我才提醒您，有些人看着娇艳欲滴，其实有剧毒，睡她可以，不要帮她。您还是原来那个地址吧，我把李子寄给您。李页放下电话，感到十分沮丧，不是因为对方拒绝了他的建议，而是他感觉对方说的似乎是实情，在广阔的外部世界有很多他不知道的信息。他只是一个技术工人，永远在状况之外，一旦越过了自己的专业界限，就会发现自己是个傻子，这种感觉实在不好。真的不高明啊，他对斜前方的变脸佛说。变脸佛面带微笑，不置可否。大概半个小时之后，主编来了电话，说看了他拍的照片，非常震惊，实在太好，他觉得应该可以破例将其放在封面上，问问李页什么意见。李页说，我没想法，你决定吧。他关了电脑，穿上鞋子准备出去散步，站在穿衣镜前，他发现自己的胡子又白了两根，你真的不高明，他又在心里说了一遍，想在脑海里把马小千去掉，可是马小千说过的每一句话，似乎这时候都违抗他的意愿，一句一句跳出来。不要做伪君子啊，这句尤为突出。小区里都是盛开的花和翠绿的树，他坐在一条长椅上，看着一个孕妇推着婴儿车从他面前走过，车里的孩子因为强光眯缝着眼睛，手里玩着一只小海马玩具。他下定了决心：如果再梦见一次姜丹，就去找她，看看她过得怎么样了。没有别的意思，就是看看她过得怎么样。

二

距李页所住的小区二十七公里处，有另一个小区，远比李页的小区破旧，可是租金并不便宜，房价可能还要更贵一点，原因是这是一片学区房，姜丹就住在这里，带着她六岁的儿子。她的儿子名叫褚旭，极为聪明，性格霸道，姜丹为此十分头疼，不过她也明白，既然家庭里没有父亲，孩子的性格强硬点总比软弱好，至少不受欺负，不会让她内疚。姜丹的前夫和她是半个同行，他是证券法的律师，她是法理学副教授，本来他们是大学里的同事，后来他把工作辞掉，去律师事务所工作，薪水大增，在家里的时间骤减。姜丹对此是接受的，在北京生活，有钱和没钱简直是天差地别，何况又有了孩子。一年半之后，丈夫提出离婚，孩子和存款都给她，他净身出户，去跟别人结婚。姜丹没有问那个女人是什么样的人，也没有问他们是什么时候开始又什么时候走到了这么实质性的地步。既然她一直没有发现，她觉得自己也没有必要问。她相信以丈夫的智力，他应该很早就开始部署，在外面存了一些钱，甚至已经有了房子、车、定期的出国旅游。一个新的完整的家庭配备已经形成，他就在两个家庭之间面不改色地生活，直到另一个家接近完全成熟，他这条鱼就要跳到另一个鱼缸里去，把她搁浅在原处。姜丹迅速心算了一下存款余额和孩子成长所需花销，她自己平时没什么花费，她不怎么化妆，也没有买包的爱好。她有一辆斯巴鲁四驱的吉普车，是她结婚之前买的，因为她幸运地抽到了名额，自己出了一半的钱，父母拿了一半。现在住的房子租金不菲，因为在海淀的中心，离她的大学近，孩子将来上大学的附小也方便，这笔钱一直是她先生付的。她完全没有买房子的想法，因为那实在不在她的能力范围。褚旭在上一些兴趣班，有网球、绘画、游泳、国际象棋，都不便宜，效果也都不错，他精力充沛，敏于学习，如果因为钱的关系切断，对他不公平。姜丹说，你走吧，每年给我三十五万。丈夫说，就这样？我确实很抱歉，人家把柄在手，我已回不了头了。姜丹说，每年给我三十五万吧。丈夫说，我每年给你四十万，从离婚那天开始算。姜丹说，好，我准备去上课了，我这两天带孩子住宾馆，你把你的所有东西运走。如果有东西找不到，你给我发微信，你有几件衣服在门口的干洗店，你自己去取，报我的电话号码就行。姜丹说完走出门去。在去民政局办理离婚的当天，两人又见了一次，说了几句话，关于协议的细节。之后每个月她把孩子送到他的车上，他带出去玩两天，但是她就不再跟他说话了，无论他说什么，她都不回答。

办完离婚手续三个月后，一天晚上，褚旭惹了事。褚旭马上就要上小学了，于是就上了学前班，学前班颇多束缚，褚旭很不适应，过去在小区里，年龄相仿的孩子都听他的，大家一起骑车，枪战，褚旭都是头领，制定规则的人。哪里是终点线，哪里是掩体，每人几发子弹，都是他说了算。在学前班，每一秒钟都在老师的注视之下，孩子们都听老师的，褚旭感觉很失落。那天下午，趁老师出去接电话的当儿，他就把一个比他小两个月的男孩狠狠揍了一顿。凶器是他爸送给他的铁质文具盒，他用文具盒猛击那个男孩的脸颊，把对方一颗已经松动的乳牙打掉了，血流了满地。起因是他邀请男孩陪他上厕所，男孩说马上就上课了，迟到老师会批评。褚旭说，那你有尿吗？男孩说，尿是有的，可以憋住。褚旭说，有尿就赶紧尿啊，快去快回。男孩说，来不及了，我可以憋住。褚旭忽然急了，觉得对方温顺到自我摧残的地步，他看不下去。他抄起文具盒向对方脸上打去，对方掩面而逃，他追上骑在男孩身上猛打。最后血流了出来，尿也尿了出来。事情当然不小，姜丹在学校上课的时候，学前班的老师就打她的电话，因为静音她没有听到，课间的时候她发现有五十几个未接来电，就知道大事不好。赶到学校时，对方的家长已经到了，孩子也已从医院回来了，多亏那颗牙已经松了，几天之内就会自然脱落，褚旭的袭击只是加速了这个过程，没有形成实质的伤害。但是此事性质的恶劣程度并不能因此减弱。男孩的家长和她住一个小区，是一对教师，两人涵养不错，这是姜丹的又一幸运。即便如此，男孩的妈妈还是说了几句难听的话，其中一句是：如果孩子有暴力倾向，就应该赶紧去找大夫治，不能混到正常孩子堆里，狼入羊群，今天是这只羊被咬了一口，明天就可能是另一只。自己的孩子被比喻成狼，姜丹的羞恼已经到了脑门，可是事实摆在眼前，她什么话也说不出来，而且对方对于伤人性质的判定也符合刑法的精神。姜丹诚恳地道了歉，也提出给对方微信转账赔偿，对方没有接受，最后倒是被打的男孩解了围，说他一直喜欢褚旭，两人还是朋友，希望褚旭不要因此以后就不跟他玩了，他憋尿确实是一绝，褚旭不了解而已。褚旭也说了自己恨铁不成钢的心路历程，保证以后还跟对方玩儿。两个孩子拉了拉手，此事算是过去了。

回到家里，姜丹把褚旭关到了洗手间。她不会打人，甚至都不会骂人。对孩子最大的惩罚手段，就是关洗手间。褚旭毫无怨言，没有挣扎，进去之后还自己把门锁上了。姜丹从超市买了几罐啤酒，坐在餐桌前面喝起来。她几乎从不喝酒，婚礼的时候喝过一点，硕士毕业、博士毕业喝过一点，今天她无论如何也要喝一点。喝了五罐啤酒，姜丹觉得跟没喝一样，身体没有任何反应，她伸手一摸，发现不知什么时候眼泪流了下来，好像身体里有另一个自己在哭泣，而她无法感觉到。又喝了几罐，她找到了那个人，那个人有太多的委屈，太多的愤怒，太多的对未来的担忧，她的一双手抓住自己两只胳膊的外侧，指甲都嵌进肉里，无声地大哭起来。又喝下两罐，她平静了不少，趁自己还没有完全喝多，她把褚旭放了出来，褚旭在洗手间并没闲着，他给自己洗了个澡，头发湿漉漉，看上去崭新崭新的。褚旭说，妈妈，你睡一会儿吧。姜丹说，你饿吗？褚旭说，我不饿，我回房间做作业了。姜丹说，好。褚旭说，妈妈，我刚生出来的时候第一眼看到的是你还是爸爸？我过去是记得的，刚才我仔细想了想，好像又忘了。我记得我在游泳，突然就见到了光。姜丹说，是我，你睁开眼睛的时候，我正好看着你，你就看见了我。褚旭说，好的，这样就对了。说完他就走回了自己的房间，没再发出声音。

姜丹觉得胃不舒服，到洗手间吐了一阵，吐到整个人都要变成胃收缩起来，然后回到自己的房间躺下，抻长。她的脑袋清醒异常，听觉比平时还要灵敏，她听见褚旭在他的房间玩着魔方，发出咔咔咔的脆响，听到窗外驶进小区地下车库的汽车的喇叭声，但是四肢不听使唤。她知道自己今晚没法做饭了，不过好在再过一个小时阿姨会来。阿姨做饭褚旭不爱吃，因为阿姨有一套养生哲学，做饭老是不爱放盐，而且改不掉用勺子从锅里盛汤品尝的毛病。如果她睡着了，阿姨至少可以帮褚旭点外卖。阿姨是她的老乡，也是东北人，比她大十岁，来北京已经十五年。十五年真是一个很长的时间，十五年就像是一页纸，一下就翻过去了，十五年的时间绝对是不短的，十五年就像是一条胡同，走着走着一拐弯，就在了身后。谁把无边无际的时间切割成无数的十五年呢？谁在用十五年计数？远处似乎传来雷声，要下雨了吗？还是保姆在敲门？有那么一个夜晚，她曾经在雨里走着，没有打伞，北京的雨比S市沉，噼里啪啦地砸在她头顶，她就沿着一条阔路走着，那条路她不知道名字，那时候她已来到北京三年，但是还是哪儿也不认识。她怎么这么傻啊，在大雨里走，像是言情小说里的女主人公。她忽然记起了一个人，她很奇怪这时候为什么想起了他，不是褚旭的父亲，不是自己的父亲。她已经太久没有想起他，好像这个人在她生命里从来没有存在过一样，或者是因为她在某一个时刻奋力一扔，便把这个名字扔下了山崖云海。

没错，她是因为李页才来到北京的，她的成绩本来可以保送到武汉大学法学系，因为李页要来北京学画，她放弃了保送的名额，去参加高考，考取了北京的大学。大三那年，导师让她读研究生，她拒绝了，她想先去律所工作，这样两人的生活还能有些保障，李页肯定是没有什么赚钱能力的，他在大学期间没有认真画画，要么在寝室蒙头大睡，要么去图书馆看看书，偶尔画一幅，同学们都啧啧赞叹，之后的半年他又一幅不画了。她怀疑李页无法毕业，那样的话总得有人养他。他与母亲的关系很差，放暑假也不回家，管家里要钱几乎是不可能的。她甚至偷偷坐着公交车去看了一些房子，大多在近郊，她这几年拿了一些奖学金，如果去律师事务所实习，前面几个月应该可以撑下来。如果住在一起而没有结婚，李页的性欲怎么解决？她也认真地考虑过这个问题。那就结婚吧，她暗自有了决定，只要李页提出来，她就同意。她不是因为李页的才华而爱他，但她相信李页的才华，这几年只是逆反情绪占了上风，就像一只气球脱离了一双手，向天空飞去，摇摇荡荡很自在，但是没可能飞到外太空的，总要爆炸，变成一块胶皮落下来。她相信只要他回到画板前，认识到这是他唯一的命运，他就可以走出一条属于自己的路，即使没有拿到毕业证也没关系，这是这个行当的优点，虽然她对北京的艺术圈子毫无了解，连一个人怎么把画卖出去都不知道。

在她大三那年临近暑假的一天，两人相约去颐和园游玩，李页看上去疲惫异常，心不在焉，天气酷热无比，她从小贩那儿拿了一顶草帽戴在头上，小贩举起了一柄小镜子，她从里头看到自己，觉得自己很好笑，一顶帽子就可以让一个人变成另一个人。李页抢着付了钱，她挺高兴，李页总是这样，无论再穷，只要兜里还有一点钱，就绝不会让她花钱。两人走过十七孔桥，李页落后了几步，她回头看，李页被晒得睁不开眼，T恤衫的胸心处湿了一大块，好像正有什么东西从他的身体里流出来，她忽然后悔当时光顾着照镜子没给他也买一顶。他大走了几步，走到她旁边，说，我想出趟门。她说，去哪？去写生？他说，算了，不去了。她说，想去就去吧。他说，算了。他往前走，速度之快，像后面有人追他，突然他停下来，转头说，姜丹，我爱上别人了。她感到天气凉了，汗都退回到毛孔里，皮肤一下子干爽得像新买的凉席。李页说，我和她睡了，我以后就和她在一块儿了，我的决心已下，你说什么也无法更改了。姜丹注视了他一会儿，他还是过去那个人，没有因为这几句话一下变成另外一个，她还是爱他，她为自己感到难过，她想说几句话劝他一下，张嘴时发现发不出声音，从喉咙里流出一些干巴巴的气体，周围的声音也听不见了，刚才还有鸟叫，有蝉鸣，有树叶沙沙的声音，现在全都不见了。李页说，我回了，再见。他的语速比平时快了两倍，在她的耳膜里变得十分尖厉。李页往前迈了两步，拥抱了她，像要逮捕她一样把她的全身跟自己贴在一起，她的身体像纸片一样轻，双脚都离开了地面。他突然松开了手，转身撒腿就跑，他一直不擅运动，跑起来的姿势十分难看，脚后跟不自然地一下下撩起来，她忽然想笑，但是他速度不慢，一会儿就从她的视野里消失了。

傍晚下起了雨，她在雨中走回了学校，中途草帽丢了。在两个室友的注视下，她爬向自己的床铺，用夏被盖上湿透的身体，马上睡着了。醒来时发现还是黑夜，她不知道她已经睡了一天一夜，她闭上眼睛又睡着了。她生了一场大病，找不到病原体的病毒性感冒，之后演变成支气管炎，再之后又在肺部发现了积水，住进了校医院。康复之后，她的体重从九十七斤下降到八十五斤，脸上的几颗青春痘完全干瘪脱落。她走到导师的办公室报名考研，七年之后她以最优异的成绩博士毕业留校任教，体重一直在九十斤以下。

这些并不遥远的记忆竟变得十分遥远，甚至比儿时的记忆还要遥远。姜丹从床上坐了起来。她的父亲曾见过李页两面，一次是跟她一块儿，李页来家里吃了个午饭，那是他们上大学以后，两人没说几句话，但是气氛还算融洽，父亲还给李页拿了一罐啤酒。一次是她父亲单独去找了李页一次，那是他们上高中的时候，父亲去跟李页说，离姜丹远点，现在还不是想这些的时候。李页没有接受她父亲的建议，他跟姜丹说，他也并没有生她父亲的气，这非常正常，在这种关系里头，那个学画的男孩通常要多受一些指责。他对她父亲的印象很好，他说那天她父亲穿了一件棕色的皮夹克，穿黑色皮鞋，头发打理得很精细，有一副宽阔的肩膀。他们两个推着自行车沿着学校后面的小路走了一会儿，两边是干枯的杨树，衰落的叶子铺在地上，北风从小路的这头吹到那头。他不知道她父亲为什么知道学校附近有这么一条偏僻而美丽的路，这是他们几个男孩偷偷抽烟的地方。她父亲具有一种独特的威严，某种坚定的东西在他身上散发出来，让人觉得值得信任。李页说，他想掏出一根烟给她父亲，想想还是作罢，两人想成为朋友还有很长的路要走。姜丹当时很奇怪，李页才见了父亲一面，对父亲的了解几乎就与她一样多。

李页后来才从姜丹处得知他见到的是她的继父杨道林，一名警察。姜丹的生父是S市拖拉机厂的保卫科科长，在她十二岁那年失踪，在她十三岁那年被发现，人已经死亡，死在湖底的烂泥之中，失踪当天的衣物都在身上。她的继父就是因为侦办此案，才和她的母亲走到一起的。这个复杂的故事她并没有告诉李页，她下意识地使李页认为她的生父是自然死亡的，不因为别的，是因为她自己承受这些已经足够了，李页知道此事对他一点帮助都没有，只会让他对人生的看法更加混乱。

三

杂志出刊的那几天，马小千心情很好，本以为是在中后，没想到竟然是封面，而且奇妙的是，无论谁待在封面上，都像是大明星。北京报刊亭的数量虽然在锐减，但是但凡有一个，杂志的种类就会极全。她连续两天都在一个巨大的像翅膀一样展开的报刊亭前面站了二十分钟有余，目睹自己跟其他著名人物并列在一起，就像是一个星座里的星星。她不买，只是看，因为她觉得如果买回家别人就看不见了。

这天白天的工作结束后，马小千回到家里洗了个澡。浴室是她每天最喜欢待的地方，里面有一个巨大的浴缸，比例与公寓的总面积颇不协调，她就是因为看中了这个才把它租下来的。其实这个房子有许多其他的问题，比如楼层有点矮，三楼，经常能听到街上人说话的声音，并且在院子里，就在她的窗户底下，有一棵树，冬天的时候还好，叶子掉光了，像一株直挺挺的没有生命的建筑，春夏的时候叶子茂盛，就会挡住她的窗子，即使在一天中阳光最强的时候，她房子里也没有什么光线，在客厅的地板上只能看见斑驳的树影。楼上住了一户韩国人家，有时候在电梯里遇见，对方会热情地用不怎么熟练的中文跟她打招呼，但是韩国人家有四个孩子，两男两女，每天晚上都在她头顶上跑来跑去，最严重的时候，她的挂灯都在摇晃，然后天花板肉眼无法看见的缝隙里落下一些灰尘。浴缸确实是好浴缸，硕大，光滑，躺进三个人也没有问题，热水极热，冷水极冷，两把水龙头都非常通畅，无论什么时候拧开都会准确地流出冷和热的两种水来，如果你不关上，它们就一直不停地流下去，没有丝毫愧疚地，淹没整个城市也不足惜地流下去。

马小千脱光衣服之后先洗了把脸，把白天残留的妆容洗净，然后点上一根烟上厕所，她把烟灰从两腿之间弹进坐便池，最后把烟头也扔进去，冲掉。她弯腰给浴缸放水，像一个调酒师一样小心地安排两种水的量，最后她躺进去，把后脑勺搁在坚硬的边缘，两腿伸直。水卡住她的喉咙，压迫她的全身，她感觉到自己就像在一个秘密的舱体里，向着遥远的太空飞行。她回忆起那天跟李页一起的拍摄工作，真是顺利啊，她对自己说，她以为是在思忖，其实她会轻微地发出一点声音，但是她自己听不见。摄影师挺有意思的，她想，他喜欢我，但是他好像有点强迫自己冷淡。他拍照的技术很好，他的相机就像他的眼睛一样，不过是长在手指上。他的外表很平庸，虽高但走路像个骆驼，四肢很不协调，还一直戴着鸭舌帽，估计是头发不多，已经开始谢顶了。她迅速地辨别出了李页的口音，李页却没有听出她的。通过几年的训练，她的普通话已经非常标准，标准到毫无根基的程度，就像一个不出生在任何地方的人。他是S市人，他们是老乡，他的口音明显带着二十世纪的味道，保留着一些已经消失的土语，急迫的时候就会说出来，比如“别屈眼睛”，意思是不要把眼睛眯起来，她已经好多年没听到过这样的动词，她自己也不会说。她出生在S市，九岁的时候搬走了，但是她完全明白他的意思。他应该也觉得拍得挺顺利吧，但是他肯定没意识到这里头隐藏着同乡的默契。

水在变凉，马小千用脚指头拧开水龙头，放出一点热水，又用脚指头关上。她的脚比过去老了，关节处多了皱纹，趾肚也不如过去饱满。可能跟时间没有关系，是她走路的姿势不对。初中毕业之后她没有念高中，来了北京。她已经来到北京十五年，前两年的很多个夜晚她是在网吧里度过的，她的前两任男朋友都喜欢打游戏，都长得细瘦，她就在旁边看电影直到天亮。她演过小剧场的话剧，在破烂的布景里大声说着空洞的台词，关于存在，关于交通堵塞。观众本着好奇之心走进剧场，很快发现台上发生的事情与自己没有关系，有人开始大声聊天，有人把吃剩的零食扔到台上来取乐。她也在酒吧唱过歌，跟着一些乐手在午夜的街道闲逛，因为喝了太多啤酒，她蹲在路边的草丛里尿尿。两个男人挡在她身前，抽着味道很大的进口香烟。她参演过成本很低的艺术电影，她看中了那个剧本，导演是个严肃的艺术工作者，没有性方面的要求。他运气不好，他太执着于电影本身，以至于什么也没有得到，也浪费了她掏心掏肺的表演。后来有一次在席间，一个她不认识的人提起了这部电影，她马上把目光投向他。他们离得很远，环境嘈杂，每个人都在说话，她听不清那人说什么。她假装去洗手间，走到那人身后，那人已经说完了。她等了一会儿，因为听他说话的人不感兴趣，那个男人已经转换了话题，谈起了文学。马小千有种幻觉，十四岁之前的她也是她扮演过的一个角色，只不过用时较久，后来她又演了一些别的，这些人物都在她身上留下烙印，一些手势，一些触碰，一些说话的方式，还有那些鬼天气，那些凝视她的目光，那些失败，都使她成了今天的自己。她曾想把自己从她们中解救出来，随着年龄的增长，这样的欲求越发困难，因为她们的数量越来越多，她自己已缩小到不够一个。

李页正在找她。不知为什么,她突然有此感觉,她马上从浴缸里站起来,擦干身子,跑到客厅拿起手机。没有,李页没有找她,几个无聊的群里有人在说话,经纪人在跟她抱怨她随意改名的事情。她找到李页的微信写了几句话,前后改了几次,然后按了发送,把手机再次扔到一边。她忽然想起来今天晚上十点她有工作,一个男人要来她这过夜,是一个可靠的朋友介绍的,她开价六万元,对方接受了。她才想起来为什么要洗澡,还请了保洁到家里打扫了卫生,以至于她刚才差点被挪了位置的脚凳绊了一跤。她的朋友名叫刘一朵,比马小千大十岁,过去也是一个演员,很早就不再演戏了。刘一朵发现了自己身上其他的天赋,演戏说服不了别人,做事却让人信任。刘一朵和马小千认识之后,曾给马小千介绍过几个男朋友,但是每次马小千和男人的关系都无法长久,有的只持续了一个晚上,有的甚至只在她家里待了两个小时,她就让男人走了。有一天两人聊起此事,马小千开玩笑说,朵姐,下次得让他们付钱。刘一朵想了想说,这事不难。马小千看了一眼刘一朵的脸,那张脸在她眼中马上变得肃穆起来。马小千说,我就是一说,那点钱我还是能挣的。刘一朵点点头说,我们是朋友,跟我和其他女孩的关系不一样。我真心希望你好,如果你缺钱,我可以借你,开个咖啡馆或者饭店,面包店也不错,我有个朋友已经开了两家了,钱我也不要了,就当我入股。有时候你当着我的面撒谎,我也挺生气,还有些时候你假装天真,不该坦诚的时候你过分坦诚,以显示自己挺有性格,这我都能接受。谁不在演戏呢?我喜欢你,混了这么多年也没什么出息,我也挺同情你。你就当真那么想演电影吗?我看未见得,可能你就是想找个方式实现你的价值。你有多少价值?这才是一个问题。你演戏比我强,我承认,但是强多少?也是个问题。马小千拿起面前的咖啡喝了一口,有一瞬间她很想把咖啡泼在刘一朵脸上,她用牙齿轻轻咬着咖啡杯的边缘,愤怒快使她流泪了,她迅速在脑海中找到南极冰天雪地的画面,一片白茫茫,企鹅嘴里长着锋利的牙齿笨拙地走着,她需要赶紧平复下来。刘一朵没有看她,也许是故意的,她掏出自己的手机看了看,手机的背面写着"恶灵退散"几个黑字。她说,我下周去日本,你有什么要带的吗?马小千说,给我带一件巴黎世家的大衣吧。刘一朵说,今年他家没出什么好看的大衣,我看着给你买吧,牌子我挑一挑。关于价值的事你别生气,我也问过自己同样的问题。马小千说,我生什么气啊,我相信你的品位。

两天之后,马小千在家里的客厅给刘一朵打电话,她说,你到日本了吗?刘一朵那边有些嘈杂,她听见有人跑来跑去,还有孩子在尖叫。刘一朵说,我刚落地,过海关呢。马小千说,通常你抽多少,我是说,通常情况。刘一朵说,你等我一下,我找一下护照。几秒钟之后她说,通常我抽百分之二十五。我们的关系摆在这儿,但是这个比例我不能改。我可以保证给你挑的人都是好的。马小千说,什么叫好的？刘一朵说，你为什么非挑这个时候跟我说这个事呢？马小千说，你就跟我说说吧，行吗？刘一朵说，好的，就是好人，没了。马小千说，你怎么知道他是好人？刘一朵没有回答就把电话挂了。

过了两周刘一朵给马小千寄来一部手机和一件 CELINE(思琳)的大衣。刘一朵告诉马小千，以后她们的业务通过这部新手机联系，新的微信号要换个八竿子打不着的名字，而且不要发朋友圈，一条也不要发，手机要随身带着，一旦丢了要马上告诉她，遇到特别紧急的事情要给她打电话，不要通过微信说。马小千琢磨了一下，给自己起名叫阿波罗，那是她小时候养的一条狗的名字。

又过了一周，刘一朵给她介绍了第一个客人，对方当天晚上只有两个小时时间，刘一朵开价三万，对方答应了。晚上十点整，男人准时到了她家楼下。马小千开了门禁，打开房门，她发现自己没有丝毫紧张，也没想退缩。她之前已经下了决心，如果这个男人让她恶心或者十分野蛮，她就把他杀了，然后去自首。马小千对自己的想法信以为真，她确实在床头的抽屉里准备了一把水果刀。电梯门开了，走出一个大约三十岁的人，穿一件天蓝色的棉质衬衫，手拿一束百合，头发像二十世纪九十年代香港电影里的明星，三七分。马小千说，你好，咋还带花了？进来吧。男人说，谢谢，你家有花瓶吗？马小千把门关上说，没有。男人说，矿泉水有吗？马小千说，有，都是冰镇的。男人说，可以给我一瓶吗？男人接过矿泉水拧开，喝了一大口，马小千注意到他的手腕特别纤细，好像鼓槌。男人把百合花插进剩下的矿泉水里，水实在太凉，马小千感到花瓣似乎颤抖了一下，然后伸展开了一些，房间里飘起花香。两人简单交流一会儿，男人说他从事互联网行业，最开始搞的是测算，后来发明了一个算法，有了自己的公司。其实我是个数学家，他说，我在美国待了三年，那日子太苦了，就回国了。马小千忍不住说，我演过电影。男人说，应该应该。但是没有问是哪部电影，也没有问她现在还演吗。男人忽然拉住她的手，说，你这儿很舒服。马小千说，没有吧，很简陋。男人说，很舒服，我之前也有个这么小的房子，后来没有了。如果一会儿我睡着了，你能让我多睡一会儿吗?如果超过了时间，我会按照比例跟你结算。然后两人上床发生了关系，男人一直很安静，马小千也没有怎么发出声音，男人突然号叫了一声，吓了马小千一跳，她睁开眼睛，看见男人的牙床都露了出来。他翻倒在她旁边，很快睡着了。马小千从床上下来，去浴室洗了个澡，男人自己戴了避孕套，也没怎么出汗，所以很干净。她忽然想，如果自己不要钱，这件事情就毫无问题，一点问题也没有，就像所有在大自然的森林里发生的事情。她从浴室出来，男人已经醒了，光着身子在床上看手机，她意识到自己的想法非常愚蠢。男人看见她，冲她笑笑，从床上下来穿好衣服。男人说，我已经把钱转给朵姐了。你还想再见到我吗？马小千说，说实话吗？不想，但是如果你想，我可以见，还在这里。男人点头说，朵姐说你经验很丰富，我感觉不是如此，使我有点分心，但是我还是按原价给你付账。男人走后，马小千把花和矿泉水都扔进了垃圾桶，然后买了一个鞋柜放在门口，所有来找她的男人必须把鞋脱在外面。

她又拿起手机看了看，李页没有回复。她把光着的双脚放在茶几上，整个人松在沙发里。刚开始，每当距离客人还有一个小时到的时候，她都会有些焦躁，她小时候学习成绩不佳，每当考试之前都会紧张。到了今年，这种紧张感逐渐消失了，一是因为刘一朵言而有信，委派给她的客人基本都是比较好相处的，有些人甚至非常内向。她的第三个客人，一个瘦高个儿，几乎全程没怎么跟她说话，但是他带来了一个音箱，十分小巧，品质一流。在他们上床之前，他播放了一首乐曲，马小千觉得无聊，但是也只好跟他一起听下去。曲子相当漫长，他在浪费自己的时间，马小千心想，但是她也承认，她逐渐听了进去，她几乎听出了曲子里包含某种自我责备，某种阴暗的反省。曲子结束了，她礼貌地问，这是什么歌？男人说，《第八弦乐四重奏》，一个叫肖斯塔科维奇的音乐家写的。她说，我听过，但是不知道叫什么名字。男人眼睛一亮说，真的吗？她说，真的，挺巧的。这当然不是真的。男人点点头，把手轻轻伸进她的裙子底下说，肖氏说自己在谱写过程中流下的眼泪，跟一个人喝了大量啤酒后撒的尿量一样多。之后马小千自己买了音箱，也买了这张碟片，但是自己听的时候感觉差了好多，她搞不清楚为什么，也许那个男人的存在如同一个注脚，或者这首曲子只适合在做爱之前听。另一个原因是马小千的经济状况改善了，大幅度地，她的家里多了很多精致的家具和摆件，重新粉刷了墙壁。她小心地控制它们的量，不让家里显得太过拥挤。随着购买经验的累积，她的品位也进步了，她也不用再为了一点小钱演戏，她挑选的工作都是她喜欢的，她的表演也更自如了，因为她见过形形色色的人，也不担心自己发挥失常丢了工作没有饭吃。她签了一家新创立的很小的经纪公司，有了一个毫无经验的经纪人，总比没有强，表面上的业务她可以省心一些。但是她的曝光度还不高，像她这样的人有成千上万。她和刘一朵商量了一下，提高了她的价码，两周才上一次工。她计划如果她再红一点，就洗手不干了，但是现在还不行，她过去的经济积累太少了，还是不够安全。最后一个重要的原因是，她不想谈恋爱，受有钱男人的管制。略微让她遗憾的是，自从她接受了这个工作，就再没跟刘一朵见过面，刘一朵主动提出了几次，她都找理由回绝了，她也不知道自己怎么回事，不过这没有影响到刘一朵的职业性，客人结算后的第二天，她都会把钱打给她。

她把玩着手机，看自己买的东西什么时候送到。李页的微信名叫作长夜里，她觉得这个谐音还挺好玩，是不是这人有失眠症？他看起来有点认真过头，也许会有这个毛病。马小千自认也是一个认真的人，面对自己的两份工作她从来都不会懈怠。这有时候会让她痛苦，她不知道李页是不是也有同样的感受，人大不了一死，只要稍微想一下就会知道，但是还是忍不住要在活着的时候努力向上爬。这一点她觉得她和李页有不同之处，李页已经到了一个不错的位置，他的敬业也许是他的习惯而不是手段，听说他拍得不满意的时候会打人，还因此惹了官司。这相当奇怪，通常被拍摄者的要求会更高一些，因为是照片里的主人公，李页毕竟是一个服务者，就像一个厨师当真把自己的菜当成了作品，食客吃得漫不经心时他会从厨房冲出来动手。这还挺好玩的。最近她研究了李页过去的作品，大明星在他的镜头前面会变成一个普通人，充满了胆怯和犹疑，有的人服饰暴露，可是感觉不到一点色情的成分，倒像是洞穴里的衣不遮体的原始人被偶然拍到，散发着单纯的身体的美感。有些她不认识的人，拍出来却像是大人物，野心勃勃，顾盼自雄，性欲丛生。马小千看了一眼手机右上角的时间，站起来去衣帽间找了一件长袖衬衫穿上，底下没有更换，还是一条牛仔短裤。

晚上九点五十八分，门禁响了，她遥控打开了底下的大门，然后把窗帘拉好。人迟迟没有上来。又过了大概十分钟，有人敲门，她打开门，门口站着一个中年人。也许是她见过的外形最好的中年人，身高一米八〇左右，身材匀称得好像石膏像，头发浓密，鬓角花白，长了一只跟阿兰·德龙一模一样的鼻子，眼睛周围有些自然的皱纹，双眼像少年一样年轻。他穿了一件纯白的T恤衫，上面没有任何图案，一条牛仔裤，脚上一双黑色的旧皮鞋，没有图案。右手拿着一瓶红酒，背后背了一只挺大的黑色双肩包。男人说，不好意思，我刚才走错了。我以为是五楼，按了门铃等了半天，没人开门。马小千说，请进，请把鞋放在鞋柜里。男人说，好的，谢谢。他放好鞋子走了进来，把红酒放在餐桌上，说，你的沙发可以坐吗？马小千说，当然，沙发就是给人坐的。男人坐下，背包放在身边，双手抱拳放在膝盖上。马小千一时有点不知道说什么，她走到厨房去拿开瓶器，没有找到，她才想起来她家里没有开瓶器，她偶尔会喝一点酒，为了保持身材，啤酒是无法喝的，她就喝一点白葡萄酒，盖子一拧就开。她也喜欢喝红酒，但是她永远学不会用开瓶器，每次都会把橡木塞子弄碎，钢尖穿出来，酒里都是木屑，后来她就不喝红酒了。

她从厨房走出来说，不好意思，家里没有开瓶器，我叫一个。男人拍了拍自己的黑包说，我自己带了，晚点再喝，我们先聊聊天？马小千坐在男人旁边的单人沙发上。这个沙发自从买来她就没怎么坐过，当时图了它的造型和颜色，墨绿色，椅背高得离谱，坐上去不怎么舒服。男人说，我在杂志上看到过你，是你吗？马小千说，是，你觉得照得如何？男人说，很好，你开的价钱低了。马小千笑了，说，那我可以重新报个价。男人说，好啊，你报一下我听听。马小千说，我想减点钱。男人说，我没有开玩笑，你可以重新报个价，郑重的，一个人首先要尊重自己，这一点很重要，因为很多人没有判断能力，你自己的定位有时候就决定了你的分量。马小千说，你是大学老师吗？男人说，不是，我是无业游民，专业的无业游民。马小千说，十万元可以吗？你可以待到明天早上九点，因为我明天上午还有工作，晚上你可以再来。男人说，你明天的工作给你多少钱？马小千说，明天是去试镜，还没谈到钱的事情。男人说，我把你明天也买下来，你再重新考虑一下。马小千说，明天确实不行，我答应了人家，我得去。男人说，一个承诺？马小千说，差不多吧，一个机会。男人说，我把你一周都买下来，多少钱？马小千说，这和钱没有关系，你可以问问朵姐。男人说，她也不重要，你觉得她重要吗？马小千有点不舒服，她不想持续地谈跟钱有关的事情，她也不想回答这么多问题。

马小千说，还是按原来说的吧，你待到晚上十二点，等我空了，我们可以再约。你确实很帅啊，你自己知道吗？男人说，你看见我的白头发了吗？马小千说，我怀疑你是染的，因为从你的整体造型来说，没有白头发还真的不行。男人说，我越来越喜欢你了，一周真的不行吗？马小千说，哥，真的不行。我有一个大浴缸，除了我没人用过，你想用一下吗？我可以给你弄很多泡泡。男人说，我的血压有点高，不好泡澡，既然时间紧张，我说话就直接点了，如何？马小千说，当然，我最讨厌伪君子。男人说，你放心，我不是。那我们现在就开始吧。马小千说，好。她背对着男人脱掉衣服，爬上床。然后她听见拉链拉开的声音，几秒钟之后，男人从后面拥抱了她，她感觉到无比舒服，男人的身体有着怡人的温度，她明显感觉到男人带着深厚的感情，似乎要把她哄入睡眠中。男人把她双手拧到后面，她说，你轻一点，我演戏胳膊脱过臼。突然一块胶布封到她的嘴上，她想喊，却发不出一点声音。二十分钟后，她的四肢被绑在床的四角，男人从黑包里掏出了一个方形的电子产品放在她的床头柜上，又掏出一把不大的水果刀。因为她的挣扎，他出了不少汗，他去洗手间洗了一把脸，回来时比刚来的时候看着更干净。他说，你不用害怕，你害怕了吗？别害怕，这个东西是一个分贝仪，我现在把你嘴上的胶布揭下来，只要你的分贝超过三十，我就把你的舌头割下来。如果你听懂了我的话，你就点头。马小千感到自己耳鸣，她希望自己能冷静下来，可是全身正在无法抑制地抖动，脖子僵硬得像树根，她奋力动了一下，想要点头，整个后背被牵起了两厘米。

男人从包里掏出一双白手套给自己戴上，随后他又从包里拿出一个小巧的摄像机和一副三脚架。摄像机的牌子是“虹”，马小千认识，那是一款相当专业的电影摄像机。他拉开窗帘看了看，黑夜里的树叶子几乎贴到窗户上，今年这棵树格外茂盛，把窗户整个挡住了。他把窗帘重又拉上，回来开始调试机器，然后熟悉了一下马小千房间里的电灯开关，研究了大概十五分钟后，他把机器架在床尾，正对着马小千的裸体，高度大约一米半，完全可以覆盖她的脸庞。然后他走到床头，伸手撕掉了贴在她嘴上的胶布。马小千使劲用嘴呼吸了几下，她的楼上住着韩国人，如果她大声呼救，也许他们能听见，但是他们不一定能听懂，即使听懂了，赶到时估计她也已经死了。这个公寓是一梯四户，以电梯间分界，东西各两户。她的隔壁一直空着，没有住人，据她的中介说，这户人家已移民去了国外，房子一直想卖，但是找不到买主，又不想出租，怕破坏了卖相。她知道求他放了她是毫无意义的，他有备而来，从容不迫，整个过程中没有一丝慌乱。她说，我想喝水。男人说，可以，但是你只能喝一点点，这种情况你上厕所比较麻烦。她说，明白，饮水机在厨房，杯子在水池上面的橱柜里。男人说，你有薄一点的被子吗？她说，有的，就在你后面的衣柜下面，第二个抽屉。男人找出被子给她盖上，接了水喂她喝，他扶住她的后脑勺，动作非常温柔，像对待一只小动物。马小千说，我不知道你想干吗，其实我遇到过不少恶作剧的人，人都有自己的癖好，你想这么玩我可以配合。男人说，你很聪明，跟小时候一样。你不要再出主意，如果你听我的，你就能活着，如果你做不到，你就活不了。你明白吗？我会割断你的动脉，让你的血流尽，然后把你切成小块，放在冰箱里。马小千说，你想让我干吗？你把我都绑上，我什么也干不了。男人说，我刚才说了，我们聊聊天，但是你有点急躁。马小千说，聊什么？男人说，回想一下，你最开始的记忆是什么？我是说，作为一个人的最开始的记忆。马小千说，我想不起来了，这跟现在有什么关系？男人说，肯定有一个起点，你想一下。马小千说，可能是三岁还是四岁，我妈在哭。好像是因为她的什么东西丢了。男人说，你有爱的人吗？马小千说，我爱你行吗？我爱你，你一进门我就爱上你了。男人笑了，说，你为什么爱我啊？马小千说，直觉，我一直用直觉。男人说，谎言。还是从你的记忆开始吧，如果你讲得不好，我们就结束。你知道结束的意思吗？马小千说，我真的已经把大部分的事情忘了，我的故事对你有什么意义？我他妈就是一个普通女人，我混得挺不容易，这几年想挣点钱。我卡里大概有一百七十万元存款，我都给你。密码是六个八。她的眼泪止不住地流下来，一直流到枕头上。男人说，你准备好了我就把机器打开。不瞒你说，你肯定要死的，因为你堕落，你将我的所有期望都辜负了，不过我也感激老天又让我找到了你，我以为再没有机会见到你了，你变得这样美，像其他人一样长大了。说到这里他停顿了一下，注视着马小千的眼泪，似乎在犹豫是不是帮她擦掉。

这些年里我经常后悔，我活得不好，现在我终于有机会把遗憾弥补了。不要怕死，这些记忆我都已经录了下来，在以后的日子陪伴着我，跟你活着没什么区别。你准备好了吗？

四

宋百川有一个仓库，位于东城区东北角，比邻烟袋斜街，在协作胡同的紧里头。那是他家的族产，“文革”的时候被抄没，一九七七年冬天返还给他。那年他十六岁，父母都已在运动中去世。他的父亲是画家，死于伤口感染引发的败血症，母亲是杂志社美编，死于悲愤。两人都是满族，在旗，事实上，两人都是皇族，尤其父亲，原名很长，一九四九年之后改姓为“宋”，胡乱起的。据父亲讲，大多满人的汉姓都取满姓里的一字或者一字之谐音，他却选了一个完全没关系的“宋”字，一是想跟过去彻底划清界限，二是宋朝虽军事孱弱，画家倒是不少，文人境遇尚可，就改了这个姓。十二月的一天，宋百川接到通知，让他去领钥匙。他的家已经被抄得干干净净，就剩下一点餐具，他自己也刚从外地回来。父母已殁，他就以串联的名义去各地游玩，火车上遇见有趣的朋友就去人家住下，击鼓传花一样一路南下，待了一阵后又折返北上，途中突然听闻伟人逝世，宋百川马上意识到，应该回家了，至于到底为什么，他自己也说不清楚。

那个仓库说是仓库，其实是一个四合院，只不过跟一般过去的四合院不同，门是铁门，不是木门。宋百川拿着证明材料去仓库所在街道办了登记，就拿着钥匙去开门。捅了半天锁也打不开，已完全锈死，变成了一块铁疙瘩。宋百川看路上没人，就翻墙爬了进去，这几年的漂泊练就了不少本领，身体比在北京时强壮了很多，头脑也灵活了，知道了变通。里面一片破败景象，水缸里漂着碎冰，窗棂上挂着蛛网，院里的两棵桂花树叶片凋净，地上一片平整的雪，婴儿的皮肤一样细嫩。父亲活着时跟他讲过，他们家族有一个库房，不属于个人，不属于某个家庭，属于宗族，百年来都是族里的人轮值打理，被抄走时才中断。运动开始时宋百川正要上小学，之后几年里学校的教育几近于无，但是生在这个家庭，耳濡目染，他不但看了不少书，对于书画的东西多少也有些了解，也帮着父母烧过不少东西。父亲边烧边讲，这是董其昌，这是徐渭，这是沈铨，来龙去脉，如何如何，然后就扔进火里。宋百川开始也心疼，父亲流泪，他也跟着流泪，后来都平静下来，烧起来没什么感觉，最重要的是抓紧时间。

他从墙头跳进院子里，膝盖一屈，脚踩在雪上。影壁墙被砸过，但是没有坍废，还站在那里，像颗烂牙。四围的矮房都没有上锁，他随便推开一扇门进去，发现里面还很整洁，这是一间厢房，窗户纸都还在，一床铺盖卷起来放在侧面的榻上，他走近一看，铺盖还挺新，上面没有灰尘。在应该是正房的位置，改造有一个祠堂，父亲说过，说是仓库，重点就在这里，祠堂的底下是空的，家族的一些东西就放在里头，机关在供案底下，有一个菱形的石砖可以挪开。宋百川推门进去，发现有一个人坐在火盆旁边烤火。这把他吓了一跳，那人抬头看了他一眼，没有惊慌，说，你是哪个单位的？是一个光头少年，穿了一件破黑袄，估摸有十六七岁，和他年纪相仿，面貌清秀，脚边放着一把尖刀，刃大概有三十厘米长。宋百川说，这是我家的库房。少年说，有介绍信吗？宋百川说，当然有，我凭什么给你看？我能进来就说明这是我家的地方。少年说，我也能进来，这也是我家的吗？你是翻墙进来的，我都听见了。少年拿起刀把火拨了拨，说，我在这儿住了两年了，你再找个地方吧，我不想伤你。宋百川从兜里掏出钥匙伸到他眼前说，这确实是我们家的地方，今天刚还到我手上，大门的锁锈了，我估计你也看到了。少年看了一眼钥匙说，你姓什么？宋百川说，我姓宋，之前姓伊尔根觉罗。你叫什么？少年说，我叫霍光，我一直都姓霍。我爸是这儿的门房，我爷爷也是。我爸几年前死了，他临死前让我待在这儿看门。本家来了，我就走了，如果你不来，我不知道要看到什么时候。说着站了起来。宋百川说，你去哪儿？霍光说，我还没想好，我挺爱看电影的，这边放露天电影我老去，我会点把式，也许可以当个电影明星。有人说我长得像王心刚。宋百川笑了笑说，你把手伸出来我看一下。他听人说，如果一个人的掌纹乱七八糟，就说明心眼儿多，如果掌纹只有三条，清晰又不分岔，就说明是个可靠的人。霍光伸出手，只有一条粗壮的掌纹贯穿手掌，不但没有乱纹，连另两条纹路都非常浅，几乎看不见，像用橡皮擦过。他的手比一般人小，掌心雪白，四周红润，猫爪子一样。宋百川说，我家人也都没了，如果你愿意，以后跟着我吧。霍光说，你指着什么吃饭？宋百川说，我刚回北京，还没想好，听说恢复高考了，但是我没念过什么书，肯定考不上的。你呢？你有什么计划？霍光思考了一下，从兜里掏出一块手表和一枚金戒指，说，这些东西应该够我们活半年。宋百川说，哪儿来的？霍光说，抢的。宋百川说，别吹，你爸给你留下的吧。霍光说，我爸就给我留了一副铺盖，他死了，跳蚤还活着。手表是一个女人的，她很听话，我要就给了我。戒指是一个男人的，他不想给我，我就捅了他两刀。火盆里的火快灭了，他又放了两根木柴进去，说，其实也没什么大不了，我不杀他，我就要饿死。他抬起头对宋百川说，我不能去扛大包，看门也是暂时的。我是个人物的，知道吗？很多事情我一想就明白，你想吃肉吗？宋百川说，不想。他忽然想起他爸，死时不住地喘，母亲嗓子已经哑了，发出嗞嗞的声音，其实是在叫他爸的名字。他说，我们握个手吧，做朋友，相互间只说实话，如何？霍光把刀放下，说，你大名叫什么？宋百川说，宋百川。霍光说，你有住的地方吗？宋百川说，有，这院子也是我的啊。霍光伸出手把宋百川的手握住说，以后我们是朋友了，能不能同生共死不知道，但是我们是朋友了。宋百川说，我问你几个问题。霍光说，行。宋百川说，你不是北京人吧？口音不像。霍光说，不是。宋百川说，你爸不是我们家的门房吧？霍光说，不是。宋百川说，你真的杀过人吗？霍光说，杀过。宋百川点头说，我家有些东西在这里头，我们一起拿出来，具体有什么我也不知道，看运气了。霍光说，在哪里？宋百川说，就在你屁股底下。

两人挪开火盆，霍光用刀柄敲了敲，确实有一块地砖底下是空的。他顺着石缝把刀刃塞进去，撬开石头，露出一人宽的一个窟窿，能看见几级石阶，极陡，再往里面就看不清了。霍光说，别忙，我有手电。他跑到厢房拿来手电筒，宋百川说，你给我照着，我下去，上面要留一个人。霍光说，我瘦，我下去，你在上面等我，我最烦等人。他一手提刀，一手拿手电，后背冲前把自己顺下去。如果我老半天没上来，你就走，也许有埋伏，他说。宋百川说，谁埋伏你？霍光说，我说万一。他头进去之后，转过身来向下走。宋百川等了大概半个小时，霍光爬了上来，身上一层灰尘。宋百川说，怎样？霍光说，好玩。宋百川说，什么好玩？霍光说，底下才是祠堂，你列祖列宗的牌位都在底下。宋百川说，就这个？霍光说，有三箱字画，有的受了潮，大部分还很好，我看大概有一二百张。宋百川说，是谁画的？霍光看了他一眼说，我不识字，你自己看吧。墙上还有壁画，画的是和尚的故事，一小半掉了，大部分能看得清楚。还有十二尊石佛，都有半米高，我看每个都有两三百斤，运走需要点工夫。宋百川说，我去弄个板车。霍光说，板车太显眼，石佛不怕潮，壁画你也弄不走，只能让它先这么着。这些画我们放在包袱里背走，只要这个院子在你手里，别人进不来，石佛我们慢慢运就行。宋百川说，壁画其实也可以弄走，就是需要专业的工人。霍光说，多一个人知道就多一条命，弄完壁画我不会让他活着。你决定吧。宋百川说，其实过两年弄也来得及，剩下多少弄多少。我们不说，别人不知道地底下有东西。霍光把刀别在后腰，用衣襟盖住说，其实我现在杀了你，这些东西就都是我的。宋百川说，说得没错。霍光说，你去找包袱吧，回来时别翻墙，把锁砸了，换个新的。天黑我们就开始运。宋百川转身要走，霍光说，别着忙，评书里说越是这时候越要沉着，面不改色。我在这里等你。宋百川没说话，他跳墙出去，撒腿开始狂奔。

一九八四年，他们各自买了一台夏利车。一九九六年，宋百川名下的三家酒店和两家画廊都运营得很好，除此，他还控制着十几家服装厂，仿制国外的运动品牌，每个厂子都不大，分布在广州、福州、深圳周围的县市，思路灵活，生产力极强。他养着一支盗墓队，常年在全国各地的乡镇山岭游荡。此时的霍光已经认字，不但认字，还有了近视，戴着一副轻便的眼镜，他是宋百川的多家企业的隐形股东，但是他从来不坐办公室，对经营企业毫无兴趣。二十年间，因为经济上的冲突，宋百川有几个不可化解的仇家，在一次谈判中他被剁掉了左手的小拇指。后来霍光杀了其中两个，另外几个有的逃到了国外，有的彻底归隐，不再出现了。霍光把这两个人肢解，装袋，扔进了南方荒僻的野湖里。宋百川知道霍光动了手，但是具体方法和时间、地点他不知道，也没必要知道。两人有时候争吵，有时候彻夜长聊，有时候去日本箱根泡温泉，有时候赌气一个月不再见面。但是两人有个共同的爱好，就是收藏。当年的石佛两人一人六个，摆在家里都没卖掉，壁画后来救出了三分之一，宋百川单独买了一栋房子，装上了最好的调节温度和湿度的控制系统。他把壁画镶在墙上，石佛摆在两边，祖先的牌位摆在画前的桌案上。他找人仿制了两个牌位，写上父母的名字也摆在上面。这个地方只有他和霍光知道，是他们沉思的空间，心灵的密室。

宋百川发现，因为涉足收藏，霍光的气质在变化，跟当年他们偶遇时已大相径庭，脸上的冷光消去，看上去像个读书人。霍光每年都会有几个月带着盗墓队在野外工作，他们设备精良，经验丰富，几乎每年都有不少收获。他也做古董交易，听说哪里有好东西，他就马上飞过去看。开始的时候他买过一些假货，后来这种情况就越来越少了，有时候他会故意买些假货放在家里，觉得好玩，因为宋百川有时候分辨不出。虽然出身世家，宋百川的水平已经远远落后霍光了，他知道一方面是那几年他忙于经营企业造成的，另一方面，当年霍光的屁股就坐在无数古玩之上，这是缘分，不是只靠专注和努力就可以达到的。两人都没有结婚，宋百川的女人相对固定一些，他会认真谈恋爱，爱情消失了，两人就分手。霍光没有谈恋爱的能力，所以他的女人极多，是宋百川的很多倍，分布在全国各地，隐藏在三教九流。这是十分危险的游戏，两人因此大吵过几架，但是宋百川也知道，这正是霍光的性格，即使女人知道了一些不该知道的事情，他相信霍光会处理好的。

一九九六年四月，清明刚过，霍光在S市的朋友小马给他打来电话，说他们得了一件东西，问他有没有兴趣来看一看。霍光问是什么东西，小马说是一把战国时的青铜剑，建筑工人在拆迁过程中挖出来的，现在到了他们手里。霍光问，品相如何？对方答说，一等一的，剑柄刻有一个“让”字。霍光说，我明天就到，到了呼你。晚上霍光来找宋百川吃饭，跟他提了一嘴第二天要去S市出趟差，宋百川跟他说S市这两年不是很太平，万事要小心。霍光说他跟小马做过几桩买卖，基本还是可靠的。宋百川问，“让”，可能是啥意思？霍光说，运气好的话就是豫让。宋百川说，豫让是谁？霍光说，战国时的刺客。他的这把剑应该落到了赵襄子手里，后来怎么到了S市，难考，他的故事很有意思，你回头自己看看吧，《史记》里有。第二天白天，霍光从银行提了十万元现金，又从家里保险柜里拿出一把六四军用手枪，到郊外简单试了试，性能没有问题。晚上坐K9J次卧铺，隔天早上八点到了S市。

S市八点的早晨还是灰蒙蒙的，好像还没有亮透。出站的广场上一座高高的尖塔，最上面顶着一辆纯钢的坦克。霍光提着行李包在街上走了一会儿，温度很低，走了一会儿就暖和了一点，他在站前找了一家回民馆喝了一碗羊汤，然后出来打车到了侯成宾馆。他每次来S市都住这个宾馆，位置在使领馆附近，是S市绿化最好的一片区域，价格昂贵，环境幽静，原来是领导人的住所，改革开放后对民众开放，牌匾是当地的大书法家沈延毅题写的，很见功夫。霍光打开电视看了会儿当地的新闻，然后用房间的电话打了小马的传呼，说他到了，小马回电话说他一个小时之内就到，带他去看剑。霍光问，今天就能看？小马说，能，下午就可以看。霍光说，东西在谁手里？小马说，在一个姓姜的保卫科科长手里。霍光说，在哪儿看？小马说，在他们厂，小型拖拉机厂，很安全的，工人都回家了，没什么人。霍光放下电话，拿了两万元放进包里，剩下的钱用纸包好，放进抽水马桶的水箱里。他躺在床上，想了想S市有什么女人可以会会，还真没有什么具体的人，之前有一个挺好的女人已经跟着丈夫南下去了海口，给他打过电话，他觉得实在太远，之后就再没见过了。

十二点刚过，小马到了，开了一辆白色的桑塔纳，两年没见，他发现小马比过去成熟了，之前他在小马这儿买过一个很贵的笏板，是从长春那边流出来的，他一直很喜爱，时间证明了它的成色，现在比那时更贵了，他也没有转手。那时小马是个话很多的人，生怕你不识货，说一串一串的话。这天他的话少了些，稳稳地操控着汽车，偶尔介绍一下经过的街道。这是艳粉街，他说，这地方你来过，有印象没？霍光说，有。他们的车从艳粉街中间穿过，霍光记起来了这个地方，上次来的时候比这晚，已经开化，路上都是烂泥，他们徒步走了好长的时间，鞋底子越来越厚，才到了一个自行车库。小马的母亲就在看车库，戴着一顶白色的绒线帽子，小马从床沿的一卷棉花里拿出那个东西。老太太正就着炉子喝苞米面粥，并没有看他们。霍光说，你妈现在怎么样？小马说，傻了，我给她送到阜新我姐那儿去了。后来就知道喝粥，你给她吃别的她认为你下毒。霍光微微点了一下头。一路上小马都没怎么提剑的事，他也没问，他知道这事小马就是一个联系人，能分到一点钱，但是对东西了解不多，甚至可能都没见过。霍光觉得很有意思，他已经很多年没有这种感觉，就是心脏在不规律地搏动，就好像有什么东西在发出电磁波，这种电磁波只有他能接收到，而且越来越强烈。

他们开过一泊野湖和一处铁轨，面前出现了一片厂房，面积十分巨大，周围却十分荒凉，感觉艳粉街已经在身后十几公里的地方。小马停下车说，这就是小拖，当年单批的地，盖完小拖盖大拖，后来大拖迁到了合肥，这块地就空下来了。试拖拉机方便，有时候他们还在这儿比赛。十年前的事了。工厂门口站着一个人，感觉站了挺长时间了，整个人缩着，脖子给压到了最短。他们下车之后他就走了过来，小马问，姜哥他们到了吗？那人伸出头来说，刚到，你们前后脚。说完走过去打开了工厂大门里面套着的小门，小马和霍光走进去，他反身把门锁好，引他们往前走。

阳光大好，把厂子里的树和房子都照得清清楚楚，只是宽阔的厂路上一个人都没有，两边停着数不清的拖拉机，崭新的，又似乎已经陈旧了，落着残雪和灰尘。走了大概五百米，那人一拐，进了一个车间，霍光跟着走进去，发现车间的面积很大，足有两千平方米，设备很少，只有一两台车床靠在一边，露出一大片空场，阳光从三米高的落地窗照进来，地上一块块已经干透的油渍反射着流动的光。两个人站在空地的中央，面前一张木桌，上面放着一个长条木匣，霍光远远看去也知道木匣是新打的，木头还挺生。两人走上前去，小马说，姜哥，这是北京来的光哥。一个穿黑色皮夹克的中年人从桌子后面走出来，伸出手，说，老听小马提你，终于见着了。中午吃饭没？霍光说，东西看看？姓姜的说，没废话，挺好，看吧。他转身把匣子掀开，里面是空的。霍光说，什么意思？那人说，你带了现钱没？给我们也看看。东西肯定是好的，交给国家我们立大功，交给你，我们要一百万。霍光说，这个钱有点多了。那人说，这几个都是我厂里的兄弟，厂子不行了，就去了建筑工地，东西是他们几个得的，钱都要有一份，实话说兄弟，大伙指着这个钱翻身。霍光说，理解，换我也一样，但是我不可能带这么多钱在身上。他从怀里掏出两万放在桌子上，说，这两万我买看一眼，无论东西是新的旧的，我买不买得起，这两万都是你的。那人说，可以，不俗啊不俗，不愧是北京来的。我看可以，嘎子，你去把货拿来。领他们进来的人点点头，从车间后门出去，等了好一会儿，抱着一个细长的黑色塑料条走回来，塑料上缠着一圈一圈的透明胶条，看分量不轻。叫嘎子的人把塑料拆开，里面是一个花梨木的剑匣，上面略有坑洼，但是不多，似乎还有点香味。剑匣平放在桌子上，打开，里面是一把青铜剑。全长大约七十厘米，剑体有五十厘米，锋利如新，阳光底下，霍光能看见自己的脸，剑柄上刻着一个“让”字，嘎子戴上线手套，把剑翻过来，剑柄的另一面刻着一个“智”字。霍光的心跳如雷声，他点点头说，好东西。姜把匣子合上说，现在怎么讲？霍光说，值这个钱。我带了卡，这两天我提给你们，东西别给别人看了。姜说，好，那就一百五十万，我找人带你提钱去。霍光说，不是一百万吗？姜说，兄弟，别谦虚，能拿出一百万，一百五十万你也没问题。卡拿出来。霍光笑了说，是不是我提了钱，这东西也不给我？他回头看了看小马说，是不是？小马摇头说，光哥，我完全不知道，不知道。霍光说，我把钱给你们，我能活着出城吗？姜说，想多了，钱到位，东西就是你的。宝剑配英雄。霍光说，我不是英雄，我是生意人，愿意按规矩办事，你挖个坑等着我，我不愿意跳。姜说，嘎子，帮他把卡拿出来。嘎子走上前来，手里拿着一把磨尖了的改锥。小马说，姜哥，要不咱们算了，光哥是个文化人，这么多年挺照顾我。嘎子说，你他妈别当秦舞阳。这时霍光从后腰拔出手枪，顶在嘎子肚皮上开了一枪，然后看也没看他，连跑两步，再垫半步前冲，一枪打在姜的胸口。剩下一人转头就跑，霍光一枪没打着，紧跑两步，稍微镇定了一下，双手握枪又开了一枪，这枪打在对方的腰间，他走过去把他翻过来，照着他的脑门一枪，血溅在皮鞋上。霍光转过身来，看见小马一动不动，好像休克了一样直翻白眼。他拍了拍他的脸说，没想到？小马突然尖叫了一声，光哥！霍光说，你刚才劝了一句，说的是事实，按理说我应该放你走，但是我们认识，你又在场，我不能让你活。你妈在阜新，我会找到她给她一笔钱，如何？小马的眼神聚焦了，看着霍光的脸说，哥，饶了我。霍光说，认识我这么多年，你算白认识了，我心里挺难受。他一枪打中小马心脏，小马一声没出，跌倒死了。他转身发现姜还没有死透，一手捂着胸口，另一条胳膊在地上上下摇着，像出了故障的指针。他从木匣里拿出青铜剑，分量不轻，五斤往上。他蹲在姜的身边，听见姜说，哥们儿，我有个女儿，帮我叫个救护车。霍光说，来不及了，你知道问题出在哪儿吗？你没规矩。你要是上来卸我一条腿，我把卡也给你了，你还没这个胆。挺可惜的，本来你要发了。姜哭了，说，我就想……霍光挥剑把姜的脑袋砍了下来，脖子上一条浅浅的线，似乎两厢还没有分离，姜的眼睛还在转动，话没有说完，血就流了出来，极多的血流在地上，像一摊机油。霍光摸了摸剑锋，一点血也没有。他脱下自己浸血的皮鞋，把几个人的鞋都脱下试了一遍，小马的鞋跟他的脚完全合适，好像定做的一样。然后他拾起了所有的弹壳，把脱下的血鞋揣进怀里。

半个小时之后，霍光用小马的桑塔纳拉着四具尸体来到了刚才经过的湖边。一个老人在垂钓，霍光停车等了一会儿，四周是初春的景象，枯草已经泛绿，刮着轻柔的南风，一只肥胖的野猫从树丛里钻出来，过了一条窄窄的土路，钻到了另一片树丛里。天色将晚，老人收拾渔具离开，似乎收获一般，意兴阑珊。霍光看他走远，下车，捡了一些石头放进车的后备厢，然后把车推入湖中。落日照在湖面，使湖水看上去稠密了一点。他等了一会儿，看车沉下去，又等了一会儿，看车没有浮起来，便用胳膊夹着包好的剑匣从艳粉街穿过，当晚就穿着小马的皮鞋上了回北京的火车。

五

当天晚上褚旭睡得很好，姜丹也睡得很好，褚旭在睡前自己听了一会儿小布机器人播放的评书《三国演义》，听到典韦为护曹操力战张绣而死，他觉得睡意来了，就让小布关机并与其道了晚安。姜丹是昏睡了过去，衣服也没脱，醒来时感觉身体极干，喉咙到胃好像被人用扫帚扫过，但是因为睡得实，所以头脑极清醒，她好久没有睡过这么好的觉了。昨晚窗帘没拉，天光已经大亮，但是尚在清晨，阳光显得净又新，像第一次穿的白衬衫。她打开手机，看见保姆一个小时前发给她的微信，她已经把褚旭顺利送到学前班，让姜丹不用担心，晚上她还会去接他。姜丹回复了感谢，给她发了一个八十八元的红包，然后爬起来洗漱。镜子里的眼睛还是有点不自然，眼袋比平时大，眼角比平时红，眼皮也比平时肿，眼睛就显得比平时小了。她给自己化了一点淡妆，到书房里简单整理了一下课件。今天是案例分析课，要讲的东西相对没有那么多，学生讲的要多一些，这种课有故事性，很多跟死亡有关，学生的积极性要好一些。她带了六个研究生，两个研一两个研二两个研三，男女各三个，就像是命运故意追求某种对称一样，其中两对还谈起了恋爱，而剩下两个，因为那个男生不喜欢女生，所以留下了一个巧妙的单数。这些孩子都非常聪明，这是姜丹最大的感受，由此她也相信了一点达尔文的理论，人的大脑是在向着更精密进化的，吸收知识对于他们来说就像是某种天性，像呼吸一样，不需要刻意努力。另外一点是他们都非常清醒，明确知道当前的学业和恋爱都是为了什么，这一点又让姜丹有点怀疑进化论，在谋求幸福方面，灵魂和天意都在其中起着举足轻重的作用，而这两者都是很难说清的。学习法理就要了解一点苏格拉底和亚里士多德，姜丹不得不知道一些这种东西，某种程度上这也是命运的安排。

走到校园里，太阳已经完全升起来了，太阳越高，看着离自己越远，天气越热，姜丹感觉一阵子眩晕，出了一身的汗，她赶紧找了一把长椅坐下来，包放在旁边，休息了一会儿。长椅在树荫底下，一片巨大的草坪旁边，头上的树叶相互摩挲，沙沙作响，几个学生穿着黑而漫长的毕业礼服拍照，两个女孩把一个男孩抱了起来，男孩的双手钩在两个女孩的脖子上，帽穗冲前，好像一绺多余的头发。她发现有个戴着黑色前进帽的人坐在草坪另一侧的长椅上，双肘支膝盖上，一个灰色的看上去质地很好的背包放在旁边，几乎与她的位置完全正对，人对着人，包对着包。她心想，他是谁？这人衣品不俗，帽檐遮住了他的脸，像在发呆，又像在默祷。烈日照在他的黑色帽子上，应该非常热吧？难道高温能帮助他大脑思考？姜丹盯着他看了大概五分钟，他的脚是正常大小，尺码四十一左右，他一动不动，好像知道有人在看他，要显示一下自己的耐力。姜丹也搞不清楚自己为什么要看他，一般情况她看一眼对方的脚，不对就不再看了。也许是她酒还未醒，精神恍惚？也许是角度问题，无处可看？为什么要看他？她挪开了自己的目光，站起身来，忽然感觉精神好了不少。她迈开步子走向自己的教室。

一九九六年父亲失踪后，姜丹立志要找到他，甚至比她母亲更为坚定，她在厂区和艳粉街张贴了无数的寻人启事，跟着母亲去公安局敦促警察破案，后来母亲不去了，她就自己去。S市刑侦大队的人都认识她，知道这个案子的家属里有这么一个倔强的小姑娘。最开始几天姜丹担心是父亲抛弃了她，因为从一九九五年开始，父母亲的关系就紧张起来，母亲在区交通局做文职工作，父亲是转业军人，分配到小型拖拉机厂保卫科，两人通过介绍认识，很快就结婚了。一九九五年，父亲虽然已是保卫科科长，但还是面临着失业的风险，母亲的工作相对稳定。两人对未来的规划出现了分歧，父亲想包辆货车，搞搞运输，母亲认为街面上不太平，开长途又聚少离多，不如在街边做点小买卖，或者干脆在家里待一两年，照顾一下姜丹，也观望一下厂子进一步的发展。父亲又提出要开个饭店，也被母亲否决了，饭店投资大，需要借钱，照应起来又要求细心，父亲平时对吃完全不在意，她觉得父亲不是这块料。其实两人的矛盾由来已久，姜丹虽小，早已意识到母亲的生活不那么简单，因为父亲的工作使他经常整夜不归，一周七天至少有三天住在厂子里，他也喜欢那种生活，有朋友，有漫长的夜晚，有炉子上的吃食和便宜的散装白酒。姜丹很喜欢父亲，她觉得父亲非常幼稚，一方面自命不凡，一方面又懦弱无知，对朋友之好要远远超过对自己的家人，好像那些人身上存放着他某种乌托邦的理想，是朋友就一生一世在一起，即使总是聊着那么几个话题，总是谋划着要干点事情，其实什么也没干过，都是靠工厂养活，但还是不失对对方的尊重和迷信。姜丹认为父亲也喜欢她，只是找不到好的方式跟她相处，她相信如果她是个男孩子，即使父亲经常揍她，肯定也比现在更加亲密。她的成绩很好，父亲深以为傲，母亲倒觉得没什么，她甚至感觉到父亲有时候在她面前会有点拘谨和惭愧，她将其理解为一种对卓越的敬畏。很快她就松了一口气，父亲没有抛弃她，跟她父亲一起失踪的还有三个人，除了她的父亲姜卫刚，还有他的朋友王旭升，外号嘎子，七车间的焊工，他的朋友赵全，保卫科干事，还有一个社会上的人，叫马连众，与他们不是同事，几年前干了个体，离异，一直在搞古董买卖。一天晚上母亲把她叫到餐桌旁边，跟她说，小丹，你父亲生还的可能性已经非常小了。姜丹说，他们凭什么这么想？母亲说，他们在你爸厂里七车间的地上找到了血，有一部分是你爸的。姜丹说，人流一点血就会死吗？说完就回到了自己的房间。

半年之后，姜卫刚和其他几人的尸体找到了。又过了一年，姜丹初中二年级的时候，母亲再婚。搬家的当天晚上，继父跟她做了一次长谈，他先保证自己会照顾好这个家庭，虽然家庭的情况有点特殊，但是所有家庭的核心都是一样的，父母要相爱，对孩子要上心，经济上要有保证。这些他都能做到。因为父亲的案子，她和杨道林早就认识，她对他有这个信任。她还是哭了，她知道这样没什么不好的，父亲已经死了，无论因何而死都不能活转了，这样没什么不好的，杨道林的家比原来的家大十几平方米，她的房间也布置好了，都是她过去用的书桌和床。确实没什么不好的，她哭得非常厉害，也许如果有什么显著的问题她倒不会这么哭。她在心里呼喊着父亲的名字，那个名字不再属于一个活着的人，阻止不了任何事情，可是那个名字在很多年里是多么的重要啊。

杨道林等她哭完，说，如果你愿意我可以跟你详细讲一下这个案子，这是我们共同在意的事情，我觉得我有义务跟你说一下。有什么问题你尽可以问，也可以帮我分析，我尽量客观一点，提到受害人的时候使用他们的全名，你能承受吗？姜丹说，能，我想听真话。他点点头，先陈述了一下案子的概况。那天厂里没人，原来两万人的工厂只有他们几个人，受害者的家属都不知道他们出门要干什么。马连众有一个女儿，八岁，那天她被锁在家里，无法提供有效的证言，现已被送到阜新她姑姑和奶奶那里，不过在马的家里搜出了十几件古董，有真有假，大多来源不明，也搜出了包括洛阳铲在内的一些盗墓工具。初步认为这起案子跟古董交易有关。所有人的尸体上都有枪伤，但是在现场没有找到弹壳，说到这里他停顿了一下，说，只有姜卫刚的身上还有一处刀伤。姜丹说，在哪里？他说，在脖子上，他的头被砍了下来。因为腐烂太严重，对于是一把什么样的刀我们无法确定。姜丹说，他的头和身体是被分开扔进水里的吗？他说，不是，都在车里面。那辆白色桑塔纳就像一个大棺材，所有尸体都在里面锁着。姜丹说，嗯，你继续说吧。他说，我们认为姜卫刚、赵仝、王旭升、马连众几人应该是来到工厂跟一个或者几个陌生人做文物交易，中途产生了矛盾，凶犯杀了他们几个，沉尸湖中，把古董抢走了。具体是什么古董我们也不知道，因为知道的人都已经死了。姜丹说，你们知道什么？杨道林说，我们也不敢说自己知道，只能是一些推测，可能性。有时候办案需要直觉，我也跟你说说我的直觉，虽然有些同事不赞同我的直觉。姜丹说，你娶了我妈，你的同事怎么看？你觉得你会幸福吗？用直觉。杨道林说，我们虽然关系特殊，但是经历了从陌生人，到朋友，到恋人，到夫妻的过程，我觉得也并不怎么特殊，其他人怎么说我也不在意。我今年四十岁，一直没有结婚，现在结了，说明了一些问题。姜丹说，这不是直觉，继续说吧。杨道林说，所有尸体身上的钱物都没有丢失，衣服也都完整，只有马连众丢了一双鞋子。姜丹说，是不是搬动的时候中间掉了？杨道林说，我们把工厂到那个野湖附近的路全找了一遍，没有找到。一个人出门是不可能不穿鞋子的。有人认为这不是一个重要的线索，我觉得不然，这个杀人者把弹壳都捡走了，说明做事非常严密，怎么可能把鞋子弄丢了呢？姜丹说，我懂了。杨道林说，你说。姜丹说，他换了鞋。杨道林说，嗯，我也这么想。他为什么换鞋我不知道，但是我比对了所有人的脚，马连众的尺码最大，四十四的。姜丹说，他可能是本市人吗？杨道林说，我认为不是，我们这两年已经排查了大量可能跟古董有关系的人，没有结果，我觉得这人不是 S 市人，是外来的，现在已经回去了。还有一个线索，姜卫刚除了枪伤，还有钝器伤，怎么回事？姜丹想了想说，哦，这个文物可能是一把兵刃。杨道林端详了一下姜丹说，你为什么这样想？姜丹说，如果致命伤是枪伤，他没必要再砍，如果是外来人，跟姜卫刚也没什么过节，只是来交易古董，很可能是第一次见面。唯一的可能性是试这个东西。杨道林说，我们想得一样，我觉得东西是一把刀斧或者剑，虽然古老，但是非常锋利。鞋和凶器，我们掌握的东西差不多就这么多。姜丹说，据我所知，姜卫刚对古董一窍不通，他连唐代和宋代都分不清。杨道林说，这不是问题，东西落到了他手里，有人告诉他这东西很值钱就可以了。另外他在保卫科工作，这点也很重要。

两人相对沉默了一会儿，杨道林站起来伸出手说，谢谢你对我们工作的支持。姜丹说，以后我叫你什么？杨道林说，你叫我大林或者老道都可以，我的同事叫我老道，我妈和我姐叫我大林。姜丹说，那我叫你大林吧。杨道林说，好，我们是朋友，你有任何事情都可以找我。睡吧。姜丹说，姜卫刚是个好人，我了解他，他是我爸。杨道林说，嗯。姜丹说，如果你已经放弃了这个案子，你也想着点他，可以吗？杨道林说，正相反，他是什么人不重要，案子我不会放弃。睡了。

学生已经到了教室，临窗的座位太晒，姜丹让学生拉上了窗帘，房间骤然幽凉。今天讲敲诈勒索罪的定罪依据和法理原则，尤其是涉及两人是情侣，准确地说是婚外情中形成的敲诈勒索案例的流变。姜丹的授课风格是言简意赅，不苟言笑，她会提醒学生，所有案例都不是故事，而是一个个活生生的人通过言行形成的，记住这一点，才能明白法律的精神，最终的精神是要通过裁制人而拯救人的，即使要对一个人处以极刑，也是为了救另外的人。讲得久了，这样人道的灼见也会通过重复变得僵硬，但是她也没什么办法，她是教师，是社会详细分工底下的一员，分工和人道似乎在某些方面总是略有冲突。私下里她和学生的关系都很好，因为她年纪不大就已是研究生导师，跟弟子的年龄差很小，有的学生曾是律师，有过社会经验，年纪和她相仿。他们会相互推荐电影、美剧，还会一起追星，在微信群里分享明星的新闻。姜丹对昨天的醉酒很内疚，婚变之后她其实是依靠着这份工作生存了下来，依靠着面前的这些学生，当然他们并不知道这些。她也不知道为什么最近几天她的情绪如此不稳定，经常溜号，感怀世事，原先是一棵树，这几天她似乎变成了一片叶子。她看了一眼教室后面的圆钟，得下课了，她听完了最后一位学生的发言，事实上她没听清他说的内容，只是在听他说话。说完了。她说，说得很好，就是如此，下课吧，作业我在群里说。学生窸窸窣窣站起来，和她打过招呼，走出去，她看见一个人站在门口，是刚才坐在草坪对面的那个人，背着灰色双肩包。她一下把他认了出来，那人没有回避她的目光，直挺挺地站在那儿。姜丹感觉到自己的嘴动了一下，没有发出声音，她稍微活动了一下脸部肌肉，感觉没什么问题，目光回到教室，教室里已经没有人了，她看着那些桌椅，第一次发现教室这么拥挤，中间的过道这么窄。

李页走进来，站在距离她两步远的地方说，打扰你了吗？姜丹说，没有，已经下课了。李页说，我来这儿找个朋友，没想到在草坪那儿看到你了。你后面还有课吗？姜丹说，没有，我去院办办点事情。她忍不住说，你戴帽子不热吗？李页把帽子摘下来说，主要是我今天没洗头。姜丹看了一眼他的头发，比过去短了点，依然浓密，额尖的部分略微少了一点，但还是乌黑发亮的。她记得之前她就非常羡慕他的头发，曾经开玩笑要移植一点过来，因为她的头发发黄，太阳一照像枯败的杂草，李页常说她有匈奴的血统。李页说，院办远吗？我陪你过去，正好我就走了。姜丹说，好。她把书和电脑装进包里，她忆起当年对他的恨意，浑身发抖。她说，十分钟路吧，在东门附近。李页说，我们现在往东走吗？两人走在路上，没有说话，有个骑自行车的学生认出了姜丹，跟她打招呼，她没有反应。姜丹原以为她会突然发作，没有，两人的步频基本一致，她不得不承认这几分钟的路她走得很舒服，没有感觉累也没有感觉热，风似乎在他们后面辅助着他们的运动。到了院办楼下，姜丹说，我到了。李页说，好，东门是继续往东吗？姜丹说，你走到这个篮球场后面，旁边有条大路，你上大路就看见了。李页说，我再等你一会儿吗？我今天没什么事。姜丹说，好。

我为什么要这么说呢？她走进大门，不自觉地加快了脚步，她想起了褚旭，我应该现在回去把他赶走，可是她的双腿已经走进了电梯，一手拎包，一只手迅速按了楼层按钮。也许我下楼时他已经走了，我三十六岁了，头发短了，眼睛也肿了，比大学时胖了。我为什么要评判自己？她再次想起了那个雨夜，她高烧不退，在被子里战栗，以为自己会因为心碎而死，眼泪的温度比体温还高。跟大多数男人一样，这是一个邪恶而没有人性的人，他只是欺负我有涵养。她感觉随着电梯的上行自己的体温也升了起来，走出电梯时伸手摸了摸额头，只有一层汗水，因为空调而变得温凉。院办的办事人员是一个小姑娘，态度良好，身材娇小，姜丹盯着她看了一会儿，小姑娘说，您在这里签字。她看着她的脸庞，毫无修饰，平整而美丽，小姑娘又说了一遍，您在这里签字。她说，好的好的。她的前夫喜爱音乐，褚旭从四岁开始学习钢琴，现在已经颇像一点样子，可以弹李斯特的《b 小调奏鸣曲》了，这几乎是他留下来的唯一有益的东西。她看了一眼手机，今晚七点钢琴老师要来家里上课，她标注在日程上了，关于自己的工作她不会忘记，关于褚旭的事情她都记在手机上。她走出楼门口，看见李页还站在刚才的位置，在一片白色的日光里，像旱季的庄稼。她走到他身边，说，你来找我干吗？你凭什么想来找我就找我？你凭什么想在这里等我就在这里等我？李页说，我就是想来看看你，可能的话，跟你说说话，如果你想让我消失，我现在就离开。姜丹说，你想跟我说什么？李页说，你结婚了吗？姜丹说，结了。李页说，哦，你们生活得怎么样？我没有别的意思，算了，我有别的意思，你们生活得怎么样？姜丹说，你现在就从我眼前消失，我没记错的话，你可以跑得很快，现在消失。李页说，你有孩子吗？姜丹说，有。李页说，好吧，我现在是摄影师，如果你孩子过生日想拍些照片可以找我，我不收钱。我拍得挺好的。说完李页转头走了，姜丹看他走出了大概十几步，她意识到他就要再次从她的生活里走出去了，她忽然想尖叫一声，那是一种死亡的感觉，可是她已经不是过去的那个女孩子，她一动不动，毫无作为。

李页忽然转身走回来，说，你可以跟你丈夫离婚然后跟我结婚吗？孩子应该跟着妈妈，我会把他抚养得很好。如果你觉得对他不公平，我们可以不要孩子，就他一个孩子。我这些年赚了一些钱，不是很多，都交给你打理。我还在租房子，也没有车，我有很多镜头，也许你不关心我有多少镜头，但是我确实有很多镜头。我大概的意思就是这样吧。我为什么要说镜头的事情？我的意思你能明白吧？姜丹说，你为什么这样不要脸？你想过拆散一个家庭是多大的罪吗？把孩子的父亲从他的生活里驱逐出去，你知道对孩子的影响有多大吗？你真是道德败坏，真是恶心。李页说，是的，你能考虑一下吗？姜丹说，我昨天晚上想起了你，都是你做的坏事情。没想到你比那时候还要恶。李页点点头说，这可能是我对生活钻研的结果。姜丹说，什么结果？李页说，在有些事情上，善是全部意义，在有些事情上，通过善什么也得不到。姜丹说，我已经离婚了，但是我不能接受你，因为你不要脸。当初那个女孩呢？你可以为她死的那个女孩呢？李页说，不知道。我现在有竞争者吗？姜丹说，有，很多，我儿子今晚有钢琴课，我得走了。李页说，我能跟你一起去吗？姜丹说，做梦。姜丹产生了一种幻觉，她并没有在撒谎，确实有很多人在追求她，他们都把她当作人生的最终目标，就像一个方程式，看上去很严密，只要改动其中一个数字就可以得到她想要的结果。如果他再坚持一下，我就把钢琴课取消，让孩子休息一天也好，她心想，然后跟保姆说一声请她今晚多待一会儿。我需要再了解他一点，如果他没变，他还是会伤害我。如果他变了呢？那我还会爱他吗？他已经变了，他不再画画了。也许我也改变了呢？我改变了吗？

太阳烘烤着他们两个人，姜丹感觉到世界在转动，由近及远，越是遥远的地方转得越快，只有他们两个是静止的。

你开车了吗？

六

第二年冬天，也就是一九九七年冬天，霍光又回了一次 S 市。

前一年发生的事情他没有跟宋百川说，但是宋百川感受到了一点异样。剑他看了，确实是旧东西，但是旧的程度他分辨不出，是战国的东西还是汉代仿制的，很难说，上面写的“让”字是不是代表豫让，也很难说。没过几天霍光说，剑放你那儿吧，就是那个小祠堂。宋百川说，你不要了？霍光说，不是不要，是放你那儿，我想看就去你那儿看。宋百川说，你咋回事？霍光说，啥事没有，我就是觉得放你那儿好。宋百川答应了，把剑接了过来，霍光的性格如此，很多话不说透，可能过一阵子就清楚了。过了一阵子，他发现了另一个问题，霍光在大半年的时间里总是穿着一双米色的旧皮鞋。霍光是一个颇注重仪表的人，尤其是三十岁之后，衣服的搭配都很适宜。有一天宋百川忍不住问，光，你为啥老穿这双鞋？霍光说，是吗？我什么时候老穿了？宋百川说，你没注意吗？你天天穿，我怀疑里面都臭了。霍光说，里面干净得很。明天换一双，你怎么还注意这个？第二天他并没有换，只是把鞋擦了擦，打了打油。宋百川觉得越发奇怪，但是他知道再问也没什么意思，朋友之间要有个浑浊的地带，尤其是跟霍光这样的人做朋友。其实宋百川问过之后，霍光也注意了这个问题，这双鞋确实穿了好久了，帮子都开始变形了，但是不知道怎么回事，就是脱不下来，不穿着这双鞋出门就感觉浑身不舒服，好像没穿衣服一样，每天早上挑来挑去，总是把这双鞋挑出来穿在脚上。里面确实没臭，清爽得很，似乎有鳃在呼吸。他找人把鞋帮子加固了一下，还是穿在脚上，到了第二年冬天，在他的精心呵护下，这双鞋没有损坏，还能穿，只是好像变薄了，由皮鞋变成了布鞋。这是小马的鞋，他当然知道。也许我杀他之前说的话太直接了，他想，或者完全不交谈，干脆一点也比现在好。他觉得这样下去不是办法，需要回一趟 S 市，把鞋扔进湖里，也许小马这样就穿上了鞋子，也就走远了。

北京没有下雪，S 市已下了不少，他走出车站的时候路边有不少积雪，堆得像沙丘。地上有一层新雪，应该是刚刚下的，现在停了，还有光泽。高处的坦克也顶着一顶雪盔，炮筒像包了一层棉花，指向天空深处。霍光上了出租车之后跟司机聊了聊天，司机在谈论自己的人生，继而又说了说中央的政策，没有提到去年的凶案，只是觉得自己有点生不逢时，开饭店兑床子都赔了。霍光让他开到距离艳粉街大概一公里的地方下了车。他在路上走了一会儿，想要找到一家小旅馆住下，转念一想没有这个必要，便径直从上次的路口走进艳粉街。街面上的积雪更厚了，正是清晨，似乎大部分住户还没有出来打扫，他就深一脚浅一脚地走着。霍光的记性和方向感都很好，上次跟小马开车走过一次，虽然完全是另外一个季节，景色大异，当时两人还在说话，他还是能够大致分辨出方向。走到一处铁轨，远处传来隆隆的火车声响，他等了一会儿，一列运煤的火车驶来，通体漆黑，像一股浑浊的黑水在他面前流过。他想起多年前的自己曾扒着这样的火车驶过一段铁桥，脚下就是滔滔的河水。也是一个寒冷的时节，他快冻僵了，使出最后一点力气攥住把手，手指在折断的边缘。绝不能脱落，即使有一天死去，也不能这样从火车上脱落而死。穿过铁轨，又走了大概一公里，他来到了那个拖拉机厂，他没有走近，只是远远地看了看，空地，大门，跟去年一模一样，不同的是去年门口有一个人等他，现在一个人也没有。他驻足等了一会儿，还是没有一个人进出，也许这个厂子彻底废弃了，他又等了五分钟，两个人从里面走了出来。是两个小姑娘，一个大概十二三岁，一个大概八九岁。两人穿得很厚实，但是都没戴帽子，边走边说着话，距离太远，霍光听不见她们说什么。她们出门便向右拐。霍光等她们消失在视野里，便向着他记忆中野湖的方向走去，走了大概一个钟头也没有找到。他走过了三四个小卖部、两个公共厕所和一个煤场，还是没有找到那个湖。霍光折返，在一个小卖部买了一个面包吃了，他问老板，我记得这附近有一个野湖，在哪儿？老板是一个中年妇女，文过眉，但是脸上的其他部位都没有化妆。她说，我看你来来回回走了好几圈，你是干吗的？霍光说，我不干吗，我就是找一下那个湖。老板说，你完全走反了，你刚才来的方向再往西，一直走就看见了。你没带冰刀，你找湖干吗？霍光说，我和人约在湖那儿见面，我已经迟到了。老板说，哦，那你赶紧，往西，一直走别拐弯。

霍光这次走得很快，湖已经结冰，有几个人穿着冰刀在上面溜冰，霍光意识到这湖比他记忆里的大，也许是变成固体的缘故。他觉得自己很蠢，鞋子是不可能在这个季节扔进湖里的，除非开一个冰洞。几个人都是中年男人，戴着帽子背着手，溜得都很好，无所事事地高速转圈，不交谈，除了冰刀划过冰面的声音，什么声音也没有，似乎是让一双手撒到冰上来的，蛮不情愿，但是也没有别的事情可以干。他忽然看见了那两个小姑娘，就在距离他大概三十米外的湖边，也在静默地看着。高一点的女孩用手指了一下冰面，矮一点的女孩走上去，用脚跺了跺，然后蹲了一下，下巴贴在膝盖上。高一点的女孩走到她身边，小声说着什么。霍光看了她们好一会儿，然后走了过去，走到她们身后，两个女孩并没有注意。矮个儿的女孩说，我奶奶觉得他只是出差了，迟早会回来。高个儿的女孩说，我觉得死了就死了，要么我们记住他们，要么我们忘记他们。跟他们已经没关系了。矮个儿的女孩说，我还小，过两年我可能就把他忘了。高个儿的女孩说，那也行，我是不会忘的，只要我活着，他就在我脑子里。我会做最后一个忘记他的人。你跑出来他们没找你吗？矮个儿女孩说，我经常乱跑，他们也都挺忙的，记不住我回没回去。霍光走了两步，绕到她们侧前方，说，你们是迷路了吗？高个儿女孩看了他一眼说，没有。矮个儿女孩抬头看他，霍光也看了她一眼，她的眼睛很大，并不十分聚焦，鼻子不高，嘴巴不小，两个嘴角有稍稍向下的趋势。霍光感觉有人在他后脑勺打了一下，他的脑袋嗡了一声，回头看，并没有人。矮个儿女孩说，他们说我们俩的爸爸是从这里被捞出来的。高个儿女孩说，你别跟谁都乱说。矮个儿女孩说，我觉得这个叔叔能明白。高个儿女孩说，你是来找人的吗？我好像在工厂门口就看见你了。霍光说，是，来找人，没找到，他想了一下说，我儿子，他跑到艳粉街玩了，该回去吃饭了，我来找他。高个儿女孩说，他几岁？长什么样？霍光说，他七八岁，七岁，头发很短，穿蓝棉袄，长得跟我很像，眼睛很像。高个儿女孩说，没见过。听口音你不像本地人，你住几马路？霍光说，我不是这里的人，我来这儿串门，把我儿子带着了，是这么回事。矮个儿女孩说，你这双鞋我爸好像也有一双。高个儿女孩马上低头看了看他的鞋，又抬头看了看他的脸，霍光感觉到她的表情变了，身体都收紧了，好像有一个磁铁把她的四肢和思绪贴到了某个中心。霍光说，你再仔细看看，这双鞋是我在广州买的，你爸也去过广州吗？矮个儿女孩蹲在地上歪着头看了一会儿，说，好像不是，刚才感觉像，仔细一看又不像了。但是叔叔，你的脚真是很大。霍光说，是的，我爸爸和我爷爷都是大脚，睡觉的时候，他们的脚一半都在外面。矮个儿女孩笑了。霍光说，你们两个小姑娘跑出来，有点不安全，我把你们送回家吧。高个儿女孩刚才也有了些笑意，听他这么说，好像更放松了一些，不过她还在仔细看着霍光的脸。霍光带着一点点微笑，回望她的目光，没有躲闪。

一个人飞快地滑过来，单腿支撑，另一条腿跷在后面，像一架灯盏，霍光伸手把高个儿女孩向自己身边拉了一拉。她的头在他的下巴处，她仰头看他，霍光也看她，霍光心想，如果她叫出来，我就不能心软了。女孩说，你不去找你儿子吗？他说，我儿子的方向感比我还要好，我突然想了起来，他也许自己已经回去了。矮个儿女孩说，你说话有点前后矛盾，你是傻子吗？霍光说，是吗？傻吗？我觉得你有点早熟。矮个儿女孩笑着说，我奶奶是痴呆，老说我说话颠倒。是早熟吗？霍光突然意识到了某种东西，他在她脸上看到了他，那个故人。我妈已经傻了，他那时说。

时近中午，太阳高了起来，照得冰面闪闪发光，三个人的面容都被冰面的反光打亮，寒冷的空气并没有因此退却，依然把他们包裹着，粘着他们裸露在外的皮肤。高个儿女孩说，我们要去汽车站，你去吗？长途汽车站。霍光说，好。三人离开冰面，临走时矮个儿女孩把冰面摸了摸，霍光假装没有看见，走在前面，虽然他不知道去长途汽车站应该怎么走。很快两人赶上了他，他们边说话边向前走，走出了艳粉街，走上了公交车。公交车上的人们都很蓬松，厚厚的棉袄，各式各样的帽子，有人嘴里还叼着烟卷。三个人挤在一块儿继续说着话，矮个儿女孩让他讲个故事，霍光说起自己小时候特别喜欢吃糖，但是没有糖吃，他就在冬天把舌头贴在冻透了的铁门上，舌头和铁门马上粘在一起，等三秒钟，他把舌头一下撕下来，就能感受到糖的味道。矮个儿女孩说，是真的吗？霍光说，是的，很甜很甜。高个儿女孩问，你去过很多地方吗？霍光说，去过。没计算，但是应该很多。高个儿女孩说，哪里最好玩？你去过北京吗？北京好玩吗？霍光说，北京很大，但是不怎么好玩。太大的地方一般都不太好玩。高个儿女孩说，你念过大学吗？霍光说，没有。我十七岁的时候才学会写自己的名字。高个儿女孩说，真的？霍光说，真的，我现在认识很多字了，那时候不行。矮个儿女孩说，你结婚了吗？霍光说，你确实早熟，你几岁？矮个儿女孩说，九岁，九岁零四个月。霍光说，我当然结婚了，我都有孩子了。矮个儿女孩说，啊对，我都忘了。

到了站，三人下车。长途汽车站人很多，人的行李也很多，声音很响，人们不知因为什么相互呼唤着，叫嚷着。有不少蹲在路边吃东西的人，嘴里冒着热气。高个儿女孩去给矮个儿女孩买了票，她要回阜新了，她说。霍光说，你一个人从阜新来？矮个儿女孩说，是啊，我给丹丹姐写了信，她就来接我了。高个儿女孩说，她的信里有不少错别字。矮个儿女孩说，是你先写信给我的。车快来了，他们排在队伍的末尾。矮个儿女孩对霍光说，你也给我写信吧。霍光说，我没写过信。矮个儿女孩说，你说你现在识字了，一定可以写信。霍光说，我认字，但是很少写字。高个儿女孩说，你别理她，她会写信之后，见人就让给她写信。矮个儿女孩说，我经常写错字，只要对方能懂就行。我的地址，你背一下，阜新市岐山西路二里三号，马小千收，邮编 110035。霍光没有回答。马小千登上了长途汽车，坐在了自己的位子，她从窗户看着他们，窗户冻死了，拉不开。她冲他们摆了摆手，车就开动了，她笑了笑，然后把脸扭向前方。

霍光说，我也走了。高个儿女孩说，你会给小千写信吗？她见过他，也许有一天她可以把他画出来，他不应该让她活下去。只需要一会儿跟着她，找到她的住处，再耐心地等待一个好时机就可以清除危险。还有另一个女孩，一分钟之前他让她上车走了。他说，我走了。说完他转身走开，他越走越快，把脚下的雪踩得吱吱作响。他感觉到风已把他彻底吹透了，心里有一种令他舒适又苦楚的东西在向外翻腾，他不知道那是什么东西，怎么会产生这种东西。拐过一个路口，他飞跑了起来。

七

剑在花梨木匣子里，匣子在保险柜里，保险柜是黑色的，靠在墙上，里面只放了这一把剑。宋百川冥想的时候总感觉心神不宁，这是从未有过的情况，过去他只要来到这个密室，内心很快就可以凉爽下来。他和霍光还偶尔见面，但是这个地方霍光再也不来了，他觉得奇怪，也问过霍光什么时候把宝剑拿回去。霍光经常不予理睬，尤其是霍光第二次从 S 市回来，关于剑的事情就更加不提了。又过了大概八九个月，密室里的佛像开始脱皮，有的从佛身开始，有的从佛头开始，佛像的里头竟然颜色各异，原来它们是一层一层的，这是太令人兴奋的发现，好像过了上千年，它们终于感到了热。人有千面，佛有千层，此前他听过这样的说法，没想到真是如此，他不知道是最开始泥造之时古代的匠人掌握了这种工艺，还是随着时间的流转，佛像自己产生了变化，是一种物理现象，还是一种生命现象，他搞不清楚。蜕下来的石层很快就变成了粉末，里面的颜色光艳如新且有着不同的纹饰。他把粉末分成几组，编号，对应着原来的佛像储存起来。他给新佛拍照，因为他相信它们还会脱落下去，每一层都需要记录下来，要不然就失去了珍贵的资料。

一天晚上，宋百川从一个应酬上回来，喝醉了酒。之前他的酒量一直很大，喝得再多也不会失态，也不会多言，只是感觉到兴奋，身上有使不完的劲儿，人生还有许多事情可以做，很多地方可以去。现在他的酒量下降了，之前他选择酒会很谨慎，无论是威士忌还是茅台，都要看一下年份。现在只要喝了一点之后，他就什么酒都喝，一直喝到后脑勺发麻。他叫来司机，让他把自己送到密室。他已经大概一个月没有来了，他开门进去，把所有佛像检查了一下，没有丝毫变化。他坐在地上想要休息，可是脑子不停地转，不让他休息。他感觉到自己不是自己，他很奇怪自己陷入了一种恍惚的状态，眼前出现了一座石桥，相当古朴，相当坚固，是中午时分，艳阳高照，现在已经绝种的植物密布在河两岸，他叫不出名字，风一吹倒伏在地。一只龇牙咧嘴的大狗从树丛中跑过，身上刻着金色的铭文。他意识到自己躲在桥下，准确地说，是悬挂在桥的底部，清澈的河水从他的身下流过，河底的泥沙都清晰可见，鱼儿发出嘤嘤的叫声。他在等待什么人。宋百川站起来走到厨房，喝了点水，然后洗了一把脸，他走回原来的房间，躺在地上，桥底就在他头上，温润的青石间有一些苔藓，像肺叶一样张合。他听见一列车辇行过桥上，有一个伶人走在队伍最前面，唱着曲子。他听不懂歌词。他想打电话给霍光，问问他该怎么办，他在这里干什么。他开始攀爬，然后翻身上桥，拦在车队前面。车队缓缓停了下来，伶人还在唱着，腰间挂着一只鼓，就在他的面前。

一个人从车上走下来，他知道此人应该是这一队人马的核心人物。他认出这人是衰老的自己，这可把他吓了一跳，这个自己看上去已经八十岁了，脸上的皱纹像菊花瓣一样密集，脖子上也是，还有不少褐色的斑点，白而枯的头发盘在头顶。他想起为什么他今天会喝醉，是他意识到他和霍光之间有了隔阂，这个隔阂产生于霍光第一次去S市之后，霍光莫名其妙地把剑送给了他，至于在S市发生了什么霍光语焉不详，然后他开始频繁穿着同一双皮鞋，好像老鼠粘上了捕鼠器一样，那双米色皮鞋永远在他脚上。他第二次从S市回来之后，他们之间的隔阂加重了，他们见面的次数开始减少，霍光似乎变得年轻了，或者准确地说，是在向着他们认识之前的那个他完全不了解的人回落。他待在北京的时间越来越短，但是宋百川并不知道他去了哪里，见了什么人。他似乎在周游，他曾想找人跟踪他，看他是不是有了女友，但是这种方式太过危险，一旦被他发现，后果将相当严重，而且似乎情况并非如此。但是这两年他明显感觉到霍光衰老的速度减慢了，而他自己的白发开始增多，睡眠不好，开始酗酒，有些熟人的名字到了嘴边就是说不出来，让他干着急，视力也不如以前，他不知道是因为他的老去从而跟霍光疏远了，还是反过来，跟霍光的疏远导致了他加速老去。过去那么多年太依仗他了，宋百川心想，早知如此当年在四合院就应该把他赶走，或者在后来的某个节点，找一个不知天高地厚的马仔把他除掉。现在已投入太多了，来不及了，就像一匹老马已经熟悉了自己的辕。老去的自己说话了，你是谁？为什么要挡在这里？宋百川说，我是你啊，你仔细看看，你要干什么去？为什么要从桥上经过？那人说，哦，我要去赶一个集市，那里非常热闹。宋百川说，我怎么不知道这里还有这么一个热闹的地方。那人说，有的有的，你看我的戏子，他已经等不及了，磨了我一个月的时间要去那里看看。你背着什么？宋百川回头看了一眼说，一把青铜剑。那人说，原来是你，我上了桥就听见了。宋百川说，你听见什么？那人说，一把剑。这把剑跟你没关系，扔到水里吧。宋百川有点生气，说，怎么跟我没关系？过去几年它一直在我的保险柜里。那人说，你看见我还不明白吗？你过去是个平庸之辈，老了也是个平庸之辈。看热闹可以，热闹是别人的，不是自己的。宋百川说，放屁，我干了多少事，养活了多少人，你摸摸我的衣服，一点汗水都没有。我活得热闹极了。那人说，你还记得霍光吗？宋百川说，怎么不记得？我的跟班。那人说，是你在跟着他，他走了，你就会变成我。宋百川说，他是我捡来的无名氏，我让他活着他就活着，我让他死他马上死。那人说，顽固不化，躲开，不要挡我的路，集市就要开始了。伶人附和道，是啊，集市就要开始了，有酒，有花，有鼓，有糖，有姑娘，有小伙子，还有一伙唱经的大和尚。宋百川拔出青铜剑说，我先杀了你，再杀霍光，看我之后活得多快活。说着他冲过去一剑把伶人劈成两半，又一剑把那人的头砍了下来。那头“咚”一声掉在桥上，滚了一米多，不动了。

宋百川睁开眼睛，发现身上的衣服已经湿透，大腿内侧粘着一团精液。他感觉到一生的力气用完了，手上拿着青铜剑，自己已忘了什么时候从保险柜里取出的，怎么输入的密码。拿剑的胳膊还在发抖。面前倒了两尊佛像，一尊佛像身上多了一道剑痕，但是没有被劈开。另一尊佛像的佛头掉了下来，在他脚边停着，因为滚了半圈，所以双眼成了一条竖线，好像歪头看他。它抿着嘴唇，面带微笑。当他看它时，它“哗啦”掉了一层面皮，里面的那张脸相当严肃，没有表情。

宋百川抑制不住，哭了起来。

八

褚旭的琴快要弹完的时候，姜丹回来了，跟她一起回来的还有一个男人。褚旭用余光看了一眼，没有说话，老师坐在旁边轻轻哼唱着。褚旭比李页想象的要强壮一些，肩膀挺宽，家里开着空调，他还是只穿了一件背心，露出两条圆粗的胳膊。在路上时，姜丹和李页一直说着话，突然她说起了父亲姜卫刚和继父杨道林，她一点点都跟李页讲了。他没有想到姜丹的人生里有这样的故事，尤其令他意外的是，当年跟他在一块儿的时候，她也并没有告诉他她的生父死于凶杀，重逢的第一天却讲了出来。他说，你为啥今天告诉我？姜丹说，就是觉得你应该知道一下。我设想过，如果我还有机会见到你，就跟你说这件事情。过了一会儿，他开始讲他跟她分手之后的生活，包括抑郁症，包括卖画，包括漂泊，包括后来做了摄影师。在等一个红灯的时候，李页吻了姜丹。姜丹迅速把头转向他，接洽了他的吻。他感觉到姜丹口腔的热度和香味，过去也是如此，姜丹的嘴里总有一种香味，吃了什么东西都掩盖不住，像是有一片新抽的叶子捣碎了，一直在嘴里嚼着。他用舌尖碰了碰她的舌头，她也碰碰他的，后面的喇叭响了一下，她扭回头，汽车驶过了斑马线。之后两人半天没有说话，李页激动的心情逐渐平复下来。这是他要永远在一起的女人，无论如何也要跟她一起度过余生，他希望自己先死，这样就不会遭受再次失去她的痛苦，也不会因为孤独死去而怨恨生活跌入地狱。

姜丹说，去哪儿？李页说，听你的。姜丹说，你可以见见我的儿子，他今天在家。李页说，好，找一个商场，我给他买个礼物。姜丹说，不要太贵，意思到了就行了。李页说，我不知道他喜欢什么，你帮我参谋。两人把车停到商场的地下车库，在商场里逛了一会儿，一边逛一边闲聊，每当李页说出前半句，姜丹总是能领会后半句的意思，反之亦然。上扶梯的时候，姜丹挎住李页的胳膊，李页忽然想起他曾经给姜丹买过一顶草帽，他的心揪紧了，眼泪差点流出来，他努力使自己平静下来，身体放松，感受姜丹步伐的节奏。李页给孩子买了一个美国队长的盾牌，可以变形成为激光炮，他从来不看超级英雄电影，但是美国队长和他的盾牌他还是知道的，三百多元，姜丹对这个选择很满意。两人又推车在超市里转了一圈，买了些吃的和日用品。姜丹在超市的门口看到了一个卖朝鲜红参的柜台，说要买一盒送给李页的母亲。李页说，她不会吃的，她觉得自己身体很好。姜丹说，你寄给她，她不吃也会高兴的。等天气凉快点，你让她到北京来住几天。自己一个人很没意思的。李页说，她每天跟邻居打牌，自己记账，安排得很满。姜丹说，打牌就是没意思才会干的事儿，两边住住好一些，人老了，身体每天都有变化，摔倒了别人都不知道。结账时姜丹没有让李页付钱。

两人回到车上，李页说，你妈和你后爸现在咋样？她说，两人几年前就基本分开了，不在一起住。李页说，为啥？姜丹说，没啥，就是不在一起住了，我后爸在家的时间很少，他退休之后到处走，老是在路上。李页说，旅游？她说，不是，找人，找当年杀我爸的那个人。李页愣住了。姜丹说，他当年答应我一定把这个人找到，你把安全带系上。李页说，你们还联系吗？姜丹说，偶尔打个电话，他跟我说一下进展。其实进展很微小，现在DNA的技术发展很快，当年的案犯没留下什么东西，所以基本无法比对，只是知道他的脚比较大，在四十四码左右。过去我和他都有一种感觉，这个人在我们心里萦绕太久了，即使不知道他长什么样，但是只要见到，就会认出来。后来我意识到这是一种幻觉，是一种自我蒙骗。他不这么想，他一辈子抓过不少人，但是最想抓的人没有抓到。你是不是觉得他疯了？李页说，没有。姜丹说，我也觉得没有，他非常正常，只是有点固执。他说有一次他几乎已经找到了凶手的住处，就在北京。你记得侯成宾馆吗？使领馆旁边那个，现在拆了。案发前一天有一个人在那儿住了一晚，用的身份证是假的。有一个受害者，倒卖古董的，家里有一个电话本，上面有一个人叫光，传呼机号是北京的。他把电话本上所有人的传呼机号码都打了一遍，只有这个呼机号作废了。他认为这两个人是一个人，他在北京转悠了好几年，没收获，现在又去别的地方了。李页说，你记得也很清楚。姜丹说，实话说，如果现在有人可以烧毁我脑中的这段记忆，我马上接受。现在我不爱接他的电话，他也知道，但是只有我能跟他聊一聊了。我经常想，就当我爸在我十二岁那年病死了，谁也怨不着，这样想就好多了，所以我当年也不算骗你。

褚旭的钢琴老师是个中年女人，面相慈祥，其实非常严格，笃定自己的学生要超过别的老师的学生，恰巧褚旭也是一个非常要强的孩子，两人碰到一块儿，总是从争执开始，从讨价还价开始，然后平稳，最后进入一种疯狂的操练。李页看见褚旭的脖子后面都是汗水，剪得很短的头发一根一根亮晶晶的，他的双手时而抚摸着琴键，时而用力按下，身体前倾，好像要跳到钢琴上，老师的身体也随着他的节奏摇摆，两人好像在同一场惊心动魄的龙卷风里。进门时，姜丹示意他把礼物藏进门旁的衣柜。姜丹说，家里有啤酒，你喝吗？李页说，不用，我喝点水就行。他坐在餐桌旁边，没有坐在更远的沙发上。姜丹简单换了一身运动服，站在褚旭后面看他练琴。褚旭回头说，妈，我也想喝水。姜丹给他倒了一杯，他拿起来一口气喝完。李页心想，这是她跟另一个人生的孩子，但是我为什么这么喜欢他呢？他看起来真的不错，虽然他跟姜丹长得一点不像。这个房子不大，很舒服，家具的数量和距离都刚刚好，李页接着想，也许是没有成年男人的缘故，家里气味清新，更像家一点。餐桌上方有一幅画，画的是两个石榴，成熟的石榴，敞开着，是印刷品，李页盯着看了一会儿，画得真差，但是放在这里非常合适。最后再完整地弹一遍，老师说。李页想，如果他不喜欢我，我就走。姜丹会解决这个问题。下次来我可以带上我的照相机，让他玩玩。他不会喜欢，真蠢，你的破相机算什么玩具，李页努力回忆他在这个年纪喜欢什么，送他一只小狗，我小时候一直想要一只小狗，一直没有得到，一直到有一天觉得养狗麻烦了，再也不可能养狗了。送他一只小狗准没错，一只拉布拉多，大鼻子，小眼睛，有劲儿的尾巴，浑身黑得像泥鳅。我也有父亲的，李页心想，要不然我何以存在呢？但是他想不起他父亲的样子，在他很小的时候，父亲就离开家了，再也没回来过，跟姜丹的父亲不一样，他父亲还活着，现在是不是还活着，他不知道，应该还活着吧，在某处生活着，衰老。他就是受不了这一切，然后离开了。是他小时候惹人厌了吗？还是母亲的性格太强硬？还是他爱上了别人？没人跟他说过。母亲从来不提父亲，他记得他懂事之后问过一次，母亲的回答是，他就是走了，带走他所有的东西，不回来了，如果再问就揍他。他下定决心长大绝不做父亲，其实最近几年，他注意过养老院的广告，他也相信养老院发展的速度，未来他住进去的时候条件应该会不错，就像是小时候住校，像一个大家庭。这是之前的想法。

你给我买了什么礼物？他抬起头，褚旭站在他面前，几乎跟他坐着一样高。我妈说你给我买了礼物，在哪儿？李页说，你给我背一首诗，我就给你。褚旭说，那我不要了。说完他转身要走，李页说，别忙，我拿给你。他从衣柜里拿出盾牌递给褚旭，褚旭马上打开玩了起来。能变形，他看了一眼李页说。李页说，可以变成激光炮，只要被打到就会变成粉末。姜丹把老师送出门，然后切了一盘西瓜放在他们旁边，看着他们。褚旭说，你的武器呢？李页说，我没有武器。褚旭说，你没有武器我们怎么对战？李页说，我家里有把宝剑，切金断玉，但是我没带在身上。褚旭说，吹牛，你现在去取来。李页说，我家离这儿挺远，要不然你借我个武器。褚旭想了想说，也行，你等一下。他跑到自己的房间给李页拿了一把小巧的玩具手枪，感觉是他三岁时的玩具，褚旭说，你用这个吧，我爸给我买的，别看它小，其实威力很大，能打穿甲弹。李页说，好，各自找一个基地，现在开始？褚旭说，我挑厨房。李页说，那我在厕所，厕所在哪里？姜丹用手一指说，那个门就是，厕所滑，你小心点。两人隐蔽好，开始对射，由远距离射击逐渐演变成近距离肉搏，满屋子跑，褚旭大笑着，声称自己从未被击中，而李页已经千疮百孔。李页后来跑不动了，开始装死，非常逼真，褚旭怎么挠他他都不动。李页学着机器人的声音说，我已变成粉末。褚旭说，你骗人，你还很完整呢。李页突然跳起来要抓他，他用力过猛，把褚旭一下拉倒在地上，后脑勺结结实实撞在地板上。李页吓了一跳，看了一眼姜丹，姜丹正在做饭并没有看见。褚旭站起来撒腿就跑，又跑回了自己的基地里头，好像完全不疼。

吃完晚饭，褚旭要做作业。李页说，我走了，改天再来找你玩儿。褚旭抬头说，你别走。姜丹说，叔叔明天要工作，今天要早点休息，你写完作业就得睡了。褚旭说，我睡了你再走。李页说，好。写完了作业，姜丹给褚旭洗澡。李页轻轻在屋子里走了一圈，走到阳台从窗户往外看，阳台的晾衣架上晾着姜丹的胸罩和褚旭的游泳衣。楼层很高，底下的园区看不清，对面的楼上还有灯在亮着。他从来没有过像今天这样的感觉，生之喜悦，伴随着微醺一样的倦怠，也许小时候有过，但是他忘记了。他意识到自己快要四十岁了，大部分时间过得很苦闷，就像是一个人在黑夜走着，看见亮光就马上跑过去，是一堆篝火，可是人已散，火马上就要熄灭了。他哆嗦了一下，转身坐回到餐桌旁边。过了大概二十分钟，姜丹从卧室走了出来，说，他有句话要跟你说。李页走到卧室门口，褚旭穿着一件裤头站在床边，手里拿着盾牌，说，我想看看你的宝剑。李页说，宝剑不好玩，我送你一只小狗怎么样？褚旭说，不要小狗，就想看宝剑。李页说，还有小朋友不喜欢小狗的？褚旭说，我就不喜欢，小狗很臭。李页说，好吧，改天我拿剑给你看。褚旭说，哪天？李页说，明天如何？褚旭说，说话算话？李页说，说话算话。褚旭不再看他，抱着盾牌跳到漆黑一片的床上去了。

褚旭完全睡着的时候已经将近夜里十一点，姜丹也同他一起睡着了，讲到一半的绘本还拿在手上，衣襟散开，露出一截腰部。李页把他们房间的灯关掉，又检查了一下厨房的水龙头和卫生间的喷头，都拧好了。他坐电梯下楼，打车回到家，从房间里拿了一瓶冰啤酒大口喝下，然后洗澡上床。他马上睡着了，一点也没有耽搁。

九

小千你好：

见面时我跟你说了，我认字，不会写字。我没给你写信，因为我在练习写字。我学会了一些，但是写得不太好，这种东西好像不能一下子就写得很好，所以这里头有一些错字，如果不影响你理解我的意思，那就很好了。信这种东西很难让别人帮我检查。

我姓霍，很高兴认识你，如果你收到了信，请你给我回信，地址在信封上。

霍

霍你好：

我太开心了，你给我写信。你多少岁了？我觉得太有意思了。我有两个姑姑，一个奶奶，我爸死了，我妈妈早就不见了。希望你能做我的朋友，我还跟你见过的那个姐姐通信，可能是她最近学习忙了，不再回我的信了。她的爸爸也死了，跟我爸爸一起，所以她找到了我，给我写信。我这里有一座大煤矿，我的两个姑姑都是矿上的，但是她们不挖煤。你是做什么工作的？你有爸爸妈妈吗？他们会给你讲故事吗？我喜欢听故事，没有人给我讲，我就自己在脑袋里想。想的时候很好，想完就忘记了，如果有人讲我可能就可以记住。

我查了字典，你只有两个错别字。你的“理解”两个字写得不对。下次加油吧，我不会的字就先用拼音，然后再查字典。你也可以试试。这是我写过最长的信。

马小千写的

小千你好：

你喜欢读书吗？我像你这么大的时候，没有书读。现在我又开始读书，为了学写字，我还买了教材。上次我说不要把我们通信的事情告诉你那个姐姐，长大了你可能就会知道，人都有不想告诉别人的事情，可能没有什么特别的原因，就是不想让别人知道自己的事情，相信答应我的事情你是可以做到的。北京越来越热了，到处都是柳絮，飞到人的嘴里，很让人恶心，但远看是觉得很美的。北京的春天是一个可有可无的季节，就在夏天的嘴里头，我没有找到更合适的描述，不知道这样说你能明白不。我的工作比较清闲，你不用怕耽误我的工作，给你回信是一点也不浪费时间的，不是每一个大人都像我一样，每个人都不一样，所以不用担心。这次我给你讲一个游泳的故事，它是真的，我尽量把它讲得更像真的。有一次我走到一个地方，有一个水塘，那天很热，周围一个人都没有，我就脱光了衣服下去游泳。游了一会儿下起了暴雨，雨越下越大，我游得更舒畅了，这时不知从哪里跑来一只狗，也跳进来游，好像它也挺长时间没有洗澡了，我们俩就一起游了一会儿，那只狗很大，我还趴在它背上，它驮着我游了一会儿。游了挺久，我们都没劲儿了，雨也停了，我俩就都上了岸。我想烤火，找不到干的树枝，那只狗好像明白我的意思，不知从哪儿叼来了干树枝，我就生了一堆火，不一会儿就把我们都烤干了。我好几天没吃东西了，又游了泳，我想应该把这只狗吃了。我就从包里拿出刀子，把它按在地上，准备把它的脖子割开。它看着我，我不知道你明白不，它看着我，以为我在跟它玩儿，一动不动等着。我就打了它两拳，把它放了。之后我又饿了几天，差点饿死，我吃了松鼠和泥鳅，才活了下来，我差点饿死，但是我没吃那只狗。快到走出那片林子的时候，我又看见了那只狗，可能它一直在跟着我，我把它叫过来，把它吃了。那是一只棕色的大狗，毛很长，一处都没有打绺，有四十斤。这就是游泳的故事。

信里这三百元是给你买书和衣服的，如果你看见什么好看的衣服就买吧，如果你姑姑问你钱是哪儿来的，你就说是你爸爸的朋友寄给你的，如果她们想拆开我们的信，我就不会再寄钱，如果她不拆，三百元里可以给她们一百。如果她们告诉别人，我也不会再寄了。

信里的邮票是给你用的，回信时可以多贴几张邮票。

霍

霍你好：

你的故事很吓人，跟我脑子里想的故事不一样。我能明白你的意思你相信吗？有时候我奶忘了给我做饭，我饿了一天，就想偷东西。我跟你说实话，我偷过几次东西，我的邻居玉奶奶她卖雪糕，就在我们家的胡同口。她会睡着，我觉得可能还是她起床太早了，她就坐在板凳上睡着了，她的钱匣就在雪糕箱的旁边，也是木头的，有两个小门，一边是十元，一边是零钱，我从来没拿过十元的，我只拿零钱。我能想明白你的意思。这是你给我钱之前的事情了，现在我不偷了，我拿钱去她那儿买雪糕，有时候一次买两个。我昨天在学校里打架了，她们三个打我一个，我把其中一个人的衣服抓烂了，还把另外一个人的眼睛捅伤了。我还想用笔扎她们，但是笔后来掉在了地上。我考试总是考不好，我经常溜号，我控制不住自己，总是溜号，老师也不喜欢我，因为我考试不好，还喜欢打架。她叫我的家长来，她们也从来没有出现过。你知道吗？有时候我觉得自己挺孤单，我爸爸活着的时候，我不孤单。他会给我做饭，给我洗衣服，给我讲故事，有时候还会陪我跳皮筋。他不是很喜欢说话，但是很勤快，现在我住的家里太脏了，我爸爸很爱干净，出门的时候总是梳头。他死了两年了，我还记得他的样子，一点也没有忘。他要是活着该多好啊，我就不需要任何人了，我不明白他为什么会死呢？那天他出门的时候还活着啊。

如果有一天你也消失了，不再给我写信了，我也能明白的，你为什么要给我写信呢？我要是你我就不写，我去干别的更有意思的事情。如果你还想写请接着给我写信，写到真的不想写了为止，行不行？

小千

小千你好：

听说你要上初中了，我为你高兴。你问我上初中会是什么样，我不知道，我没上过，所以无法告诉你。但是我告诉你，初中会比小学好，因为初中只有三年，三年之后就可以上高中，高中也是三年，之后就可以离开家上大学。如果不想上大学，就可以去做别的，因为那时候你已经长大了，谁也不能控制你了。不过我还是觉得上大学比较好，我认识一些上过大学的人，他们看上去都比较好，他们在大学的时候会认识很多朋友，将来大家可以互相帮助，他们会有一个通信录，上面写着电话号码，如果有困难就打上面的电话号码。因为给你写信，这些年里我涨了一些知识，不写信的时候，我自己也会看书，我感觉很好，跟过去的感觉完全不一样，知识是很好的东西，写书的人他有知识，看书的人即使没有，也可以通过书跟他交流，他不会瞧不起你，或者摆一个架子，因为他的东西就写在书里，今天看，明天看，他都在那里写着，态度不会变。书里还有很多故事，比我跟你讲的精彩很多，我之前一个人待着的时候就是待着，我可以一动不动地待着，现在我看书，我有很多时间干这件事情，这种感觉很不错。书店来了新书好书，我就排队去买，在之前我不敢想象我会做这种事情，我现在会做。这是因为你的帮助，具体怎么回事，我也说不清楚。你现在很反感书本，将来有一天也许你会喜欢的。前两天我整理了你给我写的信，有好多，这三年你的信越写越好了，你长大了。我也长大了，只是是往小里长大。我不能再给你讲故事了，因为你马上上初中，已经是个大孩子了，你应该自己去看故事了。这次给你的钱，我希望有两种用途，一是给你买一辆自行车，因为你跟我说过，初中要比小学远很多，你买一辆好一点的自行车，永久或者凤凰的都可以，不要光看外表，要骑一下试试。不要买变速的，变速的很容易坏，尤其在冬天。二是你去你们市的图书馆办一张借书证，想看什么故事就去借，借书证很便宜，押金需要一些钱。

刚上初中的时候可能会有一些不适应，所有人你都不认识，也许你还会跟人打架。这没什么关系，如果打架，你往对方的脸上打，自己的脸尽量躲开，身上挨了多少拳都不要紧。因为第二天脸上受伤的人就会被别人认为挨了打，身上的伤别人是看不见的。吃了亏也不要去跟老师告状，不要做一个告状的人。文具盒买一个铁的，不要塑料的，有时候会用得上。

我最近会出差几天，你的信到了我可能不在，所以回信可能会晚两天，不要担心，我一回来就会给你回信。

霍

霍你好：

今天我奶奶去世了，她们把她从医院拉回来，她死在了家里。住院的时候医药费我出了三分之二，她们出了三分之一，她昏迷了一个月，都是我在花钱。我觉得只要她活着，就有意义，可是后来她的屁股出了一个大窟窿，死的时候跟床单粘在一起了，我不知道自己这么做是不是对的，是我太自私了吗？我的两个姑姑继承了她在S市艳粉街的那个小房子，肯定不会有我的份，我也不会去问她们要。她临死前把眼睛睁开了一下，看了我们一眼，看了看屋子。我觉得她很失望，这不是她真正的家，但是她只能死在这里。我知道了，当人死的时候，她的选择就很少了，除非她是一个很重要的人。我还活着，我还能选择。我不想待在这个地方了，你让我等到高中毕业，我等不了那么久了，如果奶奶活着，即使她是糊涂的，可能我能等下去，她会给我讲我爸爸小时候的事情，我小时候的事情，她只记得这些，对我已经足够了。我没有告诉你，有一件事情我一直没有跟你说，其实我一直在上夜校，教表演的，表演培训班。你让我看书，我真的看不进去，我不是念书的料，我只爱看电视剧，看电影，我喜欢王姬，喜欢江珊，我做梦就是她们，我跟她们一起吃盒饭，一起拍戏。我怕我告诉你，你就不给我寄钱了。我不想再念书了，我想去北京，我能吃苦，老师也说我有表演天赋，不管你信不信，我真的有。你能接我一下吗？帮我找一个住的地方。或者你方便的话，我先睡几天你的客厅？我想你家应该挺大的吧。距离上次见面已经六年过去了，也许你接我的时候认不出我，我在这封信里放了一张我现在的照片，是我在夜校排《日出》时照的，我演的人物叫小东西，不是最主要的，但是很重要，你看了很多书，应该知道这个故事。我没有化妆，所以你应该可以认出我。

我确实挨不住了，请你尽快回信给我，我就买票了。我想你也应该愿意见到我吧，是我的幻想吗？如果你没时间接我，我可以直接去你家找你，我有你的地址，毕竟我们是朋友，对吧？

小千

小千好：

我的地址已有变化，我搬家了，勿来。你瞒着我的事情，我没有生气，但是确实出乎我的意料。我没法接待你，我的工作很忙。我不会再给你寄钱了，过去寄的钱也不需要你还给我。

霍

霍你好：

之前写的几封信都没有回音，我知道你确实搬家了，不会再给我回信了，或者说，我们就这样失散了。这是我给你写的最后一封信，当然你是不可能收到的，不过我还是要写，寄到原来的地址。我来北京了，我现在刚刚出站，我找了一家邮局给你写信。我期盼的奇迹没有出现，你没有在月台或者站台外面等我，我记得你的样子，我找了一大圈，又等了挺长时间，你没有出现。我明白了，往下就靠我自己了，谢谢这么多年你一直在帮我，没有你我不会是现在的我，我一直依靠着你的信活着，其实你不知道，你的信比你的钱重要一百倍。现在你没有了，我还得活下去，不是吗？我失去了身边的一个个人，我还得活下来，北京这么大，有这么多人，我应该可以找到一个自己的地方。我哭了，我喜欢的人为什么都要离开我呢？是我有什么问题吗？是我爱别人爱得太多了吗？你给我一点点东西，我可以回报你很多，为什么你还要消失呢？算了，没关系的，如果我们还能见面，我会原谅你的，真的，在之前我会自己努力，我会非常努力的。

小千

十

快到晚上的时候，李页醒了。前一夜他睡得很好，没有做梦。上午处理了一些手头的工作，定了几个拍摄的时间和地点，多年来他都没有助手没有徒弟，所有事务性的工作都由自己打理，工作时设备也全由自己背着。然后他回了几封邮件，马小千的那期封面反响非常好，在几乎已经完全商业化的时尚杂志圈子里引起了一些波动，一个常年默默无闻且年龄已不小的女孩登上了重要杂志的封面，散发出令人惊奇的魅力。她是谁？她做过什么？她下面的时间怎么安排？很多人在问这几个问题，她为什么如此美丽？她的皮肤不太好，瘦小不性感，面容也有些悲戚，眼神里散发着难以捉摸的戏谑，为什么无法把视线从她身上移开？下午的时候李页躺在书房的躺椅上看了会儿画册，跟姜丹通了几条微信。今天姜丹学校没有课，但是下午要带褚旭去顺义参加一个钢琴比赛，大概晚饭时候可以到家，李页跟姜丹说他们比赛结束时告诉他一下，他就从家里出发，大概四十分钟就可以到。姜丹说他忙的话，她可以在褚旭睡后，到他这里来找他，李页说他不忙，他一天的工作已经基本做完了，而且他答应了褚旭今天要再见面，他会在他睡前赶到。姜丹询问了他对褚旭的印象，当然是从对褚旭的批评开始的，以此诱导李页说几句。李页诚实地说，他很少跟孩子打交道，但是他很喜欢褚旭，褚旭让他想起了自己的小时候，他看褚旭弹琴的样子就想起了自己小时候画画，经常也光着脊背。之后姜丹问了问他晚上想吃什么。李页没有思路，他让姜丹自己决定，两人商量了一下，决定用电磁炉吃火锅。下午四点左右，李页在躺椅上睡着了，通常他会在这个时间小睡一下，这天也不例外，醒来时已经五点多了，他看了一眼手机，姜丹没有来微信。这个时间从顺义回来应该是非常堵车的，李页突然感到有些焦躁，他喝了点水，在屋子里转了转，决定提前出发，平时这个时间他会在园区里跑步，今天他决定骑共享单车去姜丹家，他看了一眼导航，骑车大概需要两个多小时，挺好，他心想，那个时间也许姜丹和褚旭正好到家。

李页开始整理自己的背包，这个背包他背了好几年，每个东西应该放在什么位置他非常清楚，但是临出门之前还要用手摸一遍。他想起跟褚旭的约定，他站在客厅里想了一会儿，把宝剑从书房里找了出来。这是他第一次仔细看这个东西，剑套是特制的，上好的黑牛皮，因为用得久了，皮子已经非常绵软，但是没有一点破损之处或者磨得发白的地方，依旧有光亮。剑匣比剑套更古旧一点，应该也是后人所造，花梨木的，有钢铁的折叶和锁扣，打开剑匣，宝剑就在其中，比他想象的短小、宽阔。在他脑中青铜剑总是狭长的，这把剑不然，全长大概七十厘米，剑柄占去了大概三分之一，剑身比一般的长匕首长不了多少，最宽的地方有十厘米，以非常柔和的曲线收紧在剑尖，厚约一厘米，像一块上好的牛排。拿在手里，握感极好，重量在三公斤左右。剑柄一面有一个“让”字，另一面有一个“智”字，都是篆书。他把包里的东西整理了一下，身份证和门卡揣在兜里，其他东西不带，然后把剑背在身上，下楼。他在小区门口扫了一辆黄色的单车，调试好车座的高矮，骑上出发。他从酒仙桥，骑到了霄云路，然后右拐，向西骑去，沿着东风北桥，骑往海淀方向。太阳正在西垂，但是还是很热，他的汗一直从鼻子流到胸口。夏天正在流逝，到了这个时间，就像有人抽走了夏天的鱼骨，肉固然美味，已不是那么劲道。北风带着一点凉意吹拂着李页的身体，他已经好多年没有骑车了，觉得骑车极舒服，甚至可以一直骑到香山去。到了一个路口，他停了下来，等了两个信号灯也没有走。昨天晚上马小千给他发了一条微信，微信的内容是：李页老师好，前阵子一起工作特别愉快，谢谢你给我的帮助，我都明白。不知道你这两天方便不？到家里来坐一坐，我明天后天晚上六点之后都在家。地址在国贸新城 29 号楼 7 单元 301。拍摄那天我可能有点不太礼貌，那也是因为我觉得你挺有意思的，你明白不？

李页掏出手机看了一下，姜丹还没有给他发微信，这个时间她应该坐在一个大厅里，听一个一个孩子弹琴，等待褚旭上场。她的心里应该全想着这件事情。他感到自行车车座的坚硬，心脏剧烈地蹦跳了一下。他给马小千回了一条微信:我半个小时之后到。发完之后他重新设计了手机的导航,继续骑行。大概二十分钟之后,他到了国贸新城的门口,锁好车,进入了小区。29 号楼的位置比较偏里,需要走过一片小草坪,他走了一会儿才找到,楼旁有一棵高树,枝叶茂盛,几乎倚在住户的窗户上,目测大概有十米。他按了门禁呼叫,没有人应答。有点奇怪,李页心想,微信她也没有回。也许她睡着了,那贸然上去是不是有点不妥当? 几个韩国人出来了,好几个孩子在前,两个家长在后,大声说着韩语,一个孩子跑得太快差点摔倒。李页拉住门让他们走过,男主人用中文说了一声谢谢。李页点点头走了进去。电梯挺宽敞,楼道也非常整洁,一看就是一个非常成熟高效的小区。李页按了门铃,没人开门。他又敲了敲门,趴在门上听了听,一点声音也没有。可能是她的安排临时有变,现在出门了。他准备离开,忽然发现门口有一个棕色鞋柜,三层,简易的拉门,他拉开了最上面的一层,只有一双鞋子,一双男鞋,黑色皮鞋,尺码很大,看上去不是四十四码的就是四十五码的。他用三根手指拎起鞋的后帮看了看,这双鞋穿了有一段时间了,鞋的前部形成了自然的脉纹。鞋底子上有泥,他用另一只手摸了一下,是新泥,还有一根草。他抬起自己的脚看了一眼,然后把皮鞋放回原处。

李页趴在门的底下往里看,什么也看不到,房间里的门口有地垫,把缝隙完全挡住。他站起来敲门,用了不小的力气,声音回荡在走廊里,马小千在家吗? 马小千你在吗? 他大声问。门开了,一个中年男人站在里面,穿着白衬衫和牛仔裤,身材高大,他说,您是哪位? 李页说,我是马小千的朋友,她在家吗? 男人说,她下楼买东西去了,马上回来,您请进。李页犹豫了一下,然后走了进去,客厅不大,布置得很精心,一瓶没有打开的红酒放在餐桌上,上面还系着彩带。厕所在他的对面,厕所左边应该是卧室,门紧闭着。客厅的窗帘没有拉开,屋里亮着灯。李页努力让自己冷静下来,能够思考。他把剑套摘下来放在餐桌上,男人在盯着他看,又看了看剑套。他知道如果这时候他拿出手机,可能他预感要发生的事情就会提前。男人说,你是小千的哪种朋友?李页说,不好说,你呢?男人说,我们认识很多年了,中间一度失散了,最近又联系上了,挺幸运。男人长了一副沉思的脸孔,以摄影师的角度看,他的四肢比例完美,胖瘦适中,如果说中国有绅士,就应该是他这种样子。李页说,她下楼没带手机? 男人说,好像是吧,好像是。李页说,没带手机怎么买东西呢? 男人说,她这么聪明,总有办法解决吧。我给你倒杯水。说完他转身进了厨房。李页使劲喘了几口气,他的脑海中浮现出褚旭在台上弹奏的样子,他迅速打开剑匣,把剑拿在手里。厨房的门开了,男人手里拿着一把水果刀,男人说,这剑哪儿来的? 李页说,马小千还活着吗? 男人说,我问你,这剑怎么在你手里? 谁派你来的? 李页大喊,马小千! 你在哪儿? 有人吗? 救命啊! 他一手拿剑,另一只手掏出手机,男人扑过来,用刀刺他的肚子，他一闪，手机落在地上。这一刺其实是虚晃，男人的刀接近着横动，李页没有躲开，他感觉自己的小腹一痛，被刀划开了，血马上流出来。李页抱着剑滚向厕所，男人追上来，他回头冲着男人挥了一剑，男人躲开，手里的水果刀立起，刀刃向下，扎向他的前胸。李页觉得像一块冰掉到了自己的肺里，他被刺中了。他仰面朝天，男人的脸就在他的鼻子前面，他看见男人面无表情，或者说表情跟迎他进门时没有分别，只是在专注杀他。李页忽然一把抓住男人拿刀的右手，使男人不能动弹，另一只手将剑刃挑起，刺进男人的肚子。那一瞬间他感觉不是他的手在操持着剑，而是剑在引诱着手，刺进的一下如此地顺滑，像是切开一块奶酪。他翻身把男人压在身下，剑还在前进，刺穿了地板，把男人牢牢钉在了地上。男人说，稍等。李页觉得自己气短，张开嘴拼命吸气。男人说，火车开了。李页说，什么？男人死了，没再说话。

李页爬到卧室门口，拧开了卧室的门。他向里爬，看见了一双洁白的脚，他爬上床，看见马小千四肢都被绑住，嘴上也有封条，一台摄影机在无声地运转着，房间里有微弱的电流的声音。他撕开了封条。她还活着，因为她在均匀地呼吸。跟他想的一样，她睡着了，睡得很沉。李页掏出手机，发现姜丹给他打了十五个电话，他用微信给姜丹发了一个位置和一个语音：来找我，我爱你，再给我一次机会。他抱着马小千闭上了眼睛，感觉到自己躯体里的生命前所未有地高涨，血在床的凹陷处形成了一个湖。

【作者简介】双雪涛，小说家，1983年生于沈阳。已出版小说集《平原上的摩西》《飞行家》，长篇小说《聋哑时代》《天吾手记》《翅鬼》。

冻土观测段

◎　董夏青青

一

那日的军事斗争结束后，他和另一个人把一名倒在地上的小个子兵架到盾牌上。两人抬着盾牌，跟随四周的叫喊声朝后方走。

原本围在医务帐篷门口的人，自动退开一条让他们过身的路。那些背对他的，此时转过脸。这边有一张豁开了的嘴，那边有个额头开花的脑袋。小个子兵被放到医疗床上时睁开眼，问了句："我还活着吗？"

"你活着。"军医凑近了告诉小个子兵。

"我想睡觉。"小个子兵说。

"踏实睡一觉吧。"军医说。

两名护士。一个剪开小个子兵身上被划烂的衣物，另一个往他皮肤上贴大片的发热贴。

"我好冷。"小个子兵说。

军医捏了捏小个子兵的大脚趾。

"我在捏你哪根脚指头？"军医问。

"小脚趾。"小个子兵回答。

"右腿和右胳膊折了。"军医小声对一个在流泪的护士说，"准备吊水吧。"

"冻得太狠了，血管根本找不见。"护士说。

"找矿泉水瓶子灌温水，挨着手脚摆上一圈。"军医说。

走出帐篷之前，军医请他帮忙把一旁铁架子上的棉大衣拿过来给小个子兵盖上。小个子兵睁开眼睛看着他。

“排长，你也被搞伤了。”小个子兵喃喃地说，“你的头破了。”

走出帐篷，逆着后撤的小股人流，在往前方回返的人当中，他看到一个年纪很小的兵。即便隔了一定距离，绷带挡住了这个兵半张脸，还是能判断出这个兵非常非常的年轻。他有些明白那边的外军为何叫他们学生兵和童子军了。

他慢慢靠上去，跟在那个士兵后边朝前走。不远，临近河道的滩地上聚集了一些人。

“拿绳索，拿绳索去啊！”有一个战士背向人群，喊叫着冲他的方向跑过来，与他擦身而过。

将要靠近人群时，走在他前头的兵忽然扭过头来。

“排长，是你吧？排长。”年轻的声音说。

“你是谁啊？”他反问。

“是我啊。”那个声音又说。

“你不去帐篷，跑回来干吗？”他问。

“你是不是来找我们班长的？”年轻的声音说。

“你们班长是谁？”

“许元屹。”

“对，许元屹，许元屹在哪儿？”他又问。

“排长，你是不是不知道我们的班长在哪儿？”

“我不知道。”他回答。

那个年轻的兵转过被绷带缠住的半边脸，继续朝河道走去。

河道边围着的人里面，有他还能一眼认出来的。但被认出来的人根本没有回头看他。那些人紧盯着河道，如此一致的惊愕和悲恸的表情，以至于他觉得有必要去看一眼他们在看的东西。他走过去。看到的是汩汩涌动的河水。水流里有一身鼓得溜圆的荒漠迷彩服，明显被河床里的石头缝卡住了，还卡得很牢。瞬间又能根据它起伏的力度判断它附着于具有一定重量的物体上。过了一会儿，膨胀的迷彩服带动水下某件东西翘起来，跃出水面。

他又看了一眼，打算辨认那个跃出水面的、圆的东西。他的喉咙里不受控制地发出一声呻吟。

一个人头脸朝下，四分之三的身体陷在水浪里不受控制地摆动和摇曳。融雪后冲下峭岩的洪水力道很大。这样一具躯体，卡在河道里是不现实的。

“没人告诉你吗？排长，那是许元屹班长。”年轻的声音从一旁传来。

打捞从傍晚开始,用了很长时间。

一个排的人被分成五个小组。士兵们一面冻得直哆嗦,一面手挽着手,慢慢地朝这具身体靠拢。好不容易靠近了,他们轮流上前抓住那具身体或者衣物的一部分,动作谨慎却用力地向外拖拽。每个人都试过了。每拽一次,那具身体都往河道里卡得更紧一点。明明是被几块石头卡住了腿,那具软乎乎的身体就是拽不出来。

夜里。河道边的滩地上。他入神地顺着河水望去,瞥见那具身体还在水里浮动。

谁把篝火拨动了一下,火旺了一下又暗下去。烟向水边缭绕,明亮的火苗也朝那个方向飘舞。稍稍往里踢点土,火星就向天空飞去。下过水的士兵们围坐在火边,他们的脸上被篝火烤出了皱纹,面颊凹陷下去。有一个战士,从口袋里掏出家信撕成一条一条,抠出石缝里干了的苔藓,弯着腰给大家卷烟。

离篝火更近的,还有两个那边的人。其中一个躺着,已经死了,另一个坐着,还活着。

刚才有一个土气十足、身子骨扎实的中士坐在他旁边。战斗结束后,这名中士在清查现场时,在崖壁下的洞穴里发现了这两个人。当时两个人都受了伤,蜷缩在洞里,其中一人伤得更重。中士喊来翻译,让翻译指挥受伤较轻的那个背上受伤较重的,听他的指令往后方走。翻译告诉中士,受伤较轻的人不愿意,说同伴明显快死了,而自己也受了伤,背不动。中士说不背可以,那就谁也别走,直到耗死为止。受伤较轻的人等翻译说完,让翻译帮他把受伤较重的人抬放到自己背上。但那人坚持不让同伴趴在自己后背上,不肯与这个人头挨头。翻译说:“受伤较轻的人认定同伴就快死了,而他害怕死人。”

翻译走在前面,中士跟在他们后面,看见轻伤者驼着腰,倒背起自己的同伴往前走。重伤者的两条腿被使劲拽住,垂下来的脑袋和胳膊都在地上拖着。

中士走上去喊,说你他妈的不能这样对你兄弟。轻伤者似乎没有听见,只把重伤者的两条腿又往肩上拽了拽就继续朝前走。中士赶上前,抬起被拖在地上的人的脑袋,托住了他的肩膀。翻译转过身看了一眼,示意轻伤者停下,接着走到近前半蹲,让中士把重伤者抬放到自己背上。

送到滩地的篝火跟前不久,那个被背过来的人就断气了。借着火光,他看到那个人的瞳孔散得很开,嘴唇张开,保持着临死前呼吸异常艰难的表情。

中士让翻译告诉坐着的轻伤者过去把同伴的眼睛合上。翻译说,那人说自己害怕尸体,不想去。

“你兄弟是你他妈给拖死的,你必须去。”中士让翻译转告那个人。

轻伤者沮丧着脸,慢腾腾地爬过去。伸出右手食指,照那个人脸上眼睛的位置,飞快地一边戳了一下。再爬回来时,脸上如释重负。而地上那张面孔,生命尽管一滴不剩,仍旧半睁的双眼还被什么驱策,紧盯外面的世界。

他忍不住回想那个人方才用一根手指头,戳了戳同伴眼皮的动作,又偏过头来看着那个人此时把手伸进敞开的方便面袋子里。因为手哆哆嗦嗦,袋子窸窣直响。

次日晌午,连夜开进沟里的挖掘机下了河。将许元屹从水里打捞上岸时,很多人都在。他记得身旁有个人,一直以手覆额挡住眼睛,哑着嗓子飞快地说×他妈的,×他妈的。

许元屹被送走时,他看到前一晚遇上的那名年轻的列兵跟在担架左侧。上回和那边的人发生口角冲突,这名列兵还是第一次进沟。连长组织他们对等反击时,这名列兵退到旁边的崖壁下尿了裤子。那日冲突平息后,连长把列兵叫过去,给了列兵一枚那边的人撤离时遗落的小钥匙扣。

后续增援的作战单位和医疗小组陆续进沟驻扎,有人带上来一桶白石灰和两把工具刷。在靠近许元屹上岸的滩地的崖壁前,挖掘机车斗又一次升起。前一晚篝火边的那名中士在崖壁上写下四个楷体大字:山河无恙。一阵叫喊声升起来,尘沙似的落了下去。

滩地上的人陆续走回帐篷。刚站在他身旁絮语的那个人仍旧立在原地,由着烈风摇撼身体。他看了一眼那个人痉挛的鲜红色面孔,从这个狂叫着的像树一样的人面前走了过去。

不多时,山脉、岩峰、土阜都变暗了。在鸽灰色浓雾的重压下,太阳对准山脊西麓深深一啄便弹飞而去。

他一度确信,那天有关战斗的每个细节都会被所有人牢牢记着。包括记着过河时水没过腰,全身抖得牙齿磕碰,眼泪迸溅;攀爬和振臂呼喊时,缺氧的哽窒、眩晕;从山坡上方滚落的或被投下的石块击中的身体压伤他左臂;他摘下镜片碎裂的眼镜框,咬住一条镜腿,背过身挡住跪坐在地上呻吟的战士,伸手捂住战士流血的后颈窝;不断缩紧的包围圈里,四周狂热刺耳的叫喊声扫掠内脏……

然而没过多久,连贯的场景就有了龟裂的迹象。仿佛头脑断定他无力悉数消化,就让他往后再想起的时候,一次只照见一截片段。

军事斗争结束半月后，他将那天晚上半边脸被绷带缠住的年轻列兵叫进帐篷。

“班副跟你们说了是写战地日记吗？”帐篷里，他捏着两页纸问站在跟前的列兵。

“说了。”列兵回答。

“你写的什么？”

“战地日记。”

“不对，”他抬手晃了晃薄薄的两页纸，“这是咱们开春刚进沟巡逻的时候，某个晚上发生的事，不是那天的事。”

列兵点头。

“你得写那一天。”

“好多事我都不记得了，”列兵小声地说，“一开始我跟着班长他们冲上去反击，然后我受伤了，我被那边扔过来的石头砸晕了。醒来的时候，他们说班长从山上掉进河里面牺牲了。”

“可是之前……”他耐着性子说，“指挥所让你们写情况说明，你是写了的。”

“是的。”列兵垂下头。

“那为什么呢？”

“情况说明我只写了几句话，”列兵说，“我写了冲突之前班长怎么背着、抱着我们过的河，他是因为腿被冻坏了，脚被冰碴儿搞伤了才牺牲的。班长说，团长说过，老皮芽子咋过河他都不管，这些娃娃的腿不能冻下病根……”

“那你现在写这个下雪的故事又是为什么？”

“我觉得重要。”

“哪儿重要？”

“很重要。”列兵咕哝了一声。

“好，”他抬头看着列兵童稚的眼睛，“去忙你的吧。”

他不是想教训人才把那名列兵叫过来，这篇战地日记也没有任何问题。那天过后，上级各单位的调研人员接踵而至。当时沟里没有电脑也不通网，个人情况汇报无法整理成可以被反复拷贝的书面材料。副团长、副政委和营长分拨组织留营的战士，由他把战士们一次次地带进指挥帐篷，陪他们回忆、述说并写下那天他们能记得的事。有的人开了口滔滔不绝，旁边的随声附和，几个人像电线上的鸟；有的人瞪大眼睛，单个词语往外蹦，重复别人说过的话。有一名战士从帐篷出去后径直走到河沟边，趴跪在地上把头反复蘸水里，直到被营长拖回岸上。

列兵写的两页纸还在他手里拿着。一个他无比熟悉的声音就在其间。热心的、粗大的声音，少了一点许元屹平常的逗弄，却比许元屹在时说话的声音更为平和。

这时副团长掀开挡雨布走进帐篷，让他带通信兵出去架设从沟口到河岔口的单机磁石电话机线路。从哪个方向下河沟、从哪一侧放线等，说了很多。副团长还让他留心看看河岔口点位的场地，听说要在那一块地方建活动板房供前线的人居住。

他将手里的两页纸叠好放进胸前左侧上衣兜里，随后走出帐篷。

到了沟口，他带两名通信兵下车看了地形，开始放线。其中一名通信兵很聒噪，他一直听不清那个兵在说什么，只觉得耳朵和脑仁都疼。忙活了一个来小时，他感觉眼前起了一层雾，看什么都模糊，带他们过来的猛士车停在哪个方位还得想半天。

费劲爬上车的副驾驶位时，他浑身发冷。为了放线，猛士车的后门开了半扇，寒风夹着雪、辛辣的尾气直往他鼻腔里灌，眼泪潸潸不停。

放线完成，进行通联测试的时候，从团部过来的物资车正好到了。他让通信兵上那辆大厢板返回营地，随后让猛士车的司机开快车，带他赶到河岔口的点位上看一眼。

回程时，他让司机打开暖风，但没用，车里还是越来越冷。

回到营地，他只记得自己走进医务帐篷，找了张床就脱下衣服盖在身上躺下了。他脸皮燥热，但身上又感觉不到什么温度。每道骨缝都酸，向左侧翻身时，灵魂一下被挤出身体，飘在空中向下望着自己。过会儿有人跑进来，他已毫无意识。

他再醒来已是晚上十一点多了。睁开眼他哼唧了一声，坐在一旁的营长立刻伸过头去看他。

“感觉咋样？”营长问。

“我发烧了？”

“三十八摄氏度，过半小时再量一次，应该能下来一点。”

“离我远点，小心是病毒。”

“是伤口有炎症，”营长说，“你的头都这样了，自己不疼吗？”

“头咋了？”

"他们说你的伤口处理过、抹了药是这个颜色,其实根本不是。刚才军医过来看,你这个血痂都硬了,和肉长到一起了。"

"自己长好了挺好啊……"

"军医说这肯定留疤了。"

"无所谓,"他有气无力地说,"留吧。"

"你是被干傻了吧。"

"可能都死了,我自己不知道而已。"

营长忽然噎住,用颤抖的声音说:"狗屎,你活得好着呢。"

他望着低矮的篷顶,有一瞬间以为那频频闪烁着的,是点点滴滴渗透的白天的亮光。接着喉咙里泛上一阵腥味的涎沫。

"弟兄们一直觉得,是我们那个点位危险,得干起来,所以跟我说这事的时候,他妈的一点准备都没有。"营长说。

"我们没戴钢盔就去了……"他说,"没想到那边抄着家伙过来,硬他妈碰瓷。"

"那天下午六点多,"营长说,"刚准备烧个火搞点吃的,他们就跑过来找我,说刚通报你们那边对峙了,让我们这头的任务分队上车待命。我们在车上等到凌晨三四点,又给我们通知,改成回帐篷里待命。我们就坐着迷迷糊糊等到早上八点多。我八点五十分的时候跑了趟厕所,回来就看到机操手在等我,跟我说你们那边打了两个电话急着让我接,我守着电话,回拨了五六分钟才接通。是许元屹带的那个报务员,跟我说:"报告营长,昨晚沟里对峙了,我们班长没了。"接着政委给我打电话,说目前局势不稳定,一定要我把带出来的分队稳控好,随时做好应对突发事件的准备……有人牺牲的事暂时保密……后面的话我脑子一片空白……我全都答应了。

"我召集骨干开了会,安排了工作,安排人找点纸准备烧一烧。原因我没说。早饭我没过去吃,然后突然有人跑过来,有个许元屹的同年兵,一脸子惶急带泪,说营长,沟里出事了,许元屹没了,好些人伤了。我想叫他快闭嘴,话就梗在脖子出不来。我一把搂住他脖子把他架出房子,出了门我崩溃了,把帽子从头上拉到眼睛,哭了十秒,跟他把早上首长的指示说了一下,问他还有谁知道这个事,他说他们值班室的都知道了。想瞒也不可能了。"

他听人说,营长刚进沟口就把一拨人给怼了。他当时想:一方面确实是营长目前担着管控风险的压力太大;另一方面,大概还是想到了受伤、牺牲的这些人。他的连长后脑勺缝了四针,指导员左肩脱臼,门牙断了。团里让他们下山养伤，两人不肯。指导员在斗争结束后第三天，坚持要在教育动员大会上也讲一课。当时有上级指挥所的主官在会上旁听，讲话前每个发言的人都交了讲话稿，但指导员在台上讲了近二十分钟，和交上去的稿子没几个字能对上。

那日晚上开饭前，他和指导员跟着营长去了河边。营长蹲在河边，往河里扔了一包没拆封的软中华。

“元屹，”营长对着层层卷卷的水浪说，“有的人流血牺牲，有的人贪图安逸，有的人蝇营狗苟，好像仗是他们打的，长城都他妈是他修的。我要是不操练这些人，就是对不起一线，对不起你。”

他用手指轻轻地拨动输液管。

“给我打的左氧？”他问营长，“不用隔离？”

“炎症压下去就好了，”营长说，“副团长要你过两天带物资车下山。”

“行……”他闭上眼睛说，“还得提醒你一句，收敛点脾气，别再怼人了。上面的、下边的、兄弟单位的，能忍就忍。”

“你听谁说什么了？”

“驾驶员说拉你进沟的路上，你把上边派过来的人给练了一顿。”

“我没练他，”营长说，“翻达坂的时候，那屃货晕车一直吐。吐完了说就这鬼地方，给他一个月发五万块钱他都不来，我说对，我们都是冲沟里那点补贴才干到现在的。

“我跟那屃货说，不是谁都能和这么好的弟兄死在一块，比方说你就没有这个福气。”

他感到太阳穴跳动时绷住了眼眶，胀得头疼难忍。“有个东西给你，”他顿了顿说，“许元屹带的一个兵，写了一篇关于许元屹的日记。写的不是那天的事，是我们在沟里巡逻宿营的一个晚上。”

半晌，营长既没有起身，也没有吱声。就那么在马扎上弯着腰，缩着身子，向前探出的两只手交握。

“上衣兜里，左边。”他说。

营长走过去，翻他的兜，取出日记。

“那天晚上，”他说，“那边有两个人被我们的人发现了，带回来的时候，一个死了。我们就跟另一个人说，你去把他的眼睛合上吧。那人就爬过去，伸出了一根手指头，朝死人的眼皮上一边戳了一下。真的……当时我真的想不通……这是你的兄弟，你怎么就用一根手指头……一边戳一下？”

“凌晨五点来钟，那边来了人领伤员。我就盯着过来的人一个一个地看，没有一个人在哭，你知道吗，没有一个。快六点钟，那边又过来一个男的，三十六七岁，走过来看到了地上躺着的那个死人。等看清那人面相的时候，这男的眼睛红了。我就看着他走过来，两只手抱起那个人的头，放到自己膝盖上，伸手给他把眼睛合上了。"

"说实话……"他说，"那一下，不是那个死人……好像是我自己解脱了。"

他迷迷乎乎地半合着眼。脸前的亮光逐渐减弱，昏暗的空间更加狭小。到处透出温热的臭气。随后涌入的场面在他双眼的虹膜中飞旋，折返，了无声息。

悬停。

巡逻途中，他们跪着攀爬的山地冰面犹如被剥去表面那层的皮芽子，反射冷硬而纯净的幽光。迟迟进来的，他们的声音，从令人麻木攒到了顶点的寂静中流出，带着深重的金属般的回音。

"待会儿蹲坑的时候，"许元屹对那名列兵说，"一定要记住隔半分钟就站起来前后甩一甩、晃一晃。"

"知道为啥吗？"许元屹一旁的中士说。

那名刚止住鼻孔出血、嘴唇干裂起满了泡的列兵摇摇头，又点了点头。

"你要是一直蹲着不动，你的那条小短腿就用不成了，冻上了，知道不？"中士说。

"知道为啥你的小短腿一直没啥事吗？"许元屹扭过头望着中士说，"因为你的小短腿长在你该长脑子、该长心的地方了，脱光了也冻不死你个傻屌。"

许元屹抓起一把雪塞进嘴里，又往那名列兵嘴里塞了一把，拍拍列兵的肩膀说："去那块大石头后边蹲着吧，蹲一会儿就站起来摇晃摇晃。"

那天是他们进沟后的第二个星期六。起初他还敦促他们中午去河边往脸盆里多凿点冰，放太阳地里化成水刷牙洗脸，再往后他也不催不说了，大家伙都胡子拉碴，手上、脸上结了一层黑紫色的硬壳。太阳再一晒，皮爆开了就露出小块发红的嫩肉。

那天夜里。深蓝和紫罗兰色交混相融的星空下，冻僵的一群人围在篝火旁，两人分食一袋自热干粮，吃完就枕着睡袋看存在手机里的小视频。

那名列兵在时隔不久后，交给他的那封战地日记中描述的场景，带着毫不狂热的情绪，随列兵轻轻的嗓音再度降临——

我永远不会忘记……

我永远不会忘记那天晚上的月亮是那么的明亮。又大又圆的月亮静静地悬挂在夜空中，旁边有无数的星星在闪烁，一闪一闪的，漂亮极了。

月光静静地散落在每一寸的土地上，我和许元屹班长被这美丽的夜空牢牢吸引住了。

慢慢地，我和许班长在这夜空的照耀下进入梦乡。在我睡得香的时候，一阵冷风吹来，我不禁拉了拉睡袋。拉一拉，却感到有雪进来了，凉凉的。或许有一种懒惰在作怪，这冰冷的雪并没有使我起来看一看情况，而是继续入睡。

天亮了，我被其他人的呼喊声吵醒。当自己想要动的时候，却发现自己的身体完全被雪压住了，想动完全动不了。在我挣扎的时候，许班长过来伸出手塞进了我的睡袋中，找到我的手，把我从厚厚的积雪中拉了出来，在拉出来的同时，正如我的家乡话所说的，透心凉。

这是我最难忘的战地经历，当时如果不是许班长把我从雪中拉出，我想我有可能就不在了。我想，没有什么比在死亡的边缘走了一趟更让人难忘的了。

列兵的声音微弱，但像一团烈焰在他腹腔弥散开来。不用低头就能看见那在双肋之间燃烧着的、蓝色的火焰，正让他整个身体通过焚烧而感到温暖。

二

各个病房的电视机里都在播放电视剧《亮剑》，从病床上支棱起来的脑袋，有不少都包着绷带。从病房门口挨着走过去看，像一盒一盒新发的黄豆芽。

下山的伤员都在分区医院集中住着，看护他们的营教导员在二楼要了一张值班室里的床位，跟一名过来学习输液的卫生员同住。

他带车刚从山上下来那天，一楼的护士告诉他找教导员就上二楼值班室。他敲门进去，屋里只有那名卫生员在。没坐多久，话也只说了几句，卫生员就被他身上、衣服上的气味熏得招架不住，跑到厕所的盥洗池子跟前干呕。教导员解完手回屋，见着他刚打了招呼想近前，又接连大步退出屋子。他冲教导员招手，说快给他找身衣服。

换上教导员的作训服，又到水房冲了个澡，他身上那股刺鼻的臭气才轻了些。他在值班室拧开一瓶水，坐下跟教导员讲，下山路上，过九道弯那条达坂路的时候，当报务员的上等兵刚憋过三道弯就忍不住挺起前胸吐了，污秽物直接喷在他和一名士官的头上、身上。之后车里除了他和司机，其余的人多少都跟着吐了些。晚上，兵站里问了一圈都没有寻见谁多带了一套干净衣服，只得扒下来拿抹布擦了擦，搭在床头晾干，第二天又套身上穿下了山。

教导员问，那名上等兵是不是许元屹带的报务员徒弟，他点头。这名上等兵要在山下的营区教导队培训三个月，由他带过去报到。他给教导员讲，同班的人说上等兵晚上总做噩梦，大喊大叫，醒过来了就发呆。营长说上等兵是觉得对不起自己班长。那次行动，许元屹说为了锻炼上等兵，一直让他抱着电台，其实谁都明白，电台在谁那里谁出事的概率就小。

教导员问他山上目前的情况，他就拣记得的、大面上的事说了说。说起临下山那天中午，连长带着一帮人做完拼刺训练，正在讲评。指导员脱下防弹衣绕到帐篷背后。要下山的车就停在那里。他走过去拉开后备厢往里扔背囊时，看见指导员蜷着坐在地上，嘴里含着根烟，两条胳膊搭在屈起的分开的双膝上。指导员衣袖右臂的位置，写着“许元屹”三个字。

见到他，指导员抬起下巴，眯缝着眼，将烟夹在手上，嘴里的烟雾朝半空吹吐。

他冲指导员喊了一声：“指导员，你不是发誓这辈子不抽烟吗？”指导员仰脖子冲他一笑，说扛不住了，得学。

教导员听他讲着，给他也递了根烟。他接过去，点着了，含到嘴里，将右脚盘到左腿底下垫着，一手拿住烟，朝肺里嘬了一口。

教导员告诉他，许元屹的父母过来，是自己陪着政委接待的。他说下山时听拉他们的司机班长说的。

这名班长刚从汽车团的高原班抽调过来，和许元屹是同一年的兵，两人老家也隔得不远。当时许元屹上了岸就是司机班长开车去接的，也是司机班长和军医一道给许元屹擦了身体，拿棉纱布堵上七窍，再把人拉到停直升机的山口平台。

教导员也给自己点了根烟，抽到一半跟他说，从未见过许元屹的爹妈那么刚强的人。许元屹的父亲来时穿着一条单裤，卷着裤腿，坐着政委的车走了一天上山。到烈士陵园，西北风夹着沙刮得几个人眼睛通红。许元屹的父亲一滴眼泪没掉，挨个把每块墓碑看了一遍。到自己儿子墓碑跟前，也没说话，站了几分钟，扭头就走回车上了。

许元屹的母亲在招待室坐了半天，下午拿了一兜她在家里烙的面饼子要去医院，说想看看那些娃娃。教导员问她有什么想法，尽可以提，他都会向上级报告。许元屹的母亲说，她想知道自己儿子最后的表现是不是勇敢，又问了教导员一句:“我儿子,他是英雄吗? ”

教导员说自己参军这么些年,两个兵的父母最叫他难过。一个当然是许元屹,还有一个内蒙古兵的父母,儿子巡逻时突发脑水肿,那天山上狂风骤雪,直升机无法起降,从下午拖到第二天早上,人就过去了。

内蒙古兵的父母是牧民,从老家赶过来,那位父亲见到教导员就说:“我儿子每个月都给家里很多钱,他有没有欠连队、欠你们的钱? 我儿子不在了,可儿子欠的债还有他父亲来还。”继而又说起那夜,内蒙古兵的父母在连队浴室的担架床上为儿子擦拭身体,教导员和他们一道,用带来的白色粗布将内蒙古兵从头至脚缠裹起来。

他用心听着。忽然就想起许元屹被挖掘机车斗捞上岸的那天,身旁那个人一直以手覆额挡住眼睛,哑着嗓子不停地说×他妈的,×他妈的。

“这年头只顾自己的人多了,但遇事先为别人着想的人不是没有了啊。”教导员絮絮叨叨地说着,间歇地喷吐着烟圈。

“许元屹的妹妹,跟她爸妈一块过来了吗? ”他问教导员。

教导员想都没想就答了他:“没有,没过来。”

“他爸问许元屹一个月工资多少了吗? ”他又问。

“没问。”教导员告诉他。

“他一个月工资多少没告诉他老子吗? ”教导员问他。

他摇头,小声说了句许元屹拿钱在供妹妹上学,妹妹在师范大学读研究生。

教导员嗯了一声没再多问。他把烟熄在喝空了的矿泉水瓶子里,烟头碰着瓶底的一点水,吱了一声。两人空坐半晌。

把许元屹带的上等兵送到教导队后的第二天下午,教导队的队长打来电话叫他赶紧过去一趟。

那天正好赶上县城疫情封控,出租车停运,院子里的车没有提前批示用车手续的也没法动,他便步行从医院往教导队的营院走。途中路过一家小饭馆,门脸十分熟悉。他站定想了想,记不得究竟是自己在里面吃过饭,还是见谁在朋友圈里发过。

到营院门口,教导队的队长正等在那里。往宿舍楼走的路上,队长跟他讲,分区的心理医生正在给上等兵做干预治疗,每天中午做一回,预计得持续半个月。

他问队长:“上等兵进营院大门之前还好好的,怎么突然就崩了? ”

队长说，上等兵昨天晚上排在队列里进食堂吃饭。因为是周五，食堂会餐，炊事班熬了羊汤，炖了肘子和酱牛肉，主食有拌面、炸馍、手抓饼和小蛋糕，饮料除了酸奶还有果仁奶和奶啤。上等兵没等打上饭，抱着餐盘蹲在地上大哭起来，说自己班长临走时饿着肚子，从早上起来到下午人没时就咬了两口压缩饼干。

晚上熄了灯，有战士去水房洗漱，看见上等兵站在水房的镜子跟前鞠躬，一边鞠躬一边反复地说："对不起，对不起。"

战士把情况报告给队里，队长晚上把上等兵带到自己屋里，想跟他说说话，可上等兵进了屋一声不吭，只呆着发愣，过会儿说困了，想睡觉，队长就把他送回了屋。

第二天一早，和上等兵同屋的战士过来找队长，说起床号响了以后，他们都着急穿衣服、扎腰带准备下楼跑操，只有上等兵不紧不慢，穿戴齐整了站到阳台上开始打敬礼，自己喊，敬礼！然后啪地立正打一个敬礼。他们把上等兵拉回屋里，上等兵就自己在屋子里倒着走来走去。

站在队长宿舍门前，他隔着门上的透明玻璃向里看。上等兵佝偻着身子坐在两张床铺中间的书桌前，面朝窗户。在他身侧，床沿上坐着一位年纪在三十五岁到四十岁之间的女人，正同他讲话。

小屋里，从上等兵面向的窗户照射进来的阳光，让他想起年初在山上的团部营区，还没有进沟的某天。

那天吃过午饭，他和军医、营长、许元屹在医务室里烤电暖炉、抽烟。正聊着天，上等兵进来了。上等兵说自己养的狗病了，好几天不吃不喝，总拉肚子，想找军医给开点药。

军医说："现在开药都得开单子，人好说，给狗怎么写？"许元屹往军医嘴里喂了根烟，点上火说："你该咋写咋写啊。"军医坐到办公桌前拿出一张医药单，瞅着上等兵说："那你说，照你说的写。"

"姓名？"军医问。

"花虎。"上等兵回答。

"性别？"

"男。"

"年龄？"

"三个月。"

"单位？职务？"

"单位……勤务保障连？职务……看家的。"

“提提身价，给它写保障处吧。”军医说，“然后科别和保障卡的账号花虎都没有……”

“病情及诊断？”军医又问，“我说你给它下的啥诊断？”

“拉肚子。”上等兵回答。

“那就写腹泻。”军医一边自言自语一边写，“先给开一周的甲硝唑氯化钠注射液吧。”

“哎，你。”军医抬头又瞅了上等兵一眼，“知道怎么给它打针吗？”

“我会，我练了。”

“在哪儿练的？”

“我拿自己练的。”上等兵说。

尽管上等兵此时背对着他，脸低得快挨到桌面，但他仍能清晰想见上等兵的神情。正如那天中午，上等兵一板一眼地回答军医接二连三提出的问题。事关生命存续的问题。

从教导队回到分区医院时已近傍晚。他爬上二楼值班室，推开门见教导员正盘腿坐在办公桌前对着摊开的笔记本出神。

“那孩子没啥事吧？”教导员见他进屋，松开咬在嘴里的笔。

“强制心理干预，先观察一段时间再说，”他说，“老团长他们上山了？”

“吃完午饭就走了，这会儿快到兵站了，应该能赶上晚饭，”教导员趿拉上鞋，身子转向他，“有意思吗你说，这是老团长被调到野战师当副参谋长以后头一次回咱团里。”

“你感觉呢？”他说，“这回指派他上去是参加谈判吗？”

“司令肯定会让他参与，”教导员说，“那边就有他认识的，都打过多少年交道的。那个死胖子又升了军衔，据说二老婆又生了个儿子。这回要是副参谋长见着死胖子，谈也肯定想好好谈，可想到许元屹还有受伤的弟兄们，肯定想扇他，至少要威胁他们两句吧？”

“再有，估计也考虑到了让他上去把握分寸。咱们和他们，就是之后上来的人……两拨人就跟斗牛和耕牛一样，培养目的和评估标准都不一样。现在这种情况必须两条腿，但首先这两条腿得稳当、得协调吧？他不是总说嘛，只要不是打仗，当主官的就别把下面的兄弟带病了、带残了、带没了、带监狱里去了，尤其把冲动和血性分清楚。别学那边的人，拿弟兄们的血给自己贴金。”

“这次带上山的石灰和刷子，是你给准备的吧？”他问。

“是啊。”

“他的一些思路，团里倒是坚持没有中断过。”

“是啊。”教导员若有所思，双手合十放到双腿之间，身子轻轻地前后晃动。

“说话还那么有激情？”

“太有了，上午去病房慰问就当场开讲，”教导员说，“对我和那几个病号说，眼前这份罪我们受得奢侈啊。看看梵蒂冈，它那面积存在这么个问题吗？压根用不着考虑。还有日本，跟他们聊退一步海阔天空？他们退两步就掉太平洋里了。可是买商品房你能挑邻居，国家没有这个自由。摊上了，又不是全靠拉铁丝网就能掰扯明白的。现在只能往极端里说，弟兄们站着生、站着死的地方就他妈的一寸都不能退也不能丢……”

他想起副参谋长还在团里的时候，有一天带队巡逻，副参谋长当时对照地图找了一块向阳的山坡，要他们用从河坝里捡来的石子，在山坡上摆出版图的轮廓，说对面要是放无人机过来，正好取上全景。那天中午，就在摆好的图形旁边，他们拿出带的干粮、背的矿泉水。吃完喝完，他捡起瓶子往包里装，老团长冲他喊，说塞进去干啥，都扔外边让大风吹走，吹到哪儿，就证明这边的人到了哪里。

“今天临走，关车门之前还在给我布置任务，让我准备一堂课，”教导员说，“也讲讲许元屹，让那些从其他单位调派过来预备上山的战士先听一听。可你跟战士谈意义，特别是谈生命意义，是非常难的一个事。而且……我老觉得许元屹还在，能怎么讲……”

教导员说着把手中的笔塞回嘴里，转身面向办公桌，手指蜷缩在笔记本上，反复地轻叩。

他下山前听营长说，沟里对峙时教导员正在老家休假。团部的电话打到工作手机上时，教导员正带着六岁的女儿坐在游乐场的卡丁车上。团部参谋急切汇报沟里斗争的情况和车场训练员让立马把车开走的喊叫声搅到一起，教导员等脚踩下油门时才清醒过来，顺势抡了把方向盘，将卡丁车撞停在赛道旁的轮胎墙上。教导员之前没给女儿系安全带，女儿的头冲前直接撞上车框。教导员的妻子从一旁飞跑上前，自己抱上女儿去了医院。教导员归队之前，女儿还在医院躺着，左侧脸颊的颧骨粉碎性骨折。

晚饭过后，卫生员去三楼练扎针，他和教导员在值班室一同整理文档，这也是副参谋长提的议。教导员手里存了一部分之前战士们写的家信，还有那日斗争之后，一些人写的遗书与请战书，包括眼下还在病床上躺着的人，也有人写了请战书，请求把伤养好之后即刻返回前线。副参谋长说，这些家信、请战书、遗书还有一些人写的格律体出征小诗，都是往后复盘时的佐证。

教导员边整理，边挑出几句讲文法的、激昂的话念给他听。他仔细翻阅不同大小和厚薄的纸张，使劲辨认纸面上潦草的字迹。纸上的、眼里的、教导员念出来的交叠，混淆，膨胀。一阵辣气从他胃里顶入食道。

急！急！急！
拂晓接令，千里狂奔只为敌。
险！险！险！
风紧气寒，沟深山高冰河远。

烈日悄无息，寒风无情欺。
萧然生死别，筹谋到戟迟。
思绪泛涟漪，告别胜相见。
未及平生顾，遗书抒我志。

假如战争爆发，上阵杀敌是我们义不容辞的责任，牢记连训！针锋相对、寸土必争！回想起军人誓词：时刻准备战斗，誓死保卫祖国，这就是我的决心！我请求参加此次作战任务，到一线打头阵。报国戍边！无须马革裹尸还！

妈，孩儿当兵已经一年多了，我知道您在家里一直担心我。担心我在部队不能吃饱饭，受苦、受冻等等。担心孩儿遇到一点小事，就想躲进避风港一样的家里。但是孩儿已经不再像小时候那样什么事都需要您一一操心了，孩儿已经长大了，像雄鹰一样飞向天空了，而且您所担心的事情在部队不会发生。因为这里每一名战友之间相处得就像家人一样，互帮互助，还有班长排长、连队主官就像长辈一样照顾着我们。遇到事了，他们永远抢先站出来保护我们。也有一群老兵在教我们知识，而且在他们的教育和照顾下，我正一步步成长了起来，做什么也不像以前那样不经过大脑就乱来，而是在做事情之前都想一下后果是什么。所以您可以放心了，孩儿已经长大了，也不需要继续在您的臂膀下躲避了……

当他打开一个班排的人写在一条床单上的请战书，看见上面密密麻麻带血的指印时，教导员昨夜向他转述的许元屹母亲的那句话又直入脑海：我儿子最后的表现是不是勇敢？我儿子，他是英雄吗？

他在想，有谁能把那个许元屹说得明晰？谁会告诉他们，许元屹是由他母亲生在了麦地里？谁知道他为何到贵州安顺的工地上做工？什么讲稿能包含许元屹负荷累累、志气未曾衰减半分的强大生命力？

他将手盖在额头受伤处，手指使劲摁压突突刺痛的太阳穴。

在山上犯头疼的时候，他会把许元屹叫来一块抽根烟，说说话。每回巡逻进沟，手机信号中断，十好几天里也就几个“毛人”来回瞪眼。夜里，大家伙尤其是刚下连队的新兵，都指望许元屹那天别累着，留点精力给他们讲故事。

许元屹时常说：“不比你们，我小的时候吃过苦啊。”

新兵就接着许元屹的话再问：“班长，你小时候吃过啥苦？”

许元屹便低下头掰响手指的骨节，开始不知第多少遍地讲起自己小时候的事。

我妈当年快生我的时候，我奶奶还让我妈去小麦地里割麦子。

我啊，就被我妈生在了麦地里。

你们看着我矮，我妈说了，都怪我小时候老扛麦子，压的。一袋麦子百来斤，我一个肩膀就扛动了。要不说，扛你们过河不在话下。

生我之前，我爷爷奶奶和我爸分家过日子。离开爷爷奶奶家的时候，奶奶给了我们家一点粮食，就是用化肥袋子装了八袋麦子，然后给了山顶上的一块地、三间房，还给了八十块钱。我爸觉得光有三间房没个院子不成，就在屋后刨地修整。第二天早上，我爷爷从屋里跑出来把我爸的头给打破了，说我爸占了他和奶奶的地。

当时我们那儿喝水也得靠拉水。一米二高的铁桶，灌满了水的要卖八毛钱一桶。我们家没有自来水，也打不起井，我爸就想找奶奶用一下家里的井，可我爷爷奶奶都不让。最后也不知道买水喝了多久，八十块钱用完了，还欠了人家八块六毛钱。卖水的人说，你得先把欠的钱还上，不然这水就不能再拉走了。

我爸去找我爷爷，说上一年跟着我爷爷帮人修车，说好了给工钱，眼下缺钱，让我爷爷给结一点。我爸当时想的是，按市面上的工钱差不多能结三百多块钱，我爷爷怎么也能给两百块钱。可我爷爷掏遍了身上的兜，凑了不到十块钱给我爸，说他就这些了。还上前头欠的，我爸把几袋小麦卖掉才又能往家拉水了。我爸说，我奶生他那会儿难产，后来别人算了一卦，说我爸是来讨债的，不可太亲近。

我妈生下我六七个月后，我爸就跟着同村的人上北京打工。我四岁那年，我妈怀上了我妹妹。一九九六年那时候，计划生育查得很严。我妈想躲，但还是没躲得了。

我妹出生以后，脖子上留了一个明显的针眼，休息不好、情绪激动，就往外流分泌液。流一流，自己就结痂，过段时间不好了，又往外冒。

我人生的前三十年，头等大事就是攒钱给我妹子，只要她想考学，考到博士我也供她。等她工作了，我俩把钱凑到一块，一定医好她的脖子。

这几年，许元屹总朝身边几个关系不错的人叮嘱，不管他家谁来电话问一个月工资挣多少，都别说实话。许元屹一个月万把块钱工资，五千块打给妹妹学习和生活，三千块给家里，两千来块钱自己存着，能不花则不花。

许元屹曾告诉他，二〇〇八年汶川地震后，老家有不少搞工程的人过去参与重建。许元屹的父亲跟着一位老板干电焊，攒了点钱。回村后不久，支部书记动员许元屹的父亲包一座山头种果树，既能个人致富，也帮助当地绿化，果园达到一定规模还能享受一笔农业补贴。许元屹的父亲动了心，就把存折上的钱全投了进去。没想到果园还没建成，和许元屹的父亲商量事的支部书记就退了，履新的书记将补贴用在了其他亟待投入的项目上。许元屹家的果园一直没拿上补贴，资金后续跟不上，许元屹的父母又不懂果树培育，本钱赔得精光。

许元屹对他说，父母为了家庭没少折腾，只是脑筋和运气都差了点火候。

从沟里往山下走的那天，途经团部。车刚开进院子，就看见球场上停着一辆工商银行的流动服务车。团里的人告诉他，这段日子他们在山里通信中断。家里房贷、车贷还不上了的，亲人生病住院的、生孩子的、老人没了的……着急的家属们纷纷往团里打电话，有个别的包了地方车辆跑上山来询问情况。为了钱的事方便，团里找县里调派了一辆银行的车上来办业务，先安排还不上贷欠了银行信用款的家庭解决问题，又单独安排了一名排长每天接打电话，转告家属战士情况，解释这次任务出动得紧急，目前人都平安。

他也记得，那天下山的车刚停在烈士陵园跟前，手机信号恢复的信息提示就进来了，接着来了上百条未读消息、未接来电的提醒……他给父亲拨去电话时，父母的声音同时在话筒那边出现。他的心又再次紧张地跳动。

父亲说，那天吃饭时听见新闻发言人就某地的边境形势讲了几句话，知道字数越少，事越不妙。连着几天联系不上他，母亲托人找了位懂易经的师父给他批八字，看目前人还在不在。那位师父给的消息还算吉祥，说在西边，喘气，能动，但要受皮肉之苦。

同父亲小学时就相识的叔叔随即也打来电话，告诉他这么多年，头一回见他父亲哭，说儿子找着了，还活着。又说他爷爷奶奶也都牵挂他，盼他尽早回家探亲。

军校毕业临去报到之前，他和父母到爷爷奶奶家道别。爷爷是市里钢铁厂的老厂长，退休十来年后中了风，只有半侧身子能动，口齿不清，极少言语。那天爷爷抽了两口他带去的烟，对他说了一句：“我名下两套房，你回来就是你的。”

放下电话，他走进陵园。那时许元屹已经收葬。他站在许元屹的衣冠冢前，看着碑前新置的香炉、祭奠的酒和尚未打蔫的水果，遂想到那天黎明时分，他和许元屹蹲在崖壁底下那个洞穴里，打着手电写家信。

当许元屹听他说如果有谁牺牲了，这封家信就会被寄给家属时，立刻把刚写好的一页信纸撕了塞进石缝，堆上块石头，又掏出裤兜里一个早就空了、搓皱的烟盒，就手撕成方方正正的一块纸片，在上面写了一句话。

我只是死去，请为我自豪。

他从桌前站起，走出屋时眼前一阵发黑。教导员并未察觉他的反常，还在耐心往电脑里誊录纸上的内容。

他走到楼道的水房洗了把脸，摸兜时记起烟落在了值班室。

许元屹以前问他：“排长，你什么时候学的抽烟？”他如实说，是本科在军校里，站夜哨时学会的。他又问许元屹，许元屹说，当年为了供学习成绩更好的妹妹读初中，他跟着同村的人去贵州安顺打了半年工。在一家工地，跟着旁人打模板、扎钢筋、搞电焊。

工地上有一对本地的父子，常把家酿的米酒带到工地上请工友们喝。夜里，工人们聚在一起，光喝酒划拳不过瘾，还要抽烟，许元屹说自己就是那个时候学会的。起初许元屹也买一包两包的烟给教他做工的师傅抽，后来听说他出来打工是为了供妹妹读书，谁都不肯再接他的烟，不让他在烟钱上破费。

他印象中，许元屹有一回抽得最凶。

有年春节，年三十那天晚上，连队的人都在连队营房里和家里人视频聊天。十点多时，点位上的光缆坏了，信号一下中断。连长跑到机要参谋屋里找许元屹，叫许元屹赶紧准备工具修光缆。当时他也在机要参谋屋里，跟着一道跑出去上了车。

营房离点位二十几公里，那天夜里雪很大，等车开到点位已经过了十一点。跳下车时他才看到许元屹没穿电暖靴，他要跟许元屹换一下鞋，许元屹说不用，熔个光缆，费不了多长时间。

猛士车的车灯照着，连长和他给许元屹从两侧打着手电，许元屹很快找到了断点。熔光缆时不方便戴着手套和防寒面罩，许元屹都摘了扔在一边，用手一点点地把保护层、涂覆层剪了剥开。天太冷，玻璃丝是脆的，一熔就断，等熔接好回到车上，已到了大年初一。

往连队返的路上，司机开大暖气：车里刚暖和几分钟，就听见许元屹哎哟了一声。他扭头一看，许元屹满脸通红，淌着泪，哼唧说疼。连长问哪里疼，许元屹说浑身上下整张皮都疼，连长让司机赶快把暖气关了。

车到连队时，许元屹已僵在座椅上。连长赶紧叫了四名小个子战士过来，钻进车里把许元屹搬下去，抬进连队。军医叫人去炊事班后窖里敲了一块冰抱出来，拿高压锅烧，化出来的水倒进桶里凉到三四十摄氏度。之后军医把许元屹扶起来，两脚放进桶里，反复搓洗。之后又叫人烧了一锅水，给许元屹不停地搓洗胳膊和手。

凌晨三点多的时候，许元屹总算会张嘴说话了。虽说几天之后，他的两个脚指甲冻黑脱落，手上被玻璃丝扎穿的一个地方掉了痂，变成一个死肉疙瘩。但那天晚上，缓过来的许元屹第一时间叼上了烟，眼泪汪汪。

他和连长检查了许元屹耳朵、身上露出来的皮肤，没有冻起水疱，随即放下心，给许元屹接着续上烟。

大年初一中午会餐，许元屹被搀进了饭堂。许元屹坐的那一桌上有个小碟，盛着几颗比鹌鹑蛋略大的西红柿。那是连队通了长明电以后，种植员在大棚里多用了几个千瓦棒才种出来的，本想等年后领导上山视察时显摆。在许元屹还睡着的时候，连长找几位主官开小会，举手表决摘了果子，作为对许元屹前一夜抢修光缆的奖励。许元屹捧着果子，一瘸一拐端到了种植员所坐的那一桌，种植员接过去，又端到下排不久的新兵那桌。最后全体举手表决，给三位临近复转的班长一人分了两三颗。

这回上级单位的首长到医院慰问，给评了功的战士每人奖励一台笔记本电脑。有一名战士还询问首长，能不能把发给自己的电脑折换成钱，拨给连队搞温棚建设，大家伙都喜欢看带秧子的瓜果。又说起许元屹曾从老家背了一袋子土上山，想先把土质改善了，种西瓜。首长听罢说电脑照发，温棚的建设也帮忙想办法搞，种出来了让新兵给陵园也送一份去。

他走出水房下了楼。那晚在山上帐篷里打过照面的军医在楼前的空地站着，手里拿着一个游戏手柄似的遥控器正在摆弄。

他走过去和军医打了声招呼。

“喏，迎宾大道。”军医把夹在遥控器上手机屏幕里的动态图像放给他看。

他凑到近前看：“挺气派，就是看不到几辆车。”

“封城嘛，到处冷清。”军医说。

“你不回家看看？”他说。

“算了，疫情一来，我老婆带孩子上娘家去住了，”军医说，“我儿子刚打视频电话过来，我说要他好好学习，别惹他老娘生气，我有好几只眼睛能看见他。我把航拍的视频发过去让我儿子看了，让他找找自己家房子在哪儿。”

他和军医接着又看了看离分区不远的法桐大道。城虽封了，路灯和景观灯都粲然地亮着。

飞机落回楼前空地，军医收起手柄遥控器放进包里。

“不休假回去看看你对象？”军医说。

“还不急找。”他说。

军医点头：“你年轻，沉两年再找也不耽误。”

“这回就挺怪的，”他说，“事情一出来，原本要留下接着干的，不干了；原本想走的，要求留下来。对象也是，原本要结婚的不结了；死活要分的，经过这一段时间找不着人，不肯分了又。”

“我是有一年突然觉得该把这事办了，”军医说，“我还仔细品了品，是不是自己的妥协，后来发现是基因。是该让这个基因往下传递了，没有现代科学和医疗条件，人也就活到三十五六岁，你可能不着急，可你的基因着急。”

“有烟吗？”他说。

军医从兜里掏出一包荷花烟递给他。

“都抽荷花啊。”他说。

“从官到兵，都抽。”军医说。

“这一批上山的核酸检测报告出来了吗？”他问。

“三四百人呢，估计得到明天中午了，”军医说，“教导员在干吗？”

“准备教育材料，讲课。”他说。

“费那劲干吗，拉到前线转一圈就是教育。”军医说。

他和军医走到空地东侧的一棵梧桐树下，在石桌前靠着抽烟。

军医向他讲起自己去年八月份跟着上山保障会晤，那回是现任团长带队。军医说那边的人当时故意迟到几分钟，往近前走的时候，长官远远落在后面。前面先过来了几个人手提肩扛，施工队似的，一到地点立马开始张罗，架桌子、支椅子、撑遮阳伞。见长官要走到了，两个人抬出来一卷红地毯，往地上一推一铺，又抬过来一个弹药箱，铺上毛毡毯，摆好碟子，瓷杯置放其上。长官在阳伞下站定，摄像的人帮着拍了照，这才坐到椅子上。这时旁边又有人立刻从兜里掏出咖啡来，抱起水壶冲泡。军医告诉他，团长当场就看乐了，说这么大阵仗，泡个速溶咖啡实在可惜。

他告诉军医，这回那边的人列阵喊冲的时候，长官站在斜侧方让兵先上，眼看这边援兵变多，有的扔下自己人掉头跑得飞快。

"那天晚上我救了他们那边的一个人，他是被他们自己人逃跑撤退的时候踩断腿的。"军医说，"我到安置这帮人的医疗帐篷送药，有个指挥官就拉着我说，让我先给他治，过会儿又给翻译说，让我们单独给他安排地方，他的身份尊贵，不能和那些人待在一起。我当时准备给一个人缝线，看那个士兵搞成了那个屎样子，实在忍不住了，我说，你好意思吗？把你的兵带成这个样子还张得开嘴？"

"是不是采集视频的时候还让那人出镜了？"

"对，"军医眯着眼点头，"上来就'I love you，China'，一顿瞎白话，说我们对他们可太好了，天天给他们冲咖啡。×，可有意思。"

"前年东线不也搞了一回吗，我也在。"军医说，"有一道山脊线特别难投送物资，刚上去的时候什么都缺，有人都偷偷喝尿。"

"那回也有一个。"他说。

"对，"军医说，"我一个战友救治伤员过劳，犯美尼尔氏综合征了，和那个烈士一块被送下山的。"

军医讲，直升机运送那名烈士和几位伤员的时候，也把他的战友抬上去了，就躺在烈士旁边。飞机落地准备出舱前，军医的战友看见烈士的手忽然从担架上掉出来垂在那儿，就伸过去自己的手，牵了牵烈士的手说别着急啊，这就到了。

"等我这战友病养好了，头不晕了，"军医说，"就开始每天做梦，梦到在抢救伤员，怎么也救不过来。"

军医踩灭烟头，手插着兜，一只脚踏在树下的石凳上前后拉抻，说后来单位给那个战友批了年假，战友一个人开车，从老家开到西安，从西安开到成都，又从成都走318国道到了拉萨，在拉萨待了几天，然后转到冈仁波齐，到札达土林。再从阿里走219国道到新疆转了一圈，最北到了喀纳斯。

"我那战友说，过后想想，也许'生''死'留给我们最大的困难就在于能不能接受。战友也好，亲人也好，你不知道怎么接受就是因为这太突然了，没有一个人提前告诉你，或者让你知道这是他离开的最好的方式。比如说他突然战死、突然病死，而你可能会想到一百种比这种方式更好的方式，对吗？”军医看着他，“你知道我说的是谁。”

“许元屹背战士过河的时候把脚脖子弄伤了，又被石块砸中，所以才会从崖壁上掉下去……”他端详着手指间燃得溜长的一截烟灰，“有人脑壳被石头砸裂了，但我们把他从那边抢回来了，现在人被转到战区医院，颅骨镶了钢板，再动两回手术就能打着视频电话和人吹牛×了……”

“听着都太不像是二十一世纪能有的事……”他说，“所有战斗手段，都比战斗还古老。”

那个许久没有合上眼睛的人的面孔随即出现了。他在想。吃喝嫖赌抽，坑蒙拐骗偷，喜怒哀乐悲惊恐。这些乱七八糟毫无秩序又非常系统地组合在人身上的，加上诸如徒手将农用工具改造成趁手的武器，显现嗜血、暴力与残忍的本性，如何控制和调节这些恐惧，让人的情感与行为得以形成？背后主宰一切的力量也真是辛苦了，要亲自上手编写这么复杂纷乱狗屁不通的人性、畜生性和草木性……

“我不知道心里边有种什么感觉。”他自言自语地说，“所有人都说我们只是履职尽责，可我总感到胃里恶心……”

“恶心就对了……”军医沉默了片刻，“你闻着粮食香，是因为大脑皮层离不了碳水化合物。要是吃屎对身体好，人闻屎就是香的。要是你放倒一个人，或看见一个人被放倒，不恶心反而高兴，那你就完了。所有人都不恶心，人类就完了。”

“看那个新闻了吗？”他说，“有的病人嗅觉会变，以前闻着香的东西，现在觉得臭，以前臭的反而不臭了。”

“那也有个改变的底线。”军医说，“我向你保证，人的基因里永远不会写入一条：屎香，可食。”

晚上。他和衣躺在床上，听手机里播读的郑振铎译的《飞鸟集》。

听到困意袭来，他侧了侧身，胳膊护着肚脐就闭上了眼睛。

夜里寒气重，他想起身拉开被子盖上，却梦见自己一伸手够被子，醒了。

梦里，他看了眼手表，正是早上五点多不到六点。他推开猛士车的车门下去，许元屹和两名战士已经在河坝边砸开了一道冰口。许元屹和那俩战士架好油机，接上水车的水管就开始抽水。

抽水时，他见许元屹双手托扶水袋，两只手结结实实冻在上面，一边扶着一边哭。他说:“许元屹你快撒手吧。”旁边的战士说:“不行啊排长,一撒手不走水管子就冻住了,油机熄火了再发动不着怎么办?”

他走近看,许元屹的手掌这时已粘在了水袋上,肿得发紫。他从耳后摸了根烟,塞进许元屹嘴里。

许元屹眼珠和嘴唇上凝着冰霜,像哭又像笑地冲他喷了两口烟雾。

三

带车回山上的前一天下午,他去教导队把那名上等兵带出院子,让上等兵跟自己去超市,照着下山前弟兄们给他列的货品清单采购物资。

临下山时,副政委嘱咐他到了能买东西的地方,也给山上的几名地方人员捎带一些吃喝用度方面的东西,团里掏钱。他印象中,深圳一家无人机公司的两名工人一直同他们住在一起,这二人除了协助无人机侦察任务,那晚也帮着医疗队救助伤员。看增援人员来了吃不上热饭,又跟着炊事班捡柴做饭。两人一个左脚骨折过,一个右手扭伤打着夹板。还有开装载机、推土机和挖掘机的几名驾驶员。那晚为了增援部队走近道进沟,彻夜开路,第二天一早从车上爬下来时,一个十九岁的驾驶员脚刚着地就喷了鼻血。

在超市,他和上等兵一人推了一辆推车。上等兵一手推车,一手拿着清单念念有词,来回扫看货架上的商品。

“你要给谁带什么也都拿上,我一块买了。”他说。

“不用。”上等兵说,“别的估计都能互相凑合,我给我们班拿了十条烟,您带给他们。”

“十条?”

“嗯。”上等兵点头,“每个人先分几包,等我上山了,再给他们多带。”

“你还上山?我记得你家里挺有钱吧?上个月家里人都找过来了。”他说。

“如果说咱们连有钱的,应该是我。”上等兵说。

“开飞机修理厂的,我记得是。”他说。

“对,在珠海,给私人飞机做维修保养。”上等兵说,“我家那条街道有征兵任务,谁家都不肯去。我爸正好是一个什么委员,发扬风格,就让我来了。我要是今年走,回去就发我二十万服役津贴。只要我肯回家,我妈同意我随便提一台什么车。”

“挺好。”他说。

“好吗?排长,你觉得好吗?”上等兵停下推车,望着他。

“听你们队长说,你最近情况好些了。”他错过上等兵的眼睛,拿起货架上的一瓶洗头膏扔进面前的推车里。

“是，排长。”上等兵还是站着不动，怔怔地盯着他，“我有些问题，觉得还是只能和那天在山上的人说。我想跟您说说，行吗？”

上等兵将他带到那天夜里他步行时路过的那家眼熟的餐馆。餐馆门上贴着疫情期间暂停营业的告示，门前屋檐下摆着一桌俩凳。

上等兵拉出凳子坐下来：“这是我们班长最爱吃的一家店，每回下山休假，他都先过来吃一顿。”

“那天路过瞅着眼熟，就是想不起来。”他说，“他在朋友圈里发过这个店。”

“是，排长。”上等兵说，“我们班长爱吃兰州拉面。”

“你的问题，”他说，“说吧。”

上等兵双手插兜，许久才开始说话。

“排长，我想留队。”上等兵说。

“家里同意吗？”他说。

“我跟他们说了，我病了。”上等兵说，“我自己知道，好起来也容易，以后替班长把他的活接着好好干下去，干明白了，病就好了。”

“谁告诉你的？那个女医生？”

“不是。”上等兵摇头，“我先给您说两件事，然后我再问问题。”

“有一回，军区电台联网组训，”上等兵说，“班长叫我给他校报，他读得太快，我就把报校错了。班长当时特别气愤，说，你学了几个月的专业，报还能校错？你有你的责任，有你的使命，这要是打仗了，你这校窜行了，还窜了两行，仗得怎么打？我当时也没忍住，冲他发火，我就骂开了，我说我从当兵第一天就是等着退伍的，在这鸟地方气喘不上来，尿撒不出来，他妈的我脚上全长了冻疮，头也疼得不行，你还骂我。说完我就走了，老子不校了，叫我滚蛋还正好。但是我们班长还一直在发报，我走的时候，他手也没离开发报机。然后我还没走出门口，就听见砰的一声，一看，我们班长连人带椅子倒在地上。我赶紧过去把他扶起来，翻抽屉找速效救心丸。等班长吃了药缓过来以后，说晕倒不怪我，是他手上的汗流到发报机的键盘上，键盘又通着电，给他电晕了。”

“还有一个事，”上等兵继续说，“我刚下连的时候，班长晚上给我们开了个欢迎会，会上问我们有什么问题要问。我说我有问题，我想知道我们在这个地方当兵，每年创造的利润是多少？入伍之前，我家里面安排了饯行的酒席。我一个开加工厂的堂哥就说，当兵无非也是个工作，拿命换钱而已，说白了有多高尚？所谓牺牲也就是个概率问题，一百年打不了一次世界大战，这要是有个大师能预言未来三五年不打仗，纳税人何必花钱养着这帮人？”

上等兵说完，望着印在桌面的象棋棋盘。

“说完了？”他问。

“说完了。”上等兵说。

“那你现在想不通的，还是这个利润问题？”

“我是想问您，”上等兵抬起头看着他，“我们班长那么好的人死了，就是为了保护我们这样的人吗？”

树上蝉鸣和风吹动梧桐枝叶的声音落下来。良久，他问了一句：“你有喜欢的女孩吗？”

上等兵点头：“有。”

“记得她的样子吗？”他伸出手指头在自己的脸前比画，“她的轮廓……”

上等兵的眼神失了焦，轻声说：“记得。”

“你记得她、认得她……”

“嗯。”

“是因为她的轮廓……”

“是。”

“边界……”他说，“国家的边界就是它的轮廓。我们在这里，是因为我们所有人都希望这个轮廓不要改变，要一直像我们心里记得的，还有那些死去的战友记得的，这个地方最好的样子。”

“上上任团长走的时候，全家三口人在团部大门口，跪下磕了三个头。”他说，“上上任团长的儿子，就是咱现在的营长，也来了这个地方。我从小一进陵园就特别害怕，但是去咱这儿的烈士陵园一点都不怕，还有被保护的感觉。”

“给我看病的心理医生也这么说……”上等兵说，“她下山轮休之前还去了一趟。她说有一回在陵园，她给一位班长放完糖，蹲下来想帮他把碑前打扫一下，突然那颗糖不知道什么原因，掉在她的手背上，她说那一下，她特别开心，也难过。可山上的经历，给内地很多人说他们也不能理解，他们看了，就只是富人看穷人的感觉。”

“还有件事……排长，”上等兵磕巴着说，“我学飞机构造的时候，教我的老师是英国人，我懂英语。那天有个那边的人受伤了，他就躺在地上一直大喊大叫，说不要抓他，他家里还有老婆孩子，上级授意他才过来的，不关他的事，要我们救他，他不想死……我老也忘不了他的哭声……排长，我忘不了……想想我们班长我应该……可我忘不了……”

“知道你们班长的原名叫什么？”

上等兵流着泪摇头。

“叫许元义，不是屹立的屹，是义气的义。”他说，“他小时候老跟人打架，他爸觉得是名字起坏了，老讲江湖义气不行，就给他改了名，改成了‘中华民族屹立于世界民族之林’的那个‘屹’。后来他自己也觉着改了挺好，‘屹’字，一个山一个乞丐的乞，别忘了自己是山沟里出来的乞丐一样的人，做事只能比别人做得更好。他练发报的时候跳字了，自己拿尺子抽自己手背，尺子都抽断了。”

“我这两天想，什么叫有仁有义，‘义’字好理解，仁呢？”他在面前的棋盘格子里摆出‘仁’字的字形，“仁，就是一个人他有点二；仁就是得有两人，有了‘对方’才能谈。”

“那边有个小士兵，每次巡逻碰上我都给他递烟抽，他就特别认我，说在我们这边当兵好。那天快打起来的时候，我第一反应就是在人堆里找他，我特别害怕他也在里面，最后我俩遇上。那种时候不该想这些，可要是这个良心没了，也不配穿这身皮。等我以后有儿子了，就给他起名叫‘大同’，这个名字，你能指望你堂哥那样的，给儿子取名叫托尼、杰瑞的人理解吗？”

清晨临出发前，团里小卖部的两位老乡揣了两条烟、抱着一箱子蜂蜜蛋糕站在车跟前等，要他把东西带上山给弟兄们，是他们一点心意。当时沟里发生对峙，两位老乡应了团里需求，雇来一个地方上的司机开了一辆皮卡车上山，想先送一批货进沟。没料想，过九道弯坡道时车溜冰翻了，司机当场就没了。团里给这两位老乡算了笔账，这一年都是白忙了。

他在车跟前推托再三，两位老乡不遑多言，把东西搁进后备厢就走了。

车辆一旦驶过兵站，目所能及之处，天空比打火机喷出的火舌更蓝。高原汽车班的人都知道自己班排出过事的地点，路过时常以三支香烟拜祭。再向山中行驶，司机班长从车窗往外扔烟的地方也更多了。

及至越过达坂，峰岩雄踞，太阳雪白。夏之炎炎已全然留在法桐树荫郁郁覆盖的边陲小城，冰雪与寒风汹涌，接管身心与灵魂。

途经烈士陵园，车停在路边。

他们刚下车，司机班长就听见有人叫自己，马路另一侧，下山方向停着一辆大厢板。大厢板的司机跳下车走过来，司机班长也立即跑过去，走近时同那人拍了拍肩膀，站在路中间聊起来。过会儿他走过去，司机班长向他介绍，说这是兄弟团的汽车班长，自己的亲大哥，两人先后入伍，至今已有六年未见过面。司机班长的亲大哥说，因为有过路的旅行者将烈士陵园里许元屹的墓碑拍照传至网上，如今墓碑已被换成一座无字碑，刻字的墓碑先行埋入一旁的地里，日后宣传时可以再挖出重立。

他和几位同车的人将带上来的一瓶酒洒在路边基石上，又立上三根香烟，站了会儿就返回车上。司机班长拿着大哥给自己的一盒口香糖和一副墨镜，连跑带颠地坐回驾驶座。司机班长搓搓手，戴上墨镜，扳过后视镜左右照了照。

“许元屹啊，你这个安排真可以，我和我哥记你的好。”司机班长系上安全带，长按喇叭，发动了汽车。

进沟前。在最后一处有信号的地方，司机班长停下车，让车上的人向家里人再报声平安。

他打开手机里一个游戏应用。那是许元屹花九百多块钱买了一个智能手机后，他帮许元屹下载的，是许元屹玩过的唯一一款游戏。许元屹对他说，自己带的兵年纪越来越小，要是不会玩这个，跟这些兵就没话说。可自从他带许元屹进了联盟，许元屹从未花过半毛钱，总被联盟里的人叫“穷鬼”。

他将联盟花名册下拉至末尾，看到许元屹的名字。不知是谁，也许是医院里那些伤员中的某个，在公屏上打出了赠予许元屹游戏号的元宝、铠甲、银票和兵符。他想了想，便给许元屹送出了人参果、体力丹、葡萄酒与夜光杯。

车子快开过九道弯时，从车窗探身出去吐了一嗓子的中士坐回座位。不远处，“冻土观测段”的路牌标志在他眼前迅疾掠过。

中士甩甩脑袋摇上车窗：“以前山上风再大也不四处刮沙，现在改了脾性啊。”

“车多人多，加上飞机，沙土都给带起来了。”司机班长说。

“行，热闹了。”中士说着掏出纸擦了擦嘴，抬起胳膊压在胸前。

他问中士，怎么团里批二十天休假，中士只休了一半时间就返回了。中士讲，自己回到家后和一帮大专同学聚会，同学将聚会安排在了火锅店。饭吃到中间，一群服务员突然围上前来，给中士戴上生日帽，齐声合唱生日快乐歌。中士说，那天并不是谁的生日，同学们只为逗乐。看四周人眉开眼笑，中士无从解释，想一拳捣在蛋糕上。散了火锅局，中士独自溜达到巷子里一家酒馆，点了两杯酒。他先给自己端起一杯，又给许元屹一杯，左手碰右手，一并干了。

“现在能品出山上饭菜的味道了。”中士说，“看视频刷到一家饭店，招牌菜端上来雾气腾腾，说是盘子里放了干冰。这干冰哪比得上在山上吃饭时候见的。那天你们谁在？立夏那天中午下了一场毛毛雪。当时我把菜摆在引擎盖上，捧着饭碗，雪花从空中飘下来落在碗口，沾在碗沿上。每片雪花融化前都有个形状，真个好看……”

“你就是这么吃凉饭把胃搞坏的。”司机班长说。

“那天你在我记得。”中士说，“你拿走我一盒肉罐头。”

“王八蛋拿了你罐头。”司机班长说。

“拿就拿了，骂自己王八蛋干吗？”中士说。

司机班长哼了一声：“我就是这么谦虚。”

他在座椅上正了正身子，拉展了胸前的衣兜。衣兜里装着两片梧桐树叶。

他想，回到沟里便把叶子烤干了给那名年轻的列兵卷上一根。抽一口，列兵就会知道今年山下的夏天是什么滋味。

【作者简介】董夏青青，女，1987年生，山东安丘人。小说、散文见于《人民文学》《收获》《十月》《当代》《解放军文艺》等刊。曾获“人民文学·紫金之星”文学奖、长征文艺奖等奖项。现供职于某军区。

巴桑的大海

◎ 海勒根那

一

我跑长途做运尸人那些年，大抵都是从城里的医院往乡下运送死去的病人，却从没想过会遇到一个溺水者。那是初冬季节，租车的是一位来自草地的中学教师——呼德尔，三十多岁，死者是他的同乡，叫巴桑，据说是在远洋捕鱼船上做船员，因台风遇险而死，他要拉死者回来，到故乡安葬。草地的牧人去大海里捕鱼，我还第一次听说。我开口要了个价钱，对方也没有还价，一单生意就算成交了。我们从巴镇出发，行程有一千五六百公里，到达渤海湾的一个码头。渔船公司委托船长接待我们。船长五十岁开外，是个山东大汉，满脸歉意，安排我们住宿，并请我俩在一家高档餐厅用餐，席间一再说：巴桑是个好人，他很能干，是我见过的最好的船员。他又拿出一张汇款单据给呼德尔看，说："按出海人的规矩，每个船员都会留下遗嘱，遵照巴桑先生的遗愿，我们已经把他的抚恤金和保险金汇给了海参崴（符拉迪沃斯托克）的杉蔻女士，至于他的所有安葬费都由我公司负责。"谈到这些，我自觉地回避，到室外去吸烟。那天夜里，呼德尔和船长聊到很晚，直到餐厅打烊。

第二天一早，我们在殡仪馆的停尸间里见到死者，他身边摆满鲜花，身上覆盖着白色蒙布（上边银光闪闪，似乎沾有零星的鱼鳞）。几个殡仪人员把死者抬起，放进我面包车的冷冻箱里，令人诧异的是，这具尸体好像没有下肢。此时呼德尔已与船长握手道别，大个子船长一直目送我们离开，直到望不见为止。

说实话，那趟差我接单时就有点打怵。按我们那儿的民间说法，溺水而死的人阴魂不散，又湿又重，一般跑长途的司机不会拉运这样的尸体，它随时能压垮你的车子,或者拖拽你的车轮。瞧,麻烦事说来就来了,先是天公不作美,昨晚,辽东半岛突降十年一遇的大雪,高速公路封路。奔丧不能停留,我干脆走乡村公路,那会儿还没时兴导航,只能边问路边行车。厚厚的积雪被车辆蹚得泥泞不堪,车轮不时打滑,我把紧方向盘,这种路况只能以四十迈的速度行驶,又不宜播放音乐,无聊透顶,唯一能消磨时光的,就是和同行人闲聊。呼德尔看起来情绪不佳,他坐在副驾驶的位置,遥望窗外的远方,似乎还沉浸在失去亲友的哀恸之中,我和他搭了好几次话,他才肯开口说话。

你和这位朋友感情很深?我问。

呼德尔点点头,说:是的,他从小和我一起长大,是我最要好的朋友。

他怎么去的远海捕鱼?

说来话长,呼德尔凝神片刻,说:不记得是哪个萨满讲过,有时需要山上的云雾散去,才能看清山顶。巴桑也如此,他是个有很多故事的人……

我望了望讲述者,摆出一副愿意倾听的样子。

呼德尔就打开了话匣子:这样,我还是从他小时候说起吧。师傅,你听说过"阴兵过境"吗?

什么是"阴兵过境"?

那是民间的一种说法。离我们牧村几十里的山谷里,有一个很神奇的洞,经常能听见千军万马厮杀的声音,牧村的老人都说那是十三翼之战时,成吉思汗兵败躲避到这个山洞留下来的。

你亲耳听到过?

是的,亲耳听到过,我的伙伴就是巴桑,是我俩一起听到的……那会儿我和巴桑也就十来岁,一次小学组织夏令营,去的就是那个山谷。孩子王布仁的主意,趁老师不备,他要偷偷带我们探秘那个赫赫有名的山洞。巴桑从小没有双腿,经过一段怪石嶙峋的石塘林时,他落到了后面。到了山洞,没有一个孩子敢进去。布仁提出来,谁敢进山洞,他愿意赏赐那个人一瓶汽水。那时来看诱惑足够巨大,但仍无人响应。等巴桑凭借两只手走到我们面前时,布仁有了坏主意,他先让大家闭嘴,然后对巴桑说:刚刚我们都进了山洞,现在就差你了!巴桑满脸尘土,把目光落在我的脸上,我瞅瞅布仁,并不敢揭穿。布仁催促他:还不赶快爬进去!几个小伙伴也起哄:爬进去!爬进去!巴桑两只手拄着鹅卵石,支撑着他黑瘦的身体,一耸一耸地向山洞里行去,直到隐没不见……

所有人都屏住呼吸,想听到那一声比野兽的叫声还尖厉的嘶吼,或是巴桑的一声惊恐的惨叫,可是没有,山洞里一点声音都没有。过了好一阵,布仁忍不住呼喊起巴桑的绰号——没腿青蛙!却听不到任何回应。不知是谁说了一句:他是被怪物吃掉了吗?话音刚落,一个家伙撒腿就跑,其他孩子随之一哄而散,布仁想唤住他们却为时已晚,他不得不快马加鞭追赶他们去了。我一个人留下来,忐忑极了,一步一步挪向洞口,直到走进偌大的阴森而漆黑的山洞里,我小心地呼唤:巴桑!巴桑!山洞空旷,除了我的回声,似乎还有水滴的叮咚声,再没有其他动静。我不得不再往里面探步,阴暗潮湿的地上影影绰绰能见到发着白光的碎骨,有什么东西向我扑面而来,我吓得躲避开去,原来是几只蝙蝠扑棱棱从头顶掠过,就在我差点放弃的时候,里面传出了巴桑的声音:我在这儿……我硬着头皮摸索到他身边,他在黑暗中睁着明亮而新奇的眼睛,对我耳语说:你听!我沉下怦怦的心跳,侧耳谛听,只听得山洞里面隐约传来潮水汹涌之声,仿佛正有节奏地拍打着海岸……

我惊奇着,掏了烟递给讲述者。

那是大海的喘息,呼德尔语气肯定:我和巴桑听得真真切切,而且山洞里不时还传出海水的鱼腥气……我俩也曾举着火把往最里面探寻过,大约五百米之后,洞穴却朝着地下去了,像个无底的深渊,声音好像就是从那里传出来的。巴桑丢下去一块石子,似丢到一片云雾里,连个回响都没有。

你俩没听到阴兵过境的声音吗?

没有,我想那一定是大人们听错了,因为有暴风雨的时候,山洞里的波涛声会很大,时断时续,由远及近的,在山洞里听,有时甚至震耳欲聋,里面似乎有海鸥的鸣叫声、鲸鱼的喷瀑声,可能大人们把这些声音误听作人喊马嘶了……巴桑让我用绳子把他顺到谷底去,我没敢做,巴桑没有腿,万一绳子断掉,他想爬都爬不上来……

他怎么会没有双腿?我问。

那还是巴桑六七岁的时候,和同村的一个稍大的少年去哈拉哈河边玩耍,他俩在河里摸到了一个锈迹斑斑的铁家伙,呈锥形,死沉死沉的,比十条大鱼还要重,两人费好大劲才把它拖到岸上,以为拾到了什么宝贝,研究半天也没找到打开的门道或缝隙,只好举了大石块猛砸一气,那个黑乎乎的铁家伙倒是打开了,却是在震耳欲聋的爆炸声中四分五裂的,火光和硝烟把两个孩子掀出好远。最后那一下是稍长的少年砸响的,他的肢体被炸得七零八落,巴桑离得稍远,结果失去了两条腿……后来大人们说,那是一枚炮弹。

我哦了一声。

呼德尔说:我之所以从这个山洞讲起,是因为巴桑向往大海的情结似乎是从这里开始的。说起这些,就不能不提到巴桑的身世,他天生就是个苦命的孩子……巴桑从小没有母亲,他父亲达里,原本是最好的牧马人,也是牧业生产队的队长,巴桑三岁那年春天,整个牧业旗闹雪灾,刮白毛风,半米之内都看不到人和物,铺天盖地的大雪,像白色的绒毛一样大的雪花,但绒毛落下来没有声音,这样的雪花可不是噼里啪啦地响成一锅粥似的,被狂风吹着,满世界一片混沌……那雪是湿的,落在身上一边融化一边结冰。这样的大风雪,牲畜最容易迷路,因为会顺着风雪疯跑。不出所料,生产队的几百匹马不见了,达里是生产队队长,带着所有马倌儿去风雪里寻找,生产队书记曾劝阻他:孩子那么小,又没有母亲,你就不要去了吧。达里都没顾得上回答,拎着酒瓶子和雨衣就跨马而去了……几天之后,人们在几百公里之外的科尔沁沙地找到他时,他已冻死在了那里……

牧村里有几户人家要抱养巴桑,大队书记巴雅尔权衡再三,还是把小巴桑交到了孤寡老人斯琴额吉的手里。这位老人家一辈子吃斋念佛,整天拿着一大串菩提子佛珠数来数去,因为给菩萨磕头,膝盖和额头都跪磕出了茧子。斯琴老额吉的心地更是菩萨般的,这点我就可以做证。小时候,我亲眼看到老人家在夏营地的蒙古包里养过两条蛇,没人知道它俩是怎么进到毡包里来的,总之去她家的牧人都要小心翼翼,说话不可高声,以免惊扰到蛇,这是老额吉定下的规矩。那时出于好奇,我们几个小伙伴经常去巴桑家看两条大花蛇孵蛋。有一次在半路,我们遇到了其中的一条,它足有牛角那么粗,几个孩子恶作剧,捡了一根棍子挑逗它,结果被放羊回来的斯琴老额吉撞了个正着,老人家平时慈眉善目,看到我们从来都满脸笑意,从来没见她发过火,可那天老额吉却怒不可遏,她抡起拐棍追打我们,不停地责骂我们,仿佛那是她生养下的孩子。伙伴们一哄而散了,她还骂个没完,直到太阳落山,直到晚风吹断了她喋喋不休的声音。

那次巴桑被炸飞双腿,若不是斯琴老额吉没日没夜地呵护,悉心地照料,不停地向佛祖为巴桑祈福,巴桑可能熬不过那场厄运。

二

从早上开到中午,车子刚到瓦房店。一个三岔路口,我停下解手,顺便问问路。一个开大货车的师傅给我们指了指大石桥方向。午后天气转暖,阳光将道路上的冰融化成雪水,我计划天黑之前怎么也要赶到辽阳,否则傍晚气温下降,道路结冰,将更难行驶。

小时候,巴桑家坐落在村子东边的草坡上,那是两间黄泥土屋,院落围墙是用红柳枝编成的,被风雨侵蚀成干灰色。有两道长满蒿草和车前子的车辙通往他家。童年的巴桑就用那两团肉瘤在土路上蹦来蹦去,稍大些,知道廉耻后,就秘不示人了,只用两只手走路。

那时，除了我，没有一个孩子愿意和他做朋友，他们总是欺辱他，耻笑他，给他起各种绰号，什么没腿青蛙、老头鱼、螃蟹、半截人、怪物等等。那时，牧业生产队已经解体，每家都分到了马、牛、羊。牧村的孩子们基本上都会骑马，我们在草地上赛马，使劲吆喝，任意驰骋，十几匹马一溜烟儿射向草原深处，那感觉棒极了。每每这时，巴桑只有远远地伫立在土墩上望着的份儿，他和斯琴老额吉虽然也分到了一匹枣红马，可他没有腿，夹不住马鞍，根本没法骑马。有时，伙伴们反身回来，会打马绕着他嗷嗷地叫嚷起哄，将他矮小的半截身体淹没在飞扬的尘土里。

一次，巴桑问我在马背上是什么感觉。我想了下，告诉他，应该像在大海里行舟，草原在马蹄下就像无边的海浪，马背上的人在它的上面起起伏伏，而风好似海潮一样灌满你的耳朵……巴桑听了，默默地转身用双手走开了。没想到，那天傍晚就出了事，十几岁的巴桑用一条绳子将自己绑在马鞍上，马没跑出多远，他就被甩下了马背，像一袋面粉那样重重摔在了地上……斯琴老额吉抱起浑身是土的巴桑，用她那双干瘪的布满蚯蚓般皱纹的手拍打着巴桑的脸蛋，呼唤了好半天才把他叫醒。巴桑满额头都是血，平静地看着斯琴老额吉，好像什么都没发生……巴桑的右臂脱臼了，斯琴老额吉带他去看赤脚医生时，他的右手掌朝外翻垂着，晃晃荡荡的，可他一声也没吭。

这件事发生后，巴桑一直在家休学，有很长一段时间没有伙伴见到过巴桑，我们还以为他安心在家养伤呢。令人没想到的是，他再次出现在我们面前竟是骑马飞奔的情景。那天黄昏，我们放学后正在河边玩闹，一个少年乘着枣红大马从牧村中蹿出来，速度极快地掠过我们身边，向远方落日处驰去。是布仁最先看到并认出的他。布仁目瞪口呆地望着马上的人：巴桑？是巴桑？我们纷纷转头去看，都有点不敢相信自己的眼睛。那是布仁第一次叫巴桑的名字。等巴桑跑了一大圈回来，我们都盯着他的身下瞧，可那里根本没有什么绳索，巴桑是端坐在马鞍上的。那两个肉瘤被他像鱼尾巴似的翘在前鞍桥上。接着，我们又为另一个发现所惊奇——他的马鞍上没有马镫，那下面空空荡荡！事实上，他要马镫也没有用处，马奔跑起来，马镫上下晃荡应该十分碍事。可要知道的是，我们这些十几岁的孩子攀上马背不仅依靠腿和马镫，有时甚至还需要套马杆来帮忙。

布仁冲他喊：咴，别告诉我是拄拐都站不稳的斯琴老额吉把你扶上马背的！

巴桑用眼角余光俯视了一眼布仁，然后大声告诉我们：是阿爸，我的阿爸！

他这么说可不得了，谁都知道巴桑的阿爸已经死了，那个好骑手已经死了,虽然我们牧村有如是传统,男孩第一次上马都要由自己的阿爸亲自扶上马背,可是一个死去的人怎么会做到这一点,很明显是巴桑在说谎。

你确定是你那个死去的阿爸？布仁问。

巴桑使劲点点头,没容布仁再追问,他已掉转马头疾驰而去。

三

我听呼德尔讲述这些时,怎么也与车后的溺水者联系不到一起,仿佛在听别人的故事。是啊,在呼德尔的口中,巴桑那么鲜活,而死者那么冰冷。车快没油了,好不容易找到一个乡村加油站,我赶忙将车加满油,顺便问了下女加油工,到辽阳还有多远。女加油工看了我一眼:大哥,你走错方向了,这条路去往丹东。我一惊,三岔口的路牌明明写着大石桥,怎么会拐到这条路上,这意味着我们从西海岸跑到东海岸去了。我朝着雪地呸了几口,感到晦气得很。上了车,我狠砸了下方向盘,不得不一边掉转车头,一边向呼德尔求证,呼德尔说,他也记得路牌上写的是大石桥……好吧,本来大雪封路,这又走出几十公里的冤枉道。

情绪所致,我不再顾及冰雪路面,加快了行驶速度,心里赌气地默念:管它什么邪,我可不相信。

呼德尔显然有着很强的表述欲。

知道"达里"是什么意思吗?呼德尔说。加满油后,车厢内弥漫着汽油味,他将车窗摇下一条缝隙,透了透空气。

你说的是巴桑父亲的名字?

是的,没等我回答,他便公布了答案,是大海的意思。

这有什么含义吗？我问。

没有,呼德尔说,但它对巴桑具有非凡的意义。他父亲死去时,巴桑太小了,他根本不记得父亲长什么样。在乡邻的描述中,达里少年时就曾获得过十个牧业生产队的赛马冠军,长大后更有着高高的个头,强壮得像牤牛似的体魄,而且能吃能喝,放牧、套马、摔跤样样在行。直到达里死去很久,牧村遇到什么棘手的事,还有人在说:要是达里活着就好了。相比之下,巴桑是那么弱小、残疾,人们都不敢相信他是达里的儿子。每当牧村人说起父亲,巴桑都会睁大充满憧憬的眼睛,听得心驰神往。

那天一大早,巴桑敲开了我家的门,紧张兮兮地附耳对我说昨晚达里来看望他了。这话让我一惊。为了证明这是真的,巴桑特意拿来了佐证:一枚海螺。这是达里给我留下的,他还摸了我的头,夸我骑马骑得好呢。他还说什么了吗?

我接过那枚残破的海螺看了看，心惊肉跳之余，感觉好像在哪儿见过。他没说什么，就转身走去了。我问他，要去哪儿。你猜他怎么说？巴桑顿了一下说：我要去寻找大海……我噢了一声问：你为什么要去寻找大海？他说：我也不知道，大海是世界上最广阔的地方吗？应该是。我说。巴桑把那枚海螺放在耳边听了一会儿，然后迫不及待地递给我：你听，里边好像有人在喊：巴——桑——巴——桑——我接过来贴在耳旁，却什么也没有听见……

巴桑坚信父亲为他做的一切，第二天他就把海螺穿起来挂在了脖子上。不过，布仁可不会轻易被哄骗，那时他的父亲已经当上了牧村的村长，这使得他更加耀武扬威。一天傍晚，布仁与几个伙伴抓到了巴桑，让他交代到底是谁扶他上马背的……布仁手里拿着马粪球，让昂沁（村会计的儿子）和另一个帮凶按住巴桑的胳膊和脑袋，说：你要是再敢撒谎，我就把马粪塞你嘴里，说，到底是谁？巴桑眼里吐着火舌：是我阿爸！布仁给了他一个嘴巴：那是个死人，你骗不了我们！是我阿爸！就是我阿爸！你想让我们把达里从坟墓里挖出来给你看吗？不，我阿爸他没有死，他去寻找大海了！胡说，昨天我们都找到埋葬达里的那块草地了！不，达里没有死，我的阿爸没有死！巴桑拿出宁死不屈的劲头。

布仁命令帮凶掰开巴桑的嘴，并喊着：这是你自找的！我们要堵上你这张撒谎的嘴……

其实我是知道实情的，可懦弱的性格让我保持了沉默，我真不配做巴桑的好朋友。就在这时，小我一岁的妹妹阿丽玛冲到布仁他们身边：你们放过他吧，我知道他是怎么上的马背，是我哥哥亲眼看到的……所有孩子都转头看阿丽玛和我，巴桑的头此时已被昂沁踩在地上，布仁一副狞笑的样子：不用你们说我也能猜到，是不是像矮猪那样攀着墙头，或者是搬来他家最高的梯子和板凳，爬上去的？伙伴们捧着肚皮哈哈大笑，在我们的乡俗里，这样的笑话是形容最没用的人。不，那不是事实，我终于站了出来，对他们说：恰恰相反，巴桑比我们都勇敢，他，他是拽着马尾巴上的马背……

布仁定定地望着我的眼睛：你也学会了撒谎！不，这是真的，我可以对着长生天发誓……我的手心里全是汗水。布仁这才丢掉了手里的马粪球，小帮凶们也放开了手，大家都知道，只有最厉害的骑手才会抓马尾巴上马的。走吧，有腿有脚的咱们踢足球去。布仁领着伙伴悻悻然地走向不远处的足球场。

巴桑坐起身来，抓起那几颗马粪使劲向他们的背影抛去：不，是我的阿爸扶我上马的，就是达里……他怒骂着：你们这些浑蛋……

那次，所有小伙伴算是领教了巴桑的倔强，而阿丽玛似乎对巴桑有了特殊的好感……

巴桑是个极懂事的孩子，他很小就当起了家里的小劳力，里里外外的活计他总是和斯琴额吉抢着干，除此之外，他还要百倍细心地侍弄他的枣红马，与他的坐骑形影不离。与此同时，巴桑的马术可是越来越棒了，甚至超过了所有的伙伴。他只靠双手，就可以在马背上闪转腾挪，上下翻飞，像做体操鞍马那样，把整个牧村的人都惊讶到了。对此，布仁相当不服气，作为孩子王，他不仅有过硬的拳头，更有拔尖的性格。他给巴桑下了挑战书，并用一串精美的马铃铛当赌注，他输了即刻奉上；他赢了，巴桑将喝一碗马尿。我和阿丽玛劝巴桑不要应战，巴桑却握紧了拳头，说：我倒是想和他比试比试……

那次，他俩赛的是平地抓羊。我暗暗为巴桑捏着一把汗，阿丽玛表情更为焦虑，她跺着脚，双手合十，为巴桑不断做着祈祷。随着一声口哨响，两匹马扬尘而去。布仁先抵达目标，他一个鹞子翻身，单腿蹬着马镫，俯身下去，准确无误提走了地上的羊头。叫好声一片。再看没有双腿的巴桑，这个动作对他来讲本身就不公平，他像猿猴那样一手攀住马鞍，凭着一臂之力探身而下，眼见着接近地面，却失手跌落下来，阿丽玛不由得尖叫了一声，那一刻，我们这些旁观者都闭上了眼睛，然而悲剧并没有发生，巴桑紧握的马缰绳挽救了他，让他凭借臂力重抬起身子。此时，枣红马已飞身掠过目标……那一碗马尿是昂沁给接的，满满当当一大碗，浊黄色的液体还冒着热气。巴桑望了一眼人群中的阿丽玛，脸色通红，嘴唇颤抖着转过头去，阿丽玛捂住了眼睛蹲下身去……巴桑掐着鼻子，咕咚咕咚喝掉一半的时候，就呛出鼻涕眼泪，一股脑儿呕吐出来，直吐得昏天黑地……我看到妹妹挤出孩子群，一边哭泣一边跑掉了，两支辫子像燕子的翅膀那样飞来飞去。

不过，这不是最后的结局。我要说的是，就在两个月之后，巴桑终于赢了布仁，这回他是单手抓着马肚带拾走的一小根羊骨棒，布仁看完巴桑完成的动作，他连马缰绳都没碰一下，直接放弃了。不过出人意料的是，巴桑并没有要布仁那串马铃铛，他只低头去看布仁身后那几条牧羊犬，其中一条正趴在地上舔舐后腿上的伤口。那条狗是在一次布仁领导伙伴追击野猪群时受了重伤，后腿被一头公野猪给咬断了，外皮的伤口还没愈合呢。

巴桑指了指那条残狗：我不要你的马铃铛，我想要它。

布仁惊诧了，瞧了半天巴桑：你确定要的是这条，而不是那条？

巴桑点点头。

可别反悔。

巴桑摇了摇头。

布仁也晃了晃脑袋，重新把马铃铛戴在自家马的脖子上，踢了瘸腿狗一脚：真是物以类聚啊，去吧，去找你的新主人去吧。

那天，阿丽玛没有亲眼看到巴桑的胜利时刻，因为上次造成的心理阴影，她拒绝再目睹这一切。黄昏的时候，巴桑带着他的瘸腿狗来到我家门口，我母亲一向可怜这个没有父母的孤儿，这时便唤他进屋吃一口饭。巴桑执意不肯进来，问我母亲：阿姨，家里有没有涂抹伤口的药水和纱布？母亲说：是你受伤了吗？巴桑摇头，指指手里牵着的狗：是它的腿化脓了。阿丽玛立即放下碗筷，自告奋勇，说：我知道在哪儿放着。说完忙不迭地去翻找。

我和阿丽玛把住牧羊犬，巴桑悉心地为它消杀伤口，缠上纱布。我问巴桑，为什么偏偏选中了这条没用了的狗，它的伤即便好了，那条腿也会残疾。阿丽玛抢过话来：我懂巴桑为啥选了它，如果是我，我也会……

巴桑抬头望了一眼妹妹，好半天说了一句：谢谢你，阿丽玛。

从那以后，没腿的巴桑就和三条腿的牧羊犬形影不离地走在一起了，远远看他俩走路的样子，一个一耸一耸地前移，一个一蹦一蹦地随后，着实有几分滑稽。当然，巴桑的身旁还会有他最喜爱的枣红马。

四

夏日的傍晚比飞机在天上拉的白线还要长，从日落到天黑至少要两个小时。要不是巴桑来找，我和妹妹难得有这个清闲，要知道少年时的我们就开始帮助母亲做家务，喂猪打狗，饮羊归圈。我们仨一路蹦跳说笑来到村外的草原。此时的草原宁静极了，昆虫们不再躁动，纷纷躲到草丛里去。云雀刚刚还在天空迎着落日和最后一抹夕光炫舞，这会儿就像一块石头那样，直直地砸向地面，瞬息不见了踪影。太阳徐徐落到天边，先是把一大片云霞的边缘熨红了，接着，暗淡的山冈也被它点燃起来，直到把我们三个少年的脸烧着了，烧得红彤彤的。

落日可真美！阿丽玛蹲坐在那里，用双手托着一副痴迷的表情。

巴桑抚摸着他的狗，也望向天边。说实话，在那天傍晚之前，我从未仔细端详过这位伙伴，人往往会对自己身边的事物熟视无睹，我对巴桑的印象多半出于怜悯和同情，所以总认为他是个弱者，弱者就不会有什么突出之处，多半与瘦小、孱弱、病态相关联。但那天傍晚，许是夕光的照耀形成的明暗影对比，许是他用残疾之躯赢了一个强壮的对手让我刮目相看，总之在我无意间注视他的那一刻，忽然发现巴桑的脸庞那么明朗，他有着剑一般的眉毛，眼睛虽然细小但炯炯有神，黑珍珠般发着亮光。他的鼻子并不像一般蒙古族人的鼻子那样低矮，而是坚挺有力地直翘起来，衬在一张轮廓分明的乌红色的脸膛上，显得那么俊美，包括他的嘴，都仿佛为了衬托这张脸而长在恰到好处的位置，嘴唇有棱有角。此时他面朝残存的夕阳，神情肃穆的样子更显出一份少年不该有的刚毅。那一刻，一个神话中的少年英雄形象从我脑海里闪现出来，让我不由自主地喊出：海力布！

巴桑和阿丽玛被惊扰到，把头转向我，我摆了摆手说：没什么，我刚刚看到巴桑的模样，感觉有点像传说中的猎手海力布。

你说的是那个最后变成石头山的海力布？阿丽玛问。

我点点头，反问阿丽玛：你不觉得有点像吗？

巴桑觉得好生奇怪：你俩在说什么？

呼德尔在说一个英雄，你没听说过吗？阿丽玛说。

巴桑摇头。

阿丽玛来了兴致，一双燃烧着夕阳的眸子对着巴桑，用那种稚嫩的未成年少女的温婉动听的声音讲起了故事——

据说很久以前，在我们大草原上有一位少年猎手叫海力布，他有着英俊的面容、坚强的毅力和高超的射箭技艺。他每天出去打猎都会给整个乌力楞（氏族）带回好多猎物，人们都称赞他为最好的"莫日根"（打猎能手）。有一天，他又出去打猎，明明是白天可是天空却一下子黑下来，海力布抬头一看，一只大得不得了的老鹰扑扇着遮天蔽日的翅膀从远处飞来，两只鹰爪像铁锚一样粗，正抓着一条小白蛇，小白蛇不断扭动身躯呼喊着救命！海力布赶忙奔到山顶，拼尽力气搭弓射箭，那嗖嗖带响的箭正中鹰爪，老鹰啸叫一声，松开了爪子，小白蛇从空中跌落下来……

谢谢你救了我。小白蛇说：我是大海的女儿，东海龙王的公主，你能把我送回家去吗？我的父王会报答你的。

海力布把小白蛇缠在身上，一路将它送回大海。龙王在大海的深宫里接待女儿的救命恩人，问眼前这个英俊的少年：为了报答你，我要将女儿许配给你，但有一个条件，就是女儿必须留在我身边，你愿意留下来吗？这时，小白蛇已经变成了一位亭亭玉立的公主。海力布想了一想，说：我虽然喜欢你的女儿，可我还要打猎，我离不开我的草原，那里有我的亲人们，我更要和他们在一起。

小白蛇失望地哭泣起来。龙王手捻龙须说：你是个好样的"莫日根"，既然这样，我就赐你一块宝石，你再打猎时含在嘴里，就会打到更多的猎物……

海力布回到家乡，回到草原，按龙王所言，把那颗宝石含在嘴里，神奇的事情发生了，他竟然能听懂所有动物的语言，于是，他每天能够打到更多的猎物了：天上的飞禽、地上的野兽……

阿丽玛正娓娓地讲着，巴桑却皱起了眉头，捂着胸口……

怎么了，你哪儿不舒服了吗？阿丽玛问他。

没有，我刚刚在想，为什么海力布能听懂动物的语言，还会去猎杀它们。他用一只手抱住牧羊犬的脖子，与它头与头相挨，说：如果是我，我会和飞禽走兽做朋友，绝不去伤害它们……

看到巴桑的样子，阿丽玛有点不知所措，她走过来，一边摸了摸牧羊犬的脊背，一边和他说：别傻了，巴桑，那只是个神话传说，你干吗当真呀！

为了缓和气氛，我一边假作放松地双手抱头躺在草地上，一边开起玩笑：海力布也真傻，龙王的公主都不娶，非得要回草原，要是我，我就当他的乘龙快婿。巴桑，你呢，你怎么想？

我想，我不会是海力布，更不配娶什么龙王的女儿，不过我倒是最向往大海，有一天我会去看看龙王……

巴桑的话让我们哈哈大笑，我们又相互追逐打闹起来。

太阳隐身后，余晖让它身后的晚霞火红了好一阵子。当头顶上泼墨般的流云渐渐消隐于黑暗，最后一条木炭似的晚霞也燃成了灰烬。那天我和巴桑、阿丽玛三个人在草原上待到很晚，直到星星在天空登场，一小块月亮原来是在南面的天空悬着的，却一直被忽略，现在终于显露出来，晶莹剔透。而蹲守在草原一隅的三位少年正被命运的夜雾所笼罩，对于我们而言，一切皆是未知。

不久之后，不幸的巴桑又失去了他的一个重要伙伴，这使他刚刚生出的一点自信又被现实击了个粉碎。事情源自斯琴老额吉的忽然患病，一辈子吃斋念佛的她却再吃不下东西，腹痛难耐。巴桑求来村人，把老人送到医院诊治，原来是老人肚子里长了一个碗底大的东西，必须手术治疗，可这需要一大笔费用。依仗老人在牧村的名望和好人缘，村民各尽所能，纷纷掏了腰包，可仍凑不齐手术的花费。巴桑的目光落到自家那匹枣红马身上，这是他和老额吉唯一值钱的“家当”了。

枣红马被牵走的前一天晚上，巴桑就像送别自己的兄弟姐妹那样，与它依依不舍。黄昏的时候，他最后一次骑乘了这个伙伴，他不让它迅跑，只是抱着它的脖子在马背上信马由缰，任它的心意游走。在村外，他遇到了布仁，布仁冷眼望着巴桑和他的马，问他：咴，小子，听说你把它卖掉了？可惜呀，我还想和你赢回我的瘸腿狗呢。巴桑趴在马背上，好像没听见他的话……曾给过他力量和希望的马儿，就这样离开了他，那一晚，他的泪水浸湿了枕头。

枣红马是被科尔沁南部农区的人买走的，他们要用它拉车耕地。巴桑和买马的人交换马缰绳那一瞬，倔强的巴桑却抱住马的前肢不肯撒手了，他泪流满面，不断呼唤马的名字，后来村人不得不将他与枣红马强行分开。人们劝说他：等老额吉的病好了，以后你还会再养马的。

好在老额吉的病不是恶疾，术后病情慢慢好转起来，待她知晓枣红马被卖掉的事情，好不懊恼，甚觉对不起孩子，有一段时间像得了魔怔，逢人便说，不该把巴桑的马卖掉，哪怕让她这把老骨头就这么去了……

入秋的一天，老人家拄着拐棍颤颤巍巍找到我家，问看到巴桑没有，巴桑失踪了。村人们以为巴桑这个孩子多愁善感，不免有些担心。大家分头去找，寻遍了远远近近的草地，却不见他的踪影。人们怀疑是不是布仁他们搞的鬼。布仁的父亲找到他那个到处惹祸的儿子，用了马鞭子让他说出巴桑的下落。布仁扭曲着脸说，这不是他干的，他根本不知道巴桑去哪儿了。挨了几马鞭之后，他还是矢口否认。后来我提醒大人们：巴桑没准去寻找大海了。大海？人们惊诧着。他曾经和我说过，他最向往大海，他要去找父亲……可是整个内蒙古草原都在内陆，哪里有什么大海。牧村人只把我的话当作小孩子的胡言，说什么也不肯相信。就在这时，与巴桑一起失踪的三条腿牧羊犬独自回来了，浑身邋遢，肮脏不堪，主人却生死不明。几个骑手跨上马背，让牧羊犬领路，发现巴桑是沿着村旁那条哈拉哈河一路行去的。

骑手们从罕达盖出发，直奔哈拉哈河下游而去，但河水在中段时流入蒙古国去了，直到额布都格附近才折返回来。几个男人从早到晚走了百余公里，来到河流的终点，那个叫作贝尔的浩大湖泊，芦苇摇曳，鸥鸟在水面飞翔……人们在一处破烂的渔窝铺里找到了巴桑，他头敷毛巾浑身发烫，脸黑得像木炭一样。是这家打鱼人救起的他，当时他趴在湖岸边奄奄一息，打鱼人还以为那是一条搁浅在岸边被晒干了的黑鱼呢。渔窝铺的主人后来跟牧村的骑手们说：这个小家伙别看残疾，可有毅力着呢，他就靠着双手一直走到这个湖边。打鱼人发现晕倒的巴桑时，他的掌心和手中的石块已被血痂黏合在一起，分不开了。沿途虽然有河水解渴，可巴桑带的干粮和炒米很快吃光了，没有什么食物可吃，几天里，他只在浅滩里徒手捉到几条小鱼小虾，采一些可以食用的花果野菜，和牧羊犬一起充饥。秋日头顶炙热的太阳没有把他烤焦，铺天盖地的蚊虫也没把他吃掉，这对于一个十多岁的孩子而言，不能不说是个奇迹。

五

……晦气的事情接连不断。我和呼德尔从错路上返回，走了近一个小时，就要折回大石桥时，路面上毫无征兆地突显出一个大冰包，我躲闪不及，面包车猛地侧滑，直接扎到路基下面去了……我惊出一身冷汗，万幸车子没翻，呼德尔也无大碍，只是头撞到前挡风玻璃，擦破点皮……

天色阴沉，冷风呜呜咽咽。我下车查看车胎，呼德尔问：车子还能爬上去吗？我瞧了瞧路基的坡度，没有言语。事出蹊跷，已不是路途不顺了。重新发动汽车，加大马力，却总是在接近路面时卡顿在那里。我取了铁锹，去除了车轮前的障碍，还是没用。没辙，只好回到车内，等待拦截过路车救援。

因心里忐忑，我借机检查了下后面的冷冻箱，没有发现什么异样，回头问呼德尔：你相信人有灵魂吗？

当然，呼德尔肯定地说，按萨满的教义——万物有灵。

那么，巴桑也一定有灵魂……我们拉他回家，他应该是高兴的，不会为难我们，对不对？

是啊，没有谁比巴桑更善良了。呼德尔一副认真的表情。

我们两个上了车，呼德尔又接续前言——

那次，巴桑从湖边被骑手们带回来，没有人去问他出走的缘由，人们都心照不宣。而巴桑一直在高烧中昏睡，等他醒来，斯琴额吉老泪纵横，抱着他的头说：我的孩子，额吉知道你心疼枣红马，实在不成咱们把这两间土屋卖了，去把马儿换回来。

巴桑面容平静，用手指为老人擦去泪水，说：没有，额吉，我早忘记它了，我沿着河去，只想知道河是不是也通向大海……

我和阿丽玛去看望巴桑，他躺在床上，没有一点我们想象中的抑郁，相反，他黝黑的面孔似乎更为俊朗，眼睛像星星般晶亮。

阿丽玛见到巴桑忽然有了几分羞涩。为了安慰巴桑，阿丽玛和我与他说了很多的话，我们还谈到了理想。

我说，我长大了要当老师，站在讲台上，拿着一根粉笔在黑板上画来画去，然后随便叫起哪个学生，让他回答问题，多威风。

阿丽玛说，她要当一名医生，为所有的乡亲解除病痛。

轮到巴桑，他思量了一会儿，说：我要，我要走遍全世界。

这个想法让我和妹妹感到吃惊，一个没有腿的人要走遍全世界，无异于痴人说梦。可巴桑却一副斩钉截铁的样子，他说，他就要走遍全世界。

少年的时光无论多么苦涩也是欢乐的。特别是巴桑和阿丽玛朦朦胧胧、不可言说的爱情（如果这也算爱情的话），令我这个见证者至今回忆起来，也甚感美好。

十六岁那年暑假，我和巴桑都刚好初中毕业，我们俩彼此帮助，去草场收割秋草。那会儿还没有什么打草机，一切都得靠体力，那是牧业生产里最重的体力活。巴桑别看矮人一截，但他的臂力出众，挥舞起铡刀把我远远地甩在身后。那年因为雨水丰沛，留作秋季打草的草场一片榛莽，草高处接近腰际，那比麦地还要繁茂不知多少倍的草地，用“百花盛开”来形容绝不夸张，那是怎样一片争奇斗艳的七色花海呀！铺天盖地的是粉色风毛菊、野火球、野麦花、红车轴草；摇曳如海的是枣红色的榆果；紫色的是石沙参、穗花，野苜蓿也使出浑身解数，盛开出繁星点点的小紫花来；密如繁星的还有小黄花北柴胡、小白花防风草和石头花；同样开出细碎白花的还有高过所有野草的“草中的骆驼”——叉分蓼（酸浆草）；而一枝独秀的野百合花，像花中的黄冠王后，傲然独立在万千花间；那些寂寞的车前子此时都不甘落后，纷纷抽出了绿色的长穗……那数不清的草种啊，那大野茫茫的草海、花海啊，无边无涯，一直连绵到天的尽头。巴桑和我挥一阵子铡刀就仰躺在厚厚的草毯上歇息一会儿，望着天空上的流云遐想联翩。下午太阳偏西的光景，阿丽玛骑着马儿从远处快速奔来，给我俩送来新熬的奶茶和大米肉粥，还有一口袋果子奶干，这都是她亲手做的，小我一岁的她已出落成亭亭玉立的大姑娘了。

见到阿丽玛，本来光着上身的巴桑赶忙穿上了衣服，乌黑的眼睛里满是那种少年才有的既单纯又热烈的光泽，那是因爱情而散发的渴望。那天下午的时光真是愉快极了，我们三个人吃得肚皮鼓鼓，在无遮无挡的太阳下边晒着秋阳。四野苍茫，堆满一捆捆的草，仿佛大地上散落的星盏。阿丽玛性格活泼，望着秋风瑟瑟的起伏跌宕的草原，禁不住唱起了歌：

老哈河水长又长，岸边的稻花起波浪
美丽的姑娘诺恩吉雅，出嫁到了遥远的地方
…………

那是一首忧伤的科尔沁民歌，不过因了年轻人在一起的欢愉和喜悦，我们并没有品觉出伤感。阿丽玛唱罢，巴桑背靠草垛也唱起了民歌《达娜巴拉》，然后是我唱……在草地长大的孩子，每个人的口袋里都装满了长调短歌。我们放弃了劳作，无意中给自己安排了一个轻松自在、无所事事的秋假，我们也不必给偷懒找什么理由，只是尽情地享用这份青春时光。歌子一首接着一首，你方唱罢我又唱，没有谦让，毫不停歇。直到夕阳西斜，直到落日沉沦，暮色清澈，长庚星在山冈上眨起眼睛……阿丽玛的歌声那么嘹亮、悠扬，像猎猎飞舞的缎子在晚风中飘荡，飘到远山，飘到天边，又折返回来，缠绕在我们的耳畔。有那么一瞬，巴桑无缘由地哭了，他的两只手因为握刀柄久了，已粗糙僵硬得合拢不来，他就用这叉开着的十指捂着脸，泪水却从指缝里泉涌而出。那会儿，我知趣地离开了。夜幕中，阿丽玛拥住巴桑，两个人久久地依偎在一起……

六

暑假后巴桑却辍学了，斯琴额吉年老体衰，他作为男孩要挺立门户，而我要继续求学，去镇上的高中读书。等我再见到巴桑时已是一年之后，经过劳动锻炼的他仿佛一下子长成了大人，不仅脸庞更为硬朗，而且具有了健硕的上肢、宽阔的胸脯。也就是在那个时候，还在读初中的妹妹情窦初开，真正爱上了这个残疾的小伙子。这件事遭到了我家人的反对，原因明摆着。同时追求妹妹的还有村会计的儿子昂沁，其时，他的父亲已调到苏木(乡)任财务主管。

可想而知，昂沁的家境在我们牧村无人可比，连布仁都自愧不如。那时的昂沁穿着时髦，城里年轻人最流行的燕尾头，西服外套、老板裤，三接头锃光瓦亮的皮鞋，俨然一副富家公子哥的打扮。他进了我们镇上的重点中学，这使他骄傲得不可一世。在镇子上时间久了，昂沁难免学来一些流里流气的毛病，吸烟喝酒打架斗殴更不在话下。不过，镇子里那些招蜂引蝶的女孩他倒没看上一个，只想着法对阿丽玛献殷勤。为了讨好妹妹，他每周末回来必给她带些城里的新鲜玩意儿作为礼物，什么毛毛熊、明星画等等，可阿丽玛从来都不肯接受，一开始还好言相劝，后来不得不言辞激烈地斥责他，让他不要再送这些东西，否则他将是不受欢迎的客人。

巴桑与昂沁有一次在我家里遇到，后者压根没瞧得起他的对手，无论哪一方面，昂沁都优越感十足，与巴桑不可同日而语。昂沁带着蔑视的眼神，由上至下吐了一口烟圈，直喷到巴桑的脸上，带有明显的侮辱和挑衅。

是重点中学教会的你吐这玩意儿吗？巴桑挥开烟雾。

原来你也在这儿，抱歉，我还真没瞧见你。他装出一副无辜的样子，抽出一根香烟递给巴桑：咴，没抽过这个吧，来一根，嗅嗅味道。

阿丽玛见状，拉起巴桑的手，冲着昂沁气恼地说：读重点中学的人不仅眼睛近视，而且都是高射炮眼睛，只会向上看。走吧，巴桑，咱们出去。

巴桑却脱开了阿丽玛的手：对不起，我是来找呼德尔的……

对于阿丽玛，巴桑是自卑的，自卑到从始至终不敢接受这份感情，甚至于否定他对阿丽玛的爱慕。他当时内心的痛苦该有多么的巨大，我们不可想象，有时，他宁愿阿丽玛答应昂沁，那样他就脱离了苦海，可他又那么鄙夷昂沁的品行，就像鄙夷一摊烂泥。

昂沁却来找巴桑了，他万万想不到阿丽玛能喜欢一个“残废”，这使他妒火中烧。两人约好在村旁的红柳茅子里见面。巴桑还以为昂沁要与他决斗，但是没有，昂沁只说了以下的话：你没有资格和我争阿丽玛，你能给阿丽玛什么？给她幸福吗？你连自己都照顾不了！阿丽玛还要上学，而现在你只是一个地道的牧民，你只能耽搁她的前程！

巴桑默默地听着他的话，这些话昂沁不说他也都在心里千百次地思量过，所以他不想反驳，只想让这条条皮鞭抽打自己，让自己头脑清醒。

昂沁自以为戳到了巴桑的痛处，语言更加恶毒：……再有，别崇拜你的阿爸了，他就是个酒鬼！整个牧村都知道他是怎么死的，他是因为喝醉了酒才被风雪冻死的，你也想像你阿爸那样做个酒鬼吗？

你胡说！

可以想见巴桑当时的震惊与愤怒，是的，作为他内心最后的骄傲和活下去的勇气，阿爸是不可亵渎更不可动摇的，那是他的守护神！彼时，他发了疯似的冲过去，用他健硕的臂膀拦腰将昂沁摔倒在地，随之是雨点般的拳头，要不是昂沁的呼救声引来了大人将他俩分开，昂沁肯定会被巴桑捶个半死……鼻青脸肿的昂沁一边哭泣，一边像个女人那样咒骂：好你个巴桑，你竟敢打我，咱们走着瞧……

巴桑怒气未消，挥拳追去，昂沁早已屁滚尿流地逃之夭夭了。

可无论如何，昂沁的那番话还是如箭中的，从此让巴桑彻底远离了阿丽玛。无论我妹妹怎样寻他，他只铁了心四处躲避。伤心欲绝的阿丽玛独自乘马飞奔，泪水好似迎面的簌簌细雨。

就在那个秋天，与巴桑相依为命的斯琴老额吉去世了，只把那串磨得熠熠发光的菩提子佛珠留给了他。巴桑将老额吉埋在了夏营地的向阳坡上，再将事先挖下的草皮一点一点恢复原样，那是草地蒙古族人的丧葬方式，斯琴老额吉就了无痕迹地归于大地了。说来奇怪，斯琴老额吉去后，那两条蛇也相继不见了踪影，仿佛它俩只为陪伴这位菩萨般的老人，老人走了，它俩也无意驻留。

斯琴额吉去世后的几天，或许是为了消解内心的悲恸，巴桑又一次沿着哈拉哈河而去，不过这次他却是逆流而上，那里有我们小时候到过的山洞，那是他心中的大海所在。他没有带那条三腿牧羊犬，后者已老得迈不动步了。

当满身泥土的巴桑凭借记忆终于找到那片石塘林时，眼前的山洞已荡然无存，它变成了一片杂乱不堪的采石场，据说这里发现了玉石……巴桑雄狮一样蓬乱着头发，古铜色的身体泛着层层汗渍，他望着夕阳之下的这片乱石堆，感到自己受了莫大的欺骗，连长生天都在骗他。他发了疯似的驾着自制滑车在怪石塘里横冲直撞，直到遍体鳞伤，他冲着远方嘶吼，怒骂：达里你在哪儿？大海你在哪儿？妈的……

回到牧村的巴桑疲惫不堪，一蹶不振，正值叛逆年龄的他开始酗酒，每日喝得烂醉。一次，他酒后瘫在街头的烂泥里，瓢泼的大雨都淋不醒他。阿丽玛闻讯跑来，却被巴桑使劲推搡开：你走！你走！

阿丽玛跌坐在地，雨水兜头，痛哭流涕：巴桑，没想到你会变成这样……

昂沁也没得逞，我的妹妹后来转学到了舅舅家所在的城市，离开了这个令她伤心的地方。

阿丽玛背着书包和行李坐大巴走的那天，巴桑托人给她捎来一张纸条，大意如下——

> 阿丽玛妹妹，原谅我吧，巴桑配不上你！知道吗，你是我心中最美的草原百合，很早就绽放了，在我心里开得满满的，有时都装不下了，压得我喘不了气，有时我都要疯掉了！可是我不能接受你，也不能和你说……你会找到真正的幸福，可那个人不该是我。原谅我吧，百合花会在我的心里一直开，开一辈子……

读过纸条，阿丽玛泪如泉涌。窗外秋雨蒙蒙，草原寂静而忧伤，仿佛在烘托一段少年懵懂爱情的结局。

就在阿丽玛走的那天，唯一陪伴巴桑的牧羊犬卧在荒草间再没醒来，巴桑把它埋在自家院子里，让它的头冲着黄泥土房，然后一个人向夏营地走去。在那里他住了好长一段时间，据见到他的人说，他天天对着草原和落日发呆，跟谁都不说一句话。

要不是一个马戏团路过我们村落，巴桑的命运或许会和他父亲一样，最终只能死在酒上。那个夏日，两辆大卡车尘土飞扬地来到了村外的草地，一班花花绿绿的异乡人从卡车上卸下好多大铁笼，里边装着老虎、蟒蛇、黑熊、猴子、鹦鹉，还有几匹高头大马。草地上破天荒地搭起偌大的帐篷，几十里地以外的牧村人都闻讯赶来，异乡人守着门和长廊贩卖门票以及各种稀奇古怪的东西。巴桑的门票是我给买的，他一边提着酒瓶子，一边毫无顾忌地滑到人群最前面，与一群少年追捧着小丑，好像他也是个不知廉耻的孩子。几个少年捉弄他，他划着破烂平板车追撵他们，冲他们高声叫嚷。

……轮到那几匹白马上场，表演马术的人在两匹马之间跳来跳去，可他的骑术着实不怎么样，两匹马相错稍远，他像蛤蟆那样纵身一跃，一口啃到了马屁股上，受惊的马尥了两个蹶子，把他掀下了马背。牧民们开始嘀咕：这把式还不抵巴桑呢！是啊，巴桑可比他强着呢。于是，人们异口同声地呼喊起来：巴桑！巴桑……此时，人群前面的巴桑正提着酒瓶醉眼蒙眬呢。

马戏刚结束，那位穿西装的大腹便便的经理向巴桑走过来。观众大多散去，巴桑应邀走上舞台，几匹马被重新赶出来，巴桑把酒瓶子丢在一旁，拽着马尾巴上了马背……

对巴桑的骑术毋庸多虑，仅仅几个动作，大肚子经理已惊叹不已。等巴桑一下马，他便急不可耐了。巴桑那会儿还未醒酒，对这个陌生人的提问——譬如是否愿意加入他的团队，可不可以接受训练，按马戏团的要求做表演等等，他仿佛没有听懂，眼睛直愣愣如置梦中。后来是这些乡亲替他做了主，拿起他的手指在两张合同纸上按了手印。巴桑就这样决定跟马戏团走了，消息轰动了整个牧村。

那天晚上，布仁来找我，从车上卸下来一个崭新的轮椅，对我说：帮我把这个给巴桑吧，以你的名义……我接过这个亮闪闪的铁东西，布仁猛吸几口烟卷：说我送的他会拒绝，明白吗？我领会了，冲他点点头。让巴桑体面地走吧，我亏欠他的不止一个轮椅……布仁说。

七

我在路上拦截到一台越野车，终于将面包车拉出了泥沼。此时天色渐晚，这一天的行程还没走出三百公里，我心里焦急，加紧赶路。过了大石桥已是黄昏，异乡的旷野却有种说不出的阴森，令人惴惴不安……

一辆屁股冒着黑烟的大货车挡在了前面，车速缓慢，而这条乡村公路只够一辆车通过，无法错车。我不得不耐住性子，嗅着它放出的“臭屁”跟在后边。眼见着大货车钻进前方的桥洞，竟在一团浓烟中戛然而止了，正正好好把洞口堵了个严严实实。司机慌忙跳下车来，抱歉地告诉我们，发动机抱瓦了……

我对呼德尔做了个无可奈何的表情：真是见鬼！呼德尔摇了摇头。这回无路可走了，只能后退到镇郊。此时天色已黑，我俩不得不找个旅店住下。呼德尔安慰我：事已至此，不如咱哥俩喝两盅去。

我心烦意乱，也想喝点什么。一路上的聊天，让两个萍水相逢的人拉近了距离。我们找了家小馆子坐下，不一会儿便有了酒意。呼德尔重拾话题：

……巴桑走之后，整个牧村里，他唯独和我联系。不久，我接到了他的来信，里边附着他在马背上的演出照片。巴桑虽然只读到中学，却很有文采，字迹也不潦草。因为是他第一次写给我的信，所以我记得清清楚楚：

呼德尔：

我的好朋友，见字如面。我来马戏团一切都好，现在我开始驾驭四匹马了，人们都叫我铁臂人巴桑。我们去周游各地，甚至还去了朝鲜，见到了很多过去没有见过的人和事。我已戒酒，每天和喜爱的马在一起，我很快乐。感谢你送给我的轮椅，它真漂亮，我从此不再矮人一截。在你收到这封信时，我们又要去南方演出了，所以不要给我回信，有空闲我会写给你的。

想念你的巴桑

1996年某日

那张照片被整个牧村传了个遍。

我没记错的话，有三四年的时间，铁臂人巴桑一直待在那个马戏团里，那时，他很频繁地给我写信，都是介绍他在全国各地的所见所闻。每次来信，我都读给关心他的人们。可后来有一年多的时间，巴桑不再来信了，这让我好生奇怪。他的信件已成为我生活的一部分……很久以后巴桑才告诉我，那是因为他已辞去了马戏团的工作，

原因出自一匹叫作班克的老马，这匹马在马戏团服役了差不多十年，腿脚大不如前。那次他们在河北某地演出，巴桑驾马表演，在跳跃障碍时，班克犯了错误，前腿没有跨过路障，一个前倾被绊倒在地，折了一条前肢。

兽医查看了班克的伤势，对大肚子经理摇了摇头，意思是这匹马不顶用了。经理瞅了瞅巴桑的脸色，爱马如命的巴桑追上兽医，哀求：王兽医，这匹马没问题的，求你帮帮忙，把它的腿骨接上。王兽医低头瞥他一眼，一口河北腔：啥？你这是啥话来？我要是能接上还犯得上求？巴桑还想说些什么，兽医已被大肚子经理扶着肩膀走出了马厩。

马戏团这几匹马是巴桑对故乡和少年时期的感情寄托，更能唤起他对枣红马的记忆。为照顾受伤的班克，那一晚巴桑几乎没有合眼，他亲自为它消毒伤口，买来绷带缠裹骨折之处，喂它平时最爱吃的饲料，一遍又一遍地给它刮刷毛皮，尽可能地给班克以安慰。自从巴桑来到这个马戏团，这几匹马就成了他朝夕相处的伙伴、最忠诚的搭档。他与马儿情同手足，自己舍不得吃的都喂给马儿吃，照顾它们比照顾自己还要仔细，所以马儿就对他俯首帖耳，与他亲密无间。这在舞台上表演时就能看得出来，他和它们配合得是那么和谐流畅、天衣无缝。巴桑的马戏每次都是整个节目里最高潮的部分，每次都会赢得最多的掌声。可如今，班克要掉队了，如战友般的伙伴，巴桑哪里舍得。

临到清晨，巴桑小睡了一会儿，没等第一缕阳光探进窗子，他就一骨碌爬起来，赶忙提了清水去饮班克。等他来到马厩，却不见了班克的踪影，他四处寻找，大声吆喝，打扫圈舍的老师傅停下扫帚，对他说：你是在找班克吧？一早上就被带走啦，经理让人带到马市上去了。巴桑闻言大惊，忙不迭地跨马追去。

后来巴桑在信中对自己大加责备，早不睡晚不睡，悔不该就那个时辰睡了觉……那个大肚子经理怕卖掉班克使巴桑难过，因而特意背着他，隐瞒他，这个“好意”连佛祖都不能原谅。等到巴桑来到马市为时已晚，班克已变成了一堆马肉，一堆头蹄下水……

我能想象到巴桑当时的悲痛，他蹲坐在街头大哭失声，差点呕吐出肠胃……巴桑后来从马贩子那里花大价钱买下了班克的马皮，马贩子看出他对这匹马有感情，便敲了他的竹杠，巴桑连价都没还。那带着班克气息和鲜血的马皮，被他一直带在身边，无论走到哪里……

巴桑就此离开了马戏团，任凭大肚子经理怎么挽留，他头也不回地走了。

那是一个秋日，巴桑的信件又来了，我迫不及待地打开信封，里面掉出一沓照片：巴桑站在巨大的远洋捕鱼船上，正置身大海之中。

呼德尔：

你读这封信的时候，我已经乘坐远洋捕鱼船去往太平洋捕鱼了。你一定会很惊讶，我何以做这个选择，那是因为我心中一直有一片大海。还记得小时候，我俩一起去山洞里听海的涛声吗……我在马戏团赚了些钱，找了一所海洋学校，现在已实习期满，我拿到了海员证……祝贺我吧，呼德尔，我就要出发了，未来七个月时间，我会一直在这艘大船上……

你不知道读这封信时我有多么激动，巴桑的梦想实现了，他终于看到真正的大海了……我举着信札向牧村奔跑，想让每一个人知道：一个牧村长大的没有双脚的孩子，他的足迹能走多远……

八

说到这儿的时候，呼德尔热泪盈眶了……作为听众，我也为巴桑所感动。两个人一时无语。不知怎的，我忽然觉得巴桑对我不再是个陌生人，好像是我的老相识，我对他已肃然起敬。

那次远航作业，他们是去捕钓鱿鱼，光行程就需要五十多天，穿越整个南太平洋，最后到达秘鲁、智利和阿根廷附近的公海。后来巴桑的信总要间隔三两个月才来，那一般都是他上到了岸上。那些信件串起了他在海上的生活，我这才知道，其实巴桑所说的远洋捕鱼并没有我们想象的那么光鲜，包括他应聘这份工作都很不容易。因为没有双腿，很多渔船公司都把他拒之门外，后来就是那位山东籍船长慧眼识珠，发现了巴桑满是硬茧的双手和超于常人的强壮的臂膀。大个子船长开的是一艘秋刀鱼捕捞兼鱿鱼钓船，最主要的作业就是放网和收网、投钩和收钩，渔船上除了甲板和冷冻舱的方寸之地，需要双脚的时候不多。巴桑这才有幸踏上渔轮。

第一次出海，渔船离开陆地向大海驶去时，巴桑的心情可想而知。随着海水越来越深邃、幽蓝，船身也随着海浪一刻不停地起伏，巴桑没想到自己会晕船晕得那么厉害，他呕吐不止，头痛欲裂，接连吐了两天，把胆汁都吐出来了。六月天气已十分炎热，在海上，明晃晃的太阳直射在无遮无挡的渔船上，加之噪声轰鸣的柴油发动机连续运转，整个船舱热气蒸腾，简直能把人烤熟。巴桑虽然初次下海，不过他很快就融入这大海的颠簸了。他在信中说：还记得你说过的在马背上的感觉吗？你说骑马就像在大海里行舟……现在我真实体会到这种感觉了。

船员住宿舱狭窄而潮湿。住在巴桑对铺的是个精瘦的南方汉子，他可真是只老海鹰了，在渔船上蹲了二十几年，被海风吹成了肉干的黑红色，整天龟缩着脖子，驼着背，沉默寡言，一双鹰眼却滴溜溜地转。人们管他叫"大黑牙"，源于他的一口黑不溜秋的牙齿，它们都像炭棒那样支着，而且站立不稳四下晃动，缝隙大得可以塞进一条小鱼，令他吃什么都不香甜。老单身汉带着一堆色情片，一得闲就窝在被子里瞧录像，哎哎呀呀的叫声让巴桑好不烦恼。看到兴起，他便满脸窃笑用手势招呼其他船员一起看，大家都伸着脖子凑过去，巴桑索性用衣服蒙住头脸。

别的船员上船是为了谋生，巴桑却是因为热爱大海。他适应着渔船上的一切，包括漫长航线上的无聊和寂寞。而他也确是一名体力超凡、精力充沛的船员，能胜任渔船上的所有工种。

长期繁重的体力劳动过后，他们会获得短暂的假期，那是渔船在沿海港口修整或补给期间。那些寂寞过久的老船员会带着巴桑到岸上，教他怎样在各种肤色的女人身上花掉美元，可巴桑对此似乎没有一点兴趣，相反他总是游荡于街头巷尾，把他的钱大把大把地撒给那些身有残疾的乞讨者，和他们连比画带英语地说上一阵儿，为此，他还一知半解地学会了很多国家的语言。为什么只施舍给残障人？原因不言自明。

近七个月的钓捕鱿鱼过后，巴桑又会去往北太平洋捕捞秋刀鱼。就这样循环往复……

还是说说四年前春季那次去白令海峡吧。那次，他们的渔船穿过日本海，航行至海参崴时，船上的制冷压缩机坏了，不得不耽搁几天，就近停靠在一处港口修理。正是这个偶然的时机，让巴桑邂逅了那个来自图瓦的女孩——杉蔻。当时她正在街头售卖楚吾尔(乐器)和口弦琴。

后来,巴桑在给我的信中说:知道我第一次见到那个女孩的感觉吗? 我的心就像被秋刀鱼咬到了那样疼。她用楚吾尔吹出各种奇妙的音乐，里边有马嘶、鹿鸣、鸟叫,甚至还有大海的声音。而且她还会弹拨口弦琴……杉蔻会说蒙古族语和俄语,也会点中国话。我求她帮我挑一只楚吾尔,让她教我吹奏……

我能读出巴桑那次出海的愉悦心情,连信中的大海都变得“清澈见底,无限碧蓝,成群的鱼儿在海中来往巡游,海狗在海面窜来窜去……”

那次捕鱼,巴桑意外地在渔网里拾到了一颗浅蓝色的、有小拇指指甲大小的珍珠,它掩藏在一只褶纹冠蚌里面,船工们都说他发财了。巴桑把它捧在手心里,却另有打算……等两个月后返航时,巴桑找到船长,请求渔船途经海参崴时歇一歇。船长明了其意,哈哈大笑着拍了拍巴桑的肩膀。

歇脚的那天,该是巴桑一生中最快乐的一天……

你见过那个女孩的照片吗? 我举起酒杯和呼德尔共饮。

他俩一开始相恋,巴桑就给我寄过杉蔻的生活照:乌红色的高高的颧骨,细长的眼睛,其中一只被柔顺的长发遮住,鼻梁上长着雀斑,不过她笑起来的样子真好看,牙齿整整齐齐,雪白如玉,纯净的眼神像三个月大的小鹿一般……

巴桑在信中说:看她的照片,你肯定觉得眼熟,她不知哪儿长得很像阿丽玛……说实话,这一点我早看出来了,她俩不知哪儿有点神似。巴桑很少提杉蔻的身世,所以我对她所知甚少,只晓得她的年龄大概比巴桑小十几岁。如此而已。

后来，巴桑说他每次休假都会去往海参崴，在那里和图瓦女孩厮守一阵儿,直到签证到期。在远东的海滨港口,白天,两人一起去街头摆摊卖乐器,夜晚,巴桑躺在杉蔻的怀里,就像小时候躺在斯琴老额吉的怀里。巴桑说,杉蔻身上有种熟悉的无法言说的味道,那应该是他未曾谋面的母亲的味道。

还有更重要的事儿要说呢,接下来的几年里,杉蔻几乎一年给他生一个孩子,五年下来竟然生下了五个……

嚯,好家伙! 我感叹道。

是啊,没想到巴桑枪法这么棒,弹无虚发,简直百发百中啊。呼德尔咧嘴乐一乐,露出雪白的牙齿。

他没想留在俄罗斯吗? 我问。

嗯,他肯定想过,呼德尔说,只要杉蔻答应嫁给他,他就可以获得俄罗斯的永久居留权……可是,为了养活这一堆孩子,巴桑只能拼命工作,他恨不得天天待在海上。

所以巴桑只能来了又走，两个人只能聚了又散。不过，一个浪荡子终于有了牵挂，就像一只四处飘荡的风筝，终于有了一根线牵扯它。巴桑在信中和我说：我爱他们，他们就是我的一切，我要赚更多的钱，让他们像公主和王子一样幸福……

是的，巴桑这几年出海更加频繁而漫长，把赚来的钱都汇给杉蔻。而他再寄给我的信中总是在不厌其烦地描述他休假时与杉蔻和孩子们相聚的情形。通过他的信件，我能想象到那种幸福时刻：杉蔻家灰色屋顶的木刻棱前，高大的秋千上，街巷里，鸽群中，大海边，到处是他们一大家子浪漫而温馨的嬉戏画面……特别是他最小的儿子，刚刚蹒跚学步，巴桑给他起了一个雄伟的名字，叫作扎那，是大象的意思。他把扎那举过头顶，置于七彩的光环中，那种开怀大笑的样子，令人为之欣喜，为之感动……这些都是我能想象到的，不过令我奇怪的是，巴桑从没有寄给过我他们的全家福，这一点不像他的性格。我写信提醒过他，却总是被他忘记。

九

那次，巴桑在海上出事，差点把他和杉蔻的幸福葬送了……

他们的渔船从西太平洋向南行进，路过菲律宾的达沃港，在渔船修整的间隙，巴桑干了一件蠢事，他把一个七八岁的乞讨男童带到了船上。没人知道他是怎么避开大家的眼睛的。那是个天生的畸形儿，皮包骨头，只会爬行，可这会儿连爬行的气力都没有了，浑身滚烫，病得要死。巴桑把他像病猫一样藏起来，直到渔船离港。纸包不住火，率先发现男童的是船工宿舍里的人，他被裹卷在巴桑的被子里，露出两只臭球般惨白的眼睛，干裂的嘴巴里仿佛只剩下了一口气。船工"大黑牙"那会儿扭动着脖子，发现怪物一样嘎叫了一声。

事情败露了，高个子船长叫走了巴桑，表情严肃地问他，到底是怎么回事。巴桑沉默了半天，说了一句话：我看他要活不成了，所以想救救他。胡闹！你这么做是帮他偷渡，是犯法的！船长在甲板上来回踱步，捏着下巴想了许久，然后对巴桑说：你给我出了个大难题，我总不能让人把他丢进大海里去！眼下只有一个方法，你让所有的船员帮你保密，我答应你在自己的床铺上养他，等返程回来，你想办法把他再送回去！

船长算网开一面。巴桑悉心地照顾着男童，给他喂淡水，敷退热的湿毛巾，擦洗身子，并找来各种退烧的药片，日夜守护在男童的身旁。直到第三天早上，男童睁开的眼睛里有了光亮，用蚊子那么大的声音告诉巴桑，他的名字叫奥古斯汀。

四十余天后，渔船终于返航至科罗尔，站在船舷上就可以望到菲律宾黛青色的马德雷山脉了。男童的体力恢复了，被巴桑喂养得像条黑泥鳅，整天在床铺上爬上爬下。巴桑教给他蒙古族语，让他管自己叫阿爸，向人问好时说：善拜喏。那天傍晚一切如常，巴桑和船工一同在渔船船舱里作业，忽然，他似乎听到了什么声音，转头环顾工友，唯独不见了“大黑牙”。不知怎的，一种不祥的预感让他放下手里的活计，疾身奔向底舱。男童的呼喊声隐约如厉浪，床铺前，“大黑牙”正将他骑在胯下，用毛巾捂住他的嘴巴，而这个老淫棍晃动着黑光光的屁股……巴桑如同一头巨鲸那样冲撞过去，随后暴风骤雨般的拳头倾泻而下……

船长设法把男童送回到了达沃港的岸上。“大黑牙”的十几颗立棍似的牙齿只剩下右侧的两颗，鼻骨骨折，另外还断了两根肋条。他信誓旦旦要告发巴桑。结果渔船一进达沃湾，巴桑就被菲律宾海事局和一群警察带走了。

巴桑涉嫌绑架儿童，“大黑牙”还反咬一口，诬告他猥亵奥古斯汀。如果罪名成立，巴桑将面临在菲律宾终身监禁。船长和船员们无不为巴桑叫冤。奥古斯汀因为未满法定年龄，他的证言警察局不予采信。船长找到“大黑牙”，要他摆正良心，“大黑牙”鼻梁上绷着纱布，像极了小丑，他张大空洞洞的嘴巴，敲着他蜡黄的牙床，说：我的牙齿呢？他把我吃饭的家什打掉了！瞧着吧，让巴桑把我的牙齿找回来安上，再把下半辈子的养老钱准备好。对了，还要当着所有船员的面给我赔礼道歉，为我恢复名誉，我就看在船长的面子上，饶他一回。

大个子船长听了，说：你到我身边来下，我有话和你说。

“大黑牙”凑到船长跟前，船长挥拳过去，“大黑牙”仅存的两颗牙也飞了出去。

那次多亏了大个子船长，他四处托关系，为巴桑找到了一位华人律师，加上所有船员为巴桑做证。警局没有足够的证据证明巴桑携走奥古斯汀是为了绑拐，而他涉嫌猥亵因为发生在中国渔船上，要由中国警方侦办，巴桑这才得以跟随渔船回国。整个案件，由于新闻媒体的介入，引起当地公众的关注。更多市民了解了案情，相信巴桑，站在巴桑一边。达沃市市长亲自到医院探望奥古斯汀，并在电视上发表演讲，要求慈善机构关注残障儿童的健康，并请孤儿院妥善安置奥古斯汀。

巴桑他们的渔船从港口起航的一刻，出人意料的，码头上不知什么时候围聚来许多市民，手捧鲜花，为渔船送行。一位白发苍苍的华裔老人向渔船喊着：巴桑先生好人！中国人好人！

“大黑牙”没有得逞，所有船员都鄙夷其所作所为，无人理睬他，避之唯恐不及。自讨无趣的“大黑牙”整天缩在床铺上，借骨折之名再不下地，还要求船长指派船员轮流伺候他，每天哼哼唧唧，满肚子委屈。

巴桑最后以轻伤害罪，被中国法庭判处六个月监禁。“大黑牙”则由于被侵害人无法出庭做证而逍遥法外。他后来拿到了巴桑赔偿的钱，用其中的一小部分镶了一口金牙，再和别人说话时，就努力张大嘴巴，故意给人看他嘴里的金光闪闪。

法庭宣判那一刻，巴桑反应强烈，泪流满面，反复呼喊杉蔻和孩子们的名字。船友们知道，那是他在担心妻儿们，没有他的供给，一个母亲很难抚养那么多孩子的。

主审法官同情巴桑，庭下找到大个子船长，语重心长地建议渔船公司，等巴桑出狱与他续签劳动合同。船长说自己正有此意，不仅如此，他还要在巴桑服刑期间预支一部分薪水作为其妻儿的抚养费。

巴桑是我们的老船员了，我们要帮他渡过难关。船长说。

十

呼德尔已有了七分醉意：记得我说过的话吗，有时需要山上的云雾散去，才能看清山顶……

大个子船长信守诺言。六个月后，巴桑出狱，又回到了渔船上。巴桑想念杉蔻心切啊，他找到大个子船长，要去白令海峡捕鱼。可渔船刚刚才钓鱿鱼归来。船长当然知道巴桑的心思，权衡再三，终被他打动。这次，大个子船长干脆让巴桑担任渔船的轮机长，此前，巴桑已做过大副和大管轮。渔船就这样起航出发了……

临行前，巴桑就把这个消息写信告诉了杉蔻，并约定了见面的日期。那天上午，海参崴秋高气爽，港口安谧，大海风平浪静，阳光和暖又柔软，像徐徐落下的金色绸缎，铺洒在蔚蓝的海面。巴桑的渔船如约而至，他在甲板上远远地望到岸上的杉蔻，她一只手抱着儿子扎那，身边围绕着大大小小的孩子们。他们身着盛装，手捧鲜花，早已等候在那里，此时正向中国渔船挥手致意……那会儿，巴桑要有双腿肯定会蹦起来，他大声呼喊着他们的名字。船长微笑着看着这一切，向巴桑竖了竖拇指……

船一靠岸，巴桑就滑动轮椅冲向了杉蔻，轮椅前后左右系着的大包小裹都是他给他们精心挑选的礼物，那时，你若看到巴桑的样子，会以为是一辆运货车正无人驾驶……

呼德尔说到这儿,停顿了一下,又点燃了一根烟,才继续他的讲述。

等大个子船长看清那些孩子,惊讶得嘴巴都合不拢了,那是些怎样的孩子,简直让人不敢相信!他们有的没胳膊,有的没腿,有的眼盲,有的脑瘫……

我惊讶得差点把一口酒吐到碗里,瞪大眼睛瞅着呼德尔。

是的,没错,那都是些残障孩子,他们不都是巴桑和杉蔻所生,或者是从孤儿院领养的,或者是街头的弃儿……

这就是巴桑所说的——他的孩子们!你能想象得到吗?呼德尔说。

我摇了摇头,表示不可思议。

他俩情投意合,立下心愿,要救济抚养残障儿童。这就是巴桑做的。他拼命赚钱,杉蔻舍弃了一切,只为了这份本不该他们做的公益事业。

其实,在收养这些孩子之前,巴桑就已经开始他的义举了。大个子船长给我看了巴桑留下的一个日记本,那里面记着他多年以前的开支,那时,他就把所有赚到的钱,通过一个慈善机构,都汇给了负伤的老兵。这个有夹在日记本里的汇款凭据为证。

大个子船长和我探讨了巴桑做这些事情的动因。他还回忆起,有一次,他们的渔船在南澳大利亚领海遇到一艘日本捕鲨船,一条条深海刺鲨被捕钓上来,活生生地被割去鱼翅,再抛入大海。鲨鱼因为没有了双臂,只能垂直沉入海底,在海面留下一大片一大片殷红的血浪……

他们船的船员都挤在甲板上看热闹,"大黑牙"更是目不转睛,嘴角露着坏笑。就在这时,人群里传来一声嘶喊,准确地说是一种惨叫,令人毛骨悚然的惨叫,声嘶力竭,把所有人都吓了一跳。声音是巴桑发出来的,他那一刻简直是疯掉了,浑身战栗,痉挛一处,用双手捂住眼睛,那种声音绝对不是人类能发出来的:暴勒嚯——暴勒嚯——暴勒嚯……

暴勒嚯是什么意思?船长问我,我告诉他是不要!

船长的话把我拉回到遥远的过去,让我想起那个童年时被炮弹炸飞的巴桑。他当时没有昏厥,他眼睁睁看到自己下肢全无,而他的同伴成为七零八落的肉酱、残肢,甚至草丛里还沾着一摊白花花的脑子。他疯了,发出的就是这样的呼喊,暴勒嚯——暴勒嚯——不停地喊,直到大人们把他包扎起来送到镇上的医院,他也停歇不下来,谁也阻止不了他……那呼喊声甚至很长一段时间都回荡在我们牧村,那是巴桑从每晚的睡梦中发出的,每次都把整个村庄的人喊醒……

船长说那次巴桑好几天都无法工作,蹲在甲板上脸色苍白,止不住地发抖,痛苦的吁喘让他的胸脯像激荡的海浪。

为了一对久别重逢的人儿，大个子船长决定在海参崴多停留一个晚上。巴桑接过杉蔻怀里的男婴，那该就是叫作扎那的小儿子。巴桑用胡子扎他的脸蛋，张开大嘴轻咬他。回过头来，巴桑热情地邀请船长到自己家里做客，船长二话没说，欣然应允。巴桑又和其他孩子左拥右抱，小家伙们又蹦又跳，兴高采烈。这时，船长无意间注意到杉蔻身上的几个细节，她右边的衣袖里空空荡荡，而年轻的脸上，一只眼睛里面仿佛没有瞳孔。

城郊一处破落的木板房就是巴桑和杉蔻的家了。没有高大的秋千，也没有鸽群，院子里是一群肮脏不堪的流浪狗，见到陌生人便围过来吠叫，杉蔻向它们温柔地说了些什么，它们仿佛听懂了，热热闹闹地与几个孩子嬉戏去了。

屋子里光线祥和，把一种绒绒的温暖镀在俄罗斯式的简单陈设上。房间更多的空间则被玩具占据，那些玩具陈旧得褪了颜色，有的打了补丁，却都干净得像孩子们的衣着。白灰涂抹的一尘不染的墙面，偶有孩子们的涂鸦，墙角上方供奉的是圣母玛利亚的画像。令船长奇怪的是，神龛上竟然有一串佛珠。

船长和呼德尔说到这儿时，后者打断他，问：那是不是一串菩提子，摩挲得闪闪发亮的菩提子？

船长点点头。

没错，那该是斯琴老额吉的佛珠。呼德尔说。

杉蔻用图瓦的鹿奶茶招待客人。船长刚端起杯子，几个趔趔趄趄的孩子便闯进来，屋子里立马天下大乱，所有的整洁一去不返。巴桑扯大嗓门儿吆喝这个，驱赶那个，也无济于事。看着这一切，杉蔻像个孩子那样咯咯咯乐得前仰后合，随后她注意到打扰了客人，向船长致以歉意的微笑。

那天晚上，大个子船长破例喝了酒，与巴桑两个人推杯换盏。他为这样一个特殊组合的家庭而感动。与呼德尔说这些的时候，船长眼里不时涌动着晶莹的泪花。杉蔻一直忙着看管几个孩子。最大的女儿十岁左右，已经能帮助母亲了，她是个脑瘫儿，走起路来左摇右摆，却异常懂事，尽力地看护弟弟妹妹。就这样还“事故”频出，一会儿这边打翻了一碗苏伯汤，一会儿那边又抓伤了谁的脸。杉蔻并不懊恼，乐此不疲地忙来忙去，抽空还要过来喝上一杯酒。

船长问巴桑为什么要这么做。

巴桑被伏特加酒烧红了脸，他低下头想了下，对船长说：这没有什么，我喜欢这些孩子，别看他们外表残缺，可他们的心和正常孩子一样，斯琴额吉说过，每个孩子的心都是一颗天上的星星……

那天晚上，满天都是豆大的星星，大个子船长说他这辈子没见过天上有那么多星星，全都挤压在杉蔻家的屋顶上，好像要将这个简陋的木板房压扁似的。

船长和巴桑都喝多了酒，最后像兄弟那样搂着彼此的脖子。巴桑会的蒙古族歌可真多，什么《达娜巴拉》《黑缎子坎肩》，唱了一首又一首。歌声像炉膛里的火，将整个夜晚都照亮了。说来奇怪，巴桑唱歌时，几个原本打闹不休的孩子都安静下来了，像一群立身倾听的土拨鼠那样，围住巴桑阿爸，包括那个五六岁的聋哑女儿，也认认真真地望着巴桑翕动的嘴巴，自己的小嘴随之一张一合。

巴桑终于唱累了，唤过杉蔻来，然后拍着船长的肩膀说：您不知道，杉蔻还会唱蒙古族歌呢，是我教给她的。杉蔻，你给船长唱一首《诺恩吉雅》吧……

《诺恩吉雅》？呼德尔问。

对，没错，是《诺恩吉雅》！船长说，我还记得两句歌词呢——

> 老哈河水长又长，岸边的稻花起波浪。
> 美丽的姑娘诺恩吉雅，出嫁到了遥远的地方。
> …………

呼德尔点点头，长出了一口气。

船长反问道：怎么了？

哦，那是我妹妹阿丽玛唱过的歌……

停顿片刻，呼德尔又问：这几个孩子没有一个是巴桑和杉蔻的吗？

你不知道吗？巴桑失去双腿的时候，也失去了生育能力。船长说，那次在达沃市，为了“奥古斯汀”案件，菲律宾警察验明过他的“正身”，才排除了“大黑牙”的诬告。

讲到这儿，呼德尔的泪水夺眶而出……

十一

这天晚上，大个子船长与巴桑一起，在杉蔻家留宿了，他们和孩子们挨在一起，相互搭肩载腿的。这是船长主动要求留下来的，他要感受一下和星星挤在一起的感觉。巴桑更是睡得四仰八叉，鼾声如雷，仿佛他从来没睡过觉一样。直到第二天天光乍亮，船长被不停喧响的闹钟唤醒。

渔船要在黎明时分起航，差点耽搁了航程。两人爬起来，胡乱穿了衣服，巴桑一一亲吻了睡梦中的妻儿，轻轻关上房门，一高一矮的两个男人迎着曙光向港口赶去。

那次航行一切如常，巴桑一直沉浸在与亲人久别重逢后的喜悦中。第一次当上轮机长的他尽职尽责，满心都在想着报答渔船公司和大个子船长。

半个月后，他们的渔船到达了阿留申群岛北部，在那里他们遇到了台风。

一切都不稀奇，在北太平洋上，无风三尺浪，一旦有风，更会白浪滔天。渔民们都以三米、四米、五米浪来形容浪高，浪高达到十二米毫不新鲜。每天，所有渔船最关注的就是天气预报，如有大风，渔船必须就近躲到避风港。那次捕捞秋刀鱼的渔船特别多，不仅有中国的，还有俄罗斯、日本和韩国的各式渔船。为争抢资源，他们按先后顺序划分了自己的海域……

那天一早，气象预报说有三米浪，按海上规则，所有的渔船都不能出海。大个子船长也要将船停在港口，巴桑却要冒一把险，这是一个机会，意味着大海上只会有他们这一艘渔船，收获可想而知。他要的是尽快完成捕捞任务，赚到更多的钱。

如果单是这三米浪，大个子船长和轮机长巴桑是可以对付的。他们的渔船在白浪翻腾中驶入目标海域，大海灰暗，一整天不见太阳。在夜幕降临前，巴桑他们已经探测到了庞大的刀鱼群，渔船缓慢行驶，待天色一黑，便稳稳停下，打开遍布船身的灯光，吸引鱼群自投罗网。此时，鱼群已被诱集到捕捞区，右舷集鱼灯开始熄灭，左侧依次亮起。

有那么一刻，大海像折腾累了似的，风浪稍静，仿佛一头猛兽蹲坐下来小憩。巴桑和船员们抓紧这个时机，大家一字排开，站在船舷的左侧，即将启动收网工序。所有白炽灯通通关闭后，围绕着渔船的海面呈现着一片红宝石般的光亮，而它的四周却是漆黑如深渊一般，只能听到海水的喘息。就在这时，毫无征兆地，大海猛然间躁动了，风向是一瞬间转变的，海面变成了万匹脱缰的野马，恶魔般的大浪好似一座座摩天大厦，向渔船倾塌而下……不仅如此，脚下也在隆隆开裂，无止境地下陷，再猛地掀翻，把渔船送到令人眩晕的高处，再跌落、跌落，紧接着又一座大厦崩塌，碎石乱飞，落在船员的头顶，漫卷着船上的一切……在结满冰的甲板上，船员被刺骨的海浪推过去再搡回来……

此时，只有巴桑是镇定的，与其他船员相比，没有双腿的他因阻力小而“站”得更牢，并且他面对着惊涛骇浪竟没有一点惧色。现在他必须迅速用卷扬机收绞起网，鱼群遇到来自海底的鼓荡正在四处逃窜，他先收环纲，再提绞下缘纲，这样，刀鱼就被牢牢困在网中，再把网身整个吊起，固定在船舷上。渔船共有六台绞车，本来是十几个人干的活儿，此时只剩下了一半船员在坚守岗位……

渔船摇晃如过山车，恶浪劈头盖脸，疯狂地卷向甲板，像无数只巨手抽打着巴桑。来吧！达里！他冲着巨浪狂喊着，来吧！快来吧！他反复喊着这句，声音和嘴巴不断被海水灌堵，他吐掉腥咸的海水又一次嘶吼：来吧，达里！对，就这样,真他妈痛快……

渔网终于被吊起来,却有些异样,一股说不出的力量使渔网左冲右突,似有烈马在挣脱着缰绳。嚯,等网提出水面,大家才看清是一条大个的深海鲨鱼,正随同刀鱼群卷在其中拼命挣扎。几个船工兴奋起来,呼喊着:大鲨鱼! 大鲨鱼! 快快收网!

暴勒嚯! 暴勒嚯……大个子船长隐约听到了这个熟悉的呼喊声,那一定来自巴桑……瞬息,那呼喊声就被风浪吞没了,波涛更加凶猛,铺天盖地而来,几个船工连滚带爬,纷纷撤回底舱。巴桑却迎着巨浪而上,他要设法将鲨鱼放归大海……借着船体摇摇晃晃的灯光,所有的船员都看到了这一幕,有人在呼唤他,要他退回到舱里,但是整个世界只剩下大海咆哮的声音,巴桑或许压根没有听见,他执拗地做着要做的事,直到把渔网撕开一条长长的口子,鲨鱼逃脱而去……

就在这时,一座比山峰还要高耸的巨浪眼瞅着砸向巴桑,它的核里包藏着摧毁一切的力量,巴桑的身体瞬间被卷进了大海……

大个子船长在驾驶舱里目睹了整个过程,一时惊骇得目瞪口呆……

十二

第二天,风刹浪小时,俄罗斯的搜救船在海面上找到了巴桑。当时他正双臂伸展,倒扣在海里,舒舒服服的样子像是睡在家里一样,跌宕起伏的海水好似梦境飘摇……

呼德尔已醉意醺醺,此刻如释重负地靠在椅背上,眼神黯淡:巴桑就这样死去了……悲壮吗? 惋惜吗? 可是一切都结束了……

就这么结束了? 我喝光了杯里所有的酒,有点缓不过神来。

是啊,结束了。呼德尔抹了一把鼻涕,抬起头来朝向窗子,街上行人稀少,街灯熄灭。

唯一没结束的是巴桑和杉蔻领养的那些孩子,他们的未来……呼德尔眼泪又止不住流下来:大个子船长临别前和我说,他们渔船公司要成立一个慈善基金会,以巴桑的名字命名,专门资助那些残疾孤儿,当然包括巴桑和杉蔻的那些孩子……

我和呼德尔各开了一个房间。我要好好静一静,想一想,特别是返程时这一路上的遭遇,可大脑却仿佛停转了,只泊在了巴桑的一生。

一夜无眠。凌晨,我好像顿悟了什么,随即又模糊不清了。我轻轻敲开呼德尔的房门，把他摇醒。

我在想，为什么昨天我们的车事故频出……我对他说。

呼德尔睁着惺忪的眼睛看着我。

你觉得，与故乡相比，巴桑会不会更喜欢大海？

你的意思是？

我觉得我们无意间做了错事……

呼德尔比我更懂得巴桑，他思考片刻后点点头，使劲握了握我的手。

高速公路开通，返回渤海湾的路畅通无阻。

天未破晓，沿途有朦胧的雪光为我们照亮，我和呼德尔神情肃穆，像在为一个平凡而又不平凡的人去完成一个神圣而庄严的使命。车到老虎山海岬正是清晨。此时冬日的海岬一片肃冷和静寂，朝阳从层层云霞和海面深沉的雾气中缓缓隐现。我将面包车开到一处陡峭的悬崖之上，它的下面就是铁灰色的波澜壮阔的大海。我和呼德尔打开车厢，将盛装巴桑的冷冻箱抬举出来，迎着玫瑰色的映射着七彩光环的阳光，慢慢走向崖顶……片刻之后，顺着峭壁的陡坡，冷冻箱就像一具棺椁，徐徐落去，直至溅起水花，沉入海中……

呼德尔的脸颊上映着金色的霞光，此时正眯着眼睛望着脚下那一片苍茫的无边无际的水域，对我说：我们做得对，只有大海能盛得下巴桑。

海风凛冽，我屏住呼吸，说：我怎么觉得巴桑没有死，他好像又要去远行一样。

会的，他会去更远的地方……最后一句，被淹没在大海的波涛声里。

【作者简介】海勒根那，蒙古族，“70后”作家，诗人。出版有《父亲鱼游而去》《骑马周游世界》《一只羊》等多部中短篇小说集、诗集。作品散见于《民族文学》《青年文学》《花城》《天涯》《作家》《草原》等文学期刊，有小说被《新华文摘》《小说选刊》《小说月报》《长江文艺·好小说》等选摘。曾获第十二届全国少数民族文学创作骏马奖；2020年度民族文学奖；荣登2020年度中国小说学会短篇小说排行榜；另获第十届诗探索·中国红高粱诗歌奖。有中短篇小说集入选“中国少数民族文学之星”丛书。现居呼伦贝尔。

唯水年轻

◎ 林森

龙宫

这次回乡,是接了个活儿,去拍那片些许混浊的海。摄影还未正式开始,我跟两个队员一起划着船,在水面上寻找合适的拍摄点。晨色笼罩,船身尖锐如刀,切割荡漾的水面。我正盘算着下水后该怎么拍,便听到了曾祖母过世的消息——摄像机和我的眼睛都得闭上,螺旋桨转向,小船掉头……我得奔丧去。房屋、石磨、石棺……以海岸线为对称轴,岸上的一个个渔村,倒映下去,海里也有一个个村庄,只不过那里毫无人烟,是鱼虾的聚集地。很多年里,那片龙宫,是我的谜,也是渔村所有人的谜。龙宫之上覆盖着的那片海,我是熟悉的,虽然对小时候的我来说,那是一处禁地——当伙伴们扑打着水花,游向传言里的龙宫,我只能在岸上,用目光追逐他们踢出的水花。当然有忍不住的时候,我扑进苦咸苦咸的海水,双臂旋舞、双脚踢夹,可还未真正潜入水底看一眼,换来的,便是父亲用绳索绑住我的双手,把我悬挂在一棵木麻黄树上。几分钟后,绳索捆着的地方,从痛变得麻木,最终,上半身都不属于自己了。很多年后,我好像还能在手腕上看到绳子的印痕,看到当年的夜晚:海风让悬挂着的我失控,月光在水面上碎成银光。我被悬着,有时会想,会不会忽然有高大身躯从海上立起,月光像水银一般从他的头顶倾倒而下? 海神……顶天立地的海神……并没有身躯立起,可海面下不绝的涌动,是不是他在潜游、叹息和伺机而动? 那么多年里,打骂的阻碍和拦截,没能让我完全隔绝于那片海。

小船折返,渔村扑面而来,我很少以这个角度看我们村。是的,这些年,我潜过很多地方的海: 出海, 又从永不止息的海里返回岸上, 可那都是别处的海——甚至有不少国外的海，我何曾这么看过这个渔村呢？我成了一名水下摄影师，家人想不到。有时拍摄结束，倦怠感袭来，在异国他乡的海边酒店里躺着，潮声不歇，我头脚颠倒、心神不宁，夜色把我往海底压——倒也不是孤独，就是感到荒谬。因为这份工作，父亲几乎成了我的死敌，有一回我携带摄影设备回渔村，设备差点被他摔坏，还是曾祖母斜站在门槛那儿，用冷冷的眼神，抢回了我吃饭的家伙。由于我的曾祖父和祖父都消失于茫茫大海，曾祖母不让父亲下海，父亲则不让我下海——出海成了我们家的禁忌。

小时候，父亲打我的轻重，与我跟海水的距离成正比。父亲盘算过村人口中的那些魔咒般的风言风语，他避开了，可他害怕会转移到我身上。我一直被他强按住读书，可我最终学了美术，毕业后在北京宋庄待过两年，有半年时间不间断地看画展，把自己看得反胃了，再也画不出来——我就拿着相机乱拍。也不知怎的，我忽然就开始拍海底，画面里净是些鱼虾蟹贝和水草珊瑚礁。在中国，搞水下摄影的人并不多，我接到的活儿不少，许多地理杂志、手机公司都找到我……水下摄影师的稀少，很大程度上源于很多摄影师水性不行，我无法想象，一个出生在西北黄土高坡上的摄影师，可以扛着机器在海底游弋。而我即便在父亲的拳打脚踢下，潜藏在骨子里的水性还是超过大多数人。我起先并没有跟家里说我拍的是水下，他们觉得我不好好在一个单位朝九晚五，是个朝不保夕的无业游民。后来是省内一家报纸，在一个京城的摄影展上采访了我，有些人拿着报纸找到父亲的饭店，向他竖起大拇指，我才暴露了。若不是我远在北京，父亲几乎就要抄着饭店里的砍骨刀翻山越海追杀而来。从那之后，我和他的关系成了拉紧的弦，稍有不慎就会绷断。每年春节返乡过年，他差不多天天跟我“摆擂台”。他反复挂在嘴边的那句话是：“你做什么不好，为什么一定要下水？”每到这时候，曾祖母用她的拐杖敲敲门板：“我们家的人，离得了水？这些年，你不也靠海吃海？”曾祖母指的是，父亲那家饭店是一家海鲜店。父亲看着我的强援，把别的话尽皆活埋。

可现在，我的强援永远离开了。

打电话告诉我曾祖母过世的，是父亲。当时我在小船上晃荡着，信号不是太好，风声灌耳，我接了之后，有一阵没听清，就挂断了。接着铃声又持续地响起。这情况太少见了，父亲很少主动给我打电话，有时不得不找我，也是母亲用她的手机拨通后，一阵闲聊，才试探性地说“可能你爸有什么事”“跟你爸说两句”之类，把手机递给他。父亲的连续拨打，让我心生慌乱，只好接了。他的声音在风中起伏：“你在哪儿？”我心想他是不是听到我回来的消息了，为避免后面的拍摄麻烦不断，我含糊着说：“爸，忙着呢……”那头提高了声音：“我不管你现在在哪儿，能多快就多快，赶紧回来。你——曾奶奶——过——了！”手机掉到船板上，发动机带动的船桨击水的声音，也没能压住父亲从手机喇叭上发出的吼叫。

回来这两天，为了避免跟父亲的冲突，我没跟任何熟人提及，把故乡当异乡，晚上住县城的旅馆，白天就准备着拍摄事宜。今天一大早，晨色尚未从海面上褪尽，便听到了这个消息——我最后悔的，是没能回老家见见曾祖母。让小船回返时，队员不清楚发生了什么，可他们也看到了我的脸色陡变，拍拍我肩膀，没说什么。小船靠岸，阳光晒得沙滩发白，好像那不是沙子而是白花花的盐，眼睛一瞄就被刺伤。对，就是这种白，独属于我们渔村的白，即使看过许多个国家不同的海，这里还是独一无二，这熟悉的热和白，把我掳回旧日。在这里，我闭上眼睛也能走回自家的院子。密密麻麻椰子树的掩映下，海风常年灌入院门如风洞。

家里的十几个人站在院子里，都眼珠泛红，有人眼角的泪还没擦干，估计没人想到，父亲打电话过后不到一个小时，我就回来了，眼睛齐刷刷瞪着，嘴唇颤动，想问什么话，又没有发出声来。我知道他们想问什么，直接说："省里有个任务，我刚好回来了。"母亲抹抹眼，拉了拉我的手，她也知道我最想问什么，低声说："你爸送菜回来，没看到你曾奶奶起来，推门就……昨天我回来，看她还好好的……"父亲的饭店开在镇上，家里人都在镇上住着，可曾祖母坚持住在渔村里。年过九十的她，没什么病痛，还能每天自己煮饭。家里人每天送肉送菜回来，帮她做好一些事，又会返回镇上。今天父亲回来，看到她已经……我们永远没法知道她咽气的具体时间。

家里人自动分开，父亲走到一边的台阶上蹲下，把一根烟塞进嘴角，发抖的手滑动打火机。曾祖母就从分开的缝隙里显露出来。一块木板放在屋子中间，铺着白布，曾祖母躺在上头。堂前八仙桌上，烧香点烛，熟悉的呛鼻味。我走到八仙桌前，取出三根线香，在燃着的蜡烛上点着，插进香炉，跪拜在曾祖母面前。眼前模糊，水雾遮挡眼睛，我试图看清楚，仍被过滤了一些，只见到曾祖母脸色平和。她嘴角微翘，好像是笑，好像昨夜到来的死亡，是她期待已久的事件——是的，对于在时光中空耗那么多年的她，这一刻的到来，是该欢喜的。她昨夜躺下之前，会不会已经知道这一刻会到来？她不像死去了，灰色还未笼罩她的脸，她的手好像还能握紧拐杖，顶向地面，在沙地上留下一个个印痕。

可能我的突然出现，打乱了家里人的计划——在他们的预计中，我至少要一两天才能赶回，他们还有时间安排曾祖母的后事，可我"说曹操，曹操到"，倒给他们出了难题：如何快速而妥当地把曾祖母下葬？这让人手忙脚乱。我们这个县，尤其附近村子，无论活着时多么尊贵，一旦过世，便迅速"贬值"。唯恐避之不及，村人很快躲避开，直到逝者下葬后，村里才渐有人烟。所以，无论谁家有人过世，族里人几乎都是当日便把人下葬，极少有停灵守灵之说，若有人因外出奔丧不及，至多宽限一两天便下葬。这习俗的由来，有老人都往前推到清末了，说是一场大瘟疫带来的心理后遗症。据说当时鼠疫横行，人都是断气即埋，迅速逃离坟坑，哪还敢停灵守灵。此时，村人已经撤光了，留下一片空荡荡，无数双耳朵正等待我们家出殡的声响。

父亲召开家族会议。因曾祖母前几年就过了九十岁，坟地也是她早就选定的，这就从容了一些。眼前最紧要的事有两件：一是去请主持葬礼的师傅公，安排葬礼的各个环节；二是得迅速下海，到海边水下的“龙宫”里，捞上一个什么物事，好随着棺材一同埋下。第一件好办，一个堂兄自告奋勇去邻村请人了；第二件，则是我们迫切需要解决的。某一年，村里有一个老渔工在逝世前交代，让儿孙下葬他时，把他从海边“龙宫”里捞起后一直丢在院子里的一块石磨随他下葬，这习俗便逐渐传开了，人们总会在葬礼时，埋件什么水里的东西才安心。这事，当然由家里的男丁负责。

“我下水！”父亲绷紧的神经一直没放松，这话好像是出征前的壮胆。曾祖母那么大年纪了，他心里早已预演过多次她的过世，可下水这件事，终究是他的心结——毕竟，他躲避海水躲了一辈子。父亲越是信誓旦旦，我越能看出他的胆怯，若不是悲伤覆盖，我可能会笑出来。我说：“爸，我去吧。”父亲说：“你觉得我不懂水？”我说：“你是不懂水。这些年，我潜了全世界的海……”说到我的工作，父亲的脸又黑了。我说：“爸，要是你今天没给我打电话，我也会下水的，我这次回来，就是下水拍东西。反正都是要下去的，我来吧，你在水池子洗个澡都手脚发硬……”

父亲沉默。作为曾祖母的孙子和曾孙，他和我是她最亲的人了，这任务只能由我们来完成。而即便他随时都有着对我没来由的暴怒，他也觉得我比他更适合下水。当然，在他心里，最适合下水的是他的父亲——那个早已消失在各种语焉不详的传说里的水手。绷紧的脸皮松懈了下来，他长叹一声：“别捞太重的，随便捡块轻便的就行。”轮到母亲脸色变得难看了，她是在担心即将下海的我。父亲猛地站起来：“你下水吧。我带两个人去县城，把寿衣、棺材和香烛买回来。”

我的潜水不是在国内学的。当时跟一个友人一同报了名，还没下海，教练还只是在泳池里跟我们讲换气和手势，那朋友热血上头，从泳池边上扑进水中，力道太猛，撞破了额头，鲜血不断涌出，他的潜水之旅便停止了。后来，天气不太好，我跟着教练下海时，海水混浊，荡漾的海水把我的胆汁都摇出来了。看到眼前漂浮着的呕吐物，我特别羡慕那个在泳池里撞破头，此时正在沙滩上享受海风的朋友。小时候父亲的棍棒没能阻止我下海，可我也从没潜入过故乡的这片海。

接到省里的这一拍摄邀请之前，我查看了一些别人拍的照片和视频，也查看了一些文字材料。那些照片和视频，勉强可看而已，并不太讲究，可画面上那些水底的房屋、石磨、牌坊、石椅，甚至碗碟等，还是冲击着我的心。所有的照片都在告诉我，这里，曾有人生活过，但，海里当然是没法住人的，谁会来修建这些水底建筑呢？我当然不会像村里的老人传言的那样，把这里当成龙王的宫殿或者一个海南岛版的亚特兰蒂斯；这当然也不是什么人修建的海底墓群……事实上，这时代搜索太方便，一些古旧的文字资料，若隐若现地揭示着水里的真相。

队员给我备好了潜水的装备，虽然这一趟另有任务，我还是带上了一个轻便的照相机。入水的一刻，随着水压的加重，我浑身松懈了下来，曾祖母过世的悲伤暂时被海水隔绝开了。太阳光穿透海水，在水中形成各种光纹，像围绕在我身边的结界。很奇怪，此时我彻底安静下来了，好像这是独属于我的空间，给了我莫大的安全感，婴儿在母体里也是这样的吧？这种感受很难说清楚，我并非那种害怕见人、恐惧喧闹的人，可这些年我一次次穿着潜水服、背着氧气瓶、咬着呼吸器、扛着相机下水，倒真不仅仅是为了谋生，而是在海水里，可以变得更加自在，心里也更平静。对我们家来说，“水”是诅咒，可我没法摆脱，得一次次躲进水的包围圈。

此时的能见度不错，海水却依然有些混浊，越往深处，越是看到各种淤泥漂浮。潜到八九米深的时候，隐隐约约中，出现了传言中的“龙宫”。一排排残破的墙，倒塌在水中；往一侧潜游，还看到了石块垒成的水井。牌坊是保存得最完整的，毕竟它们都是以巨大的石块雕成，靠近之后，能看到上面雕刻的各种花纹。已在照片和视频上看过类似的画面，可当它们活生生出现在眼前，即使被水环绕，我还是觉得身体在燃烧。各种石块，被淤泥、海藻覆盖，可它们仍倔强地显露着自己。有不少没完全倒塌的石楼，我穿行过去，进入另一个时空。在以往，我在水下拍摄，镜头和眼睛多是对着珊瑚、游鱼和水草，那些活物里，藏着大多数人对海底的想象。而此时，当这些毫无气息的石头出现，空荡荡之中，人是缺席的，可我好像又看到了人影幢幢。我没有打开相机——唐突的拍摄，对这一片水域的遗存，是一种不敬。我摆动双腿，在各种石墙里漂荡，把一切交给眼睛。

我没忘了自己是来干吗的，但我并不着急，我甚至找到一堵断墙，背轻轻地靠着，我需要在这里静坐一会儿。如果有人此时从我的头顶游过，看到我以某种怪异的姿势，在这海底的断墙边入定般坐着，他会不会吓破胆？他会不会以为看到了神话、漫画中的海底之人？多少年前，这墙还未断，还未泡在水中，这里应该住着一对夫妻，他们在屋内讲过悄悄话；老迈的慈母，也曾站在这堵墙前遥望儿孙的远足，挥舞的手折回，擦了擦眼角的潮湿……来不及再乱想，在氧气变得稀薄之后，我伸出手，在断墙上摸索着，抓到了块什么，已经被青苔覆盖，也没看清，不管了，缓缓释压，上浮。回到小船上，队员帮我卸下装备，我湿漉漉地呆坐着，任由海风袭来。两个队员不敢多问，别说他们，我也不知道此时自己在想什么。

我呆呆地看着拿上来的那块东西，不知道合不合适陪曾祖母下葬——那是一块石杵。

父亲

父亲是真的没水性。

海在那里，荡漾的海面就是最大的诱惑。父亲不是没有过沉迷游水的年纪，可在村里，他是没有玩水的伙伴的。每一个与他年纪相仿的少年，都收到了家里的警告，不能跟他一同下水，否则打断腿——把一个祖父、父亲都消失在海里的人拉下海玩水，没人可以承受可能出现的意外。即使没有别人整天盯着，父亲也觉得海水有一股把他往岸上推的力道，有一圈拒绝他靠近的防护罩，当步子移到离海水还有二十米的时候，他的小腿开始颤抖，小腿内侧、后背冒涌细微的汗珠，麻痹感增强，他不得不后退到一个安全距离，望着日光在海面上碎成闪耀的金黄——他想向前，却只能退后，退到一个让自己痛哭的距离。当眼睛被苦咸苦咸的液体浸泡，眼角一阵黏糊糊，他没法分辨，这液体到底是咸风携来的海水，还是涌发自他枯竭的眼眶？

对他来讲，海水是一张巨大的口，随时要把他吞噬。我不知道当年曾祖母给他灌输过什么念头——或者，根本不需要，村人的传言，就足以把一个个宿命般的说法悬在他的头顶，毕竟，他的祖父、他的父亲虽然出海的理由不一样，但都是从海上消失的。对于海水，他有着本能般的恐惧。但即便恐惧，他会不会也幻想过有一天跳到海水中击浪呢？或者，他会不会想去探寻他的祖父、他的父亲，到底是如何消失在海上的？海边人家，倒追起来，家家户户难免有人葬身海底，那种全家好几代都能从海上安然归来的，反而是极为罕见的奇迹；可即便如此，曾祖母的男人、儿子全都出海未归，面对着她唯一的孙子——我的父亲——要说她不担心他下水，又怎么可能。她越是长寿，越是以不健壮却足够坚韧的身体抵御时光和海风的侵蚀，别人看她的眼光便越是怪异——好像她以多次击退阎王的长寿，熬死了家里所有的男人。

在村里的年轻人都随船往外走的时候，父亲闷着头，在自家为数不多的田里耕种。船在港口靠岸后，从渔船归来的年轻人相互簇拥着，犹如过节。船上狭窄的空间，限定了他们的步履，虽然他们可以在海水中划游，但那种摇晃与动荡，总是没那么踏实安稳，他们回到岸上之后，才把憋在身体里的一切发泄出来。父亲也会被他们拉上，他不是太愿意参加这些聚会，但架不住那些人黝黑有力的手臂。在鱼肉焦香、鱼汤翻滚之时，父亲耳边充斥着从同龄人口中吹出的海浪和风暴。父亲闭口不言，可耳朵没法闭，话语的浪花四溅，让他有些晕。父亲的左额头，有一块清晰的疤痕，像一个畸变的“逗号”——那是他年轻时有一回，跟那些海上归来的水手吃喝后留下的痕迹。以父亲后来嘴巴锁死的脾性，当然没有仔细跟我讲过这件事，可从曾祖母的叹息中，从其他人的唾沫星子里，也不难拼贴出当年的画面。不外乎，酒多话多之后，水手们喷着酒酸鱼腥，开始打赌，开始耍横……到了最后，不知怎么的，目标就落在了父亲身上。有人嘲笑父亲是只旱鸭子，一辈子躲着水。但父亲并不反驳，他点头哈腰：“是是是……我不下水……”他的服软，并没平息水手们的“暴乱”，有人喊了一句：“把他丢水里，看看他是不是真不懂！”父亲想跑，已经被手臂抓牢、举起，离开了那个杯盘狼藉的院子，迎向跳跃着的海风。任父亲如何扭动，也没法从那一双双铁钳里挣脱而出，他恐惧的呼喊更放飞了那群被酒精麻痹的水手。他被高高抛起，重重地落入海水之中。夜里潮汐上涨，水虽不深，父亲乱舞手臂乱踢腿脚，沉得很快。水手们指手画脚，看父亲在水中扑腾却总是没法往岸上走，笑声更大。等父亲的动作变小，身躯没入水里，水手们的笑声才变静了，惊慌爬上他们的脸。有人说：“还真不懂？”立即有好几个人扑进水里，把父亲拖了上来。当时他的额头已被水里的硬物磕碰，正冒血，没下水的慌忙脱了上衣，绑住伤口——那疤痕一直没消。对父亲来说，这疤痕不是什么坏事，至少，水手们不会觉得他的不懂水性是装出来的了；甚至，有人不再炫耀出海，开始叹气，跟他说起海上的种种不易，船太小，海面和天空太大，风暴无常，吞噬一切……说着说着，还哭起来，父亲得反过来安慰他们。

二十世纪八十年代初期父亲母亲结婚之后，母亲连续生了两个女儿，父亲和曾祖母都慌了，据说曾祖母暗地里拜访了很多民间的“大神”，祈求给家里留一个男丁。而母亲生下两个女儿之后，已被计生人员盯上，怀上我的时候，母亲和父亲疯狂地“吵”了一架，躲回娘家。后来又悄悄去了一个远房亲戚家躲着，直到我生下来。计生人员见我母亲长期不在，已有所察觉，但父亲一见到他们，便拉着诉苦不断：“你说，不就是吵吵架，怎么……人就不见了？丢下这俩女儿……”说得别人眼睛先红了。村里的年轻水手们，每次回来，就给他丢几斤鱼虾蟹，让他给女儿们尝尝鲜。直到我出生，生米成熟饭，计生人员也不能把我捆了手脚扔海里,只立即把母亲拉去结了扎。后来计生人员多次上门,曾祖母倚老卖老不断周旋,该罚的也罚了,该捅的屋顶也捅过,这事算是过去了。

后来海南建省,热闹得很,父亲也跑到省城找机会。那时满大街全是夹着皮包的,有人昨晚还睡街头,醒来就成了百万富翁。父亲谨小慎微,水都不敢下,更不可能在这种时代浪潮中捞到什么,也不过是帮人打打杂跑跑腿,拿点辛苦钱。后来看到身边熟悉的人,暴发的有,死于非命的也不少,他总觉得好像自己也会跟某些传言里的人一样,不是死在街头就是被麻袋套住丢进海里。他慌乱地攒了点钱,就回到村里。可他发现,在省城时间虽然不久,可自己已经没法适应干农活儿了,便到镇上买了一个门脸,开早餐店卖米粉,米粉店后来成了三餐都卖的饭店。

我在那个时候,跟着家里到镇上生活。当时家里的最大问题,是怎么劝曾祖母一起住到镇上。那时,曾祖母已经变得无比随和了,也跟着到镇上过了一段时间,可两个月后,她还是迁回村里了。在那两个月里,她极力适应,可没办法,她完全没法入睡,到了白天,头发大把大把地掉,人像漏气的皮球,一点点变小、变皱。父亲先开口了:“奶奶,要不,还是回村里?”曾祖母摇摇头。两个月后,瞧着曾祖母越来越没人样,父亲知道拖延不得,直接找来一辆车,就把曾祖母和她的衣物,全载回了村里。当时我还小,可多年之后,我仍旧记得她伸出手摸了摸我的耳垂:“你会回村里看曾奶奶不?”我说:“我不想上学。我想回村里给曾奶奶煮饭……”

那时的父亲母亲,就是移动的厨房,身上的油烟味盘旋在我的少年时代。每天一睁开眼睛,他们便在饭店里忙,除了衣裤,我甚至怀疑,油烟也渗入他们的肌肤里,每晚无论怎么搓,无论擦多少肥皂冲多少洗澡水,他们的身体都裹着一层油腻,蚊子落脚都会打滑。我甚至怀疑过我身上也这样,不然有时同学们为何看到我走过,便不自觉地脚步挪动,甚至还有人抽动鼻子?我就是在那个时候,和父亲开始闹僵的。我常常从镇上跑回村里,悄悄和伙伴们浮游在海边,父亲发现后无论多暴怒,无论用多少回的吊打,也没能阻止我一次次往海里跳——在父亲和母亲的眼中,我肯定会把自己的命丢在海里。母亲有好多回对着我叹气——我离她越来越远,终将消失于她的视线范围。当时的我,并不觉得自己有多叛逆或者说故意找碴儿,可能我更单纯的想法,只是想用海水一遍遍洗掉我身上挥之不去的油烟;洗不掉,那就蒙上一层海盐的咸腥,以一种难以忍受的气味覆盖另一种难以忍受的气味。

在镇上的日子稳定之后,父亲也难免有出神的时候,他也曾在别人的鼓动之下,出过一次海。那是一条出近海的小船,大半日即回。这一次之后,父亲再不敢提出海的事,有人忍不住问他怎么样,他绷着脸没回答。后来,有人从船家那里套到了话，说是父亲从上船开始就眩晕呕吐；船远离岸边，周围一片蔚蓝的时候，他已经没东西可吐，只是干呕。船家被他吓到，他们见过晕船的人，但晕到这程度的也是罕见，匆忙返回，连网也没撒。父亲觉得误了船家一天工，心有愧疚，点头哈腰把人家请到店里喝了几次酒。这一次后，父亲彻底死了心。我怀疑，父亲那么痛恨我下海，除了那个笼罩在我们家男人身上的“诅咒”之外，还有他对自己无能的不甘，对我水性太好的嫉妒成恨。可即便是这样，大海的诱惑在他心中也未全然熄灭，他对海水如此痛恨，又在某种想象中，做着征服大海的梦。

我也是在好多年后，才知道父亲并没有我所想象中那么软弱，他也曾试图战胜恐惧，用自己的方式接近他所畏惧的大海——比如他之后与人合开水产养殖场。当时我们家在镇上稳定下来了，赚得不多，但饭店一开，每天的收入也是看得到的。父亲想与人合开养殖场，母亲几乎闹得要离婚。和母亲几次“战争”之后，父亲还是把不少钱投入进去了。起初的两三年里，父亲基本放弃了饭店的生意，母亲成了掌柜。父亲时不时往海边跑——那是一个海湾，他和别人投资的网箱都在那里——沉在海水中的网箱，游着投放的鱼，也游着父亲关于大海的梦。那时的父亲，话最多，他每次开口，都是：“我们那水里……肯定……”那两年里，父亲几乎说完了一生的话，他滔滔不绝，全是关于水里的鱼虾的。我能感觉到母亲的不安，可她没能寻出不安的根源，没能在父亲话语不绝的时候，送出干脆利落的反驳。那两年，养殖场也确实赚到了些钱，也带动了饭店的生意，父亲从养殖场直供店里的鱼虾，鲜活不说，也比别家店要便宜得多，母亲这掌柜开始当得乐呵呵。转变出现在父亲参与养殖场生意三年多接近四年的时候，那年夏秋之交，台风将至的消息一直在收音机里蔓延，父亲变得无比焦躁，我们整天看不到他——他在养殖场准备抗击台风。所有的准备，后来被证明都是徒劳，那场风太大，从海南岛东面扑来，席卷了一切，所有的东西，都朝西面倒。

台风过后，父亲病倒，人只剩下一副骨架，一年多没恢复过来。那一年多，父亲是和某种药味联系在一起的。曾祖母住到了镇上，每天给父亲熬药，她时常伸出带着药味和柴火烟熏味的手，摸摸我的额头。在曾祖母的只言片语里，我知道了父亲在养殖场的投资被台风席卷而去，他们为抗击台风而做的准备也全都葬进去了。父亲还好，人病了，在药汤的呼唤里，算是捡回一条命，与父亲合伙的那个人，所有身家都丢在这场风里了，没熬过去，趁着家人不注意，给自己灌了半瓶农药，人也没了。曾祖母像是无意中说着这些，又不时提醒我：“你啊，要看紧你爸，别让他出事……”当时的我不明白，本不习惯镇上生活的曾祖母怎么在镇上待了那么久，后来想通了，她是要盯紧她的孙子，不让其毁灭于一场台风的尾韵。

那也是曾祖母跟我相处最多的日子,即使镇上不如村里让她舒坦,她仍会每天醒后,便把自己收拾得干干净净,头发梳理得丝毫不乱——她是一个骄傲的女人,还将继续骄傲下去。我也是在那时,听到她说她儿子我祖父的事,也听到她说曾祖父的事——在她口中,我祖父和曾祖父永远年轻,而且,曾祖父要更加年轻一些。曾祖父几乎在还算是少年的时候就离开她,于是,在她记忆里,他是永远的少年。她有时也会看着我发呆,清澈的目光从她的眼里射出,我被看得不自在——她好像看的不是我,是另外一个人。

我年纪小,不懂安慰人,可我感觉到了她心中藏有太多不为人知的幽暗角落,月色清冷,无人光临——就像她一个人住在那空荡荡、只有咸风侵蚀的海边老家。有时,我几乎就要憋出几句什么话来了,几乎要懂得怎么安慰她了,她盯着我的目光却忽然变得温柔了——她又是在看着她的曾孙了。我快要憋出的话,瞬间消散了。她用手中的木棍撩拨炉火,药罐的盖子在气泡的咕嘟咕嘟中被挺起,中药的气味排山倒海。她褐色木藤般的手指抚摸我的脸:“以后,你不要老是下海游水了,别气你爸。他病没好呢,别再气他……”那中药味飘荡的一年多里,我好像再没下海。父亲从中药中缓过来之后,没了心气,大海的诱惑再也没能抵达他。他心无旁骛地在小镇饭馆的厨房里忙前忙后,油烟一天天熏着他,他一天天被包浆,身躯肥胖,肤色黑亮。

扬波

我曾见过飞鱼。

当它们一只只跃出海面,开始滑翔——虽然滑翔的距离并不远——你便会有挥手和呐喊的冲动。是的,它们在海水的蔚蓝里,极力想逼近天空的蔚蓝。做水下摄影这些年,我去过不少国家,见过各种各样的海。我曾到过挪威的西沃格岛——这已经算是北极圈内了——暮色降临,水边的木屋灯光亮起,紧挨着的雪山闪着白光,有一种蓝消融在这天色里,倾斜的屋顶上积有残雪。在这里,我自然是不敢下水的,可这里也有渔船,渔夫们是如何迎着这些冰寒出海捕捞的呢?我很想多待一些时日,跟随当地的海上勇士们,在某种极限之冷中,想象我祖父在中国南海的烈日下迎战热风。我自然也去过马尔代夫,多次在海底拍过各种水下的生物,日光猛烈之时,水下十多米,仍旧能看清画面,我拍过那里的护士鲨——关闭了闪光灯,用自然光,镜头里有一种庄严的蓝。护士鲨自如的身姿,让带着沉重器械的我,顿感人之所以为人的某种无能。我在菲律宾的马尼拉遭遇过台风,看着风暴中的一棵棵椰子树几乎要被连根拔起随风而去。

风也把海边老家的记忆吹来，当年曾祖父，也是在海水中央，遭遇并消失于这样一场风暴吗？马尼拉风暴之前两天，我还在夜里深潜，拍摄各种色彩斑斓的鱼，它们的长相没法描述，造物主把这些怪邪的“作品”都藏在光线不及的深海之下。我不会跟人说起，拍到这些生物之时，由于潜得太深，我脑袋眩晕，可海水的包裹，让我不觉危险，而有某种奇特的温暖……我拍的照片在不少地方展览过——其实，也不知道从什么时候开始，去哪儿、不去哪儿，好像已经不由我自己决定了。拍摄邀约，若恰好踩中我的兴趣点，答应后，邀请方便会安排好出行线路，我拎上行李和拍摄设备赶往机场即可。起初，那些照片出现在那些高清晰度、大开本的摄影杂志上，还是挺兴奋的，可很快也就习以为常了。在不少讲座、网络视频节目里谈到水底拍摄的时候，我没多少兴奋，倒是担心这些节目辗转被父亲看到后，引来他的轰炸。我时常能收到各家手机公司宣传部门寄来的最新款手机——如果他们的手机主打的卖点是防水和摄影。他们一般还会寄出合作的邀请函，希望我能用这款手机拍摄一些能体现其功能和卖点的照片。我答应过两家公司三款手机的合作，我拍摄的一些水下照片，出现在那三款手机的发布会大屏幕上，也挂在其官网上，作为其宣传照。我逐渐不太接受此类合作，是因为国内的手机更新速度太快了，若专门干这个，就做不了别的事了。而飞鱼，我就是用一款手机拍到的，有照片，也有视频，那视频被剪辑、配乐之后，飞鱼振动水面水珠弹射的慢动作，让那家手机公司在微博上吹嘘了小半年。

有一日，我在北京一家金融企业的总部举行的分享会上介绍海底摄影——也是奇怪，我参加得最多的是各种企业组织的文化活动——海底生物的照片在幻灯片上一张张滑过，下面一阵阵“哇”。活动结束后，参加活动的人纷纷来加微信，有一个微胖的中年人上来握手，说：“老乡好，老乡好。”聊了几句才知道，他叫 Z，并不是海南人，可他在海南一个景区任高管。他说景区内有一片冷泉，什么时候我回去了，请我去拍拍他们那片冷泉的水底。当时正是父亲跟我关系最僵的时候，说起回乡，顿觉山高路遥。我说：“多联系，多联系。”之后，Z 在我的微信朋友圈里特别活跃，几乎在我所有发出的照片下头点赞。有一年，他察觉我即将回海南岛过春节，飞机降落之后，把我直接载走，拉到他的那片冷泉周围，说不给他完成任务，就把我软禁，不放我回家过年。已是深冬，又是冷泉，这一次拍摄真是把我折腾得够惨。冷泉的那汪水很浅，最深处也不过刚到脖子，在这样的水中，要想拍出 Z 所期待的唯美画面，角度就变得无比重要。幸好那两天日光挺好，水草和一些小鱼在画面中无比斑斓——当我打着喷嚏把一张张照片放给他看的时候，Z 说：“你帮了我的大忙，你帮了我的大忙……”那个春节，我一直在感冒的状态中度过，吃什么都觉舌尖麻木。听说了我感冒的原因,父亲春节期间一直和我冷战,曾祖母没多说话,又是给我煮姜块红糖水,又是给我烤甘蔗,希望那些冒着热气的甜水,能驱赶我体内的寒气——那么多年,曾祖父毫无音信,在某些身子有恙的日子里,她也是在甜水的一遍遍浇灌下,舌尖尝到一点甜味,才能活得下去吧?

当Z邀请我回来拍摄“龙宫”,我第一时间想起那场感冒和父亲那从冬天阴到春天的脸,便说:“我给你介绍一个朋友,他也拍得很好。”Z说:“别人,我就不叫了,你再想想。”第二天,他在微信上给我回了一句话:“真让别人来拍,你甘心?”当天中午,我翻来覆去没法睡,掏出手机回了一句:“你把我说服了。”倒头便睡。按照Z的说法,自年初海南宣布建设自由贸易区之后,他们公司也在加快布局、探索,在我们家附近的那片“龙宫”推出潜水游,便是其策划的一个新项目。按照他的计划,拟在此项目推出前,先准备一批海底的照片,搞一个摄影展,先声夺人之后,在媒体上疯狂宣传,再找几个网红来做潜水直播,如果那片海底“龙宫”随着直播镜头缓缓展开……哇……哇……哇……他用一连串的“哇”,代替了所有想象。

没想到的是,潜水拍摄还没开始,我得先送别曾祖母。

我从“龙宫”捞起来的那块石杵,被装在一个小盒子里,放入曾祖母的棺材之中。棺材从祖屋往外抬时,村人果然全都跑空了,这是我们村最“绝情”之处。在以往,别家有人出殡,我们也照样远远跑开,按说早已习惯这场景,而当终于轮到我们身上的时候,心中还是不好受——我们被抛弃、被别人恐惧,我们离死亡如此接近以至于别人只能和我们保持距离。村里人一少,回声就特别响,点燃鞭炮,吹起唢呐,那余音的一勾,让人惆怅。主持葬礼的师傅公走在前头,指挥着抬棺人,他让停就停,让快步就快步——空荡荡的村子里,他们走得曲曲折折,好像在闪避路上的什么东西。家人跟在后头,每走几步,就丢一挂鞭炮。理性告诉我,在此时应该悲痛,可我内心的真实感受,却是某种解脱——为曾祖母能够摆脱无边苦役而欣慰。活了九十四年,她当了七十几年寡妇,多少暗黑的夜,她是怎么睁着眼睛熬过来的呢?

出了村子,往西是一个小山坡,是不少村人安眠之处。在走到进入山坡的路口时,师傅公一摆手,队伍停下,他走到父亲面前,悄声说了几句。父亲扭头,说:“我们就送到这儿。”师傅公再次挥手,又一挂鞭炮炸响,抬棺的队伍继续往前,而我们家人就地等候。这是有着某种慈悲心的习俗——送行到此,下葬的事宜交给他们,就避免了亲朋的撕心裂肺哭断肠。等待的时间里,家人说什么话都不对,都沉默着;站着也疲累,就在路边蹲着,目光呆滞;也有憋不住的,掏出手机,闷着头划着屏幕。我靠着一棵树,闭上眼睛,阵阵海风荡漾而来,穿过渔村，给鼻腔送来淡淡咸味。我们唯有安静地等，等师傅公叫人来传话，让我们去已经安葬好的墓地面前。风声里，我听到家人中传出了第一声哭，是谁呢？我没睁眼看，接着有多人的声音此起彼伏混杂一块儿，我还是没睁眼。当眼睑没法阻挡洪灾，泪水超出警戒线，不得不睁开了，眼前迷蒙一片。四十分钟后，有人过来，说可以过去了。

新土尚湿，隆起的土坡，那就是曾祖母了。在她的左侧，是一个墓；她的身后，还有一个墓。那两个墓，往年的清明节，我都跟来扫过。曾祖母左侧的墓，是曾祖父的；她身后那个，是祖父的。这两个，全是空墓。而最先埋下的，其实是祖父，在我还远远未出生的某一年，他驾船出海，整船人只回来了几个，一片哭声之后，各家人都寻出自家葬海之人的一些遗物，埋下以当坟墓。也就是说，好多年里，我随父亲祭拜的，是一堆空无一物的土。曾祖父那个墓的修建，我还有点儿零星印象。曾祖父不是水手，也不是船长，他虽然消失在海上，却并不是随船捕捞的船员，而是乘船前往东南亚谋生，起先还和家中有联系，最终却了无音信了。数十年里，曾祖母一直在等待着他的归来，可她活到九十四岁，也没有再听到他的消息。其间，无论别人怎么风言风语，她一直坚信曾祖父还活着，也从不给曾祖父安坟、立碑。我上小学时的某一天，天还没亮，我被曾祖母的抽泣声吵醒。家人都疑惑不解地围聚过来，她慢慢止住哭声，用手背抹抹眼泪，又捋了捋我的头发，说："你公祖过了。"她让父亲去找人张罗，把曾祖父的一些存放了数十年的东西葬下，我们也才知道，已经在她的记忆里完全模糊的曾祖父，重现在她的梦里，跟她告别。此时，新坟立起，曾祖母也并没有跟她的丈夫和儿子真正"团聚"，她的身边和身后，仍旧只是两个空荡荡的土堆，她在另一个世界，仍得单枪匹马一个人。

点燃一挂鞭炮过后，家人尽皆跪倒，师傅公喊道："一叩首……"

Z 摁着电脑的回车键，一遍一遍播放幻灯片。那是他之前找人拍的海底龙宫，也不是拍得不好，问题在于，这些照片都显得比较暗。我判断有几个原因：一是拍摄时光线不足；二是这并非专业的水下拍摄设备；三是摄影师缺少水下拍摄经验，只是把陆地上的拍摄习惯不假思索地迁移到水底，对水里瞬息万变的流动感把握不住。当作纪实照片来看看，也不是不行，可若是以这样的照片来吸引人，把看客转化为游客，恐怕效果未必行。曾祖母的葬礼五天后，Z 叫辆车到渔村来把我拉到县城一个酒店里，他说话小心翼翼，怕惹到我。他也不提让我下水的事，只是拿出他之前收集到的一些照片，说是让我和他一块儿分析。

我说："这些照片都缺少色彩，可能……那片水下龙宫本身色调太单一。光就照片来说，这些画面实在没什么诱惑力。我的想法是，这些建筑太灰暗，但可以拍一些水下生物，用水草和鱼虾的色彩来点活画面。”Z 拍拍我的肩膀说：“你什么时候状态好，我这边随时安排人跟你一块儿。”我说：“就明天。”

不管设备多重，一入水，我就活了过来。我是独行侠，觉得入水是一个人的事，那种被海水包裹、独自游荡的自在，没法与别人分享，所以我没有让 Z 喊来的两个人陪我一同下水，而让他们在船上接应。他们也乐得自在。入水之前，我习惯用潜水鞋在水面击打三次水花，一个翻身，射入水里。水下摄影就是这样，当你一直追着拍什么，你就总能在水下遇见什么：有人总能拍到水母，有人总能追到鲸鱼，有人则老是碰到珊瑚和巨大的贝。而我的眼睛，总是能看到艳丽的色彩——总是某一团色彩而不是某个活物最先击中我的眼睛。水下能见度很好，强烈的阳光让海水好像变浅了很多。对我来说，这样的潜水摄影，已经不是谋生的工作，而是修养身心的方式。陆地上的声音都被隔绝了，没有了人影，这是我的世界。

如果能真正忽略包裹周身的水，每一次海底潜游都是一次飞翔。下水前，一遍遍检查身上的设备，像是即将从半空跳伞。所谓水下拍摄变得越来越“专业”，意味着所携带的拍摄设备越来越沉重，这些器材，已经在某种程度上成了器官的延伸。当苦咸苦咸的海水以浮力抵消掉器材的重量，那些沉重的器材就慢慢“消失了”。在这水下“龙宫”里潜游，看到一栋又一栋残破的房屋在我眼前展开，我不能不产生时空穿越的恍惚感。多少年来，村人只知道海边水下有这“龙宫”的存在，各种传言给它裹上层层迷雾，并不能让我了解更多。可有了互联网之后，一切都变得没那么遥远，我也追寻线索，在一些旧县志里翻阅到了这水下“龙宫”的来历。并不需要潜多深，十二三米，已经可以双脚踩到海底，那些斑驳的石块，颜色很单一，却也刻满海水和时间侵蚀的痕迹，角度选好之后，是最好的拍摄对象。光是想想，自从这些房子潜埋入海水开始，从未有一个人像我一样缓慢地看着它，我就浑身颤抖。

就在这时，我看到了那条鱼，我很难讲那是一条什么鱼，颜色血红，犹如一团火在水中燃烧。对一个摄影者来讲，这是致命的诱惑，我很快地往前游动，靠近之后才发现，那条鱼几乎有我身体的三分之二那么大，颜色也越来越红——我正在靠近一团火。它并没有要逃离的意思，它甚至瞪着我看了看。暗淡的海底残屋断墙面前，需要这么一团火来点亮。我不断摁动快门，拍下了很多它的照片。它感受到了长镜头的侵扰，它游动，跨过一堵断墙，在水草间消逝。我只能快速滑动，追过去。可它更快，主动权在它那边，火光时大时小。即使身上没有背着摄影器材，我也没法追上一条试图游走的鱼。但那条鱼显然并无意逃远，当我停下，它也停，好像在等。我不得不重新游过去。待我游近两三米之后，它又再次离开，在我的相机里变幻着各种造型——一个足够自恋的模特。

追拍了二十来分钟，我不得不放弃了，我知道，携带的氧气已经不多，我得返回水面了。那条鱼显然也看出了我准备放弃，它猛地加速，竟然撞向水底的一堵墙。没什么声音，只有轻微的一缕振动，那条鱼摇摆一下尾巴，拐弯绕过墙壁，瞬间消失了。我呆呆地看了好一会儿，那条鱼撞过的地方，墙上的石块开始缓缓掉落——这些断墙在水中泡了四百多年，早已不那么牢靠。我游近那堵石块不断滑落的墙，想拍一些微距的照片。靠近一看，发现边上有块歪歪扭扭的牌坊，我捡起一个石块，刮掉牌坊上不知道是什么的覆盖物，慢慢辨认了好一会儿，半看半猜，落款的小字已完全没法辨认，倒是可以看出那几个大字。大字是“海不扬波”。这四个字让我心里咯噔一动，我选了好几个角度，好让光线充足一些，却仍没能很清晰地拍下这四个字。

等回过神来，我暗暗叫苦，呼吸到的氧气已经变得稀薄，有着多年潜水经验的我，本不该出现这种低级错误的。潜到水下，身上承受的水压变大，是不能快速上升的，否则……我不敢多想，只能放慢吸氧的频率，边游动边上浮，动作越是缓慢，我的内心越是焦急。不能加速，不能加速，不能加速……我靠着意念来控制自己，可……即使我想加速，也没办法了，氧气残存无几，我的身子越来越沉重，那些拍摄器材已经快要把我的身子压碎，可潜意识让我没法松手……甚至，连眼皮也睁不开了。眼前开始变得暗淡，我觉得我甚至还没办法上升，又得往下掉……暗淡开始变得光彩夺目，那是刺眼的光，天崩地裂，各种轰鸣声充斥着我的耳腔，我感到了巨大的摇晃，人间的一切，都在碎裂——我自己，也要炸裂了。

一切开始变得正常，从我重新吸到充足的氧气开始——有手臂抱住我的胸，另一只手扯掉我嘴里的呼吸器，递过来另外一个，我本能地猛烈吸氧，总算是赶走了幻觉。来人和我比画着潜水手势，我连续吸了好多口之后，摘下呼吸器递给他。过一会儿，他递给我；再过一会儿，我递给他……他松开抱在我身上的手，我们交替使用他背上的氧气瓶，慢慢上升，越靠近水面，阳光越白亮。

把头探出海面，我没有抢着吸气，反而长长舒了一口气。我知道自己刚刚死里逃生。重新坐到小船上，我才感觉到，身子像是散架了。我感谢这两个跟我一起来的队友，他们发现我潜水时间太长了，就都背着氧气下水寻我了。我此时没法说出感谢的话，闪过我脑子的念头，是让他俩保密，否则，一旦传到父亲的耳朵里……刚才的那一幕，就是那个笼罩着我们家的魔咒吧，它是蹲守猎物的好猎手，无论藏匿多久，时机一到，就杀机毕现。

——当年，那一幕也是这样出现在我祖父身上的吗？

祖父

我总觉得,祖父有过跟我一样的压力。他的父亲——我的曾祖父,随着下南洋的船消失后,曾祖母把所有的目光都放在他身上,她肯定多次幻想过,她的先生若是有一天安然回来,她至少可以坦然告诉他,我帮你把儿子养得好好的。可时局动荡,疲于生计,哪里能照看得那么周全呢?祖父最终还是和村里的大多数年轻人一样,随船出海——我们村没有港口,可出水性好的水手,他上了另外一个镇子的渔船。曾祖母也不得不同意,世事多变,在岸上未必就比海里妥当。祖父每次下船,除了给他的母亲带回海货,还带回滔滔如海浪的话——那些话后来曾祖母曾不时转述给我,有的听着像真的,有的却无比荒诞,我不得不怀疑,那是曾祖母在对她儿子的多年思念中自己编出来的对白。"你爷爷跟你这么大的时候……"她有时会以这句话开场,接下来说了半天,其实跟我的祖父——她的儿子,可能毫无关系。

也是很多年之后,我才清楚,或许她并不是要跟别人交流她的儿子,她只是在寻找一个说话的对象而已,而且,这对象还得恰好听不懂她的话才行——她就没跟家里其他人说过。也就是说,我永远没办法明白,在"丧"夫、丧儿的多年里,她心里吞下过多少惊涛骇浪。她的脸出现在我眼前的时候,衣衫永远齐整,头发服服帖帖,没有任何一绺乱发强出风头。她和村里的老妇人没什么两样,可又处处不一样,她衣裳不新却特别洁净,她把自己浑身收拾得充满秩序感——如果不是以这种程序化来让一切严丝合缝各安其位,她早失控于那些起风的暗夜,哪里能熬得过那漫长辰光?

和村里的其他老妇人一样,每一个节日她都绝不疏忽,该到沙滩上燃烧纸钱祭拜未归人,她一定去;该到关二爷庙里祈求平安,她就在通书上指定的吉时准时出现。每年还有很多次,她一个人带着香烛纸钱背海朝西,去村人的坟地。那是她一个人的时间,在前往的路上,有人跟她打招呼,她也并不回话,最多点点头。她是去祭拜她的儿子,但,也是一座空坟而已。祖父在海上消失,连一根头发都没能回到渔村,最后埋下的,是他的一些衣物什么的。"他冷啊,他是在海上没的,又离得那么远,一直泡在水里,得划多少年的水才能回到村里呢?方向不对,就永远回不来了……"她这么跟我讲过她的梦,我当年听的时候,左耳进右耳出,没有在脑海里些许停留;当她也走了,她讲过的话,反而不时闪烁,在我耳边强行起义,祸乱不绝。

曾祖父消失在海外,并不是孤例,周边村子也不鲜见曾祖母这样的妇人。有的熬得到尽头,她们的男人从海外归来了。可大多等不到,要么男人已在南洋重新成家,只是偶尔寄些钱物回来;要么妇人熬不过孤独岁月,把自己的命结束于一棵树、一片水。这些空守着的女人，总是被异样的目光包围——祖父年少时，受不了那些目光的挑衅，敏感而易怒，拳头时时青筋暴起，迎着目光和话语挥过去。无数的告状、争吵自然就丢到曾祖母身上。曾祖母叫来她的儿子，正要说出责备的话，可一在他的眉眼之间看到他父亲的模样，看到他脸上青一块紫一块，准备好的话只好吞回去。她清楚，她儿子的所有愤愤不平和无端发怒，都是替她出头，他渴望像一个真正的男人一样，挡在她的面前，隔断所有朝她而来的伤害。

一九五〇年海南解放时，祖父七岁，曾祖母是个村妇，可她也知道，新的时代到来，一切都不一样了。曾祖父的身影是越来越渺茫，几乎所有下南洋的男人都跟老家断了音信。不到十岁的祖父，跟村里的伙伴，一次次把自己丢进海岸边的“龙宫”里，从水里捞起海底之物。曾祖母的哽咽和泪水没能劝退祖父，她只能频繁地烧香拜佛，祈祷她儿子平安。祖父十四岁就随船下海，把自己晒得一身黑褐，身上只有眼白和牙齿是白色的，日光之下，肌肤闪着油光，一铁锤下去，能敲出乒乒乓乓的金属之响。女人出海是渔村最大的忌讳，曾祖母自然没随船出去过。祖父跟曾祖母说他的海上奇遇，曾祖母只能借助在岸边遥望的海面之景，想象海里的波涛。那些奇遇，最后都化成她的阵阵惊吓和夜夜噩梦，尤其是在祖父十八岁那年经历了一场风暴后。当时祖父已经是一个远海船上的主要船员，每年在海上至少待四个月，相比陆地上的安稳，他更习惯海里的摇晃。那次风暴出现在渔船返航的途中，捕捞的鱼虾蟹堆满舱，可风暴袭来的速度远超他们返航的速度，后来即使把渔获和一些重物抛下，渔船也还是和风暴正面相遇。船长熟知海路，借助经验和罗盘的指引，快速奔往一个岛礁，总算是把船员的命保住了，可这一趟也算损失惨重。回来后，光修复渔船就花了一个多月。风暴抵达村里的时候，曾祖母守着空荡荡的院门，目光空茫。风后三天，见到儿子衣衫破烂地出现，她的惊骇反而没了，只淡淡地说：“你要找个婆娘了。”

问到合适的人并不容易，人家一听说是出海的，他父亲也消失无踪，多给吓退了。祖父结婚那年已经二十岁了，祖母是隔壁村的，也是渔家人，家里也在海上折损过人，并不觉得有人死在海里有什么大惊小怪的。婚后也就十多天，祖父再次随船出海，此时，祖父已经能时不时帮一帮船长掌舵了。对于罗盘的指向和《更路经》上记载的海上航线，他也能多少知晓一些，最关键的是，他水性好。出船的人，没有水性不好的，可像他那么好的仍是少见——若说有人能在海上徒手抓回条鲨鱼，这人只能是他。后面，便是我父亲出生了。祖父每次出海归来，家里就多了鱼汤味。肌肤颜色越来越深的祖父，双手钳子一般抓住他手脚粉嫩的儿子。他总是下手太重，捏出一阵阵号哭，引来家中两个女人的阵阵责骂。

曾祖母总算是松了一口气,若是有一天,她白发苍苍的夫君从国外归来,她可以带着她儿子、孙子,走到他面前说一句:“我对得起你。”但这样的话,是没有机会说出来的,即使她在自己内心预演了千百遍。她去问卜过一些通灵之人,想证明自己的预感。被问询之人,无论胖瘦男女,无论法力高低,总有一点是斩钉截铁的,那就是,在某种奇特的问卜仪式之后,给她的回答都很一致:曾祖父还活着。这算是好消息还是坏消息?反正,她被这个消息笼罩了数十年,直到她过世,她幻想着的重逢画面也从未出现。如果我们生活的是上古神话世界,那她毫无疑问会变成“望夫石”之类的东西。有很多无人知晓的长夜,她侧听着不远处的潮汐涌动,渴盼从月色和海风中,搜寻到那缕熟悉的体温与呼吸。这样的渴盼,在她的儿子我的祖父命丧远海之后,更加强烈。

关于祖父的死,后来一直有好几种传说。

其一:那一趟出海,祖父已算是船长,他掌舵已经两年。这一趟,渔获颇丰,船已经归航。这一次是少见的丰收,所有人也就放松了警惕。当夕光洒满海面,橙黄色让一切都显得安详而辉煌的时候,没人会想到那艘相向靠近的船会率先开枪。祖父慌忙掉头,想甩开飞射而来的子弹。他让船员搬来米袋,堆在船舵前面,他一边躲避一边转动船身。风吹船帆,船一个错身,甩开了一段距离。船员们虽也有两杆枪,可在突然的袭击面前,已经被打傻了,忙活半天,潮湿的枪管根本射不响。虽然海上摇晃,不好瞄准,可船上还是有船员中枪了,哀号声和血腥味混合在傍晚的海风中,是死亡的信号。奔逃了有二十分钟,祖父右肩中枪,他最终让船停下,他只希望,袭击者可以放过他的船员。后来活下来的船员也没能说清楚,袭击者到底是别国的士兵还是神出鬼没的海盗。

其二:最先,是一个首次登上这艘渔船的船员生了某种怪病,肚腹鼓胀,呕吐不绝,在船上鬼哭狼嚎。船员们把携带的药都翻出来,土方子都用遍了,也没一点效果。那船员气力散尽,昏睡过去,呻吟声越来越弱,眼看就要咽气。祖父准备以最快的速度返航,可这一次出海太远,不是想回就能回的。最可怕的是第二天,祖父发现自己也开始出现了和那船员一样的症状——也就是说,这是某种可以快速传染的病。七月底的暴热天气,船舱这种封闭的地方,人人自危,没有人知道将会发生什么。祖父极力控制,可扭曲的身体、发紫的脸色,掩盖不住他已被传染的事实。祖父估算了归航的时间,最快的速度也得四天半,可他这个掌舵人已经染病,相当于这艘船的大脑已经迷乱,返回到岸上的时间还会拖延更久。如果继续归航,可能还没到达港口,船上的人便会无一幸免全都被传染。祖父当即做出决定,向一个离得最近的岛礁进发。他已不能掌舵,只在一旁边呻吟喊痛边指挥,大半日之后,终于看到经书上提及的那个岛礁。岛礁不大，可此时已经是唯一的救命场所了。考虑到渔船可能已经被呕吐物污染，没犯病的船员便带着粮食和淡水登上岛礁；渔船上留下了祖父和最先犯病的那个船员。渔船在岛礁附近下锚停靠，相隔不远，船和岛礁间的海水把健康之人和病号隔开，避免怪病继续传播。幸好这一趟出来还没多久，淡水还足。前两日，岛礁上的船员不时朝船上喊话，祖父听到后，都会回应。到了第三天，船员喊了许久，没有听到任何回应。他们心慌了，胆子大的立即登船查看，却在渔船上号哭起来。其他船员也纷纷登船，船上却没有了祖父和最先染病那船员的行踪。渔船比他们登岛礁时还要更加干净整洁，显然被海水冲洗过。没有人知道祖父和那船员去哪儿了——其实，却又谁都知道。他们在渔船附近的水下搜寻好久，一无所获，只好放弃。他们知道祖父的水性，他既然已准备把船留给健康的船员，自然不会把染病的身体留在附近，他肯定已经带着那最先染病的船员游出很远，再沉溺于茫茫波涛。

其三：所谓的遇袭和怪病，并不真实，他们的船，仅仅是遇上了一阵渔家最常见的海上风暴，导致损失惨重，最后回来的，只有几个人。剩下的船员回来之后，大多语焉不详，彼此之间说的话都对不上号，不知道该相信谁。

这一场海上的灾难，一直都是一个谜，谁都不能证明哪种说法是真的。甚至有人说，其实，传言都是真的，那一趟他们先是遇袭，之后带伤逃离，伤号染病，导致病毒传播，后来在岛礁上躲避，还遇到了一场不小的风暴……我父亲在很多年以后，曾抱着这个不解的疑团，去问了一位当年的幸存者，那老船员就是这么说的。他并没说谎，可关键是，他出海多年，会不会已经把诸多经历混成了同一件事？会不会把一辈子待过的船舱、海面和岛礁压缩成同一回，也把一辈子的出海压缩成了同一次？

丈夫、儿子相继尸骨无存，在他人眼中，曾祖母的灾星之名怎么也洗不掉了。她不是没想过死，父亲后来跟我说过她身上的疤痕，一些纵横交错的刮痕，在她的大腿、手臂处交错，那是来自她的发钗还是梳子的自残？她甚至在身上绑了一块石块，准备自沉于海底“龙宫”，可绳子的脱落让石块先沉了下去，她被海水的浮力推向水面。几个在岸边摘椰子的少年发现了她，慌忙下水把她拉回岸上。一次失败的寻死并不能完全抹杀她的绝望，最后让她打消念头的，是我的父亲。当时十余岁的父亲对她说：“奶奶，以后，你跳一次，我也跳一次。”父亲看到了她唯一一次痛哭。父亲见过很多场大的台风，可在他眼中，所有的风暴，都没有那次他祖母的痛哭来得摧枯拉朽——那痛哭堆叠了之前二三十年的无望，也预支了其后四十多年的泪水。

痛哭之后，曾祖母就不再寻死了。她得和我的祖母一起，带大我的父亲。祖母是在父亲十二岁那年，也就是一九七六年过世的。我也曾问过父亲，到底是怎么过世的？父亲语焉不详，憋得眼圈通红，只抛出一个字："病。"曾祖母也从没提过，这自然也成了我们家另一个隐秘。而这哪能藏得住呢？在村里一些上了年纪的人那里，不外乎两个字："吃药"。至于祖母吞食农药的缘由，村人则是各种猜测。可即便没有确切答案，要猜到也并不困难。这个家两代男人都消失于海上，而两代女人都活着，带刺的风言风语、带色的奇怪眼光汹涌而来，不是所有人都承受得了的，祖母毕竟不比曾祖母命硬。而令我心里怅然无比的事情是，当年曾祖母牵着我父亲的手，送走我的祖母，她心事如何？作为我们村最长寿的人，时间对她来说，是奖赏还是惩罚？或者说，这是一种惩罚般的奖赏。

地动

"以沙滩为中轴线，水下龙宫和岸上村子，是相互对称的。"

给Z的拍摄策划方案里，我写下了这么一句话。在数百年前，那片水下"龙宫"，又何尝不是一片岸上的村子？对我来讲，要拍摄这片水下的"龙宫"，首先要解决的问题是这地方怎么来的？它们怎么出现在这一片水域之中？龙王所居、海神藏匿之类的荒诞之语，我是不信的，无论那些传言在附近村子萦绕了多少年。无论它身上覆盖着多厚的泥沙、多沉重的海水和多混乱的人言，我都得查看清楚之后，才能开始拍摄。

对我来说，小时候的每一次扫墓，都是一场心惊肉跳。我知道祖父、曾祖父的墓穴都空荡荡，可那隆起的土堆，有着消灭一切的力量，我想不明白，活生生的喜怒哀乐，凭什么全部掩埋于这些土下？凭什么归于无？凭什么一丛又一丛坟上杂草这么繁茂于风霜之中？这两个无法被陆地捆绑的男人，消失在我们看不到的地方，那好，既然看不到，凭什么说他们死了呢？难道不是他们厌倦了这海边村子的小，于是出海远征，在我们看不到的地方开枝散叶？

曾祖母过世后一个月，是她的冥寿。往年的这一天，父亲会提前一天准备，开饭店的他提前拟好菜单，亲自下厨。他把村里的族人都叫来，让人们在推杯换盏中称赞曾祖母的高寿和福气——在往常，族人们会因为曾祖母的"命硬"而避之不及，在这一天，则全都化为祝福。无论父亲变换多少花样搞了多少菜，曾祖母几乎不吃，在劝人吃喝的时候，她只在面前摆放一杯刚冲好的黑咖啡，不时拿起杯子抿一抿，眉头一紧，本就皱纹斑驳的脸更加杂线交错。她在平日里并没有喝咖啡的习惯，可每年生日这天，那苦涩的味道就会在我们家萦绕。速溶的还不行，得是咖啡豆研磨成粉，冲泡之后黑乎乎一团，近乎药。我也是到了上大学之后，才听曾祖母说起，她第一次喝咖啡还是一九四九年前——曾祖父下南洋之后，第二年曾回来过，带回的东西就有咖啡粉。曾祖父回来两周后，曾祖母过生日时，他第一次给她冲泡了那苦涩之味。不知道是咖啡的效力还是曾祖父的话，她一夜不眠。曾祖父低垂着头告诉她，他将在数天后，再次随船下南洋；他还说，本来想多待一些时日再做打算，可据说日本人将要到渔村来，找青壮汉子下海打捞“龙宫”里的东西，到那时恐怕就身不由己了。之后每年的生日，曾祖母都会让那奔腾不息的苦味在自己的口腔里重现。可现在，曾祖母过世了，父亲说想继续搞桌宴席，母亲的脸越来越难看。

“那……就算了吧。”父亲主动认输，说完拍拍我的肩膀，“你，跟我出来一下。”

父亲点着一根烟，吞吐了好几口：“你要不要也来一根？”

“不要了，一抽上就麻烦，我老要潜水……”此前，我也抽烟的，尤其在异国之时，躺在陌生的酒店，听着陌生的海潮，烟就一根接一根，停不下。有一次潜水时忽然到来的呼吸急促，让我想到了前夜抽掉的半包烟，还没浮上水面我就铁了心，若还想继续从事水下摄影，我需要做的第一件事，就是把烟戒了，否则我总有一天会死在这上面。父亲每吐出一口，我就觉得喉咙发涩，可又不能躲得太明显。

“有个事，我说出来，你别笑我，也别跟你妈说。”

“你外面有人了？”

“乱讲……”

“那……”

“我想让你教我潜水。”

——这话比“外面有人”还让我惊诧，多年来一直绕水而行的他，竟然要潜水？他猛地喷出几口烟气，我被熏得咳嗽几声：“爸，你这不是没事找事嘛，哪儿有到这年纪了还来玩这个……”

“我倒真不一定要学会潜水，我就是也想下去看看那‘龙宫’。村里没下水见过的男人，也就我一个人吧？邀请你回来拍照的那……什么总……要是水下旅游给他搞成了，以后来看的人肯定多，一想我在这村子几十年了，没看过一眼，我也是不甘心。”

“爸，你一下水就紧张，心里有结，这事不好办，到时你手脚抽筋，划不动……”

“那不管，总会有办法的，实在不行给我身上绑根绳索，真上不来了，把我硬扯上来就是。反正，我得下去看看。等过几年，真开发旅游了，一是没这模样了；二是到那时，我更动不了了……”

他心意已决，我也只能应下。剩下的，则是怎么绕开母亲了。母亲不愿再给已不在的曾祖母办什么“寿宴”，说那听着都头皮发麻，父亲顺水推舟，只到祖屋祈祷一番便算完事。忙完这些后，父亲跟母亲说："你先回店里，我下午回。"母亲从院子里翻出一辆满是灰尘锈迹的自行车，摇摇晃晃就消失在村道里。院子里变得更加安静了，我们父子俩无话可说，静得像我一个人住在院子里的这些长夜。

曾祖母过世后这段时间，我一个人住在这海边村子的院子里。母亲让我到镇上住，说什么都方便。我去了两个晚上，跟母亲说："妈，我还是回去住，你们一大早就开店，楼下太吵……"母亲说："你吃饭怎么办？"我说："我一个人在国外也待过个把月，也没饿过，回到自己家了，更不会……"她跟着回村里，把家里彻底收拾了一番，有时悄悄把某些东西装到袋子里，拎出去丢掉——她是害怕曾祖母遗留的痕迹吗？夜里，我把房间的灯全打开，在电脑上处理着当日拍下的照片，灌进窗子的海风把心跳一般的海潮声也带来了。我干脆关掉一切人工的光亮，想起小时候的幻想：那片海里，高大的海神直立而起，赤裸的上半身月光落满。海神之事，海边之人传颂不绝，可自然不会有人见过，真正的文字记录，我也只是在查询关于海底"龙宫"的资料时，在一本县志上见过："琼州诸生应试，渡海归，见神人立于水面，高丈余，朱发长鬓，冠剑伟异。众惊伏下拜，神掠舟而过。次日，三舟复见，诸生大嗓拒之，神忽不见。少顷，风大作，三舟皆覆溺。"这样的话当然也是不可信的，理由很简单，要是真事，看到的人都随船覆溺了，谁来写下这样的故事？推演出这个逻辑后，我恨不得扇自己几巴掌——真是越活越无趣了。

安静让父亲显得尴尬，他丢掉烟头，去煮开水，冲了两杯浓郁的咖啡，那味道好像把曾祖母带回来了。父亲抿了一口："苦……等一会儿日头没那么晒，我们就下水吧。"

潜水服套在父亲的身上，把他身体的轮廓更加凸显出来——他的背已经弯了，无论他怎么想挺直腰板，侧面看去还是犹如一只虾。刚开始练，不能潜深，我找了一处清澈的所在，让他站在齐胸深的水中，练习咬嘴呼吸器的使用。我讲了要点，就让他在水中练习，他的头不断潜入水中、不断抬起，下午的日光斜射在他身上，反光刺得我有些发晕。没练十分钟，他站起说："是不是可以下去看'龙宫'了？"躺在沙滩上的我，抓起一把沙子丢到脚掌上："还远着……你先把这东西练熟了，我到时跟你配合着练，练习交换呼吸器。潜水容易有危险，一般至少要两个人以上才能下潜，还有很多手势要学——水下不能讲话，得靠手势来交流……"父亲愣住了："那么麻烦……"我说："我当时也练了四五天，你要怕学不会，就上来吧。"父亲说："……不是不想练，就是没想到，这事也……挺麻烦……"我没法跟他说，我学会了基本潜水技能，每次在不同的海域下潜，都还有大量的功课要做，水的可见度、光度、拍摄对象可能的出现时间、携带什么设备……都需要提前了解、准备。父亲不再说话，默默地练了半个小时，才上来沙滩，整个人陷进沙子里。此时，日光越来越温柔，海风已经带着凉意，人很容易在这样的日光和海风中犯困。好一会儿之后，父亲说："你说，那'龙宫'真像你拍的那样吗？"

"你自己去看看就知道了，比我拍的要好看。"

"你说，谁在水里修了那么大的工程？真不是龙王的宫殿？"

"就是人修的，跟龙王没关系。"

"花那么大力气，在水里修那些墙做什么？"

"本来不是修在水里。原本就跟我们村子一样，是岸上的村子，一次大地震，海边的村子全沉到水下去了，变成了今天的水下龙宫。"

父亲猛地坐起，瞪着我："你说的是真的？那以后再有地震，我们村会不会也沉下去？"

我说："准备下水拍的时候，我查了一些资料，根据记载，应该不会错。那次地震发生在明朝，至今已不止四百年了。那回地震太大，海南岛伤亡惨重，沿着海边数过去，有七十多个村子，全变了海底村庄。"

父亲沉默了有几分钟才挤出几个字："我——一定要——下去——看看。"他再次走入海水，嘴里咬着呼吸器，头部一会儿潜入水中，一会儿抬起。

我看着他，好像他是我的儿子、我是他的父亲。

除了练习潜水，父亲还让我帮他问护照怎么办、现在去东南亚方便不方便。一有空闲，他还到处探访村子周边的老人，神秘兮兮地打探着什么。为了撬开他藏着的话，我准备了一瓶上好的白酒，在砂锅里杂鱼煲咕嘟咕嘟的翻滚中，他轻抿一口之后，才泄了密："你曾奶奶过世后，我最近老做梦。"

"梦见曾奶奶？"

"没有。"

"其实，梦中的人看不清。可我总觉得是你曾爷爷——我的爷爷。"他回头指着墙上的一张炭笔画。

从我有记忆开始，曾祖父这张遗像就悬挂在大堂的墙上。和其他人的遗像多为老年面孔不同的是，这是曾祖父年轻的面孔。我很难说清楚那是一张什么样的脸，目光空荡荡的，好像看着什么地方，又像哪里都不看。在很多年里，我总觉得这遗像有些奇怪，又说不上奇怪在哪儿，也是到了高中之后，有一次拍证件照，才发现了端倪。奇怪的地方在于：那遗像上，我看到了我父亲的模样，也看到了我的影子——某种遗传的特征，隐藏在这些脸上。

"梦见他怎么了？"

“也没别的，就是狂风暴雨，台风来了，我们这院子都要掀开了。屋门被推开，我看到一个黑影站在门口，就像泡在水中一样。”

“梦中是白天还是夜里？”

“白天。”

“白天也看不清？”

“看不清。可总感觉是他。”

“所以……”

“所以，我想找些老人问问他的事；我也想到东南亚看看，他后来毕竟是留在那里了。”

“问到什么了？”

“问不到。他离开的时候，挺年轻，后来回来过一回，没多久再次走了，没什么人记得这些事。”

“咱们村里都问不到，去东南亚能问到？东南亚不是一个国家，是很多个国家，连他去哪个国家都不知道，去哪儿找？怎么打听？他出国后，可能名字都换了。”

父亲眼圈顿时发红，说不出话。我堵死了他所有的出路——通往他的祖父、通往遗存给他相似面容的血脉之路。他死活要学潜水，是不是想当一个“合格”的海边人，好逆时间之流，抓住被大地震埋藏到水下的那更蜿蜒更漫长的根？

院子里的灯都打开了，只坐着我们父子俩，空荡荡从咕嘟咕嘟的砂锅中冒涌而出，包裹住了我们。海风是拦不住的，它们无处不在，咸腥味前赴后继。在以往，曾祖母一个人守着院子的夜，她是不是也梦见过一个看不清的黑影，在风暴中推门而来，浑身湿漉漉，披一套水的衣衫？

曾祖父

…………

有自南洋归村者，传其地繁华富丽及谋生之易。心慕之，欲往一游。父亲训诫：但有不适，应速归。遂于元宵之后，步行至海口。初做此徒步远程，抵达之后，坐不思起，脚底肿热泡如火燎，筋之伤也甚矣。由海口随船至新嘉坡（即新加坡），海上颠簸摇荡数日，有人茶饭不思，面色黑灰；余肚腹吐尽，口鼻腥臭苦膻。途中船板传来骚乱，据闻乃有人不堪货船摇晃之苦，心智大乱，投海而没。抵新嘉坡，未及休整，又转火车去芙蓉，乃村人工作之地也。

余随村人往橡胶园内之工寮，胶工皆为华人，琼岛之人亦不少，通乡音，时有人来探故乡事、言故乡物，无不眼红洒泪。胶工每晨四点钟即起，天黑如漆，于山涧中冷水浴，全力摩擦拍打周身，使之热。曰：非如此，胶林内阴寒瘴气侵体，必患病也。未及拂晓，入林采胶，采完，急用膳。膳后速往林中收胶，不得使胶液受日晒凝固也。午后，工人中除制胶者，余则别无他事，或于寮中聚赌，或外出逛窑子。每月劳苦所得，虽甚丰裕，然因此而钱财耗尽葬身异域者，难以胜计。辰巳之际，风凉入静，属美睡之时。余不惯早起，亦不惯起身即冷水浴，更不喜其聚赌逛妓之风，便未应下胶工之活。旬余，谋寻工作尚无头绪，便因水土不服，病魔来袭，余面黄腹胀，身垮而神魄散。村人来探，知状危矣，急送救治。异域孤身，得此视护备至，感激涕零。经医治后，腹胀渐消，然全身萎靡，四肢无力，不能起身，每餐由护士以牛乳喂之；渐而能起，乃增加面包。手足不灵，屈伸莫听使唤，有如婴孩，学坐，继而扶手学立。渐改用饭，村人时备家乡菜前来，病患渐消，遂转别室疗养。疗养室园庭空阔，花木扶疏。每晨夕，余扶筇慢行于院中，心颇想家，深悔此行之谬：别父离妻，远隔重洋，尚未谋稻米一粒钱银些许，盘缠已然耗光，幸有村人援手照应，方不至客死异域。月余，复原如初。遂出院，至村人处别寻生计。

春未尽，热浪袭……

在电脑上把两张图片放大、再放大，也没办法看出写下这些字的是谁。相片里的纸张泛黄，字迹凌厉，每一个转笔处，没有任何逢迎，显出某种剑破长空的孤寂。写抬头的那一页没有了，有落款的那一页也没拍到——除了这空落落、没前没后的一个人，述说着他身在异域的一场病，其他全都遗失了。这不太像曾祖父写下的，在曾祖母的记忆里，他虽懂得写自己的姓名，读得一些字，也算得几个数，但也就这样了，要如此详略得当地写下异域之旅，不太可能。那，会不会是曾祖父当年让通文墨之人代写的——如果真是这样，我更感兴趣的，倒不再是曾祖父，而是那个代笔之人，他在为别人的家信琢磨词句时，会不会在其中暗藏自己的心事？可惜再也没人能说清这背后的故事了，曾祖母的过世，让一切沉入海底——就算她还在，这一切也许仍旧是谜。比如说，在数十年里，她就从没跟家里任何人说过这封信。

她过世后，家里人整理她的遗物，搜出一件就匆匆拿去烧掉，怕留在家里不干不净，母亲甚至不让我拍照："这些东西，拍什么拍？不怕？"看到觉得有意思的，我才悄悄用手机随便拍两张，也怕被她发现。照片上这两张发黄的纸，就是当时随手拍下的，我记不清是不是还有其他的信笺。当时若是留点心，翻看两行内文,出现在我眼前的,会不会就是一个完整的故事?那陆陆续续收拾完的遗物,被父亲在曾祖母坟前点燃的打火机全送给了火光;他还顺便点了一根烟,走到一棵野树旁,在烟雾里咳嗽了几声。

也就是说,本来就对曾祖父所知不多的我,被手机里发黄的纸张搅得更加混乱了。有可能这封信跟曾祖父毫无关系,或许只是某个村人寄回,甚至有可能是当年曾祖父第一次回乡时帮人捎回的;或许,去村里问询之后,曾祖父才知道收信之人已经等不到来信,在一场病中过世或挨不住绝望而投海自尽,这封信就一直被曾祖母珍藏多年。当年曾祖父是不是还曾红着眼睛,在曾祖母面前掏出这封信念了起来?曾祖母先是静默无语,最后推人及己悲痛难抑,任由曾祖父如何劝慰也静歇不下,在他怀里像海潮一样摇荡了一夜?曾祖父后来再次下南洋,除了要出去谋生,是不是也要给委托他捎带信笺的人一个当面的回复:老家已经空荡荡。

如果这封信是曾祖父托人寄回的,那很显然,这应该是写在他那次回乡之前,因为如果他回来过,家里人肯定已经了解他初下南洋之事,不需要再次离开之后,再写信告知。初次下南洋便遭重病,差点命丧异域,心中无比想家的曾祖父,为什么在回乡后仍旧义无反顾再次离开?对照那段时间,正是日军已经在海南岛上扎稳脚跟、横行无忌的时候,莫非他再次远逃,是要躲避日寇?或许,当年,曾祖父在外游历一番之后,发觉他国居也大不易,本是要回来的,却在回村不久,便听到日寇即将来渔村找人打捞“龙宫”的事,村里一些年轻的男丁只能外出躲避——曾祖父便再次随船远走了。这一次,他断了音信,走出人世之外,再没跟我们家有过联系。关于那次日本人在渔村驻扎,曾祖母倒是讲过好几回,说他们杀了几个人,驻扎了一个多月,天天在沙滩边,把水性好的人往水底赶,可打捞上来的并没多少值钱的玩意儿,也就撤了。

曾祖父的再次离开,意味着曾祖母漫长、孤独、空荡的岁月开始了。

曾祖母永远在抿着嘴笑——时光摘走了她嘴边的话,更多的笑,就从她的眼角流出。随着年龄越来越大,她的话变少了,每次村里有什么老人生病或过世,她往往好几天一言不发。她最害怕的,是台风天。每次广播里预报台风将至,她一遍一遍细听,确定风暴临近的时间,提前杀好一只鸡,拉上我,到祖屋去祈祷。煮好的鸡、三碗饭摆放在八仙桌上,她握手默念,每个字我都懂,可我永远听不懂她的言下之意。她的祈祷有十多分钟,之后她烧香、点烛、焚纸钱,而我则拿着一根线香,到祖屋外燃放一挂鞭炮。噼里啪啦,烟雾消散,她让我先离开,她继续在祖屋里一个人待上大半个小时。我也有好奇的时候,悄悄躲在门外,看着她站在昏暗的祖屋里一动不动,木刻一般。

风暴来了,海浪不断击打沙滩,要冲到家里来,空中掉落的雨水已经不是雨水，是下滚的浪；狂风更是要抹平一切的暴徒。在此时，电全停了，煤油灯在夜里闪烁着脆弱的光。家人躲在屋里，不时被从门缝、窗缝钻进来的风惊吓。曾祖母在此时是不睡的，她没法睡，一直靠窗坐。紧闭的窗已经封死了视线，可她好像可以看到海，看到迷失于海上的渔船，看到大海彼岸的异国他乡。风刮几天，她就那样呆坐几天，除了吃喝拉撒，她始终和那张椅子贴在一起。家里也没人问她，问了也不回答，谁也没法知晓她的心事——对于一个独守数十年的女人来说，她有太多心事寄予他乡客与未归人。

入水

我在故乡的海里拍摄了一个多月，这是我摄影生涯里从未有过的体验。在以往，我前往某片陌生的海域，少则两三天，多则一周，所拍摄的也不外乎海里的生物。而这一回，我所拍摄的竟然是一大片漫长的海底世界——这是因明朝万历年间一场大地震而沉入海底的村庄建筑。村庄太大、太长，没完没了。其间Z来看过照片，不怎么说话，只是用力地拍我的肩膀，开车载我到县城一家饭店，一杯接一杯给我灌酒。

"这事，成了。"他有些哽咽。

"我从没想到，家门口就有这么一片海。想不到绕了一大圈，绕回来了。"

"你知道吗？看了你的照片，我也想跟你学潜水、学摄影了。"

"哈哈，我爸让我教他，现在也能潜一潜了。"

"大概什么时候可以梳理一个展览的思路出来？"

"还得拍一段。目前可选的照片还是不多，都花了那么多力气，那就做好点。"

"我不急，你按照你的感觉来。来……喝。你想想，覆盖了四百多年海水围墙的'龙宫'，就要被你掀开面纱了。"

"不过，我最近得停一停了。"

"停？"

"上次我跟你说过，一直找我合作的那家手机公司，又来催我了。"

"你不能把这拍摄忙完？"

"老这么拍，我也有点倦，出来的照片效果并不好；还有，这几年我一直在和那家公司合作，不想断了这联系……最主要的是，现在毕竟是智能手机的时代了，每次新款旗舰手机发布，网上全是热搜。我在想，要是把那新款的手机拿到我们这个项目里试拍看看，到时手机发布，若是现场演示用上了这照片，对你的项目来讲，不也是一件好事？"

"我看行！"Z很激动，倒了一杯酒，仰头饮尽，他从口袋里掏出手机，啪一声放到桌面上，正是跟我谈合作的那个牌子。这天晚上，Z喝了不少，我也喝了不少。他摇摇晃晃坐上他的车，由代驾送走，他身后酒气经久未散。

两天后，我飞去那手机公司所在的城市，签署了保密协议，领走了一部尚未发布的新款手机。这手机套在一个造型怪异的保护壳里，一眼看上去，没法辨别其真身。其后个把月，按照计划，我又开始了满世界飞，在各个著名的海域，拍摄各种光线下的海底世界。这期间，我还悄悄回了一趟老家，带着这部手机潜入了家门口的海底村庄。以往沉重的摄影器材，置换成做了防水保护的手机，我变得如此轻盈。当那些在海底沉睡了那么多年的建筑再次出现在我眼前，我又有了那种回到母体的感觉——虽然任何人也许都没法说出回到母体到底是啥感觉。

把照片连同手机交给那家公司后，他们送了一张国内发布会的门票给我，我接下来了，最后却没到现场去。这款新手机的发布会，在德国和国内分别举行了一场，我都在网上看了，我想知道我拍摄的照片有没有出现。德国那场发布会，并未出现我拍摄的照片；国内那场，有一张我拍摄的海底世界，鱼群涌来，严整、密集、光线辉煌。我夹带私货所拍摄的海底村庄，并未出现在发布会的介绍里。我理解这种选择，一款明星产品的发布会，每个环节都疏忽不得，谁不愿意把手机能拍出最色彩斑斓、高清亮丽照片的摄影功能展示出来呢？同时签约的数十位摄影师，都拿出最好的照片给他们选择，发布会上用来展示的不会超过十张，我已经足够幸运了——那些通体黑黝黝的海底建筑的照片，力道浑厚，可色彩太单调了些，不讨好眼球，还是把它们留给我自己吧。

十月底之后，时间愈加飞快，其间有一家做互联网课程的，通过曲曲折折的关系找来，让我参与录制了七集关于水底摄影的网络课程，每节四十分钟。当所有的后期完成，已经快到春节了，我买票飞回了海南岛。刚出机场，还没赶回村里，就在手机上看到了武汉有人感染新冠肺炎的消息。当时也没在意，以为跟我们这海南岛没什么关系。谁知道接下来，各省纷纷宣布进入紧急状态，海南也近乎封岛，网上各种消息汹涌而来。再之后，春节过去了，父亲在镇上的饭店也没法开门，村口的路被村干部拿破渔网拦住，随时有人拿着渔叉巡逻。家里人也都被封在村里，没法走动。

我起初还抱着幻想，以为这一波"兵荒马乱"很快过去，可两三个月之后，疫情布满了整个世界。往年陆续到来的摄影邀约，全都消失不见了——真邀约了，能不能去、敢不敢去、去了能不能回来，都是未知数。我干脆死了心，窝在渔村里，整理以往的照片，并把一些潜水的视频剪辑出来，开通了短视频号，陆续发出来，一个多月后，竟然有了接近十万的粉丝。父亲整天跟我同处一屋，摩擦渐多。后来形势稍微缓和，他和母亲的饭店又可以营业了，人虽很少，可毕竟开门了，我在他眼中才顺眼了些。

我有时会把短视频号的视频转给Z，他会发来一个大拇指，可更多时候，是毫无回应。翻看他的微信朋友圈，看到他最近老转一些心灵鸡汤的文章。我给他打了个电话，他语音低沉，说："我还在老家待着，出不来，还没法去海南。现在这形势……"我本来想告诉他，被关在村里这段时间，哪儿都去不了，可海上无人，我不需要戴口罩就可以划着小船在海边闲荡，那时的海好像回到远古，空茫辽阔。不时潜入水中，拍一些照片，每次看到空荡荡的海底村庄，我心想，现在，整个世界也是这么空荡荡的吧？快要挂断电话的时候，他说："有些对不起你，我想……这摄影展未必还能搞，你也知道，因为疫情，旅游业都停下来了，我们那几个景区，每天……唉……"我并不觉得意外，我只是有些愧疚，怪自己口拙，不知怎么安慰他——现在，这个世界上有太多需要安慰的人。

禁足在家，刷手机的时间越来越多，不但眼睛像吹多了海风一样干涩，拇指也会隐隐生痛。把手机丢下，走出院子，海潮依旧，海风也依旧，海水之下，那个村庄依然隐蔽，暗藏千古，空茫如初。在渔村躲避疫情这段时间，我挑选好海底村庄的展览照片，也排好了每一幅照片的顺序，连哪张照片洗多大、展厅的灯光如何布置等，我都做了规划。我甚至连展览的前言都写好了，只是暂时就不发给Z过目了。或许，一拖拉，这个展览永远没法成为现实了；或许，随着疫情的趋稳，好消息逐渐传出，这个世界还会回到从前的模样，该春暖花开时春暖花开，该日光辉煌就日光辉煌。是的，当我在村子里游荡，人们一切如常，我时时恍惚，好像疫情从未来到，海边的潮汐从未更改过它的节奏。好吧，我等着Z的电话，等着万物重开，年轻恒久——但在手机铃声响起之前，就让这场展览暂时属于我一个人，只为我自己开启。我悄然走进曾祖母的岁月，逆流而上，寻回那些消散的记忆。

"唯水年轻"摄影展前言

…………

万历三十三年五月二十八夜，海南岛地震，海沙崩裂，琼东北起声如雷，海边七十二村庄，尽沉海底，人或为鱼虾。这些倾覆在水底的房屋，在四百一十五年过去之后，解除封印，重见天日，以另外的一种方式，回到我们的眼前。地震之前，高僧憨山德清恰好身在琼州府探寻东坡遗迹，他登上郡城之时，觉得生气不佳，曾言灾难将至，让人们躲避。可惜无人相信，以致死伤无数。

大震让那么多村庄瞬间沉入海水，以另一种方式，抵抗着时光的腐化。

后来，岸边又重新生长出村庄，我们的先人一代一代在此生活，他们中的大多数人，并不知道海底村庄所从何来，代代传说覆盖了记忆。人们出生，活着，然后死去。“海老了/唯水年轻/凡是潮刷过的也都年轻”，这是海南省老诗人云逢鹤的诗句。当我潜入水中，看到海底建筑，便觉得，这片海，确实老了；可荡漾的水纹天光，又那么年轻。这一次展览中，除了海底村庄的照片，还有一些岸上的，彼此映照，共抗时光。摄影者也颇怀私心地放入了与曾祖母、曾祖父、祖父、父亲相关的一些照片；尤其是曾祖母，她坚硬地撑住数十年时光之潮的冲刷，她并未苍老，她如水——唯水年轻。

【作者简介】林森，作家，《天涯》杂志主编。主要著作有小说集《小镇》《捧一个冰椰子度过漫长夏日》《海风今岁寒》《小镇及其他》，长篇小说《关关雎鸠》《暖若春风》《岛》，诗集《海岛的忧郁》《月落星归》，随笔集《乡野之神》等。曾获茅盾文学新人奖、人民文学奖、百花文学奖、华语青年作家奖、北京文学奖、长江文艺双年奖、中国作家鄂尔多斯文学奖、海南文学双年奖等奖项，作品入选《收获》文学排行榜、中国小说排行榜、《扬子江评论》文学排行榜等。

挪威槭

◎ 郭爽

把父亲带到莫斯科，不是个容易的决定。他牙不好，对食物也就挑剔得很。嫌弃食物常常变成对人发火，脾气越发显得古怪。她怀疑父亲跟她一样，习惯用愤怒掩盖不适，牙齿只是借口。比如，他总是埋怨把他一口好牙弄坏的庸医，只因是某位熟人介绍，才错信上门，把好牙变坏牙。错信这回事，在父亲的人生中发生的次数不多也不少。在小地方，公共空间的缺失让信任变成吊诡的事。医术好坏的评估，往往夹杂了几辈的人情世故。细究下来，如果信了谁，事后被证明是错误的，那只暴露出当时处境的难堪。弄牙时父亲才三十岁出头，私人牙科诊所远不如现在这般普及，他那时还没什么钱。她能分析原因，但一口好牙生生被弄坏了的终究是父亲。而且，跟他那些隐秘的、沉睡在记忆底层或心湖深处的烦恼不同，牙既暴露于人前，也要日日使用，才成了发泄的出口。

现在，父亲就在她对面咀嚼。一张圆桌，七八人围坐。其他人都三两个熟人挨着，只有她跟父亲隔桌相对。早上，父亲不听她劝，在红场边上的百货公司买伏特加。她说回国前再买不迟，酒瓶子这么重，一路颠簸碰碎了麻烦。父亲坚持买下来，说要回头找东西太麻烦了。她吼了父亲几句，转头就后悔，但也不肯就此道歉。旅程才开始，她还执意一切由自己做主。

三十七人的旅行团，再赌气，吃饭还得回到一张桌子上来。一对夫妻隔在她和父亲之间，年龄比父亲略小。挨着她坐的那位妻子让她多搛菜，显得亲热。她也就留心了对方的样貌穿着。平常的休闲服，没有化妆，包是名牌，不知真假。

她客套回了几句话，得知对方姓柴。柴女士让她看邻桌，一个狮鼻的女人在高声说话，笑闹之余伸手拍打相邻老年男性的肩。

柴女士说："她老公。"

"不是她爸吗？"

"她老公。"柴女士拖长尾音。

"是她爸吧？"

"嗐……她自己说的。"

"年纪太大了吧？"

"你听她口音，哪个乡下的。"

她仔细听了听，回看柴女士一眼。

柴女士似笑非笑地说："你妈妈没来？"

"我妈妈啊……"她像往常那样答道，"去世了。"

"不好意思。"

"没什么，都二十几年了。"

父亲还在慢慢咀嚼。父亲虽然快六十岁了，但没秃顶没发福。而她呢，嫌室内暖气太足脱了外套，是年轻饱满的身体。她跟父亲长得一点也不像。狮鼻女人声音又高了起来，倚着老人撒娇，五官挤在一起像一张揉皱的漫画。柴女士用手肘顶顶她，意味深长地笑了。

旅行团里的人，关系混乱又古怪，嘴上说是夫妻的有多少是真夫妻，大概只有导游知道。虽然人天性就喜欢议论别人的坏处，但暂时聚集的人不需要确认那么多真假。被误会了也谈不上冒犯。她看向柴女士，柴女士正给丈夫搛菜，而丈夫瞟着她。或许，让人误会她是父亲的情人也不是坏事。至少，柴女士的丈夫就不会在列宁墓门口跟她搭讪。

她大剌剌开了罐啤酒，咕咚咕咚往肚子里灌。这下父亲倒是瞪着她了。她冲父亲举杯，算打平。

更年轻的时候，她总在别人的目光和自己的观察间摇摆。她知道邻居和同事们怎么议论父亲。那些人的孩子鹦鹉般将父母的话传递。而她将男孩子打了几次后，就长出了一层厚厚的茧，包裹住耳朵和身体。爸爸只是她一个人的爸爸，只有她才了解他。

在她和父亲生活的小城，跟世上其他小地方一样，处处有欠缺，却不欠缺正常人。正常人没了妻子后，很快再娶，生养新的孩子，像什么都不曾发生。而父亲呢，却执意不让自己的伤疤平复，人们也就难以忘记。还有，正常人务实，要算得失，也就不喜欢不愉快的记忆，哪怕这记忆可以对比出他们短暂的幸福，却也会消磨掉他们太多时间与感情。总是不值当。

所幸，父亲的植物学专业和教书匠的职业，让他抵抗住了时代的变化，中间虽受过穷，但搞农学的人始终没有失业，流言和轻蔑也就不能从根本上动摇他生存的根基。他做实验、讲课、下乡、种植，靠工资养活自己及女儿。而别人，在几十年里，间或被钱冲散家庭，走向他们没有想过的离婚或噩运。如白炽灯泡里的钨丝，某一刻忽地断裂，暗淡了。

于是在别人口中，父亲的形象渐渐转变，从“败坏”变成了平常人。

而她也长大了。谈了几次恋爱，失恋过也背叛过别人后，她面对父亲反而轻松了。既然她不是个完美的女儿，不是个完美的人，那么父亲也尽可以自私地度过他的一生。只是她希望，这个跟自己一样自私、时而软弱时而倔强的父亲，不要那么快离开她。父亲如果不听话，比如现在，又固执地买了酒，她就气回他。然后两人对饮，把一瓶啤酒分了。酒喝得见底，跟父亲怄的气也就消散了。

离开饭馆前，她挽着父亲的胳膊走向大巴。狮鼻女人在前面，年迈的丈夫腿脚不灵便。跟其他团员各自打量着伴侣之外的人不同，狮鼻女人被丈夫的身体牵绊住，亦步亦趋，像被动的刑罚。嫁给老头子的年轻女人就是这样吧，被人看不起，无论是美还是丑。道德的天平倾向于定性这桩婚姻是出于利益，而非感情。即使在这么一个对他人知之甚少的临时小团体里，人们也迅速地轻易地建立起道德鄙视链。坏话比人想象的传得更快。女人们都站得远远地看着，似乎道德瑕疵是种病症，会传染。

母亲逃走是因为这个吗？母亲后来嫁了个外科医生。听说外科医生在国外都很有钱。母亲生的两个孩子，彻底取代了她。在枫叶之国加拿大，没人计较母亲的前史，也无从知晓。

卡通式地拼凑出母亲的全貌并不是件难事，可她常常怀疑，这么做跟真实相距甚远。一个人对另一个人的了解，能达到什么程度？就算是共同生活的父亲，她又了解多少呢。从她记事起，就不乏陌生的阿姨试图照顾和讨好她。她从高中开始寄宿，偶尔回家，会发现女人过夜的痕迹，水池里长长的头发，或者一把新的牙刷。

她试着去喜欢她们，但又不敢真的喜欢她们，担心她们迟早会从她生活里消失，而她就会像弹簧坏掉的玩具，被失控的余震摇出一颗更破碎的心。父亲向她示范着爱，但这只是对女儿的爱、血缘之爱，不是一个人对另一个无关的人、一个男人对一个女人的忍耐、渴望恒久的爱。

父亲问过，为什么非得现在去旅游，他不爱旅游。

她说：“你去年跟团去台湾不是很开心吗？回来唠叨了半年。”

父亲说：“你工作也挺忙的，不用陪我。”

她说：“谁要陪你啊，我抽奖抽中的。”

父亲说：“那叫鹏远跟你一起去。”

“他啊，他去过了。”

她觉得在她成长的日子里，父亲也是这么哄她的。

双人旅行套餐是年会抽奖抽中的，不过不是她抽的，是陈鹏远。兑换券过期前，他们打算一起用掉，反正他们也很久没有一起旅行了。

他大方让渡东西给她，自己搬出去，车留给她，还有一屋子零碎。其中包括这张双人旅行套餐兑换券。

瓦力还是黏她，蹭着她的腿绕圈，每三天吃一盒罐头。只是陈鹏远的衣服上再也不会沾满瓦力的毛了。

跟父亲说了后，她又有些后悔。上一次跟父亲旅行是什么时候？这两年，父亲自己倒是去过中国台湾、新疆，但都是她去旅行团报了名，父亲独自出发。她搬出去跟陈鹏远同居后，慢慢有了自己的生活半径，父亲也习惯了一个人生活。但这次，父亲早早开始准备起来，上网查资料、听俄罗斯民歌，她也没太当回事。周末她回家吃饭，楼道里遇见邻居，跟她说：“听说你要带爸爸去俄罗斯啊！真是厉害。”

她厉害吗？她点点头侧身走了。那天父亲做的是炝锅鱼，她最喜欢的菜，但失了手，辣得两人掉眼泪。她放下筷子，让父亲也别吃了，伤胃。父亲像没听到，把她剩的半碗米饭扒拉进自己碗里，吃得满头大汗。她擦干净鼻涕、眼泪和汗水，问父亲，你前两天听的那首俄罗斯民歌叫什么来着？

父亲站起身，手机很快响起旋律。她听了一会儿说，那就去吧。父亲没听清，问，啊？她摇摇头，跟着哼了一句歌曲的旋律，歌声好像明媚的春光。

好歹，旅途开始了，带着抽象的意味，投影在她的身体上。大巴载着他们沿莫斯科河往前走，手机地图里闪烁的蓝点显示他们在城市里爬行的痕迹。陌生的人们拥有共同的旅途终点，时间进程也被设定，一切将结束于五天之后。

父亲并不知道这些，也不需要知道。就像填入境表时，父亲认真看她写英文，其实多半是汉语拼音。父亲小心地把入境表夹进护照，又仔细看起护照来。跟她已快没有空白页的护照不同，父亲的护照是崭新的。

她没法开口跟父亲说什么，多半是羞愧。或许她在等候时机。飞机上密闭相处的空间里不行，新圣女公墓的阳光和阴影下不行，克里姆林宫围墙与卫兵的包围中不行。他们滑过这些空间和时间的表面，前方有什么在隐隐地呼唤他们。

昨天，抵达谢列梅捷沃机场时已入夜，大巴拉着一团人往城里去。导游用俄语唱《莫斯科郊外的晚上》迎接他们。并不动听的歌声从麦克风传导至头顶的喇叭，再被窗玻璃回弹进车内封闭的小世界。零星灯火闪烁，俄文字母确认着异国的身份。父亲暂时拘谨着，并不像其他团员一样在导游的带动下跟着唱歌。也许只是累了。他们先飞到乌鲁木齐，从乌鲁木齐出境飞莫斯科，折腾了十来个小时。

现在，父亲在团友众目睽睽下跟她争吵再和好后，反而松弛了。早早暴露出他们的身份，突然争吵，又很快和好，内向的父亲一开局就亮了底牌。在导游的领唱下，父亲唱起《喀秋莎》："她在歌唱心爱的人儿，她还藏着爱人的书信。"

车窗外偶尔闪过教堂的金顶，天空阴沉。上午参观完列宁墓后，导游带队去天使报喜教堂。东正教圣人们的骨殖装在镀金的骨匣里，在枝形吊灯和烛台的光影间沉默。地板华丽，燧石、玛瑙和碧石像要隔绝尘世的哀喜。中国人对此并无感知。不远处，列宁的遗体在昏暗光线中被士兵守护。她和父亲放缓了步伐，转山一般绕着列宁遗体凝视。

她对着父亲唱："喀秋莎站在那峻峭的岸上。"

"歌声好像明媚的春光。"父亲应道。

在莫斯科只停留了一天，旅行团就向圣彼得堡进发。临行前，导游大声打电话，咒骂电话那头的人。

父亲说，他同屋的男人昨晚出去了就没回来，导游这是在找人呢。

她回想父亲同屋那五十来岁的男人，很胖，衬衫领口露出条金链子。

胖男人的同伴——一高一矮两个男人跑去宾馆门口的马路上张望。

昨晚，她去宾馆大堂自助售货机买口香糖，导游正给高个儿男人和矮个儿男人介绍女孩儿。一个黑头发，一个金头发，不知国籍。两个男人各自挎一个出了门。导游目送两对上了出租车，回身看见她，若无其事。

在莫斯科安排的景点，除了列宁墓和克里姆林宫，当天下午去的新圣女公墓和莫斯科大学都不用买门票。导游还见缝插针把他们带去琥珀商店。她没买，父亲也没买。导游对她没好脸色，她也懒得应付。

不久，高个儿男人和矮个儿男人夹着胖男人一起回来了。

胖男人凑上来，低声对父亲说，自己赢了一千美元。一沓绿色纸钞甩在巴掌上啪啪响。

"我就跟司机说，Casino！"胖男人说。

"Casino 是什么？"父亲说。

"赌场！"

"你会俄语？"

"这是英文！跟美元一样，世界通行。"胖男人笑起来。

"你胆子大！"

"我就这点爱好……"胖男人得意扬扬揽住父亲的肩膀，又回头问同伴，

"俄罗斯小妞香不香?"

上了去圣彼得堡的火车,刚坐定,她就跟父亲说要提防同屋那胖子。

"他也不是什么坏人。"父亲说。

"你怎么知道?"

"就是个小老板。小老板嘛,出来转转就找找乐子。"

"他一个小老板没事出来转什么转?"

"小老板也有跨国业务啊,人家是出来考察的。"

"考察赌场啊?"

"他是做药材的。"

"俄罗斯人又不吃中药。"

"武先生就有亲戚在这边做中医。"

"谁是武先生?"

"柴女士的先生。"

"要有人问,你就说你是种火龙果的。一穷二白。"

"我怎么就成种火龙果的了?"

"你整天弄那些植株,不就是种火龙果的吗?"

"那人家要是问我火龙果多少钱一斤怎么办?"

"你就说你记不住。"

"人家又不傻。我也没那么傻。"

"那电视购物买回来的那些是啥?"

"人嘛,免不了吃亏上当。"

"你别给我找麻烦就行。"

"给人骗骗,就当做慈善事业。"

"好,回头你自己跟导游报名。"

"报啥?"

"你不是要去看芭蕾舞吗?"

"对,老樊也要去。"

"老樊又是谁?"

"我同屋啊,赌神。"

"他不去 Casino 啦?"

"他说在巴黎看过红磨坊,精彩得很。"

"那是大腿舞……"

出来后,父亲脾气好得很,对比之下,她暴躁又苛刻,还咄咄逼人。她觉察到了,停了嘴。或许潜意识里,她在保护一句英文也不会讲的父亲。她摇摇头,走出包厢。

临行前，她去给父亲收拾行李，清理出一堆旧衣服和破烂。父亲站着看她把东西全塞进垃圾袋，趁她不注意，又悄悄把东西掏出来。父女俩争了几句，父亲同意旧衣服进小区回收箱，“破烂”放进小阁楼。

小阁楼得站在梯子上才够得着门，她爬上去了。里面堆着更多破烂。翻检了一会儿，她看见已经长霉点的琴盒。母亲离开后，父亲再没拉过小提琴。

傍晚父亲出门散步，她把琴盒取下来。松香从盒子里滚落出来。琴弦上积着虫壳。蛀虫都早已僵死。她犹豫了一会儿要不要把琴带走，最后还是放回了阁楼。

小提琴有四根弦。弦与弦并不相交，只有在琴弓和手指的触摸下，它们才发出和弦音。父亲应该比她更懂得这一点。

车厢连接处没人，牲畜、村舍和大片的农田掠过。村舍的屋顶有红有蓝，农田则是黄绿色。色彩闪烁跳动进入她的眼底。

很小的时候，她就显露出了对色彩和造型的敏感，对父亲擅长的植物学和音乐则毫无天赋。父亲鼓励她专注观察事物，比如在他们兴趣的交集——植物上。植物也是万物之一，父亲正巧懂得它们。叶片里汁液涌动，会低语。光合作用让植物焕发活力，根茎在运动。于是她知道，只要看得足够久，足够仔细，事物的面貌就会如试纸上析出的盐一样显形，留下人类眼睛可辨认的痕迹。从眼睛到头脑，从头脑到双手，她试着记忆、想象与转化，用色彩和线条来表达。可在传达这件事上，天赋将人区隔。极少的幸运者才能创造，她只是转译、搬运，学会一些东西，再教给人。

像父亲一样，当个教书匠没什么不好。从美院毕业后，她找了所中学当起了美术老师。对她这样的本地人而言，工作并不是决定能否在这小城活得像样的关键，她也就随意处理自己的喜好和职业。陈鹏远对她的工作倒是满意，每年两个假期，又无升学压力。男人兴许都这样，妻子和女友最好是幼儿园老师，其次是护士，既不会占用过多精力，又能为家庭做出贡献。她不经意地笑了，像是对过去的自己。

倒也有许多快乐的事。比如看学生的作品。孩子不关心人类社会既有的分类和所属，只描摹心中的图景，因为手里有一盏小灯。这灯照亮他们的感官，让他们能听到最细微的声音，主要是他们相信能听到，比如昆虫们的振翅声何尝不是低语？于是，孩子拥有自己的王国，对万物有独特的命名方式。其中部分孩子，日后会将这些幻想的名字与正式的命名相对照，从而获得秩序，成长出大人的外形。少数孩子，却可留住手中的火。

或许，她应该对手中的火苗更加确定。她快步走回包厢，想马上找到父亲。

父亲正跟邻座的俄罗斯大妈比画着说笑。大妈分巧克力给父亲。两人喝着红茶。茶很香，氤氲着水汽。

老樊趴在包厢门上，大声对父亲说："老彭！你可以啊！"

父亲冲他摆摆手。

老樊不走："我也想有个'喀秋莎'啊！"

老樊跑到父亲身边挤着坐下，打量着俄罗斯大妈："绿眼睛！"又对父亲说："这导游也不安排我们去看看马戏！俄罗斯大马戏，多好看，多刺激！死人坟头倒是看了好些！"

"今晚不就看芭蕾舞了吗？"父亲说。

"你真该去拉斯维加斯走一趟。"

"美国啊，太远啦。"

"中国澳门也行啊！男人怎么也该去见识见识。"

老樊发现她一直瞪着自己，就笑嘻嘻说："哎哎，我跟你爸爸可是有缘。我们俩下乡的知青点，只隔着两个大队呢。"

又对父亲说："老哥哥，你们知青点当时是不是烧死过人？你在不在？"

父亲半垂着眼皮，像是陷入回忆，半晌才对她说："唉，我的伏特加你收哪儿了？"

"爸爸！你就不能不喝吗？"

父亲缩着手，像挨骂的孩子："跟你樊叔叔吹两句。"

老樊来了劲："我去拿香肠，老哥哥你等着啊。"

她把两瓶迷你伏特加扔给父亲："还有四个小时就到站。"

父亲笑嘻嘻。

香肠慢慢被啃得只剩个尾巴，父亲和老樊喝得脸泛红了。

老樊想起了什么似的问："所以，你们村是烧死了人吗？我记得是两个？"

"两个。是被村民烧死的啊。"

"被村民烧死的？"

"说是偷了他们的粮食，被堵在山洞里。起火是意外，后来火烧大了，没人敢去救，就烧死了。"

"不能吧？"

"就是这样。"

"我怎么听说是两个知青去山洞里耍朋友，点火取暖，起了山火烧死了。"

"是男女朋友。"

"那就是喽。我们那个点，也有搞对象搞得全村都看不下去的。"

“这个我知道。”

“你知道啊？那个女的漂亮是漂亮，就是……”

“嗯，是我前妻。”

“老哥哥，你不是开玩笑吧？”

“你不信吗？我们村那两个，真的是被村民烧死的……”

她看着父亲，酒精把他的脸烧得很红。她不能确定父亲说的是实情还是醉话。关于母亲的那一句，蛇的芯子般吐出。母亲是她和父亲之间的禁忌。也不是不可以提，但只有那么数得出来的几次。现在父亲却对老樊随意说起母亲来。而且是她不知道的事。她瞪了老樊一眼，想阻断老樊说话的热情，父亲如果要说，怎么也该先说给她听。

“爸，你休息一下吧。”她说。

父亲像是没听见，趴在窗户上认真看飞驰而过的村庄。继而转身说：“有个俄罗斯小说，讲一个峡谷里的村子。这是个什么样的村子呢？是个教堂执事在丧宴上吃光鱼子酱的村子。”

“穷地方？”

“穷地方。连跳蚤都要烤来吃。”

“我们当时也老偷粮食，肚子饿啊。”老樊没头没脑接了一句。

“饿昏了什么都吃……”父亲说。

“背枪的老知青捉了人家狗儿炖来吃。”老樊说。

“背枪的都横着走。”

“我也是听说的。我们去的时候，没有枪没有炮，天天挑大粪。”

“沃田啊？”

“往田坎上挑。”

“也怪不得他们恨。那时候太能吃，一顿四碗苞谷饭都吃不饱……”

“反正我是怕！老哥哥你那时好歹有力气，但我才十五岁啊……”

“那你还是初中生？下去是为了啥？吃粮食？”

“嗐，下去，每个月有八元生活费，头十个月还有三十五斤供应粮，我争破头也得去啊！是不是？下定决心，不怕牺牲，排除万难，去争取胜利！你那时候……是背枪的？”

“我比你大不了多少，也是中学生。下去是因家庭情况，没办法。”

“难怪不认识你。那时候出名的，都是老三届。”

“他们下去得早。咱们就赶了个尾巴。”

“你记得离我们公社不远有个林场吗？有条河从中间穿过。”

“河……河坝边上山坡上有棵消息树，是金丝楸。”

“就是那个公社，好多树，现在修成高尔夫球场了。”

“球场！那些树呢？还在不在？”

“留了些大树，以前种粮食的山坡全部被清理了。”

“哎呀！”父亲拍了下大腿，力气大得眼镜都歪了，“那么多金丝榔，可惜了。”

“金丝榔值钱吗？”

“就是榉木，现在比不上黄花梨、红木，但也是好木料。”

“嘿，那时候知道是值钱货，还刨什么土坑？种什么地？直接把树放倒。”

“你放吧，一放，你就是破坏国家资产，抓你树个典型！”

“那我就扎根农村一辈子了。”

“农村？想得美！你扎根大牢一辈子。”

两人大笑，将握着的酒瓶子碰了碰。

她在手机上搜索父亲插队的那个村子。父亲跟她说过好些次那个名字奇怪的村子，她逐字问过怎么写，也就记住了。电子地图里，一个小红点显示着这个穷乡僻壤的村落在世界上的位置。

一条黄色的断头路从最近的城镇通往村子，此外，橙色线条是国道，初建于一九三四年，沿用至今。再远些，高速公路与村子平行。她记得父亲说过，当时他都是靠走路走回城的，要走一整天。

奇怪的是，她记忆里有清晰的画面，她跟母亲站在村子对面的山头，隔着小小的湖泊眺望那村子。母亲说，你爸爸当年就在那里当知青。山苍翠，水寒青。除了这些颜色，那村子什么也看不见，就像是贫瘠本身。被困在村子里的父亲，也许也像她一样爬到山头这样远眺过吧。

景深一旦拉开，真实就可比对而出。如今父亲已六十岁，一生的命运已悉数掷出骰点。她知道父亲后来考上大学，没有再回过村子。像父亲生命里的其他秘密一样，他任由它们沉默下去。即使像现在，偶尔被拔出记忆的土层，父亲也三言两语，让往事静止在语言的边缘。

她一直觉得小城太小了，兜兜转转都是同学、亲戚。可小城似乎又很大，大得可以把很多秘密埋到地底，除非像父亲和老樊这样，意外地被挖掘机从陈旧的土层里翻挖出来，才能相逢。

车窗外色彩飞驰。她几乎有些嫉妒地听父亲和老樊在酒精的作用下一起唱着歌。不是俄罗斯民歌，而是她不会唱的、老樊和父亲知青时代的歌。

老樊说：“老哥哥，我就羡慕你这样的，考上大学，起点不一样。我当年也去考了，第一年没考上。第二年再考，上了中专。”

父亲说：“那年头，上中专的人也不多。你学的什么专业？”

“我说出来你别笑。”

“兽医啊？”

“真学了兽医，我也就没这么苦了。”

“就是，兽医那时候吃香啊。”

“猜不到吧，你肯定想不到。我学护理的，男护士！”

“男护士比较少见。”

“还不是怪家里，我五个姐姐，我老幺，给我取个名叫樊小花，好养活。分配专业的老师估计一看这名字就默认性别女了。全班二十七个女同学，就我一个男的。读了一年我才转到药剂班去。”

“那你现在还叫樊小花啊？”

“改了改了！”老樊笑道，“改成樊大花了！”

父亲笑。

老樊继续说：“我想着改学药剂，要再把我分派下乡，就用不着去管计划生育，是不是？我怕那玩意儿，走村串户的，还鸡飞狗跳。结果咱们又是药材大省，一来二去，还是往乡下跑。但那时候好药材真是多，山越大的地方越多。下去一趟，打几只斑鸠，再搞只‘竹溜’（学名竹鼠），那确实打牙祭了。”

父亲问起老樊去收药材的地方，两人你来我往，更多陌生的地名涌现，连缀起他们年轻的日子，也就是二十世纪八十年代。父亲研究的是经济作物，近年果树收益高，又培育火龙果苗、百香果苗，但药材也是植物，跟老樊聊开了就没完没了。又说到土壤、水源，省内北部的高原草甸、南部的河谷地貌对种植的影响……她插不上话。

她还小时，父亲会带着她去乡下出差。他们住的是穷地方，乡下就更加破败。或者不能说破败，破败是光辉后的颓丧，而那些地方，只有石头和黄土，连房子都是草草盖成的，更不要提人的衣着日用。父亲培育的植株，栽到黄土里很难存活。他说这是土壤太坏，如果是东北平原肥沃的黑土，作物就会欣欣向荣，连叶片都会油光锃亮。可他又说，土壤不是农民能决定的，太金贵的作物，他们记不住种植方法，也种不活。许多村子指望着靠天吃饭，其实并不全然是懒惰。自然，穷地方的人愚昧，有时可恨，可如果苞谷能填饱肚子，他们也就无所求，并不想搬离。

父女俩一起坐乡村巴士在泥泞路上晃荡，她总是晕车，吐出来的是在乡下吃了还没来得及消化的苞谷碴子。那就是她跟父亲最初的旅行吧。跟现在不同，那些旅程往土地深处去。

父亲与老樊已经说到薏仁米的精加工了。话题在迅速跳转，两人不时拍拍对方肩膀，大呼小叫。

她对着车窗外彩色的村庄发愣。被烧死的年轻人，胃里也装着苞谷糙子吗？他们是不是父亲的朋友？父亲却没有再提了。

一起啃过香肠喝过伏特加后，老樊跟父亲更亲近了。去看芭蕾舞时，他跟父亲坐在一起。吃俄餐时，跟父亲大声议论三种鱼子酱的好坏。

自由活动的一小时里，老樊执意要请客，因不是饭点，只能在夏宫里找了家咖啡馆坐下。老樊打发两个手下走开，又对父亲说："自己玩儿都不会吗？真是！"

她问老樊这次考察得怎么样，老樊说："要等折返莫斯科才能见到自己的客户。"又嘀咕说："老毛子效率太低，但愿不要白跑一趟。"

父亲说："返回莫斯科，就待一天半，来不来得及？"

老樊说："时间约好了，就去碰个面，该签字签字，小事情。"

父亲说："你这趟成本不低。"

老樊说："老哥哥，不带两个人，不像样子。做不做得成，都要做啊。我们生意人，可不能看天吃饭。"扭头看看窗外又说："咋没有泡温泉的地方呢？这风吹着，能泡泡温泉多好。"

父亲笑。

老樊说："我也想做票大的就收山了，可钱挣进来又花出去，没个头。"

父亲小声说："你发现没有？他们水龙头里出的都是热水。之前我以为是宾馆条件好，刚才去上厕所，水龙头也出热水。"又感慨地说："这国家能源确实丰富。"

"热水是政府免费供应的，直接入户，"老樊说，"暖气也是，国家财政补贴。"

"这么好啊，"父亲感叹道，"现在我们单位一入冬还在发取暖费呢。以前还每家弄个铁炉子，烧煤，烧蜂窝煤。"

"他们吃得没我们好啊，"老樊说，"咱们到了以后，这都几顿了，带叶子的只有白菜。不带叶子的蔬菜也只有洋葱、胡萝卜。一年三百六十五天，这怎么受得了。"

"不知道他们教育、医疗怎么样。"

"就那样吧。搞石油的都去伦敦买房、享受，哪里的有钱人都这样。"

父亲望向窗外不远处的水平面："我以为这是条河，听导游讲才知道是挪威湾，那不就是海？来俄罗斯，我以为起码要看看河。伏尔加河、顿河……"

"《静静的顿河》！"老樊笑了。

"你也看过？"父亲问。

“拼命翻啊翻，要翻到格里高利和阿克西妮娅搞恋爱的地方！”

“你这抓重点抓得好。”父亲笑道。

“我还真看过。不是东风压倒了西风，就是西风压倒了东风。”

“噢噫，静静的顿河，你的流水为什么这样浑？”父亲扬起声调半唱半念道。

“啊呀，我静静的顿河的流水怎么能不浑！”老樊应着，又说，“怎么样？怎么样！”

“你去过吗，顿河？”父亲问。

“没！上次来也是莫斯科、圣彼得堡。跟团就是麻烦。”老樊说。

“俄罗斯不能自由行吗？或者商务签证？”她问。

“不能吧，办起来很麻烦。我怕麻烦，”老樊随口答道，又说，“回圣彼得堡能坐船游河。也算是条河吧。”

她从包里翻出行程表：“船上还有歌舞表演。”

“主要看看风景。”老樊说。

“昨晚两个芭蕾舞演员跳完了，我看其他桌有人给小费，就也给了十元，十美元。”父亲说。

“唉，”她叹气，又对老樊说，“我爸平时花钱让人擦皮鞋都不肯。”

“留着来俄罗斯给小费的，”老樊说，“我儿子也笑话我，去俄罗斯干吗？英法德意怎么排，也轮不到它啊。我说你们年轻人不懂，不懂……”

“真来了吧，跟想的又不一样。”父亲说。

“他们不收美元，这个太讨厌了，”老樊说，“昨天你们啥也没买是吧？刷卡机没信号，我刷了好几次也刷不出来，美元又不收。”

“导游手里有卢布，跟他换点。”父亲说。

“是！那是后来。刷不出来吧，又不收美元，那个胖大妈还一脸不耐烦。跟欠了她钱一样，有那么看不上吗？我说‘dollar，dollar’，她装听不见。我把钱拿出来给她看，她直接摆手，不收！”

“你要拿着美元去黄果树景区买东西，还跟人‘dollar，dollar’地喊，肯定也没人敢收啊。”父亲说。

“这不是莫斯科吗，好歹也是首都，”老樊又嘀咕着，“其他钱倒是收得挺痛快的。”

老樊招手，指着茶壶跟服务员说 hot water，服务员走过来看了看，表示不明白。老樊揭开壶盖，给服务员看看能看见底的空壶，嘴里念着“咕嘟咕嘟”，模拟往壶里倒热水。服务员把壶拿走了。老樊说：“我其实不爱出国，费劲，跟他们要个开水都不明白。”

父亲说：“可以啊老樊！我就不行，哑巴一个。”

“嗐，我也是去加拿大看儿子，被逼出来的。我住不惯，我家那婆娘，见了儿子就守着不走，一住一个月。”

“加拿大……”父亲低头喝起已变淡的茶。

“加拿大没意思，要去就去拉斯维加斯！”老樊又开始说赌场的事了。

她站起身，说要去散散步，把父亲留给老樊。

出去没走几步，看见导游在集合点的长椅上坐着。导游主动跟她打招呼，请她喝格瓦斯。她看了一眼卖格瓦斯的小推车，说她喝过格瓦斯。导游说，尝尝，跟国内的不一样。

报团时，她在旅行社网站查看过导游的资料。如今所有老板都想跟上社交网络的浪潮，不额外投入就指望员工能带来更多红利。这个本名叫孟凡的年轻人的头像旁边被一堆不同颜色的关键词簇拥着：认真负责、细致耐心、有错就改、热爱祖国。对一个导游来说，这些词似乎为他增添了可靠的品质。可如何面对这个微胖的年轻人，没有任何有效信息。

她意识到自己在打量他的背影，心里不自觉地把这人跟陈鹏远做比较，不禁吃了一惊。

孟凡帮她的那杯格瓦斯插上吸管。她开玩笑般说：“我有男朋友的啊。”

“嗐，我也有女朋友啊。”

两人都笑了。

“怎么样？”孟凡问。

“什么怎么样？”

“格瓦斯怎么样？”

“还行。”

她咬着吸管，慢慢喝饮料。她并不知道怎么跟导游说话才是合适的，或者她太久没有跟陌生的年轻男人说话了。

“感觉还行吧？”孟凡问。

“好喝。”

“我是说这儿，莫斯科、圣彼得堡。”

“我爸喜欢这儿，跟我说什么白桦林、三套车，刚才又说想去伏尔加河、顿河。”

“这两条都不是俄罗斯的大河。你爸爸肯定看过《静静的顿河》。”

她沉默几秒，突然想到一个话题：“你看没看过一个电影，讲意大利人在俄罗斯的，动物园有只狮子跑出来了，撵得他们满街跑。”

“《意大利人在俄罗斯的奇遇》。”

“对！对！小时候我在电视上看了好多遍。”

“里面好多景咱们今天都路过，明天就要去喀山大教堂啊，涅瓦河啊。”

“我就记得那只狮子了。”

“那只狮子已经死了。”

“啊？”

“说来话长。那只狮子是一户人家养的宠物，那家除了狮子还有豹子。”

“我看过把熊当宠物养的图片，说‘战斗民族’什么的。是真有人养熊吗？”

“那不能。熊扇一巴掌你就没命了。倒是有养小熊来演马戏的。但你别说，也有不少老外以为中国人养熊猫当宠物的。”

“你有宠物吗？”她笑着问。

“有啊！养了只猪。”

“真的啊？”

“真的啊，我女朋友嘛。我就是动物饲养员。”

她笑了，猛然想起陈鹏远说过几乎一模一样的话，要像养猪一样养活她，让她膘肥体壮，全身散发出幸福的光芒。

夏宫的建筑外墙刷着明亮、崭新的涂料。不知是不是因为高纬度地区独特的阳光投射角度，色彩和光影都带着蒸汽般氤氲的光圈，像罩在大玻璃罩子里的玩具模型。

孟凡问她去过哪些国家。

她报出几个国家名，意识到这是她第一次跟团出游。已经快没有空白页的护照，都是跟陈鹏远在一起的前三年出去用掉的。最初的快乐总是像海浪连绵不绝。他们发现共同的爱好，再发展共同的爱好。如今，她却怀疑是过度透支了快乐的份额，才只留苦涩。

在一起第三年时，她提出过分手，理由是她没有跟谁维持过超过三年的关系，再下去就要崩溃，不如提早收场。陈鹏远说：“你为什么总是逃避呢？为什么要预设一个糟糕的结果，然后早早就放弃？”她说：“我就是这么有病，你受不了就走吧。”他说：“你看，一说起来，你就逃避，把责任推到别人身上，然后自己躲起来。”她说：“对，我就是这么没用，你现在才知道吗？”她知道自己在试图激怒他，然后以近乎戏剧化的方式破坏掉现有关系。一团混乱中，人无须再辨认对错，只需耽于情绪，就像孩子推倒积木墙。所谓失恋疗伤，多认定自己是受害者，自怨自艾。这些她都知道。可是除了父亲，她没有跟谁有过长期可信任的关系，而跟父亲，是不需选择的关系。

她和陈鹏远又一起度过了三年。后三年与前三年截然不同，不同到她的记忆里白茫茫一片，什么也没有留下。朋友们说她，这样拖下去，不结婚不生小孩儿，两人会散的。她当时不信。她看过一张旧照片，父亲拉小提琴，母亲跳舞，他们年轻的脸会发光。父亲后来再也不拉小提琴了，母亲呢？还跳不跳舞？

很难说是谁把关系搞砸的。最终成了讽刺剧，陈鹏远像母亲一样，成了逃走的人。与母亲留给父亲的羞辱一样，陈鹏远也用跟另一个女人的关系破坏了他们之间曾有的信任。如果这信任真的是双方的。在道德上具备了真正的受害者资格后，她却没有一丝开心。无论关系好坏，无论其中一方对关系的破坏负有多少责任，被人背叛仍是剧痛。朋友试图安慰她，跟她说，陈鹏远起码是主动跟她承认有了别人，不像某某的丈夫，留下一张字条就消失了，手机销了号，工作辞了，父母也一问三不知。"一个人凭空消失，并不会减轻伤害。"朋友说。所以对遗迹也要感恩吗？在一起住了六年，房子的角落遍布痕迹。

半夜偶发的噩梦里，她看见自己坐在墙上，双腿晃来晃去。似乎人生已走到一个十字路口，再往下，不是变成父亲，就是变成母亲。而她的痛苦在于，她不想要二手的人生，不想重复成为任何人，哪怕是父亲和母亲。

孟凡问她有没有投币许愿。

"许愿？"

"喷水池，你看见水里的硬币了吗？都是人许愿投下去的。"

"我不信这个。"

"干吗不信，试试呗。"

"我在罗马投过，在凡尔赛宫也投过。"

"两次不中，那说不定这次就中了。"

孟凡摸一个硬币给她。

"嘿，你这人到底怎么回事啊？"

"什么怎么回事？"

她接过硬币："没事。我可不会买琥珀的啊。"

"你怎么老把我往坏了想？"

在陌生人的陪伴下，往参孙徒手掰开狮子嘴的雕像投币，多少有些荒诞，像人生更多时候的错位。硬币入水，瞬间沉底。她的心也咚的一声，不知被什么击中。

"我也来一个，"孟凡说。他摸出硬币，向着参孙掷去，"明年买房！"

"明年？那你还有六个月。"

"你这人怎么回事啊？"

"谁让你说出来？谁会把自己的愿望说出来啊？"

"为啥不说出来？"

"为啥是明年？"

"明年我女朋友就二十九岁了。"

她不再说话，跟孟凡挥挥手，往咖啡馆走去。

老樊不见了。她坐下，看菜单，准备叫喝的。菜单看了许久，她抬头叫侍应生，发现父亲看着她。

“还是自己姑娘好看，是吧？”她打趣道。

“我姑娘好不好看，看看我就知道了啊。”

“哼，我看你现在眼里只有樊小花了。”

“哎，他也不容易。”

“哪里不容易了？人家带着两个马仔呼啦啦来俄罗斯签单，去赌场休闲一下还挣美元。”

“带两个人出来，也得花不少钱吧。”

“没用的话带出来干吗？他一个当老板的，肯定算过成本。”

“没看出来有什么用。”

“你真相信他在你附近的知青点吗？”

父亲沉默了一会儿才说：“我也没什么可骗的啊。”

她想了想说：“火龙果确实没什么药用价值。”

父亲笑了。

大巴载着他们回圣彼得堡。宾馆就在涅瓦河边，天色尚早，团员们三三两两到河边溜达。她、父亲和老樊也沿着河走。河面宽阔，风吹得头发乱飞，也吹乱正在拍婚纱照的新娘的白纱。几个团友见到金发的新娘，都借景拍照，把一对新人、河面、远处彼得保罗要塞的金色尖顶定格在同一画面中。新娘的白纱在高纬度的日光中燃烧般反射出耀眼白光。

老樊最先看见熊。他激动得语无伦次，手指在空气中击打着方向。顺着他的指尖看过去，先是一个卖冰激凌的木头小推车，接着是河堤和路面的圆石，不断扭转身体调整视线，才看见那只小小的、被冰激凌推车挡住了的棕熊。棕熊一动不动地站立。老樊叫道，好家伙，屁股底下有根棍子！小熊坐在一根竖起来的木头上，稳稳当当。它四周并不见驯兽人。直至他们三人走得近了，穿马甲的卖艺人才从河堤背后的草坪上闪出来。这么近距离地看一只熊还是头一次，父亲和她都有点怯，站得远远的不敢动。老樊却不怕，靠上前去，扔了张一百卢布的票子到卖艺人的帽子里，抱着手准备看热闹。

卖艺人吆喝了几声，小熊却不动，仍旧坐在木头上。他又吆喝了几声，像念咒，小熊挪了挪屁股，木头掉到地上。老樊鼓起了掌。艺人往熊嘴里塞了点东西，小熊直着身子走了几步就要赖不走了。老樊吆喝起来，Stand up！Good boy，stand up！熊并不听他指挥。艺人又往熊嘴里塞了点东西，但小熊似乎打定主意不配合，继续赖在地上。老樊叹气道，这熊太小了，还驯不起来呢！又回头看看自己扔在帽子里的一百卢布，摆摆手说，算了算了。等他们仨走开了，艺人才吹起口琴。小熊呢，又坐回木头上去了。

“骗人的玩意儿！昨天买的巧克力也是假东西，全是糖和淀粉！”老樊愤愤道。

“熊这么在街上蹲着，不犯法啊？”父亲说。

“你说咱们出来图什么？老遇上些骗子。”

“你跟只熊生什么气啊，那是畜生。”

“我就等着回莫斯科了，赶紧签单，完事，回家吃火锅！”

“不去 Casino 啦？”父亲逗老樊。

“去啊，怎么，你改主意了？”

“我连麻将都不会打，去了给人当傻子骗，有辱国威啊。提振雄风就交给你吧！”

老樊乐了，扭头对她说：“我就爱跟你爸爸说话。我们哥儿俩能聊到一块儿去。”

父亲遇见老樊，或者老樊遇见父亲，多少让他们的旅途有些不一样了。她想到父亲的好朋友，她口中的陶叔叔。二十年前，父亲跟陶叔叔也是这样消磨掉一个个白天和夜晚的吧。行酒令时，陶叔叔会自己瞎编口诀，比如，五魁首啊六六六啊，美不美啊看大腿啊。那是二十世纪九十年代初，小城的夜晚静谧也热闹。静谧的是街道，路灯昏黄，梧桐树叶低垂。热闹的是家家户户窗户里边的人声。作业总是做不完，她就在那盏红色的塑料台灯下写啊写。隔着门，父亲的声音几乎听不见，陶叔叔的声音却高亢而兴奋。陶叔叔的身体里像有一台永动的马达，轰隆隆运转，带给他无穷的力。他会跟父亲争论花生米到底怎么才能炸酥，要偷偷克扣多少车队的油钱才能给一大家子置办好年货。母亲离开后，父亲最落魄的日子里，陶叔叔总是带吃的过来。发现父亲老煮面条给她吃，陶叔叔一把夺过锅子冲父亲吼：“你要把姑娘整死啊！”陶叔叔死时不到五十岁。如今的医学统计数据结果是，内向的人易生癌，外向的人易爆心脏。陶叔叔外向甚至急躁，却生癌。四十多岁健壮的身体，一年之内衰朽如枯木。父亲挂黑袖套，参加葬礼，骨灰盒入土时，父亲跟扶灵的陶家亲属一样大声吼叫。不是哀哭，不完全是，是比哀哭奇怪的声音，不知从身体什么部位发出。

陶叔叔走后，父亲再没有一起消磨，不，浪费时间的朋友了。成年人守着自己的堡垒。她现在多少可以理解父亲的沉默。从某个时候开始，跟最亲密的朋友巨细靡遗地分享，似乎被年龄或其他更钝重的力截断。她也一样。不再去麻烦别人，独自慢慢领受。无论老樊是真是假，几分真几分假，她感激他的出现，哪怕旅途即将结束。

父亲指着河对岸的彼得保罗要塞,跟老樊说以前这里是关罪犯的地方,还有铸币厂。

她想起临行前父亲塞进包里的小笔记本，密密麻麻都是网上摘录的景点要览。而她呢,在莫斯科一直没什么精神,到圣彼得堡后好些。她喜欢欧洲。油画是欧洲人被自然启示后伟大的见证。圣彼得堡悬在俄罗斯西端,有老欧洲的韵律和节奏。连天空、树、野花的颜色,也如印象派来临前的时代,荷兰画家们在市井小民的肖像画、野味珍禽的静物画里所铭记的那样——带着上帝亲吻的遗迹,洋溢的却是俗世的喜悦。

她停下来,看父亲和老樊渐渐走远了。她冲着父亲的背影喊:“我累了,我先回去了。”

她独自回到房间。床窄小,但好歹是单人房。她裹着毯子躺了一会儿,翻看在冬宫买的画册。冬宫有提香、达·芬奇,有伦勃朗。她试着回想在原画前驻足时看到的色彩与光影,尽量不去在意眼前印刷品的轻微反光。抱着耶稣的圣母玛利亚被达·芬奇画得像人而非神。还是婴儿的耶稣看向画面之外,是达·芬奇让他看向画面之外,如蒙娜·丽莎看着一代代人般,婴孩耶稣也看着一代代人。

她戳亮手机。没有信息,没有未接来电。她花了那么贵的国际漫游费。

那天下午,接到陈鹏远的电话后,她茫然地把日期和时间写在玄关的月历上。她感觉不到好或坏的迹象。她吃得比平时少,可并没有消瘦。除了偶尔做梦,她没有掉入回忆的黑洞。甚至她看起来也还好。学生们没有投诉,同事们如常在走廊和休息室跟她点头聊天。可她身体里某个看不见也摸不到的部分出了问题。她能听到轻微的咝咝声。

约定的日期，陈鹏远来搬走她整理出来的几箱东西。她没有扔掉他的拖鞋,他也就换上那双蓝色的拖鞋,蹲在地上开始清点。“不会再打扰你了。你脸色不好,有时间去看看中医。”

为什么他用这种朋友般的语气跟她说话?

放下画册,她拿起钱包,打算下楼去买酒把自己灌醉,让这个夜晚赶紧过去。她讨厌清醒着的自己耽于无解的情绪中。她只想沉沉睡去。

就在她拎着伏特加瓶子走回大堂时，电梯门开了，孟凡和狮鼻女人迈出来,跟着是担架队。她还没来得及开口问话,狮鼻女人却冲到她面前,抓住她的胳膊:“我不会说……我不会跟医生说……姑娘,你帮帮我,帮帮我!”

狮鼻女人头发蓬乱,扣子错位。担架上,她年迈的丈夫神志清醒,却上了氧气。

她被狮鼻女人抓得有些疼了,皱了皱眉头,本能地想抬手甩开。女人的声音更急切了。她仔细看老人的脸，嘴角没有涎水，嘴唇也不发青，脸是有些白，可呼吸还平稳。救护人员抬着担架不紧不慢地往救护车走。

“他平时有没有高血压、心脏病？”她问。

“我不知道……”女人答。

“没体检过吗？”

“我认识他不久。”

她转头看看孟凡：“医生怎么说？”

“测了心电图和血压，血压有些高，得去医院检查。”孟凡说。

“你们去吧。明天见。”她转身准备离开。

“唉，”这次是孟凡叫住她，“你能跟我们去吗？阿姨这边可能有些事不方便。”

狮鼻女人脸红了，似有难言之隐。

她跟女人并肩坐在救护车左侧的长凳上。医护人员和孟凡坐在对面。已入夜了，可是天空不管不顾地亮着。救护车红蓝交织的闪光偶尔映进车内，把他们的头发、脸庞和身体染上颜色。窗外背景没那么亮的时候，她在车窗上看见自己的样子，与来俄罗斯后看见的街头醉鬼别无二致：披头散发，抱着酒瓶子。她身边的狮鼻女人，现在她才知道女人叫匡福琴，正拿着自己和丈夫的护照反复翻看。

她忍不住提醒：“信用卡是你的吧？”

“什么？”

“看病可能需要预付押金。一般用信用卡。”

匡福琴愣了：“我刷他的卡、签他名字，行不行？”

她跟孟凡对视一眼。

孟凡说：“到那边再看吧。”

孟凡站在医生旁边做翻译，听医生问诊。

“都好好的，他说想那个，我们就……都好好的，他的脸突然埋在枕头上不动。我将他翻过来，他整个脸变形了。我不知道该怎么办，他喘不过气来，捂着胸口。我把被子、枕头全部垫在他背后，不让他从床上滚下去，就跑去找小孟了。”匡福琴断断续续说。

医生从电脑上看片子，很快给了诊断。病人送院时扩张压 180 个单位，但从心电图和其他检查综合来看，心脏并没有问题。先留院观察一晚。因为是外国人，又马上要回国，建议不再参团，回国后立即入院检查。

“心脏没问题？他刚才很严重。”匡福琴看着孟凡，不相信丈夫没有生病。

孟凡翻译给医生。医生很快地说了句话。孟凡没有翻译。

“医生说什么？”匡福琴问。

孟凡皱了下眉头说：“医生说，他只是老了。”

医生看看他们三人，又说了几句话。

孟凡翻译道：“您或者您的女儿可以留下来陪伴病人。他们会给病人用药和观察，也有医护人员在。”

医生把她当作匡福琴的女儿了，她哑然失笑，有点想鼓起鼻子，把自己的鼻子变得跟匡福琴一样瞩目。退一步讲，真是自己父母的话，因为超龄的激烈性爱而被送医院急救，她除了笑一笑，也不能做别的。

从医生办公室退出来，他们一起走去病房。躺平了的老人看起来更老了，几乎要被病床的围栏吞没。这么一个丈夫，还能跟匡福琴走多久呢？如果真如匡福琴所说，他俩认识不久，那么这段仓促的婚姻又是为了什么？她摇摇头。

旅行社的本地人员赶来了，让孟凡和她先回宾馆，明天一早还有行程。匡福琴和她丈夫会提前买票回国。

他俩站在路边等车。医院门口有一片小树林，树干均细而长，林冠呈黑色。幽黑的林冠之上似有薄雾升起。她感觉到扎骨头的冷，跺着脚咒骂几句，拧开伏特加瓶盖灌了一大口。

“我第一次见像你这样的老师。”孟凡说。

“哪样啊？”

“中学老师都戴个金丝眼镜，头发弄根皮筋一扎，白衬衫配毛背心，动不动就拷问你的灵魂。”

“人类灵魂的工程师嘛。”

“这话是俄国人说的。”

“哪个俄国人？”

“斯大林还是加里宁，记不清了。”

“书是人类进步的阶梯，也是他们的名言。”

“我也能背：‘理智无法理解俄罗斯’。”

“哈，还有吗？”

“俄罗斯有两大不幸：道路和傻瓜。”

“可以。你俄语专业？”

“俄语是自学的。我学的是政治学。”

“政治学？”

“想不到能找什么工作是吧？”孟凡笑道。

终于来了辆出租车。上车后两人沉默了一会儿。

孟凡突然说：“匡福琴是个老姑娘。”

“你怎么知道？”
“我打电话给他们，接电话的是老头的女儿。”
“女儿？”
“反正我知道，匡福琴是儿女给老头儿找的伴儿。”
“女儿也孝顺啊，还让后妈出国。”
“你猜老头儿多大？”
“七十岁？”
“还要大。那你猜匡福琴呢？”
“四十多岁？”
“三十五岁。”
“她看起来……”
“农村人都不保养的。”
三十五岁，几乎是她的同龄人，却被医生认作是她母亲。而病床上老头儿松垮嶙峋的皮肉……仰起头时稀稀拉拉的牙齿……是比父亲更衰老的男人。
“我妈也嫁了个老头儿。你知道吗，外国老头看起来更老。”她说。
“我以为你妈过世了。”
“跟过世了没什么差别。”
“你有兄弟姊妹吗？”
“我爸就我一个。”
“我有个姐姐。跟你一样大。”
“在老家还是？”
“在老家。我爸妈都是农民，跟你不一样。”
“你们这种健全家庭的小孩儿还有什么可抱怨的。”
“也是。我父母感情挺好的。现在就我和我姐养他们。”
“做导游来钱吗？”
“如果今年考核成绩好，我明年调去西欧线，收入就会高很多。”
“为啥？”
“这边最多就买买琥珀什么的，西欧……去瑞士怎么也得整块表吧？”
“挺好的。”
“你瞧不起我吧？”
“赚钱多好的事。谁不喜欢钱？”
“也是。你说，老头儿有钱吗？”
“我觉得不是很有钱。有钱的话，不会找匡福琴这样的。不过，男的就喜欢年轻的吧？越年轻越好。”

“看人吧。我就喜欢比我大的。”

“嗬……”她笑了，摇摇头。

回到宾馆，等电梯时她对孟凡说：“我也没见过像你这样的导游。”

“不是文盲是吧？”

“还行吧。认得几个字。”

“谢谢彭老师肯定。”

沿着长得像没有尽头的走廊走回房间，孟凡跟她一个方向。到房间门口，她停下脚步，突然想说句“谢谢”或者别的。孟凡却先开口说：“再见，对了，夏宫喷泉许愿真的很灵的。”

她顿了一下，不知做何反应，僵硬地伸手拍拍孟凡的肩膀。

一扇门开了，老樊走出来，接着是父亲。

父亲问：“你们干什么？”

“没干什么。”她说，“你们干什么？”

老樊抢着答道：“我们要出去。”

“去哪儿？”她盯着父亲。

“去……出去走走。”父亲说。

“你们不能随便脱团啊，我会有麻烦的。”孟凡说。

“你不许去。”她对着父亲，不知怎么来了脾气。

父亲不说话。

“我们又不去干什么坏事。”老樊说。

“为什么非现在去？这都几点了？你有心脏病不知道吗？”她又说。

父亲还是不说话。

“你去吧。什么都不用告诉我。”她说完拧身就走。

推开大堂的玻璃门，暴露在她头顶的是一片白夜。她抬手看表，不敢确定自己是不是已经有点醉了。云朵清晰，白对照出淡蓝，显得更白。白夜让人产生错觉，时间并未往前移动，而是被凝滞。跟暂时聚集成形的云相比，她是有年岁的。可是跟云背后的天空相比，她年轻得不值一提。她努力让眼睛跟上天空色彩的变幻，用自己懂得的那些原理，去分辨出光和颜色的秘密。那么，她多少会获得不能被人拿走的东西。

“在看什么？”父亲问。

“重要吗？”

“出什么事了？”

“没什么。”

“那小子骚扰你了？”

“你想什么呢爸爸?!”

“晚饭也找不到你。”

她抱着手不说话。

“他要是敢动歪脑筋,我跟你樊叔叔就去揍他。”

“不是你想的那样。”

“那你生什么气呢?”

“对啊,我生什么气!我凭什么生气!我爱跟谁出去就跟谁出去。”

父亲摸烟出来,点上,抽了几口。

她晃动着手里的酒瓶子,却根本不想喝酒。是伏特加吧,她大可用这么个借口。她可以任性地发泄情绪。

“你什么都不知道。”过了一会儿她说。

“是啊,我是种火龙果的啊。”父亲说。

她努力绷着脸,但还是笑了。

几分钟后,她和父亲坐在她房间里,四目相对。似乎谁也找不到话头,但又不能就这样离开。她掏出手机,反复阅读同一条信息。手机屏幕慢慢变暗,她靠向床头。

母亲走后的一个晚上,父亲喝了很多酒,抱着她哭起来:“妈妈不要我们了。”她陪着父亲哭。她才五岁,只能贡献出自己的哭声。用更大声的哭,来掩盖父亲的哭声。

现在她的某些能力却丧失了,包括在父亲面前哭出来的能力。他们能看见彼此的局部,更大的部分却被淹没。就像一根笛子上的孔洞,他们各自敞开、闭合,却栖身于同一根笛管之上,由同一根竹子所造。

“我跟陈鹏远分开了。”

“出什么事了?”

“他要结婚了,那个女的怀孕了。”

父亲沉默了几秒:“不结婚也没什么的。”

“是我搞砸了。对不起。”

“有什么对不起的?”

“我以为我可以做好的。有好的感情、好的婚姻。像其他人一样,生孩子,变老……可以不像你和妈妈一样,可以有完整的家庭。”

“你会有这些的。”

“什么时候?我已经老了。”

“爸爸还在,你就不会老。”

她鼻子一酸,却没有哭出来。她不能哭出来。这个晚上她已经向父亲发泄了过多的情绪，而这样的发泄并不能使她回到父亲的怀抱。她也回不去。

搬去跟陈鹏远同居的那天，父亲陪着她收拾东西。之前她有些恐惧于向父亲开口说这件事，拖了很久，最后让陈鹏远直接上门来跟父亲说了。父亲没说什么，她觉得，就是同意了吧。东西搬下楼，塞进车里，陈鹏远拉开车门先坐了进去。她也马上跟着坐了进去。父亲独自站在单元门口，两手垂着。陈鹏远倒车，打算掉头。她从后视镜上看见父亲，父亲还站在那儿。她摇下车窗，探出头对父亲喊，回去吧！父亲没有回答，也没有动作。车开走了，她摇上车窗。陈鹏远问她怎么了，哪里不舒服。她说不出来，父亲的样子像印在了车窗上，然后被风吹散。

当晚她睡得时间短，却很沉。醒来时才早上六点。拉开窗帘，天空经历了短暂的休眠后又开始准备亮起来。

昨晚她翻开的画册摊在书桌上。父亲进来时，小心地把画册从床上移到桌上，并没合上，保留它摊开的样子。从小，父亲就是这样收拾她的房间的。

那画册不知何时被风翻动，不再是她昨晚看的达·芬奇所画的圣母与耶稣，而是一个跪地的男人，光头赤脚，扑在穿红袍的父亲怀中。她扫了一眼，知道是伦勃朗晚年的名作《浪子回头》。她曾以此画为例子，向学生讲解：伟大如伦勃朗，如何在并不让人震惊的戏剧场景里，唤起观者对现实的激情与情感；人的关系和精神状态，在画面中如何达至美……

并不让人震惊的戏剧场景，是对昨晚轻微的嘲讽吗？

她掀开毯子，走进浴室。拧开龙头，热水从莲蓬头里喷射出来，打湿她的脸。她任水冲刷着面部、脖颈和身体。匡福琴的身体是怎样的？是跟她一样的构造吧：视网膜、舌头、声带、肺叶、阴道……

十三岁时的某一天，也是这样热水从莲蓬头里冲出来，以均匀的水柱击打着她脸的一刻，她意识到了身体的存在。跟素描课本里希腊神祇洁白赤裸的身体不同，这是属于她的身体，全然崭新。新是相较于人类拥有身体的历史长度而言。如果说人类的其他承载物，如建筑、宗教、音乐也自有历史的话，每一具新诞生的身体，又何尝不是人类身体史构成中微茫的一粒小黑点呢？而她竟然拥有它。她会与它终生相伴、不离不弃，直至生命终结。

发生在匡福琴身体上的事，跟发生在她身体上的事，都只有她们自己能够吞咽吧。能说出的，只是简略的事实。更多的，消融在茫茫背景音中。

跟陈鹏远一起的第一次旅行，是从阿姆斯特丹一路向南。在阿姆斯特丹的宾馆，他们一边吃蛋糕一边喝酒，很快失去意识。醒来时是清晨，电视开着，声音很大，两人半裸着身体，不能确定记忆里的是幻觉还是事实。让人略微悲哀的是，激情照进洞壁，刹那亮如白昼，但激情不会持久，难以持久。他们之后也做过些疯狂事，但那个麻醉后清醒的清晨，房间里淡蓝色的空气和窗外的雾霭，都不再降临于他们的精神与身体。

此刻也一样。她问自己的皮肤、头发和心：人和人，一个人和另一个人之间有真正对话的可能吗？如何在各自的特性不受损失的同时，彼此自由地沟通？她可以做到不对父亲撒谎，但真正的话，她无法说出。他们之间，注定有些事只能沉下去，再沉下去。

回想过往的几段恋爱，跟对方最炽热、密集地谈论形而上问题的阶段，往往是性开始发生之时。两人恨不得能有一根隐形的管子，接通二人的心思意念。只因有强烈的靠近对方、永远不再孤独的渴望。这应该是长大后的世界不再那么有趣的原因之一。性被许可后，人和人之间需要克制、专注及付出时间才能结成的友谊和进而能达成的沟通被瓦解了。

她感激孟凡昨晚的表现。他恪守了距离，就像童年时蹲在她身边捉虫子的伙伴，只拎起虫子说："你看。"

她任水冲刷在脸上。跟自己家乡不一样，这里的水是软水，冲在脸上没有重量感。

这一天他们仍在圣彼得堡，转天才坐火车折返莫斯科，然后从莫斯科回国。自选项目时，父亲想坐船游涅瓦河，她想去艾拉尔塔艺术博物馆，合计之下就分头行动。老樊则不见人影。她叮嘱了父亲几句注意安全，就搭上去博物馆的商务车，只有五个人选择去博物馆。

柴女士热情地冲她招手，示意她后排三人座还有空位。她刚坐定，柴女士就问："听说出事啦？"

她扭头。柴女士用食指把鼻子戳成朝天鼻的形状，冲她眨眨眼。

"你听说啦？"

"都知道。听说出了丑。"

她想起老头儿陷在病床里的身体和匡福琴涨红的脸，不太想谈这个。

柴女士又说："你爸爸同屋那个人，今天一大早就出去了。"

"今天？几点？"

"六七点钟吧。"

"就他一个人吗？"

"还有那个高个儿的和矮个儿的。"

"又脱团了吧。"

"神神秘秘的。我看他不像是做生意的。"

"那像什么？"

柴女士没答，一会儿又说："你爸爸平时挺受欢迎吧？在夏宫那天，好几个女的都找他帮忙拍照呢。"

"都拍糊了吧？"

"我可以帮你爸爸介绍……"

她学柴女士用食指戳起鼻子："有这样的吗？"

"我说你还像个小孩儿呢。"

柴女士安静下来，转头看看她睡得直打呼噜的丈夫，随即也闭上了眼。

在艾拉尔塔艺术博物馆只待了一个多小时，地陪就带着他们去午饭定点的餐馆跟大队会合。父亲在船上吹风着了凉，正捧着杯子喝茶，见她来了，兴冲冲掏手机给她看自己拍的照片。不知是不是没戴老花镜，照片多半失焦，模糊成了印象派的风景。也有几张父亲在构图正中，矜持地微笑。

她从包里掏出笔记本翻开，让父亲看她给他的礼物。一片彩色的叶子，在博物馆门口的草坪上捡的。被笔记本压了后，叶子平展开，从绿到黄再到红渐变。

父亲很高兴，小心举着叶了的柄细看说："挪威槭。"

"国内有吗？"

"也有的。这树耐旱，喜欢阳光。"

"听起来性格很好。"

"零下二三十摄氏度也耐得住。咱们那边没有。"

"留个纪念吧。"

"漂亮得很。"

团餐快吃完时，老樊和两个助手才现身。其他人陆续离桌，在这家专做旅行团生意的中餐馆内转悠，柜台前有各式俄罗斯套娃。

老樊囫囵吞下几口，问父亲看没看见餐馆门口的海报。

父亲说没留意，问是啥。

"俄罗斯代孕是合法的，你知道吗？"

"这个不清楚。"

"现在除了美国，就俄罗斯、乌克兰合法。"

她和父亲同时向门口张望，有张易拉宝广告，金发碧眼的妈妈扶着腮，旁边是金发碧眼的宝宝，上有五个大字：俄罗斯代孕。小字看不太清楚，好像是：为世界生命之光。

"俄罗斯便宜！美国得上百万元。"老樊说。

"俄罗斯呢？"父亲问。

"只要一半。乌克兰就更便宜了。"

“那可以考虑。”父亲说。

她看父亲一眼，不明所以。

“就是就是，了解一下。”老樊边说边给父亲递烟。两人往餐馆门外走去。

她溜达到孟凡身边低声问：“那个老樊，有老婆孩子吗？”

“彭老师，这我可不能告诉你。”孟凡笑道。

“我担心他骗我爸呢。”

“怎么了？”

“两人神神道道商量什么代孕的事。”

“他是已婚。紧急联系人……好像就是他老婆。”

“有孩子吗？”

“人口普查啊，彭老师？”

“问你呢。”

“还真不知道。”

她皱着眉，瞪着不远处的老樊和父亲：“我爸是个书呆子，随便就相信人，被人卖了也不知道。”

“你一会儿好好问问你爸。没事，反诈骗我在行。”孟凡说，随即高声招呼团友们上大巴。

下午安排的是自由购物。父亲说有点累，想在宾馆午睡，她想了想就也没出去。下午三点钟，估摸着父亲差不多起来了，她拿着些从超市买的零食去敲父亲的房门。

不知是否刚睡醒的缘故，父亲头发乱蓬蓬的，人也矮了一截。父亲比以前走得慢了，她看着父亲的背影想。

父亲烧水给她泡茶，又打开她带来的零食检视。母亲离开后，父亲学着给她梳头。最开始总弄不好，辫子歪东倒西，后来慢慢熟练了，皮筋衔在嘴上就给她扎小辫。小学二年级她有了零用钱，三年级自己做主去理发店剪了男孩般的短发。父亲当爸又当妈，她既是女儿也是儿子。

“爸爸，想出去走走吗？我在地图上看这附近有个小公园。”她玩着手机。

“行啊。博物馆好玩吗？”

“你真该跟我去的。”

“这么好啊？”

“老樊为啥要找代孕？”她问。

父亲迟滞了一下，不看她，说道：“他儿子没了。”

“什么时候的事？”

“几年前。在加拿大留学，跟同学去露营时游泳，湖太深，淹死了。大学都快读完了，就要回来了。”

“他就这一个孩子？”

“他以前也在单位上班的，下海晚。年轻时也没敢偷偷多生。”

“可是代孕……怎么个代法呢？”

“他和老婆做过试管婴儿，试了两年多了，可能年纪大了，女方采卵成功，但没法着床。说是什么萎缩了。”

“可现在生个孩子，他俩都五十多岁了，怎么带这孩子呢？孩子还没成年，他俩都七十多岁了……”

“我能理解他。以后你也会理解的。”

“为什么一定要生孩子呢？对孩子来说，他没法选择父母。才十几岁父母就不在了的话，孩子又怎么办？”

“汶川地震的时候，也有失独家庭五十多岁要孩子的啊。”

“是他想要还是老婆想要？怕是他想传宗接代吧？”

“白发人送黑发人，总是可怜的。”

她顿了顿，抬头问父亲：“如果我是个男孩儿，你会更开心吗？”

“我现在已经够开心了啊。又开心，又受罪……”

“我还没全部发挥呢！”

她跟父亲开着玩笑，收拾东西准备去公园。

“我以后会不会变成匡福琴那样？”她说。

“哪样？”

“被人说是老姑娘。”

“那个柴某某跟你这么说的吧？”

“她倒没说这个。医院的医生以为我是匡福琴生的。”

父亲愣了一下，笑了。

“你樊叔叔倒是说，女儿跟我好像。女儿像爸有福气。”

“他真是说瞎话不打草稿。”

公园入口很隐蔽，看着地图绕了好几圈，他们才找到一扇小门。门票六十卢布。入园后，花园的美丽出乎意料。这里原是私人宅邸，新近改建为博物馆和公园。除了高大的乔木，还有平如镜的池塘，但曲折绵延又像围墙内部的小型运河。几座石桥，鸭子在水面静泳。花坛里种植着大量玫瑰，花的馥郁与高大树木的清新气息直冲鼻腔。从周围热闹的城区闯进来，这里就像隐秘的绿洲。

父亲的疲惫一扫而光，色彩、植物与户外的味道比茶更为他带来活力。他走几步，蹲下，拍照，然后心满意足地摸着植物的枝干或落叶。她想，怎么不给孟凡塞个红包呢，这样她就能带父亲脱团，去植物园走半天。父亲会跟现在一样开心。至少比老樊带父亲出去更开心。她有些懊丧,但很快被远处圣母升天教堂的景致吸引。这宅邸曾经的主人,一定拥有一段传奇经历。

她走进凉亭。凉亭是圆形底座,五角形顶盖。柱子也五根,刷白漆。顶盖铜绿色。她站到凉亭正中,感觉像剧场舞台。她咳了一声。神奇的是,声音格外清晰圆润。应是有独特的声学构造。园子的主人曾在这里演讲吗?还是演出?凉亭并不大,只适合一到两人立于其中,有点园林中听昆曲的意味。她对着不远处的父亲轻轻喊了声“爸爸”。跟平时听到自己的声音不同,这声音像是来自另一个她,其他时空里的她。

“干啥?”父亲从草坪中起身看向她。

“爸爸是个大笨蛋!”

父亲笑了,冲她挥挥手。

她又喊了一遍:“爸爸是个大笨蛋啊!大笨蛋!”

上午在博物馆里,她在一个综合材料作品前看到一段话:

> 我们的生活是一张白纸,每个人都在上面写下自己的故事,还是我们被编程了标准的功能,类似于一台机器?
>
> 哪一个是正确的选择——接受生命为我们准备的东西并停留在它的圆形边界内,还是从陷阱循环中挣脱出来?
>
> 我们真的从一开始就有这个选择吗?

如果我们挣脱出来,一个人如何在限制内保持理智,以及在限制之外又会有什么呢?

她想把这个作品跟学生们讲讲。也许有孩子能感受到她的想法。自然,也可以不给孩子们增加负担,只在教科书里找样本,比如换个角度谈伦勃朗,讲讲后期的伦勃朗。

在冬宫时,地陪导游领着他们穿梭在俄罗斯帝国的宝藏中。看了达·芬奇后,导游把他们领到荷兰画家专区,讲解画布上锃亮的玻璃瓶、古雅的金饰和人物的关系。导游说,第一眼看这些画,很难不被人物手上的戒指、低垂的头巾和房间里灵动的物品吸引,这些物品像是说明了主人的身份、心情和生活。团友们凝神细看,跟围观达·芬奇的圣母像时轻微的漠然不同,她能感觉到团友们的目光投在那些细小物品上时的专注以及洋溢的愉悦。

父亲在她身边,歪头看着画面上的手和戒指。手和戒指的主人是个普通市民,虽是年代久远的荷兰人,但跟父亲和她一样,是个普通市民。然后他们往前走,在熙熙攘攘的人流中穿过人类文明的长廊。看到伦勃朗的真迹时,她非常震撼，以至于掉队，在画面前驻足许久。但这是她自己的选择，她的小世界。再没有第二件艺术品，像荷兰画那样将三十七个人凝聚在一起了。

此刻，她站在凉亭中央，这个神奇的讲台上，想起了平时在课堂上想说但从未说过的一些话。

“在伦勃朗年轻时，像大多数天赋卓绝的画家一样，他热爱高纯度的颜色、闪亮的光线。那时照相机还没被发明出来，人想要看到逼真又美丽的自己，想要让画家把自己的容貌留存在画布上以至不朽。

“伦勃朗满足这些人，讨好这些人。他画得非常像主顾本人，又柔化了他们脸上的瑕疵。每一个人都能在画中看到令人愉快的自己。

“画的表面光滑、均质、平整。主顾们可以得意地在沙龙里展示，没有谁会看不懂一张肖像画！画面里的人儿看起来多么尊贵又可爱！

“但伦勃朗的天才引导他越来越远离这种安全的作画法。他画了《夜巡》，意图永垂不朽的赞助人们被他的画笔埋入幽黑暗影中。

“这种画法让人不安。在占据画面更多的暗影中，似乎有很多人不能一眼看穿的神秘在发生。伦勃朗开始下滑，与曾经的成功相反，他开始失去名望、濒临破产。

“伟大的画家有很多种，伦勃朗毫无疑问是伟大的色彩画家。他用令人震惊的方式运用色彩，全新讲述色彩的关系。可到了晚年，他几乎只用土红色、灰色、紫色来画单色画。在单一的色彩中，色彩在更奇妙地发生变化，已经不来自材料本身，而是伦勃朗的手和灵魂。笔触的轻或重、笔法的节奏，伦勃朗化为色彩的表达。

“和谐能达至美。单色的和谐中，是画家对绘画本身更透彻的领悟。光在颜料颗粒的表面折射，如何把握住每一个颗粒的特质？哪怕它们是单色。

“伦勃朗让每一个色彩的颗粒，都迸发出无与伦比的生命质感。就像颜色本身那么神秘又普通。”

她长长地舒了一口气。睁开眼睛，父亲远远站着，不知什么时候开始听她的讲述。

老樊告诉父亲，他已经跟代孕中心签了预订合同。顺利的话，明年下半年，他就能从俄罗斯抱回自己的孩子。

“这么快？”父亲问。

“只是没想到，下个月我又得来。跟老婆一块儿。”

“你这也太快了。这可不是小事情啊，得想想清楚……”

“就得当机立断。唉，你不知道有多难。”

“一会儿我请客，怎么样？”

“用不着。去的路上包被抢了，让他抢，我钱包、护照都在贴身兜里。”

“人没事吧？”

“没事……”

父亲缓了缓，递烟给老樊：“这趟来得好，来得顺当。”

“阿弥陀佛。”

老樊看起来很开心，像就是奔着代孕来的。

她忍不住开口道：“樊叔叔，你签合同了吗？”

“签了签了。”老樊愉快地抽了口烟。

“中文的啊？”

“我请了翻译……”老樊说了半句不说了，笑着瞟了她一眼，继续跟父亲抽烟。

“樊叔叔，”她又喊老樊，“你认识我妈吧？你们还有联系吗？”

“你妈妈……”老樊吓了一跳似的，“你妈妈不是过世了吗？”

“你说呢？”

“我听你说的啊，你妈妈过世二十多年了。”

“你不是认识她吗？你们在一个知青点当知青来着。”

“对啊，等等，你把我绕晕了。我跟好些人没联系了。我要是跟你妈妈有联系，我能不认识你爸爸吗？对吧？”

“樊叔叔认识大志。大志你记得吗？”父亲打圆场道。

“哪个大志？”她想不起来。

“老书记的小儿子，大志，也来过我们家的。有阵他来城里打工，给我们送过核桃，一麻袋核桃。”

“有点印象。”

“大志在工地上被弄断了手，半残，回村里受欺负，是樊叔叔给他安排事情做的。”

“我自己公司用不上，托了个朋友让大志去看店了。”老樊说。

她有些鲁莽，但老樊并不在意，像是对她的攻击性有所准备。

老樊揽着父亲的肩往前走了。她半眯着眼，看父亲和老樊的背影越来越小，越来越难以分辨差别。

老樊会再有一个孩子，从这个陌生的国家抱回一个属于自己的孩子。不管事实如他所说是临时起意，还是如她所想是早有计划，总之，让自己再做一次父亲，让一个新生命因他而来到世界……一边抱怨这里的种种不如意，一边又决断着人生中的大事。

这是个主动的人哪。也许,主动与被动并无绝对。她看似被动的恋情失败,父亲看似被动的婚姻破裂,部分决定于他们的主观态度。事情都是一点一点变坏的,并不是在某个瞬间。在变坏的过程中,在场者皆不能逃脱干系。

她想过,耗费数年、数十年的时间去与另一个人相关,到底能带来什么?并不是约定俗成、可归纳的陪伴、相濡以沫之类的词。如果没能成为一个更好的人,如果不能真的自由,像空白画布呈现的那种绝对自由,那么一切的关系都是可质疑的、不可靠的。陈鹏远也好,曾经的男友们也好,并不是阻碍。母亲也不是父亲的阻碍。风景的铸就是一个运动着的过程,哪怕凝缩在画布上,也带着时间的深度与印记。

她打开背包,掏出笔记本翻开,里面夹着另一片挪威槭的树叶。她作为礼物送给父亲时,备份般留了另一片给自己。

环顾旅行团的其他人,和煦,热闹,正常。她太可笑了,竟然向老樊求索母亲的信息。还是上帝太可笑了,让她只能以这种方式去确定老樊的真假?

她拿出叶子,松开手指,叶子坠落在泥地上,不会被她带走了。叶子混入叶子堆里,像不曾被她拾取、短暂收藏。彩色的叶子混入更多的色彩里。她已不能只像女儿般看待父亲和母亲了。属于她的色谱里,早早混入了不同颜色。

她站起来,独自走开。

花二十卢布去洗手间后，出来时她看见孟凡坐在树下的长椅上等团友集合。最后一个项目参观莫斯科地铁结束了,明天一早他们就回家。

“我帮你查了。”见她走过来,孟凡低声说。

“什么?”

孟凡努努嘴,示意凉棚下站着抽烟的老樊和父亲。

“怎么样?”她问。

“人家是企业巨子。”

“我忘了问你,他真名是不是叫樊大花?”

“谁跟你说他叫樊大花?”

“行吧。”

“我搜到几条有关他的新闻,都是投资什么的。”

“那还省啥钱,去美国做不是更好?”

“俄罗斯姑娘漂亮啊。”

“还查到啥了?”

“其实这事挺常见的,我带过的团里都有好几个。”

“你是说这是他的隐私,跟我隐瞒了也合理?”

“出来玩儿嘛,回去多半都不联系了。”

“我爸好像挺当真的。”

“我泛泛说啊,也有成了朋友的。”

“有跟导游成了朋友的吗？”

“肯定没有。除非这导游不是一般的导游。”

她笑了。

“匡福琴怎么样了？”她问。

孟凡抬手看了眼表:“应该已经落地了。同事联系了救护车，落地也没回家,直接拉去医院。”

“他女儿知道了吗？老头儿女儿。”

“但愿不会有什么事吧。扯起皮来,索赔什么的就麻烦了。”

“但愿吧。”

“你别再想了,我说老樊这事。谁没点秘密,是不是？”孟凡说。

“有些事你不知道。”

“什么事？他走私原油还是枪支？”

“净瞎贫。”

“我跟你说吧,真人不露相,露相非真人。老樊这么咋呼,藏不了什么大事。你知道那人是干什么的吗？”孟凡朝柴女士的丈夫武先生努努嘴。

“知道啊,色狼。”

孟凡笑了:“他从事特殊职业。”

“这种身份,不容易出来吧？”

“他开的是一家商业银行的在职证明,是高管。第一次签证不过,补了资料才过关。”

“这年纪都该退休了。”

“差不多吧。唉,我得先去忙了。记住我的话。”

“哪句啊？”

孟凡匆匆走开。草坪上,几个俄罗斯姑娘在晒太阳。长发如瀑,浅金色的大瀑布。老樊要找个“纯的”,就得这么纯吧。

团友们三三两两踱步,组合出不同的关系与未知的秘密。她喘出一口气。在别人眼里,父亲又何尝不古怪呢？一个天天搓泥巴种水果的人,看餐厅里的芭蕾舞竟然感动得要流眼泪？而她呢，一个中学美术老师,又为何对冬宫里人人叫好的金孔雀不屑一顾？风把散碎的阳光从她脸上扫过,树叶的色彩叠加了阳光的温度,她闭上眼仍能感到一片橙色,快乐的汽水般的橙色,细小的橙色气泡在涌动。

父亲和老樊绕了回来,两人在她身边的长椅上坐下。老樊说:“我养过猴呢。”

“啥猴？”

“我种地的时候，老有猴子下山来掰苞谷。我就布了个陷阱，真就抓到一大一小。大的一放出来就跑了，还差点抓烂我的脸。小的被我逮住了，心说看看我怎么治你！我弄个绳套套在它脖子上，拴在牛棚边上，一来二去就算是养上了。”

“你这饭都吃不饱，还养猴子。让你学农呢，你搞马戏。”父亲打趣道。

“劳逸结合，劳逸结合。再说了，这可不是说养就能养的，熬鹰的也得有点绝活儿，不是人人都熬得起的。”

“我怎么有印象，是有个耍猴的知青。我还听说，那只猴子跑了后，还会回来看你。”

“哈，闲话果真都跟童话故事一样。”

“十里八乡，养猴的城里知青，就你一个了吧？”

“这倒没错。”

“哪里对不上？”

“我的猴是给打死的。”老樊沉默一会儿，又说，“我也想它是自己跑了，回山里面快活去了。搞几只母猴子，生一大堆猴子。谁知道呢。”

“到了咱们这个年纪，身边熄灯的越来越多。有时候我觉得自己不过在苟活。有人早在年轻时候就死了。把我们要用后面几十年才能知道的事看透了，就去死了。他们亏吗？一点也不。成全自己，自己能成全自己。”

“我的猴跟他们不一样。猴不是自己选的。不过，动物世界里，好像只有人会自己选？我佩服他们，说实话。我也懂他们。懂！”

“不谈这些，不谈了吧。你大事情都成了，这些要放下。”

“嘿，孙猴子吹根毫毛，给我变！”

她一直没睁开眼，默默听着父亲和老樊说话。他们的话像潮水起伏，把记忆或秘密推至意识的边缘，终又退去。跟树和阳光的合力谱写不同，他俩的笑声是实在的、快活的、白色的。

第二天去机场的路上，堵车很严重。孟凡安抚旅客们说，赶上星期五，莫斯科人都开车出城，他们要在郊外小屋烧烤、钓鱼、过周末。“俄罗斯人就这样，嘿！”

过了十多分钟，孟凡勘察回来告诉大家，警察说还要两个小时交通才能畅通，附近有个大超市，可以步行过去，回头司机把车开过去接大家。

于是，三十五人下车，跨过公路边的护栏，踩在野草和泥土上，往不远处的仓储式超市走去。草疯长，茂盛无边，扯住人的腿，短短一段路像在跋涉。他们像莫斯科人那样，走在郊外的野地上。

老樊两只手臂打着拍子，不断挥舞刺向空气，高声唱着歌。他说要请每位女士吃冰激凌。

“老樊像陶叔叔。”她说。

“陶叔叔？”

“五魁首啊六六六啊，美不美啊看大腿啊。”

“都是一张嘴。”

“能跟你胡说八道。”

“嗐。”

“这就是你的好朋友呢。”

“你爸就是个普通人呀。”

“你猜我最喜欢陶叔叔什么？”

“爱跟你们小朋友玩儿？”

“不是呢！我喜欢他说，长大吧长大，让你爹心碎吧！”

“孩子里面他确实最喜欢你。”

“爸爸。”

“啊？”

“爸爸！”

“发摩尔斯密码呢你。”

“真是密码的话，怎么也得是巴巴爸爸巴巴爸爸爸爸巴巴巴巴爸爸。”

她想起小时候，一个下雨天，她跟父亲也这么各自走着。她打着伞，父亲裹着雨衣，把她的书包抱在怀里。雨水打在伞上，也打在父亲的头发上、肩膀上。

她觉得和父亲会永远这么走下去。记忆如此清晰，她既不哀愁，也无遗憾。老樊挤了上来，跟父亲热闹地说起了话。

她放慢步伐，慢慢地，就只剩她自己了。

后天，她将回到讲台上，开始第三单元第一课“追寻美术家的视线”。而此刻，在莫斯科的野草、泥土和气息里，她的眼睛吸入微小之物的颜色，待它们沉淀为单色的颗粒。

【作者简介】郭爽，一九八四年生。出版《正午时踏光焰》《我愿意学习发抖》。曾获山花双年奖·新人奖、西湖·中国新锐文学奖、诚品阅读职人大赏·年度最期待作家奖等奖项。

澳大利亚舅舅

◎　杨方

一九七九年冬天，我们的妈苏梅兰女士裹着一股西伯利亚寒流，鼻尖红红地推开家门，告诉我们一个令人吃惊的消息：大舅舅一家要移民到澳大利亚去了。

我们看着苏梅兰的鼻子，鼻尖又红又亮，估计冻结冰了，我们担心鼻子在热屋子里会化掉。外面实在太冷了，一场封门的大雪后，西伯利亚冷空气就一直在伊犁河谷徘徊不去，气温降到有史以来最低。学校放假，公交车停开——不停开不行，水箱全冻爆了。人们窝在屋子里哪儿也去不了。苏梅兰憋得慌，跑羊毛胡同东头的曹大娘家要花花菜去了。曹大娘是锡伯族人，腌制的花花菜，红黄绿白多种颜色的蔬菜混杂，看着都诱人。我们吃了好多天的洋芋蛋和白菜粉条，白菜粉条连醋都舍不得加。我们中了煤烟毒，得用所剩不多的醋来解毒。下雪那天特冷，我们的父亲胡嘉木半夜起来往炉子里加了些煤，可能是炉盖没盖好，也可能大雪堵住了烟囱，第二天全家人头晕恶心、脸色苍白。苏梅兰说要不是八舅舅来，我们全家死了都没有人知道。这也太夸张了，八舅舅是下午才来的，我们一大早起来就发觉中了煤烟毒，好像不是很严重，远没有到要死的地步。大家赶紧自救，开窗开门，跑到院子里大口透气。八舅舅下午来的时候，我们只是感觉没力气，人蔫蔫的。八舅舅让我们试试熏醋，倒一点醋在碟子里，放在炉子上熏，满屋子都是酸溜溜的醋味。姐姐胡桃问八舅舅，直接喝醋不是更解毒吗？八舅舅说中毒的是肺，又不是胃。八舅舅知道很多稀奇古怪的解毒方法，他有一本古老的《西域毒草大全》，民间手写的书稿，里面记录了新疆一百四十种有毒的草，每一种草都附有简单的手工绘图。书的纸张粗、黄、厚，翻起来嘩啦响，胡嘉木说纸张可能是用亚麻制造的，亚麻结实得很。他说从戈壁滩野坟里挖出来的东西，除了玛瑙、玉石、钱币之类的不会烂掉，其他就数亚麻了。某年刚成立的伊犁卫校需要人体骨骼标本，胡嘉木等人坐着大卡车去戈壁滩挖人骨头，戈壁滩上的野坟因为时间久远，差不多已经变成了平地，不仔细看，根本看不出有坟包。不知什么原因，坟里的骨头大多不全，缺胳膊少腿，或者没有头颅骨，有的甚至只有半边骨架。大家猜测这片野坟曾经很可能是一个战场，埋在这里的人生前一定经历了什么。胡嘉木等人把这些不全的骨头混在一起，拼凑出一具具完整的人体骨架，运到卫校给学生们当教具。我们趴在桌上写作业的时候，胡嘉木经常冷不丁用他拼凑过死人骨头的手，戳一下我们的后背，以提醒我们的坐姿。胡嘉木说人的脊柱是靠二十四块椎骨、一块骶骨、一块尾骨支撑起来的，加上头颅骨、颈骨、腿骨、掌骨、指骨等，一共二百零六块骨头，一个人有这么多骨头，就要彰显出骨气来，坐要有坐相，不能歪七扭八。

八舅舅的《西域毒草大全》是从一个看果园的维吾尔族老汉手里得来的。八舅舅路过伊犁河边的苹果园，看见苹果园的土围墙有个缺口，像豁了牙的嘴。八舅舅从缺口跳进去，打算摘几个果子，落地的时候没掌握好平衡，崴了脚。看果园的老汉没有责怪八舅舅，老汉认为摘几个果园里的果子吃，是对他果子的赞美。伊犁河边的果园一片连着一片，八舅舅进了他的果园，看来是他的果子长得漂亮。老汉拿出《西域毒草大全》，对照着在果园里找了半天，拔了把草，分一半喂给一只瘸腿的山羊吃。山羊跟八舅舅一样，也是从缺口跳进苹果园摔瘸腿的。苹果园的地上掉落着很多没长熟的苹果，山羊经常跳进来吃，缺口就是山羊弄出来的。老汉告诉八舅舅，草有毒，但对摔伤有用。老汉把草递给八舅舅，八舅舅以为老汉让他吃草，单脚蹦跶着想跑。八舅舅人瘦，腿长，单脚能蹦跶出去老远，老汉逮蚂蚱一样逮住八舅舅，把草放在石头上砸烂，给八舅舅糊上。八舅舅本来脚不能着地，糊了草后就可以瘸腿走路。八舅舅问老汉能不能把书借他看看，八舅舅在畜牧学校上学，毕业后有可能会去当兽医，他觉得这本《西域毒草大全》对他有用；应该说是对牲畜有用，有些毒草，牛羊吃了会毙命。作为一个未来的兽医，八舅舅觉得自己有责任把这些毒草弄清楚。书里面的维吾尔文，八舅舅能看懂个大概。老汉答应了八舅舅的要求，摘了几个苹果连同书一起交给八舅舅，然后把八舅舅从刚才跳进果园的缺口塞了出去。八舅舅回去后，把苹果啃完，把书翻了几遍，没能找出老汉给自己用的是哪一种草。脚好后，八舅舅拿着《西域毒草大全》去苹果园找老汉，结果怎么找都找不着上次偷果子的那个苹果园，所有果园的土围墙都完好无缺，找不到缺口。没有缺口，八舅舅就无法进入果园，他站在那里，像被一种奇怪的东西困住了。

我们觉得八舅舅是故意找不到果园的，他不想把《西域毒草大全》还给看苹果园的老汉。八舅舅对这本书甚是感兴趣，他对照书上的图和文字，在伊犁河边找到了小狼毒草，炫耀地带我们去看。小狼毒草的秆子撇断后，有牛奶一样的东西流出来。我那时候对什么都好奇，伸出舌头舔了舔，苦死了，苦里面带点辣。八舅舅大惊，把我拎回去，找邻居家要鲜牛奶，《西域毒草大全》上写着鲜牛奶可以解小狼毒草的毒。邻居家的奶牛已经在傍晚挤过奶了，两只奶袋瘪瘪的，八舅舅拿个碗去挤，奶牛很不高兴地转过身，朝着他拉了泡屎。八舅舅挤奶是生手，在牛肚子下面钻来钻去，踩了一脚稀牛屎。他摘了几片核桃叶子把牛屎擦掉，然后用擦牛屎的手继续挤奶。我喝了牛奶之后就吐了，八舅舅说，好了好了，毒吐出来了。我其实是想到牛奶里面可能沾了牛屎被恶心吐的。苏梅兰逢人就说我的命是八舅舅救的。苏梅兰说话一向夸张，我又不是蚊子，舔一下毒汁就死了。八舅舅说幸好我舔的是小狼毒草，小狼毒草长在河谷地带，大狼毒草长在雪山上，大狼毒草的毒性比小狼毒草毒一百倍，吃了会立马断肠而死。十多年后我读金庸的武侠小说，觉得八舅舅说的大狼毒草可能就是小说里写的断肠草，依我看也没那么邪乎，牛羊满山吃草，也没见有断肠的。八舅舅说羊解百毒，什么草都吃。牛智商高，知道哪些草有毒。马也比较聪明，比如醉马草它们就从来不吃。毛驴最笨，死了都不知道自己是怎么死的。斯德克老汉家的毛驴死了，八舅舅跑去观察后说驴是吃了草乌死的，这种草有剧毒，草还没有咽下去，喉咙就被血封住了。斯德克老汉没听说过这种草，八舅舅翻开《西域毒草大全》给斯德克老汉看，斯德克老汉不看，骂八舅舅，滚你一边去吧，毛驴子的年龄比你还大，毛驴子是老死的。斯德克老汉骂人，前面一句用的是汉语，后面两句用的是维吾尔语。羊毛胡同里大部分人都这样说话，维吾尔语里面夹杂着汉语，或者是汉语里面夹杂着维吾尔语，这种随时切换的混合型语言，别的地方的人听着有点怪，我们自己不觉得。

羊毛胡同里的汉族人，大多是一九五〇年以前就生活在新疆的老汉人，他们会说好几种语言：表达爱情时用浪漫的维吾尔语，骂人的时候用富有幽默感的哈萨克语，唱歌的时候用深情的俄语，吵架的时候用变化多端的汉语，不想让其他人听的秘密用锡伯族语。大多时候，大家以汉语和维吾尔语为主，可以单独使用，也可以切换着使用。羊毛胡同的说话方式是羊毛胡同特有的风格，跟胡同的建筑一样富有特色。这条胡同里的房子充分体现了边境小城的轻盈和浪漫，门窗、墙壁、楼梯、廊檐均涂成蓝色，从淡蓝、浅蓝到深蓝。那种层次分明、依次递进的蓝，是伊犁河水从早到晚一天里颜色的多种变换。八舅舅有一次带我们在伊犁河上滑冰，伊犁河的水结冰后有一种晶莹的蓝，在阳光下反射出耀眼的蓝光。八舅舅滑出闪电的形状从一片蓝光中穿过。我们准备回去的时候，伊犁毛纺厂一个长得蛮漂亮的女工跑过来红着脸问八舅舅家住哪哒，八舅舅答，我住的地方叫蓝。八舅舅的语言具有高度概括性，他说话一般人听不太明白。八舅舅喝一种白色的杏仁止咳糖浆，瓶底最后留下的糖浆底子很厚，倒在勺子里，说像喝一堵墙。我妈做鱼喜欢把鱼头剁掉，八舅舅说跟吃一条鬼一样。八舅舅讲话就这风格，谜一样。毛纺厂女工听了八舅舅的回答，愣愣地在原地站了一会儿，转身走了。她在冰面上走出的是一条笔直的线，跟她脑子里的思维应该是同一种形状，这跟八舅舅滑出的闪电状运动轨迹形成鲜明对比。苏梅兰知道后觉得有点可惜，在毛纺厂上班的人，家里有用不完的毛线头。毛线头对苏梅兰来说是珍贵的东西，可以织毛袜子，织手套、围巾。西伯利亚寒流横行伊犁河谷的时候，这些东西不可缺少。

八舅舅是曹大娘的儿子，不是我们的亲舅舅。曹大娘生了八个儿子，没有女儿，苏梅兰刚来新疆时和曹大娘一起在育儿所工作，两人亲密如母女，我们出生后就把曹大娘的儿子叫舅舅。起初是属于一种礼貌性的称呼，时间久了就变成了真舅舅。二舅舅和八舅舅跟我们最熟，其他几个舅舅，我们经常把他们的顺序弄混。大舅舅几乎见不着人，他和大舅母住在花城那边。花城是楼房区，羊毛胡同是平房区，生活风格截然不同。在我们的感觉里，大舅舅和我们住得很遥远，仿佛不在同一座城市。一九七九年之前，我们很少想到大舅舅的存在。一九七九年之后，大舅舅成了我们经常说到的核心人物。

一九七九年那个冬天，苏梅兰带回来的消息就像天上掉下来的陨石把地面砸了个大坑，让我们吃惊了好几天。那时候出国简直就跟去另一个星球差不多。当然，其中不包括紧邻我国的苏联。在我们看来，去苏联根本算不上出国。

苏联靠近中国的边界地区，生活着跟我们伊犁这边一样的哈萨克族，语言相同，生活习惯也大致相同。伊犁河从我们这边的地界，流到苏联境内。天鹅冬天从苏联飞过来，在伊犁的英塔木过冬，春天再飞回苏联的巴尔喀什湖。山脉嘛，头在我们这边，尾在苏联那边。就连冷空气，也是从苏联的西伯利亚过来的，经过伊犁河谷，长驱直入。我们对苏联一点新鲜感都没有，从没觉得苏联有什么令人向往之处。

但是澳大利亚不一样，澳大利亚在另一个大陆板块上，四面都是蓝色的大海，据说那个国家很富裕，家家都有汽车，没工作的人，政府发失业金，一个月六七百，就是什么也不干都有面包吃。苏梅兰说，什么也不干就能有吃有喝，那是多美的生活啊。大舅舅去澳大利亚后，就可以把其他几个舅舅也移民过去。有亲属在那边，就可以申请移民。大舅舅是因为大舅母的姨妈在澳大利亚，才可以申请移民的。大舅母以前隐瞒了海外关系。

这又让我们吃了一惊。

当初大舅舅和大舅母结婚，曹大娘死活不同意，现在全家都沾大舅母的光，可以移民澳大利亚。苏梅兰有些替大舅母不平，苏梅兰就是条会变色的蜥蜴，其实她以前挺看不惯大舅母的。大舅母是上海人，身上有一种上海人精致的做派，比如穿束腰风衣，又比如煮汤圆不能用铁勺子捞，铁勺子有铁味，得用筷子夹。大舅舅硬是练就了用筷子夹汤圆的本领，那可是一种难度系数较高的动作。大舅母走路的方式很独特，属于一种冷酷无情的直线运动，不把任何障碍放在眼里，仿佛一切都将为她让道。大舅母跟人说话，从不看人，眼睛放空，斜视一旁。大舅母要不是有海外关系，也不可能从上海那样的大城市跑到新疆这个偏远的边境小城来，更不可能和大舅舅结婚。苏梅兰认为，如果是二舅舅，还说得过去。二舅舅像昭苏草原上的汗血宝马一样高大俊美。大舅舅嘛，是八个舅舅里面长得最矮的，不但矮，还有点胖，说话声音肉嘟嘟的。曹大爷不怎么喜欢大舅舅，觉得大舅舅的性格一点不像自己，倒像他的声音一样肉。曹大爷是新疆的老汉人，硬气得很，一九五〇年前在汉人街开着个卖砖茶和盐巴的铺子，那时候玛瑙和玉石像麦子一样在巴扎上成堆售卖。曹大爷跟着运货的马队翻越铁列克冰大坂，好几次差点死在山口上。在边境数次遇到不明来路的马匪，为了保住钱财，曹大爷把肚子划拉开，把珠宝藏到肚子里。

我的天哪！每次听苏梅兰这样讲，我们都会发出怀疑的惊叹。我们已经习惯了苏梅兰使用夸张的话语来叙述事情。不过，在对曹大爷的叙述上，似乎用不着使用任何的夸张手法。我们亲眼看见曹大爷喝加了草药的浓砖茶，半缸子茶叶，加一些草药，用大茶缸装着放在铁炉子上煮，大茶缸里的水咕嘟咕嘟开着，曹大爷端起来就喝一口，然后放回到铁炉子上继续咕嘟。过一会儿，又端起来喝一口，喝的时候连气都不吹一下。曹大爷从来不喝温暾的茶水，因此曹大娘家一年四季炉子里的煤从没断过，即便是大夏天，曹大爷也是坐在炉子边，一口一口喝着他滚烫的浓茶。曹大爷头发雪白，坐在那里，像一座威严的雪山。我们都怕他，谁也不敢去掀他的衣服看看肚子上到底有没有刀口子。说起来曹大娘也是个骁勇的女人，锡伯族女人都比较骁勇，他们的祖上在清朝时奉乾隆皇帝之命西迁伊犁抗击俄国军队。锡伯族人到伊犁就是来打仗的。现在不打仗了，但战斗民族的气势还在。曹大娘会骑马、会射箭，喜欢吃烧辣子和烧茄子，十根手指总是沾着黑灰。曹大娘清楚地知道穿束腰风衣、说话不看人、走路不看路的大舅母是没法和他们这样的边城家庭融合成一家人的。但大舅舅不管这些，大舅舅看着不哼不哈，其实一点都不肉，没有征得曹大娘的同意就和大舅母旅行结婚去了，回来后不回羊毛胡同，直接住到了花城。曹大娘毫无办法，她不能骑着马、拿着箭去把大舅舅逮回来，唯一能做的，是跑回伊犁河对岸，给二舅舅物色了一个会做烧茄子和烧辣子的锡伯族姑娘。二舅舅痛快地举行了婚礼，羊毛胡同的每一个人都被请到曹大娘家里喝酒吃糖，这多少挽回了被大舅舅丢掉的面子。上海人流行的旅行结婚，在羊毛胡同行不通。在羊毛胡同的人看来，大舅舅的旅行结婚，跟私奔差不多。

苏梅兰那天捧着装花花菜的罐头瓶子回来，可能是太激动了，忘记把手套戴上，不仅冻伤了鼻子，还冻伤了手。第二天鼻子增大了两倍，有点像巫婆，手跟窝窝馕一样鼓鼓的。胡嘉木找人要了些狗油给她抹上。狗油是治烫伤的。胡嘉木说冻伤跟烫伤一样，都是火辣辣地疼，治疗方法估计也可以等同。狗油抹了两天，鼻子没那么大了，开始像蛇一样脱皮，手还是肿得老高。还好二舅舅从尼勒克回来了，地质勘探队刚在那里发现了一处碧玺石矿，是二舅舅发现的。伊犁最大的无烟煤煤矿也是二舅舅发现的。二舅舅告诉我们麻雀脑子可以治冻伤，但一定要活麻雀的热脑子才行。他们在野外冻伤了，都用这方法。晚上八舅舅带着我们打着手电筒去廊檐下抓麻雀，月亮冷得白里泛蓝，散发出冰柱一样的光芒，整个世界都被冻得嘎嘣脆。八舅舅爬上梯子，用手电筒一照，躲在廊檐下睡觉的麻雀就傻了，用圆溜溜的眼睛瞪着光，不知道飞。八舅舅抓了两只，又放回去。它们太小了，脑袋里面没多少脑子。八舅舅说。

苏梅兰鼓鼓囊囊的手过了很久才好。她没有怪八舅舅不给她抓麻雀，可能是觉得八舅舅就要去澳大利亚了。

曹大娘一家要去澳大利亚的消息传出后，很多有女儿的人家都想和曹大娘攀亲，曹大娘有一半的儿子没有结婚。那段时间上门找苏梅兰的人特多，我家客厅的窗台上摆满了那些人送来的蜂蜜、酸奶疙瘩、砖茶和苏联水果糖。还有人给我们家送了一棵啤酒花，说是长出的啤酒花可以酿啤酒，味道美得很。到时候我来教你怎么做。送的人对苏梅兰说。我们后来叫她啤酒花大婶。啤酒花大婶有三个女儿，大的和胡桃差不多年纪。苏梅兰说要不是她自己的女儿还小……苏梅兰说了半句，后面半句没说。

啤酒花种在院子里，见风就长，很快爬满了架子，到了夏天，铃铛一样的啤酒花一嘟噜一嘟噜地悬挂着，散发着苦味的芬芳，黄昏时，苦味会变得更浓。八舅舅说，他闻到一种类似于惆怅的东西。在没有计划去澳大利亚以前，他从来不知道惆怅是何滋味。啤酒花大婶借口来看啤酒花的成长状况，经常往我家跑。再有三个月就可以做啤酒了。她说。这三个月她每隔几天就来我家一趟，每次都认真地计算着可以做啤酒的时间，好像做啤酒是一件重大的事情。其实她心里计算着的重大事情是给四舅舅、六舅舅和七舅舅介绍对象，介绍了几个，都没成功。她又锲而不舍地想给八舅舅介绍。苏梅兰的手摆幅很大地摇晃着，老八，算了吧，他还不到找对象的年龄。啤酒花大婶不听，在大街上堵住八舅舅，向八舅舅介绍一个伊犁毛纺厂的纺织女工。伊犁毛纺厂是一个很大的厂子，几千号人，感觉伊犁所有的姑娘都在毛纺厂上班。八舅舅一听是毛纺厂的就拒绝了，他对毛纺厂的姑娘有偏见，认为毛纺厂的姑娘脑子里的思维跟她们纺出来的线一样又细又直。啤酒花大婶问八舅舅想找个什么样的，八舅舅想了想，说，找一个不那么正经的吧。啤酒花大婶吓了一跳，以为自己听错了。啤酒花大婶走后，八舅舅揉了半天耳朵，感觉耳膜受了伤。八舅舅跟我们说，这女人的声音也太奇特了，像一根金属丝，能穿透大街上喧哗的人声，又尖又细地刺入人的耳朵。

啤酒花大婶后来又给八舅舅介绍过一个长辫子的姑娘，是红旗大楼的售货员，她直接把姑娘带到我们家，让她和八舅舅在啤酒花架下见面。那时候啤酒花由淡绿开始变黄，终于到了可以摘下来做啤酒的时候。啤酒花大婶一边教我妈做啤酒的流程：加水，加蜂蜜，加发酵素，加……一边用眼睛偷瞄长辫子姑娘和八舅舅的动静。长辫子姑娘扭着身子告诉八舅舅，她的头发实在太长了，有一次她险些被自己的头发勒死。她说话的时候，身子就那样不停地扭来扭去，垂在屁股下面的辫子像两条蛇，辫梢翘起来。八舅舅跳起来，骑上自行车就跑了。

二舅舅不怎么想去澳大利亚，坐在我家火墙边的矮凳子上勾着头，一根接一根地抽莫合烟。他卷的莫合烟又粗又大，是别人的两倍，吐出的烟把他自己笼罩在里面。二舅舅是八个儿子里面最像曹大爷的。长得像，性格也像。曾经有个同事，在高空作业的时候，故意把二舅舅留在危险而寒冷的铁架子上悬挂着下不来，二舅舅的愤怒在高高的地方陡然增加了两倍。他下来后把那个说话总是结结巴巴、喜欢背后捉挟人的家伙打得从此以后再也不结巴了。二舅母是察布查尔县纳达齐牛录人，农村户口，没有工作。他们的两个儿子、一个女儿的户口得随二舅母，也是农村户口，将来也没有工作。如果不是户口问题，二舅舅是不想去澳大利亚的。

曹大娘也不想去澳大利亚，澳大利亚实在太遥远了，远得让她恐慌。大舅舅几次三番，用动听的语言劝说曹大娘。大舅舅说当初锡伯族人祖上从沈阳西迁伊犁，走了一万多里才到达察布查尔，说起来路程不比到澳大利亚近多少。去澳大利亚可以坐飞机，十几个小时就飞到了，西迁可是走了一年零三个月，那时候伊犁河对岸的察布查尔还是一片长满了芨芨草的土地。这么多年下来，锡伯族人不也在这片地方生活得蛮好，把芨芨草变成了胡麻和麦子。去了澳大利亚，一样可以开辟出一片新天地来。曹大娘说，我老了，啥也不想开辟了。

大舅舅开导曹大娘的时候，八舅舅在旁边不合时宜地凑热闹。八舅舅说澳大利亚以前是英国的殖民地，是英国用来流放囚徒的地方，四面都是海水，被大海包围着，囚徒到了那里想跑都跑不了。那块板块除了靠近海岸的地方，其他大部分都是长满了仙人掌的沙漠，比起长着芨芨草的察布查尔差远了。大舅舅对八舅舅说，我真想用驴尾巴塞住你的嘴。自从全家都需要依靠他移民澳大利亚后，大舅舅就没从前那么肉了。

八舅舅的话让曹大娘加深了恐慌。但是曹大爷说，去吧，八个儿子都去了澳大利亚，我们留在这里，就像两座坟堆留在荒地旷野里。曹大爷的话像暮色的阴影在院子里扩散，让人感觉到悲凉。

一九八〇年，大舅舅一家办好了移民手续，走的时候我们去送他们，长途汽车站乱糟糟的，空气中飘荡着一股尘土味。有人赶着毛驴车来送人，几个人合力把贴了金箔的伊斯兰风格大木头箱子用绳子吊起来，艰难地往班车顶上的行李架上拽。每个乘客都带着那么多的行李，车顶高高的、庞大的行李架让人担心班车会底朝天翻过来。大舅舅他们带的行李最少，他们几乎把所有东西都扔下了，曹大娘责怪他们连穿的衣服都不多带几件。那边的东西比这边的好。大舅母谁也不看地说。她昂着头，视角刚好对着车顶高高的行李架，于是发现那只很大的木头箱子压住了他们的行李。大舅母让大舅舅去交涉一下，大舅舅就去交涉了，操着羊毛胡同驻花城办事处的辞令告诉赶毛驴车的老汉，如果不把木头箱子从他们的行李上挪开，后果自负。赶毛驴车的维吾尔族老汉不理会大舅舅的交涉，他听不懂后果自负是个啥意思。大舅舅想跟他解释，但是维吾尔族老汉的毛驴在一旁大叫起来，大舅舅根本插不上嘴。大舅母见状生气地扭身上了车，她在座位上坐下来，直到车开也没有挥一挥手或者说点什么道别的话。她压根儿就没觉得有和大家道一下别的必要。我和姐姐胡桃是第一次见到大舅母，以前她一直像一个传说一样存在于我们的口中，这也给她的身上涂上了一层神秘的色彩，使我们对她产生了难以抑制的好奇心。等真的见到她，我们觉得她其实没有我们想象的那么洋气和漂亮。大舅舅的两个儿子，曹魏和曹营，一个在技校上学，一个在伊犁水利水电学校上学，都还没有完成学业拿到毕业证书，这个证书对他们已经没有用了。他们会说俄语，这个在澳大利亚一点用都没有，澳大利亚说英语，去了那边，他们必须先学会英语。

班车磨蹭了很久，过了点还迟迟不开。从伊宁去乌鲁木齐的班车，路上要走两天或者三天甚至四天，这要由天气情况和司机的心情而定。

到了乌鲁木齐后大舅舅他们将坐火车到上海，三天四夜。火车一般会晚点几个小时。之后从上海坐飞机到香港，再在香港转机飞澳大利亚。一路够折腾的。

大舅舅一家刚到澳大利亚的时候，闹了个笑话，他们看见大街上扔掉的旧电视机，赶紧跑去捡，后来发现，在澳大利亚，电视机实在是太普遍了，旧了就扔掉买新的。这在中国简直是不可想象的事情。没想到大舅母那么高傲的人，去了澳大利亚也跟乞丐一样捡垃圾箱里的东西，苏梅兰说。第二年，大舅舅从澳大利亚寄回来一台电视机，彩色的。苏梅兰跑去确认了一番，是新的，不是垃圾堆里捡来的。那时候白天没有电视节目，晚上才有。一到晚上，全羊毛胡同的人都跑到曹大娘家看电视，把院子挤得满满的，连站都站不下，有的爬到树上或者骑在围墙上看。那一年中国女排得了冠军，人们都在谈论女排精神，沉浸在一种前所未有的高涨士气中。二舅舅隐隐预感到这是一个新时代来临的兆头，他跟曹大爷说他不想去澳大利亚了。曹大爷不发话，坐在火炉边一口接一口地喝滚烫的浓茶。曹大爷在羊毛胡同是个传奇式人物，中华人民共和国成立之前的某一年，曹大爷从迪化回伊犁——迪化就是现在的乌鲁木齐，经过三台的时候，牧民在海子边宰杀一头牛，风把牛死亡的消息传播得满天都是，乌鸦和鹫盘旋着飞来。一路上，曹大爷都能闻到血腥味。穿过果子沟，等到了芦草沟，曹大爷分辨出血腥味里隐含着杀人的气味。他避开大路，在果园、杏园、沙枣园中绕来绕去，绕回到伊宁，经过大巴扎的时候，看见大巴扎的通道上高高地悬挂着几颗人头。那几天迪化的风向突然转变，当局开始对一些思想进步的人下手，芦草沟和惠远古城都设有卡子，曹大爷如果被逮住，人头也会挂在大巴扎的通道上。

八个儿子里面二舅舅遗传曹大爷的性格最多，二舅舅从小就比别的兄弟反应敏捷，他能伸出筷子隔着老远夹起馅最多的那一个韭菜盒子；喝羊骨头汤，他也能准确地端到骨头上肉最多的那一碗。因此二舅舅从小就比其他几个舅舅长得高大，走起路来像一匹迈开大步的骆驼，四十五码的脚能把地踩出一个坑来。这样一个强大的二舅舅，曹大爷不发话，他就不敢把刚才的想法再提第二遍。

二舅舅私下对苏梅兰说，你为什么不自己干呢？买台钢磨，开个磨面坊，以后再扩大成磨面厂。苏梅兰因为胡嘉木，从一个保育所的老师沦落为面粉厂工人，每天回家，顶着一头霜雪一样的面粉出现在我们面前。苏梅兰对这样的生活抱怨连天，曹大娘一家去澳大利亚，苏梅兰也起了去的心思，但是因为不是直系亲属，申请移民比较难。二舅舅不赞成我们也去，觉得去澳大利亚，眼下看着挺好，毕竟，澳大利亚是个发达的国家，生活水平比我们高，但澳大利亚已经没有什么机会了，而中国一切刚刚起步，有很大的空间可以发展。苏梅兰对二舅舅的话不甚明白，对二舅舅的提议，报以长叹。自己干要有本钱，一台钢磨几千块钱，那可是一笔巨款，你叫我上哪儿偷去？苏梅兰摊着两手问二舅舅。

年底的时候，曹大娘一家的移民手续办好了，他们把房子卖了，把带不走的很多东西包括那台令人羡慕的彩色电视机留给了我们。一家三十多口人，也算是队伍庞大，漂洋过海地举家搬迁，给人一种悲壮的感觉。曹大娘对我们说，我这么大年纪了，这一去，可能这辈子再见不着你们了。曹大娘的话让大家心里涌起莫大的悲伤。

曹大娘一家去澳大利亚后，原本住在一起的大家庭分散了，大家各过各的。曹大娘和曹大爷跟着二舅舅一起生活，他们找了一处平房住下来，平房靠近海，有点不那么整洁，像贫民区。曹大娘晚上盯着月光照耀的大海，担心那些海水会让她尿床。白天，曹大娘呼吸着苦涩的海风，坐在那里唉声叹气，她每叹一口气，就好像把自己的生命吞掉一口。还好，有二舅母经常做烧茄子和烧辣子给曹大娘吃。如果没有烧茄子和烧辣子，曹大娘也许就真的完蛋了。

这些是八舅舅告诉我们的。八舅舅去了澳大利亚后经常给我们写信，信里说的都是他们在那边的生活状况。刚去的时候，几个单身舅舅挤在一间面积很小的房子里，晚上睡觉几个人盖一床被子。澳大利亚什么都贵，他们什么都买不起，真后悔去的时候带的东西太少，以为去了澳大利亚会应有尽有。而要想找到工作，得先学会英语。几个舅舅一边吃着当地政府发放的免费购物券领来的牛奶、鸡蛋、面包之类的食物，一边吃力地学着英语。他们觉得英语比维吾尔语或者哈萨克语难多了。舅舅们磕磕巴巴地学了半年，学会了一点英语的六舅舅和七舅舅终于在一家装修公司找到了工作，他们干的活儿是往墙上喷涂料。八舅舅干的是电工，他本来还想着去了澳大利亚能当个兽医，澳大利亚羊多，应该需要兽医，但最终他只能干一些出卖体力的工作。四舅舅连从事体力劳动的工作也找不到，在华人区推着早餐车卖早餐。我们看了八舅舅的信并不怎么替他们发愁，我们按我们的方式去想象澳大利亚，觉得舅舅们在那边生活得应该挺美好。

八舅舅起初把信寄到羊毛胡同，邮递员来送信的时候都是我们不在家的时候，信不是交给前面的邻居代收就是交给后面的邻居代转，邻居们对澳大利亚的来信充满好奇，他们也想知道曹大娘一家在澳大利亚的状况，有时候就把信拆开来看。等信交到我们手里，已经被很多人看过了，好像八舅舅的信是写给整个羊毛胡同的，谁想看都可以看，就跟报纸一样不具备私密性。有一次邻居把一封拆过的信交给我们，等我们把信看完，邻居问能不能把八舅舅的信给她，澳大利亚的信纸很精美，浅蓝色的底子，印着小花，她女儿想要收藏信纸，这种信纸我们那儿没有。无奈之下，我们后来就让八舅舅把信寄给胡桃。胡桃初中毕业考上了伊宁卫校，她上课用的人体骨骼标本就是当年胡嘉木在戈壁滩的野坟里挖出来的。学校收信比较正规，有传达室，信不会被别人拿去随便拆看。胡桃平时住在学校集体宿舍，星期六才回羊毛胡同，把信带回家。吃过晚饭，我们一家人坐在桌子前读八舅舅的信。有段时间，读八舅舅的来信成了我们一家重要的事情。我们读完信，然后认真讨论信里一些我们没怎么弄明白的事情，比如“开趴提”，八舅舅就是那样写的。他说他生日的时候开了场“趴提”，参加的都是些华人朋友。他们住在华人区，邻居都是华人，大家说话，英语和汉语切换着用。这点和羊毛胡同有点相似。我们让胡桃回信的时候记得问一下“趴提”具体是什么。因为信是胡桃收的,回信也就由胡桃来回,以前都是胡嘉木写回信。胡嘉木写得一手好字,他在农科所工作,每天像个老农民一样和种子苗木打交道,写字的才华无用武之地,憋得慌。给八舅舅写回信,胡嘉木格外认真,一封信被他写得像是钢笔字帖一样漂亮,而且洋洋洒洒好几页,几乎每次都超重,要贴很多张国际邮票。胡桃负责写回信后,八舅舅写给我们的信里,总要另写一封给胡桃,胡桃刚开始还拿给我们共享,后来就不愿意共享了。我们收到八舅舅的信也越来越少,不知道从什么时候起,八舅舅和我们之间的信件往来,干脆就变成了八舅舅和胡桃两人之间的事情。胡桃有时将信的内容跟我们简要说一下,有时啥都不说。问她,她说信是写给她的,她有权不说。

我们能说什么呢?只能是干瞪眼。

我们一直想知道二舅舅在那边的情况,但是二舅舅很少给我们写信。我们只是通过八舅舅的来信得知,二舅舅干的是野外工作,经常去一些沙漠地带,大家很少见到他;见到的时候,他一般都是胡子拉碴、头发蓬乱,嘴唇晒爆了皮,人黑得像澳大利亚土著。不过二舅舅在这边的时候就跑野外,就经常晒得很黑。这么说来,二舅舅去了澳大利亚,干的工作基本和国内一样,也算是没有改行。但八舅舅说二舅舅在野外工作队里只是负责扛勘探仪器,不过,华人比澳大利亚土著的待遇要好很多。野外工作队里当向导的基本是土著。白种人没去之前,澳大利亚大陆上的原住民过着住帐篷的游牧生活,以采集和打猎为主,过得自由自在,白种人去后,土著的日子就不好过了,直到十多年前才刚刚获得平等的身份,拥有了选举权……

八舅舅写的这些状况一样没有引起我们的兴趣。在我们的感觉里,舅舅们在一个过生日都要开“趴提”的国家生活,美好的方面一定大于不美好的方面。二舅母的状况就很令苏梅兰羡慕,二舅母在中国人开的餐馆当洗碗工。澳大利亚有很多中国人开的餐馆,二舅母白天去一个餐馆洗碗,晚上去另一个餐馆洗碗,母牛一样健壮的二舅母一个人挣两份工资。苏梅兰说可惜这儿没有可以挣两份工资的地方,有的话她也可以这么拼命地挣钱,挣了钱买一台钢磨自己干。已经有人买了榨油机,在东城三岔路口的地方开了榨油坊,榨油机白天连着黑夜轰隆轰隆地响着,榨油的人排着老长的队等着榨油。包产到户后,察布查尔几千亩地的胡麻和霍城县一直种到了边界线的油葵多得榨不完,榨油坊一天挣的钱,抵得上苏梅兰一个月的工资。

苏梅兰动了买钢磨的心思后,让胡桃给大舅舅写封信,看能不能借点钱。大舅舅一家去得最早,澳大利亚工资高,大舅舅肯定已经积累了点钱。但是胡嘉木不让写。八舅舅隐约透露过,大舅舅在那边状况并不好,大舅舅在这边是坐办公室的，到了那边什么技术都没有，英语也不行，到现在还说得磕磕巴巴的，一直没有找到工作，在家闲待着，靠领失业救济金生活。大舅母因为有她的姨妈帮忙，在一家酒店找了份工作。大舅母具体干什么工作，八舅舅也不是很清楚，就算漂洋过海去了陌生的地方，大舅母还是和这个大家庭格格不入。没去澳大利亚以前，大舅母在伊犁宾馆工作，每天冷着脸坐在那里开开票、收收钱，一副高高在上的样子。伊犁宾馆是伊宁市条件最好的宾馆，苏联援建中国的时候，苏联专家来伊宁就住在那里，大舅母有资格觉得自己高人一等。苏梅兰没想到大舅母到了澳大利亚还是在高人一等的地方工作。直到一九八五年四舅舅回国，我们才知道，在澳大利亚，去酒店工作，一点不高人一等。服务员干的工作不像在伊犁宾馆那么清闲，要帮客人搬行李、送咖啡，得微笑着跟客人说话，不能冷着脸坐在那里，更不能高高在上。四舅舅还透露，大舅母在酒店干的工作基本不用跟客人打交道，因为大舅母带着上海腔的英语澳大利亚人听不懂。大舅母在伊宁的时候，说话故意扬着上海腔，只怕别人不知道她是上海人。和她一起来伊宁的知青，都学会了用伊宁人的腔调说普通话，大舅母觉得土，就是不说。这能怪谁呢？我们实在想不出在酒店什么样的工作是不需要和客人打交道的。厨师？可是大舅母饭都不怎么会做，怎能当厨师？四舅舅说打扫卫生的清洁员一般不需要和客人有语言交流，只需低头干活儿就行。苏梅兰啊了一声。四舅舅又说，澳大利亚酒店卫生间的卫生一天到晚要有人不停地打扫，上厕所的人走了，就要进去打扫一遍，洗手的台子要擦得干干净净。苏梅兰又啊一声，这太让她想不到了。大舅母在澳大利亚，干的竟然是在卫生间打扫卫生的工作，虽说澳大利亚的卫生间比我们这边的厕所高级，但卫生间和厕所的性质终究是一样的。

四舅舅回来是找对象来的，五舅舅结婚比较早，本来四舅舅没结婚，五舅舅是不能比四舅舅早结的。四舅舅是个慢性子，找个对象也慢吞吞的，五舅舅早早地就找好了对象，等了一年，又等一年，等不及，就先结了。去澳大利亚前，也有不少人给四舅舅介绍对象，四舅舅不急，说澳大利亚也有女人的。去了澳大利亚，四舅舅找不到工作，每天在街头卖早餐，没有人找刚去澳大利亚没有工作的四舅舅结婚。四舅舅只能回来找。四舅舅回来的时候，给我们带了一台双卡录音机。胡桃刚工作，医院里国庆节排练节目，录音机老卡带子，胡桃把四舅舅带回来的双卡录音机带到医院，顺便把四舅舅也带去看她们排练。四舅舅再回澳大利亚的时候带走了其中一个叫黄丽玲的护士。这速度，和四舅舅一贯的慢性子形成鲜明对比。胡桃说，她本来想把同科室的林静介绍给四舅舅的，没想黄丽玲下手比林静快。

黄丽玲跟着四舅舅去了澳大利亚后，每天早上和四舅舅一起推着餐车在华人街卖早餐，起初以为只是卖一段时间，很快就可以在医院找到工作，澳大利亚医院护士工资很高，但是在医院上班需要有证，黄丽玲英语不行，考了几次考不下来。一年后黄丽玲的爸妈兴高采烈地飞到澳大利亚去看女儿，结果发现女儿在街头推着餐车卖早餐，没想到女儿在澳大利亚的生活是这样子的。澳大利亚大街上车开得飞快，过个马路险象环生，好像随时都有可能把命丢在这里。黄丽玲爸妈不敢出门，坐在家里唉声叹气。他们回来的时候把黄丽玲强拉了回来。与其在澳大利亚过最底层的生活，不如回来过中不溜的日子，在中国，一个医院的护士，好歹是受人尊重的。黄丽玲回来后从不对人说起在那边的生活，只说和四舅舅感情不好。认识才几天就结婚，感情能好吗？胡桃说。她没有揭穿黄丽玲，但是对黄丽玲很鄙夷。黄丽玲又回到医院上班，只是成了临时工，编制没有了，工资也低了许多。大家暗地里嘲笑黄丽玲得不偿失，黄丽玲也知道大家在嘲笑自己，她觉得一定是胡桃在背后说了什么，在医院碰见胡桃，胡桃跟她打招呼，她理都不理，头一偏就过去了，把胡桃气的。黄丽玲跟四舅舅走的时候，我们还叫过她四舅母呢，她咋能这样子。伊宁市的花城那边，大世界舞厅刚开张，黄丽玲下班后穿着从澳大利亚带回来的露肩连衣裙和细高跟鞋，闪亮地出现在舞厅。伊宁市很多人都还不会跳舞，黄丽玲在舞池里犹如跳舞皇后。我们怀疑她的舞其实是在国内暗自学的，在澳大利亚天天忙着卖早餐，有时间去跳舞吗？胡桃和医院的同事们去舞厅学跳舞，三十米开外就能看见黄丽玲正和某个男人眉目传情。后来黄丽玲嫁给了一个来伊宁做生意的广州人，广州人说着“细啦”“嗨啊”的广东话，请医院的护士们喝汽水。黄丽玲也给胡桃递一瓶，胡桃不想接，林静帮她接了。林静对胡桃说，她得谢谢黄丽玲，要不，从澳大利亚灰溜溜地回来的可能就是自己。黄丽玲很快跟着广州人去了广州。这回应该不用卖早餐了，胡桃揶揄。

四舅舅后来又结了婚，给我们寄过一张照片，和四舅舅站在一起的女人金发、胖——不是一般的胖，年龄不好确定。我们对不同人种女人的年龄判断不是很有把握。反正这个女人应该比四舅舅大许多，不过，显得老相也说不定。苏梅兰看着照片说，这么胖的女人，又这个年纪，可能生不出孩子。果然被苏梅兰的乌鸦嘴说中。四舅舅一生无儿无女，老了住在养老院里。四舅舅自己的解释是，澳大利亚的女人不喜欢生孩子，很多家庭都丁克，老了就住养老院。“丁克”这个词我们第一次听到，感觉很时髦。“养老院”在我们这个地方听起来也比较陌生。四舅舅跟胖女人结婚后，跟被传染了一样也胖了起来。十多年后他又回过一次国，将近三百斤的体重，走路都艰难。四舅舅说，澳大利亚女人喜欢吃高热量的食物，她逼着他吃下去的那些肉和奶油，最后全都变成了他身上的肉和脂肪。再这样继续胖下去，他就没法儿回来了，飞机上的座椅根本塞不下他肥大的屁股。四舅舅这样说的时候，喉咙里发出一阵嘶嘶的笑声。对于一个这般肥胖的人而言，笑起来的时候难免全身颤抖，加之他脸上的表情，让人误以为他是在难过地抽泣。

可能是黄丽玲的经历，也可能是其他原因，反正人是很容易就忘记那些久未谋面的面孔的，胡桃和八舅舅的信件往来越来越少，我们也不再像以前那么关心澳大利亚的消息。我们这边的生活越来越丰富，不再像以前那么单一。一九八八年八舅舅回来的时候，苏梅兰的磨面坊已经如二舅舅设想的那样变成了磨面厂，磨面机由一台变成了好几台。门口的拖拉机和大卡车上高高叠着一麻袋一麻袋等着磨的麦子。二舅舅去澳大利亚一年后，不等苏梅兰开口就寄回来一笔钱，苏梅兰买了第一台钢磨，在三岔路口榨油坊的旁边开起了磨面坊。那台可以自动磨面的机器每天大口吃进麦子，吐出面粉。这是当时最先进的磨面机，磨出的面粉分好几道，第一道的面最白最细，做拉条子，能拉得又长又均匀。水磨磨出的面粗，做拉条子不筋道，老是断。很小的时候我跟二舅母去纳达齐牛录玩儿，见过水磨，巨大的水声和石磨转动的声音淹没了纳达齐牛录其他的声音。二舅母说冬天河水封冻，水磨就停在那儿没法儿转了，整个纳达齐牛录安静下来。习惯了水磨声音的纳达齐牛录人，以为自己的耳朵聋了。在纳达齐牛录，春天来没来，听水磨的声音响没响就知道了。水磨的声音是纳达齐牛录春天的标志。不知道二舅母在澳大利亚会不会想起纳达齐牛录的水磨声。二舅母曾经抱怨水磨磨出的面，面粉和麸皮混在一起，要用筛子筛过，将面粉和麸皮分开，才能做锡伯族大饼，这道工序很费力。钢磨不用，自动就把面粉和麸皮分开来了。苏梅兰买的第一台钢磨，下崽一样，很快繁殖出第二台、第三台、第四台。磨面坊前面空地上停着的毛驴车和马车挤成一团，毛驴大叫，拴在木桩子上的马互相尥蹄子。每天地上都会留下一堆堆的驴粪蛋子和马粪蛋子。苏梅兰在牲口的粪蛋子中踮着脚走路，有一天摔了一跤，一屁股坐在一堆热乎乎的粪蛋子上，爬起来后，她果断把磨面坊搬到城外的巴彦岱，又买了些钢磨，招来工人，自己当起了磨面厂的厂长。磨面厂不再磨零碎散户的麦子，直接跟一些承包了上千亩地麦子的农户订合同，专门加工他们的麦子。这些麦子用拖拉机或者卡车运来，停在磨面厂门口，苏梅兰穿着束带风衣，高着嗓门指挥人搬麻袋，俨然一副女强人的架势。八舅舅回来，我们家已经大变了样，新家具闪闪发亮，窗户扩成了双扇的，大门换成了拱形门楣的铁艺大门，有了种高门大院的感觉。院子里的空地不再种菜，全种上了花。种菜和种花都是胡嘉木的长项，他能把天竺葵嫁接出很多种颜色，把单瓣的海娜花变成复瓣的，蔷薇树篱被修剪成彩虹的形状。一个在戈壁滩上挖过死人骨头的人，用一座繁盛的花园掩盖了心底里的一片荒凉。八舅舅这个海外华侨，穿着牛仔裤旅游鞋，在我家开满了花的院子里走来走去，他走过的距离，都可以走到胡桃上班的医院了。胡桃在晚上八点钟下班，脱下白大褂，穿上连衣裙，迈着精确计算好的优雅步伐，准时出现在羊毛胡同。

晚上吃过饭后，八舅舅和胡桃一起站在朦胧暗影的黄昏中说话，他们说了好长时间，但最终好像什么都没有发生。整个过程胡桃不停地揪着花瓣，她站的地方，凡是能够着的花，全被她揪秃了。我们猜胡桃在跟八舅舅说外科医生。胡桃跟他们医院的一个外科医生产生了点情愫，那个外科医生借着给胡桃看腹部肿块，摸了胡桃的乳房。肿块其实不是肿块，是副乳。一般女人副乳长在腋下，胡桃像母猪一样，从胸部到腹部长了两排隐形的副乳，虽然没有显形出来，但每个月一到生理周期，两排副乳就隐隐地胀痛，摸上去好像有一个乳头般大小的核。胡桃又羞又难过，外科医生安慰胡桃，这没什么，每个人在胚胎时，从腋窝到腹股沟的两条线上都长有六到八对乳腺的始基，出生前，除胸前的一对保留，其余的都退化了，但也有极个别的人，没有完全退化，胡桃就属于极个别人。一个女人有这么多暗藏的乳房，生理产生反应的时候，所有的乳房也会集体地发出反应，这也太迷人了。外科医生把胡桃平放在检查床上，用手指轻轻按压，找到副乳的位置，用圆珠笔一个一个画出来。等他画完，他发现胡桃的乳房，简直像一个星系一样复杂。他一个一个地亲吻，抚摸。胡桃躺在那里，被外科医生摸过的乳房，散发出一股熟桃子的味道。这种味道一经散发，就收敛不住。胡桃下班回家，从苏梅兰面前经过，苏梅兰闻到胡桃身体散发出的气味。这味道太浓了，没能逃过苏梅兰的鼻子。一九七九年的那个冬天，如果苏梅兰的鼻子冻掉了，她就不可能闻到胡桃身上的熟桃子味。苏梅兰打听了外科医生家的条件，觉得还是不要和这样的人扯上关系的好。外科医生的母亲是伊犁州的某个领导，我们在电视机前守了三天，就有两天在伊犁新闻上看到她短暂地出现过。短发，深色套装，眼睛往上看。我们的妈摆出妈的威严，对胡桃说，买马看母，外科医生母亲跟大舅母很像，一副高高在上的样子，跟这样的人家相处，会有一种压迫感。苏梅兰坚决不许胡桃和外科医生继续交往下去。胡桃表面上很听话，断了和外科医生的那点情愫，回家也绝口不再提起外科医生。苏梅兰甚是欣慰。但这种欣慰没持续多久，有一次胡桃下班回家，苏梅兰又从胡桃身上闻到了可疑的味道，她知道胡桃没有听她的话。

也许八舅舅回来能改变事情的走向。

八舅舅回来的原因和四舅舅一样，但他不像四舅舅那么目的明确。八舅舅每天在羊毛胡同晃悠或者去伊犁河边转悠，他还一心想着找到那个围墙有缺口的苹果园把《西域毒草大全》还给看果园的老汉。八舅舅把那本书带到了澳大利亚，他走的时候竟然没有扔掉它。

啤酒花大婶又开始隔三岔五地来我们家。苏梅兰没时间做啤酒，啤酒花大婶做好了，用装伊宁大曲的方形塑料桶装着拎到我家。她教给苏梅兰做的其实是格瓦斯，盖子打开，砰地冒出一股气。装在玻璃瓶里，弄不好会爆炸。苏梅兰以前做的时候，发酵的过程中爆炸过一次，觉得危险，就不做了；啤酒花也不种了，那东西长得快，葡萄藤都被它挤得没地方爬了。啤酒花大婶比以前胖了很多，我们改叫她啤酒桶大婶。四舅舅回来那年她还没这么胖。她本来想把自己的女儿介绍给四舅舅的。这次她想把另一个女儿介绍给八舅舅。胡桃见过啤酒桶大婶的另一个女儿，另一个女儿去医院打过针，胡桃给打的，长得还可以，臀部的皮肤比脸白，人挺苗条的。苏梅兰说，啤酒桶大婶年轻的时候长得也不错，也挺苗条的。看见啤酒桶大婶现在的样子，就可以想象出她女儿以后的样子。

八舅舅不见啤酒桶大婶的女儿，也不见其他人，他谁都不见。我们觉得他这次回国，纯粹就是打着找对象的借口回来玩儿的，或者说，是回来看胡桃的。六舅舅和七舅舅已经找了当地的华人女友准备结婚，他们已经勉强融入了当地的生活。八舅舅不找，做电工之余穿着沙滩裤戴着墨镜躺在海边晒太阳，皮肤晒成了棕色。八舅舅在海边光着膀子吹着海风的身姿，跟在伊犁河上滑冰的身姿一样帅，吸引了不少白种姑娘的目光。白种姑娘不会忸怩作态地问八舅舅住哪儿，直接抛飞吻，吹口哨。八舅舅跟她们去跳舞，去喝酒，但没有下文。胡桃问八舅舅为什么没有下文，八舅舅想了想，说找不到缺口。八舅舅还是八舅舅，说话跟谜一样。皮肤晒成了棕色的八舅舅回到羊毛胡同，说话依旧汉语和维吾尔语熟练地切换，依旧喜欢吃苏梅兰做的剁掉了鱼头的椒蒿炖鱼，澳大利亚只是从表面上改变了他，他看世界的眼睛还是黑色的，没有变蓝，也没有变褐。八舅舅依旧喜欢带着我们去伊犁河对岸疯玩儿，那片锡伯族人的领地里散落着孤独吃草的马，蓝色胡麻花一直开到天边，有人在落日旁升起了细细的炊烟，迎着风向，就能闻到烧茄子和烧辣子的味道。八舅舅在伊犁河边找到了几种《西域毒草大全》里的毒草——菊蒿、棘豆、醉马草。八舅舅感叹，如果不是去了澳大利亚，他应该是一个兽医，在草原上骑马，和牛羊打交道，熟记书里的每一种毒草，而不是一个跟金属丝和绝缘体打交道的电工。他不喜欢纺织女工的直线思维，更不喜欢金属丝直线式的乏味生活。我在草堆里捡了几个马屁泡，这是一种菌类，小时候我们把这东西当球踢来踢去，有时候用它来搞恶作剧。胡桃从我手里拿过马屁泡，扔到八舅舅脸上，马屁泡噗地爆炸开来，里面的褐色粉末像释放的烟幕弹，喷了八舅舅一脸。胡桃说，你为什么去澳大利亚？你如果不去澳大利亚……胡桃没有往下说，她说话跟苏梅兰一样，喜欢说半句。

伊犁河边的湿地里，长着一片癞蛤蟆草，八舅舅说癞蛤蟆草其实就是新疆曼陀罗，有毒性，可以迷醉人。这种草我们很熟悉，夏天开白色喇叭状的花，花落之后结出乒乓球一样大小的刺球，踢一脚，刺球就会散发出臭气。人的梦有时也会散发出这种臭气。有一段时间，胡桃在睡觉时就经常散发出这种恶臭。那段时间她正经历一些烂事，这些烂事不宜张扬，闷在肚子里，最后只能通过梦散发出来。

但一九八八年八舅舅回来的时候，胡桃的梦还不散发恶臭，更像是马屁泡释放的烟幕弹那般的褐色粉末。胡桃对八舅舅说，十四岁的时候，我看见你骑着自行车从羊毛胡同东边过来。羊毛胡同的冬天，马车甩着铃铛哗啦哗啦地跑过，结冰的路面被马蹄子踩踏得坑坑洼洼，你骑着高难度的花样式冰上自行车，一路摔着跤来到我跟前，下了车，用两腿夹住车轮，把摔歪的自行车把拧正，再在车链子上哐哐猛踢几脚，惊得蹲在围墙上的乌鸦一只接一只飞起来，像一团散开的黑煤烟。

八舅舅说，你记得这么清楚啊。

胡桃说，你是我的初恋啊。

我们都以为八舅舅和胡桃会发生点什么，他们经常坐在花园里说话，但身体始终保持着一定的距离。有一天晚上月亮被云遮住了，花园里一片漆黑，八舅舅和胡桃好像被吞了进去，月亮出来的时候，他们又被吐了出来。他们坐在那里，两人之间的距离没有变得更近，也没有变得更远。

苏梅兰有些矛盾，现在我们已经知道了舅舅们在澳大利亚过得并不如我们想象中的那样，大舅舅还在领失业救济金，二舅舅还在野外工作队晒得跟土著一样黑，六舅舅七舅舅还在往墙上刷涂料，八舅舅还在当电工。如果是在国内，苏梅兰是不会允许胡桃和一个电工谈恋爱的。外科医生怎么说也比电工体面。胡桃可能也是同样想法，她下班回来得越来越晚，有时候要到睡觉时间了才回来。八舅舅一个人坐在花园里，形单影只。

八舅舅要回澳大利亚的那天，突然冒出来一个女的，拿着一张黑白集体照，跑到我家来找八舅舅，说自己是八舅舅的小学同学。她指着第二排最边上穿格子衣服的矮个子女生，说那个就是她。她报出名字，八舅舅脸上的表情明显有些疑惑和不确定，显然是女大十八变，已经变得根本认不出来了。我们拿着照片，从几十个人头中找了半天，找到了八舅舅。八舅舅也有变化，但不至于变得认不出来。

我们送八舅舅走，那女同学也跟着去。八舅舅上车的时候，女同学突然扒拉开我们，挤过去附到八舅舅耳边说了句什么。我感觉她是往八舅舅耳朵里灌了一剂毒药，八舅舅明显和刚才不一样了，目光有些飘摇起来。送走八舅舅后，苏梅兰说，这个女同学，不像个正经女人。胡桃说，八舅舅的这个小学女同学，说话的声音给人一种奇怪的感觉。苏梅兰没有接茬儿，她气哼哼地给胡桃准备嫁妆去了。不准备难道等着丢人现眼吗？胡桃经常很晚才回来，说不定肚子哪天就鼓起来了。为了不被外科医生的母亲低看，苏梅兰给胡桃准备了丰厚的嫁妆，彩电、双缸洗衣机、电冰箱娘家全包了，“三金”也买了，毛料买了好几身。绝不能被人家高高在上的气势压倒，否则一辈子都被压着抬不起头，苏梅兰教导胡桃。但胡桃没我们的妈这样的心气儿，外科医生的母亲只给胡桃准备了一身毛布衣料，颜色还是很老气的深灰色，估计是谁找她走后门送的礼，胡桃居然就毫无意见地接受了。更有甚者，结婚当天，本来说好用自行车来接新娘子的，结果那个高高在上的母亲对外科医生说，羊毛胡同那样的地方，离伊犁宾馆不远，自己走着来就好了。苏梅兰像被狗咬了一样跳起来，坚决不许胡桃自己走着去。结果新娘子没有到场，开席时间到了，酒席照样开吃，吃得热热闹闹。吃完后，喝得东倒西歪的外科医生来我家把胡桃带走了。结婚证都领了，还能怎么样？

胡桃结婚，八舅舅从澳大利亚寄回来一副珠子的门帘，亮闪闪的，成了婚房里的亮点。伊宁市那几年流行用挂历和曲别针做的珠门帘，挂历剪成小片的菱形，曲别针拉直了，卷上菱形的挂历纸，卷出珠子的形状，连缀起来，就是一副琳琅满目的珠帘子。我为了做一副珠帘子，拇指和食指磨出了泡。八舅舅华美的珠帘子，多少让胡桃糟糕的婚礼有了点光彩流溢的幸福感。那副珠帘子挂了很多年，后来在一次胡桃追杀外科医生的过程中断了三根，胡桃手持菜刀追着外科医生砍，砍到了珠帘子，断了三根线的珠帘子参差不齐，从此晃荡起来，没有了珠帘子该有的万种风情，再加上那时珠帘子也不再时兴，就取了下来。胡桃的野蛮行为被外科医生高高在上的母亲很是看不上眼，到底是羊毛胡同出来的，她说。此后便不再发表任何意见，她对待羊毛胡同的态度完全和大舅母一个样。不过，胡桃做得确实有点丢人，我们也没想到她会变成这样，她自结婚后就不再迈着精确计算好的优雅步伐走路，她脸皮子越来越厚，在公共场合歇斯底里地和外科医生吵架，弄得全医院的人都知道外科医生利用工作之便又勾搭了哪个略有姿色的女病人。胡桃拿菜刀砍外科医生这样的事情，也曾发生过。随着外科医生由一个年轻的小医生逐渐变成乳腺科的专家医生，再到著名的乳腺科主任医师，找他看病的病人越来越多。随着他的名声越来越大，传言他的手比检查仪器更准确。同时，有关外科医生的一些议论也在流传，说他在给病人做检查的时候，对部分略有姿色的病人会有超出医生检查范围的不轨行为。胡桃对此毫无办法，因为这是她丈夫的工作。女病人找医院领导告状，最后都不了了之。

她又能怎么办？自结婚后，外科医生不但行为不检点，在家庭生活中也极不负责。胡桃不得不自己拎面袋子上五楼，自己扛煤气罐去换煤气，自己骑自行车接送娃，下雪了滑一跤，带着娃眼泪汪汪地跑回羊毛胡同哭诉。我们也是一样的毫无办法。要是胡桃跟八舅舅去了澳大利亚，可能……

我们也只能这样“可能”一下，八舅舅和我们联系越来越少，与其他几个舅舅的联系就更少，八舅舅结婚的时候倒是打电话跟我们说了一下，那一年我们家已经装上了电话，羊毛胡同很多人家继我们家之后都装了电话。苏梅兰的磨面厂已经不开了，苏联解体后她开始做边贸生意，操着一口流利的哈萨克语和维吾尔语以及半生不熟的俄语，往来于哈萨克斯坦和其他几个中亚小国。家里的电话时常繁忙地响起，每次电话铃一响，我就蹿过去接电话。我和魏宁分居两地后，有很长一段时间听到电话铃声，我就以为是魏宁打来的。我想躲开电话铃，刚走出家门，听见家里的电话铃响了，我停下来，听了好长时间，最后决定返回去接，可是我走到电话机旁边的时候，电话铃却不响了。我不知道是不是找我的，心里更加不安。我重新出门，快步走到羊毛胡同，听见邻居家的电话铃在响，不知道是没人还是什么原因，电话一直没有人接。我继续往前走，听见另一家的电话也在响。羊毛胡同的房子结构都很相似，靠近路边的那间大房子，是客厅，电话机放在客厅的窗台上，窗子敞开着，朝着大路。我可以透过白色窗纱看见电话机摆放的位置，甚至一伸手就能够着电话。这一家的电话也没有人接，也一直响个不停。接下去，我经过谁家，谁家的电话就响起来。这让我很痛苦，好像电话在追踪我。我不得不走出羊毛胡同，走上另一条街，再走上别的街，走到腿肚子抽筋。我最终决定跑回家把电话线拔了，这一拔，整个世界的电话全哑了，再没有电话铃响起。我终于可以放松地坐在家里，什么也不用去等了。

电话铃不响了，惹得苏梅兰大发脾气，因为没有接到一个很重要的电话，耽误了一笔很重要的生意。苏梅兰独自一人赶到阿拉木图去补救，被几个人围住推来搡去，嚷嚷着要赔偿。他们没想到这个中国女人伸出干巴巴的手有力地揪住其中一个人的耳朵，几乎要把那耳朵给揪下来。事后我们的妈说，别说揪一个小客商的耳朵，就是揪大老板的耳朵，她也毫无顾忌。这回苏梅兰一点没夸张，当时的独联体各国有点混乱，所有商铺的货架空空如也，连列巴都买不到。苏梅兰带着大包小包的货出现在阿拉木图，包还没有打开就被抢劫一样抢光。苏梅兰数卢布数到手指抽筋。我不想待在伊宁，决定办个护照，跟着苏梅兰去数钱。刚开始，一元人民币值一百卢布，后来变成两百卢布，再后来变成五百卢布。世界的不稳定性让人产生恐慌。苏梅兰的哈萨克话在哈萨克斯坦可以畅通无阻地和人交流；到了乌兹别克斯坦或者吉尔吉斯斯坦，维吾尔语基本应付得了；乌克兰说俄语，这个，苏梅兰不如我。那时的乌克兰是一个更加混乱的地方，飞机坦克被拆成零件卖掉。有什么办法，这些东西不能当列巴吃。我们从乌克兰拐道去里海。里海靠近阿塞拜疆的地方在打仗,靠近哈萨克斯坦的这一边还算安定,当地的东高加索人把里海叫作哈扎尔海。我们坐在夕阳西下的哈扎尔海边看船只往来。苏梅兰说这些地方曹大爷年轻的时候应该到过,曹大爷还到过伏尔加河。

不知道曹大爷有没有去过西伯利亚,我突然想去西伯利亚看看,人在失意的时候就会想要去一些荒凉的地方走走。西伯利亚除了冷空气估计什么也没有,犹如一个冷酷的世界尽头。苏梅兰说的曹大爷年轻时候到过的地方,我们也跟着跑了一遍。曹大爷现在在澳大利亚,我们是不是也去澳大利亚看看?曹大娘在那里,总要找个机会去看看她的。

在世界上转了一大圈,回到羊毛胡同,魏宁站在白杨树笔直的胡同口等我,身后是蓝蓝的空气。我一下子把西伯利亚忘到了脑后,那个遥远荒凉的地方跟我一毛钱关系都没有,那只是人在伤心时候不切实际的遐想。当我的心回到以前的生活轨迹上来,我想起八舅舅打来过电话说他结婚的事。我当时失魂落魄,忘记了和大家说。

跟八舅舅结婚的人,正是那个不像是个正经女人的、八舅舅的小学女同学。八舅舅说出杜嫒嫒这个名字的时候,我半天反应不过来,以为和八舅舅结婚的是一个我们不认识的人。我记得八舅舅那个女同学的名字好像叫曾柳青,绝对不是杜嫒嫒。八舅舅说曾柳青改名字了,她爸妈离婚了,她就把名字改成了杜嫒嫒,跟她妈的姓。他也是给她办移民手续的时候才知道的。这听起来没什么毛病,我们也没多想。胡桃说八舅舅以前对啤酒桶大婶说过,要找个不那么正经的。八舅舅说的不那么正经的,跟曾柳青或者杜嫒嫒的不正经应该是两码子事,是两个看似一样又完全不一样的概念。我们不知道那个叫曾柳青或者杜嫒嫒的女人,是怎么跟八舅舅扯上关系的,又是怎么漂洋过海地到澳大利亚结婚去的。

你等着看好了。苏梅兰说。

我们不让她往下说,她那张乌鸦嘴,说起倒霉事来,灵验得很。

我们搬到胜利街的楼房后,电话号码换了,我们忙于眼前越来越纷乱多彩的生活,无暇顾及另一个大陆板块上的事情,有很多年,我们和澳大利亚那边几乎断了联系。有一年圣诞节,胡桃收到八舅舅寄到医院的明信片,明信片上只写了几句祝福语。

新世纪到了,二○○几年,已经变得很胖的四舅舅回来,我们才得知曹大爷已经不在了。那个喝着滚烫的草药茶,雪山一样威严的人,在澳大利亚"融化"掉了。我们伤感了一下,很快就谈论起其他事情来。大舅舅的小儿子曹营,差点把大舅舅和大舅母气死,曹营结婚都有了一个女儿,又突然离婚,宣称要和一个同性别的人生活在一起。这让我们惊讶得眼珠子都鼓了出来。这都怪大舅母,如果当初不那么得意扬扬地移民澳大利亚,就不会有这样的事情发生,苏梅兰说。她任何时候都不忘攻击一下大舅母。

我们又从四舅舅口中得知,二舅母在澳大利亚开了家餐馆。二舅母在这边的时候因为没有工作,只能待在家里做饭,一大家子的饭,一天三顿,都是她一个人做,练就了一手好厨艺。烧茄子和烧辣子是餐馆的主打菜,曹大娘有时候去帮忙,亲自动手做烧茄子和烧辣子,也做椒蒿炖鱼,椒蒿是我们寄去的种子种植出来的,不是我们这边伊犁河边野生的草;鱼也不是伊犁河里的鱼,曹大娘总觉得澳大利亚的鱼肉太粗,不好吃。椒蒿也没有伊犁的香。不过餐馆生意不错,经常有人排队等吃。一个九十来岁的锡伯族老太太下厨做菜,能不火吗?曹大娘在当地华人中小有名气,她已经不再担心海水会让她尿床了。

我们最想知道的是八舅舅的情况。四舅舅告诉我们,八舅舅的白种人朋友,像盗走一只羊那样盗走了他的女人。我们觉得这个比喻太不恰当了,那个曾柳青或者杜媛媛,根本不可能是一只羊。她怎么可能是一只羊嘛,她不主动去盗别人就不错了。四舅舅还是太不会看女人了,男人都不怎么会看女人。我们只跟曾柳青或者杜媛媛接触过一次,就大概知道她是什么样的人了。我们对这个结果一点不感到惊讶,我们只是好奇这是什么时候发生的事情,八舅舅也不跟我们说一声。八舅舅这些年不怎么跟我们联系可能跟这件事有关,既然八舅舅不想让我们知道,我们也就没有打电话去问八舅舅。一直到二〇一二年,有一天胡桃跑回家,跟我们说她见着曾柳青了。曾柳青想找外科医生看病,挂不上号,去找胡桃帮忙,整个伊宁市都知道胡桃是外科医生的老婆,可以开后门加个号。曾柳青拎着东西,敲开胡桃家的门,说明来意,胡桃当时就愣住了。这个曾柳青,不是那个杜媛媛,或者说,曾柳青跟杜媛媛根本就是两个人。

你是我八舅舅的小学同学?胡桃问曾柳青。

是的。曾柳青拼命点头。

你可有什么凭证,证明你是我八舅舅的小学同学?

凭证?曾柳青一脸茫然。

那我怎么能断定你就是我八舅舅的小学同学呢?

曾柳青没法证明自己是八舅舅的小学同学。她有点莫名其妙,她就是想看个病,用得着这样被质疑吗?

胡桃提醒曾柳青,既然是同学,那毕业照总是有的吧。曾柳青说,都几十年了,谁还保留那东西。胡桃说,你总得说出点什么吧。曾柳青说她记得上小学四年级的时候跟着几个同学到羊毛胡同玩儿过,还和八舅舅一起到我们家摘过杏子,我妈给了他们每人一块水果糖,玻璃糖纸挺漂亮的,那时候她收集了很多糖纸,夹在日记本里。曾柳青以为八舅舅是我们的亲舅舅。小学毕业后她就没有见过八舅舅,更不要说联系了。她只是听同学说八舅舅去了澳大利亚,她和八舅舅没什么具体的交情,仅仅是在一起上过学的小学同学。如果胡桃不给这个面子,她也没什么好说的。

胡桃脑子里飞快地转着,但怎么转也没转明白。她后来终于想起一个重要线索:你认识杜媛媛吗?

曾柳青认真想了想,说,不认识,怎么啦?

这就奇怪了,你被一个你都不认识的人冒充了。胡桃说。

胡桃告诉曾柳青杜媛媛的事,曾柳青大为惊讶,说,你八舅舅回来的话记得告诉我一声,我一定要当面问问他是咋回事,否则我死不瞑目。

曾柳青的话把胡桃给吓住了,被人冒充了一下而已,至于严重到死不瞑目吗?

胡桃说的事让我们傻了眼,一切也太离奇了。杜媛媛当初来我们家,拿着一张小学毕业集体照,告诉我们她是八舅舅的小学同学,毫不费力地在我们的眼皮子底下将一个大活人调了包,这简直就是戏剧里才有的事。这也太欺负我们的智商了。诸多的疑问我们没法解释,唯一的解释就是杜媛媛跟曾柳青长得有点像。胡桃说像个屁,曾柳青一点也不漂亮,曾柳青的鼻梁上有几颗醒目的雀斑,跟麻雀蛋上的斑点一样大。鼻梁上有雀斑的人,怎么也不能说是好看。八舅舅要么不怎么记得曾柳青这个同学,要么就是把她跟其他女同学记混了,或者八舅舅根本不在意杜媛媛是不是曾柳青。曾柳青应该是那种很容易被人忽略的女生,她除了雀斑整个人没什么特点。但杜媛媛漂亮得让全世界男人都觉得她做什么都是可以的,包括冒名顶替。

我们犹豫要不要告诉八舅舅曾柳青的事,不过八舅舅知不知道关系不大,杜媛媛已经离开八舅舅了。

曾柳青为着看病的事情又和胡桃联系了几次,她怀疑自己得了乳腺癌,去检查后得知不是癌,只是增生。曾柳青不信,非要让外科医生给确诊一下。胡桃看在曾柳青是所谓名字上的八舅母的份儿上,让外科医生加了个号给仔细看看。看过后,外科医生确诊不是癌。曾柳青还是不信,她认定外科医生没有认真看,他只是看她的乳房,而不是看她乳房的病理情况。她明显感觉到外科医生检查的手法有问题。怎么个有问题,曾柳青说不出来。虽然没有过界,检查的部位仅限于乳房,但摸和抚摸的界限,不好说,说不好,很难找到合适的词来说清楚。外科医生对此事的回应比较轻描淡写:长那样,算了吧。胡桃清楚,外科医生说的不是实话,他对一个女人的脸长什么样一点不在意,他对女人的乳房长什么样很在意。曾柳青脸长得不漂亮,但是她的两只乳房大小不一,一个像甜瓜一样大，一个跟苹果一样小。这使得她身子不自觉地朝乳房大的那一边歪斜，给人感觉她随时想往别人身上倚靠。如此奇特的乳房，外科医生不会无动于衷。不过，现在胡桃不会再拿菜刀追砍外科医生了，她正如火如荼地跟医院的另一个外科医生搞婚外恋，她的乳房又开始复苏般散发出熟桃子的味道，但她的梦会散发出癞蛤蟆草的恶臭。她脑子里那个刺耳的喧闹的世界，就跟大巴扎上的牲口市场一样。我见过那个外科医生，也是个乳腺专家，刚当上了副院长，穿锃亮的皮鞋，志得意满的样子。他主要是动手术，负责切除外科医生确诊的那些发生了病理变化的乳房。在伊宁这个边境小城，所有跟感情沾边的都会招惹上飞短流长。副院长和胡桃的事在医疗系统内部传得沸沸扬扬，外科医生肯定也知道，但他又好像什么都不知道。他有几次凶狠地打他们的孩子鹏鹏，打得鹏鹏浑身伤痕地跑到我们家。我们气愤不已，要打电话报警，鹏鹏不让。如果我不挨打，我妈就得挨打。鹏鹏说。鹏鹏已经是个高三的大男孩儿了，他什么都懂。由此看来外科医生是知道的，那他为什么不挑明呢？我们担心这样下去，总有一天会闹出什么事来。不过我们也抱着观望的态度，现在还有谁认真这种事？也许过一段时间，一切就都过去了。

如我们所料，过了两年，副院长要调到乌鲁木齐去了，我们大松一口气。时间虽然超过了我们预期的半年或者一年，但其间没出现什么闹得不可收场的事情，也还算是万幸。副院长要调到乌鲁木齐去，我们都知道了，胡桃还不知道。她知道后把脚崴了，一边往脚脖子上抹红花油，一边龇牙咧嘴地大骂副院长。我们觉得胡桃气急败坏一阵子也就过去了，不过去还能怎么样？人家很有可能就是为了躲她才调走的，要不然为什么悄悄地办调动不让她知道。胡桃说她知道副院长要调乌鲁木齐，他们说好的，副院长调过去后想办法把她也调过去。胡桃也太天真了，都四十多岁了，想问题还这么不长脑子。实际上，一起调过去的是副院长的老婆。这激怒了胡桃。

调过去的是人家自己的老婆，这有什么不对吗？我们的妈质问胡桃。

我们没想到胡桃这个家伙，会拐着脚跑上门去找副院长。副院长不会在家，副院长的老婆客客气气地接待了胡桃，给胡桃的脚脖子贴了一副止痛膏药，还给胡桃切脐橙吃。胡桃若有脑子，这时候就应该赶紧走人，但她做事根本不过脑子。胡桃躺在人家的沙发上赖着不走，这样僵持着到了晚上十点多，十一点多，十二点多。这时候副院长回来了，一进门就面目狰狞地拉起胡桃往外拖，胡桃抓住茶几不放手，副院长去掰胡桃的手，指头被掰得咔咔响。太疼了，胡桃不得不松开手，她正打算走人，没想到副院长从后面推了她一把，她踉跄了一下，差点摔倒。胡桃站住后，突然就爆发了，从茶几上拿起了一把水果刀，那水果刀上还留着脐橙微弱的香气。她转身，反手把它扎进了副院长有厚厚脂肪的腹部。

幸好水果刀是副院长家里的，如果水果刀是胡桃从自己家里带去的，量刑会重很多。也幸好副院长的腹部有厚厚的脂肪，脂肪层的厚度接近水果刀刀刃的长度，这才没有扎到副院长的脂肪肝上。伤到内脏，量刑也会重很多。弟弟胡杨是搞法律工作的，这方面他比较懂。然而，无论如何要量刑……

苏梅兰得知胡桃的举动后，惊愕得连嗓音都变尖了。我们家做好了最坏的准备，比如一年两到三次，去白石墩劳改农场看胡桃。白石墩是一个石头遍布的地方，很多犯人都被送到那里劳改。苏梅兰崩溃得走来走去，胡桃陷在沙发里，等着被带到白石墩去。胡杨觉得事情可能没那么严重，我们可以私下找副院长协商，多赔偿些医疗费外加道歉。如果能获得对方谅解，就可以不追究胡桃的刑事责任。其实把事情闹开，对他们也没什么好处。但胡桃不愿意协商，说，我谅解他还差不多。这样的时候胡桃还说出这样的话，我们真恨不得揍她一顿。胡嘉木不发表意见，他一言不发地在衣柜里翻了半天，翻出一件平时不穿的外套，对着镜子认真穿上，手里拿上一顶帽子出门去了。

胡嘉木压低帽檐悄悄地回来后，不跟任何人说话，戴着帽子在床上躺了三天。这三天风平浪静，我们都有点怀疑这风平浪静是一种假象，也许什么时候门就会突然打开，进来一帮人把胡桃带走了。第四天，有人敲门，我们谁都不敢去开，胡嘉木摇晃着爬起来开门，我们抻长脖子看向门口。副院长老婆戴着墨镜捂着口罩包着头巾站在那里，看来她觉得上我们家来是一件丢脸的事情。这就好办了。

副院长老婆对胡嘉木说可以不追究刑事责任，但是必须要道歉。胡嘉木说，不是已经道过歉了吗？你看到我的额头都磕出血了。副院长老婆说，你道歉不算数，必须胡桃道歉，要当着我家人的面道歉，我要让家人看见我没有丢尽尊严。

胡桃不愿意道歉，她宁愿去白石墩，她还想去纪委检举副院长，她要鱼死网破。我们搞不懂是什么东西让胡桃变得如此危险，如此厚脸皮。

不就是一次婚外恋吗？这个年纪的婚外恋，能有多少爱情在里面？胡杨说。

你就不能给你儿子留点脸面吗？你还想不想他回伊宁？胡杨问胡桃。

鹏鹏去成都上大学之后就没有回过伊宁，这样的事情，花粉一样在伊宁传得满天飞扬，鹏鹏不回来也好。

胡桃扛了一阵，最后同意去道歉，她摆出一副死猪不怕开水烫的样子。我们不放心胡桃一个人去，胡杨推托自己是个法律工作者，他要维护他的声名，这样的事他去不合适。魏宁在边境带兵回不来，只能我去。我有点怕，但还是硬着头皮去了。副院长老婆的老母亲，率领副院长老婆的兄弟姐妹一干人坐了一屋子，胡桃和我站在中间，胡桃拿出事先写好的草稿念了一遍。副院长老婆的一个兄弟觉得声音太小，没听清，让胡桃大声一点再念一遍，胡桃提高声音，又念了一遍。另一个兄弟说胡桃声音里没有诚意，他走过来扒拉开我，打了胡桃一耳刮子，揪住胡桃的头发把她的头往地上摁。道歉有把头仰这么高的吗？他说。我上去挡，被推得摔了一跤，头磕在地上，抬起头来的时候，我首先看见的是穿着各种拖鞋的脚，感觉自己磕了一个大大的响头。我们出来后，我胃里有耻辱在搅拌，起伏着想吐，但吐不出来。胡桃没事人一样，她顺路拐进服装店买了条红裙子，穿在身上往回走。胡桃说，他们要的医疗费赔偿不给了，看他们能怎么样。

医疗费赔偿三万多，胡桃不给，他们也没有来要，他们不想事情张扬，毕竟这是丑闻。事情似乎就这样了了。副院长和他老婆调到了乌鲁木齐，至少不会和胡桃在伊宁冤家路窄地相见，时间久了一切终将过去。但事实上事情远没有了结。好像有什么在暗里延续，不知道它什么时候，就会从什么地方井喷出来。

我们以为外科医生会和胡桃离婚，但是没有，他什么也没说，什么也没做。反而，事情过去半年后，已经调走的副院长被退货一样给退了回来，据说有人写信到乌鲁木齐举报了他，虽然是匿名的，但举报信里有图有真相，大量事实在那儿摆着。副院长被一免到底，奋斗了半辈子，又跌落回急诊上夜班，工资待遇和刚工作的小年轻一个级别。副院长老婆的苦心忍耐全作了废，她带着家里的一干人，把胡桃堵在大街上打了一顿，她以为匿名信是胡桃写的。打人的视频被发到网上，三分多钟，胡桃一直被推来搡去，被揪头发，被扯掉衣服，被扇耳光。副院长老婆强制胡桃把脸露出来，她扒拉开胡桃的长头发，让大家看清楚这张脸。我不知道那三分多钟胡桃是怎么度过的，我不敢去想她内心经历了什么。虽然事后胡桃穿着新买的裙子，没心没肺地照常生活着，但我们知道，副院长一家的归来，将令她的人生再次陷入黑洞，越陷越深，越来越无法逃脱。

果然，这件事渐渐平息下去之后，外科医生适时地向胡桃提出了离婚。在财产分割上，胡桃基本上什么也没有得到。外科医生事先拟好了协议书，不是打印的，是手写的，字小而潦草，像一只只奸诈的蚂蚁。之后外科医生提升副院长。大概过了一年，外科医生和一个带着个十二三岁女孩儿的女人结了婚，大家都觉得外科医生结婚很正常，而且是时隔一年之后才结的。然而有一天，我从红旗大楼经过，看见外科医生带着那个女人和小女孩儿在买东西，小女孩儿不用 DNA 鉴定也一眼就能看出是外科医生的精子制造出来的。我很快明白，外科医生才是那个操控事态的人，其他人都是受害者或者犯罪者。这也太可怕了。我回去告诉胡桃有关那个小女孩儿的联想，胡桃像是没听到。胡桃经常半夜跑到伊犁河游泳，将自己沉浸在冰凉黑暗的水里，天亮再湿淋淋地爬上岸，像一只奇怪的两栖动物。从此，胡桃即便在西伯利亚寒流弥漫的大冬天也穿短裙子，她将头发烫成烟花头，并且不顾劝阻地去微整形了鼻梁和下巴，那下巴尖得能戳死人。她还学会了去汉人街的夜店喝酒，跟着巴郎子跳舞。感觉她在倒着活回去。她已经没有什么可以失去了，变得十分危险，不可预测。

胡嘉木以前很喜欢出去散步的，从斯大林街走到英阿亚提街，再走到天山一路、天山二路，沿途观赏一下花花草草。伊宁的城市美化搞得相当好，除了寒冷的冬季，其他三个季节花果不断。可是自胡桃的事之后，胡嘉木就没怎么下过楼，偶尔下楼，迈着的步伐没有几年脑血栓都走不出那样子。我们怀疑胡嘉木真的得了脑血栓，但他死都不愿意去医院，提到医院就发火。胡嘉木的脊椎骨明显地松散了，他的坐姿有了坍塌的感觉。后来胡嘉木提出搬回羊毛胡同住，羊毛胡同的房子有几年租给了一家本地人，他们搬走后一直空着。院子里长满了草，苹果树半棵死了半棵活着，葡萄藤匍匐在地上，蛇一样往远处爬，围墙脚布满了癞蛤蟆的洞。苏梅兰不愿意回羊毛胡同住，很多老邻居搬走了，新的住户大多是外地人，有些是租住的温州人——他们是苏联解体那几年跑到伊宁来做生意的，后来边贸生意冷清下去，他们留了下来，在伊烟大楼搞批发。这些南方人只顾着挣钱，既不种花，也不收拾房子，把院子当成了堆货的场地，塑料包装袋丢得到处都是，一刮风，就满天乱飘起来。羊毛胡同被他们弄得乱糟糟的，再没有了以前的味道，也没有人操着汉语和维吾尔语切换着说话。

胡嘉木态度坚决地一个人搬回了羊毛胡同。苏梅兰气哼哼的，但是毫无办法。我隔三岔五回羊毛胡同看胡嘉木，从夜市上给他带他爱吃的面肺子和马肠子。我发现胡嘉木回去后变得精神了许多，脑血栓后遗症般的步伐消失了，他还能爬树修剪枝条，那些多年来像野生植物一样生长的果树重新结出了漂亮的果子。长了四十多年的和田玫瑰已经成精，稍加打理，就少女一样开得花团锦簇。有一次我回羊毛胡同，看见胡嘉木在刷墙，居委会来通知，说是要把羊毛胡同打造成民族风情街，所有杂乱的东西都要清理掉，房屋要统一刷成以前的蓝色，窗户和大门也要改成以前那种带有伊斯兰风格的拱形，不能用铝合金的。装修的钱政府补贴一大部分，剩下的一小部分自己出。有几家老住户听说后已经回来改造房子了，他们打算做成民宿或者是奶茶馆。

大舅舅和二舅舅回来的时候，羊毛胡同已经成了旅游者必到的网红民族风情街，整条街像一条蓝色的伊犁河，玫瑰花从墙头倾泻而下，种着花藤的花篮沿街悬挂着，马槽里开着太阳花。羊毛胡同早就不许牲口进入了，成为民族风情街后，装扮得花花绿绿的六根棍马车又被允许在羊毛胡同来来回回地跑，马车上哗啦哗啦响着的铃铛让人想起以前的时光。

我们已经很多年没有和澳大利亚通消息了，曹大娘去世了我们都不知道。

大舅舅和二舅舅这次回来，是把曹大娘和曹大爷的骨灰送回来，打算在纳达齐牛录找个地方，把他们安葬在那里。得了肥胖症的四舅舅也已经在养老院里不堪重负地死去。四舅舅是被自己胖死的，二舅舅说。二舅舅白发如雪，但身上还有一种储存的活力，他一回来就绕着伊宁市跑了一圈儿。现在的伊宁市比以前大了许多，好像这些年伊宁市一直在长大，它还是一个青年，它的花城大道，像一根年轻的声带，满大街飘荡着充满活力的木卡姆。二舅舅说如果伊宁市再长大下去，他就没力气跑完一圈儿了。他已经七十多岁，是一个老人了。

我们和二舅舅说起我们家的第一台钢磨。说起他们还在伊宁时紧邻羊毛胡同锯板厂湿锯末的气味。说起冬天飘荡在空气中的煤烟味儿。说起卖奶子的人一大早喊着“奶子奶子”从羊毛胡同的这头走到那头。说起夏天羊毛胡同散发着睡眠的味道，馕坑里烤馕的香气弥漫了一整条胡同。这些组成了我们一辈子的回忆。当我们忘掉周遭纷乱的世界，许多远去的东西被一下子拉近了。回想起来，那时候的一切都是慢吞吞的，太阳从胡同的这一头移动到那一头慢吞吞的，老汉们坐在门前的土台子上抽莫合烟慢吞吞的，骑自行车上班的人慢吞吞的。二舅舅还在用维吾尔语、汉语随时切换的方式说话。我们搬出羊毛胡同后就不那样说话了。二舅舅的语调明显带着二十世纪的味道，保留着一些伊宁市已经消失的土语。他还停留在他离开的那个时间。

大舅舅先是在上海停留了一段时间，然后才回的伊宁。我们没法把眼前的大舅舅和那个肉嘟嘟的大舅舅联系起来，大舅舅现在就是一个干瘦的老头儿，不过精神挺好。我们请大舅舅吃饭，大舅舅胃口不错，吃了很多。可能是吃多了，大舅舅觉得腹部很胀，胡桃带他去医院看医生。医生看完检查单，说只是有点胃病，没什么大问题。大舅舅走后医生打电话告诉胡桃，大舅舅得了癌症，及时治疗还是乐观的。胡桃把医生的话告诉了二舅舅，二舅舅本来还要在伊宁待一阵子，他还想去尼勒克看看碧玺矿，那个他发现的矿，现在为了保护草原，已经封矿不许采挖了。二舅舅感叹，他当初发现它，是好事还是坏事呢？地球上的有些东西，是地球藏在那里的财宝，被人盗走，地球就变成穷光蛋了。二舅舅觉得自己根本就是一个罪人。他已经越来越不愿意去发现什么了。他在澳大利亚发现了一处稀有金属的矿床，但他没有说。

二舅舅考虑一番后，觉得还是尽快带大舅舅回澳大利亚的好，他们在澳大利亚有医疗保险，可以省下很多钱。二舅舅带着大舅舅回去后，去医院又做了一次检查，澳大利亚的医生和中国医生的理念不同，他们觉得应该告诉病人真实情况，中国医生的隐瞒是一种欺骗，是不道德的。医生当着大舅舅的面分析检查报告单，大舅舅听后人立刻就崩溃了，本来能吃能睡的，一下子就不能吃也不能睡了。一个月后我们接到大舅舅的死讯。如果他留在中国，也许不会这么快就走了。

八舅舅有一天突然地出现在羊毛胡同，他从这头走到那头，发现羊毛胡同还是以前的味道。而突然出现的八舅舅，也让我们觉得一切似乎真的就没怎么变过，除了我们在变老，其他的，好像在羊毛胡同停顿了下来。八舅舅五十多岁了，穿T恤、运动鞋，走路带弹性，身体没有发福，看上去还算年轻。我们问八舅母怎么不一起回来，八舅舅简要地回答，没有八舅母。

八舅舅说这些的时候，胡桃站得好像离我们有一百里远。胡桃也太能装了，她现在让人越来越不可理解。大家心知肚明，八舅舅如果不是从二舅舅他们嘴里知道了胡桃的单身状况，是不可能突然回来的。胡桃这些年干的事情我们提都不愿意提，她谈了一个又一个男朋友，别人知道她以前那些事后就消失了。胡桃挖地三尺地找伴侣，弄得全伊宁市的人都知道她是个花痴，缺爱，缺男人，有皮肤饥饿症。我们不明白一个接近更年期的女人，在卵巢功能将要枯萎的时候，对情爱的需求缘何如此疯狂。而胡桃因为沉醉于情爱，她整个人看上去没有中年妇女的那种松松垮垮，她的身体始终处于一种饱满的状态，连她的副乳都充满了激情。当有人问胡桃保养秘诀的时候，胡桃恬不知耻地回答：情爱和性爱是女人最好的美容剂。对于胡桃的行径，苏梅兰说得最多的一句话是：不要管她。

我们没有对八舅舅隐瞒胡桃这些年的生活内容，我们说的时候八舅舅听得很认真，就像竖起耳朵听一阵风声，风刮过去了就刮过去了，没在他耳朵里留下什么。八舅舅回来后选择和胡嘉木一起住在羊毛胡同，他每天往伊犁河边跑，他还一心想着把那本《西域毒草大全》还给看果园的老汉。四十多年过去，八舅舅固执地认为老汉应该还活着，因为斯德克老汉都还活着呢，由于年纪太大，斯德克老汉鼻梁上堆积的皱纹像打了个结，眼睛里出现像蛇蛋一样的斑点。有一年斯德克老汉被毛驴踢了一脚，那以后就一直瘸着腿走路。虽然伊宁已经发生了很大的变化，但伊犁河边的苹果园好像一直没有变，苹果园依旧大得像一座迷宫，八舅舅沿着土围墙走。土围墙上的缺口依旧吸引着他。闭上眼睛，透过缺口的落日的光将他脑子里的路径照得一片明亮。但是睁开眼，长长的土围墙无限地延伸着，找不到缺口，八舅舅站在那里，感觉自己被什么东西给永久地困住了。他带着做梦的表情回到羊毛胡同，混进树荫下抽莫合烟的老汉中，这些羊毛胡同里还活着的老汉，像时光一样坐在那里。他和他们一起坐在土台子上。八舅舅在听什么呢？蓝色的房子？时间？果树里冰凉的流水声？啤酒花淡淡的苦味的芬芳？他的往事？从羊毛胡同跑过的六根棍马车的铃铛声？或者是青核桃掉落的声音？高大浓密的核桃树上，时不时就有一颗青核桃啪地掉下来，砸在地上。八舅舅陡然一惊，好像掉下的是他自己。

胡嘉木的花园成了来羊毛胡同旅游的人必到的网红拍照地，只有到了晚上才会安静下来。我们陪八舅舅坐在花园里吃烧烤，喝格瓦斯。吃着喝着，花园里剩下了八舅舅和胡桃。地球上的一座花园里，只剩下了他们两个。月亮没有出来之前，花园里一片漆黑，他们好像被吞进了肚子里，月亮出来后他们被吐了出来。这样的场景似乎是很多年前的再现。胡桃和八舅舅坐在月光里，月光让他们看上去像以前一样年轻。

八舅舅和胡桃都被人设计了人生。两个人陷在深奥难解的题目里，没有任何解题的提示。现在是另一个世纪了，上一个世纪的事情，遥远得让人怀疑。我们想起曾柳青，觉得有必要让八舅舅知道曾柳青的存在。胡桃找出电话号码，我们担心这个电话号码早就废了，出人意料，胡桃在这个没有升级的电话号码前面加了一个“8”，就顺利地拨通了，电话才响了一下就立马有人接起来，接电话的正是曾柳青，好像这么多年她一直坐在电话旁等着我们打电话过去。十几分钟后，曾柳青很快出现在我们面前，速度之快，让我们觉得她就住在我们隔壁，一直就在离我们很近的地方生活着。八舅舅看见曾柳青，眼睛发亮，目光闪烁了一阵，然后笑起来。曾柳青脸上的雀斑是最醒目的地方，是令人印象深刻的地方，或者说，是视觉最先被唤醒的地方。八舅舅说，看见你的脸我就想起来了，我们叫你麻雀蛋，你本来的名字，我没有记住。我不记得同学里面有个叫曾柳青的人。曾柳青说，我也太冤了，被人冒名顶替了都不知道。那个顶替我的人，在澳大利亚过着另一种生活。难怪我经常觉得有另一个我，一直在另一个什么地方生活着，好像做梦的时候有人这样告诉过我。

我们和曾柳青开玩笑，从某方面来说，我们应该叫她一声八舅母呢。曾柳青脸上的雀斑生动起来，她脸红的时候雀斑也在变红，更加醒目。曾柳青说她强烈地想看看那个杜媛媛长什么样，是和自己很相像呢，还是和自己完全不像。最好是自己的对立面，要不然多没意思。曾柳青做了隆胸，两个乳房变得一样大。但做得有点夸张了，从侧面看，乳房像博格达峰一样又挺又坚硬，给人硬邦邦的感觉。乳房和坍塌的腰、松懈的臀、软塌塌的大腿形成鲜明对比。这个年龄，拥有一对少女一样的乳房，让人多少有些不适。好像那一部分是错安上去的。

曾柳青再三地问杜媛媛是谁，为什么杜媛媛要冒充她，而不冒充其他女同学。这个我们回答不了。八舅舅也没有回答。我想问曾柳青，为什么不去把脸上的雀斑做掉呢？那雀斑让她看上去执拗而偏狭。

八舅舅这次回来待了很长时间，他不想再回澳大利亚，他在那里当了一辈子乏味的电工。但是苏梅兰和我们想让他带胡桃离开伊宁，离那些破事烂事远远的，至少带胡桃离开几年，以后再回羊毛胡同。胡桃自己也想离开，但她不想跟八舅舅走。他是我的初恋。胡桃郑重地说。八舅舅应该是她内心里保留的最后一点没有受伤害的东西，她不想去动这块纯净的自留地。

八舅舅回澳大利亚后，胡桃犹豫了半年，最终决定去澳大利亚。八舅舅说圣诞节过后他就回来一趟，接胡桃一起走。圣诞节差不多是我们这里冬天里最冷的时候，西伯利亚寒流开始一股接一股地袭来。澳大利亚是夏天，天气很热，八舅舅穿着短袖跟我们视频。我们看见他身后的街道、行人、汽车、桉树和其他一些树。视频结束后的场面我们没有看到，我们没有看到死亡有时候是垂直的，有时候是弯曲的。我们没有看到八舅舅被迎面走来的一个人砍了一刀。八舅舅大口呼吸，不断地将时间吸入或呼出。最后，他的时间没有了。那白种人用蓝眼睛近距离地看着八舅舅，然后转身离去。八舅舅像是被目光砍死的，而不是刀。他躺在澳大利亚某座城市的某条水泥大街上，那座城市的那条大街在圣诞节，在那个时间段，几乎没有人。他在那里躺了两个小时，才有人来把他抬走。在这两个小时里，他的胡子以平时几倍的速度嗖嗖地长了出来，从警察拍摄的现场照片上看，八舅舅显得很苍老。死人从来都不年轻，胡嘉木说。他说他从野坟里挖出来的骨骸，每一具都苍老得像活了几个世纪。

砍八舅舅的澳大利亚人仇视所有的外来人，这有点奇怪，他们的祖辈，本身也是外来人，只有土著才是那里原始的主人。澳大利亚没有死刑，他将在某座监狱里活着，也许过几年就会被放出来。

胡桃往澳大利亚打电话，不停地打，我可以想见那个国家的某座城市里，某部手机一直响着却没有人接。胡桃的目光飘向远方，眼泪变干后，鱼鳞一样沾在脸上。

那个冬天我们的舌头像是被冻住了。整个世界都被冻住了。我们听见唯有时间如另一颗怦怦跳动的心脏，还在继续。胡桃坚忍地活着。她经历了那么多事，不坚忍早完蛋了。但八舅舅的事和其他的事不一样，胡桃的身上，再没有了以前的不稳定因素，她变得安分起来，开始像个五十多岁的女人那样生活。

春天来临的时候，羊毛胡同的老杏树约好似的一夜之间全开花了，整个世界变得轻飘飘的。我们走出房屋，发现四十年的时间就像这条胡同一样长，没有拐弯地一下子就走到了底。我们想到八舅舅的那本《西域毒草大全》，八舅舅走的时候交给了胡桃，他交代说，实在找不到那个老汉，就给伊犁河边看果园的任意一个老汉吧。

胡桃把书拿到博物馆，那里面陈列着干尸、亚麻碎片、不知道何年代的武器、乌孙国的石头人。也许书应该和这些物件待在一起。但博物馆的人看了书说，书大概是一九四九年前编绘的，年代并不算长，而且，书里有些草的描述是错误的。比如白头翁，本身没有毒性，是一味草药，但对牲畜有危害，牛羊吃了会拉稀。胡桃将书拿了回来，走到半路，遇见一个卖苹果的老汉，胡桃把书放在了他的苹果车上。

去年有人约我去澳大利亚旅游，我想起苏梅兰说过，有一天要去澳大利亚看看。苏梅兰已经八十多岁，去不了了。我想到，去了澳大利亚，总该去看一下澳大利亚的几个舅舅，已经有一半的舅舅住进了墓地里。当初去澳大利亚的时候，有一半的舅舅还没有结婚呢。

出发去澳大利亚前，我想起我竟然不清楚舅舅们生活在澳大利亚的哪个城市。我一直没有关心过这个问题，我去问胡桃，胡桃给八舅舅写过信，她应该记得地址上的那个城市。去的路上，在红旗大楼门口，我看见了从广州回来的黄丽玲，想到她曾经是我们的四舅母，竟莫名其妙地觉得亲切。黄丽玲看见我也很激动，拉住我的手不放。时间把那些硌人的东西都抹平了，犹如大浪淘沙，剩下的都是些美好如金子的东西，这些东西留在了我们的心里。我和黄丽玲像亲人一样拥抱，互留联系方式。和黄丽玲告别后，一转身，我从红旗大楼的玻璃门上看见一个五十岁的女人。那是我吗？为什么我一直觉得自己还是羊毛胡同里的那个小女孩儿？我还清楚地记得一九七九年那个寒冷的冬天，我们的妈苏梅兰女士带着一股西伯利亚的冷气推开门，鼻尖通红地告诉我们，大舅舅一家要移民到澳大利亚去了。

【作者简介】杨方，出生于新疆，现居浙江。出版有诗集《像白云一样生活》《骆驼羔一样的眼睛》、小说集《打马跑过乌孙山》。部分小说入选《小说选刊》《中国年度中篇小说精选》。曾获《北京文学》优秀短篇小说奖、《诗刊》青年诗人奖、第十届华文青年诗人奖、浙江优秀青年作品奖等。长篇历史小说《江南烟华录》被改编成电影《大明监察御史》。